JERRY COTTON

Ludmillas letzter Coup

Das Horror-Weekend

Die Feuerwalze

Drei Kriminalromane

BASTEI LÜBBE TASCHENBUCH
Band 31 959

Erste Auflage: Oktober 2005

© Copyright 1995 der einzelnen Taschenbücher
Gesamtausgabe: © Copyright 2005 by
Verlagsgruppe Lübbe GmbH & Co. KG,
Bergisch Gladbach
All rights reserved
Lektorat: Rainer Delfs
Titelbild: Johnny Cris
(Die abgebildeten Schauspieler stehen in keinem Zusammenhang
mit den Romantiteln und dem Inhalt der Romane)
Umschlaggestaltung: QuadroGrafik, Bensberg
Satz: Wildpanner, München
Druck und Verarbeitung:
Nørhaven Paperback AS, Viborg
Printed in Denmark
ISBN 3–404–31959–1

Sie finden uns im Internet unter
www.luebbe.de
oder
www.bastei.de

Der Preis dieses Bandes versteht sich einschließlich der gesetzlichen Mehrwertsteuer

Inhalt

Ludmillas letzter Coup
Seite 7

Das Horror-Weekend
Seite 147

Die Feuerwalze
Seite 277

Ludmillas letzter Coup

MOSKAU
(Lisnaskaci)

»Du bleibst hier und rührst dich nicht von der Stelle, Ludmilla!«

Unter normalen Umständen hätte sie ihrem Vater gehorcht. Jeder hörte und gehorchte, wenn Oberst Wladimir Kosnevchek etwas sagte. Vor drei Tagen hatte er sie aus Moskau hinaus zu Freunden gebracht. In eine kleine Datscha, die so versteckt am Ufer der Moskwa lag, dass kein Fremder sie finden konnte.

Ludmilla hatte nichts begriffen. Nicht, warum ihre Mutter seit Tagen verschwunden war, und auch nicht, warum sie Moskau Hals über Kopf hatte verlassen müssen.

Seit zwei Tagen und Nächten lebte sie mit Männern auf engstem Raum zusammen, die sie nicht kannte. Freunde ihres Vaters, aber für sie, Ludmilla, waren es doch Fremde. Männer mit Angst und einem gehetzten Ausdruck auf den schmalen Gesichtern. Männer, die inzwischen so nervös geworden waren, dass sie beinahe alle Stunde die Kalaschnikows und andere Waffen überprüften. Man hatte sie aufgenommen, weil der Oberst, ihr Vater, es angeordnet hatte. Aber ihr war schnell klar geworden, dass sie für die Männer eine zusätzliche Belastung war, die eigentlich keiner von ihnen tragen wollte.

Zwei Tage und zwei Nächte hatte Ludmilla gefroren. Das Feuerholz war ausgegangen, doch keiner der Männer hatte sich getraut, die Datscha zu verlassen, um neues Holz aus dem Wald zu holen, der nur zweihundert Meter hinter dem Gebäude begann. Sie hatte mehrmals gefragt, immer ausweichende Antworten erhalten und schließlich begriffen, dass die Männer auch dann kein Feuer gemacht hätten, wenn Holz im Haus gewesen wäre. Sie befürchteten, entdeckt zu werden.

Sie befanden sich auf der Flucht. Der Feind dieser Männer war der KGB. Sie gehörten zu jener Gruppe, die die Erneuerung der Sowjetunion nicht nur herbeisehnten, wie viele andere auch, sondern, wenn nötig, die Erneuerung auch mit Waffengewalt herbeiführen wollten.

Ludmilla war vierzehn, groß und knochig, sodass man ihr den

Spitznamen Hühnchen gegeben hatte. Weil sie es nicht ausstehen konnte, so genannt zu werden, und sie niemandem mehr im Weg stehen wollte, hatte sie am Abend des zweiten Tages die Datscha verlassen und war weinend in den Wald gelaufen. Gleich hinter der ersten Baumreihe hatte sie sich in der Höhle verkrochen, in der Waffen, Munition, Geld und falsche Pässe versteckt waren. Zuerst hatte sie leise nach ihrem Vater gerufen, dann nach ihrer Mutter, dann hatte sie nur noch geweint, und schließlich war sie eingeschlafen.

Es wäre ein ewiger Schlaf geworden. Auch die dicke, wattierte Kleidung konnte bei minus dreißig Grad einen schlafenden Menschen nicht so wärmen, dass er eine Nacht im Freien überlebte.

Schreie hatten sie geweckt und vor dem Erfrierungstod bewahrt. Schüsse waren gefallen, und dann hatte es zwei gewaltige Explosionen gegeben.

Als sie aus der Höhle hinausgekrochen war, hatte es die Datscha nicht mehr gegeben. Dort, wo sie gestanden hatte, war dunkler, fetter Rauch aufgestiegen. Die Explosionshitze hatte den Schnee im Umkreis von mehr als fünfzig Metern schmelzen lassen, und der gefrorene Boden war umgepflügt wie im Frühling die Felder auf dem Land.

Sie hatte die Jeeps gesehen, schemenhaft die Schatten der Männer, und sie hatte beobachtet, dass zwei der Männer, mit denen sie zusammengelebt hatte, gefangen genommen worden waren.

Instinktiv hatte sie begriffen, dass ihr Gefahr drohte. Gegenstände und Kleidung in der Datscha wiesen darauf hin, dass sich auch eine Frau dort aufgehalten hatte. Man würde nach ihr suchen. Wenn sie das Versteck so dicht am Waldrand beibehielt, war es nur eine Frage der Zeit, bis man sie fand.

Obgleich sie erst vierzehn Jahre alt war und ein behütetes Leben geführt hatte, wusste sie doch genau, was sie erwartete, wenn man sie fand. Und sie wusste, dass die Männer, die die Datscha in die Luft gesprengt und bis auf zwei Gefangene alle getötet hatten, einer Truppe angehörten, die dem KGB direkt unterstellt war und Jagd machte auf die Verräter des Kommunismus. Zu denen gehörte offensichtlich auch ihr Vater, der Oberst. Schließlich war er ein Freund der getöteten Männer und hatte sie damit beauftragt, auf sie aufzupassen.

Ludmilla hatte die Höhle verlassen, eine Kalaschnikow mitgenommen, und von dem Moment an war sie nur noch gelaufen. Es hatte nur einen einzigen Gedanken in ihrem Kopf gegeben: Sie musste zur Datscha ihres Vaters, die sich mehr als fünfzig Kilometer von hier entfernt befand. Sie musste ihn warnen, denn die Männer vom KGB, die seine Freunde getötet hatten, würden auch ihm einen Besuch abstatten.

Eine Nacht, einen Tag und eine weitere halbe Nacht war sie unterwegs, bevor sie sich nun an einem gefrorenen Bach zusammenkauerte, sich die zu große Pelzmütze aus dem Gesicht schob und zur Datscha ihres Vaters schaute.

Sie war zu spät gekommen.

Zwei Fahrzeuge standen vor dem Eingang. Hinter den hell erleuchteten Fenstern der Datscha waren die Schatten einiger Männer zu sehen. Als sich in einem der Wagen ein Mann eine Zigarette anzündete, konnte Ludmilla ihre Mutter sehen, die zusammengekauert auf dem Rücksitz saß.

Ludmilla wusste nicht, was sie tun sollte.

Im Haus fielen Schüsse. Dann flog die Tür auf. Ihr Vater, der Oberst, taumelte nach draußen. Er hielt sich am Geländer der Veranda fest, die rund um die Datscha führte, hatte den Kopf in den Nacken geworfen und schaute zu dem Wagen, in dem ihre Mutter saß.

Ludmilla zitterte und weinte. Sie hatte Angst und wusste, dass sie diese Angst beherrschen musste. Instinktiv verhielt sie sich richtig. Sie presste sich gegen eine Schneewehe am Bachufer, umklammerte die Kalaschnikow, wartete und weinte.

Einer der Männer zerrte ihre Mutter aus dem Wagen. Jemand stieß ihr in den Rücken. Sie taumelte auf die Veranda zu, auf der ihr Vater stand – und stürzte.

Ludmilla hörte den Schrei, den ihr Vater ausstieß und der übertönt wurde vom Belfern einer Kalaschnikow, das kein Ende nehmen wollte.

Sie presste ihr heißes Gesicht in den gefrorenen Schnee. Obgleich sie nicht sah, was geschah, wusste sie dennoch, dass einer der Männer das Feuer auf ihre Mutter eröffnet und sie kaltblütig getötet hatte.

»Boris! Jurij!«

Ludmilla hob das Gesicht aus dem verkarsteten Schnee. Sie starrte zur Datscha. Sie sah alles nur verschwommen, bis sie sich über die Augen wischte. Dann erkannte sie die beiden Männer, von denen einer auf ihre Mutter gefeuert hatte.

»Nein!«, schrie sie verzweifelt in sich hinein. »Nein!«

Boris Levschenko und Jurij Bazanow waren jahrelang mit ihrer Familie befreundet und sehr oft Gast in ihrer Wohnung in Moskau gewesen. Freunde. Sie hatten zusammen gegessen, getrunken, gesungen und gelacht. Sie hatte als Kind auf den Schößen dieser Männer gesessen, die jetzt kaltblütig ihre Familie ausrotteten.

»Boris Levschenko und Jurij Bazanow!«, schrie ihr Vater. »Das bleibt nicht ungesühnt! Dafür werdet ihr in der Hölle schmoren! Eines Tages …«

»Rede nur, Towarischtsch!«, brüllte Levschenko. »Rede nur, wenn's dadurch leichter für dich wird. Rede nur …«

Ludmilla sah ihren Vater mit schweren Schritten zu der breiten Treppe gehen, die von der Veranda hinab vor das Haus führte, wo ihre Mutter lag. An seinen Bewegungen konnte Ludmilla erkennen, dass er schwer verletzt war und sich kaum noch auf den Beinen halten konnte. Dennoch gelang es ihm, die Treppenstufen hinabzusteigen und die wenigen Schritte dorthin zu gehen, wo ihre Mutter lag. Er brach zusammen, kniete neben ihrer toten Mutter und hob den Blick anklagend gegen den klaren Sternenhimmel, der sich über der eiskalten Nacht spannte.

»Boris Levschenko und Jurij Bazanow«, wiederholte er wie einen Fluch. »Ihr werdet in der Hölle schmoren! Eines Tages …«

Eine Garbe aus der Kalaschnikow, die Levschenko in der Hand hielt, streckte ihn nieder. Als er am Boden lag, sicher schon tot, begann Jurij Bazanow ebenfalls mit seiner Kalaschnikow auf den Oberst zu schießen.

Ludmillas Finger verkrallten sich im Eisschnee. Sie brach Stücke heraus und kühlte sich damit das glühende Gesicht. Sie spürte die Kälte nicht mehr. Sie hörte die Männer lachen, sah, wie man ihren Vater und ihre Mutter auf einen der Wagen warf und wenig später abfuhr.

Die roten Rückleuchten der Fahrzeuge waren noch nicht in der Dunkelheit verglüht, als die Explosionen erfolgten, die die Datscha zerstörten, in der sie als Kind sehr glücklich gewesen war.

Früher – als Kind …

Von nun an war Ludmilla kein Kind mehr. Sie stand auf, hielt die schwere Kalaschnikow fest gegen ihren mageren Körper gepresst und schaute in die Richtung, in die die Fahrzeuge verschwunden waren.

Boris Levschenko und Jurij Bazanow!

Eines Tages würden sie in der Hölle schmoren, hatte ihr Vater, der Oberst, ihnen vorausgesagt. Ludmilla schwor in dieser eisigen Nacht, in der noch großen und vereinten Sowjetunion, dass sie das Wort ihres Vaters einlösen würde.

Eines Tages …

NEW YORK CITY

Es war das komplette Chaos. Ein italienisches Restaurant brannte. Starker Wind trieb die Flammen breitflächig auseinander. Hin und wieder schossen sie fauchend durch die Fenster und die Eingangstür, sodass man glauben konnte, jemand mit einem Flammenwerfer hielte sich dahinter auf. Die City Police hatte den Komplex weiträumig abgeriegelt. Dennoch war es Reporterteams beinahe aller lokalen New Yorker Sendeanstalten gelungen, an den Katastrophenherd heranzukommen.

Die Spring Street war die natürliche Demarkationslinie, über die sich niemand hinwegwagte.

Die Feuerwehrwagen standen Ecke West Broadway und Wooster Street. Sie kamen nicht heran, weil auf der einen Seite ein umgestürzter Truck den Weg versperrte und vielleicht fünfzig

Yards von dem Brandherd entfernt, ziemlich dicht am Eingang eines Nebenhauses, ein Lieferwagen stand, der mit einem knallroten Warnschild EXPLOSIVE beklebt war.

Bis jetzt hatte sich keiner an den Transporter herangewagt.

Captain Mark Hunter, der Einsatzleiter, weigerte sich, ein zu großes Risiko einzugehen und leichtsinnig Menschenleben aufs Spiel zu setzen. Das Leben unbeteiligter Menschen.

Unter den Cops hatte es bis jetzt zwei Tote gegeben. Die lagen zwischen dem Brandherd und dem Lieferwagen mitten auf der Fahrbahn. Drei weitere Cops, die einen Einfall ins Nebenhaus versucht hatten, hatten sich schwer verletzt über die Straße retten können und waren inzwischen zum Beekman Downtown Hospital geschafft worden. Einer schwebte in akuter Lebensgefahr, die beiden anderen würden es schaffen.

Die Kamerateams, die in Hauseingängen Schutz gesucht hatten oder lang ausgestreckt hinter geparkten Fahrzeugen lagen, richteten ihre Objektive auf alles, was sich bewegte.

»Der FBI!«, rief jemand, als Phil und ich am Ort des Geschehens eintrafen und versuchten, den Wagen des Einsatzleiters zu erreichen.

Als wäre die Botschaft von den Kerlen gehört worden, die diese Katastrophe ausgelöst und zu verantworten hatten, wurde aus dem Nachbarhaus des brennenden Restaurants das Feuer eröffnet.

Gezielt auf Phil und mich.

Während ich zu Boden tauchte und mich blitzschnell hinter eines der am Straßenrand parkenden Fahrzeuge in Deckung drehte, sah ich Phil noch für eine Sekunde auf der Fahrbahn knien und mit wütendem Blick zu dem Haus hinüberschauen, aus dem heraus geschossen wurde.

»Phil!«

Er hatte sich schon zu Boden geworfen. Zusammengerollt wie ein Igel drehte er sich über die Straße. Rechts und links von ihm staubte der Asphalt auf, als schwere Munition dort einschlug, wegspritzte und als jaulende Querschläger den Weg fortsetzte. Die verirrten Kugeln klatschten gegen Hausfassaden, zerstörten Fensterscheiben, und einer der Kameramänner, der unbedingt die

Katastrophe hautnah auf den Film bringen wollte, bezahlte seinen Berufseifer mit dem Leben.

»Es hat Diego erwischt!«, schrie eine Frau mit verzweifelter Stimme.

Ich richtete mich hinter dem Wagen auf und schaute mich um. Nur das blonde Haar der Frau war zu sehen, als sie in einem Hauseingang auftauchte. Dort blieb sie kurz regungslos stehen und drehte den Kopf wild von einer Richtung in die andere.

»In Deckung, verdammt!«

Phils Stimme überschlug sich. Mein Freund war der Lady um drei Schritte näher als ich. Er sprang auf und überwand im Zickzack die zehn Schritte, die ihn von der blonden Reporterin trennten. Die letzten zwei Yards legte er im Sprung zurück, griff nach den langen Beinen der Frau und riss sie neben sich auf den Boden. Blitzschnell rollte sich Phil über sie, um sie mit seinem Körper zu decken.

Währenddessen hatte ich die Fensterfront des Hauses abgesucht, von wo aus die Schüsse aus einer automatischen Schnellfeuerwaffe abgegeben worden waren. Ich sah den Schatten hinter einem der Fenster auftauchen, hob die Waffe und ließ sie im nächsten Moment wieder sinken.

»Nicht schießen!«, brüllte ich gegen den infernalischen Lärm um mich herum an. »Nicht schießen! Das ist eine Frau!«

Es geschahen noch Wunder, auch in einem Moloch von Stadt wie New York. Das wurde deutlich, als keiner der Cops die Nerven verlor und auf den Schatten am Fenster des gegenüberliegenden Hauses feuerte. Entweder war meine Botschaft schnell genug übergekommen oder die uniformierten Kollegen hatten selbst erkannt, dass die Gangster eine Frau als Kugelfang vor das Fenster gestellt hatten.

Phil kroch mit der Blondine, die einen Moment wild um sich geschlagen, sich dann aber schnell wieder beruhigt hatte, in den schützenden Hauseingang zurück.

Von rechts, wo sich der Wagen des Einsatzleiters befand, näherte sich Captain Mark Hunter. Er war groß und breit. Die ideale Zielscheibe für einen Mann, der mit der Waffe umzugehen verstand. Aber Hunter bot nur selten ein Ziel. Er hüpfte zwischen den geparkten Fahrzeugen hindurch, nutzte jede Deckung und warf sich wenig später neben mir auf die Straße. Sein Atem ging schwer. Das breitflächige Gesicht war vor Anstrengung verzerrt, und sein Blick ruckte kurz dorthin, wo der tote Kameramann lag. Er stieß einen Fluch aus, der selbst einem abgebrühten Seelord die Schamesröte ins Gesicht getrieben hätte.

Ich legte dem großen, schweren Mann die Hand auf die Schulter und schüttelte den Kopf. So schnell, wie Hunter sich aufgeregt hatte, beruhigte er sich auch wieder. Er machte diesen Job schon dreißig Jahre und war alt, grau und weise im Dienst geworden. Letzteres ging eindeutig daraus hervor, dass er sich fluchend Luft verschaffte, statt sich auf Handlungen einzulassen, die weder ihm noch sonst jemandem dienlich waren.

»So was habe ich noch nicht erlebt, Cotton!«, brüllte er mir ins Gesicht. »Das ist die Hölle! Das ist nichts für meine Jungs. Die sind für so was nicht geschult. Verdammt!«

»Shut up, Captain!«

Auf einen Schlag verstummte Hunter. Er wischte sich mit dem Handrücken über die feuchtglänzende Stirn.

»Die beiden Männer müssen von der Straße!«, keuchte er.

Er meinte die Cops, die es nicht geschafft hatten, sich in Sicherheit zu bringen, und tot auf der Fahrbahn lagen.

»Was ist passiert?«

Er starrte mich aus großen Augen ungläubig an. »Verdammt, ich dachte ...«

»Wir haben den Einsatzbefehl über Funk bekommen, Captain. Wir waren in der Nähe, deswegen sind wir als Erste hier. Wahrscheinlich kommen noch andere. Was ist passiert?«

»Das weiß niemand genau«, sagte Hunter und hustete. »Es gab Krach in dem italienischen Restaurant, das jetzt brennt, G-man. Es wurde geschossen. Ein paar Streifenwagen waren schnell zur Stelle. Ein paar Kerle sind in das Haus nebenan geflüchtet. Dann flogen im Restaurant Sprengsätze in die Luft, und meine Männer haben versucht, den Burschen ins Nachbarhaus zu folgen. Es hat zwei Tote und drei Schwerverwundete gegeben. Aber wir haben ihnen den Weg abgeschnitten. Alle Ausgänge werden überwacht. Die sitzen dort wie eine Maus in der Falle. Ich …«

Er brach ab. Drüben wurde das Fenster aufgestoßen, hinter dem eben ziemlich undeutlich die Frau zu sehen gewesen war, die von den Gangstern als Kugelfang dort hingestellt worden war.

Ich kniff die Augen zusammen. Ein kalter Schauer jagte über meinen Rücken. Die Frau entpuppte sich als ein junges Mädchen, das vielleicht achtzehn Jahre alt war. Sie hielt etwas gegen ihre Brust gepresst, das jetzt, als es zu schreien und zu strampeln begann, als ein Baby zu erkennen war.

»Bitte!«, schrie die junge Frau. »Bitte – mein Kind – verschwindet …!«

»Mein Gott«, keuchte Captain Mark Hunter. »Mein Gott!«

Hinter der Frau mit dem Kind tauchte ein großer Mann auf. Er überragte die Frau um einen ganzen Kopf und war so breit, dass er sich nicht vollständig hinter ihr verstecken konnte. Der Lauf einer Kalaschnikow ragte rechts am Körper der jungen Frau mit Baby vorbei.

Im nächsten Sekundenbruchteil begann die russische Waffe Feuer zu spucken. Zwei kurze Garben. Die Kugeln pfiffen über die Straße, schlugen in die Karosserien der geparkten Fahrzeuge ein und klatschten gegen die Fassaden der Häuser, in deren Eingängen die Fernsehleute Schutz gesucht hatten.

Dann wurde es für einen Moment so still, dass ich meinen eigenen Herzschlag hören konnte.

»Alles verschwindet!«, schrie der Mann aus dem Fenster.

Phil kroch aus dem Hauseingang, in den er sich eben mit der blonden Reporterin zurückgezogen hatte. Er hielt die Kamera in beiden Händen, hob sie und richtete das Teleobjektiv auf das Fenster aus, wo die Frau mit dem Baby und der Mann mit der Kalaschnikow standen. Es war eine von kühler Überlegung gesteuerte Handlung. Keiner wusste, wie das hier ausgehen würde, und Phil wollte das Geschehen am Fenster unbedingt im Kasten haben. Der Film konnte möglicherweise dazu dienen, den Kerl dort oben zu identifizieren.

»Ich habe gehört, dass G-men dort unten sind!«, schrie der

Mann aus dem Fenster. »Einer soll auf die Straße kommen, damit ich ihn sehen kann! Verstanden?«

Er brüllte es so laut, dass man ihn auch einen Häuserblock entfernt verstehen konnte.

»Sofort!«

Die junge Frau, die ihr Baby noch fester an ihre Brust drückte, stieß einen schrillen Schrei aus.

Was der Hüne mit ihr gemacht hatte, hatte ich nicht sehen können. Sicher war nur, die Lady schwebte in akuter Lebensgefahr.

»Wie viele halten sich in dem Haus da drüben auf?«, wandte ich mich an Captain Hunter von der City Police, der neben mir lag.

»Mindestens drei«, antwortete Hunter. »Genau wissen wir es nicht.«

»Ich will jetzt, verdammt, einen G-man auf der Straße sehen!«

Die Stimme des Mannes klang, als würde er jeden Moment die Nerven verlieren.

»Okay, ich komme!«

»Sie sind verrückt, Cotton!«, keuchte Hunter neben mir. »Die haben schon zwei meiner Jungs erschossen und drei weitere verletzt.«

Ich wusste es. Vielleicht war es wirklich verrückt. Aber es gab keinen anderen Weg, ein weiteres Unglück zu verhindern.

»Ohne Waffen! Die Hände über dem Kopf!«, schrie der Mann aus dem Fenster. »Alle anderen sollen verschwinden! Sofort!«

Ich erhob mich hinter dem Fahrzeug und warf einen schnellen Blick zu Phil Decker. »Sorg du dafür, dass sich die Cops zurückziehen.«

Phil nickte.

Ich hob die Hände und legte die Dienstwaffe gut sichtbar auf das Dach des Lincoln, der bislang eine ziemlich sichere Deckung gewesen war. Mein Magen sackte durch. Ich fühlte mich wie einer, den man als Prüfkaninchen auf viel zu dünnes Eis geschickt hat.

»Komm näher! Verdammt, die anderen sollen verschwinden!« Um der Forderung Nachdruck zu verleihen, feuerte er mit der Kalaschnikow noch einmal aus dem Fenster.

Dann entdeckte ich die beiden anderen Burschen an den

Fenstern rechts und links. Erkennen konnte ich sie nicht. Für mich waren es nur Schatten. Aber Phil konnte sie mit der Kamera heranzoomen, sodass man sie später vielleicht doch erkennen konnte.

Ich ging bis zur Straßenmitte und blieb stehen. Die beiden Kerle, die gerade an den Nachbarfenstern aufgetaucht waren, verschwanden wieder. Ich kniff die Augen zusammen und starrte nach oben.

Die Frau mit dem Kind auf dem Arm stand bewegungslos da. Sie hatte ein schmales kindliches Gesicht und große dunkle Augen. Ihr Haar war lang und schwarz. Es unterstrich die Blässe ihres Gesichts. Sie sah mich, das war sicher, aber ich hatte den Eindruck, als ginge ihr Blick direkt durch mich hindurch. Ihre Angst war mir verständlich und schien inzwischen so groß geworden zu sein, dass sie von ihr regelrecht paralysiert wurde.

»Wie heißt du, G-man?«

»Cotton. Jerry Cotton.«

»Komischer Name für einen ausgewachsenen Mann.«

Ich zuckte mit den Schultern. Er konnte sagen, was er wollte, ohne mich damit aus der Ruhe zu bringen. Ich wollte die Frau und das Baby. Alles andere rangierte an zweiter Stelle.

Hinter mir wurde es unruhig. Phil regelte den Rückzug der City Police, oder aber Hunter war besonnen genug, die Aussichtslosigkeit der Lage einzusehen, und hatte als verantwortlicher Offizier alles selbst in die Hand genommen.

Die Haustür wurde aufgestoßen. Einer der beiden Männer, deren Schatten ich eben dort oben an den Fenstern gesehen hatte, tauchte auf. Er war inzwischen maskiert. Die Kerle wollten wirklich unerkannt verschwinden.

Als ich den Blick zum Fenster hob, sah ich nur noch die Frau und das Kind. Sie hatte sich nicht von der Stelle gerührt, und es schien, als würde sie auch in absehbarer Zeit nicht dazu fähig sein.

Zum Teufel, ich wusste nicht, was sie planten. Auf jeden Fall rechneten sie nicht damit, dass ihnen jemand Schwierigkeiten bereiten würde.

Ein zweiter Mann trat aus dem Eingang. Maskiert wie der erste und ebenfalls mit einer Kalaschnikow bewaffnet.

»Das hier, verdammt, ist nicht gegen die Polizei oder den FBI gerichtet«, sagte der zweite Mann mit schleppender Stimme und einem Dialekt, den ich noch nicht richtig einordnen konnte. Auf jeden Fall gab sich der Kerl alle Mühe, gutes Amerikanisch zu sprechen.

»Okay«, sagte ich.

Im nächsten Moment tauchte der dritte Mann auf. Es war der Hüne, der bislang am Fenster gestanden, das Wort geführt und sich hinter der jungen Frau mit dem Baby versteckt hatte. Mit langsamen, etwas unsicheren Schritten ging er auf die Straße, näherte sich mir und blieb zwei Schritte von mir entfernt stehen. Er trug die gleiche schwarze Wollmaske wie die anderen. Es gab nur Löcher für Mund und Augen.

Unwillkürlich schickte ich einen schnellen Blick zum Fenster hinauf. Die junge Frau und das Baby standen noch immer dort oben. Regungslos, dass man sie für Puppen halten konnte. Ganz kurz schoss mir das durch den Kopf, aber ich schob diesen Gedanken sofort wieder beiseite. Das waren keine Puppen, es waren Menschen aus Fleisch und Blut.

»Sie ist mit den Füßen an der Heizung festgebunden«, sagte der Mann, der – das stellte ich erst jetzt fest, als ich mich auf ihn konzentrierte – ebenfalls einen harten Akzent hatte. »Es ist nicht unsere Schuld, dass es zu diesem Zwischenfall gekommen ist. Die Cops hätten sich heraushalten sollen.«

Wäre die Situation nicht so verdammt ernst gewesen, hätte ich gelacht. Aber angesichts der beiden toten Cops und des Kameramanns, die auf der Straße lagen, und der jungen Frau mit dem Baby dort oben am Fenster war mir das Lachen schon lange vergangen.

»Es war eine rein geschäftliche Auseinandersetzung zwischen uns und den Italienern.« Er deutete auf das noch brennende Restaurant. »Calzone ist tot. Die beiden anderen auch. Wir haben euch also einen Gefallen getan. Das waren doch nur Pestbeulen der amerikanischen Gesellschaft.«

Er war verrückt, daran bestand für mich kein Zweifel mehr. Sie trugen hier einen Bandenkrieg aus, nahmen das Recht in die eigenen Hände und behaupteten nun auch noch, uns mit Mord, Brandschatzung und Geiselnahme einen Gefallen getan zu haben.

»Was jetzt?«, fragte ich rau. Nur mit Mühe und Selbstbeherrschung konnte ich verhindern, dass Abscheu und Ekel deutlich in meiner Stimme mitschwangen. Eines war sicher: Sobald das hier alles ein gutes Ende gefunden hatte, brachen für die Burschen schlechte Zeiten an.

»Die Cops haben sich anscheinend zurückgezogen. Jetzt räumt ihr die Straße komplett, dann verschwinden wir. Wir könnten eine Million oder noch mehr für die Frau und das Baby verlangen und würden das Geld sicher auch bekommen. Amerika ist verrückt. Hier bezahlt man für das Leben von Bürgern. Aber wir fordern nur freien Abzug. Es ist besser, wenn uns keiner folgt.«

Warum es besser war, machte er deutlich, als er mir einen länglichen schwarzen Kasten zeigte, der einer Fernbedienung für einen Fernseher ähnelte.

»Die Frau ist an der Heizung festgebunden. Sie kann sich nicht selbst befreien. Ringsum sie herum haben wir Sprengladungen angebracht, die über Funkimpuls gezündet werden können. Mit diesem Gerät hier. Es funktioniert noch auf eine Entfernung von zehn Meilen. In die Wohnung gelangt ihr auch nicht unbemerkt. Fenster und Türen sind mit Sensoren bestückt, die uns sofort melden, wenn jemand es doch versucht. Was dann passiert, kannst du dir wohl an den Fingern einer Hand ausrechnen, G-man.«

Ich knirschte mit den Zähnen. Ich war kein Fachmann, was solche explosiven Spielereien anging, aber vorsichtshalber beschloss ich, dem Kerl zu glauben. Auch musste ich davon ausgehen, dass er sein Versprechen einlöste und den betreffenden Knopf drückte, falls es bei ihrer Flucht zu einem Zwischenfall kam.

»Alles verstanden, Jerry Cotton?«

Ich nickte.

»Wenn es vorbei ist, kümmert ihr euch nicht weiter um die Sache. Andernfalls wird sich das schnell an einer anderen Ecke der Stadt wiederholen. Und ihr habt nicht die geringste Chance, es zu verhindern. Das ist dir doch klar, G-man?«

Ich nickte erneut und schaute mich um.

Phil hatte ganze Arbeit geleistet. Die Cops hatten sich zurückgezogen. Weit und breit keine Uniform mehr, die die Gangster nervös machen konnte. Nur ein paar Streifenwagen standen noch verlassen herum.

Von den Kamerateams der verschiedenen Sendeanstalten war auch nichts mehr zu sehen. Dennoch war mir klar, dass alles beobachtet wurde und Captain Mark Hunter inständig um eine winzige Chance betete. Zwei Tote und drei Schwerverletzte aus seiner Truppe, das konnte er nicht auf sich sitzen lassen.

Der Captain und seine mögliche Unbeherrschtheit waren in diesem Moment also meine größten Sorgen.

Ich schaute dorthin, wo sich Phil aufgehalten hatte. Ich konnte meinen besten Freund nicht sehen, aber instinktiv spürte ich, dass er in der Nähe war und seinen Posten unter gar keinen Umständen verlassen würde. Zudem rechnete ich fest damit, dass inzwischen noch andere Kollegen vom FBI eingetroffen waren. Vielleicht Zeery, Joe Brandenburg und Steve Dillaggio. Nach dem, was hier geschehen war, würde Mr. High Himmel und Hölle in Bewegung gesetzt haben.

Wenn die Burschen also wirklich von hier verschwanden, würden sie nicht so einsam sein, wie sie sich das vorstellten.

»Du machst ein Gesicht wie ein Pilger, der sich von der Schwarzen Madonna ein Wunder erhofft, G-man«, knurrte der große, breitschultrige Kerl. Provozierend drehte er den verdammten schwarzen Kasten in seiner Hand, mit dem er das Leben der Frau und des Babys auslöschen konnte. »Wir verschwinden jetzt, Cotton. Vergiss nicht, was wir dir gesagt haben: Niemand folgt uns, und niemand kümmert sich um das, was wir mit den Italienern haben.«

Ich nickte. Vielleicht geschah das eine nicht, und sie konnten entkommen, aber die zweite Forderung war lächerlich. Im brennenden Haus waren Calzone und andere Menschen gestorben, und auf der Straße lagen zwei tote Cops. Wer diese Verbrecher auch waren, sie standen jetzt ganz oben auf der Liste des FBI.

Der Hüne drehte sich kurz zu seinen beiden Partnern um und gab ihnen ein Zeichen. Vorsichtig, als trauten sie dem Frieden noch nicht, lösten sie sich aus dem schützenden Hauseingang und traten auf die Fahrbahn hinaus.

»Da ist noch etwas, was du wissen solltest, G-man. In dem Transporter befindet sich wirklich Dynamit. Auch diese Ladung kann ich mit einem Knopfdruck auf diesen schwarzen Kasten auslösen.«

»Wann können wir zu der Frau und dem Baby?«

»In genau zwei Stunden.«

Ich knirschte mit den Zähnen. Ein Blick zum Fenster machte mir deutlich, dass die Frau es so lange nicht mehr aushalten würde.

»Sie ist jung und stark«, sagte der Kerl zynisch. »Und sie ist eine Amerikanerin. Ihr Amerikaner wollt doch immer die Besten sein.«

Er stieß ein gehacktes Lachen aus. Aus den Augenwinkeln beobachtete er seine Partner, die zu einem Buick gingen, der einige Schritte vom Ausgang entfernt parkte.

»Dann good bye, G-man. Vielleicht sehen wir uns später ...«

Er wurde herumgerissen und starrte mich noch verwundert an, als sein Gesicht regelrecht zerplatzte. Dann warf er die Hände in die Luft und stürzte zu Boden, ohne auch nur einen Laut von sich zu geben.

Mir war klar, dass jemand vom Dach herunter mit einem extrem schallgedämpften Gewehr auf ihn geschossen und dabei eine Munition verwendet hatte, die beim Aufschlag auf ein Ziel explodierte.

Es war ein schreckliches Bild, aber das lenkte mich nicht ab. Mein Blick war starr auf den schwarzen Kasten gerichtet, der seinen Händen entglitten war und auf der Straße lag. Nach einem Hechtsprung brachte ich das Gerät unter mir in Sicherheit.

Erst jetzt bekamen die beiden Männer, die sich auf dem Weg zum Buick befanden, mit, dass etwas vorgefallen war. Sie wirbelten herum, rissen die Kalaschnikows hoch und begannen wild um sich zu schießen. Weil ich genau wie der Hüne regungslos auf dem Boden lag, nahmen sie wohl an, dass es mich ebenfalls erwischt hätte. Keiner der beiden unternahm auch nur den Versuch, auf mich zu schießen.

Nachdem sie die ersten Garben abgefeuert hatten, rannten sie zurück und versuchten, den schützenden Hauseingang zu erreichen, den sie eben widerwillig verlassen hatten.

Ich war nicht sicher, ob Phil oder die Cops oder ich es geschafft hätten, die Kerle schnell genug zu stoppen. Wahrscheinlich nicht.

Aber da gab es einen anderen Mann, der es konnte. Der, der von einem der Dächer aus schon den Hünen vom Leben in den Tod befördert hatte. Der wartete, bis die beiden Gangster den Lieferwagen passierten, in dem sich Dynamit befinden sollte.

Das war kein Bluff gewesen.

Das begriff ich noch glasklar, als vielleicht zwanzig Yards von mir entfernt ein greller Explosionsblitz aufzuckte und mich mit schneeweißem Licht blendete. Ich hörte noch den Knall. Dann wurde es dunkel um mich herum, weil ein harter Gegenstand meinen Kopf traf und mich in ein schwarzes, unendlich tiefes Loch abstürzen ließ.

»Ich will, dass ihr den Kerl findet, Marcello«, sagte Caesare Benutti. »Er hat uns einen Dienst erwiesen und uns eine Menge Arbeit abgenommen. Ich will ihn dafür bezahlen.«

Marcello Ligorno lachte. Er dachte wohl, Benutti sagte das nur, weil es Zuhörer vom FBI gab.

Phil und mich.

Wir hatten uns auf den Weg gemacht, um Benutti nach den Leuten zu befragen, die ihm und seinen Männern in der Spring Street so übel mitgespielt hatten. Nachdem sie mich schnell wieder unter die Lebenden zurückgeholt und ich nur Kopfschmerzen davongetragen hatte, hatten Steve Dillaggio und Zeerookah die Sache übernommen.

Die junge Frau und das Baby waren in Sicherheit und zur Untersuchung in ein Krankenhaus gebracht worden. Der Brand in dem italienischen Restaurant, das Caesare Benutti gehörte, war gelöscht worden. Zu retten war nichts mehr gewesen. In den Trümmern waren die verkohlten Leichen dreier Männer gefunden worden. Um die Identifizierung der beiden Gangster, die praktisch mit dem

Transporter in die Luft geflogen waren, und um die des Hünen kümmerte sich der Erkennungsdienst.

Viele Hoffnungen hatte man uns diesbezüglich nicht gemacht.

Also gingen wir davon aus, dass uns Caesare Benutti weiterhelfen konnte. Schließlich hatte man es auf ihn abgesehen gehabt. Und Männer wie er kannten ihre Feinde im Allgemeinen.

»Der Bursche hat euch die Arbeit abgenommen, G-men«, wandte sich Benutti nun direkt an Phil und mich, nachdem er die Spagetti kunstvoll um eine Gabel gewickelt, sich die Fuhre in den Mund geschoben und gut durchgekaut hatte. »Wenn man es richtig betrachtet, hat er der Stadt New York jede Menge Kosten erspart. Auch die Frau und das Baby verdanken ihm mehr oder weniger ihr Leben. Dabei will ich die Verdienste des FBI und der Cops nicht schmälern. Aber man muss die Tatsachen akzeptieren.«

Phil wollte aufbrausen. Ich legte meinem Freund beruhigend die Hand auf die Schulter.

»Sicher, Benutti«, sagte ich schleppend. »Man kann es sehen, wie man will. Aber der Mann, der die Gangster ausgeschaltet hat, ist dennoch ein Killer.«

Benutti wischte sich die Tomatensoße aus dem Mundwinkel. Langsam und schwerfällig wuchtete er seine beinahe dreihundert Pfund Lebendgewicht, die auf nur fünfeinhalb Fuß Größe verteilt waren, in die Höhe. Er sah aus wie eine Tonne und bewegte sich mit dem watschelnden Gang einer Ente, der ein Ei quer saß, als er zu Phil und mir an den Tresen trat.

»Wieso ist man ein Killer, wenn man Killer erledigt und damit Menschenleben rettet, G-man?«, fragte er mich. »Ich habe eine Mitteilung an die größten Zeitungen und Agenturen herausgegeben. Sie werden berichten, dass Caesare Benutti hunderttausend Dollar an den Mann bezahlen wird, wenn er sich meldet, natürlich anonym, und glaubhaft beweisen kann, dass er der Schütze gewesen ist. So erzieht man die Bürger dazu, ihren Beitrag zur Verbrechensbekämpfung zu leisten und das zu erledigen, wozu die Polizei nicht fähig ist.«

Er lachte. Bei seiner Figur und seinem Klangkörper hätte das eigentlich laut und hohl klingen müssen. Aber es war das hohe

Lachen eines Chorknaben vor dem Stimmbruch. Er schnippte mit den Fingern, und der Barkeeper schenkte ihm einen doppelten Grappa ein. Den kippte Benutti auf einen Zug, um wieder Ordnung in seinen voll gestopften Magen zu bringen. Anschließend schaute er mich aus kleinen Augen tückisch an.

»Ich weiß von nichts, G-man. Ihr habt den Weg umsonst gemacht. Calzone und einige seiner Männer sind tot. Du siehst mich in tiefer Trauer.«

»Die Trauer könnte vielleicht noch größer und tiefer werden, wenn sich das wiederholt«, sagte Phil trocken.

»Habt ihr überhaupt ein Recht, hier zu sein?«, fragte der Fette, dem die Trauer absolut nicht anzumerken war.

»Wir haben das Recht, Fragen zu stellen, und du hast die Pflicht, sie zu beantworten.«

»Wenn ich sie beantworten kann«, schränkte Benutti ein.

Ich nickte. Spätestens jetzt war mir sonnenklar, dass wir uns den Besuch bei dem Italiener hätten sparen können. Er war eine schillernde und machtvolle Figur innerhalb der Mafia, und er war mit allen schmutzigen Wassern gewaschen.

»Wer hat etwas gegen dich, Benutti?«

Er schaute mich verständnislos an und zuckte mit den massigen Schultern. »Keiner hat was gegen mich. Gegen Calzone vielleicht, ja. Aber bei mir seid ihr an der falschen Adresse.«

Das hieß nichts anderes, als dass der Dicke keine Lust mehr hatte, sich weiter mit Phil und mir zu unterhalten, und den Besuch als beendet ansah. Und, zum Teufel, wir hatten gegen den Fetten nichts in der Hand. Nicht das kleinste Druckmittel, mit dem wir ihn dazu bewegen konnten, uns einen Tipp zu geben und somit zu helfen.

Sechs Menschen hatten in der Spring Street ihr Leben verloren. Benutti wusste was, aber aus welchem Grund weigerte er sich, mit uns zusammenzuarbeiten? Das hieß, er fühlte sich sicher. Oder er kannte einen Weg, sich abzusichern, damit sich das Geschehen nicht wiederholte.

»Signore Benutti findet es an der Zeit, dass ihr uns verlasst«, meldete sich einer der Männer, die dem Dicken auf Schritt und Tritt wie einen lebenden Schutzwall umgaben.

Phil und ich kannten ihn gut genug. Wenn er erst einmal begonnen hatte, andere für sich reden zu lassen, dann war es sinnlos, das Wort noch einmal an ihn zu richten.

»Wir sehen uns wieder«, sagte Phil.

Der Fette verzog das Gesicht zu einem hämischen Grinsen.

»Signore Benuttis Anwälte werden etwas dagegen haben«, sagte Marcello Ligorno, der Benuttis Sprecher war. Er war auch seine rechte Hand und wurde als Benuttis Nachfolger gehandelt. Benutti war in die Jahre gekommen. Er war reich, fett und müde geworden.

In der Tür des Restaurants, das für den Publikumsverkehr noch geschlossen war, blieb Phil stehen und drehte sich noch einmal zu Benutti um.

»Von diesem Moment an laufen deine Geschäfte schlechter«, sagte er. »Es werden eine Menge Polizisten auf den Beinen sein und deine Geschäfte unter die Lupe nehmen.«

Benutti wollte noch etwas sagen. Phil ließ die Tür ins Schloss knallen und trat zu mir an den Wagen, wo ich wartete. Er schaute mich zweifelnd an.

»Du versuchst zwar, mir das Gegenteil einzureden, Jerry«, sagte er, »aber du siehst nicht so aus, als würdest du dich okay fühlen. Hör auf den Rat eines guten Freundes: Ich fahre dich jetzt nach Hause, und morgen ist ein neuer Tag.«

Zuerst wollte ich ablehnen. Aber Phil war nicht nur mein bester Freund, wir kannten uns auch schon so lange, dass der eine dem anderen nichts vormachen konnte. Er hatte vollkommen Recht. Ich sah nach dem Geschehen in der Spring Street nicht nur mitgenommen und ramponiert aus, ich fühlte mich auch nicht in Ordnung. Mein Kopf brummte immer mehr, und ich hatte das Gefühl, gegen einen fahrenden Bus gelaufen zu sein.

»Okay«, sagte ich also. »Fahr mich nach Hause, Phil. Morgen ist ein neuer Tag. Vielleicht sind die Techniker dann auch schon ein ganzes Stück weitergekommen.«

Anatol Krassowski hatte Angst. Dabei wusste er nicht mal genau, wen er mehr fürchten musste: den Towarischtsch oder die Frau. Zweimal hatte er sie gesehen, und sie hatte einen solchen Eindruck auf ihn gemacht, dass er Tag und Nacht an sie dachte.

Jetzt, auf den Weg nach Upper Manhattan, war er so viele Umwege gefahren, dass er für die Strecke von Coney Island aus eine halbe Stunde länger als sonst benötigt hatte.

Innerhalb der Organisation war er jemand mit Macht und Einfluss. Es gab viele Männer, die vor ihm zitterten. Aber die konnten nicht wissen, dass ihn eine wunderschöne Frau nach zwei heißen Nächten zum Verräter hatte werden lassen.

Für Geld und Sex. Wobei Letzteres die größere Rolle gespielt hatte, denn Anatol Krassowski war kein armer Mann.

Immer wieder warf der Russe auch im dicksten Verkehrsgewühl prüfende Blicke in Seiten- und Rückspiegel. Er hielt Ausschau nach auffälligen Fahrzeugen oder zumindest nach Fahrzeugen, die sich schon verdächtig lange hinter ihm befanden. Wenn das der Fall war, änderte Anatol die Fahrtroute, und bislang war es immer so gewesen, dass die Fahrzeuge dann verschwunden gewesen waren. Je länger die Fahrt dauerte, umso ruhiger wurde Anatol. Als er das Ziel der Fahrt, das Best Western Motel, vor Augen hatte, war er absolut sicher, keinen »Schatten« hinter sich zu haben. Falls das zu Anfang doch der Fall gewesen sein sollte, hatte er ihn abgeschüttelt.

Er drehte das Fenster herunter und zündete sich eine Zigarette an. Nach dem ersten tiefen Zug fühlte er sich noch ruhiger. Er stellte das Fahrzeug auf dem Außenparkplatz des Motels ab und machte sich zu Fuß auf den Weg. Das war sicherer und die Garantie dafür, dass niemand seine Ankunft auf dem Motelgelände entdeckte. Und das wiederum war für Anatol Krassowski die Garantie für ein langes Leben. Vielleicht mit noch mehr Geld ausgestattet und in einem ganz anderen Land als Amerika.

Aber das musste sich erst noch herausstellen.

Zwischen einem schmalen Durchgang von Buchsbaumhecken erreichte Anatol den Zugang zu dem abseits stehenden Bungalow. Es war noch früh. Die meisten anderen Bungalows waren noch unbewohnt.

Fünf Yards vor der grünen Eingangstür blieb Anatol stehen und kniff die Augen zu schmalen Schlitzen zusammen. Die Tür war nur angelehnt. Das bedeutete, die Lady erwartete ihn nicht nur, sie hatte auch seine Ankunft beobachtet.

Zum Teufel, er hatte in seinem Leben noch niemals Glück mit Frauen gehabt. Die meisten hatten aus Angst etwas mit ihm angefangen, oder er hatte sie fürstlich bezahlen müssen, oder es hatte etwas gegeben, was er ihnen liefern konnte und an dem sie brennend interessiert waren.

Letzteres war hier auch der Fall, aber irgendwie hatte Anatol doch die Hoffnung, dass mehr dahinter steckte. Vielleicht Liebe.

Das ging ihm durch den Kopf, als er noch drei Schritte vom Eingang entfernt war, es rechts hinter ihm in den Büschen raschelte und er auf einen Schlag wie erstarrt stehen blieb.

»Okay«, sagte eine dunkle Stimme. »Wenn du dich umdrehst, bist du tot!«

Anatol Krassowski hatte eine lange Zeit beim KGB hinter sich, bevor der Verein zusammengebrochen war und er, wie viele andere auch, die Heimat verlassen und sich in den USA niedergelassen hatte. Er wusste also genau, wie Menschen sprachen, die es ernst meinten. Der Bursche hinter ihm meinte es ernst.

Anatols Schultern strafften sich.

»Im Grunde hat sich nichts geändert, Anatol. Sie ist drinnen und wartet auf dich.«

Anatol Krassowski atmete erleichtert auf. Der Druck fiel von ihm ab.

»Aber aus Zeitgründen wirfst du die Tasche jetzt hinter dich. Ich hoffe für dich, dass die Informationen vollzählig sind. Wenn das nicht der Fall ist, sag es lieber jetzt.«

»Es ist alles drin«, krächzte Anatol Krassowski. »Ich kann nur nicht garantieren, dass alles genau so ablaufen wird, wie es besprochen und aufgezeichnet worden ist.«

Der Mann hinter ihm lachte leise. »Das verlangt auch keiner von dir, Anatol. Es geht nur darum, dass du uns gegenüber loyal bist. Falls sich später doch noch etwas ändern sollte, werden wir es von dir hören. Oder?«

Anatol Krassowski nickte.

»Ja.«

Seine Aufregung hatte sich gelegt. Wie hatte er auch nur für einen Moment glauben können, dass ihm Gefahr drohte? Sie brauchten seine Dienste als Verbindungsmann.

Er warf die Tasche nach hinten. An den Geräuschen konnte er deutlich hören, wie der Unbekannte sie aufnahm.

»Sehr gut, Anatol. Viel Spaß.«

Es raschelte zwischen den Büschen. Eilige Schritte entfernten sich. Ganz kurz war Anatol Krassowski versucht, sich umzudrehen und vielleicht doch noch einen Blick auf den Unbekannten werfen zu können, sofern das überhaupt möglich war.

Er tat es nicht. Er war kein Held und scheute jedes Risiko. Er atmete tief durch und wischte sich mit dem Handrücken über die feuchte Stirn.

Dann setzte er seinen Weg zum Eingang des Bungalows fort.

Mit dem Fuß schob er die nur angelehnte Tür auf und betrat einen schmalen Gang. Er drehte sich um und wollte die Tür gerade wieder schließen, als ihn ein greller, beinahe weißer Explosionsblitz umgab und ihn auf der Stelle tötete.

Mr. High war nicht allein in seinem Büro. Phil war mit Steve Dillaggio zur Spring Street hinausgefahren. Wir hatten einen Anruf erhalten. Angeblich gab es einen Mann, der den unbekannten Schützen auf dem Dach gesehen hatte. Ob etwas dran war, musste sich noch herausstellen. Auf jeden Fall hatte der Kerl tausend Dollar als Tippgeld verlangt. Phil hatte das Geld natürlich nicht mitgenommen, denn er und Steve wollten erst abchecken, ob der Unbekannte auch wirklich einen Tausend-Dollar-Tipp auf Lager hatte.

Neben Mr. High, der hinter seinem Schreibtisch saß und ziemlich ernst in die Welt schaute, war Attorney Jimmy Brown anwesend. Dazu zwei Männer in grauen Straßenanzügen, die ich nicht kannte.

James Garner, ein kleiner, untersetzter Typ mit Halbglatze, und

David Moore, ein hoch gewachsener Bursche mit einem eckigen, entschlossenen Gesicht. Einer der Typen, die sich für die Krone der Schöpfung hielten und das bei jeder Gelegenheit auch merken ließen.

Garner und Moore waren CIA-Agenten, was sie mir auch nicht sympathischer machte. Wusste der Teufel, woran es lag, aber FBI und CIA, das war noch nie gut zusammengegangen.

Ich bekam einen Kaffee und sah die etwas mitleidigen Blicke der CIA-Männer.

»Wir haben die Filmaufnahmen ausgewertet, die Phil von dem Mann am Fenster gemacht hat, als der noch keine Maske trug«, sagte der Chef. »Die Bilder sind nach Washington gegangen, und die CIA hat sich sofort eingeschaltet.«

Attorney Jimmy Brown grinste. »Ich hatte schon die Hoffnung, dass die Superagenten von der CIA von nun an alles übernehmen würden. Aber die scheinen ziemlich hilflos.«

James Garner, der kleine, untersetzte Typ, hustete hinter der vorgehaltenen Hand. David Moores ohnehin eckiges Gesicht bekam noch einige Kanten mehr. Er mochte es nicht, wenn man sich über den Verein lustig machte, dem er angehörte.

»Was heißt das im Klartext?«, fragte ich.

»Das heißt, der Mann, den wir identifiziert haben, heißt Levtin. Er arbeitete für uns als V-Mann«, sagte James Garner, der wohl den höheren Dienstgrad hatte und demnach auch den Ton angab.

Ich stellte die Kaffeetasse aus der Hand und warf einen fragenden Blick in die Runde.

»Wir können uns nur vorstellen, dass er sich an dem Verbrechen beteiligen musste, um nicht aufzufallen. Die Russen führen ein strenges Regime mit doppelter Kontrolle. Das stammt noch aus den Zeiten des alten KGB.«

Jetzt brauchte ich doch einen Schluck Kaffee. »Russen?«

Moore nickte.

»Und die legen sich ausgerechnet mit der Mafia an? Ich meine, hier in Manhattan, in Little Italy?«

»Warum nicht?«

»Na ja«, sagte ich und zuckte mit den Schultern. »Bislang ist es immer so gewesen, dass sich die Mafia und die Russen nicht im Weg standen. Die einen machen ihre Geschäfte in Manhattan, die anderen sind hauptsächlich auf Coney Island aktiv. Von der inneren Struktur her sind die so unterschiedlich, dass Russen keine Mafiageschäfte führen können.«

Garner nickte besonnen. »Wir nehmen in diesem speziellen Fall auch an, dass es sich um eine Privatabrechnung handelte, Mr. Cotton.«

»Was sagt Caesare Benutti dazu?«, wollte Mr. High wissen.

»Das Gleiche, was Mr. Garner gerade angedeutet hat. Dass es eine Privatsache zwischen Calzone und den anderen war.«

»Und?«

»Ich glaube ihm kein Wort. Aber das werden wir schon noch herausfinden.«

Garner stand auf und strich sich über die feucht schimmernde Halbglatze. Er schaute mich aus wässrigen Augen an. »Genau das wollen wir erst mal verhindern, Mr. Cotton.«

Der Attorney fluchte leise.

Mr High zuckte mit den Schultern. »Washington will, dass wir zwei Tage stillhalten«, erklärte der Chef. »Da läuft etwas im Hintergrund, was staatspolitisch Vorrang hat …«

Das Lied kannte ich so gut, dass es mir meilenweit zum Hals hinausing.

Sicherheitspolitische Interessen!

Ich dachte an die beiden toten Cops und den Kameramann, die auf der Spring Street gelegen hatten. Ich dachte an die Höllenqualen und die Ängste, die die junge Frau mit dem Baby ausgestanden hatte. Was, verdammt, waren dagegen sicherheitspolitische Interessen?

Die Unterhaltung mit den beiden CIA-Männern gefiel mir immer weniger.

»Wir können uns nicht gegen die Anordnung aus Washington stellen, Jerry«, sagte Attorney Jimmy Brown, der den Unmut natürlich auf meinem Gesicht wachsen sah.

»Um was geht es?«, fragte ich heiser.

»Wir haben einen Mann bei den Russen eingeschleust«, sagte

Garner etwas unwillig. »Die Russen erwarten brisante Unterlagen, und unser Mann tritt mit sehr viel Geld, mehr als die Konkurrenz bezahlen würde, als Käufer auf. Sobald dieses Geschäft abgewickelt ist und wir die Papiere haben, können Sie hier in New York wieder tun und lassen, was Sie wollen, Gentlemen.«

Ich trank noch einen Schluck Kaffee. Das alles hörte sich sehr dramatisch an und war es vielleicht auch. Aber da gab es etwas, dem Garner und Moore zu wenig Bedeutung beimaßen: nämlich den unbekannten Schützen aus der Spring Street, der die ganze Russenbande mehr oder weniger im Alleingang ausgeschaltet hatte.

»Wie wichtig war Levtin, der Mann, der mit der Frau und dem Kind am Fenster gestanden hat?«, wollte ich wissen.

Moore und Garner schwiegen im Duett. Was eindeutig dokumentierte, dass dieser Levtin äußerst wichtig gewesen war und vielleicht sogar eine Schlüsselposition eingenommen hatte.

»Sie haben Recht, Jerry«, sagte der Chef. »Wenn man Levtin kaltblütig erschossen hat, deutet das darauf hin, dass dessen Rolle als V-Mann für die CIA bekannt geworden ist.«

»Was wollen Sie damit andeuten?«

»Dass die geplante Aktion auf ziemlich wackeligen Füßen steht«, sagte ich.

»Mit anderen Worten«, sagte Attorney Jimmy Brown, »es gibt eine Schwachstelle, und die Gegenseite weiß inzwischen, was laufen soll. Ihr Mann mit den vielen Dollars, der jedes andere Angebot überboten hat, steht mit einem Bein schon im Grab, Mr. Garner.«

Garner und Moore wechselten einen schnellen Blick miteinander.

»Bullshit«, sagte Garner dann, was ich ihm als feinen Menschen gar nicht zugetraut hätte. »Sie halten zwei Tage still, wie Washington es angeordnet hat. Danach haben Sie hier in New York wieder Narrenfreiheit. Das Geschäft läuft genau so ab, wie es besprochen worden ist. Der Verräter wartet mit den Unterlagen, er wird die geforderte Summe erhalten, und anschließend bringen wir den Mann in Sicherheit. Danach ist die Sache für die CIA erledigt. Okay?«

Ich zuckte mit den Schultern. Natürlich gefiel mir das nicht. Aber ich war nur ein G-man und musste das tun, was Mr. High anordnete. Garner war sichtlich nervös und strich sich noch einmal über die Halbglatze. Er schaute zuerst mich an, dann den Attorney und schließlich Mr. High.

»Ich verlasse mich auf Sie, Sir«, sagte er.

Mr. High nickte.

»Noch eins«, sagte ich. »Vielleicht meinen Sie, dass ein G-man nicht mal halb so intelligent ist wie jemand von der CIA, aber ich habe Ihnen hiermit ausdrücklich gesagt, dass die Sache in die Hose geht und Sie einen Mann und jede Menge Geld opfern.«

»Bullshit!«, wiederholte Garner, gab seinem Partner Moore ein Zeichen und verließ das Chefbüro.

Attorney Jimmy Brown lief einige Schritte auf und ab und schüttelte immer wieder den Kopf.

»Das gefällt mir nicht«, sagte er.

»Mir auch nicht, Sir«, stimmte ich ihm zu.

»Wie auch immer«, gab sich Mr. High entschlossen, »wir haben Anweisungen, uns zwei Tage still zu verhalten. So lange, bis die CIA den Deal abgeschlossen hat.«

»Das betrifft die Russen, aber nicht die Mafia, oder?«

Der Chef kratzte sich skeptisch am Kopf.

»Genauso habe ich das auch verstanden, Sir«, sagte der Attorney. »Haben Sie schon etwas unternommen, Jerry? Ich meine, außer dem Besuch bei Benutti?«

»Phil und Steve Dillaggio sind zur Spring Street. Jemand will den Schützen auf dem Dach gesehen haben und uns für tausend Dollar ein paar Einzelheiten erzählen.«

»Ein Verrückter?«

»Das wird sich herausstellen.«

Mr. High war hinter seinem Schreibtisch aufgestanden, ans Fenster getreten und schaute in den feinen Nieselregen hinaus.

»Ich kann mir Folgendes vorstellen«, sagte der Chef leise, als er sich wieder zum Attorney und mir umdrehte. »Es geht um spaltbares Material, das sich schon lange in New York befindet, und nun bietet jemand das Know-how irgendwelcher russischer

Wissenschaftler an. Die CIA hat über ihren inzwischen toten V-Mann Wind davon bekommen und will den Deal auf ihre Art und Weise über die Bühne bringen. Was würde passieren, wenn die Russenmafia plötzlich mit einer Bombe …?«

»Ich will darüber eigentlich gar nicht nachdenken, Sir«, unterbrach ich ihn. »Auf jeden Fall hätten sie uns in der Hand und könnten verlangen, was sie wollten. Das Schreckgespenst, dass kriminelle oder terroristische Organisationen eines Tages die Bombe besitzen, geistert schon lange um die Welt. Bis jetzt ist es zum Glück nur Utopie. Mal fehlte ausreichend spaltbares Material, mal das Know-how.«

»Aber nach der Öffnung des eisernen Vorhangs …« Mr. High winkte ab. »Wir geben der CIA die verlangten zwei Tage. Etwas anderes bleibt uns auch gar nicht übrig. Wir halten die Ohren auf und kümmern uns um das Randgeschehen, Jerry.«

»Sie meinen, die Leute, die die Unterlagen haben wollen, aber preislich vom Mittelsmann der CIA überboten wurden, treffen nun ihre eigenen Maßnahmen?«

»Zumindest könnte ich mir das vorstellen, ja.«

»Dann wären Levtin und die anderen in der Spring Street erschossen worden, weil sie ebenfalls mit der Sache zu tun haben. Auf welche Art und Weise auch immer.«

Mr. High nickte. »Deshalb müssen wir wissen, wer die Kerle erschossen hat. Wenn Phil und Dillaggio das für tausend Dollar in Erfahrung bringen können, dann bezahlen wir.«

Attorney Jimmy Brown nickte zustimmend. »Dann bezahlen wir auch mehr.«

»Die Einwanderungsbehörde soll sich darum kümmern, welche Russen wir in der Stadt haben. Illegal oder legal. Wahrscheinlich spielen die Legalen die größere Rolle. Der eiserne Vorhang steht ziemlich weit offen. Nachdem der FBI eine Außenstelle in Moskau errichten wird, können wir auch mit Hilfe aus Moskau rechnen. Mit anderen Worten, wir müssen mehr Leute nach Coney Island ins Russenviertel nach Brighton Beach Avenue bringen. Unauffällige Leute – mit großen Ohren. Für den Fall, dass sich das spaltbare Material noch nicht in der Stadt befindet, müssen die Kontrollen auf den internationalen Flughäfen verschärfet werden. Ich habe mir sagen lassen, dass man ausreichend Plutonium für eine kleine Bombe im Handgepäck befördern kann.«

Brown hatte sich wieder gesetzt und schaute mich an wie einen, der gerade den Weltuntergang verkündet hat. »Wenn ich Ihnen zuhöre, Jerry, kriege ich direkt Angst. Ist es wirklich schon so schlimm?«

»Ich hoffe nicht«, sagte ich. »Aber, um ehrlich zu sein, Attorney, wenn es wirklich so laufen würde und die Aktion der CIA ein Schlag ins Wasser wird, dann hätten wir gar keine Chance.«

»Was, verdammt, sind das für Zeiten, in denen wir leben?«

»Die Neuzeit, Sir. Die Neuzeit.«

James O'Connor hasste jeden Mann, der im Blue Moon Club an der Theke oder an einem Tisch saß, der jedes Interesse an der zahlreich anwesenden Weiblichkeit verloren hatte und auf den Auftritt der Nachtigall aus Moskau wartete.

»Sie gaffen dich an, ziehen dich mit ihren Blicken aus, und die meisten würden auch noch eine Menge Dollars dafür bezahlen, wenn sie mit dir ins Bett dürften.«

Die junge Frau mit den langen schwarzen Haaren betrachtete im Frisierspiegel ihrer Garderobe den großen rothaarigen Amerikaner irischer Abkunft und lachte.

Wütend zündete sich O'Connor eine Zigarette an. Genau wie es später die Gäste des Clubs tun würden, ließ er nun seinen Blick über die schöne Frau gleiten.

Ihr Körper steckte in einem silberfarbenen Flitterkostüm. Es war so eng, dass sich jede Kurve genau abzeichnete. James O'Connor wusste, dass sie nur einen knappen Tangaslip darunter trug und schwarze, halterlose Strümpfe, die ihre formvollendeten Beine noch fantastischer aussehen ließen. Sie hatte ein schmales Gesicht mit ausgeprägten, etwas hervorspringenden Wangenknochen, große, pechschwarze Augen und volle Lippen, die rot angemalt waren. Sie lächelte O'Connor an und schüttelte gleichzeitig den Kopf.

»Die anderen sehen mich nur«, sagte sie leise. »Du besitzt mich, und ich liebe dich.«

Sie stand von dem Hocker auf, ging zu ihm, schlang ihre nackten Arme um seinen Hals und presste sich verlangend an ihn.

O'Connor hielt sie fest. »Ich wollte, ich könnte dich verstehen, Ludmilla«, sagte er. »Was tun wir noch hier? Wir haben, was wir wollen und ...«

»Wir haben bis jetzt nur einige Papiere«, widersprach die schöne Russin. »Nun warten wir auf das Geld und kriegen dann auch die Männer, auf die es mir ankommt. Wenn es dir zu gefährlich ist oder wird, kannst du aussteigen. Vielleicht würde ich um dich trauern, aber ich würde dich gehen lassen.«

»Mit meinem Anteil?«

»Mit deinem Anteil, ja, aber ohne mich.«

Die Tür flog auf. Der dicke Batislaw, dem der Blue Moon Club gehörte, trat in die Garderobe. Sein Blick pendelte zwischen O'Connor und Ludmilla.

»Ich mag es nicht, wenn sich Fremde in den Garderoben herumtreiben«, sagte er.

O'Connor wechselte augenblicklich die Farbe.

»Keinen Streit«, forderte Ludmilla.

»Es ist mein Club. Meine Gäste sind beinahe ausnahmslos Russen. Ich zahle genug Schmier- und Erpressungsgeld dafür, dass der Betrieb läuft.« Batislaw zuckte mit den Schultern. »Du bist Ire, O'Connor. Unsere Leute könnten glauben, dass sich die Iren ins Geschäft drängen wollen. Weißt du, was dann passiert?«

O'Connor wusste es, aber er schüttelte dennoch den Kopf. »Was?«

»Sie werden dir eine Kugel in den Kopf jagen, und von mir wird man noch mehr Geld verlangen, damit ich hier weitermachen kann. Für Ludmilla würde es ebenfalls gefährlich.«

»Es ist besser, du gehst und erwartest mich im Hotel«, mischte sich die dunkelhaarige Russin ein, bevor es zwischen Batislaw und O'Connor zu einem Streit kommen konnte.

Batislaw knurrte, deutete auf die Uhr und verließ die Garderobe wieder.

»Er kann es sich gar nicht leisten, dich zu verlieren, Ludmilla«, sagte O'Connor. »Ohne dich kann er seinen Laden dichtmachen.«

»Möglich.«

»Warum hast du gerade mich ausgewählt?«

Ludmilla lächelte. »Du bist mein Typ, James. Du bist ein sehr guter Liebhaber, geldgierig und absolut skrupellos. Und ich glaube, dass ich mich auf dich verlassen kann. Gibt es etwas, über das du dich beklagen musst?«

O'Connor zögerte einen kurzen Moment, dann schüttelte er den Kopf. »Weißt du, was ich glaube?«

»Nein.«

»Es geht dir verdammt nicht um das Geld, und du bist auch nicht die Frau, für die du dich ausgibst. Es geht um etwas ganz anderes.«

»Um was?«

»Vielleicht um Rache, Täubchen.«

Sofort veränderte sich der Gesichtsausdruck der schönen Frau.

»Versuch nicht, es herauszufinden«, sagte sie leise. »Lass alles, wie es ist, und du wirst ein reicher Mann.«

O'Connor nickte. »Ich habe gesehen, wie du die drei Kerle in Little Italy erledigt hast, Täubchen. Es hat dir auch nichts ausgemacht, den Wagen mit dem Sprengstoff in die Luft zu jagen. Vielleicht sollte ich Angst vor dir haben, Ludmilla.«

»Ich habe noch niemals einen Freund verraten, O'Connor.«

O'Connor schwieg einen Moment lang, dann nickte er nachdenklich. »Es hat in der Spring Street einen Zeugen gegeben. Einen Penner, der sein Quartier auf einem Nebendach aufgeschlagen hatte.«

»Er kann uns nicht erkannt haben.«

»Wahrscheinlich nicht, aber er könnte der Polizei doch einige Hinweise geben. Und dann die Sache im Motel.«

»Was ist damit?«

»Der Sprengstoff, Täubchen. Die Spezialisten werden schnell herausfinden, dass es der gleiche war, mit dem die Genossen in der Spring Street in die Luft geflogen sind. Und da gibt es noch etwas, was mich beunruhigt. Es geht einwandfrei um Russen, aber weder die Polizei noch der FBI haben sich bislang hier auf Coney Island blicken lassen. Da stimmt etwas nicht.«

Ludmilla zuckte mit den Schultern. »Finde es heraus.«
»Wo sind die Papiere?«
»In einem Safe.«
»Was ist mit den Informationen über den Geldboten?«
»Die sind absolut zuverlässig.«

»Ich suche Lonny Loogan«, sagte Phil, der an der Theke der Kaschemme stand, während Steve Dillaggio neben der Eingangstür Position bezogen hatte und den Laden im Auge behielt.

Das Publikum bestand aus sieben Pennern, die aussahen, als wären sie gerade aus ihren Mülltonnen gekrochen, zwei Männern im Anzug, die sich offenbar verirrt hatten, und ein paar angealterten Bordsteinschwalben, die vom billigen Fusel so flügellahm geworden waren, dass sie nicht mal mehr an die Männer im Anzug, die potenzielle Kunden waren, flattern konnten.

Die Kneipe hatte keinen Namen. Sie lag dem ausgebrannten italienischen Restaurant schräg gegenüber. Abgesehen von der Brandruine war der Gegend nicht mehr anzusehen, welches Drama sich hier am Tag zuvor abgespielt hatte.

»Loogan«, dehnte der Fette hinter dem Tresen, der genauso abgehalftert aussah wie seine Gäste. Er musterte Phil aus schmalen Augen. »Normalerweise ist es in 'ner Kneipe so, dass die Gäste erst mal was bestellen, bevor sie Fragen stellen.«

»Sicher.« Phil nickte gelassen. »Aber ich habe die letzten Impftermine gegen Pocken und Cholera verpasst. Also, was ist mit Loogan?«

»Ja, was ist mit Loogan?«, äffte der fette Wirt nach. »Ich kenne mindestens fünfzig Loogans, Mr. Bulle.«

»Lonny Loogan.«

»Von denen kenne ich an die zwanzig. Wenn du mir nicht mehr Anhaltspunkte bieten kannst, dann sehe ich schwarz.«

»Und wenn du weiterhin den Kasper spielst, Mr. Wirt, dann sehe ich schwarz für dich. FBI!«

»Na und? Wir leben in einem freien Land. Wenn ich nichts weiß, weiß ich nichts. Du kannst mich natürlich auch zu einer Falschaussage zwingen. Aber dann will ich erst mit meinem Anwalt reden.«

Phil wunderte sich selbst darüber, wie ruhig er blieb nach allem, was geschehen war. Er deutete zum Telefon. »Sprich mit deinem Anwalt. Wir nehmen dich mit, und der Laden hier wird geschlossen.«

Es wirkte.

»Lonny Loogan meinst du?« Der fette Wirt wusste genau, wann er kleine Brötchen backen musste.

»He, warum sagst du Penner dem Bullen eigentlich nicht, dass Lonny Loogan von den Italienern abgeschleppt worden ist?«, fragte eines der späten Mädchen.

Steve Dillaggio war mit einem Schritt bei ihr. »Wann?«

»Vor 'ner halben Stunde etwa«, antwortete die Frau und schob ihr leeres Glas in Steves Richtung. »Wenn ich einen kräftigen Schluck zu trinken kriege, fällt mir wahrscheinlich auch wieder ein, wohin die mit Loogan verschwunden sind.«

»Verdammt, du redest dich um deinen faltigen Hals, Helen!«, keuchte der Wirt.

»Wenn ich nichts zu trinken kriege, Mann, dann lebe ich gar nicht mehr lange genug, dass mir jemand den Hals umdrehen kann.«

»Auf was wartest du noch?«, fauchte Phil. »Gib ihr eine Flasche.«

»Und wer bezahlt? Vielleicht der FBI?«

»Oder Benutti«, sagte Phil. Er schob die Flasche, die der Wirt herausgerückt hatte, in Steves Richtung, damit der sie an die Schöne der Nacht durchreichen konnte.

Die machte sich erst gar nicht die Mühe, den Inhalt ins Glas zu schenken, sondern trank aus der Flasche. Einen so großen Schluck, dass Steve Dillaggio befürchtete, sie würde sich selbst ertränken. Aber als die Lady blau angelaufen war, stellte sie die Flasche von selbst ab, rülpste zufrieden und strahlte Steve an.

»Du bist süß«, sagte sie. »Ist das erste Mal, dass mir ein Bulle was spendiert. Und dann auch noch ein echter G-man.«

»Wohin sind die Italiener mit Loogan?« Phil versuchte zwar, seine Ungeduld zu zügeln, aber es gelang ihm nicht völlig.

»In die Lagerhalle des alten Drugstore«, sagte Helen. »Zwei Blocks links. Kann man gar nicht verfehlen. Stehen riesige Schilder aufgestellt, dass man die Gebäude wegen Einsturzgefahr nicht mehr betreten darf. Dahin schleppen die Italiener jeden ab, mit dem sie sich ungestört unterhalten wollen, G-man. Aber ihr braucht euch nicht zu beeilen. Loogan war voll wie 'ne Strandhaubitze. Er erzählte überall herum, dass er was gesehen hat, wofür ihm die Bullen glatt einen Tausender bezahlen. Stimmt das?«

»Möglich.« Steve Dillaggio zuckte mit den Schultern.

Phil wandte sich noch einmal an den Wirt. »Wenn du das Telefon anpackst und 'ne falsche Nummer wählst oder jemanden losschickst, um unseren italienisch sprechenden Mitbürgern eine Warnung zugehen zu lassen, dann kannst du nach Alaska auswandern.«

»Und auch dort finden wir dich«, ergänzte Steve Dillaggio. »Und wenn du Helen nicht anständig behandelst, gibt's ebenfalls jede Menge Ärger. Verstanden?«

»Ich bin nicht auf den Kopf gefallen, verdammt! Ich leg mich doch nicht mit dem FBI an.«

Die beiden G-men verließen die Kneipe ohne Namen. Sie machten sich zu Fuß auf den Weg zum Lagerhaus des alten Drugstore, das man wegen Einsturzgefahr eigentlich gar nicht betreten durfte. Erstens ging das ebenso schnell wie mit dem Wagen, und zum anderen war es unauffälliger.

»Das mit den Italienern hätte nicht passieren dürfen!«

Levschenko lief wie ein Bär mit Zahnschmerzen durch das Penthouse und massierte sich die Schläfen.

»Wir haben herausgefunden, dass die von dem geplanten Geschäft wussten.«

»Einen Teufel habt ihr herausgefunden, verdammt! Jemand hat euch telefonisch einen Tipp gegeben. Daraufhin habt ihr ein paar Leute losgeschickt. Derjenige, der euch den Tipp gegeben hat, hat die Italiener in der Spring Street gewarnt. Es sollte zu einer Konfrontation kommen. Ihr habt euch benommen wie die kleinen Kinder. Ihr lebt nicht mehr in Russland. Das hier ist Amerika! Hier ist der eine des anderen Feind.«

»Du meinst, jemand hat uns auf die Italiener gehetzt, nur um unsere Leute ausschalten zu können?«

Levschenko nickte.

»Das ergibt keinen Sinn, Boris.«

Levschenko winkte ab. »Alles ergibt einen Sinn, wenn man nur lange genug danach sucht«, versicherte er.

»Und jetzt?«

»Die Leute von der CIA wollen eine reiche Ernte einfahren. Sie meinen, an die Unterlagen herankommen zu können, ohne einen Dollar dafür ausgeben zu müssen, und sie wollen gleichzeitig auch die schnappen, die die Unterlagen dringend brauchen, weil sie im Besitz des Materials sind. Nämlich uns. Aber sie werden verdammtes Pech haben, wenn wir die Kontrolle nicht verlieren. Wir müssen herausfinden, wer Oleg Levtin und die anderen auf die Italiener in Little Italy gehetzt und anschließend für das Blutbad gesorgt hat. Unsere Leute sollen sich alle verdächtigen Figuren aus der Gegend um die Brighton Beach Avenue vornehmen. Ich habe gehört, eine russische Tänzerin sei mit einem irischen Gangster befreundet. Vielleicht ist das eine Spur. Russakow soll sich darum kümmern. Aber leise. Ich muss mich aus allem heraushalten, bis wir haben, was wir wollen: die Unterlagen des Verräters und das Geld der CIA. Die amerikanischen Staatsschützer kennen mich, und sie halten mich noch für einen Mann, aus dem mal ein guter Amerikaner werden kann.«

Sie konnten sich verdammt sicher fühlen auf dem verlassenen Grundstück, das von einem hohen Maschendrahtzaun umgeben war. Hinter dem Zaun gab es eine große freie Fläche. Darauf standen vereinzelt Baracken, die aussahen, als würden sie vom nächsten Sturm in den Fluss geblasen werden. Hundert Schritte von der Straße entfernt stand mitten auf dem Trümmergrundstück das Lagerhaus des alten Drugstore, in das man Loogan gebracht hatte.

Falls Wachen aufgestellt worden waren, war es beinahe unmöglich, sich dem Lagerhaus ungesehen zu nähern.

Steve und Phil glaubten nicht so recht an Wachen. Denn wer, zum Teufel, würde sich schon um einen betrunkenen Penner kümmern, der verschwunden war?

Dennoch hatten sich die beiden G-men getrennt. Sicher war sicher. Möglicherweise war Loogan wirklich ein wichtiger Informant, der seine tausend Dollar wert war. Nachdem die Italiener ihn kassiert hatten, sprach einiges dafür.

Phil war durch ein Loch an der Südseite des Zaunes gekrochen, und Steve Dillaggio näherte sich dem Komplex von der Rückseite. Das hieß, Steve hatte zwar einen weiteren Weg zurückzulegen, aber er konnte, falls es sich als erforderlich erwies, eingreifen, wenn Phil in Schwierigkeiten geriet. Einen Moment lang hatten sich die beiden G-men sogar überlegt, ob es nicht sinnvoller war, die City Police einzuschalten.

Sinnvoller vielleicht, aber für den alten Penner Loogan auf gar keinen Fall sicherer.

Also hatten sie beschlossen, es auf eigene Faust zu erledigen.

Phil kauerte hinter der ersten Baracke und warf einen Blick in die Runde.

Von Steve war nichts mehr zu sehen. Auch sonst schien das Gelände ausgestorben. Die riesigen Schilder, die verbotenen Zutritt signalisierten, erfüllten ihren Zweck. Selbst Obdachlose, die nicht wählerisch sein konnten, suchten sich als Unterschlupf doch lieber Orte, an denen sie nicht befürchten mussten, dass ihnen die Decke auf den Kopf fiel.

Phil wartete einen Moment, visierte die nächste Baracke an, die ihm Deckung bot, und rannte los.

»He, Mann!«, schrie jemand hinter ihm.

Der G-man blieb stehen. Jetzt war ihm klar, dass man ihn schon entdeckt hatte, als er durch das Loch im Zaun auf das Grundstück vorgedrungen war. Der Kerl hatte in der Baracke gelauert, hinter der Phil gerade eben Deckung gesucht hatte.

»Als richtiger Hase musst du Haken schlagen, Mann!«

Phil drehte sich um und grinste den langen, mageren Kerl an, der mit einer 45er Automatic auf ihn zielte.

»Haken schlagen muss ich erst dann, wenn du zu schießen anfängst, Bruder«, sagte Phil ruhig.

Der Lange zuckte zusammen. Mit einer solchen Reaktion hatte er natürlich nicht gerechnet.

»Wenn du auch nur etwas zu schnell mit den Wimpern schlägst, werde ich das sicher tun, Mann!«

»Dann verpasst Benutti dir einen Betonfuß und stellt dich als Fischfutter in den Hudson!«

Phil drehte sich kaltblütig um und setzte den Weg zur nächsten Baracke fort.

Der Name Benutti hatte den langen, hageren Kerl nachdenklich gemacht. Schließlich war Benutti sein Boss, und nun musste er annehmen, dass Phil jemand vom selben Verein war, den er noch nicht kannte.

Phil ging langsam, sodass der Lange ihn schon nach wenigen Schritten eingeholt hatte. Er hielt die Kanone noch immer in der Hand und zielte damit auf Phil, aber so richtig entschlossen und bedrohlich sah das nicht mehr aus.

»Bleib stehen, verdammt! Keiner hat dich angekündigt!«

Phil blieb stehen und schaute den Langen amüsiert an.

»Niemand kündigt mich an«, sagte er zischend. »Ich tauche immer überraschend auf. So kann ich Benutti berichten, welche unserer Leute auf Zack sind und welche zu den Pflaumen gehören. Du warst auf jeden Fall auf Zack. Dich kann man nicht so leicht überraschen. Wie heißt du?«

»Antonio«, antwortete der Lange perplex.

Es schien, als wäre es Phil beinahe schon gelungen, den Kerl aufs Glatteis zu führen.

»Steht hier noch einer auf dem Gelände herum, den wir testen können?«

Antonio schüttelte den Kopf. Also hatte Steve Dillaggio freie Bahn.

»Das ist aber nicht besonders schlau«, sagte Phil missbilligend.

»Schließlich hatte der Penner schon Kontakt zu den Bullen. In der verdammten Kneipe weiß man auch, dass ihr ihn geschnappt und hierher gebracht habt. Verdammt nicht schlau.«

»Hör zu«, wehrte der lange Antonio ab. »Ich habe hier nicht die Leitung. Ich bin nur dafür verantwortlich, dass wir von der Südseite her keinen überraschenden Besuch bekommen.«

Während des Gesprächs hatte Phil den Weg zur Baracke fortgesetzt, und der Lange war ihm wie ein braver Hund gefolgt. Sein Argwohn, so schien es, hatte sich inzwischen total schlafen gelegt. Als sie sich im Schatten und Schutz der Baracke befanden, wies Phil mit einer nickenden Kopfbewegung auf die 45er, die Antonio noch immer in der Hand hielt. Ziemlich locker zwar, aber sie war doch eine Bedrohung.

»Macht zu viel Krach«, sagte Phil.

Antonio grinste. »Mit diesem Baby kann ich am besten umgehen. Damit schieße ich auf hundert Schritte einer Mücke das rechte Ohr ab.«

»Seit wann haben Mücken denn Ohren?«

Antonio zuckte mit den Schultern. »Ist ja nur 'ne Redensart.«

»Zeig mal her, dein Baby.«

Phil streckte die Hand aus.

Er hätte keinen lausigen Dollar darauf gewettet, dass es gelang. Aber es klappte auf Anhieb. Ohne auch nur eine Sekunde zu zögern, gab Antonio ihm die 45er zur Besichtigung. Phil wog sie prüfend in der Hand.

Dann zischte die schwere Waffe nach vorn.

Antonio war viel zu verblüfft, um dem Schlag ausweichen zu können. Er traf ihn so schnell, dass Antonio ihn mit Sicherheit nicht spürte. Wie ein gefällter Baum schlug er zu Boden und blieb bewegungslos liegen.

Zwei Minuten später hatte Phil den Langen so präpariert, dass in der nächsten Zukunft keine Gefahr mehr von ihm ausgehen konnte.

Erst jetzt, als sich der G-man wieder aufrichtete und seinen Weg fortsetzte, wurde ihm bewusst, wie viel Glück er gehabt hatte.

Wenn ein anderer Mann als Antonio ihn erwischt hätte ...

Phil schob den Gedanken beiseite. Er brauchte einen kühlen Kopf.

Wenn Antonio die Wahrheit gesagt hatte – und warum hätte er lügen sollen? –, war der Weg zur alten Lagerhalle, in der sich Lonny Loogan mit den anderen Italienern aufhielt, frei und unbeobachtet. Er konnte sich also schneller bewegen. Dennoch war er darauf bedacht, jede sich bietende Deckung auszunutzen. Schließlich gab es keine Garantie dafür, dass nicht doch noch einer aus der Lagerhalle heraus auf das Gelände kam. Und sei es auch nur, um frische Luft zu schnappen.

Zwanzig Yards trennten Phil Decker noch vom Eingang in die Halle, der eine windschief in den Angeln hängende Rolltür war. Noch einmal blieb er in sicherer Deckung stehen, ließ den Blick in die Runde schweifen und fand alles in Ordnung. Dann legte er die letzten Yards mit tief abgeduckten Sprüngen zurück und drückte sich wenig später an die rissige Fassade der Lagerhalle.

Aus der Halle heraus erklang ein Schrei. Ziemlich weit entfernt von Phils augenblicklicher Position.

»Wir haben schon mit Leuten zu tun gehabt, die von sich behauptet haben, Helden zu sein, du Penner!«, schrie jemand wütend. »Bislang hat uns jeder das berichtet, was wir wissen wollen. Hast du das verstanden?«

Anstatt einer Antwort erklang wieder ein unterdrückter Schrei. Sie hatten den Penner Lonny Loogan in der Mangel.

»Ob du das verstanden hast, Penner?«

»Leck mich am Arsch, Spagetti!«

Loogan musste wirklich sternhagelvoll sein. Ein schwaches Grinsen huschte über Phils Gesicht.

»Ich lege ihn um!«, schrie jemand anderer.

»Du legst niemanden um, solange Marcello Ligorno kein grünes Licht gegeben hat. Wir sollen ihn ausquetschen, das ist alles!«

Der Kerl, der Loogan gerade noch umlegen wollte, knurrte unwillig und schwieg.

»Ich weiß nicht, was ihr wollt«, war dann Loogans Stimme wieder zu hören. »Gebt mir was zu trinken. Ohne Alkohol arbeiten meine Gehirnzellen nicht.«

»Welche?«

Allgemeines Gelächter.

»Vielleicht sollten wir ihm wirklich was zu trinken geben, Lucio«, sagte der Mann, der Loogan eben noch hatte umlegen wollen.

Lucio schien der Mann zu sein, der diesen Einsatz leitete. Der Mann, den Marcello Ligorno, Caesare Benuttis rechte Hand, auf Loogan angesetzt hatte.

Die Sache war eigentlich sonnenklar.

Loogan hatte etwas gesehen, hatte das Maul zu weit darüber aufgerissen und von viel Geld gesprochen, das er angeblich von den Bullen für seine Beobachtungen kassieren konnte. Die Italiener hatten davon erfahren und sich den Penner geschnappt. Sie hatten in dem ausgebrannten italienischen Restaurant drei Männer verloren. Sie wollten wissen, wer diese Männer auf dem Gewissen hatte, und sie wollten wissen, wer der Mann gewesen war, der die Russen schließlich auf die lange Reise ins Jenseits geschickt hatte.

»Whisky«, verlangte Loogan mit einer Stimme, die immer dünner wurde.

Wahrscheinlich, dachte Phil, kam es Loogan nur darauf an, Zeit zu gewinnen. Vielleicht hatte er mehr auf dem Kasten, als man ihm zutraute, und rechnete damit, dass jemand vom FBI in der Kneipe auftauchte, nach ihm fragte und schließlich erfuhr, dass die Italiener ihn hierher verschleppt hatten.

»Verdammt, sagt Antonio, er soll 'ne Flasche Sprit aus der Kneipe holen!«, brüllte Lucio. »Vielleicht ist es wirklich die einzige Art und Weise, den Penner zum Reden zu bringen.«

Phil richtete sich seitlich der windschiefen Tür steil auf. Er hielt den 38er Special fest umklammert in der Rechten. Jeden Moment musste einer der Typen hier auftauchen, um Antonio zu rufen. Aber der konnte nichts hören, weil er hinter einer der Baracken friedlich schlief.

Schritte klangen auf.

»Aber nicht von der billigsten Sorge. Darauf reagiere ich allergisch.«

»Vielleicht reagierst du noch allergischer, wenn wir dir gar nichts zu saufen geben, Mann!«, brüllte Lucio, der so wütend geworden war, dass er seine Stimme nicht mehr beherrschen konnte.

»Meine Leber braucht den Alkohol. Verstehst du, Spagetti?«

Loogan trieb es zu sehr auf die Spitze. Der Schrei, den er diesmal ausstieß, war gellender und deutete darauf hin, dass Lucio ihm die Spitze seines italienischen Maßtreters in die Rippen gesetzt hatte.

»Beeil dich, verdammt!«, schrie Lucio dann. »Ich habe keine Lust, in einem Gebäude Wurzeln zu schlagen, das jeden Moment über mir zusammenbrechen kann.«

Phil duckte sich.

Der Mann, der sich aus dem Inneren der Lagerhalle der Tür näherte, warf seinen Schatten voraus. Dann tauchte er selbst in dem Spalt auf, als die Tür offen stand. Der Kerl war rund und breit. Er hatte alle Mühe, sich durch den Türspalt zu zwängen. Weiter hatte sich die Tür nicht öffnen lassen.

Der G-man wartete, bis es dem Dicken gelungen war, sich nach draußen zu quetschen, dann sprang er mit einem Schritt nach vorn und knallte dem verdutzten Kerl die Dienstwaffe an den Kopf. Er war nicht widerstandsfähiger, als Antonio es gewesen war. Obgleich Phil nicht einmal so hart hingelangt hatte, wurde der Dicke regelrecht von den Beinen gerissen und hatte das Bewusstsein schon verloren, bevor er zu Boden krachte.

»Ist was da draußen?«, schrie Lucio, der über ein empfindliches Gehör verfügte.

Phil konnte sich nicht mehr zurückhalten. Er konnte nicht in der Tonlage des Dicken antworten, und Lucio, so hatte es den Anschein, erwartete eine Antwort. Ohne auch nur eine Sekunde zu überlegen, wechselte Phil in die Lagerhalle.

Die Lichtverhältnisse waren schlecht, und seine Pupillen mussten sich erst darauf einstellen. Das dauerte zwei Sekunden, aber in gewissen Situationen konnte das zum Tode führen. Deshalb ließ sich Phil sofort, nachdem er die Halle betreten hatte, nach rechts zu Boden fallen.

»FBI!«

Sein Schrei mischte sich in den Knall eines Schusses.

Einen halben Yard zischte die Kugel über ihn hinweg, bevor sie ins morsche Holz der breiten Schiebetür klatschte und dort stecken blieb. Hätte er sich nicht geistesgegenwärtig zu Boden geworfen, wäre er jetzt schon ein toter Mann gewesen.

Mit der nächsten Drehung nach rechts hatte Phil Deckung hinter einer stabil aussehenden Kiste gefunden. Wusste der Teufel, was sich in ihr befand. Auf jeden Fall war sie gefüllt, denn die nächste Kugel, die auf ihn abgefeuert wurde, durchschlug die Kiste nicht.

»FBI!«, wiederholte Phil. »Möglich, dass ihr das beim ersten Mal nicht richtig verstanden habt, Freunde. Aber wer jetzt noch eine Kugel abfeuert, hat für die nächsten zwanzig Jahre freie Kost und Unterkunft in einem unserer komfortablen Gefängnisse, verdammt!«

»Unsinn!«, erklang Steve Dillaggios Stimme von der Frontseite der Lagerhalle, wo er einen Durchschlupf gefunden hatte und ins Innere der Halle getaucht war. »Wer jetzt auch nur eine falsche Bewegung macht, kriegt 'n Begräbnis auf Benuttis Kosten. Die Waffen weg, und dann setzt ihr euch auf den Boden. Die Hände zum stummen Gebet im Genick gefaltet!«

Phil richtete sich hinter der Kiste auf.

Es sah gut aus für sie.

Nachdem es ihm gelungen war, zwei der Italiener auszuschalten, hatten sie es nur noch mit Lucio zu tun, der zum dunklen Nadelstreifenanzug eine auffällig bunte Krawatte trug, und mit einem kleineren Mann in Jeans und Turnschuhen, der die junge Generation der Mafia verkörperte.

Der Kleine mit den Jeans und den Turnschuhen saß schon am Boden und hatte die Hände im Genick gefaltet. Lucio zögerte noch – wegen seines Anzugs, den er sich versauen würde, wenn er Steves Befehl folgte. Schließlich tat er doch, was Dillagio von ihm verlangte.

»Ich weiß nicht, was ihr wollt«, sagte er. »Das ist keine verbotene Versammlung. Wir haben uns hier zusammen mit einem Freund getroffen und …«

Den Freund, Lonny Loogan, sah Phil erst jetzt. Der lag am Boden. Ein feiner Blutfaden rann aus seinem Mundwinkel, und sein Atem klang quietschend, als entweiche Luft aus einem Ballon.

Loogan war ein kleiner Mann mit einem Rattengesicht und einer Nase, die so lang und spitz war, dass man in einigen Staaten dafür einen Waffenschein brauchte. Sein dunkles Haar war kurz geschnitten wie das eines Marine. Die verschlissene Kleidung, die er trug, war in einem so desolaten Zustand, dass keine Hilfsorganisation, die auf sich hielt, sie noch als Spende annehmen würde.

Lucios letzter Tritt hatte den Penner doch gewaltig mitgenommen.

Steve kümmerte sich um Lucio und den Mann in Jeans, während Phil zu Loogan eilte und sich neben ihn kniete.

»Okay, Loogan«, sagte er leise.

»'n Scheiß ist okay«, krächzte Loogan. »Erst haben die mich gekidnappt und dann beinahe totgetreten. Ich fühle mich, als wäre ich mit 'nem Bus zusammengestoßen. Und zu trinken habe ich immer noch nichts. Kannst du mir vielleicht versprechen, dass die Kerle auf dem Stuhl gegrillt werden, weil sie sich an einem der Erbarmungswürdigsten der amerikanischen Wohlstandsgesellschaft vergriffen haben?«

So schlecht, wie es aussah, schien es mit ihm nicht zu stehen. Und so dumm, wie man ihn vielleicht auf den ersten Blick halten konnte, war Lonny Loogan ganz sicher nicht.

»Keine Sorge«, sagte Phil grinsend.

Loogan verzog das Gesicht. »Haste das Geld mitgebracht, G-man?«

Bevor Phil darauf antworten konnte, drehte Loogan das Gesicht zur anderen Seite und verlor das Bewusstsein.

Wütend richtete sich Phil auf, trat einen Schritt auf den knienden Lucio zu und schüttelte den Kopf. »Benutti wird dich loben, Mann!«, keuchte er.

»Ich weiß nicht, von was du redest, G-man. Wir haben uns hier in aller Freundschaft mit Loogan unterhalten. Dann bist du aufgetaucht, und wir haben an einen Überfall geglaubt. Weil Loogan ein wichtiger Mann ist, der ein Verbrechen aufklären kann, wollten wir ihn schützen und haben geschossen. Ungefähr so wird mein

Anwalt das auslegen. Ich fresse deine ausgelatschten Schuhe ohne Senf und Soße, wenn er damit nicht durchkommt.«

Phil schwieg. Es gab nichts dazu zu sagen. Wenigstens was die Schüsse anging, würde ein Anwalt mit der gerade vorgebrachten Argumentation durchkommen. Es hing an Loogan. Aber irgendwie glaubte Phil nicht daran, dass der kleine Penner besonders scharf darauf war, sich mit der Mafia anzulegen. Lucio und seine Freunde, Benutti und Marcello Ligorno würden mit einem blauen Auge aus der Sache herauskommen.

Jetzt ging es erst einmal darum, dass Loogan ärztliche Hilfe erhielt, dass man ihn wieder an Deck holte und so weit in Ordnung brachte, dass man mit ihm reden konnte.

»Sieht so aus, als wäre der Kalte Krieg wieder heiß geworden, G-man«, knurrte Danny O'Sullivan. »Ich kenne die meisten Bolschewiken hier. Natürlich auch 'ne Menge Leute, die die Russen nicht mögen, ohne dass sie dafür einen plausiblen Grund angeben können. Scheint, als hätten die kalten Krieger von einst die Waffen wieder aus dem Kleiderschrank geholt.«

Ich kannte O'Sullivan seit vielen Jahren und wusste deshalb auch, dass seine Berichte immer ziemlich blumenreich waren. Er hatte zuerst einen Job bei der Einwanderungsbehörde gehabt, dann war er Cop geworden, dann Politiker, und jetzt arbeitete er seit vier Jahren für das Büro des Staatsanwaltes. Offiziell. Aber ich war überzeugt davon, dass er seinen Gehaltsscheck vom State Department bekam. In New York war er zuständig für hochkarätige Emigranten aus dem Osten, die Geheimnisträger, die trotz des Zusammenbruchs des KGB Angst vor dem ehemaligen Geheimdienstmoloch haben mussten. Man kann einen Geheimdienst zwar per Dekret auflösen, aber nicht darauf hoffen, dass alle alten Agenten plötzlich wieder einem normalen Job nachgehen. Mit den Leuten, die Angst hatten, beschäftigte sich O'Sullivan. Die schütteten ihm ihr Herz und Geheimdienstsachen in den Schoß, die noch immer eine aktuelle Rolle spielten.

»Nachdem freie Fahrt für alle gilt und der Dollar nicht mehr die

Währung des Teufels ist, hat sich die Hölle aufgetan, Jerry. Waffen und Wissen werden gehandelt wie Aktien an der Wall Street.«

Ich nickte. Danny O'Sullivan musste es wissen. Er hatte mich nur zum Motel kommen lassen, weil ein toter Ausländer nun mal in den Zuständigkeitsbereich des FBI fiel. Obgleich das Opfer ziemlich schlimm zugerichtet worden war, hatte O'Sullivan den Mann identifiziert.

Anatol Krassowski.

»Er gehörte mal dem KGB an«, dozierte O'Sullivan weiter. »Hier hat er für ein paar sehr nützliche Informationen aus seiner Amtszeit schnell die Greencard erhalten. Er betrieb eine Anwaltskanzlei für seine Landsleute. Er war ein ruhiger, zurückhaltender Typ. Das sind die Schlimmsten. Ich war schon vor Jahren der Ansicht, dass Krassowski damals gemauert und uns nur gesagt hat, was ihm nicht schaden konnte.«

»Wann war das, damals?«

»Fünf Jahre zurück.«

»Und ihr habt euch nicht mehr um ihn gekümmert?«

O'Sullivan zuckte mit den Schultern. »Zu Anfang ja. Aber er wurde schnell einer unter vielen. Es gab größere Fische. Krassowski geriet in Vergessenheit.«

Ich nickte. »Habt ihr schon was gefunden?«

»Gemeinsamkeiten mit dem Geschehen in der Spring Street, wo drei andere Russen ermordet wurden?«

»Zum Beispiel.«

»So weit sind wir noch nicht. Außerdem hält die CIA den Daumen auf der Sache. Ich dürfte mit dir nicht mal über Russen reden. Frag mich, warum ich es dennoch tue.«

»Warum tust du es dennoch?«

»Weil ich glaube, dass die falschen Leute auf den Fall angesetzt worden sind. Die sehen vor lauter Bäumen den Wald nicht mehr. Da braut sich etwas Fürchterliches über unseren Köpfen zusammen, Jerry.«

»Die Agenten behaupten, dass sie alles im Griff haben.«

O'Sullivan lachte schallend. »Du weißt doch genau, was ich meine, G-man.«

»Nein.«

»Nenn mir nur einen Grund, warum sich die Russen mit der Mafia anlegen sollten.«

»Rauschgift, Prostitution, Erpressung. Ich kann dir eine Menge Gründe nennen.«

»Bullshit!«

»Dann komm raus damit, Danny.«

»Hinter allem steht jemand mit 'ner Privatrechnung. Er hetzt die Russen gegen die Italiener und erledigt sie schließlich, um euch eine Spur zu legen. Anatol Krassowski ist das beste Beispiel. Wäre der nur das gewesen, was er zu sein vorgegeben hat, warum, verdammt, hätte man ihn dann mit einem ganzen Bungalow in die Luft sprengen sollen?«

»Um eine weitere Spur zu legen?«

»Richtig.« O'Sullivan nickte und klopfte mir auf die Schulter. »Das endet nicht mit dem Deal der CIA. Haltet die Augen auf.«

»Warum ist deine Dienststelle an der Sache interessiert?«

»Was weißt du schon von meiner Dienststelle, G-man …«

»Warum?«, wiederholte ich meine Frage.

»Weil wir uns keinen Privatkrieg unter den Russen leisten können, Jerry. Es könnte Leute treffen, die mit uns zusammenarbeiten.«

»Zieht sie doch einfach aus dem Verkehr.«

O'Sullivan schüttelte den Kopf. »Von dem Moment an wären sie wertlos für uns.«

Ich nickte. »Besorg mir Informationen über Krassowski, Levtin und die anderen Toten aus der Spring Street. Wir kommen erst darauf zurück, sobald die CIA den Deal abgeschlossen hat.«

»Okay.«

»Noch eine Frage und eine ehrliche Antwort, Danny.«

»Sicher.«

»Kannst du dir vorstellen, dass sich spaltbares Material in New York befindet und man nur noch das Know-how braucht, um eine kleine Bombe zu basteln?«

Danny O'Sullivans Gesicht wurde so ernst, wie ich es noch niemals zuvor gesehen hatte. »Ich kann mir das nicht nur vorstellen, Jerry. Ich bin mir verdammt sicher, dass es genau so ist.«

»Die Toten haben etwas damit zu tun?«

»Vielleicht nicht direkt, aber betrachte sie als Zeichen, wie man sie früher bei einer Schnitzeljagd gelegt hat. Jemand will sich seiner Feinde entledigen und uns gleichzeitig auf die richtige Spur zum spaltbaren Material und den Bombenbastlern bringen.«

»Jemand, den wir in den Kreisen der russischen Emigranten suchen müssen?«

»Sehr wahrscheinlich, ja.«

»Eine anständige Mafiasache wäre mir lieber, Danny.«

»Mir auch«, O'Sullivan nickte. »Du hörst von mir. Privat.«

»Hast du Einfluss auf den Einsatz der CIA?«

»Keinen. Die sind sich ihrer Sache diesmal so sicher, dass sie keinen anderen ranlassen.«

»Sie wollen die Bastelanleitung für eine Bombe aufkaufen und über die Papiere an die Leute herankommen, die das spaltbare Material in ihrem Besitz haben. Richtig?«

»So sehe ich das auch.«

»Und weiter?«

»Das sind keine Russenexperten. Jemand legt sie herein und benutzt sie nur. Keiner hört auf mich. Und warum sollte die CIA auch auf mich hören, wenn es nicht mal meine Frau tut, Jerry? Ihr bekommt den üblichen Untersuchungsbericht wegen Krassowskis Tod. Offiziell. Alles andere bleibt eine Sache zwischen dir und mir.«

Verständlicherweise stimmte mich das Gespräch mit O'Sullivan nicht fröhlicher. Die Bombe in Terroristenhand! Das Schreckgespenst kriegte immer mehr Konturen.

Phils Bericht über das Geschehen im alten Lagerhaus, der mich unterwegs erreichte, war auch nicht derart, dass mir die Freudentränen in die Augen schossen. Auf jeden Fall waren Phil und Steve Dillaggio den Italienern zuvorzukommen, was Lonny Loogan anging.

Der Terror in der Spring Street ging mir nicht aus dem Kopf. Ich musste herausfinden, warum die Russen auf Calzone und dessen Freunde losgegangen waren.

Es war genau die richtige Zeit, um Benutti in seinem bevorzugten Restaurant zu treffen. Ich konnte mir gut vorstellen, dass der Dicke keinen Wert darauf legte, mich schon wieder zu sehen. Aber das war sein Problem.

Dementsprechend war die Begrüßung, nachdem ich das Lokal betreten hatte, das für den Normalsterblichen um diese Zeit noch geschlossen war. Benutti speiste gern in aller Ruhe und unter Ausschluss der Öffentlichkeit.

Marcello Ligorno, Benuttis rechte Hand und Kronprinz, gab drei Muskelmännern einen Wink. Die schoben sich nach vorn und verstellten mir den Weg zu Benuttis Tisch.

»FBI«, sagte ich, um die Form zu wahren. »Ihr habt jetzt noch die einmalige Chance, einen Stellungswechsel vorzunehmen.«

Natürlich rührten sie sich nicht. Marcello Ligorno grinste mich dreckig an. Benutti schaufelte Spagetti und ließ sich von mir den Appetit nicht verderben.

Ich drehte rechts an den Muskelmännern vorbei zur Theke und nahm das Telefon zur Hand. Mit der anderen Hand zog ich die Dienstwaffe und richtete sie auf die Muskelmänner. Die Einsatzzentrale der City Police meldete sich am anderen Ende der Leitung.

»G-man Jerry Cotton. Ich brauche Assistenz und einen Wagen, mit dem vier festgenommene Personen transportiert werden können. Sofort.«

Ich legte auf.

»Ihr drei Freunde seid vorläufig festgenommen«, sagte ich zu den Muskelmännern. »Du auch, Ligorno.«

Ich leierte den Text des Mirandagesetzes herunter, während sich Benutti vor Begeisterung auf die Schenkel schlug.

»He, Marcello!«, brüllte er. »Der G-man erklärt uns den Krieg. Glaubst du, dass es ernst gemeint ist?«

Marcello Ligorno schüttelte den Kopf. »Ich gehe jetzt pinkeln, Cotton. Anschließend marschiere ich durch den Hinterausgang aus dem Restaurant.«

Ich ließ ihn dicht an die Tür herankommen, die in den Sanitärbereich führte. Dann hob ich die Dienstwaffe und drückte ab. Die

Kugel knallte in den Türpfosten. Ligorno blieb stehen, als wäre er gegen eine unsichtbare Mauer gerannt. Als er sich überrascht zu mir umdrehte, war er weiß wie die Tapete an der Wand in seinem Rücken.

»Bist du verrückt, G-man?«, presste er hervor.

Benutti hatte zu kauen aufgehört. Aus weit aufgerissenen Augen starrte er mich ungläubig an. Die drei Muskelmänner standen da wie die Zinnsoldaten. Sie gehörten zu denen, die keine eigenen Entscheidungen treffen konnten. Wenn man ihnen nicht sagte, was sie zu tun hatten, verfielen sie in Lethargie.

Vor dem Eingang ins Restaurant hielten zwei Streifenwagen. Sie mussten sich in unmittelbarer Nähe aufgehalten haben. Anders war diese Schnelligkeit nicht zu erklären. Vier Cops stürmten herein.

»Die drei.« Ich deutete auf die Muskelmänner. »Dazu den Gentleman dort an der Tür, Officer.«

»Was liegt an?«, wollte der große, bullige Sergeant wissen, den ich angesprochen hatte.

»Widerstand, Beleidigung und Anstiftung zu einem Verbrechen gegen einen Bundesbeamten. Bringt die Freunde zur Federal Plaza. G-man Zeerookah soll sich um sie kümmern.«

»Okay, Sir!«

Benutti sah krank und um Jahre gealtert aus. Erst nachdem Ligorno und die Muskelmänner aus dem Restaurant begleitet worden waren, schaute er mich vorwurfsvoll an.

»Man kann alles übertreiben, G-man«, sagte er und zündete sich eine Zigarette an. »Es gab in der letzten Zeit kaum Differenzen zwischen dem FBI und meiner Familie. Was hat sich geändert?«

»Einige Tote in der Spring Street und ein Mann, der den Killer gesehen haben will. Unser Zeuge, Benutti. Es war unklug, ihn uns vor der Nase wegschnappen zu wollen.«

Benutti lachte leise.

»Ist es vielleicht ein Verbrechen, der Polizei helfen zu wollen? Du kennst doch diese Informanten, G-man. Die spucken für einen Haufen Geld nur Halbwahrheiten aus. Das hilft euch nicht, und ich bin damit ebenfalls nicht zufrieden. Verdammt, ich will den Kerl haben, der die Russen erledigt hat, nachdem die Calzone und zwei seiner Männer ausgelöscht haben. Ich will diesen Schützen, um an die Hintermänner heranzukommen, die Calzone auf dem Gewissen haben. Niemand in dieser verdammten Stadt fackelt ungestraft meinen Besitz ab und tötet meine Leute. Niemand, Cotton! Wenn Polizei und FBI machtlos sind, dann erledigt der brave Bürger das auf seine Art und Weise. Du kannst festnehmen, wen du willst, einschließlich mich. Das ändert nichts. Was ich dir gerade gesagt habe, kommt an die Öffentlichkeit. Die Bürger dieser Stadt, die sich schon lange nicht mehr sicher fühlen, werden mich verstehen und lieben.«

Während der langen Ansprache war er krebsrot geworden.

»Hatte Calzone Kontakte nach Coney Island?«, fragte ich unbeeindruckt von seinem Vortrag über das gesunde Rechtsempfinden des Bürgers und seine Auswirkungen auf die Allgemeinheit.

»Was soll denn das, verdammt?«

»Ich will wissen, ob Calzone in der letzten Zeit Kontakte nach Coney Island hatte«, wiederholte ich.

Benutti zuckte mit den Schultern.

»Möglich ja, möglich nein. Das Privatleben meiner Männer interessiert mich nicht, solange sie geschäftlich funktionieren. Ich …«

»Kannst du es herausfinden, Benutti?«

»Vielleicht.«

Ich trat dichter an den Tisch heran, packte die Decke und räumte das Geschirr ab. Benutti sprang auf und wich erschrocken zurück.

»Bist du wahnsinnig?«, keuchte er.

»Du wirst es herausfinden, Benutti. Und du wirst es dir zweimal überlegen, ob du etwas vor mir geheim hältst, was Calzone und seine Vergangenheit angeht. Beweg deinen fetten Arsch und finde heraus, ob Calzone Kontakte mit Coney Island hatte.«

Er ließ die Zigarette fallen, stellte den Schuh auf die Kippe und setzte sich wieder.

»Wenn ich das richtig sehe, G-man, dann steht euch das Wasser bis zum Hals, he?«

»Nicht nur uns, Benutti«, sagte ich. »Ich rufe dich in einigen Stunden an. Dann will ich etwas hören.«

Ohne seine Reaktion abzuwarten, eilte ich zum Ausgang des Restaurants.

Wusste der Teufel, warum mir der weiße BMW auffiel. Vielleicht, weil nicht viele davon in der Stadt herumfahren. Oder wegen des Fahrers, der rote Haare hatte. Mehr war von ihm aus meiner Position heraus nicht zu sehen.

Wenn man so lange im Dienst ist wie ich, dann entwickelt man einen besonderen Sinn für Dinge, die nicht in Ordnung sind. Der BMW und sein Fahrer waren nicht in Ordnung. Das war so sicher wie das Amen in der Kirche. Meine Kopfhaut begann zu kribbeln.

Der Wagen fuhr langsam. Es hatte den Anschein, als wäre der Fahrer auf der Suche nach einer bestimmten Adresse. Aber ich glaubte nicht so sehr daran.

In der offenen Tür stehend, wandte ich mich Benutti zu, der noch immer am Tisch saß. Es war ein Fensterplatz, und die Fahrtroute des BMW führte genau an der Fensterfront des Restaurants entlang.

»Weg vom Fenster! Auf den Boden, Benutti!«

Ich hörte ein Möbelstück fallen und dann Benuttis Fluch, als er auf dem Boden unter dem Fenster landete.

Im selben Augenblick erreichte der Fahrer im weißen BMW die Fensterfront, wo er Benutti hätte sehen müssen, wenn der noch an seinem Tisch gesessen hätte.

Er sah ihn nicht mehr.

Dafür aber sah ich den Lauf einer MPi, der aus dem Seitenfenster des BMW herausgeschoben wurde und wieder verschwand. Dann gab der rothaarige Fahrer Vollgas. Wie eine Rakete verschwand der BMW im Pulk anderer Fahrzeuge, noch bevor ich die Chance gehabt hatte, einen Blick auf die Zulassungsnummer zu werfen.

Mein Wagen stand nur wenige Schritte vom Eingang des Restaurants entfernt. Im ersten Impuls wollte ich darauf zurennen und die Verfolgung aufnehmen. Früh genug wurde mir die Aussichtslosigkeit eines solchen Unterfangens bewusst. Der Rothaarige würde mehr als eine halbe Minute Vorsprung haben. Das war uneinholbar.

»Cotton!«

Benutti lag am Boden und zappelte mit den kurzen, dicken Beinen wie eine Schildkröte, die auf den Rücken gefallen war.

»Cotton!«

»Ein weißer BMW, ein rothaariger Fahrer und der Lauf einer MPi, der aus dem Fenster ragte, Benutti. Fällt dir dazu etwas ein?«

Er musste dreimal schlucken, bekam noch immer kein Wort heraus und schüttelte schließlich den Kopf.

»Er hat dich gesucht, Benutti. Er wusste genau, wo du dich um diese Zeit aufhältst. Hätte er dich am Fenster entdeckt ...« Ich winkte ab. »Pass gut auf dich auf, Benutti. Du wirst noch gebraucht.«

Er schickte mir einen ellenlangen italienischen Fluch hinterher. Das Ende hörte ich nicht mehr. Da hatte ich meinen Wagen schon erreicht und war eingestiegen.

Als ich wenig später an der Fensterfront des italienischen Restaurants vorbeifuhr, war von Benutti noch immer nichts zu sehen.

Er hatte meine Warnung ernst genommen.

James Garner war nervös. Er schwitzte, und seine Finger zitterten, als er sich eine Zigarette anzündete.

»Er hätte sich längst melden müssen«, wandte er sich an seinen CIA-Kollegen David Moore und damit an den Mann, mit dem er sich die Verantwortung dieses Einsatzes in Manhattan teilte. Moore war für den Sicherungsbereich zuständig, Garner erledigte den logistischen Teil. Die letzte Kontaktaufnahme mit dem Lieferanten der Dokumente fiel damit also in seinen Bereich.

»Er wird sich schon melden.« Moore gab sich gelassen. »Und wenn er es nicht tut, wird er dafür seine Gründe haben.«

»Das würde bedeuten ...«

Moore schüttelte unwillig den eckigen Kopf und wippte auf den Zehenspitzen. »Das würde nichts bedeuten, Garner. Verdammt, wir bezahlen, erhalten die Dokumente und den entscheidenden Tipp auf die Leute, die glauben, die Welt aus den Angeln heben zu können, nur weil sie Plutonium aus einer russischen Waffenschmiede besitzen. Wenn das überhaupt der Fall ist.«

»Wozu, verdammt, brauchten sie sonst die Bauanleitung für die Bombe?«

»Es kann auch andersherum sein, Garner.«

Garner wischte sich den Schweiß von der Halbglatze und starrte seinen Partner überrascht an. »Wie meinst du das?«

»Ich meine, die besorgen sich zuerst das Wissen und dann das Material. Mit anderen Worten, das Plutonium muss noch herangeschafft werden.«

»Das kommt nicht mehr rein. Alle Kanäle sind dicht. Jeder Flughafen …«

»O Mann!« Moore lachte bitter auf und zündete sich eine Zigarette an. »Jedes verdammte Auto, jeder Bus, jeder Zug – Scheiße! Jeder verdammte Penner könnte das Zeug in die Stadt bringen, ohne aufzufallen oder ein Risiko einzugehen. Es ist in New York oder es wird kommen. Unsere einzige Chance ist der Mann mit den Unterlagen. Er weiß, wer das Zeug hat. Wir kaufen die Papiere, er kann das Geld behalten, bekommt von uns Schutz und wird uns die erwarteten Informationen liefern. Ob die etwas taugen, kann Danny O'Sullivan herausfinden.«

»Wer der Bursche auch immer ist, Moore, er könnte uns täuschen.«

»Dann erlebt er seinen nächsten Geburtstag nicht mehr.«

»Falls der nicht gerade morgen ist.« Garner grinste sauer.

Moore brach in schallendes Gelächter aus. Er war sich seiner Sache absolut sicher.

Batislaw wusste nach dem ersten Blick auf den Kerl, dass es Ärger geben würde. Er hatte den großen, blonden Mann noch nie gesehen, aber ihm war klar, dass er der Russenmafia angehörte, die ihn und andere aus der Gegend erpressten und die Schutzgeldforderungen immer höher schraubten.

»Ist noch geschlossen«, sagte Batislaw.

Der große, blonde Mann zuckte mit den Schultern. »Die Tür war offen. Wäre sie es nicht gewesen, hättest du mir doch sicher geöffnet, oder?«

Batislaw entdeckte die 38er Automatic, die der Kerl in einem Schulterholster trug. Er nickte sofort. »Bestimmt«, versicherte er.

Der Blonde kam an den Bartresen heran, blieb stehen und schaute Batislaw aus kalten, blauen Augen an. »Du bist nervös, Fettsack«, sagte er ruhig. »Vor was oder vor wem hast du Angst?«

Batislaw winkte mit einer schwachen Handbewegung ab. Das war genauso halbherzig wie sein schiefes Grinsen. »Ich brauche keine Angst zu haben«, sagte er. »Ich bezahle. Pünktlich und ausreichend.«

»Sicher, Fettsack. So auf den ersten Blick bist du ein guter Genosse. Aber wir haben den Verdacht, dass du die Seiten wechseln willst.«

»Natürlich nicht.«

»Gib mir einen Wodka, Genosse.«

Batislaw schenkte ein. Den besten Sprit, den er im Sortiment führte.

Der Blonde trank und schüttelte sich. »Made in USA«, sagte er angewidert. »Für spezielle Gäste wie mich solltest du etwas Spezielles im Haus haben.«

»Ist nicht mehr zu kriegen. Die Amis importieren nicht, die kaufen Lizenzen und brauen dann selbst etwas zusammen. Angeblich brennt ihnen der echte russische Wodka Löcher in die Magenwände. Ist nicht meine Schuld. Warum liefert ihr eigentlich nicht?«

»Weil sie nur kassieren können, Batislaw!«, sagte eine Frauenstimme aus dem Hintergrund.

Batislaws Blick ruckte nach rechts.

Der Blonde wirbelte herum. Automatisch zuckte seine Rechte unter das Jackett zum Schulterholster. Dann sah er Ludmilla in der offenen Tür stehen, die ins Treppenhaus und nach oben führte, wo sich einige Zimmer befanden, die die Damen benutzen konnten, um sich auch privat mit einem Gast zurückziehen zu können. Offiziell gab es diese Zimmer nicht. Aber ohne die Mieteinkünfte für diese Privatunterkünfte wäre Batislaw schon lange zahlungsunfähig gewesen.

Der Blonde starrte Ludmilla an, und seine Augen begannen zu leuchten.

Kein Wunder, denn sie trug nur eine rote, durchsichtige Bluse, von der nur die untersten beiden Knöpfe geschlossen waren, und einen schwarzen Tangaslip. Der war so winzig, dass man ihn notfalls auch als Augenklappe hätte benutzen können. Auf jeden Fall war es gerade ausreichend Stoff, um ihre Scham zu bedecken.

»Was meintest du?«, fragte der Blonde mit spröder Stimme.

»Dass ihr nichts liefern, sondern nur kassieren könnt«, antwortete Ludmilla ruhig. Sie ließ die Tür hinter sich ins Schloss fallen und trat einige Schritte in den Barraum.

Mit der Hand, die eben zur Automatic gegriffen hatte, rieb sich der Blonde die Stirn trocken, während seine Augen wie hypnotisiert auf Ludmillas Brüsten ruhten. Erst als Ludmilla hell lachte, hatte sich der Blonde wieder in der Gewalt. Er hatte von der schönen Russin gehört, die mit ihrem Strip-Programm die Bar jeden Abend füllte und die keusch und züchtig sein sollte wie die eiserne Jungfrau. Viele hatten schon probiert, bei ihr zu landen. Allesamt hatte Ludmilla abblitzen lassen. Auch die vielen finanziellen Angebote, die sie längst zu einer sehr wohlhabenden Frau hätten machen können, hatte sie abgelehnt.

»Oder ist das vielleicht nicht so?«

Batislaw war vornehm erbleicht. Gehetzt pendelte sein Blick zwischen Ludmilla und dem Blonden hin und her. Die Spannung war zum Schneiden dick. Erst ein knurrendes Lachen des Blonden brach das Eis. Batislaw stieß erleichtert die angehaltene Luft aus.

»Sie meint das nicht so«, sagte der Wirt des Blue Moon Club in Coney Island. »Sie ist betrunken, oder sie hat was genommen. Es ist immer …«

Der Blonde unterbrach ihn mit einem heftigen Kopfschütteln. »Sie weiß genau, was sie redet. Hast du getrunken?«

Ludmilla kam so dicht heran, dass sie nur noch ein Schritt von dem Blonden trennte. Sie hauchte ihn an. »Riechst du vielleicht etwas?«

»Nichts.«

»Logisch, nichts.« Ludmilla lächelte. Zum ersten Mal war das eiskalte Glitzern ihrer Augen zu sehen. »Kokain riecht man nicht, das spürt man nur. Oder?«

»Keine Ahnung«, knurrte der Blonde. »Nimmst du's schon lange?«

»Sehr lange.«

»Warum?«

»Es macht kalt von innen. Man vergisst alles, was geschehen ist. Man vergisst Männer wie dich.«

»Jetzt ist es genug, Ludmilla«, schaltete sich Batislaw kläglich ein.

»Verdammt, lass sie reden!«, brüllte der Blonde, worauf sich Batislaw duckte, als versuchte er, einem Schwinger auszuweichen.

»Was willst du hören?«, fragte Ludmilla und strich sich das lange, schwarze Haar in den Nacken.

»Alles.«

»Alles kostet eine Million. Weniger ist billiger, Serge.«

»Wie kommst du auf Serge?«

»Ich kannte mal einen blonden Schweinehund wie dich, der hieß Serge. Er sah besser aus als du, aber irgendwie seid ihr euch alle ähnlich. Ihr seid kleine Scheißer, aber ihr haltet euch für Gott, weil Männer wie Batislaw Angst vor euch haben. Geh doch zur Hölle, Serge!«

»Dein Ton gefällt mir nicht, Hure!«

Ludmilla lachte glucksend und bedachte ihn mit einem verächtlichen Blick. Sie hätte Angst haben müssen, denn Kerle wie der Blonde waren unberechenbar. Aber sie hatte keine Angst, und das lag nicht nur am Kokain, das sie genommen hatte. Sie wusste, dass der Blonde ein Nichts war. Ein Botenjunge, den Russakow geschickt hatte.

»Du nennst eine Frau eine Hure, die in der alten Heimat Heldin der Arbeit hätte werden können?«

Der Blonde starrte sie genauso fassungslos an, wie Batislaw es tat. Es war Ludmilla klar, dass alle beide an ihrem Verstand zweifelten.

»Heldin der Arbeit, he?« Der Blonde bog sich vor Lachen. Seine Hand zuckte nach vorn. Die Finger krallten sich in den durchsichtigen Blusenstoff und rissen ihr das Bekleidungsstück vom Körper. »Als Nutte im Café Arbed in Moskau?«

»Oder beim KGB, für westliche Diplomaten und Geschäftemacher.«

Der Blonde ließ sie los. »KGB?«, schnappte er etwas atemlos.

Ludmilla nickte. »Du hast die richtige Visage und bist dumm genug, um dem KGB als Kanonenfutter zu dienen. Du bist doch ihr Laufbursche, Serge.«

Der Blonde packte ihr langes, schwarzes Haar und riss sie an sich heran. Ludmilla klammerte sich einen Moment lang an ihm fest und stieß ihn dann mit einem Ruck zurück. Heftig genug, dass der Blonde taumelte und mit dem Rücken gegen den Bartresen knallte. Er stieß einen Schrei aus, sog mit einem zischenden Geräusch die Luft ein und wollte auf Ludmilla losstürmen. Da erst bemerkte er, dass die Russin ihm geschickt die Automatic aus dem Schulterholster gefischt hatte und nun auf ihn richtete.

»Mein Gott!« Mehr brachte Batislaw nicht heraus. Er stand da wie zur Salzsäule erstarrt.

Mit einer gekonnten Bewegung ließ Ludmilla den Schlitten der Automatic vor- und zurückschnellen. Sie legte den Sicherungsbügel um und spannte den Hahn. Das alles mit einer fließenden Perfektion, sodass man glauben konnte, sie habe eine paramilitärische Ausbildung hinter sich. Was in Wirklichkeit auch der Fall war. Aber das wusste niemand.

»Was jetzt, Laufbursche?«, fragte sie zischend. »Gehst du nun mit eingezogenem Schwanz zu Russakow zurück und sagst du ihm, dass eine Nackttänzerin dir die Waffe abgenommen hat?«

Der Blonde, der bislang über eine sehr gesunde Gesichtsfarbe verfügt hatte, war plötzlich aschgrau im Gesicht. Angst, Schrecken und Panik zeichneten sich auf seinen Zügen ab.

»Mach keinen Unsinn«, stammelte er und streckte die Hand nach vorn.

Ludmilla drückte ab, ohne auch nur einen Sekundenbruchteil zu zögern. Die erste Kugel durchschlug die nach vorn gestreckte Hand des Blonden, die zweite bohrte sich in seine rechte Schulter und trieb ihn an den Bartresen zurück.

»Mein Gott!«, wiederholte Batislaw. »Mein Gott!«

Ludmilla hob die Waffe, sodass der Blonde in den Lauf schauen musste.

»Was will Russakow wissen, Serge? Was muss er an Levschenko und Jurij Bazanow berichten?«

Der Schmerz hatte dem Blonden die Tränen in die Augen getrieben. Nun rollten sie an seinem Gesicht abwärts.

»Was?«, wiederholte Ludmilla ihre Frage.

»Ob jemand anderer hier versucht, sich in unser Geschäft zu drängen.«

»Und wer sollte das sein?«

»Die Italiener. Vielleicht auch die Iren. Du hast doch einen irischen Freund, oder?«

»Ja.« Ludmilla nickte. »Einer von der Sorte, der jeden Kerl umlegt, der mir zu nahe kommt. Zum Beispiel dich, Serge. Jetzt steht auch Batislaw unter seinem Schutz. Sag Russakow das. Frag ihn, ob er in der letzten Zeit nicht schon genug Leute verloren hat.«

Der Blonde nickte. Er konnte sich kaum noch auf den Beinen halten.

»Wirst du auch nichts vergessen?«

»Bestimmt nicht«, versicherte der Blonde. Er senkte den Blick, weil er nicht länger in den Lauf seiner eigenen Waffe schauen konnte.

»Die Italiener und die Iren, Serge. Es gibt Schwierigkeiten von allen Seiten. Russakow soll mit Levschenko und Bazanow reden – und einer von denen mit Benutti aus Little Italy.«

»Benutti?«

»Ja. Andernfalls kriegt ihr es auch noch mit der Mafia zu tun. Die Zeiten sind lange vorbei, in denen der KGB schalten und walten konnte, wie er wollte. Das hier ist Amerika. Hier seid ihr nichts wert. Bestenfalls einen Schuss Pulver. Verschwinde schnell, bevor ich es mir anders überlege. Russakow soll mich nicht suchen. Ich werde selbst Kontakt mit ihm aufnehmen.«

Der Blonde taumelte dem Ausgang entgegen, öffnete die Tür und war wenig später verschwunden. Krachend fiel die Tür hinter ihm ins Schloss.

Batislaw zuckte zusammen. Seine Finger zitterten, als er sich einen Wodka einschenkte, den er auf einen Zug kippte. Dass Ludmilla beinahe nackt war, berührte ihn nicht. Er hatte sie schon oft so und noch weniger bekleidet gesehen. Batislaw schaute auf die Waffe in ihrer Hand, dann in ihr entschlossenes Gesicht.

»Vielleicht ist es dir noch nicht klar geworden, aber du hast uns gerade beide umgebracht.«

Ludmilla hob die Bluse auf und ließ sie wieder fallen. Als Kleidungsstück taugte der Fetzen nicht mehr.

»Verdammt, hast du mich nicht verstanden? Du hast uns gerade umgebracht!«

»Hör auf mit dem Gejammer, Batislaw!«, fauchte die schöne Russin. »Weil ihr nur jammert und nichts tut, pressen sie euch aus bis aufs Blut.«

»Und jetzt?«, fragte Batislaw. »Was passiert jetzt?«

»Nichts«, antwortete Ludmilla. »Sie halten sich zurück. Die haben ganz andere Sorgen und kriegen noch mehr Ärger. Du machst den Laden heute Abend auf wie immer. Nichts wird passieren.«

»Russakow …«

»Er wird ein paar Leute schicken, sicherlich. Aber es werden auch einige Italiener hier sein. Vielleicht auch ein paar Cops in Zivil und einige Leute vom FBI und der CIA. Du wirst berühmt werden mit deiner Bar, Batislaw. Du brauchst keinen Nacktstar wie mich mehr.« Sie deutete auf das Telefon. »Ich werde mit Russakow reden und mit den Italienern. Dann verschwinde ich.«

Batislaw nickte. Von diesem Moment an betrachtete er Ludmilla mit ganz anderen Augen.

»Wer bist du?«, fragte er leise.

»Ludmilla, der Nacktstar aus Moskau. So steht es doch auch draußen auf dem Plakat an der Tür.«

»Und wer bist du wirklich?«

»Lass mich in Ruhe telefonieren.«

»Du meinst, ich soll verschwinden?«

»Genau das meine ich, Batislaw.«

Batislaw schaute sie noch einmal von den Zehen- bis zu den Haarspitzen hinauf an. Dann zuckte er mit den Schultern.

»Schade«, sagte er, als er sich schon auf dem Rückzug befand.

»Eigentlich bist du zu jung und viel zu schön, um schon zu sterben. Aber du willst es ja nicht anders, Ludmilla. Du willst es ja nicht anders.«

Sie wollte es nicht anders, da hatte der Dicke vollkommen Recht.

Aber vorher gab es für sie noch eine ganze Menge zu erledigen.

Lonny Loogan sah ziemlich ramponiert aus, aber augenscheinlich fühlte er sich in dem frisch bezogenen Krankenhausbett ganz ausgezeichnet. Phil hatte auf mich gewartet. Als wir das Zimmer betraten, zog Loogan die Oberlippe hoch wie weiland Bogart und grinste uns an.

»Zu trinken habe ich noch immer nichts, aber dafür habe ich so gut gegessen wie schon lange nicht mehr. Habt ihr das Geld mitgebracht?«

»Keine Sorge, das bekommst du«, sagte ich. »Du kannst uns vertrauen.«

»Warum das?«

»Wir sind G-men, Lonny.«

»Den Feds habe ich noch niemals vertraut. Die sind die Pest.«

»Verdammt«, knurrte Phil. »Haben wir dir nicht gerade deinen Arsch gerettet?«

Lonny Loogan legte sich in die weichen Kissen zurück und schloss für einen kurzen Moment die Augen. »Okay, ihr seid G-men. Ihr sagt, ich kriege meine Belohnung, also kriege ich sie auch.«

»Wenn die Informationen etwas taugen«, schränkte ich ein. Der Attorney war bereit, aus dem Reptilienfonds zu bezahlen. Aber dafür musste er auch etwas bekommen.

»Ihr sucht den Kerl, der die Russen in der Spring Street erledigt hat. Richtig?«

»Yeah«, dehnte Phil.

»Dann ist meine Information mehr als tausend Dollar wert.«

»Lass mal hören.«

»Sie waren zu zweit auf dem Dach. Einer war rothaarig, der andere hatte schwarzes Haar und sah verteufelt schön aus. Es ist nämlich so, dass der Kerl, der geschossen hat, eine Frau gewesen ist, G-men.«

Phil hielt die Luft an und stieß sie mit einem zischenden Geräusch wieder aus. Er warf mir einen zweifelnden Blick zu. Ich schaute Lonny Loogan an. Der Penner war scharf auf das Geld, sicher, aber er sah zum Teufel nicht so aus, als wollte er uns auf den Arm nehmen.

»Wie viel hast du getrunken?«, fragte Phil.

»Ausreichend, aber nicht so viel, dass ich 'ne Frau nicht von 'nem Mann unterscheiden könnte.«

»Sag das noch einmal«, forderte Phil ihn auf.

Loogan zuckte mit den Schultern. »Dann kommt auch nichts anderes dabei heraus. Es waren ein rothaariger Kerl und eine wunderschöne, schwarzhaarige Frau, G-men.«

»Irrtum ausgeschlossen?«

Lonny Loogan verzog beleidigt das Gesicht.

»Mein Freund meint, du hast schließlich nicht direkt neben den beiden auf dem Dach gelegen, Lonny«, lenkte ich ein.

»Wie weit weg?«, fragte Phil.

»Fünfzig Yards vielleicht.«

»Lichtverhältnisse?«

»Die waren ausgezeichnet. Auf der anderen Straßenseite brannte das Restaurant, und auf dem Dach, auf dem das Pärchen lag, gab's 'ne Cola-Reklame, die zu dieser Zeit noch in Ordnung war. Später fiel sie aus.« Loogan grinste. »Verdammt, G-men, ich bin vielleicht 'n Wrack, aber es gibt zwei Dinge, die funktionieren noch ganz ausgezeichnet: mein Durst und meine Augen.«

»Wir glauben dir absolut, Lonny.« Ich klopfte ihm anerkennend auf die Schulter. »Du bist uns wirklich eine sehr große Hilfe.«

»Was ist mit einem Job beim FBI?«

»Dafür bist du schon etwas zu alt, Lonny.«

»Aber die versprochenen tausend Eier kriege ich?«

»Worauf du dich verlassen kannst.«

»Okay. Noch eins: Es geht mir hier im Krankenhaus ausgezeichnet. Ich würde gern noch ein paar Tage bleiben. Am liebsten, bis draußen wieder Ruhe eingekehrt ist.«

Ich hatte mit dem Doc gesprochen. Lonny hatte neben äußeren Verletzungen auch innerlich eine ganze Menge abbekommen. Das musste noch untersucht werden. Also konnte ich ihm reinen Gewissens versprechen, dass sie ihn hier noch eine ganze Weile auf Staatskosten beherbergten.

Danach verließen Phil und ich das Krankenhaus.

Draußen auf der Straße sagte Phil: »Der rothaarige Bursche im weißen BMW, der es anscheinend auf Benutti abgesehen hatte, passt nun ausgezeichnet ins Bild.«

Ich nickte.

»Ich verstehe nur eins nicht«, sagte Phil.

»Was?«

»Auf der einen Seite beteiligt er sich daran, die Russen abzuräumen, und dann hat er es plötzlich auf Benutti abgesehen. Das passt doch nicht zusammen.«

»Auf den ersten Blick sicher nicht«, gab ich zu. »Aber wenn Danny O'Sullivan Recht hat und es um eine Privatabrechnung geht, dann sieht das natürlich alles ganz anders aus. O'Sullivan sagt auch, jemand will uns eine deutliche Spur zu den Leuten legen, von denen eine Gefahr ausgeht. Auf der anderen Seite ergibt der geplante Anschlag auf Benutti nur dann einen Sinn, wenn das Killerpärchen meint, der dicke Italiener könnte eine Gefahr für sie sein.«

»Eine persönliche Gefahr?«

Ich zuckte mit den Schultern. »Möglicherweise will man verhindern, dass sich auch die Mafia am Tanz um die Bombe beteiligt.«

Phil nickte. »Wir sollten unsere CIA-Freunde Garner und Moore unterrichten.«

»Wir berichten dem Chef, Phil. Der kann sich dann mit den Leuten in Verbindung setzen. Aber O'Sullivan meint, die Leute von der CIA seien sich ihrer Sache so sicher, dass sie taub auf beiden Ohren wären. Lassen wir doch den Computer überprüfen, ob so ein Pärchen, wie Logan es uns beschrieben hat, schon mal irgendwo in Aktion getreten ist.«

»Wir sind verrückt, Ludmilla.«

James O'Connor kam aus dem Bad und schaute zum breiten Brett, auf dem sich die schöne Russin streckte wie ein müdes Raubtier.

Nach dem Zwischenfall mit dem Blonden hatte sie Telefongespräche geführt und sich dann in diese Hotelsuite zurückgezogen, die sie schon vor einiger Zeit reserviert hatte. Als Ausfallbasis für die letzte Wegstrecke ihres Rachefeldzugs, den sie über viele Jahre hinweg vorbereitet hatte.

Zuerst hatte die Ungeduld der Jugend sie getrieben. Sie hatte Fehler begangen und wäre beinahe aufgefallen. Dann war sie ruhig geworden. Sie hatte alles aus sicherer Distanz heraus beobachtet und geduldig darauf gewartet, dass ihre Feinde einen Fehler begingen. Sie hatte den Kontakt mit den richtigen Leuten gesucht. Angesichts ihrer Jugend und Schönheit war ihr das nicht schwer gefallen. Während der letzten Jahre in den USA hatte sie gelitten. Doch zurückblickend auf das, was sie in den eisigen russischen Winternächten erlebt hatte, war das augenblickliche Leiden ein Spaziergang durch die Zeit.

Jetzt war sie dem Ziel so nahe wie nie. Dank James O'Connors Hilfe, der genau wie sie selbst ein sehr bewegtes Leben hinter sich hatte, dem das Wasser oft bis zur Unterlippe gestanden hatte und der sein Glück machen wollte. Zu Anfang war Glück für ihn gleichbedeutend mit Geld gewesen. Im Laufe der Zeit jedoch war aus ihrer geschäftlichen Verbindung ein Gefühl gewachsen, das man mit Liebe bezeichnen konnte.

Ludmilla schaute den rothaarigen Mann an und lächelte. »Es war ein langer Weg von deinem Wohnwagen in Las Vegas bis in diese Suite, James«, sagte sie leise, drehte sich zur Seite, nahm sich eine Zigarette aus der Schachtel vom Nachttisch und zündete sie sich an.

»Wenn wir uns in Las Vegas nicht begegnet wären und du mir nicht das Geld gegeben hättest, damit ich meine Spielschulden begleichen konnte, wäre ich schon lange ein toter Mann ohne Sorgen.«

Ludmilla lachte leise. »Das klingt beinahe wie ein Vorwurf.«

James O'Connor schüttelte den Kopf.

»Jetzt hast du mich und bald auch noch einen Haufen Geld«, sagte sie. »Dann brauchst du dir nur Sorgen darüber zu machen, wie du es ausgibst.«

O'Connor trat heran. Vor dem Bett blieb er stehen.

»Du redest nur von mir«, sagte er leise. »Was wird aus dir, Ludmilla?«

»Ich weiß es nicht.«

Sie streckte ihm die Hände entgegen.

O'Connor zögerte einen Augenblick, dann ließ er das Handtuch von seinen Hüften fallen und tauchte neben Ludmilla auf die breite Matratze des Bettes.

»Du hast mir in Las Vegas geholfen«, sagte er rau. »Nun werde ich dafür sorgen, dass du …«

»Wir werden sehen, James«, unterbrach sie ihn und glitt über ihn wie eine Glucke über ein Küken, das sie vor einem Habicht schützen will. »Wir brauchen nur noch zu warten.«

»Benutti hatte Besuch von dem G-man aus der Spring Street. Er muss gerochen haben, dass ich etwas vorhatte.«

»Jerry Cotton«, nannte Ludmilla den Namen des G-man, dessen Mut und Kaltblütigkeit sie schon in der Spring Street bewundert hatte. »Er hat Benutti im letzten Moment gewarnt. Aber er konnte ja auch nicht wissen, dass wir dem Italiener nur einen Schrecken einjagen und ihn wütend machen wollten, damit er seine Leute nach Coney Island schickt und unter den Russen Unruhe stiftet. So sollten die G-men auf Russakow, Levschenko, Bazanow und die anderen aufmerksam werden.«

O'Connor hielt sie fest umschlungen und drehte sie neben sich. »Der FBI hat mit der ganzen Sache nichts zu tun. Das ist CIA-Angelegenheit, Ludmilla.«

»Noch«, sagte die schöne Russin. »Hör auf damit, dir den Kopf zu zerbrechen. Spürst du denn nicht, dass ich dich brauche, James?«

Natürlich spürte O'Connor es. Aber auch das gab ihm zu denken. Während der letzten Zeit liebte sie mit einer beinahe verzweifelten Leidenschaft. Mit der Leidenschaft eines Menschen, der wusste, dass ihm nicht mehr viel Zeit blieb.

Für James O'Connor wurde immer deutlicher, dass Ludmilla mit dem Leben abgeschlossen hatte und nur noch diese eine Sache hinter sich bringen wollte.

»Ludmilla ...«

»Nicht reden. Bitte.«

Sie verschloss seinen Mund mit einem verlangenden Kuss und wurde so wild in seinen Armen, dass er sie kaum noch bändigen konnte.

»Wir haben eine deutliche Absprache, Mr. Cotton!«

David Moore starrte mich an, als wollte er mich roh fressen – und am liebsten sofort.

»Sie halten sich aus unseren Angelegenheiten heraus und ...«

Ich hob die Hand und winkte ab. »Okay, Mister. Ihre Sache ist ein Deal, mit wem auch immer. Daran sind wir nicht interessiert.«

Garner kratzte sich den Haaransatz seiner Halbglatze. »Was dann? Woran sind Sie interessiert?«

»Nur daran, dass es zu keinem Krieg zwischen den Russen und der Mafia kommt«, sprang Phil für mich ein. »Wir wollen hier keine Zustände wie in einer Bananenrepublik.«

Moore grinste schief.

»In der Vergangenheit hat sich ja oft gezeigt, dass die CIA mit Schwierigkeiten in Bananenrepubliken nicht fertig wird«, fügte ich hinzu.

Moore starrte mich an wie ein Henker einen Delinquenten, dem er gerade die Schlinge um den Hals legt. Der Kerl hasste mich. Wahrscheinlich nicht nur mich, sondern den FBI im Allgemeinen. Er hatte Angst davor, dass wir ihm die Wurst vom Brot nahmen und ihn daran hinderten, zum Retter der westlichen Zivilisation zu werden.

»Eine Frage«, wandte sich Mr. High an Garner, der besonnener war. »Kommt Ihre Aktion in Gefahr, wenn wir den Hinweisen darauf nachgehen, dass in einer kleinen Bar in Coney Island der Krieg zwischen den Russen und den Italienern auf amerikanischem Boden geprobt wird?«

Garner brauchte nicht lange darüber nachzudenken. Er schüttelte den Kopf. »Damit haben wir nichts zu tun. Das spielt nicht in unseren Bereich, also halten wir uns da auch heraus.«

»Na also«, bemerkte Phil erleichtert.

Moore zündete sich eine Zigarette an und inhalierte hektisch einen Zug. »Um was geht es genau?«

»Um eine Frau und einen Mann, Moore. Der Mann scheint ein Ire zu sein. Er hat versucht, Benutti, einen Mafiaboss, zu töten. Ich habe es verhindern können. Inzwischen jedoch hat Benutti telefonisch die Nachricht erhalten, dass man es noch einmal versuchen wird. Wir müssen herausfinden, wer die beiden sind, und wir müssen Benutti schützen. Das ist, verdammt, alles.«

»Es gefällt mir nicht, dass sich das auf Coney Island abspielt.«

»Uns gefällt es nicht, dass es sich überhaupt abspielt. Die Russen gegen die Italiener. Eine Mafia gegen die andere. Das ist beinahe eine genauso große Gefahr wie die, die die CIA aus der Welt schaffen will. Gibt es Personen, die wir sanft anpacken oder übersehen müssen?«

»Boris Levschenko.«

»Okay.« Ich notierte mir den Namen.

»Und alle Personen, die direkt mit Levschenko zu tun haben«, erweiterte Garner den Kreis. »Levschenko ist unser Mann.«

»Feind oder Freund?«, wollte Phil wissen.

»Freund«, antwortete Moore. Es rutschte ihm heraus, weil Phil die Frage beiläufig und in einem unverfänglichen Tonfall gestellt hatte. Deutlich war dem Kerl mit dem eckigen Schädel nun anzusehen, dass er sich selbst dafür hasste, es uns gesagt zu haben. »Sonst noch was?«

»Falls Sie Hilfe brauchen, reicht ein Anruf«, sagte Mr. High. »Dann stelle ich Ihnen meine besten Männer ab.«

»Cotton und Decker?«, fragte Moore hämisch. Er ließ den Blick über Phil und mich streichen und schüttelte den Kopf. »Nein, danke«, wehrte er ab. »Umbringen tun wir uns lieber selbst.«

Ich dachte an Danny O'Sullivans Worte: Die von der CIA abgestellten Leute sind ungeeignet für diesen Deal. Die sehen vor lauter Bäumen den Wald nicht mehr.

Aber was, zum Teufel, konnte uns das kümmern?

»Okay«, sagte der Chef ruhig. »Damit ist alles gesagt. Ich stehe zu meinem Angebot. Ein Anruf reicht und Sie erhalten die Hilfe, die Sie brauchen.«

»Danke, Sir«, sagte Garner und gab Moore mit einem knappen Wink das Zeichen zum Aufbruch.

In der offenen Tür drehte sich Moore noch einmal zu uns um. »Nur einen verdammten Fehler, der unseren Deal in Gefahr bringt, Cotton, und Sie können sich einen neuen Job als Busfahrer suchen.«

Die Tür knallte hinter den CIA-Agenten ins Schloss.

»Wann?«, wandte sich Phil an Mr. High. »Wann soll dieser Deal stattfinden?«

»Heute Abend, am Kennedy International. Mehr weiß ich auch nicht.«

»Jemand von der CIA wartet mit dem großen Geldkoffer. Der Informant liefert, kassiert und redet einige Worte mit den Agenten.«

»Darauf wird es hinauslaufen, ja.«

Ich schaute den Chef an. Sorgenfalten furchten seine Stirn.

»Das ist zu einfach, Sir«, sagte ich.

»Was meinen Sie, Jerry?«

»Das ist zu einfach. Jemand hat die CIA heiß gemacht, und nun sind sie von einem tödlichen Jagdfieber befallen, Sir. Wir müssen sie stoppen.«

»Das ist unmöglich, Jerry.«

Ich nickte und fühlte mich unbehaglich. »Dann wird es letztendlich darauf hinauslaufen, dass wir vom FBI die Scherben zusammenkehren und wegräumen müssen.«

»Viel Vertrauen haben Sie anscheinend nicht in Garner und Moore.«

Ich schüttelte den Kopf. Das konnte auch gar nicht anders sein, wenn man wie ich O'Sullivan glaubte. Von dem wusste ich zumindest, dass er ein Fachmann war. Er hatte alle harten Schulen durchlaufen, bevor man ihn auf den Posten gesetzt hatte, den er nun bekleidete. Dennoch waren auch ihm die Hände gebunden.

Wir hatten nur den beängstigenden Anruf von Benutti erhalten, dass Calzone, dessen Restaurant in der Spring Street niedergebrannt worden war und der mit einigen seiner Männer den Tod gefunden hatte, sehr wohl Kontakt nach Coney Island gehabt hatte. Zu einer russischen Nackttänzerin.

»Wir kümmern uns also um die Russin und den Iren«, sagte Phil.

Das Telefon läutete. Der Chef nahm ab. Er nickte einige Male und legte dann wieder auf.

»In der Bar, die uns interessiert, ist es zu einem Zwischenfall gekommen«, sagte Mr. High. »Die Kollegen von der City Police, die ich darum gebeten habe, die Augen offen zu halten, haben das gemeldet. Die Nackttänzerin hat auf einen blonden Russen geschossen und ist danach verschwunden. Der Russe auch. Keiner will etwas wissen.«

»Vielleicht haben wir mehr Glück als die Kollegen von der City Police«, sagte Phil entschlossen.

Der Mann, der die Auffahrt zur kleinen Villa bewachte, lehnte mit dem Rücken am geschlossenen Gittertor und dachte nicht eine Sekunde lang daran, dass von der Frau am Steuer eine Gefahr ausging. Der Motor des alten Ford hatte deutlich hörbar schon gestottert, als der Wagen nach der letzten Kurve in seinen Sichtbereich geriet.

Nun stand das alte Vehikel fünf Yards vom Gittertor entfernt. Noch im Schutz der hohen Begrenzungsmauer, sodass man den Wagen von der Villa aus nicht sehen konnte.

Ludmilla stieg aus. Als eine auffallend schöne Blondine mit langen Haaren. Dafür war ihr Rock so straff und kurz, dass er beim Aussteigen kaum noch höher rutschen konnte. Der Minitanga, den sie darunter trug, war zu sehen. Sie bewegte sich aufreizend langsam, damit der Wachmann auch alle Reize sehen konnte, die sie zu bieten hatte.

Die blonde Perücke und geschicktes Make-up hatten eine ganz andere Frau aus ihr gemacht. Selbst jemand, der sie oft in der Bar von Batislaw hatte tanzen sehen, hätte sie nicht erkannt. Energisch trat sie gegen einen Vorderreifen.

Aus den Augenwinkeln heraus warf sie einen kurzen Blick auf James O'Connor, der lang ausgestreckt auf der Rückbank lag, sodass man schon sehr nahe an den alten Ford herankommen musste, wenn man ihn entdecken wollte.

»Was ist?«, wandte sich Ludmilla an den Wachmann, der sichtlich nicht wusste, wie er sich verhalten sollte. »Können Sie mir vielleicht helfen?«

»Ich?«

Sie lächelte. »Ich sehe sonst niemand anderen, Mister.«

»Was ist mit dem Wagen?«

Ludmilla zuckte mit den Schultern. »Ein Kabel«, sagte sie, beugte sich in den Innenraum des Fahrzeugs, öffnete die Motorhaube und tauchte wieder nach draußen. »Sie sehen aus, als verstünden Sie etwas von Autos.«

Der Wachmann zögerte. Er hatte den ausdrücklichen Befehl, seinen Posten nicht zu verlassen.

»Okay«, sagte Ludmilla und streckte sich. »Sie helfen mir und haben einen Wunsch frei.«

Sie schenkte dem Kerl ein Lächeln, das ihm den Himmel auf Erden versprach und ihm einen kalten Schauer über den Rücken jagte. Sie wusste um die Wirkung dieses frivolen Lächelns, denn sie setzte es nicht zum ersten Mal ein, um etwas zu bekommen. Natürlich gab es hartnäckige Fälle, und wenn es sie diesmal nicht weiterbrachte, mussten O'Connor und sie sich auf einem anderen Weg Zugang zur Villa verschaffen, in der Russakow lebte.

Russakow war nach Levschenko und Bazanow der drittwichtigste Mann der Russenmafia. Also konnte man sich leicht vorstellen, in welchem Prunk Levschenko und Bazanow residierten. Die Männer, auf die sie es abgesehen hatte. Die ihr Schmerz zugefügt hatten und jahrelange schlechte Träume, in denen die Erinnerung an das Geschehen in jener eiskalten Winternacht bei der Datscha wieder aufgeflackert war.

Boris Levschenko und Jurij Bazanow! Die Mörder ihres Vaters und ihrer Mutter!

Um an die beiden heranzukommen, brauchte sie Russakows Informationen. Ludmilla gab sich keinen Illusionen hin. Es würde nicht leicht werden, Russakow zum Reden zu bringen und ihn auf ihre Seite zu ziehen.

Der Kerl da, der sie begehrlich anstarrte, musste nicht nur von dem verdammten Tor verschwinden, sondern es für sie und O'Connor auch öffnen.

»Einen Wunsch?«, fragte der Wachmann, der über Walkie-Talkie und ein in die Mauer eingelassenes Telefon mit der Villa verbunden war. Wenn der Kerl meldete, dass sich Gefahr im Anmarsch befand, dann hatte Russakow in der Villa alle Zeit, geeignete Maßnahmen zu treffen. Es durfte also nicht geschehen.

»Das habe ich gesagt, und das meine ich auch.«

»Jeden Wunsch?«

»Jeden«, versicherte Ludmilla und betete zu allen ihr bekannten Heiligen, dass der Bursche das Tor endlich öffnete und auf die Straße hinaustrat, ohne vorher Rücksprache mit den Leuten in der Villa genommen zu haben.

»Verdammt, was ist?«, fragte James O'Connor von der Rückbank her. Aus seiner Position heraus konnte er natürlich nicht sehen, was draußen geschah.

»Er kommt«, sagte Ludmilla, als sie sich noch einmal in den Wagen beugte und die 38er Automatic aus dem Handschuhfach holte, die sie dem blonden Russen abgenommen hatte.

Der Mann am Tor legte das Walkie-Talkie neben sich auf den Kies der Einfahrt. Dann entfernte er zwei Riegel. Knarrend bewegte sich das Eisentor in den Angeln, als der Bursche es aufschob. Gerade so weit, dass er es ohne Schwierigkeiten passieren konnte. Er drehte den Blick misstrauisch in alle Richtungen und trat dann schließlich auf die Straße.

Schon mit dem ersten Schritt, den er sich dem alten Ford näherte, verschwand er aus dem Sichtbereich der Villa, weil er sich von da an hinter der Mauer bewegte, die das Grundstück umgab.

Ludmilla war inzwischen um den Wagen herumgehuscht und erwartete den Burschen an der geöffneten Motorhaube. Sie hatte sich halb in den Motorraum hineingebeugt, um die 38er Automatic zu verbergen, die sie in der rechten Hand hielt.

Er hatte auf den ersten Augenblick nicht ausgesehen, als würde er viel Widerstand leisten – und er tat es auch nicht. Batislaw, wie der fette Wirt des Blue Moon Clubs in Coney Island hieß, hatte Angst vor anderen, aber nicht vor dem FBI. Die Bar war offiziell noch geschlossen, aber das Personal war beinahe schon vollzählig anwesend.

Phil und ich hatten uns dem Dicken so diskret zu erkennen gegeben, dass nur er wusste, wer ihm einen Besuch abstattete. Wir hatten uns mit Batislaw an einen Ecktisch zurückgezogen.

»Okay, Mister«, sagte ich, »es könnte so wichtig sein, dass jede Minute zählt.«

»Außerdem haben wir keine Lust, uns hier länger als unbedingt nötig aufzuhalten«, knurrte Phil unfreundlich. »Alles verstanden?«

Batislaw nickte. Nach den Vorfällen in seiner Bar war er mit den Nerven ziemlich am Ende.

»Wer hat geschossen? Wer wurde verletzt? Wo sind die Personen?«

Unter jeder Frage zuckte er zusammen.

»Ich habe damit nichts zu tun.«

»Das wissen wir.« Phil nickte.

»Warum wollen Sie mich dann in Schwierigkeiten bringen?«

»Die kriegen Sie nur, wenn wir hier nicht weiterkommen.« Ich legte Calzones Foto vor ihm auf den Tisch.

Batislaw warf einen kurzen Blick darauf. »Ja«, sagte der Dicke.

»Was, ja?«

»Er war hier.«

»Wie spielte sich das ab?«

»Er kam, trank etwas an der Bar und verschwand dann mit Ludmilla.«

»Mit der Nackttänzerin, die untergetaucht ist?«

»Ja.«

»Die veranstaltete hier auch das Feuerwerk?«

»Ja.«

»Mann, lassen Sie sich die Würmer nicht einzeln aus der Nase ziehen!«, fluchte Phil, dem alles zu lange dauerte und dessen Nerven an diesem Tag auch nicht mehr die besten waren.

»Sie schoss zweimal auf den blonden Russen, der sie bedrohte und beleidigte.«

»Also Notwehr.«

»So könnte man das sagen, ja.«

»Der Rothaarige hat nicht geschossen?«

»James O'Connor?« Batislaw schüttelte den Kopf. »Der war gar nicht hier.«

Ich ließ mir diesen James O'Connor beschreiben. Jeder Zweifel war ausgeschlossen. Das war der Mann aus dem weißen BMW.

»Um was ging es genau?«

Erneut zuckte Batislaw zusammen. Er presste die Lippen aufeinander und gab damit zu erkennen, dass er darüber nicht reden wollte. Oder konnte. Letzteres war wohl der Fall. Ich hatte mit O'Sullivan gesprochen. Die Leute hier in der Gegend standen unter Druck und wurden erpresst.

Phil und ich redeten dem dicken Wirt beruhigend zu.

»Wenn jemand erfährt, dass ich …«

»Unmöglich.« Phil schüttelte den Kopf. »Mit uns ist das genau so wie mit den Priestern und dem Beichtgeheimnis.«

Batislaw sah ihn an und seufzte. Ich hatte schon lange erkannt, dass Phil dem Dicken sympathischer und vertrauenswürdiger erschien als ich. Also stand ich auf und ging zur Theke, damit sich die beiden ungestört unterhalten konnten.

Ich versuchte, vom Barkeeper mehr über Ludmilla zu erfahren. Aber der wusste auch nichts, was uns schlauer machen konnte. Ich trank in aller Ruhe einen Kaffee und ließ mir alles noch einmal durch den Kopf gehen.

Die Rolle und das Ziel der CIA waren klar, wenn auch etwas verwischt, was die Einzelheiten betraf. Ich dachte an O'Sullivan und dessen Verdacht, dass neben allem anderen auch eine Privatabrechnung eine Rolle spielte. Gegen die Russenmafia? Und waren es die Nackttänzerin aus Moskau und O'Connor, der Ire, die hier noch eine alte Rechnung zu begleichen hatten? Irgendwie passte es, denn wenigstens Ludmilla gab sich keine Mühe, etwas geheim zu halten. Sie legte deutliche Spuren und tat alles, um uns vom FBI in eine bestimmte Richtung zu lenken: in die Höhle der Russenmafia. Ein sehr gefährliches Spiel von Ludmilla und O'Connor, denn sie hatten nicht nur die Russen, sondern nun auch den FBI im Genick.

Das konnte auf die Dauer nicht gut gehen. Es schien, als wäre jemand damit beschäftigt, sein eigenes Grab zu schaufeln.

Phil kam an die Theke und legte mir die Hand auf die Schulter.

Auf dem Weg zum Wagen berichtete er mir, was sich hier zwischen Ludmilla und dem blonden Russen abgespielt hatte. Batislaw hatte den Namen des Blonden nicht gekannt. Wohl aber den Namen des Mannes, der den Blonden geschickt hatte.

Igor Russakow.

»In der Hierarchie der Russenmafia die Nummer drei«, sagte Phil. »Vor ihm rangiert ein gewisser Jurij Bazanow, und dann kommt der Kopf.«

»Levschenko«, sagte ich, was nicht schwer zu erraten war.

Phil nickte.

»Und der ist von der CIA heilig gesprochen worden.«

»Und alle, die mit Levschenko zu tun haben«, erinnerte mich Phil. »Aber wie können wir wissen, dass wir auf die drei stoßen, wenn wir uns um unser Pärchen kümmern?«

»Yeah«, stimmte ich meinem Freund zu. »Hast du Russakows Adresse?«

»Nicht weit von hier entfernt wohnt er als alter Genosse hemmungslos kapitalistisch in einer protzigen Villa. Der dicke Batislaw befürchtet, dass es zwischen Ludmilla und Russakow zu einem direkten Zusammenstoß kommen wird.«

»Dann machen wir doch etwas Tempo, Phil.«

»Was ist denn jetzt mit dem Wagen?«

Ludmilla zuckte mit den Schultern und beugte sich tief in den Motorraum. »Irgendwas ist los und …«

Sie spürte seinen Atem. Dann endlich war der Kerl neben ihr und streckte seinen Kopf unter die Motorhaube.

»Wo?«

»Hier.« Ludmilla hob die rechte Hand mit der Automatic und presste den Lauf so hart gegen den Kehlkopf des Mannes, dass der kaum noch Luft bekam. »Behalte deinen Kopf schön ruhig unter dem Blech, Freund. Das ist kein Spaß.«

»Genau das wollte ich auch sagen«, bekräftigte James O'Connor, der den alten Ford verlassen hatte und nun hinter dem Mann stand.

»Ich habe nichts getan«, keuchte der Türsteher.

»Okay, dann tu auch jetzt nichts, was dir später Leid tun könnte. Verstanden?«

Der Mann wollte nicken. Die Waffe an seinem Hals ließ es nicht zu.

»Ist Russakow drinnen?«, fragte Ludmilla.

»Ja.«

»Wer noch?«

»Das Personal.«

»Sonst niemand?«

»Wahrscheinlich nicht.«

»Was heißt das, verdammt?«

»Ich mache erst seit zwei Stunden Dienst. Während dieser Zeit ist keiner gekommen oder gegangen.«

»Okay. Dann richte dich jetzt langsam wieder auf.«

Ludmilla nahm die Waffe vom Hals des Wachmanns, der sich behutsam bewegte, weil er dem Frieden nicht traute. Schließlich reckte er sich doch. Sein Blick pendelte zwischen Ludmilla und O'Connor hin und her.

»Ich weiß nicht, was ihr wollt, aber …«

Ludmilla winkte mit einer herrischen Handbewegung ab.

»Du gehst zum Tor und öffnest es«, sagte O'Connor. »Vergiss nicht, dass du dich vor einer Waffe bewegst.«

Der Mann nickte.

»Wir kommen mit dem Wagen. Du gibst uns das Walkie-Talkie und verschwindest danach am besten. Der Wagen ist voller

Dynamit. Falls hier etwas schief läuft, gibt es einen gewaltigen Knall. Verstanden?«

Erneut nickte der Wachmann.

Ludmilla schaute ihn skeptisch an. Sie war aber sicher, dass er verschwand, sobald er die Gelegenheit zur Flucht bekam.

»Okay. Beweg dich langsam und lass zu jeder Sekunde deine Hände sehen. Los!«

O'Connor war wieder in den Ford eingestiegen. Er startete und fuhr los, nachdem der Wachmann das Tor geöffnet und das Walkie-Talkie vom Kiesweg aufgehoben hatte.

Ludmilla bewegte sich dicht an der Mauer entlang, von wo aus sie den Wachmann unter Kontrolle hatte. Unnötig. Dem Burschen war deutlich anzusehen, dass er heilfroh war, wenn er sich mit heilen Knochen aus dieser Situation retten konnte.

»Das Walkie-Talkie!«

Er warf es ihr zu, und Ludmilla fing es geschickt auf. Dann sprang sie auf den Beifahrersitz und krallte sich an der Tür fest, als O'Connor Vollgas gab.

Der Wachmann verließ währenddessen fluchtartig das Grundstück.

Der Ford schlingerte über die kurvenreiche Kieszufahrt zum breiten Eingangsportal, vor dem sich zwei flache Stufen befanden. In der letzten Kurve, dicht vor dem Portal, ließ sich Ludmilla aus dem Wagen fallen. Sie wurde herumgerissen, überschlug sich und stand wenig später wieder auf den Beinen. Mit geduckten Sprüngen hastete sie zum kleinen Nebeneingang rechts vom Hauptportal.

O'Connor beschleunigte noch einmal. Der Ford sprang beinahe mühelos die flachen Stufen hinauf, durchbrach die Glasfront des Eingangs und verschwand in der riesigen Empfangshalle der Villa. Dort bremste O'Connor. Der Wagen drehte sich zweimal, bevor er endlich stillstand.

Zu diesem Zeitpunkt hatte Ludmilla über das Walkie-Talkie Kontakt mit einem Mann in der Villa.

»Fünfzig Kilo Dynamit sind in der Eingangshalle geparkt«, sagte sie ruhig. »Keiner rührt sich von der Stelle. Wenn es irgendwo eine unkontrollierte Bewegung gibt, fliegt alles in die Luft.«

Einen Moment Stille. Ludmilla drehte sich durch den Scherbenhaufen des Haupteingangs. O'Connor kniete neben dem breiten Treppenaufgang, die Waffe im Anschlag.

»Verdammt, was …?«, kam es dann wieder über Walkie-Talkie.

»Igor Russakow hat genau eine halbe Minute, um an der Treppe zu erscheinen.«

»Moment, ich …«

»Die verdammte Zeit läuft!«

Ludmilla hatte hinter dem alten Ford Deckung gesucht.

Von oben erklang ein russischer Fluch. Im nächsten Moment war ein kleiner, korpulenter Mann zu sehen.

Igor Russakow.

Er hielt sich mit einer Hand am Geländer fest und schaute mit runden Augen in die Halle hinunter, in der der Ford stand.

»Fünfzig Kilo Dynamit, Igor«, sagte Ludmilla auf Russisch. »Wir sterben schnell und sinnlos. Komm herunter und sag deinen Leuten, sie sollen die Nerven behalten und keine dummen Dinge tun.«

»Verdammt, wer bist du?«, fragte Russakow zurück.

»Ludmilla, die Tochter des Oberst. Beeil dich! Wir haben nicht viel Zeit. Es wird dir nichts passieren.«

»Sprecht englisch!«, schrie O'Connor nervös.

In Russakow kam Bewegung. Mit der Auskunft, sie sei die Tochter des Oberst, konnte er nicht viel anfangen. Aber er war ein vorsichtiger Mann und wusste, was mit dem Blonden passiert war, den er in die Bar geschickt hatte. Also beeilte sich Russakow, nach unten zu gelangen. Auf halbem Weg drehte er sich jedoch noch einmal um und gab das an seine Leute weiter, was Ludmilla verlangt hatte.

»Dynamit?«, fragte er dann und deutete auf den Wagen.

»Genau wie in der Spring Street und am Motel.« Ludmilla nickte. »Von dem Moment an, in dem wir mit deinem Wagen durch die Hinterausfahrt verschwunden sind, haben deine Männer fünf Minuten, um sich in Sicherheit zu bringen. Du wirst ihnen das später über das Walkie-Talkie mitteilen, Igor. Los jetzt!«

Ludmilla sprach ruhig und wirkte gelassen, was sie in Wirklichkeit jedoch nicht war. Sie war aufgeregt und wunderte sich darüber, wie leicht und problemlos alles ablief.

O'Connor löste sich von seinem Platz neben dem Treppenaufgang und befand sich schon auf dem Weg zum Hintereingang, als ein Buick durch das offene Haupttor fuhr, den Kiesweg unter die Räder nahm und vor das Hauptportal rollte.

»Ludmilla!«

Sie nickte und schüttelte im nächsten Moment den Kopf. »Nimm Russakow mit. Ich folge euch. Es ändert sich nichts.«

»Siehst du nicht, wer da ankommt?«

»Sicher. Aber keine Sorge, James.«

Dass wir zu spät kamen, wurde Phil und mir schon angesichts des offenen Haupttors auf der Straße klar. Dass wir keine Chance hatten, für wen auch immer etwas zu tun, wurde deutlich, als Phil den Buick vor dem Eingangsportal stoppte und wir aus dem Wagen sprangen.

In diesem Moment trat die Blondine nach draußen. Mit der 38er Automatic, die sie wie ein Profi in beiden Händen hielt, zielte sie auf meinen Bauch.

Augenblicklich kriegte ich Magenschmerzen.

Phil, der rechts neben dem Buick stand, hielt seine Hände ebenso ruhig wie ich. Obgleich das alles nach Gangsterfilm à la Hollywood aussah – der Wagen mitten in der Eingangshalle und die attraktive Blondine mit der 38er Automatic –, war uns beiden der Ernst der Lage doch voll bewusst. Alles war echt. Abgesehen von der Blondine, die in Wirklichkeit dunkelhaarig war und nur eine Perücke trug. Für mich stand auf den ersten Blick fest, dass diese Frau Ludmilla war. Also hielt sich der Rothaarige wahrscheinlich irgendwo in der Villa auf.

Ich versuchte, die Waffe zu vergessen, die Ludmilla auf mich gerichtet hielt, schaute sie an und schüttelte den Kopf.

»Das kann nicht gut gehen, Lady«, sagte ich mit kratzender Stimme.

Ludmilla zuckte mit den Schultern.

»Es ist das gleiche Spiel wie in der Spring Street, G-man«, sagte sie. »Im Wagen befinden sich fünfzig Kilo Dynamit, die ich zu jeder Zeit zünden kann. Wenn ihr einen Fehler macht, geht das Zeug im falschen Moment hoch.«

Ich schluckte trocken und schickte einen skeptischen Blick zu Phil hinüber. Mein Freund hatte sich noch nicht von der Stelle gerührt. Er hielt die Lippen zu einem schmalen Strich zusammengekniffen und gab mir mit Blicken zu verstehen, dass er die Sache genauso sah, wie Ludmilla sie gerade beschrieben hatte.

Das tat ich auch. Was in der Spring Street geschehen war, erstickte jeden Zweifel im Keim.

»Trotzdem«, sagte ich ruhig. »Das kann nicht gut gehen, Lady. Nicht auf Dauer.«

»Nichts ist von Dauer, G-men«, wandte sich Ludmilla an Phil und mich. »Ihr bleibt am Wagen und unternehmt nichts.«

Zum Teufel, was sollten wir auch unternehmen angesichts der Drohung, dass dann fünfzig Kilo Dynamit hochgingen? Wenn das geschah, blieb hier kein Stein auf dem anderen, und keiner hatte auch nur den Hauch einer Chance, mit dem Leben davonzukommen.

»Ich verstehe das Spiel nicht«, keuchte Phil.

»Das ist kein Spiel, G-man.«

»Natürlich nicht.« Phil schüttelte den Kopf. »Ich verstehe es dennoch nicht.«

»Heute Abend wirst du es verstehen. Keine Sorge.«

Heute Abend, das hatte Mr. High gesagt, sollte der Deal der CIA-Agenten mit irgendeinem Informationslieferanten stattfinden.

»Hören Sie, Ludmilla, ich …«

»Sie tun, was ich gesagt habe, und nichts passiert. Ich werde mich melden.«

»Wann?«

»Bald. Das hier ist ein sehr interessantes Haus. Wenn man sich etwas genauer umschaut, findet man sicher sehr interessante Informationen, G-men.«

Bevor Phil oder ich auch nur ein Wort sagen konnten, drehte

sich Ludmilla um und rannte ins Haus zurück. Ich wechselte zwar blitzschnell die Position, um die Eingangshalle besser überschauen zu können, aber ich sah sie nicht mehr.

Kaum zwanzig Sekunden verstrichen, dann wurde an der Rückfront ein Wagen gestartet. Er raste mit durchdrehenden Reifen davon.

Ein Ruck ging durch Phil.

Wollte er zur Rückfront der Villa?

»Sinnlos«, sagte ich. »Die sind längst verschwunden. Falls sie einen von uns hinter sich auftauchen sieht, fliegt der Laden hier in die Luft. Wir sind sicher nicht die Einzigen, die …«

Das waren wir nicht. Vier Männer hetzten die Treppe herunter. Angst und Panik waren in ihren Gesichtern zu lesen.

»Verschwinden Sie von hier!«, schrie einer. »In fünf Minuten fliegt alles in die Luft!«

»Moment!«

Es war sinnlos. Die Drohung stand im Raum. Selbst mit vorgehaltener Waffe hätten Phil und ich nicht einen der Männer dazu bewegen können, die Stellung zu halten. Sie rannten über das Rasengrundstück zum geöffneten Eingangstor und waren wenig später aus unserem Gesichtsfeld verschwunden.

Ich strich mir die Haare zurück und rieb mit derselben Bewegung über meine feuchte Stirn. Mit zusammengekniffenen Augen starrte ich auf den alten Ford, in dem sich das Dynamit befinden sollte. Mein Magen sackte durch, und es kostete mich einige Überwindung, um mich in Marsch zu setzen. Langsam und wie auf Eiern ging ich auf den Ford zu und blieb zögernd neben dem Gefährt stehen.

Im Haus war es so still, dass mir der eigene Atem wie Sturmböen in den Ohren klang. Das Herz schlug wild gegen den Rippenbogen. Als hinter mir Phils Schritte aufklangen, zuckte ich zusammen.

»Bluff?«, fragte Phil.

Ich deutete auf den Kofferraum. »Willst du ihn vielleicht öffnen?«

»Ludmilla hat nicht gesagt, dass sie die Ladung auch wirklich zündet«, sagte Phil überlegend. »Sie sagte, im Haus gebe es interessante Dinge zu finden. Wenn O'Sullivan Recht hat und sie breite Spuren für uns legt, dann ist diese Villa eine solche. Dann gibt es hier wirklich was zu finden, und dann wird sie es durch eine Explosion nicht zerstören. Oder?«

Es klang logisch, was Phil da von sich gab.

»Auf jeden Fall kriegen wir Ärger mit der CIA, wenn wir hier herumschnüffeln.«

Ich deutete auf den Wagen. »Wir alarmieren die City Police, die Sprengstoffspezialisten und O'Sullivan. Wir haben mit Russakow nichts zu tun gehabt und nicht mal das Recht, das Haus zu durchsuchen. Außerdem wissen wir gar nicht, wonach wir suchen müssen.«

Phil nickte. Er umkreiste den alten Ford noch einmal und schüttelte den Kopf. »Das sieht verdammt nicht danach aus, als befände sich etwas im Wagen, was fünfzig Kilo wiegt.«

Phil hatte Recht. Der Wagen lag normal. Auch ein Gewicht von nur fünfzig Kilo hätte den Ford hinten etwas durchhängen lassen müssen. Also sprach einiges dafür, dass die Sache mit dem Sprengstoff ein Bluff war.

»Warum sollten wir ein Risiko eingehen?«

»Yeah«, dehnte Phil.

Wir telefonierten zuerst mit der City Police und den Spezialisten für Sprengstoff. Dann rief ich Danny O'Sullivan an.

»Rührt euch ja nicht von der Stelle. Und sorgt dafür, dass niemand einen Rundgang durch die Villa macht, bevor ich mir das nicht angesehen habe, Jerry. In einer halben Stunde bin ich draußen.«

»Was wird hier gespielt, Danny?«

»Ich bin mir nicht sicher.«

»Sag mir, was du denkst. Sie haben Russakow. Phil und ich hatten keine Chance, das zu verhindern. Aber vielleicht haben wir noch eine Chance, den Spuk zu beenden. Es hat schon zu viele Tote gegeben.«

Einen Moment lang herrschte Schweigen am anderen Ende der Leitung.

»Da gibt es nichts mehr zu stoppen, Jerry«, sagte O'Sullivan dann. »Ludmilla ist die Tochter von Oberst Wladimir Kosnevchek. Levschenko und Bazanow haben ihre Eltern auf dem Gewissen. Sie hat einen langen Weg hinter sich. Jetzt will sie nur noch die Mörder ihrer Eltern zur Verantwortung ziehen.«

Ich schluckte trocken.

»Das war damals, Danny. Das war in Russland, eine ganz andere Zeit und …«

»Ludmilla hat gesehen, wie es geschah, Jerry. Sie hat damals viele Menschen sterben sehen, die für den Umbruch ihr Leben gelassen haben. Sie war damals ein Kind. Die Toten, die es hier gegeben hat, belasten sie nicht. Das waren Leute von Levschenko. Für Ludmilla waren sie schon deshalb schuldig, weil sie für Levschenko arbeiteten.«

Ich wischte mir die Schweißperlen von der Stirn. »Wo ist Levschenko?«

»Keine Ahnung. Auf jeden Fall nicht in seiner Villa in Coney Island.«

»Der Handel mit der CIA soll heute Abend stattfinden.«

»Ich weiß. Aber daran können wir nicht drehen.«

»Wer kann wissen, wo sich Levschenko jetzt aufhält?«

»Die Nummer drei, Russakow.«

Als mir die Antwort von O'Sullivan in den Ohren hallte, hatte ich mir die Frage bereits beantwortet. Natürlich Russakow. Deshalb hatten sich Ludmilla und der Ire diesen Russen geschnappt. Das Bild war genauso schwarz, wie O'Sullivan es von Anfang an gemalt hatte. Es sah danach aus, als hätten wir absolut keine Chance, diesen Wahnsinn noch zu stoppen.

»He, Jerry. Zerbrich dir nicht den Kopf über Dinge, die wir doch nicht verstehen. Sorg dafür, dass keiner in Russakows Villa herumschnüffelt. Das gilt auch für die Burschen von der CIA. Okay?«

»Okay«, sagte ich und hängte ein.

Ich berichtete Phil, der das Gespräch nicht hatte verfolgen können.

»Also doch eine Privatabrechnung«, sagte mein Freund nachdenklich. »Vielleicht schnappt sie Levschenko und Jurij Bazanow, die seit vielen Jahren auf ihrer privaten Todesliste stehen. Aber sie selbst hat keine Chance, allem zu entkommen.«

»Richtig«, sagte ich und fragte mich, ob Ludmilla überhaupt entkommen wollte. Was sie bislang unternommen hatte, sah mehr nach Endzeit als nach einem Neubeginn aus. Den Schwur von Rache, den sie sich eines Tages selbst einmal geleistet hatte, wollte sie noch erfüllen und gleichzeitig die kriminelle Organisation zerstören, die die Mörder ihrer Eltern hier aufgebaut hatten. Sie arbeitete für uns, zwar mit den verkehrten Mitteln, aber doch für uns. Es war der letzte Coup, mit dem Ludmilla ihr junges Leben beschließen wollte.

Der absolute Wahnsinn! Phil und ich mussten alles tun, ihn zu verhindern.

»Ich habe ein verdammt merkwürdiges Gefühl bei der Sache.« Jurij Bazanow schüttelte den Kopf. »Wir haben noch keine Nachricht erhalten. Wir wissen nicht mal, wie die Person aussieht, die die Unterlagen bringt. Wer sagt uns überhaupt …«

Boris Levschenko, der aus dem Fenster des Grand Hotel schaute und den Blick über den südlichen Central Park streichen ließ, drehte sich abrupt um.

Bazanow sah in das entschlossene und abweisende Gesicht der Nummer eins. Er verschluckte, was er noch hatte sagen wollen.

»Wir wissen, dass die CIA wartet und wo sie wartet. Garner und Moore haben alles bis in die kleinste Kleinigkeit mit mir durchgesprochen. Für sie bin ich immer noch ein vertrauenswürdiger Spezialist, auf den sie hören.«

Jurij Bazanow setzte sich. Er trank einen Schluck Whisky und zündete sich eine Zigarette an. Er starrte auf Levschenkos Rücken, der nun wieder aus dem Fenster schaute, als gäbe es im Park etwas Besonderes zu bewundern.

Sicher traute die CIA, vor allem Moore und Garner, dem ehemals mächtigen Mann des KGB. Niemand sonst hatte neben dem amerikanischen Geheimdienst nach der Flucht aus der damaligen UdSSR so viele Informationen geliefert und so viele ehemalige

Kollegen über die Klinge springen lassen. Sowohl hier in den USA als auch drüben in der alten Heimat, in der alles anders geworden war. Die CIA hatte Levschenko für seine Dienste sehr geliebt und ihm praktisch Narrenfreiheit verliehen. Levschenko hatte nach dem Ausstieg eine perfekte Fußlandung gemacht. Es war ihm nicht schwer gefallen, ein neues Imperium von Macht und Gewalt aufzubauen. Die Russenmafia, die der italienischen und der Cosa Nostra in nichts nachstand. Abgesehen davon, dass man sich auf die eigenen Leute konzentrierte und nur die ausbeutete. Noch. Aber jedem, der etwas von der Materie verstand, war klar, dass sich ihr Machtbereich rasch ausweiten und dann auch die Interessensbereiche anderer Organisationen berühren würde.

Darin sah Jurij Bazanow auch den Hauptgrund für die Schwierigkeiten mit den Italienern und die Opfer, die auf beiden Seiten gefallen waren.

Das jedoch war zweitrangig.

Wenn mit diesem geplanten Coup hinter dem Rücken der CIA alles gut ging, dann dauerte es nicht mehr lange, bis die Russenmafia die zweite Macht im Land war.

Levschenko hatte von verschiedenen Stellen, hauptsächlich aus der Gegend um Kiew herum, mehrere Kilo reines Plutonium zusammengetragen. Eine teure Sache. Es hatte lange Zeit gedauert, aber es war ihm letztlich doch gelungen. Schon der Besitz einer solchen Menge reinen Plutoniums war eine Bedrohung, wie sie noch niemals von einer kriminellen Vereinigung ausgegangen war. Es war gar nicht nötig, eine Bombe zu basteln, so wie Levschenko es vorhatte. Wenn man das Material zu Staub zerlegte und verstreute, war die Katastrophe unvorstellbar. Jetzt, mit dem spaltbaren Material und dem nötigen Know-how, hatte das Schreckgespenst »Die Bombe in Terroristenhand« Gestalt angenommen. Wer sollte sich ihnen dann noch in den Weg stellen?

»Was denkst du?«, fragte Levschenko, ohne sich umzudrehen.

»Ich denke, wenn wir keinen Hinweis und keine Nachricht mehr erhalten, dann sollten wir den Plan aufgeben. Das Plutonium allein verleiht uns Macht genug, auch ohne dass wir versuchen, eine Bombe daraus zu bauen.«

Langsam drehte sich Levschenko wieder um. Einige Sekunden lang schaute er seinen Partner durchdringend und etwas verächtlich an. Dann lachte er. »Du warst schon immer einer von der vorsichtigen Sorte«, sagte er ohne Vorwurf in der Stimme.

»Das hat uns bisher auch eine Menge Ärger erspart, oder?«

»Sicher«, gab die Nummer eins der Russenmafia zu. »Und es ist auch nicht verkehrt, einen Mann an seiner Seite zu haben, der hin und wieder mahnend die Stimme erhebt.«

Bazanow nickte.

»Du denkst, es geht schief?«

»Die Vorzeichen sind denkbar schlecht«, antwortete Bazanow vorsichtig. Er wollte Levschenko weder verärgern noch ihn gegen sich aufbringen. »Wir haben mit den Italienern Ärger bekommen, und einige unserer Leute sind tot.«

»Auch einige von den Italienern.«

»Das stimmt. Aber wir wissen noch immer nicht, wer unsere Leute auf dem Gewissen hat.«

Levschenko hatte für sich selbst beschlossen, dieser Sache erst dann nachzugehen, wenn der Coup hinter dem Rücken der CIA über die Bühne gegangen war.

»Darum kümmern wir uns später«, sagte er und schaute wieder aus dem Fenster.

Das Telefon schellte. Bazanow und Levschenko zuckten beide zusammen.

»Nimm ab!«

»Keiner weiß, wo wir uns im Moment aufhalten.«

»Unsere Freunde von der CIA und Russakow wissen es.«

Bazanow stand auf. Sekundenlang schaute er den bimmelnden Kasten feindselig an. Dann hob er den Hörer mit einem entschlossenen Ruck an sein Ohr.

»Ja?«, meldete er sich.

Am anderen Ende der Leitung war ein helles Frauenlachen zu hören. Bazanow zuckte erneut zusammen. Normalerweise war er nicht so schnell zu beunruhigen, aber nach all dem, was bislang geschehen war, wies sein Nervenkostüm doch einige Löcher auf.

Mit einer Reflexbewegung, wie er es noch aus der alten KGB-

Zeit gewohnt war, schaltete er den Lautsprecher des Apparats ein, damit Levschenko mithören konnte.

»Warum, zum Teufel, versteckt ihr euch, Genossen?«, fragte die Frau am anderen Ende der Leitung. »Das ist doch sinnlos. Wer euch finden will, findet euch auch.«

»Wer bist du?«

»Euer Partner, Genosse.«

Das klang so sicher und bestimmt, dass Levschenko einen wüsten Fluch ausstieß. Er löste sich vom Fenster und ging zu Bazanow.

»Es hat einige Veränderungen gegeben«, fuhr die Frau fort. »Ihr solltet das wissen.«

Bazanow schluckte trocken und war froh, dass Levschenko ihm den Hörer aus der Hand nahm.

»Levschenko!«

Es war viele Jahre her, seit sie seine Stimme zum letzten Mal gehört hatte. Sie klang noch immer scharf und befehlsgewohnt. Genauso wie damals in jener eisigen Winternacht bei der Datscha, als er und Bazanow ihren Vater und ihre Mutter ermordet hatten.

Diese schlimmen Bilder liefen erneut vor Ludmillas geistigem Auge ab, machten sie befangen und betroffen.

James O'Connor, der dicht neben Ludmilla stand, sah den Schmerz, der sich plötzlich auf ihrem schönen Gesicht spiegelte, und auch die Tränen, die ihr in die Augen schossen. Er hatte sie nach der Vergangenheit befragen wollen, aber es noch nicht getan, weil nach den Vorfällen bei Russakow gar keine Zeit dazu gewesen war. Außerdem hielt er es für besser, wenn Ludmilla ihm von sich aus von den Vorfällen in der Vergangenheit berichtete.

»Was heißt das, dass du unser Partner bist?«, bellte Levschenko.

»Ihr wartet auf mich, Genosse«, antwortete Ludmilla leise und beherrscht. Levschenko konnte aus ihren Worten nicht den Hass heraushören, der wie ein höllisches Feuer in ihr brannte. »Ihr wartet sogar sehnsüchtig auf mich.«

»Was soll der Unsinn?«, fragte Levschenko irritiert. Deutlich war zu hören, dass er sich eine Zigarette anzündete.

»Ich komme später als vorgesehen in New York an, Genosse.«
»Ja und? Was haben wir damit zu tun?«
»Ihr müsst Kontakt zur CIA aufnehmen und die Leute darauf hinweisen, Levschenko.«

Bazanow schüttelte den Kopf. Wer immer die Anruferin auch sein mochte, er traute ihr nicht.

»Was, zum Teufel, sollten wir mit der CIA zu tun haben?«, fragte Levschenko heiser. Er war genauso misstrauisch wie Bazanow, aber er verfügte – jedenfalls war er überzeugt davon –, über sehr viel mehr Menschenkenntnis. Er brauchte einer Person nicht unbedingt Auge in Auge gegenüberzustehen, um sie richtig einschätzen zu können. Damals in Moskau, als sein Name noch etwas gegolten und er Macht verkörpert hatte, hatte er es gelernt, Menschen an ihrer Stimme zu beurteilen. Die Frau am anderen Ende der Leitung klang sehr bestimmt. In ihrer Stimme gab es nicht die kleinste Spur von Unsicherheit. Sie wusste, über was sie redete und was sie wollte.

»Die Amerikaner werden mich bezahlen, nachdem ich ihnen die Unterlagen überreicht und einige Erklärungen abgegeben habe. Du hast ihnen gesagt, was sie zu tun und wie sie sich zu verhalten haben.«

»Weiter?«

»Weiß der Teufel warum, aber sie vertrauen dir. Vielleicht, weil du ihnen unzählige gute Genossen ans Messer geliefert hast. Sie ziehen nicht mal in Betracht, dass du sie reinlegen willst.«

Levschenko rauchte einen tiefen Zug und drückte die halbe Zigarette in den Aschenbecher. »Wie willst du sie reinlegen?«

»Zuerst lässt du sie bezahlen. Dann schickst du mir einige Männer nach, die mir das Geld wieder abnehmen und mich ausschalten. Anschließend stellst du den Männern von der CIA eine Falle und nimmst ihnen die Unterlagen ab. Dann hast du alles. Das Plutonium, das Know-how und das Geld. Alles genau wie früher in Moskau. Ein Mann, der sich einmal ein bestimmtes Vorgehensmuster angewöhnt hat, ändert seine Methoden nie.«

Levschenko schwieg. Seine Gedanken jagten sich. Wer immer die Frau auch sein mochte, sie kannte sich aus, und das beunruhigte ihn.

»Es ist das gleiche Spiel, das du schon einmal mit einem Überläufer gespielt hast, Levschenko. Zum Schluss hattest du das Geld und die Unterlagen. Und die Leute, die das Geschäft eigentlich machen wollten und die du nur beraten solltest, waren tot.«

Levschenko setzte sich. Feine Schweißperlen reihten sich auf seiner Stirn. Bazanow zündete sich eine Zigarette an. Seine Finger zitterten so sehr, dass er zwei Versuche dazu brauchte.

»Wenn es so ist, warum sollte ich die Amerikaner dann warnen?«, fragte Levschenko.

Ludmilla lachte hell. »Du sollst sie nicht warnen, sondern sie in die Irre leiten, Genosse. Du nimmst ihnen das Geld ab, und dann verhandeln wir beide unter Landsleuten. Ich habe das, was du brauchst, und ich weiß, was du gesammelt hast. Vielleicht weiß ich sogar, wo das Material ist. Du arbeitest mit mir zusammen, oder du gehst unter. Ich brauche die Amerikaner nur zu warnen und …«

»Woher weißt du das alles?«

»Wir haben Russakow. Er ist noch niemals ein besonders tapferer Mann und ein großer Schweiger gewesen. Er hat uns gegeben und berichtet, was wir brauchten.«

Mit dem Handrücken wischte sich Levschenko den Schweiß von der Stirn. »Ist das alles?«, fragte er heiser.

»Nur noch eine Kleinigkeit, Levschenko. Das Geld der Amerikaner reicht nicht aus. Du musst noch einmal die gleiche Summe drauflegen, wenn wir ins Geschäft kommen wollen. Dir bleiben noch einige Stunden, um darüber nachzudenken und die notwendigen Vorbereitungen zu treffen. Ich rufe dich wieder an.«

»Moment noch.«

»Ja?«

»Von wem stammen die Unterlagen, die du mir verkaufen willst?«

»Von Professor Krassowski«, antwortete Ludmilla und legte auf.

Bazanow stieß die angehaltene Luft aus. Levschenko fluchte, bevor er den Hörer auf den Apparat schmetterte.

»Wenn sie Russakow geschnappt haben und der geredet und die Geschäftsberichte aus der Hand gegeben hat, dann hat uns diese Frau in der Hand.«

Levschenko nickte überlegend und tippte schnell die Nummer von Russakow in den Apparat.

»Ja«, meldete sich eine ihm unbekannte Stimme.

»Ich muss Russakow sprechen, sofort!«

»Das ist im Moment nicht möglich, Mister. Mit wem spreche ich?«

»Mit wem spreche ich?«

»FBI. Special Agent Jerry Cotton.«

Als hätte er sich daran die Finger verbrannt, ließ Levschenko den Hörer wieder auf den Apparat fallen.

Bazanow strich sich nervös durch die Haare. »Garner und Moore haben versichert, dass wir freie Hand haben und keine andere amerikanische Dienststelle sich einschaltet, solange dieser Deal nicht abgeschlossen ist. Entweder sie wissen nichts von dem Zwischenfall bei Russakow, oder sie spielen falsch. Prüf das nach!«

Levschenko ließ sich nicht gerne sagen, was er zu tun oder zu lassen hatte. Aber diesmal blieb ihm gar nichts anderes übrig. Es dauerte nur einige Sekunden, bis er mit einer geheimen Nummer verbunden war und Moore sich am anderen Ende der Leitung meldete.

»Wir hatten deutliche Absprachen, Mr. Moore«, sagte Levschenko. »Es war uns allen klar, dass aus dem Geschäft nichts wird, wenn sich jemand nicht an die Absprachen hält.«

»Richtig«, antwortete Moore. »Wo liegt das Problem?«

»Die G-men sind in Russakows Villa. Der Lieferant hat davon erfahren und ist nervös geworden. Es ist durchaus möglich, dass er trotz des vielen Geldes aus dem Geschäft aussteigt.«

»Verdammt!«, fluchte Moore nach einer Pause von zwei Sekunden. Diese Zeit brauchte der CIA-Agent, um das alles richtig auf sich einwirken zu lassen. »Ich hatte keine Ahnung …«

»Wie soll ich Ihnen helfen, wenn Sie Ihren Job nicht ernst nehmen, Mr. Moore?«

»Das tun wir, verdammt!«

»Der Lieferant hat sich gerade bei mir gemeldet. Es wird einige Veränderungen im Ablauf geben.«

»Welche?«

»Das erfahre ich wahrscheinlich erst einige Minuten vor dem Deal.«

»So geht das nicht«, schaltete sich Garner ein. »Wir müssen Vorbereitungen treffen und uns absichern.«

»Nachdem sich die G-men an Russakow herangemacht haben, ist das unmöglich geworden.«

»Was schlagen Sie vor?«

»Erst mal auf alle Bedingungen eingehen und dann improvisieren, oder die ganze Sache vergessen«, sagte Levschenko. »Ich melde mich, sobald ich mehr weiß. Bis dahin gehe ich davon aus, dass alles so bleibt, wie wir es besprochen haben.«

Bevor Garner oder Moore etwas sagen konnten, legte Levschenko auf.

»Was jetzt?«, fragte Bazanow kläglich.

»Jetzt warten wir in aller Ruhe ab, bis sich die Frau wieder meldet. Du besorgst das zusätzliche Geld. Wir werden uns etwas einfallen lassen, damit wir nicht zu bezahlen brauchen.«

Bazanow zögerte.

»Ist noch was?«, fragte Levschenko scharf.

»Wir können viel verlieren.«

»Sicher.« Levschenko nickte. »Wir können aber auch alles gewinnen, von dem wir bislang nur geträumt haben. Wir haben das Plutonium. Es war schwierig und teuer, an das Material heranzukommen. Jetzt will ich auch die Bauanleitung. Kümmere dich um das Geld, ich regele alles andere.«

»Was wird Levschenko tun?«, wandte sich Ludmilla an Russakow.

»Wenn der Kerl noch alle seine Sinne beisammen hat, wird er aus dem Geschäft aussteigen«, meinte James O'Connor, den Ludmilla gar nicht gefragt hatte.

Also wandte sie sich mit derselben Frage noch einmal an Russakow.

»Er will die Unterlagen, weil er weiß, dass er dann praktisch unangreifbar ist«, murmelte Russakow. »Das Plutonium und das Know-how, das bedeutet mehr Macht, als irgendeine Organisation sie jemals gehabt hat. Er hat viel investiert und es hat viele Tote gegeben in den letzten Jahren. Er hat sich ein Ziel gesetzt und will es auch erreichen. Das ist seine Art. Er gibt nicht auf.«

Ludmilla nickte und strich sich das lange schwarze Haar in den Nacken. »Findet der FBI in deiner Villa genug Material, um den alles entscheidenden Schlag gegen die Russenmafia zu führen?«

Russakow nickte überzeugt. »Genug, um auch mich für immer hinter Gitter zu bringen.«

Ludmilla ging zur Bar und schenkte sich einen Schluck ein.

O'Connor zuckte mit den Schultern. »Der FBI liebt reuige Sünder«, sagte er grinsend. »Du kannst dich mit den Leuten zusammentun und ihnen erzählen, was sie selbst nicht herausfinden. Ich denke, sie werden sich erkenntlich zeigen.«

Russakow nickte und rieb sich mit einem Taschentuch über das schweißnasse Gesicht. »Es war kein Dynamit im Auto, oder?«

Ludmilla schüttelte den Kopf.

»Was wird aus Bazanow und Levschenko?«

Ludmillas Augen bekamen wieder diesen kalten, eisigen Glanz wie in jener Winternacht vor vielen Jahren, als man ihren Vater und ihre Mutter ermordet hatte. Sie schwieg. Es war auch nicht nötig, dass sie etwas sagte. Der Ausdruck ihrer Augen war Antwort genug.

Sie trank das Glas leer, setzte sich auf das Bett und griff zum Telefon.

Die City Police hatte den Villenkomplex hermetisch abgeriegelt, die Spezialisten vom Sprengstoffdienst hatten schnell herausgefunden, dass sich nichts in dem alten Ford befand, was einem Menschen gefährlich werden konnte.

Danny O'Sullivan war mit seinen Männern angerückt, die sich inzwischen an die gründliche Untersuchung der Villa von Russakow gemacht hatten.

Phil und ich saßen auf der obersten der zwei breiten Stufen zum Eingangsportal, durch das der alte Ford in die riesige Empfangshalle gefahren worden war. Nicht von Ludmilla. Sehr wahrscheinlich von dem rothaarigen Iren, der auch zusammen mit Russakow in einem anderen Wagen, dem Fluchtfahrzeug, auf der Rückseite der Villa auf Ludmilla gewartet hatte.

Phil und ich rauchten und warteten. Auf Moore, Garner oder einen anderen CIA-Agenten. Jedenfalls hofften wir, dass jemand von diesem Verein hier auftauchte. Dann nämlich war sicher, was Moore schon leichtsinnig angedeutet hatte: Dann arbeitete die CIA mit der Nummer eins der Russenmafia zusammen. Dann wussten sie auch, wo sich Levschenko aufhielt, denn wir gingen davon aus, dass sich die Nummer eins inzwischen beim amerikanischen Geheimdienst beschwert und verlangt hatte, dafür zu sorgen, dass weder der FBI noch ein anderer Dienst in Russakows Villa etwas fanden, was den Genossen gefährlich werden konnte.

O'Sullivan war felsenfest davon überzeugt, dass es hier massenhaft Beweise gegen die Russenmafia gab. Irgendwie passte es ja auch in Ludmillas Vorgehensschema. Alle ihre Aktionen gegen die Genossen hatte sie damit abgeschlossen, etwas zu hinterlassen, was uns helfen konnte, den Russen das Handwerk zu legen.

»Sie ist verrückt!«, hatte O'Sullivan gesagt. »Verrückt und lebensmüde. Falls ihr sie schnappt, lebend, meine ich, wird sich eine Heerschar von Psychiatern und anderen Gehirnakrobaten erheben, sich vor sie stellen und sie für die begangenen Taten als nicht verantwortlich erklären. Die Gutachten werden auf Ludmillas Kindheit in Russland basierten, und es wird nicht einen verdammten Geschworenen geben, der sie schuldig spricht. Sie hat das Recht in die eigene Hand genommen, sicherlich, aber sie hat es nicht gegen unschuldige Bürger gebraucht oder um sich zu bereichern. Sie hat es gegen Gangster gebraucht, die wir ebenfalls verfolgen.«

»Vielleicht kommt jemand auf die Idee, sie nachträglich zum Police Officer zu machen«, spottete Phil mit ironisch-zornigem Tonfall. »Dann erhält sie noch eine Auszeichnung.«

»Wenn es möglich wäre«, hatte O'Sullivan gesagt, »würde es sicher so laufen, Phil.«

Danach war Danny O'Sullivan zweimal hier unten aufgetaucht, hatte uns zugenickt und uns deutlich gemacht, dass wir mit Russakows Villa ins Schwarze getroffen hatten. Was er gefunden hatte, sagte er nicht. Phil und ich taten auch nichts, um ihm zu helfen. So hielten wir uns strikt an die Vorgabe des Geheimdienstes, dass sich der FBI aus allem herauszuhalten hatte, was mit den Russen zusammenhing.

Dann endlich tauchte unser spezieller Freund David Moore auf. Zusammen mit zwei anderen Burschen aus seinem Verein, die genauso aussahen wie er: als hätten sie Rasierklingen und Nägel gespeist und mit Essig hinuntergespült.

Die Cops hatten den Auftrag, niemanden passieren zu lassen. Aber ein CIA-Ausweis machte so viel Eindruck auf sie, dass sie in die Knie gingen.

Moore sah Phil und mich von weitem. Er blieb verwundert stehen, weil wir tatenlos auf einer der Stufen zum Eingangsportal saßen. Er hatte wohl damit gerechnet, dass wir die Villa auf den Kopf stellen würden. Dann setzte er sich wieder in Bewegung. Seine Schritte wurden so lang und schnell, dass die beiden anderen ihm kaum noch folgen konnten. Er musste regelrecht die Hacken in den Kies stemmen, um rechtzeitig vor Phil und mir zu stoppen.

»Kein Wort gegen G-men, die nur ihre verdammte Pflicht getan haben«, warnte ich ihn, bevor er überhaupt etwas gesagt hatte.

»Was, verdammt, heißt das im Klartext?«, fauchte Moore.

»Das heißt«, antwortete Phil ruhig, »wir waren mit eurem Segen hinter dem russisch-irischen Pärchen her und sind hier gelandet, weil die beiden vor uns hier waren. Sonst noch Fragen, Moore?«

Moore hatte sicher noch Fragen, doch er musste erst mal Phils Erklärung verdauen.

»Welche Arschlöcher treiben sich in der Villa herum?«, fragte einer aus Moores Gesellschaft.

»Arschlöcher von der Staatsanwaltschaft und dem State Department«, sagte ich.

Moore zuckte zusammen. Er schnappte noch nach Luft, als Danny O'Sullivan hinter uns im Eingang auftauchte.

»Ihr habt eine Minute, um selbst zu verschwinden«, sagte

Danny ruhig. »Danach lasse ich euch von meinen Leuten entfernen.«

»CIA«, sagte Moore.

»Ich hab nicht danach gefragt, von welchem Verein ihr kommt und warum ihr die Verbrechen der Russenmafia deckt. Ich habe gesagt, dass ihr verschwinden sollt!«

»Aber Danny«, tadelte ich O'Sullivan. »Du darfst sie nicht so hart anpacken. Die haben von Levschenko und Bazanow schon jede Menge einstecken müssen.«

Moore schaute mich giftig an. Als einer seiner Männer etwas sagen wollte, blockte er ihn mit erhobener Hand ab. »Eines Tages wird dir das Leid tun, Cotton«, verkündete er. »Du weißt nicht, um was es geht und was auf dem Spiel steht.«

»Wir wissen es alle«, mischte sich Phil ein. »Nur sind wir nicht alle der Meinung, dass ihr es geschickt anpackt und mit eurer Methode auch das einsackt, was ihr haben wollt.«

Moores Augen begannen zu leuchten. Er war so aufgeregt, dass er mit dem rechten Schuh im Kies scharrte.

»Die Minute ist um«, verkündete O'Sullivan. »Verschwindet und tut euren Job!«

Moore kannte ihn nicht und rückte einen Schritt näher heran. Die ganze Situation vor Russakows Villa wirkte grotesk. O'Sullivans Männer, er hatte zwei von ihnen mit nach unten gebracht, die rechts und links neben ihm standen wie Leibwächter, hatten ihre Dienstwaffen gezogen und richteten sie auf die CIA-Agenten.

»Keiner von euch wird es wagen, auf uns zu schießen!«, keuchte Moore.

»Willst du es darauf ankommen lassen und es herausfinden?«, fragte O'Sullivan.

Natürlich wollte Moore das nicht. »Ich werde meine Dienststelle anrufen. Was soll ich denen sagen, wer uns mit Waffengewalt daran gehindert hat, unseren Job zu tun?«

»Danny O'Sullivan vom State Department.«

Moore kniff die Augen zu schmalen Schlitzen zusammen. »Mit dem FBI hast du zufällig nichts zu tun?«, fragte er lauernd.

»Aber Moore«, sagte Phil vorwurfsvoll. »Ein G-man würde

niemals einem CIA-Agenten widersprechen und ihn bestimmt nicht mit der Waffe in der Hand an dem hindern, was man bei euch Pflicht nennt.«

»Was ist?«, fragte O'Sullivan.

»Wir verschwinden«, sagte Moore. »Unter Protest!«

»Unter was auch immer, Moore. Meine Empfehlung an den Genossen Levschenko. Wenn ihr euch den warmhalten wollt, müsst ihr ihn verdammt gut einpacken.«

»Ihr macht einen Fehler, O'Sullivan.«

»Dafür halte ich meinen Kopf hin.«

»Cotton!«, schrie jemand im Haus. »G-man Jerry Cotton! Telefon! Da ist eine Lady am anderen Ende der Leitung. Die behauptet, Sie würden ihren Anruf erwarten.«

Eine Lady, das konnte nur Ludmilla sein, die Kontakt mit uns aufnehmen wollte.

»Ich rühre nichts an, Moore«, sagte ich, als mir der Mann mit dem eckigen Schädel einen warnenden Blick zuwarf. »Ich nehme nur den Anruf entgegen.«

Ich stand auf und betrat an O'Sullivan und seinen Männern vorbei die Villa von Russakow.

Es war Ludmilla.

»Kann ich Ihnen vertrauen, Jerry?«, wollte sie wissen.

»Kommt darauf an.«

»Auf was?«

»Was Sie wollen, Ludmilla.«

»Das Gleiche wie Sie und Ihre Kollegen. Die Stadt ausfegen, bevor sich noch mehr Ungeziefer wie Levschenko hier einnisten kann.«

»Weiter?«

»Kann sein, dass ich Sie sehen und mit Ihnen sprechen will. Allein.«

»Über was wollen wir reden?«

»Über reines Plutonium. Es ist in der Stadt. Nur ein Mann weiß, wo es versteckt ist. Wir müssen ihn zum Reden bringen. Sind Sie anderer Meinung?«

»Nicht, wenn es dabei bleibt, ihn nur zum Reden zu bringen.«

»Sie wissen verdammt genau, dass es nicht dabei bleiben wird!«
Ich atmete tief durch. »Vergessen Sie's, Ludmilla!«
Für einen Moment wurde es still am anderen Ende der Leitung.
»Ich habe nicht die Pest oder eine andere ansteckende Krankheit«, meldete sich die schöne Russin dann wieder zu Wort. »Ich bin damit beschäftigt, dem amerikanischen Volk einen Dienst zu erweisen.«
»Einen Dienst durch Mord?«
»Sagen Sie mir, wie viele Menschen man mit zwei Kilo reinem Plutoniumstaub ermorden kann, Jerry.«
»Ich habe noch nicht darüber nachgedacht«, antwortete ich leise. »Oder besser, ich habe wohl darüber nachgedacht, aber ich weiß es nicht.«
»Wenn man zwei Kilo Plutoniumstaub auf New York rieseln lässt, dann ist die ganze Stadt binnen kürzester Zeit ein Friedhof. Tschernobyl ist ein wahrer Erholungsort dagegen. Ich melde mich noch einmal und nenne Ihnen Ort und Zeit. Und noch etwas, Jerry: Levschenko braucht Bargeld. Er wird es von seiner Bank abholen lassen. Eine Million Dollar. Genau die gleiche Summe, die die CIA bezahlen will. Für nichts, denn Levschenko hat von Anfang an vorgehabt, der CIA das Geld abzunehmen und auch die Bauanleitung für die Bombe für nichts zu kriegen.«
»Von Krassowski?«, fragte ich, den Namen des Mannes nennend, den es beim Motel erwischt hatte.
»Von Anatol Krassowski«, bestätigte Ludmilla.
»Haben Sie ihn umgebracht, um an die Unterlagen heranzukommen?«
»Um die Unterlagen zu erhalten und sicherzustellen, dass sie nicht in die falschen Hände fallen. Ja. Krassowski war jemand von Levschenkos Sorte. Kein Wunder, wenn man so lange wie er für den russischen Geheimdienst gearbeitet hat. Es störte ihn nicht, dass er für eine Million eine tödliche Katastrophe verkaufte.«
Nicht die kleinste Spur einer Entschuldigung war aus Ludmillas Worten herauszuhören. Danny O'Sullivan hatte Recht. Ludmilla war davon überzeugt, genau das zu tun, was getan werden musste, um eine Katastrophe zu verhindern. Was getan werden

musste, um eine Organisation wie die Russenmafia zu zerschlagen, bevor sie größer und machtvoller werden und noch mehr Elend über die Welt bringen konnte. Und, das war primär, sie war überzeugt davon, dass sie das Recht zur Rache hatte, die sie in einer eiskalten Winternacht als Kind geschworen hatte.

Wenn man mich in diesem Moment gefragt hätte, ob es etwas gab, für das man sie bestrafen musste, dann hätte ich auf die Frage keine schlüssige Antwort geben können. Ich wusste nur, dass unser demokratisches System nicht funktionierte, wenn jeder das Recht in die eigenen Hände nahm. Und ich wusste, dass wir alles tun mussten, um Ludmilla von ihrem Plan abzuhalten.

Vom letzten Coup, für den sie zu sterben bereit war.

»Sind Sie noch dran, Jerry?«

»Ja«, sagte ich heiser.

»Besondere Umstände verlangen besondere Maßnahmen, Jerry.«

»Sehr gut«, sagte ich. »Ich kenne auch ein chinesisches Sprichwort, das auf Sie zutrifft, Ludmilla. Wer Rache schwört, sollte zuvor zwei Gräber ausheben.«

»Das habe ich getan.«

Ich schluckte hart. »Was ist mit der Bank und der Million, die Levschenko abholen lässt?«

»Das Geld ist für den Mann bestimmt, der mir geholfen hat.«

»Sie meinen den rothaarigen Iren?«

»Ja, ich meine James O'Connor. Er ist in keine Verbrechen verwickelt, er hat nur auf mich aufgepasst, weil er mich liebt, Jerry. Die Million ist mein Vermächtnis an ihn. Verstehen Sie das?«

»Nein«, antwortete ich ehrlich. Allein Ludmillas Aussage, O'Connor sei in keine Verbrechen verwickelt, bedeutete gar nichts. Davon konnte man ihn erst freisprechen, wenn wir ihn überprüft und all seine Wege mit Ludmilla zurückverfolgt hatten. »Welche Bank?«

»National Trust«, antwortete sie. »Es wird dort zu einem Zwischenfall kommen.«

»Davon bin ich überzeugt«, sagte ich brummig, denn es gefiel mir nicht, wie sie versuchte, das Tempo vorzugeben und Entscheidungen für mich zu treffen.

»Achten Sie auf den richtigen Mann und schnappen Sie den, Jerry. Dieser Mann hat mit Sicherheit keine roten Haare.«

»Bazanow?« Die Frage erübrigte sich eigentlich, aber ich stellte sie dennoch. Wem außer Bazanow vertraute Levschenko so sehr, dass er ihn eine Million von der National Trust abholen ließ?

»Ja.«

»Und dann?«

»Dann gibt es nur noch Levschenko, den FBI, mich und das Plutonium, das als alles vernichtende Zeitbombe irgendwo in dieser großen Stadt tickt.«

Ich wollte noch etwas sagen, aber es klickte, als Ludmilla das Gespräch von sich aus beendete. Fluchend legte ich ebenfalls auf.

»Sir!«

Ich drehte mich um. Einer von O'Sullivans Männern stand in der offenen Tür des Raumes, von dem aus ich mit Ludmilla telefoniert hatte.

»Wir haben den Anruf zurückverfolgen können. Baltimore Hotel, East 21st Street, Ecke Broadway, Ladies Mile.«

Ladies Mile, so nannte man den Teil des Broadway zwischen Union Square und Madison Square, der einmal zum teuersten und besten Einkaufsgebiet von New York gehört hatte. Inzwischen hatte sich das geändert. Aber was änderte sich nicht in einer so riesigen Stadt, die immer in Bewegung war?

Ich wollte fragen, ob das sicher sei, aber im letzten Moment verkniff ich mir die Frage. Die Leute, die O'Sullivan um sich geschart hatte, waren so gut wie er selbst. Selbst wenn mir der Kollege als Ludmillas Standort den tiefsten Platz in der Hölle angewiesen hätte, hätte ich mich darauf verlassen können, dass es stimmte.

Baltimore Hotel.

Ich telefonierte mit der FBI-Zentrale, gab an meinen indianischen Kollegen Zeerookah durch, was ich wusste, und konnte mich darauf verlassen, dass der Indianer sofort losfuhr. Viele Hoffnungen, dass er Ludmilla dort noch antreffen würde, machte ich mir nicht. Aber wir durften nichts unversucht lassen.

»Wir haben keine Zeit für lange Diskussionen«, sagte Zeerookah, der seinen Dienstausweis auf den Tresen der Rezeption gelegt und sich nach Ludmilla erkundigt hatte. Ohne Rücksprache beim großen Boss wollte der junge Clerk keine Auskunft über die Gäste des Baltimore Hotels erteilen.

»Sir, ich …«

»Sie erkennen die Personen, die ich Ihnen beschrieben habe?«

»Ja, Sir, ich …«

»Haben Sie eine Ahnung, welche Schwierigkeiten Sie sich einhandeln, wenn Sie die Ermittlungen des FBI blockieren?«

»Habe ich nicht, Sir«, antwortete der Clerk kläglich und wand sich wie ein Wurm, durch den der Spaten des Gärtners gegangen war.

»Einen verdammt großen Haufen Schwierigkeiten«, versicherte Steve Dillaggio, der den Indianer begleitete. »Sie sehen nicht aus wie einer, der eine kriminelle Vergangenheit hat. Ich kann mir nicht vorstellen, dass Sie eine kriminelle Zukunft haben wollen.«

»Bestimmt nicht, Sir. Suite 1001. Die Ausweise sind hoffentlich echt, und Sie sind doch G-men?«

»Darauf kannst du Gift nehmen, Sohn«, sagte Zeerookah und legte dem Jungen, der altersmäßig in der Tat sein Sohn hätte sein können, die Hand auf die Schulter. »Sind die Frau und der Mann oben?«

»Die Frau und zwei Männer, Sir. Ja, Sir, sie sind oben. Jedenfalls habe ich sie nicht weggehen sehen, Sir.«

»Keine Anrufe mehr durchstellen«, ordnete Steve Dillaggio an, der zwar einen italienischen Namen hatte, aber ein Hüne mit schütterem Blondhaar war, also gar nicht italienisch aussah. »Und keine Pferde scheu machen. Unterrichten Sie nur den Sicherungsdienst darüber, dass mein Kollege und ich nach oben gefahren sind. Das ist alles. Sie haben uns wirklich sehr geholfen.«

»Yes, Sir.« Der Junge wurde rot und schaute Steve und Zeerookah nach, die sich zur Fahrstuhlfront der Hotelhalle begaben und wenig später einen der Lifte bestiegen. Er war so aufgeregt, dass er sich zweimal verwählte, bevor er den Sicherungsdienst des Hotels an der Strippe hatte.

1001 war eine Suite zum Broadway hinaus, von der aus man einen ausgezeichneten Blick auf das Flatiron Building hatte. Einen der ältesten Wolkenkratzer New Yorks, im Dreieck Fifth Avenue, Broadway und 23rd Street. Genauso dreieckig war das monumentale Gebäude auch gebaut worden. Eine New Yorker Attraktion, aber es war kaum anzunehmen, dass sich die Russin, der Ire und der unbekannte dritte Mann die Suite wegen der schönen Aussicht gemietet hatten. Es lag wohl eher daran, dass sie sich am Ende des langen Ganges befand, dass es rechts daneben und genau gegenüber die Arbeitsräume für die Angestellten gab, die man mit gesonderten Liften erreichen konnte. Sicher brauchte man dafür einen Schlüssel, aber es war nicht schwer, an einen solchen heranzukommen.

Zeerookah und Steve Dillaggio überblickten das alles sofort.

»Die sind ausgeflogen«, sagte Zeery, als er einige Schritte vor der Tür der Suite stehen blieb und sich am Kopf kratzte. »Die haben damit gerechnet, dass das Gespräch zurückverfolgt wird, und sie hatten Zeit genug für einen unbemerkten Rückzug.«

Steve zuckte mit den Schultern. Er setzte den Weg fort und blieb vor der Tür stehen. Es herrschte eine beinahe atemlose Stille hier oben im zehnten Stock des Baltimore Hotels. Das Hotel war nicht mal halb belegt, und die teuren Zimmer in den oberen Etagen ließen sich schlecht an den Mann oder die Frau bringen. Es war also durchaus möglich, dass es neben der Suite 1001 keinen weiteren bewohnten Raum auf der Etage gegeben hatte.

Die Tür war verschlossen. Links neben dem Türpfosten aus Mahagoni war eine goldene Schelle angebracht. Jedenfalls sah sie aus wie Gold, aber es würde sich wohl um geputztes Messing handeln.

»Schellen oder …?«, wandte sich Steve in genau dem Moment an Zeery, als der Lift auf der Etage hielt und zwei Männer ausstiegen.

Groß und schlank, mit korrekten grauen Straßenanzügen bekleidet, die sich jedoch unter den Achseln, wo sie Waffen trugen, etwas wölbten. Es waren Sicherheitsdetektive des Baltimore Hotels.

Bevor sie etwas sagen konnten, hob Zeery die Hand und gab ihnen damit das Zeichen zum Schweigen. Das anfängliche Misstrauen auf ihren Zügen wich schnell. Auf Zehenspitzen kamen sie näher.

»Wir sind ziemlich sicher, dass die Vögel ausgeflogen sind«, flüsterte Zeery. »Aber ziemlich sicher ist eben keine Garantie. Wie sieht es auf der Etage aus?«

»Die ist so verlassen wie die Wüste beim höchsten Stand der Sonne«, antwortete einer der Hoteldetektive prosaisch.

»Mein Kollege will sagen, neben der Suite ist kein anderes Zimmer auf dieser Etage vermietet.«

»Gut. Sie haben einen Schlüssel für die Suite?«

»Natürlich.«

Steve Dillaggio, der sich dicht an die Tür herangeschoben und sein Ohr gegen das Türblatt gelegt hatte, hob mahnend die Hand. Einige Sekunden verstrichen, dann löste sich Steve von der Tür, trat einen Schritt in den Gang zurück und strich sich nachdenklich durch das blonde, schüttere Haar.

»Was ist nicht in Ordnung?«, wollte Zeery wissen.

»Ich weiß nicht«, antwortete Steve Dillaggio zögernd. »Irgendwie hört es sich an, als befände sich jemand in der Suite, der leise weint und schluchzt.«

»Was?«

»Leise weint und schluchzt«, wiederholte Steve. »Ich kann es auch nicht ändern.«

»Eine Frau?«, wollte einer der Detektive des Baltimore Hotels wissen.

Steve schüttelte den Kopf. »Klingt verdammt nicht danach, als würde es sich um eine Frau handeln.«

»Wir gehen hinein«, beschloss Zeery, der sehr oft spontane und meistens auch die richtigen Entscheidungen traf. »Ich hoffe, die Türen quietschen nicht.«

»Kann ich mir nicht vorstellen«, sagte der eine Hoteldetektiv und schaute den anderen fragend an.

Der zuckte mit den Schultern und überreichte Zeerookah die Codekarte, mit der man die Tür der Suite öffnen konnte.

Zeery gab den Hotelleuten zu verstehen, dass sie sich zurückziehen sollten. Sie taten es. Sie arbeiteten nicht jeden Tag mit G-men zusammen, und die beiden gehörten zum Glück nicht zu den Privaten, die felsenfest davon überzeugt waren, besser zu sein als jeder professionelle Cop.

Steve baute sich rechts neben der Tür auf, schaute seinen indianischen Kollegen an und nickte. Die beiden arbeiteten schon so lange zusammen, dass sie sich nicht groß abstimmen mussten.

»Okay«, wisperte Zeery. Er zog die Codekarte durch den Minicomputer, der die Tür sicherte. Das rote Licht in der Messingaußenleiste sprang auf Grün. Zeery zog die Tür kurz an sich heran und schob sie dann vorsichtig auf.

Die Schließautomatik hatte nur ein kaum wahrnehmbares, knackendes Geräusch ausgelöst, und die Tür bewegte sich, wie man es bei der Preisklasse des Hotels erwarten konnte, lautlos in den Scharnieren. Egal, wer sich auch in der Suite aufhielt, er konnte das Eindringen der G-men akustisch kaum wahrgenommen haben.

Mit einem schnellen Schritt trat Zeery in den breiten Gang, der in einen Garderobenraum mündete, von dort aus in den Wohnteil der Suite. Jetzt hörte er auch das weinende, schluchzende Geräusch. Wie festgenagelt blieb er auf der Stelle stehen, als er den Garderobenraum erreicht hatte, von wo aus er einen Blick in den verlassenen Wohnteil werfen konnte.

Steve Dillaggio blieb dicht hinter dem Indianer stehen. Jetzt sah Steve ebenfalls die Tür, auf die jemand mit einem Lippenstift einen Totenkopf mit gekreuzten Knochen darunter gemalt hatte. Darüber war in sauberen Druckbuchstaben geschrieben:

DANGER!!! EXPLOSIVE!!!

Das Weinen, Wimmern und Schluchzen, es wechselte stets, drang eindeutig hinter dieser Tür hervor.

Zeery betrat den Wohnraum der Suite und konnte, nachdem er ihn halb durchquert hatte, einen Blick in das Schlafzimmer werfen. Niemand war zu sehen, und es gab nur geringe Spuren darauf, dass sich jemand hier aufgehalten hatte. Auf jeden Fall waren es ordnungsliebende Personen gewesen. Oder wenigstens eine von ihnen.

Ludmilla.

»Okay«, zischelte Zeery zu Steve und einem der beiden Hoteldetektive, der ebenfalls hereingekommen war, nachdem Steve ihm einen Wink gegeben hatte. »Was befindet sich hinter der Tür?«

»Die Gästetoilette, Sir.«

»Offen oder abgeschlossen? Kann man das von hier aus feststellen?«

Der Hoteldetektiv schüttelte den Kopf. »Abschließen kann man nur von innen, aber es ist unmöglich, von außen zu sehen, ob die Tür verriegelt worden ist.«

Zeery nickte und näherte sich der Tür mit der mahnenden Zeichnung und den Schriftzügen, die auf Lebensgefahr hinwiesen. Das Schluchzen und Wimmern war auf einen Schlag verstummt. Irgendwie schien es, als hätte die Person dort drinnen gehört, dass jemand die Suite betreten hatte.

»Ich bin noch hier, und ich werde …«

Es war eine Männerstimme. Sie zitterte und versagte mitten im Satz.

Zeery kratzte sich am Kopf. Steve überlegte einen kurzen Moment, dann nickte er. Der Kerl dort drinnen wusste, dass sie hier waren. Jedes Versteckspiel war also sinnlos. Zudem hörte es sich an, als hätte der Bursche auf keinen Fall die Polizei oder seine Retter erwartet.

»Ich weiß nicht, wer Sie sind, und was dort drinnen vor sich geht«, sagte Zeery, der noch dichter an die Tür herangetreten war. »Wir sind vom FBI.«

»FBI?«, klang es ungläubig zurück.

»Das ist richtig.«

»Wo sind Ludmilla und der rothaarige Ire?«

»Ausgeflogen. Öffnen Sie die Tür, und treten Sie mit erhobenen Händen heraus!«

Aus der Toilette klang ein abgehacktes, beinahe irres Lachen. »Ich kann nicht öffnen. Außerdem ist die Tür nicht verschlossen.«

»Okay.« Zeery und Steve Dillaggio wechselten einen schnellen Blick miteinander.

»Sie verschwinden«, wandte sich Steve an den Hoteldetektiv,

während er die Waffe in beide Hände nahm und sich so hinkauerte, dass er sofort freie Sicht in die Toilette hatte, sobald Zeery die Tür öffnete.

Zeery presste sich links an die Wand, streckte den Arm aus, legte die Hand auf die Türklinge, drückte sie vorsichtig herunter und stieß die Tür dann mit einem Ruck auf.

Steve Dillaggio, der in Combatstellung dastand und mit der Dienstwaffe durch die geöffnete Tür in den Toilettenraum zielte, sah die traurige Gestalt zuerst.

Der Mann saß mit heruntergezogenen Hosen auf der Brille und hielt beide Hände hoch in die Luft gestreckt. Angst und Panik zeichneten sich auf seinem schweißüberströmten Gesicht ab. Seine Augen waren weit aufgerissen, und die Zähne hatten sich so hart in die Unterlippe gegraben, dass sie blutete.

»Shit!«, stöhnte Steve.

Zeery drehte sich durch die offene Tür, ohne sich jedoch vor Steves Waffe zu bewegen. Er starrte entgeistert auf den Brillensitzer, der in der rechten und der linken nach oben gestreckten Hand jeweils eine Handgranate hielt. Die Sicherungsstifte waren entfernt worden und lagen vor ihm auf dem schwarz gefliesten Boden. Dann ruckte sein Blick zum Spiegel, der ebenfalls mit Lippenstift beschrieben war.

Ein Geschenk von Ludmilla an Jerry Cotton. Russakow, die Nummer 3!

»Scheiße, das glaubt uns keiner, wenn wir kein Bild davon machen«, stöhnte Zeery, bückte sich und hob die beiden Sicherungsstifte der Handgranaten vom Boden.

»Kein Bild!«, keuchte Russakow. »Kein Bild, oder ich lasse die Dinger fallen!«

Zeery sah ihn an und schüttelte den Kopf. »Das hast du bislang nicht getan, und das wirst du jetzt auch nicht tun«, sagte er rau. Er trat seitlich an Russakow heran. »Dreh die Hände nach außen und streck sie mir entgegen. Aber schön vorsichtig, Russakow.«

Russakow stöhnte. Er holte tief Luft und hielt den Atem an, während er die Hände nach außen drehte, sie Zeery entgegenstreckte und der in aller Ruhe die Sicherungsstifte wieder an den explosiven Eiern anbrachte. Dann nahm er sie Russakow aus der Hand und steckte sie in seine eigene Jackentasche.

»Mein Gott«, stöhnte der kleine, etwas untersetzte Russe, der in der Rangordnung der Russenmafia die Nummer drei einnahm. Er verdrehte die Augen, bis nur noch das Weiße zu sehen war. Dann sackte er in sich zusammen, als hätte jemand die Luft aus ihm herausgelassen. Sein Körper neigte sich zur Seite, und er stürzte von der Toilettenschüssel. Als er zwischen der Wand und dem Pott landete, hatte er bereits das Bewusstsein verloren.

Zeery hatte nicht versucht, ihn aufzufangen. Der G-man verließ die geräumige Gästetoilette wieder. Er sah in Steve Dillaggios grinsendes Gesicht und brach dann selbst in schallendes Gelächter aus.

»Auf jeden Fall hat Ludmilla einen makabren Humor, und ihre Geschenke sind auch nicht zu verachten«, sagte der Indianer, nachdem er sich wieder beruhigt hatte.

Ohne die beiden Muskelmänner wäre der Chrysler gar nicht aufgefallen, denn es gab nichts, was ihn aus der Masse der anderen Fahrzeuge hervorhob. Die beiden Männer sahen aus wie Zwillinge, zumindest aber wie Brüder. Sie waren groß, breit in den Schultern und schmal in den Taillen. Sie hatten einen kantigen Schädel mit blondem Stoppelhaar, scharf geschnittene Gesichtszüge und Augen, die so kalt wirkten, dass man mit ihnen die neue Eiszeit hätte einläuten können.

Einer saß am Steuer. Das Fenster war heruntergekurbelt. Er hatte seinen linken Arm im offenen Fensterrahmen aufgestützt. Die Hand wies nach oben, und gerade in diesem Moment zerkrümelte er die Glut einer heruntergebrannten Zigarette zwischen den Fingern. Er musste Schmerzen fühlen, aber keine Regung zeichnete sich auf seinem Gesicht ab.

Sein Blick war nach vorn gerichtet. Zum Eingang der National Trust Bank. Vorbei an seinem Bruder oder Zwillingsbruder, der rechts vor dem Chrysler stand, auf dem Filter einer kalten Zigarette herumkaute und sich nicht auf den Eingang der Bank, sondern auf das Drumherum konzentrierte.

Für Phil und mich gab es nicht den geringsten Zweifel daran, dass diese beiden Zeitgenossen der Begleitschutz des Mannes waren, der im Auftrag von Levschenko eine Million aus der Bank holte. Ludmilla hatte zwar nicht darauf hingewiesen, aber ich hatte keinen Moment lang geglaubt, dass ein Mann das allein erledigte. Nun war hier in TriBeCA, wie die New Yorker die Gegend nannten – Triangel Below Canal Street –, wenigstens am Tage die Welt noch ziemlich in Ordnung, aber ein Mann wie Levschenko rechnete mit allem.

Wir hatten unseren Buick vor dem Bankeingang geparkt und warteten. Es würde etwas geschehen. Das hatte Ludmilla angekündigt, und es würde mit dem rothaarigen Iren zu tun haben, der James O'Connor hieß. Das hatte Russakow inzwischen verraten.

Wir hatten den Namen und seine Beschreibung in den Computer gegeben, aber es war nichts dabei herausgekommen. Wenigstens hier in New York war James O'Connor ein unbeschriebenes Blatt. Genau wie Ludmilla. Was natürlich nichts zu bedeuten hatte, denn auf die Namen Russakow, Levschenko und Bazanow hatte der Computer ebenfalls nicht reagiert. Aber die hatten ja auch einen Pakt mit der CIA geschlossen. Der amerikanische Geheimdienst hatte schon dafür gesorgt, dass die Namen der Russen nicht im falschen Computer gespeichert wurden.

»Die da drüben sehen nicht so aus, als ließen sie sich eine Million einfach abnehmen«, sagte Phil, der sich eine Zigarette angezündet hatte. Sein Blick kreiste durch die Gegend, kehrte ohne Beute zurück, und schließlich schaute er mich an.

»Was würdest du tun, um dir das Geld zu schnappen?«, fragte ich ihn.

Phil zuckte mit den Schultern. »Ich würde damit rechnen, dass der Transport draußen auf der Straße gesichert ist und deshalb in der Bank warten.«

Ich hatte ebenfalls schon daran gedacht und es mir durch den Kopf gehen lassen. Das klang plausibel, sicher, aber irgendwie glaubte ich nicht daran, dass es so geschehen würde. Es war eine kleine Banknebenstelle mit wenig Publikumsverkehr. Ein Mann, der keine Geschäfte abzuwickeln hatte und sich dennoch für einen längeren Zeitraum in den Geschäftsräumen aufhielt, fiel unweigerlich auf. Dazu brauchte er nicht mal ein Ire mit roten Haaren zu sein.

»Der Eingang zur Metro.« Ich deutete zum Einstieg, aus dem gerade zahlreiche Passagiere nach oben drängten.

»Niemand kann …«

Phil brach mitten im Satz ab. Natürlich konnte jemand vom Einstieg in den Metroschacht das ganze Geschehen hier oben beobachtet haben und sich nun im Schutz der Meute, die an die frische Luft strömte, ebenfalls nach oben begeben. Zum Beispiel konnte es Ludmilla sein, die das absicherte, was ihr Freund O'Connor gegen Bazanow, die Nummer zwei der Russenmafia, plante.

Phil konzentrierte sich auf den Metroeinstieg, während ich den Blick skeptisch über den Chrysler und die Blonden streichen ließ, die, davon war ich nun überzeugt, Zwillinge waren.

Ich konnte nichts Verdächtiges entdecken. Auch von Phil kam keine beunruhigende Meldung.

Ich verfluchte die Situation, in der wir steckten. Wir konnten und durften nichts unternehmen. Uns waren die Hände gebunden. Es galt noch immer die Anweisung von ganz hoch oben, dass sich der FBI aus allem herauszuhalten hatte, was mit Levschenko und den Personen um die Nummer eins der Russenmafia herum zu tun hatte. Zum anderen hatten wir auch nichts gegen Bazanow in der Hand. Er war, auch wenn das nicht zutraf, ein unbeschriebenes Blatt.

Was er hier tat, verstieß nicht gegen das Gesetz. Natürlich durfte er hier zusammen mit den blonden Zwillingen als Bodyguards auftauchen und eine Million Dollar aus der Trust National Bank holen. Solange es sein Geld war oder er eine Vollmacht hatte. Normalerweise hätten wir nach Ludmillas Ankündigung eingegriffen oder Jurij Bazanow zumindest vor der lauernden Gefahr gewarnt.

Doch selbst dazu waren wir nicht befugt. Zum anderen war deutlich, dass sich die Nummer zwei selbst abgesichert hatte und auf sich aufpassen ließ.

»Hast du schon mal daran gedacht, dass uns Ludmilla mit dem Hinweis auf Bazanow von etwas anderem ablenken wollte?«, fragte Phil, nachdem der Menschenstrom aus dem Metroschacht vorbeigeflutet war und sich verteilt hatte, ohne dass jemand Verdächtiges übrig geblieben war.

»Von was?«

»Keine Ahnung.«

»Es würde nicht in ihr Verhaltensmuster passen, Phil. Bislang hat sie nichts verschleiert und auch nichts getan, um uns in die Irre zu leiten. Im Gegenteil.«

»Wenn sie wirklich den Schlüssel zum Plutonium in der Hand hält, können wir überhaupt nichts tun, was gegen sie und ihre Pläne gerichtet ist. Mit anderen Worten: Falls wir O'Connor schnappen, kriegt sie ihn mit einem einzigen Anruf an der richtigen Stelle wieder frei.«

Ich nickte nachdenklich. Natürlich hatte Phil vollkommen Recht. Es stand viel zu viel auf dem Spiel, und O'Connor war im Grunde zu unwichtig, als dass jemand wegen des Iren ein Risiko einging. Das wusste Ludmilla. Deshalb hatte sie uns den Tipp mit der National Trust Bank getrost geben können. Sie verfolgte ein anderes Ziel.

»Bazanow«, sagte Phil und nickte zum Eingang der kleinen Banknebenstelle.

Wir kannten ihn von Fotos, die O'Sullivan uns gezeigt hatte.

Bazanow war unscheinbar. Absoluter Durchschnitt. Einer von den Menschen, an die man sich nicht mehr erinnerte, sobald man sie aus den Augen verloren hatte. Er war mittelgroß und hatte eine normale Statur. Es gab nichts an ihm, was den Rahmen sprengte und ihn damit aus der Masse heraushob.

Jetzt, als er die Bank verließ, stehen blieb und den Blick misstrauisch in alle Richtungen schweifen ließ, unterschied er sich von den anderen Passanten nur durch Nervosität. Die dauerte nur so lange, bis er einen schnellen Blick mit seinem blonden Bodyguard vor dem Chrysler gewechselt und der den Kopf geschüttelt hatte. Womit er Bazanow bedeutete, dass die Luft rein war.

»Und jetzt?«, fragte Phil.

»Wir warten«, entschied ich. »Sobald sie in den Wagen einsteigen und losfahren, folgen wir ihnen.«

Phil nickte. Das wich nicht von dem ab, was wir vorher schon abgesprochen hatten. Dabei war ich bislang felsenfest davon überzeugt gewesen, dass es dazu nicht kommen würde. Ich glaubte vielmehr, dass, wenn O'Connor dem Russen das Geld wirklich abnehmen wollte, er es hier und jetzt versuchen musste.

Bazanow trat aus dem Schutz des Eingangs und ging auf den Gehsteig hinaus, während der Blonde vor dem Chrysler den Rückzug zum Wagen antrat.

»Sie lassen ihn abfahren und versuchen ihr Glück an einer anderen Stelle«, sagte Phil, womit er neben O'Connor auch noch weitere Personen mit in den geplanten Coup einbezog. Was durchaus der Fall sein konnte.

Ich war beinahe bereit, auch daran zu glauben, als mein Blick auf das Yellow Cab fiel, das langsam heranrollte.

Wer, zum Teufel, achtete in dieser Stadt schon auf ein Yellow Cab, wenn er nicht unbedingt ein Taxi brauchte und mal wieder keines zu kriegen war?

Ich erkannte, dass mit dem Taxi etwas nicht in Ordnung war.

Zuerst fiel mir der Fahrer auf. Es war ein rothaariger, hagerer Bursche. Dann die Hand, die er lässig aus dem Fenster heraushängen ließ. Und dann sah ich den Gegenstand, den er gezielt aus dem Fenster des Yellow Cab durch das geöffnete Fenster des Chrysler in den Wageninnenraum warf.

»Achtung, Phil!«

Meine Warnung und ein dumpfes, kaum beängstigendes Explosionsgeräusch überschnitten sich.

Im Chrysler schrie der Blonde, von dem nach der Explosion nichts mehr zu sehen war. Dichte, gelbe Nebelschwaden hatte ihn eingehüllt.

Die Reifen des Yellow Cab blockierten. Das Fahrzeug stellte sich quer und rammte mit der Schnauze die Seite des Chrysler.

In derselben Sekunde flog die Fahrertür auf.

O'Connor, es konnte niemand anderer sein, rollte sich aus dem Wagen hinaus auf die Straße und weiter um die beiden Fahrzeuge herum, wodurch Bazanow und der zweite Blonde wieder in seinem Gesichtsfeld erschienen.

Da hatte ich die Straße schon halb gekreuzt.

Phil war gleichzeitig mit mir gestartet. Er hatte einen leichten Halbbogen geschlagen und näherte sich dem Ort des Geschehens von vorn, über den Gehweg.

James O'Connor sprang auf.

»FBI!«, schrie ich, duckte mich etwas und setzte meinen Weg fort. »FBI!«

James O'Connor war nicht sehr beeindruckt. Er drehte sich um die Fahrzeuge herum. Ludmilla musste ihm gesagt haben, dass er vom FBI nichts zu befürchten hatte. Anders war es kaum zu verstehen, dass er nicht auf meinen Zuruf reagierte.

»FBI!«, schrie nun auch Phil, der über den Gehsteig herangepreschte, seine Dienstwaffe gezogen hatte, ohne auf jemanden zu zielen. Bazanow, der Blonde und der rothaarige O'Connor waren alle gleich interessant.

Bazanow stand da, als hätte er Wurzeln geschlagen. Der Blonde wirbelte zu mir herum. O'Connor, der stehen geblieben war, tat gar nichts.

Meine Kopfhaut kribbelte. Das lief anders, als ich es mir vorgestellt hatte, soweit es jedenfalls O'Connor betraf. Er hatte es auf die Million abgesehen, also hätte er in diesem Moment etwas tun müssen. Bazanow war wie paralysiert. Es wäre verdammt nicht schwer gewesen, ihm den Diplomatenkoffer aus der Hand zu reißen, in der sich die Million befand.

Wusste der Teufel, woher der Blonde seine Waffe so schnell hergezaubert hatte. Auf jeden Fall hielt er sie in der Hand, zielte in meine Richtung, und sein Gesicht verzerrte sich zu einer Fratze. Er hatte sicher gehört, dass ich ein G-man war, aber mir war klar, dass das bei einem Burschen von seiner Sorte keine Lebensversicherung war.

Ich tauchte gegen den Asphalt und machte mich platt wie eine Flunder, als der Blonde den ersten Schuss abfeuerte. Wäre ich stehen geblieben, hätte er ein Loch in mich geschossen.

O'Connor glitt mit einem schnellen Schritt zur Seite. Sein rechtes Bein flog hoch. Der schwere Straßenschuh traf den Blonden irgendwo in der Bauchgegend, hob ihn an und ließ ihn schwer zu

Boden krachen. Er verlor die Waffe, die über den Gehsteig schlitterte und auf die Straße rutschte.

Phil war zehn Schritte entfernt in die Knie gegangen. Er hielt die Dienstwaffe in beiden Händen und visierte den Blonden an, der sich drehte, seinen Schmerz hinausbrüllte und versuchte, wieder auf die Beine zu kommen.

Im selben Augenblick flog die Tür des gelb vernebelten Chrysler auf. Der Zwillingsbruder des Schreienden ließ sich aus dem Wagen fallen. Noch hüllte ihn der dichte Nebel ein, aber an dem scheppernden Geräusch, als er auf dem Asphalt landete, war deutlich zu hören, dass er etwas aus Metall in den Händen halten musste.

Ich brauchte nicht lange darüber zu rätseln, was es war. Im nächsten Sekundenbruchteil harkte die erste Salve aus einer Kalaschnikow so dicht über mich hinweg, dass die Kugeln fast Brandspuren auf meinem Rücken hinterließen.

Ich hatte gar keine andere Wahl, als das Feuer zu erwidern. Wir befanden uns hier nicht auf freiem Feld, es gab Passanten, die ich schützen musste. Zweimal schoss ich in die gelbe Wolke hinein, die den Blonden noch immer umgab. Dann folgte der Aufschrei, und dann herrschte plötzlich Stille.

»Weg da!«

Das war Bazanow. Er hielt den Koffer in der linken Hand. In der Rechten hielt er eine 45er Automatic, aus der er den ersten Schuss auf Phil abfeuerte und ihn offenbar verfehlte. Dann wirbelte er mit der Waffe in der Hand zu O'Connor herum, der nach dem Tritt gegen einen der blonden Zwillinge wieder dastand wie ein Denkmal.

Phil stieß einen Fluch aus. »Er hat mich am Arm erwischt!«, rief mein Freund, der sich inzwischen ebenfalls flach zu Boden geworfen hatte.

Bazanow lachte so laut, dass es das Schreien und Wimmern der Zwillinge übertönte.

»Weg da! Verschwindet! Ihr habt kein Recht, hier zu sein!«

Die Nummer zwei der Russenmafia glaubte wirklich daran. Er meinte, nur weil die CIA schützend die Hand über ihn breitete, konnte er hier mitten im TriBeCa-Bezirk ein Feuerwerk veranstalten und auf die Schnelle mal gerade einige G-men zur Hölle schicken.

Ja, verdammt, das glaubte er wirklich!

Zum zweiten Mal bäumte sich die schwere Automatic in seiner eher schmalen Hand auf. Diesmal klatschte die Kugel eine Handbreite von meiner Hüfte entfernt gegen den Asphalt, prallte ab, sirrte als Querschläger weiter und traf einen Passanten, der einen gellenden Schrei ausstieß.

Ich drehte mich zur Seite.

Der gelbliche Nebel, der den einen Blonden eingehüllt hatte, hatte sich verflüchtigt. Der Kerl lag zusammengekrümmt neben dem Chrysler. Die Kalaschnikow war hinter seinen Kopf gerutscht, lag damit nicht mal weit von der Waffe seines Zwillingsbruders entfernt, und die Blutlache unter seinem Körper wurde immer größer. Ich wusste nicht, wo und wie schwer ich ihn getroffen hatte.

Der zweite Blonde hatte sich in die Hocke aufgerichtet und eine Position dicht am Rinnstein eingenommen. Sein Blick ruckte zu Bazanow herum und dann wieder zu den Waffen, die nicht weit von ihm entfernt auf der Fahrbahn lagen.

»Vergiss es!«, schrie ich ihn an.

»Ich übernehme ihn!«, rief mir Phil zu, denn die Situation hatte sich dahingehend geändert, dass Phil Bazanow nicht mehr aufs Korn nehmen konnte.

Der hatte sich hinter O'Connor geschoben und wurde von dem Iren gegen Phil abgedeckt. Dafür konnte ich auf ihn zielen, ohne jemand anderem gefährlich zu werden. Abgesehen von O'Connor, auf den die Nummer zwei der Russenmafia mit der Automatic zielte.

»Verschwindet!«, brüllte der Russe erneut. »Ihr habt hier nichts zu suchen!«

Schweiß lief über mein Gesicht. Mit dem Handrücken wischte ich darüber hinweg, bevor die Tropfen mir brennend in die Augen rinnen konnten. Die Situation war grotesk. Wir hatten sie im Sack, konnten ihn aber nicht schließen. Die Blonden waren ausgeschaltet, und Bazanow hielt sich vor der Mündung meiner Waffe auf.

»O'Connor!«

Der Ire schaute in meine Richtung. Ich suchte nach Zeichen von Angst und Panik auf seinem Gesicht. Die gab es nicht. Entweder hatte er Nerven aus Stahl, oder er fühlte sich so verdammt sicher, weil er noch einen Trumpf im Ärmel hatte.

»Wenn du auf ihn schießt, bringst du mich um, G-man!«, rief O'Connor. »Vergiss nicht, dass ich ein harmloser Bürger bin!«

Harmloser Bürger!

Der Ire war gekommen, um eine Million einzusammeln und sich mit dem Geld aus dem Staub zu machen. Er war der Partner von Ludmilla und konnte schon aus diesem Grund nicht so harmlos sein, wie er zu sein vorgab. Dennoch würde ich nicht auf Bazanow schießen und damit O'Connors Leben in Gefahr bringen. Um es halbwegs sicher zu spielen, hätte ich einen finalen Todesschuss anbringen müssen. Erstens bestand dazu im Moment nicht die geringste Veranlassung, und zum anderen konnte es geschehen, dass Bazanow noch mit einem letzten Reflex den Finger krümmte. Dann war es trotz allem auch um O'Connor geschehen.

»Verschwindet!«, wiederholte der Russe. Seine Stimme klang schrill und unbeherrscht. »Verschwindet!«

»Warum tut ihr nicht, was er verlangt?«, wollte O'Connor wissen. »Er steht unter dem Schutz der CIA. Das ist fast wie Immunität, G-men.«

Ich fluchte leise in mich hinein.

»Nimm die Kalaschnikow!«, schrie Bazanow dem Blonden am Rinnstein zu. »Dann steigen wir zusammen in den Wagen und verschwinden!«

Ich hielt die Luft an. Der Blonde war Phils Mann.

»Wenn du auch nur mit den Ohren wackelst, liegst du neben deinem Bruder!«, rief Phil, und da gab es einen Unterton in seiner Stimme, der selbst mir einen kalten Schauer über den Rücken jagte.

Der Blonde zögerte.

»Hast du nicht gehört, was ich …«

Phil schoss. Nicht gezielt auf den Blonden, das wäre für die Passanten viel zu gefährlich gewesen. Er feuerte in den Chrysler, um zu unterstreichen, dass er es ernst meinte.

»Keine Chance!«, brüllte Phil der Kugel nach.

Zwei Patrolcars trafen beinahe gleichzeitig ein. Die Türen flogen auf, und die Cops stürmten mit gezogenen Waffen nach draußen.

»FBI!«, schrie ich in die Richtung der Cops. »Zurück in den Wagen oder stehen bleiben! Steckt die Waffen ein! Niemand unternimmt etwas!«

Ich hatte Glück. Es befanden sich keine Heißsporne unter den Uniformierten, die sich selbst und der Welt beweisen mussten, wie gut sie waren. Sie taten, was ich gesagt hatte. Sie steckten die Waffen ein und blieben stehen.

Der nächste Wagen, der mit quietschenden Reifen hielt, war ein schwarzer Lincoln.

David Moore, unser spezieller Freund von der CIA, sprang auf die Straße. Als Erster. Zwei Männer, die ich noch nie gesehen hatte, folgten ihm.

»Cotton!«

Ich blieb liegen und stieß die angehaltene Luft aus. Ludmilla, das wurde nun deutlich, hatte nicht nur uns den Tipp mit der National Trust Bank gegeben, sondern sich auch mit der CIA in Verbindung gesetzt. So kam es, dass Moore mit einigen Kerlen hier erschien. Etwas später als wir, aber immer noch früh genug.

»Wenn du den Russen liebst und brauchst, Moore, dann sorg dafür, dass er die Waffe einsteckt und sich ergibt!«

Bazanow lachte irr. »Er weiß nicht, was auf dem Spiel steht, Moore. Die G-men sollen alles der CIA überlassen und sich aus der Sache heraushalten. Sobald die Luft rein ist, verschwinde ich mit meinem unverletzten Leibwächter und dem rothaarigen Clown hier.«

»Ihr haltet euch aus der Sache raus!«, schrie Moore.

»Hier hat es einen Toten gegeben!«, rief jemand von der anderen Straßenseite. »Die Kugel, die der Kerl auf den G-man abgefeuert hat, hat als Querschläger einen Passanten getötet!«

Moore zuckte zusammen. Bazanow lachte stumpf.

»Ihr haltet euch aus der Sache heraus«, verlangte Moore erneut. Seine beiden Männer waren inzwischen ebenfalls ausgestiegen und hatten sich so postiert, dass sie Phil und mich unter Beschuss nehmen konnten. Ich war sicher, dass sie auf uns schießen würden, wenn wir nicht taten, was Moore verlangte.

CIA-Agenten erledigten G-men, damit sich die Nummer zwei der Russenmafia, Jurij Bazanow, ungeschoren verdrücken konnte!

Ich sah die Schlagzeilen der Zeitungen schon vor mir. Hätte ich es nicht selbst erlebt, ich hätte es nicht geglaubt, wenn es mir jemand erzählt hätte.

Phil war aufgestanden. Seine Dienstwaffe war noch immer auf den unverletzten Blonden gerichtet, der sehnsüchtig auf die Kalaschnikow seines Zwillingsbruders schaute.

»Bazanow ist eine Sache«, sagte Phil grollend. »Der Blonde ist eine andere. Der steht nicht auf, der steigt in keinen Wagen, der bewegt sich nicht mal!«

Bazanow stieß Laute aus, die wie Sirenengeheul klangen.

»Das Gleiche gilt für O'Connor!«, schrie ich.

Moore war verwirrt. Er hatte seine Leute zwar in Stellung gebracht, aber er hatte nicht die Nerven, ihnen zu befehlen, auf Phil und mich das Feuer zu eröffnen. Nicht unter diesen Umständen, nicht, wo es so viele Zeugen gab, nicht unter den Augen der New York City Police, die inzwischen mit zwei weiteren Patrolcars angerückt war.

»Ich werde mich, verdammt, nicht widersetzen, wenn der Russe mich dazu zwingt, mit ihm abzufahren«, sagte James O'Connor. »Das wirst du doch tun, Bazanow?«

Bazanow zuckte zusammen.

»Nehmen Sie den Mann mit und verschwinden Sie, Bazanow!«, kreischte Moore, dem die Sache hier über den Kopf wuchs.

O'Connor grinste schief. Seine Gestalt straffte sich, und ein helles Leuchten war in seine Augen getreten. Irgendetwas stimmte nicht. Die Sache war so brisant, dass anderen die Socken gequalmt hätten, aber den Iren schien das alles nicht zu kratzen.

»Cotton wird uns begleiten«, sagte O'Connor. »Ich steige nicht mit dem Russen allein in einen Wagen. Ich bin amerikanischer Staatsbürger. Die CIA hat nicht das Recht, mich einem Russen zum Fraß vorzuwerfen.«

Moore raufte sich die Haare. Er schickte, was ich gar nicht für möglich gehalten hätte, einen Hilfe suchenden Blick in meine Richtung.

Ich erhob mich, schaute zu Phil hinüber und sah, dass mein Freund alles unter Kontrolle hatte, soweit es den Blonden anging. Phil würde verhindern, dass das Riesenbaby zusammen mit Bazanow von hier verschwand. Und, zum Teufel, wir hätten auch verhindern müssen, dass sich Bazanow absetzen konnte. Plutonium hin oder her, die Nummer zwei der Russenmafia hatten einen Passanten erschossen. Nicht gezielt, aber der Mann war tot. Alles in mir sträubte sich dagegen, das Geschehen in die Richtung laufen zu lassen, die Bazanow und die CIA vorgegeben hatte. Aber erstens konnte ich gar nichts tun, und zum anderen war da der Gedanke in meinem Hinterkopf, dass das Geschehen hier, soweit es O'Connor anging, einem ganz anderen Zweck diente als nur dem, sich eine Million zu schnappen und damit zu verschwinden.

»Wenn der G-man nicht mitkommt, kannst du jetzt schießen«, sagte O'Connor.

»Dann stehst du allein und ohne Schutz da und siehst ziemlich alt aus, Bazanow«, sagte ich.

»Moore …«

»Von dem hast du dann nichts mehr zu erwarten, Bazanow«, schaltete sich Phil ein. Er wusste genauso wenig wie ich, was hier laufen sollte, aber er hatte wohl dieselbe Vorahnung.

»Moore!«, jaulte der Russe.

»Verdammt, lassen Sie Cotton mitfahren! Ich verlange, dass Sie die beiden unversehrt irgendwo rauslassen, Bazanow!«

Das klang ziemlich ernst. Wenn ich es nicht besser gewusst hätte, hätte ich geglaubt, dass sich Moore Sorgen um mein Wohlergehen machte. In Wirklichkeit jedoch war es dem CIA-Mann völlig egal, wenn ich bei der Aktion ins Gras biss. Er wollte nur Handlungsspielraum für den Russen herausschinden, mit dem er und Garner und noch einige andere zusammenarbeiteten. Sie mussten ein verdammt dickes Brett vorm Kopf haben, denn sie hatten noch immer nicht begriffen, dass Levschenko sie über den Tisch zog. Der wollte alles umsonst, und dazu auch noch die Million von der CIA.

Er würde alles einsacken, wenn nicht ein kleines Wunder geschah.

Das Wunder konnte Ludmilla heißen. Aber ich hoffte, dass es nicht so war und einen anderen Namen hatte.

Ich legte die Dienstwaffe auf den Asphalt, hob die Hände in den Nacken und tat die ersten Schritte nach vorn.

Bazanow schaute sich irritiert um. Es hatte den Anschein, als wolle er noch etwas sagen. Dann jedoch schien er eingesehen zu haben, dass er seine Karte ausgereizt hatte. Mehr, als er erhalten hatte, würde ihm keiner geben. Es gab nun einmal Grenzen, über die konnte sich auch die Nummer zwei der Russenmafia nicht hinwegsetzen.

»Wir verschwinden mit dem Taxi«, sagte er. »Der G-man fährt, und wir nehmen hinten Platz. Falls uns jemand folgt …«

»Keiner wird Ihnen folgen«, versicherte Moore. »Sie lassen die beiden irgendwo unversehrt wieder aussteigen. Danach nehmen Sie Kontakt mit uns auf.«

»Levschenko …«

»Wir können ihn nicht erreichen, Bazanow.«

»Vielleicht hat er die Seiten erneut gewechselt und ist wieder nach Russland zurück«, orakelte O'Connor und wich geistesgegenwärtig zurück, als Bazanow ihn mit der 45er Automatic schlagen wollte.

Ich erreichte das Yellow Cab und kletterte hinter das Steuer.

Bazanow schob sich als Erster auf die Rückbank, zielte auf O'Connor und veranlasste den Iren dazu, ihm langsam und vorsichtig zu folgen. O'Connor zog die Tür hinter sich zu. Im Rückspiegel konnte ich sehen, dass er sich entspannt in den Polstern zurücklehnte.

Ein Mann ohne Nerven?

»Los, Cotton!«

»Mister oder Sir.«

»Los, oder es passiert …«

»Fahren Sie endlich los, Cotton!«, drängte nun auch O'Connor.

Ich fuhr los.

Phil warf mir einen langen Blick nach.

Moores gestraffte Schultern fielen nach vorn. Ich konnte im Seitenspiegel deutlich erkennen, wie er die angehaltene Luft ausstieß und sich dann mit einem Ruck zu Phil umdrehte. Viele Freundlichkeiten, das schien mir sicher, würden die beiden nicht wechseln.

»Wohin?«

Bazanow war auf so etwas nicht vorbereitet und wusste nicht, wohin ich fahren sollte.

»Dorthin, wo's einsam ist«, sagte O'Connor. »Zu den Piers.«

»Ich werde …«, versuchte Bazanow einen Einwand.

»Irgendwo musst du uns ja rauslassen«, unterbrach O'Connor. »Zum anderen bist du dann nicht so weit von Levschenko weg, oder?«

Ich spitzte die Ohren und konzentrierte mich auf den Verkehr. O'Connor hatte einen Trumpf im Ärmel, das war so sicher wie das Amen in der Kirche.

»Was willst du damit sagen?«, fragte Bazanow mit spröder Stimme.

Allmählich dämmerte es auch der Nummer zwei der Russenmafia, dass etwas nicht in Ordnung war und O'Connor es nicht nur auf die Million abgesehen hatte.

Ich fragte mich selbst auch, wie er noch an das Geld herankommen und damit verschwinden wollte.

»Was willst du damit sagen?«, fragte Bazanow erneut. Seine Stimme klang immer heiserer. Panik breitete sich in ihm aus, und er schaffte es nicht mehr, sie zu beherrschen.

»Levschenko hat sich selbstständig gemacht.«

»Was?«

»Er hat sich mit der Genossin getroffen«, sagte O'Connor. »Sie hat die Unterlagen, die er haben will.«

»Aber ich habe das Geld.«

»Er will sie ja auch nicht bezahlen. Er will ihr die Unterlagen abnehmen und sie dann erledigen. Du kennst ihn doch, Bazanow.«

Bazanow schwieg verbissen. Ich legte etwas mehr an Tempo zu, um zu den Piers und somit in eine ruhige Gegend zu gelangen.

»Verdammt, ihr habt so viele Dinger gemeinsam gedreht, dass ihr euch eigentlich kennen müsstet«, stachelte O'Connor.

»Was für Dinger?«

»Betrogen, verraten und gemordet, Bazanow. Kein Herrgott wird es euch so rasch vergeben.«

Ich verstand nicht, auf was O'Connor hinauswollte. Ich wusste nur, er hatte alles mit Ludmilla besprochen, oder es war etwas geschehen und er versuchte, Ludmilla zu helfen.

Bazanow lachte leise und unsicher.

»Was ist eigentlich los?«, wollte er wissen und stellte damit dieselbe Frage, die auch mir auf der Zunge brannte. »Wer ist die Genossin, die die Unterlagen hat und mit der sich Levschenko angeblich gerade trifft?«

»Oder treffen wird.«

»Verdammt, ich habe dir eine Frage gestellt, O'Connor! Entweder du gibst mir eine Antwort, oder du bist für immer stumm.«

Er hob die Waffe und zielte damit auf O'Connors Herz.

Als ich das alles aufgeregt und interessiert zugleich verfolgte, fiel mir auf, dass O'Connor einen weit fallenden, hellen Wettermantel trug. Ein ziemlich altmodisches Modell, das beinahe bis zum Hals geschlossen war. Und ich erinnerte mich daran, dass ich bislang bei ihm keine Waffe gesehen hatte. Abgesehen von der kleinen Nebelgranate hatte er nichts zum Vorschein gebracht, mit dem er einem Mann wie Bazanow dazu hätte bewegen können, sich von der Million zu trennen.

»Hast du was dagegen, wenn ich mir eine Zigarette anzünde?«, fragte O'Connor. »Die Schachtel und das Feuerzeug sind in der rechten Manteltasche. Du kannst sie selbst herausholen, wenn du mir nicht traust.«

Ein schwaches Lächeln huschte über Bazanows Gesicht.

»Natürlich traue ich dir nicht, Ire«, sagte er und sprach das Wort Ire dabei so aus, dass es wie ein Schimpfwort oder eine grobe Beleidigung klang. »Aber du wirst keinen Unsinn machen.«

O'Connor schüttelte den Kopf, holte Zigaretten und Feuerzeug aus der Manteltasche, zündete sich einen Glimmstängel an und richtete den Blick dann an mir vorbei durch die Windschutzscheibe des Wagens nach vorn.

»Lass ihn da vorn auf dem Gelände des Piers anhalten, Bazanow«, wandte er sich an den Russen, der jede seiner Bewegungen mit Argusaugen überwacht hatte. »Wir haben zu reden. Über die Genossin und den Genossen Levschenko, der dich aussteigen lassen will. Verdammt, es ist ernst!«

»Halt zwischen den beiden ersten Baracken an, Cotton!«, befahl Bazanow.

Das Maschendrahtgitter, das das alte Piergelände mit den verfallenen Schuppen und den rostigen Kränen umgab, wies an einigen Stellen so große Löcher auf, dass es nicht schwierig war, mit dem Yellow Cab auf das Gelände zu gelangen.

O'Connor rauchte in aller Seelenruhe, Bazanows Gesicht bekam tiefe Furchen längs der Nasenwurzel, und ich gab mir Mühe, das Yellow Cab unbeschädigt um einige Hindernisse herum zwischen die beiden verfallenen Lagerhallen zu lenken.

Als ich anhielt, öffnete O'Connor vorsichtig die Tür und schnippte die angerauchte Zigarette nach draußen.

»Was ist …?«

»Ich will mir nur den Mantel ausziehen. Keine Sorge. Mann, du hast mich genau vor der Kanone.«

Bazanow knurrte, als O'Connor ausstieg.

Ich rechnete damit, dass er blitzschnell neben dem Yellow Cab auf Tauchstation ging und zu entkommen versuchte. Ich rechnete so sehr damit, dass ich mir den Kopf darüber zerbrach, wie ich reagieren sollte, wenn es geschah. Es war mir noch nicht eingefallen, und als O'Connor seinen Mantel geöffnet hatte, war klar, dass ich ihn falsch eingeschätzt hatte.

Er wollte nicht verschwinden. Nicht mit und nicht ohne Geld.

»Mein Gott!«, keuchte Bazanow. Mit weit aufgerissenen Augen starrte er auf den mit Sprengstoff umwickelten Oberkörper von O'Connor.

Wusste der Teufel, wie viel er in der Sprengstoffweste mit sich herumschleppte. Sicherlich genug, um uns und die umliegenden Lagerhallen samt Kränen wegzublasen. Das ganze Zeug war miteinander verdrahtet, und als der Mantel fiel, begannen einige rote Lampen an seinem Körper zu blinken. Sie befanden sich an den Drähten, die zwischen den einzelnen Sprengstoffpaketen verliefen. Dann wurde es auf einen Schlag so still, dass man das Ticken einiger Uhren hören konnte.

»Mein Gott!«, wiederholte Bazanow.

Ich stieß die angehaltene Luft aus und drehte mich zu O'Connor und dem Russen um, denn blitzschnell war O'Connor wieder in den Wagen gestiegen und hatte sich dicht neben Bazanow gesetzt.

»Wenn der russische Clown auf mich geschossen hätte, wären wir schon lange im Himmel«, sagte O'Connor.

»Was soll das werden, wenn es fertig ist?«, fragte ich heiser.

O'Connor zuckte mit den Schultern.

»Es wird darauf hinauslaufen, dass ich mit dem Geld verschwinde«, sagte er gelassen. Er deutete auf die blinkenden Lampen und auf zwei schwarze, nicht mal handgroße Kästen, aus denen heraus es tickte. »Ehrlich gesagt, ich weiß nicht mal selbst, wie die Uhren geschaltet sind, G-man. Vielleicht haben wir zehn Sekunden, vielleicht fünfzehn Minuten.«

Heiße und kalte Schauer jagten über meinen Rücken. Ich starrte O'Connor an. Irgendwie war ich mir sicher, dass er nicht scherzte. Da gab es eine entschlossene Wildheit in seinen Augen, die mir nicht unbekannt war. Er war bereit, alles zu riskieren. Wenn er ein gläubiger Mensch war wie die meisten Iren, dann hatte er seine letzte Beichte abgelegt und mit dem Leben abgeschlossen. Ludmillas Verrücktheit, ihre Entschlossenheit, Rache für den Mord an ihren Eltern zu nehmen, koste es, was es wolle, musste wie ein Virus auf ihn übergegriffen haben.

»Was ist passiert?«, fragte ich und registrierte ganz nebenbei, dass Bazanow die Automatic heruntergenommen und sie auf seinen Schoß gelegt hatte. Der Schweiß quoll dem Russen aus allen Poren und rann in wahren Sturzbächen an seinem Gesicht hinab.

»Ludmilla hat sich irgendwo mit dem Schweinehund Levschenko getroffen, oder sie wird sich mit ihm treffen, um herauszubekommen, wo er das Plutonium versteckt hat«, sagte O'Connor mit emotionsgeladener Stimme. »Ich sollte mir die

Million schnappen und damit verschwinden. Aber es ist nun mal so, dass ich Ludmilla liebe, G-man. Du kannst jetzt verschwinden, während Bazanow mir erzählt, wo sich die beiden getroffen haben oder treffen können.«

»Woher soll ich das wissen?«, brüllte Bazanow.

O'Connor deutete nach draußen.

»Auf einem dieser verdammten Piers«, sagte er. »Dort, wo ihr euch treffen wolltet, sobald die Sache am Kennedy International abgelaufen ist, Russe.«

»Marchant Warehouse!«, keuchte Bazanow sofort. »Dort wollten wir uns treffen.« Er starrte auf die blinkenden Lichter und die kleinen schwarzen Kästen, aus denen es tickte. »Kannst du das nicht abstellen?«

»Warum?«, fragte O'Connor. Als Bazanow zurückweichen wollte, legte er ihm den Arm um die Schultern und zog ihn an sich heran.

»Ich habe gesagt, was ich weiß. Nimm das verdammte Geld und dann …«

Ich schüttelte den Kopf und wischte mir den Schweiß mit dem Handrücken von der Stirn.

»Der G-man ist nicht zufrieden, Bazanow«, sagte O'Connor beinahe betrübt. »Außerdem weißt du noch immer nicht, wer die Genossin ist. Das interessiert dich doch, oder?«

»Das ist doch egal. Wenn sich Levschenko mit ihr trifft, hat sie nicht den Hauch einer Chance. Wenn sie sich schon getroffen haben, ist sie tot.«

Ich wollte mich einschalten, aber ich sah O'Connor an, dass er noch nicht fertig war. Welche anderen Fragen als er sollte ich dem Russen stellen?

»Sie hat gesehen, wie ihre Eltern in eine tödliche Falle gelaufen sind und wird daraus gelernt haben, Bazanow. Es war vor vielen Jahren in einer kalten Winternacht bei Lisnaskaci. Oberst Wladimir Kosnevchek war ihr Vater. Du erinnerst dich doch an ihn, oder? Ihr habt den Oberst und seine Frau kaltblütig ermordet.«

»Ludmilla …« Bazanow schüttelte den Kopf. »Sie war nicht dabei. Sie war nicht …«

»Sie lag am zugefrorenen Bach, nicht weit entfernt, und sie hat alles beobachtet, Bazanow. Sie war damals ein Kind. Sie wird Levschenko erledigen.«

Jurij Bazanow zitterte, als hätte man ihn nackt in jene kalte Winternacht gestellt, in der Ludmillas Eltern von ihm und Levschenko ermordet worden waren.

»Hältst du ihn fest, O'Connor?«, fragte ich.

O'Connor nickte entschlossen.

»Wie lange?«

»Bis wir beide zur Hölle gefahren sind«, antwortete er ruhig.

Ich probierte das Funksprechgerät im Yellow Cab. Es funktionierte. Über die Taxizentrale. Sie schalteten mir eine Leitung zum FBI Headquarters. Ruhig gab ich die Maßnahmen durch, die ergriffen werden mussten. Als ich mich abmeldete und wieder einhängte, hoffte ich, an alles gedacht zu haben.

Das Marchant Warehouse, das sich nur zwei Piers von hier entfernt befand, würde weiträumig und unauffällig umstellt werden. Zusammen mit Zeerookah, Steve Dillaggio und Joe Brandenburg würde Phil sich auf den Weg machen, um mich dort zu treffen.

»Ich werde verrückt!«, schrie Bazanow und versuchte, sich aus O'Connors Griff zu lösen.

O'Connor hielt ihn fest. Um den Russen zu beruhigen, nahm er die 45er Automatic und streichelte damit Bazanows Wange.

Ich deutete auf seinen Sprengstoffpanzer. »Ist das Zeug wirklich unberechenbar?«

O'Connor nickte. »Nicht alles, aber das meiste. Einiges kann ich selbst zur Explosion bringen, wenn es sein muss.«

»Du wirst tun, was ich dir sage, O'Connor.«

Er grinste mich an. »Wenn es mir gefällt. Wenn nicht …«

»Hast du nicht gerade gesagt, dass du Ludmilla liebst, Ire? Du wirst sie doch nicht vor die Hunde gehen lassen wollen, oder?«

»Was willst du?«

»Schnall das Zeug ab und leg es neben Bazanow in den Wagen. Dreh an keinen Knöpfen, verstell keine Zündzeit oder sonst was. Dann steig aus und verschließ die beiden hinteren Türen. Geh irgendwo in Deckung und warte. Nimm das Geld mit und die

Waffe. Falls wir hier in die Luft fliegen, verständigst du Phil Decker oder einen anderen meiner Kollegen. Dann kannst du in Ruhe abwarten, was meine Kollegen für Ludmilla tun, und dann kannst du von mir aus mit der Million verschwinden. Alles verstanden?«

O'Connor nickte. Ihm war anzusehen, dass es ihm nicht gefiel.

»Auf was wartest du dann noch?«

»Ich habe alles gesagt!«, jaulte Bazanow.

Ich schüttelte den Kopf. »Bestimmt nicht. Aber nun wirst du verdammt schnell reden müssen, wenn du mir noch alles sagen willst, Bazanow.«

»Es wird uns beide erwischen, Cotton!«

Ich nickte und schaute ihm fest in die Augen. »Wenn der Wahnsinn mit dem Plutonium dort draußen weitergeht, wird es vielleicht eine ganze Stadt erwischen. Was sind da schon zwei kleine Menschen wie du und ich, Bazanow?«

»Du weißt, dass du wahnsinnig bist, he?«, fragte O'Connor, der sich die Dynamitweste abschnallte und sie in den Fußraum des Wagens fallen ließ, ohne an einem Kopf zu drehen, ohne etwas anderes daran zu manipulieren. »Über den größten Teil habe ich wirklich keine Kontrolle.«

»Das ist schon in Ordnung. Den Teil, über den du Kontrolle hast, rührst du nicht an. Es sei denn, der Russe hier kommt allein und ohne mich aus dem Wagen. Verstanden?«

»Verstanden.«

Er stieg aus und sicherte die Türen. Die Schließknöpfe schnappten nach unten. Bazanow konnte nicht mehr so einfach aus dem Wagen heraus, wenn ich es nicht wollte. Ich schaute O'Connor nach, der bis zur Lagerhalle ging, dort die Tasche mit der Million abstellte, sich dann auf den Boden setzte und sich in aller Ruhe eine Zigarette anzündete.

»Mein Gott!«, keuchte Bazanow. »Ich muss hier raus, Cotton! Ich halte das nicht aus!«

Ich grinste ihn an, obgleich mir in diesem Moment genauso mulmig war wie dem Russen. Nur ließ ich mir das nicht anmerken.

»Steig einfach aus, und O'Connor erlöst dich von allem.«

Er stieg nicht aus, er startete nicht mal den Versuch dazu. Er schaute mich an wie ein waidwund geschossenes Reh. Aber, verdammt, ich hatte mit ihm viel weniger Mitleid, als ich es mit einem Reh gehabt hätte.

»Was willst du denn noch, Cotton – Sir?«

»Hat Levschenko das Plutonium?«

»Ja.«

»Und du weißt, über welche Kanäle es in die Staaten gelangt ist?«

»Ja.«

»Ihr habt Ludmillas Eltern ermordet?«

»Das war eine andere Zeit, die …«

»Ja oder nein, Bazanow!«

»Ja!«, schrie er zurück.

»Ihr wolltet die CIA reinlegen und die Million vom Geheimdienst für nichts kassieren?«

»Ja, verdammt!«

»Das ist doch unklug. Dann habt ihr keinen Schutz mehr.«

»Mit dem Know-how für die Bombe …«

»… glaubt Levschenko, alle Trümpfe in der Hand zu haben und keinen Schutz mehr zu brauchen?«

»Ja.«

Er begann zu weinen und zu schluchzen wie ein kleines Kind.

»Hast du schon mal daran gedacht, dass Levschenko dich abhängen wird?«

»Ja.«

»Aber du hast dich abgesichert?«

»Das weißt du doch verdammt genau, G-man.«

Ich wusste nichts. Es war nur ein klammer Verdacht. Bazanow war kein Dummkopf. Er wusste, was Levschenko noch zum perfekten Glück fehlte. Er wusste auch, wie Levschenko war und dass der die Macht mit niemandem teilen würde. Also musste er zwangsläufig etwas zu seiner eigenen Sicherheit unternommen haben.

Genau das vermutete auch Ludmilla.

In diesem Moment fiel es mir wie Schuppen von den Augen.

Levschenko war gar nicht mehr wichtig für uns. Die Nummer eins der Russenmafia wusste wahrscheinlich nicht mal, wo sich das Plutonium befand, nachdem Bazanow es umgelagert hatte. Deshalb hatte Ludmilla uns Bazanow mehr oder weniger in die Arme getrieben.

Sie erledigte die Nummer eins, also Levschenko, weil er in Russland auch das Kommando geführt hatte. Uns überließ sie Russakow, damit wir mit ihm und seiner Hilfe die Russenmafia aufrollen konnten, und Bazanow, damit er uns berichtete, wo der todbringende Stoff versteckt war. Und sie verließ sich einfach darauf, dass unser Rechtssystem diesen Mann später erledigte.

»Okay«, sagte ich leise und schaute Bazanow entschlossen an. »Du hast das Zeug also umgelagert.«

»Ja.«

Es klang beinahe so, als wäre er erleichtert darüber, es mir berichten zu können.

»Ich gebe dir zehn Sekunden, Bazanow. Du sagst mir, wo das Zeug ist und wie man herankommt. Dann steigen wir zusammen aus und überleben es wahrscheinlich. Anschließend kann die CIA dich kassieren. Vielleicht hast du Glück, vielleicht kannst du dem Geheimdienst genug berichten, dass du mit einem blauen Auge davonkommst. Das ist die eine Möglichkeit. Du kannst aber auch den Mund halten. Dann bleiben wir im Wagen sitzen, bis es knallt.«

»Du meinst es ernst, oder?«, fragte er kläglich.

Er war schon gebrochen. Ich fragte mich, wie ein solcher Mann im riesigen Machtapparat des KGB mal eine führende Rolle gespielt haben konnte.

»Worauf du dich verlassen kannst, Bazanow. Todernst. Die zehn Sekunden laufen jetzt an.«

»Es ist in einem Bleibehälter verpackt in einem Schließfach bei der National Trust Bank. Kennwort KGB.«

Ich schaute ihn an. Kennwort KGB. Das war so billig und einfallslos und auch so zynisch, dass es gar nicht gelogen sein konnte. Zum anderen hatte er auch gar nicht mehr die Nerven dafür, mir ein Märchen zu erzählen und auf bessere Zeiten zu hoffen.

»National Trust Bank. Ein Schließfach mit dem Kennwort KGB?«, hakte ich noch einmal nach.

»Ja – ja – ja!«

Über die Taxizentrale nahm ich erneut Kontakt auf mit unserem Hauptquartier. Ich bekam Mr. High an die Strippe und setzte ihn ins Bild. Dann fiel die Spannung von mir ab. Wir hatten erreicht, was unser Ziel gewesen war: Das tödliche Material würde vom Markt verschwinden, bevor eine terroristische oder kriminelle Organisation Unheil damit anrichten konnte.

»Okay, Bazanow. Ich steige zuerst aus, damit O'Connor nicht die falschen Schlüsse zieht und auf dumme Gedanken kommt. Dann folgst du mir.«

Ich öffnete die Tür und trat an die frische Luft. Ich war so durchgeschwitzt, dass mir die Kleidung wie eine zweite Haut am Körper klebte.

»In Ordnung, O'Connor!«

Der Ire schaute kaum auf und nickte gelassen.

Bazanow taumelte ins Freie, schaffte drei Schritte und brach zusammen. Er krümmte sich, und sein Körper wurde von Weinkrämpfen geschüttelt.

»Weißt du alles, was du wissen musst, G-man?«, fragte O'Connor.

Ich nickte.

»Also hatte Ludmilla richtig spekuliert, als sie meinte, dass sich Bazanow das Material schnappen und es umlagern würde.«

Ich nickte erneut. Dann schaute ich mich zum Wagen um, in dem noch immer die Sprengstoffweste von O'Connor lag. Unberechenbar, wie er versichert hatte.

O'Connor stand auf und strich sich über das rote Haar. »Warum hast du ihn nicht im Wagen sitzen lassen?«, fragte er.

Mit einem Satz stand Bazanow wieder auf den Beinen. Gehetzt pendelte sein Blick zwischen dem Iren und mir hin und her.

»Er ist verrückt!«, keuchte Bazanow. »Er will mich umbringen, Cotton! Er hat die Million und will uns beide umbringen!«

O'Connor zog einen kleinen, schwarzen Kasten aus der Hosentasche und hielt ihn hoch. Er sah aus wie eine Fernbedienung von einem Fernsehgerät.

»Ich habe noch nie mit dem KGB zu tun gehabt«, sagte er leise. »Aber ich war von Anfang an der Meinung, dass nur Arschlöcher für den russischen Geheimdienst arbeiten. Menschen, denen es nichts ausmacht, andere zu killen, und die anfangen zu heulen wie ein kleines Kind, wenn es ihnen selbst ans Fell gehen soll.«

Bazanows Augen weiteten sich. Er schüttelte den Kopf mit wilden, unkontrollierten Bewegungen.

»Hast du auch geheult, als du Ludmillas Eltern erschossen hast?«

»Levschenko …«, stammelte Bazanow.

»Ihr beide!«

»Levschenko hatte das Kommando. Ich habe getan, was er verlangte. Ich habe immer nur …«

»Dreh dich um, Bazanow!«

Bazanow drehte sich um und schaute jetzt auf das Yellow Cab, in dem er Blut geschwitzt und sich dem Tod noch nie so nahe gewähnt hatte.

Es gab einen dumpfen Knall. Ähnlich dem, wie im TriBeCa-Bezirk im Chrysler, in dem der Blonde gesessen hatte. Diesmal breitete sich keine gelbe, sondern eine rote Nebelwolke aus, die den Wagen schnell einhüllte.

O'Connor lachte und ließ den schwarzen Kasten fallen. Wütend stellte er den Fuß darauf und zermalmte das Gerät unter seinem Absatz.

»Arschlöcher«, wiederholte er. »Wenn du mich richtig angesehen hättest, hättest du sofort erkannt, dass ich von uns allen am meisten Angst hatte. Ich hatte nicht mal eine Waffe, Bazanow, nur ein bisschen roten Nebel. Rot, um dich in deiner Nationalfarbe einfärben zu können, bevor es mich erwischte. Alle sollten wissen, in welches Lager du gehört hast und immer noch gehörst.« Er drehte den Blick in meine Richtung und grinste mich schief an. »Seit wann hast du gewusst, dass ich nur einen Haufen heißer Luft in der Hand hatte, Cotton?«

»Von dem Moment an, als du dich in aller Ruhe hier hingesetzt und dir eine Zigarette angezündet hast«, antwortete ich. »Ich dachte, du bist nicht der Typ für einen Selbstmörder. Der aber hättest du sein müssen, wenn die Bedrohung durch die Dynamitweste wirklich ernst gewesen wäre. Bei der Menge wäre der halbe Pier und natürlich auch du weggeblasen worden.«

Bazanow jaulte, fiel auf die Knie und barg das Gesicht in den Händen.

»Brauchst du mich noch, G-man?«, fragte O'Connor. Die 45er Automatic, die er Bazanow abgenommen hatte, warf er in den Staub und nahm den Aktenkoffer fest in die Hand.

»Was ist mit Ludmilla?«

»Sie weiß, wo ich bin«, sagte er dumpf. »Sie braucht etwas Glück und Männer wie dich und deine Kollegen, die sie davon abhalten, sich selbst unglücklich zu machen. Ich liebe sie, das ist richtig, aber ich konnte sie nicht abhalten. Und, verdammt, ich denke, ich hätte auch kein Recht dazu gehabt. Wie kann ein Mensch leben, wenn er sieht, dass die Männer, die seine Eltern ermordet haben, noch immer frei herumlaufen und weiterhin Elend über diese Welt ausschütten? Ich habe ihr gesagt, dass sie kein Recht zur Selbstjustiz hat, Cotton. Ich hoffe, sie wird es nicht tun. Ich hoffe, ihr könnt sie davon abhalten, euch einen Grund zu liefern, um Boris Levschenko endgültig aus dem Verkehr ziehen zu können.«

Meine Kopfhaut kribbelte. Wie hatte ich auch nur einen Moment daran glauben können, dass sie Levschenko selbst erledigte? Es hätte Ludmilla nicht über ihn, sondern auf eine Ebene mit der Nummer eins der Russenmafia gestellt. Sie hatte uns alles geliefert: Russakow, Bazanow, mehr oder weniger das Plutonium. Levschenko sollte das letzte Geschenk an uns sein. Er stand unter dem Schutz der CIA. Wir konnten nur dann etwas gegen ihn unternehmen, wenn er etwas tat, was in unseren Zuständigkeitsbereich fiel.

Ich schaute O'Connor an und schüttelte den Kopf.

»Ich brauche dich nicht mehr«, sagte ich, als der schwarze Lincoln auftauchte, mit dem Moore und seine Kollegen von der CIA zum Pier kamen. Mr. High musste sie dahingehend verständigt haben, dass sie Bazanow hier abholen konnten. Sie hatten sich verdammt beeilt. »Ludmilla weiß dich zu finden, sagst du?«

»Ja.«

»Hast du einen Grund, um dich zu verstecken?«

»Der einzige Grund wäre der, dass ich Ludmilla liebe und ihr geholfen habe, eine Katastrophe zu verhindern.«

»Dann will ich, dass du dich mit mir in Verbindung setzt, O'Connor. Später und von wo auch immer. Vielleicht gibt es noch einige Dinge …«

»Naja«, sagte er. »Später. Es wird sicher noch einige Dinge geben.«

Er packte den Koffer fester, schickte noch einen Blick zu Bazanow, drehte sich um und verschwand hinter der halb verfallenen Lagerhalle.

Ich wusste nicht, ob es ein Fehler gewesen war, ihn mit dem Geld der Russenmafia laufen zu lassen. Aber irgendwie war ich überzeugt davon, dass später niemand nach dem Geld fragen würde.

»Cotton!«

Moore war herangekommen. Er starrte auf Bazanow, dann auf das Yellow Cab, das kaum noch gelb, sondern nun rot aussah.

»Euer Mann, Moore«, sagte ich. »Für den Moment. Er hat einen Passanten erschossen. Die Leiche kann nicht mal die CIA unter den Teppich kehren. Ich werde so laut schreien, dass in Langley die Wände wackeln.«

Moore knirschte mit den Zähnen. »Weiter?«

Ich schüttelte den Kopf. »Ihr braucht nicht mehr zur Verabredung und könnt eine Million sparen. Danny O'Sullivan wird mit seinen Spezialisten das Plutonium abräumen, und um Levschenko kümmert sich in diesem Moment schon der FBI. Ich brauche deinen Wagen und schicke dir einen anderen. In der Zwischenzeit hat Bazanow dir vielleicht etwas zu erzählen.«

Er knirschte noch immer mit den Zähnen, als ich mich umdrehte und in den schwarzen Lincoln stieg, mit dem er und die beiden anderen Agenten gekommen waren.

»Wir haben ihn nicht aufhalten können, Jerry«, sagte Phil. Ich hatte den Lincoln in einiger Entfernung des Marchant Warehouse abgestellt und war den Rest gelaufen. Dabei hatte ich festgestellt, dass das Gebiet so engmaschig abgeriegelt worden war, dass nicht mal eine Spitzmaus ungesehen durchschlüpfen konnte. »Sein Wagen steht vor dem Eingang. Er muss wenige Minuten vor uns hier eingetroffen sein.«

Ich schaute hinüber zum windschiefen Eingang in das Lagerhaus, in dem man vor langer Zeit noch hochwertige Schiffsgüter aufgestapelt hatte. Die goldenen Zeiten der Seeschifffahrt waren vorbei. Viele Piers verfielen, weil man sie nicht mehr brauchte. Die Gebäude darauf vergammelten und waren ebenfalls dem Verfall preisgegeben. Niemand kümmerte sich um sie. Sie brachten keinen Profit. Was keinen Profit brachte, war in dieser Stadt uninteressant für jeden.

»Was ist mit Ludmilla?«

»Die war schon vor ihm da«, sagte Phil. »Ihr Wagen steht auf der anderen Seite. Wenn sie vorsichtig gewesen ist, kann Levschenko sie nicht überrascht haben. Wir haben bislang nichts unternommen, sondern auf dich gewartet. Der Chef wollte es so. Er wird jeden Moment eintreffen.«

Ich nickte und legte Phil die Hand auf die Schulter. »Du weißt, was dort drinnen passieren wird?«

»Ich weiß es nicht, aber nach all dem, was sie bislang getan hat, hat sie sich nicht mit Levschenko getroffen, um ihn zu erschießen. Richtig?«

Ich nickte.

»Wir haben von der Hafenverwaltung einen alten Grundriss des Lagerschuppens, Jerry. Er ist mit dicken Betonmauern unterkellert, und es gibt sogar einen Tresorraum. Ein paar Leute erinnern sich daran, dass hier vor einigen Wochen gearbeitet wurde. Natürlich hat sich keiner darum gekümmert.«

»Levschenko hat einen neuen Tresor für sein Teufelszeug einbauen lassen«, sagte ich. »Der ist zwar leer, aber das weiß er noch nicht. Dort unten wird er sich mit Ludmilla getroffen haben.«

Phil deutete auf die Grundrisszeichnung. »Es gibt zwei

Lüftungsschächte. Beide breit genug, dass es einem Mann gelingen kann, sich nach unten abseilen zu lassen.«

Ich schaute mir die Sache auf der Zeichnung an. Beide Schächte mündeten in dem ehemaligen Tresorraum des Schuppens.

»Wie viel Zeit brauchst du?«, fragte ich.

»Ich habe alles vorbereiten lassen. Zehn Minuten, wenn es nicht zu Komplikationen kommt. Zeery und Steve Dillaggio halten mich am Seil und lassen mich nach unten. Joe Brandenburg kann über den anderen Schacht hinunter. Dann wären wir zu dritt. Aber ich glaube nicht, dass das reicht. Ich denke, wir müssen ihn überraschen. Zweimal, Jerry. Einmal, indem einer von uns hinuntergeht und dann, wenn er nicht damit rechnet, noch jemand auftaucht. Ich habe mit dem Feuerwerker gesprochen. Es wird nicht schwierig, aber es ist keine Garantie. Verstehst du?«

»Ja«, sagte ich. »Das Leben ist nun mal ohne Garantie, Phil. Aber mit einem guten Partner hat man wohl eine Chance, es zu strecken. Zehn Minuten?«

»Darauf können wir uns einigen, ja.«

»Auf was warten wir dann noch?«

Das war der Moment, in dem Mr. High eintraf, den man mit einem Helikopter gebracht und irgendwo außer Hör- und Sichtweite abgesetzt hatte.

»Sie tun, was Sie tun müssen«, sagte der Chef. »Das Warum und Weshalb lese ich später in Ihrem Bericht. Ich bin nur hier, um meine G-men vor einigen CIA-Größen abzuschirmen, die auch jeden Moment auftauchen können und die natürlich alles besser wissen wollen. Möglich, dass sie Levschenko und die ganze Russenbande länger kennen als wir, aber nicht besser. Okay?«

Ich nahm die Hand, die mir Mr High entgegenstreckte.

»Ich weiß, was auf dem Spiel steht, Jerry«, sagte Mr. High. »Seien Sie dennoch vorsichtig. Sie auch, Phil. Der FBI braucht Männer wie Sie.«

Ludmilla hatte sich nicht von Levschenko überraschen lassen. Sie hatte ihn erwartet und festgestellt, dass sich der Mörder ihrer

Eltern so sicher fühlte, dass er nicht mal Vorsichtsmaßnahmen getroffen hatte.

Wozu auch? Er kannte sie nicht und wusste nicht, welche Gefahr von ihr ausging. Er hielt sie für einen Parasiten, der sich in sein Geschäft hängen wollte. Während seiner Laufbahn beim KGB hatte er es gelernt, zuerst mit Parasiten zu verhandeln, sie dann in Sicherheit zu wiegen und sie schließlich zu erledigen.

So hatte sich Levschenko das vorgestellt.

Jetzt stand er seit einigen Minuten regungslos von dicken Betonmauern umgeben in dem kleinen Raum und schaute in den Lauf der Kalaschnikow, mit der Ludmilla auf ihn zielte.

Sie hockte an der gegenüberliegenden Wand. Ihre Augen waren kalt wie der sibirische Winter. Obgleich sie auf den ersten Blick locker und entspannt wirkte, wusste Levschenko doch, dass er sie nicht überraschen konnte.

Jetzt noch nicht.

»Wie lange soll das noch dauern, Genossin?«, fragte er.

»Ich will dich anschauen, Levschenko«, sagte Ludmilla. »Sehr lange und gründlich. Du sollst mich anschauen. Auch sehr lange und sehr gründlich.«

Levschenko zuckte mit den Schultern. »So können wir keine Geschäfte machen, Genossin.«

»Wo ist das Geld?«

»Wo sind die Papiere?«

»Hier«, sagte Ludmilla und deutete auf die flache Aktentasche, die vor ihren Füßen im Staub lag. »Die Hälfte für eine Million. Die andere Hälfte erhältst du, wenn du die zweite Million bezahlst. War es nicht so abgesprochen?«

Levschenko schüttelte den Kopf. »Es war noch nichts abgesprochen.«

»Warum sind wir dann hier?«

»Um zu reden.«

»Gut.« Ludmilla drückte den Rücken gegen die Betonmauer und richtete sich auf.

»Nicht, solange du die Waffe auf mich richtest, Genossin.«

»Nur so kann man mit dir reden, Levschenko. Nur so und von

Angesicht zu Angesicht. Es ist gefährlich, dir den Rücken zuzuwenden.«

»Jemand scheint schlecht über mich gesprochen zu haben, Genossin.«

»Nenn mich Ludmilla. Das ist mein Name.«

»Jemand scheint schlecht über mich gesprochen zu haben, Ludmilla«, wiederholte Levschenko, und Ludmilla stellte fest, dass die Fassade des Mörders zu bröckeln begann. Für einen Mann wie ihn musste es fürchterlich sein, vor dem Lauf einer Kalaschnikow zu stehen, die eine Frau auf ihn richtete.

»Ich glaube nicht an Dinge, die mir jemand über einen anderen berichtet«, sagte Ludmilla ruhig. »Ich glaube nur mir selbst und das, was ich gesehen habe.«

Levschenko runzelte die Stirn, und seine Augen zogen sich zu schmalen Schlitzen zusammen. »Willst du damit sagen, dass wir uns kennen?«

»Wir sind uns schon oft begegnet, Levschenko. Wir haben zusammen gespielt, haben zusammen gelacht. Du erinnerst dich nicht mehr. Es sind so viele Dinge geschehen, und ein Mensch kann sich nicht alles merken.«

Er konnte nicht mehr stillstehen, sondern scharrte mit den Füßen unruhig im Dreck, der sich daumendick am Boden gesammelt hatte.

»Wer bist du, und was willst du, Ludmilla?«

»Das weißt du selbst.«

Zum ersten Mal eierte ihre Stimme etwas. Einem aufmerksamen und erfahrenen Zuhörer wie Levschenko musste auffallen, dass sie etwas genommen hatte, bevor sie aufgebrochen war.

Er bemerkte es und verriet es, als ein Ruck durch seinen Körper lief.

»Mach dir keine falschen Hoffnungen, Levschenko«, sagte Ludmilla wieder ruhig. »Ich nehme das Zeug schon lange. Eines Tages, als mir bewusst wurde, dass es dich noch immer gibt und niemand dich bestrafen wird, habe ich es nehmen müssen, um weiterleben zu können. Jetzt brauche ich es nicht mehr. Ich habe dich gefunden.«

Levschenko nickte. Seine Gedanken jagten sich. Es war sinnlos. Ein Mensch, der sich so viele Feinde gemacht hatte wie er, vergaß hin und wieder einen. Auf jeden Fall konnte er sich nicht an sie erinnern. Auch nicht, als er die Gedanken sehr weit zurückschweifen ließ.

»Du willst mich bestrafen?«

Ludmilla nickte.

»Mich erschießen?«

Ludmilla schüttelte den Kopf. »Dich verlieren lassen, Boris Levschenko«, antwortete sie. »Dich das größte Spiel deines Lebens verlieren lassen. Das wird dich langsamer und nicht so human töten wie eine Garbe aus einer Kalaschnikow.«

Sie waren hier unten so beschäftigt gewesen, dass sie mich nicht gehört hatten. Levschenko rechnete mit keinem Besuch, also hatte er sich voll auf Ludmilla konzentriert. Ludmilla rechnete zwar mit Besuch, aber sie wusste, dass wir nicht gegen sie vorgehen würden, solange sie die Waffe auf Levschenko gerichtet hielt.

Ich konnte Levschenkos Gesicht nicht sehen, aber ich sah Ludmilla. Irgendetwas hatte sie auf mich aufmerksam gemacht. Ganz kurz hob sie den Blick, sah mich und konzentrierte sich wieder auf Levschenko. Und irgendwie hatte es den Anschein, als packe sie die Kalaschnikow von diesem Moment an fester.

»Ich verstehe dich nicht«, sagte Levschenko.

»Sie meint, du stehst mit leeren Händen da, Levschenko«, sagte ich ruhig. »Du hast nichts außer einem Haufen großer Träume, die sich nicht erfüllen.«

Er wirbelte zu mir herum. Seine Augen waren weit aufgerissen.

»Wer ist das?«

»Mein Partner«, sagte Ludmilla.

Es war ihr deutlich anzusehen, wie erleichtert sie war. Sie hatte sehnsüchtig auf mich oder einen anderen vom FBI gewartet, um ihren letzten Coup, Levschenko zum Strauchelen zu bringen, abschließen zu können. Sie sah bleich aus und erschöpft. Der lange Weg, den sie seit jener kalten Winternacht in Russland gegangen war, hatte ihre Kräfte aufgezehrt und sie müde werden lassen.

»Ein Partner, auf den man sich verlassen kann«, sagte ich. Ich lächelte Ludmilla an und versuchte ihr damit zu zeigen, dass alles in Ordnung war, dass sie sich über nichts mehr sorgen musste als um sich selbst.

Levschenko grinste. Unsicher, aber er versuchte es geschickt zu überspielen. »Auf den man sich verlassen kann, weil er eine Waffe trägt?«

»Weil er kein Verräter ist, Boris Levschenko. Nicht wie Russakow, nicht wie Jurij Bazanow.«

»Bazanow?«

»Er hat dir eine Million gestohlen und einen amerikanischen Bürger erschossen. Einen harmlosen Passanten. Ich habe ihn kennen gelernt. Er ist kein großer Schweiger.«

Zum ersten Mal zuckte er zusammen. Sein Blick pendelte verständnislos zwischen Ludmilla und mir hin und her.

Ich musste ihn hinhalten. Bevor etwas passierte, vergingen noch einige Minuten, wenn ich Pech hatte. Mit etwas Glück geschah es schneller. Phil hatte es in der Hand, und wenn es geschah, würde es auch mich überraschen.

Ich deutete auf den in Boden und Wand eingelassenen schweren Tresor. Ein neues Modell. Um den anzubringen, hatten sie vor einigen Wochen hier gearbeitet. Levschenko hatte ein Modell mit dicker Ummantelung gewählt, um sicherzugehen, dass keine Strahlung nach außen treten konnte. Hier drinnen hatte er das verdammte Plutonium deponiert gehabt. Jeder Zweifel war ausgeschlossen.

»Der Kasten ist leer, Levschenko.«

Zum zweiten Mal zuckte er zusammen, während ein erleichtertes Lächeln über Ludmillas Gesicht huschte.

»Dann war es nicht umsonst«, sagte die schöne Russin.

»Es war nicht umsonst«, bestätigte ich. »Deine Spekulation war richtig. Es war auch richtig, uns Bazanow zuzutreiben. Er war für uns der wichtigere Mann, denn er hat diesen Tresor ausgeräumt und alles in ein Schließfach bei der National Trust Bank deponiert. Kennwort KGB.«

Levschenko musste lachen. Schweißtropfen traten auf seine Stirn und rollten wenig später über sein angespanntes Gesicht.

»Unsinn!«

Ich schüttelte den Kopf. »Du weißt verdammt genau, dass es kein Unsinn ist. Bazanow hat dir nicht getraut und uns damit in die Karten gespielt. Es ist aus, Levschenko. Du hast nichts mehr in der Hand, was dich für den amerikanischen Geheimdienst interessant macht. Sie lassen dich fallen. Mitten in einem großen Gerichtssaal mit einer Jury, die dich auf den Stuhl schickt oder für so lange hinter Gitter, dass du das Gefängnis nur in einem Sarg wieder verlassen wirst.«

»Wer bist du?«

»G-man Jerry Cotton.«

Er spuckte aus. Sein Atem ging schwer, und sein Blick folgte mir, als ich mich so weit in den Raum hineinschob, dass ich neben Ludmilla stand. Drei Yards entfernt, um sie nicht nervös zu machen.

»Du hast das alles gewusst?«, wandte er sich an Ludmilla.

»Ich habe es gehofft«, antwortete sie.

»Dann hast du dich hier mit mir getroffen, um mich zu töten?«

»Um sicherzustellen, dass du deiner Strafe auf keinen Fall mehr entgehen kannst.«

Levschenko lachte irr und rieb sich die Schweißtropfen von der Stirn.

»Sie hat nur darauf gewartet, bis sie einen Zeugen hat«, sagte ich. »Sie will sich von dir töten lassen, Levschenko. Das erscheint ihr der sicherste Weg, um Rache zu nehmen, ohne sich an dir die Hände schmutzig zu machen.«

»Rache? Wofür, verdammt?«

»Für ihren Vater und ihre Mutter, die von dir und Bazanow erschossen wurden. Kaltblütig und heimtückisch.«

Es tat ihr weh, ich wusste es. Aber solange ich redete und das alles wieder in ihr aufwühlte, war sie hoffentlich so sehr mit sich selbst beschäftigt, dass sie nichts unternahm.

»Ludmilla …«

»Ludmilla Kosnevchek, die Tochter des Mannes, der einmal dein Freund war, Levschenko. Oberst Wladimir Kosnevchek.«

Seine Augen weiteten sich noch mehr, und er stieß einen lang gezogenen Klageton aus.

Ludmilla wich einen Schritt zurück. Ihre Hände umkrampften die Kalaschnikow so fest, dass die Knöchel der Handgelenke weiß hervortraten.

»Ludmilla …«

Sie warf mir einen schnellen Blick zu und schüttelte den Kopf.

»Es wird nicht reichen, Jerry«, sagte sie. »Sie werden ihn erneut in Watte legen. Sie werden ihn nicht bestrafen, sondern belohnen. Er findet einen Weg.«

»Es gibt keinen Weg mehr für ihn«, sagte ich dumpf. Jeder Muskel in meinem Körper war angespannt. Ich war mir nicht ganz sicher, aber ich glaubte, ein leises Geräusch gehört zu haben. Aus dem rechten der beiden Lüftungsschächte, die dicht nebeneinander in der Decke dieses Betonkellers mündeten.

»Er wird einen Weg finden«, wiederholte Ludmilla. »Ich muss es tun und …«

Sie hob die Kalaschnikow und feuerte eine Garbe in die Decke. Mit der nächsten Bewegung, die viel zu schnell erfolgte, als dass ich es hätte verhindern können, warf sie Levschenko die Kalaschnikow zu, sprang zurück und stellte sich mit dem Rücken an die Betonmauer.

Wie ein Delinquent, der die tödlichen Schüsse erwartete. Sie hatte die Augen geschlossen und konnte nicht sehen, dass Levschenko die Kalaschnikow mit beinahe traumwandlerischer Sicherheit aus der Luft fischte, die Waffe hob und herumwirbelte.

Im selben Sekundenbruchteil stieß ich mich mit aller Kraft vom Boden ab. Ich flog auf Levschenko zu und wusste doch genau, dass ich ihn mit diesem Sprung unmöglich erreichen konnte. Dazu stand er mindestens einen Yard zu weit von mir entfernt. Ich wollte ihn ablenken, er sollte sich auf mich konzentrieren und zuerst auf mich schießen, bevor er sich wieder Ludmilla zuwandte.

Ich befand mich noch im Flug, als es einen ohrenbetäubenden Knall gab, als ein irrsinnig heller Blitz meine Augen traf und mich blendete.

Levschenko schoss. Ich hörte die Garbe aus der Kalaschnikow noch durch den Raum peitschen, bevor ich endgültig abstürzte.

Es konnten kaum mehr als einige Sekunden verstrichen sein, bevor ich wieder in die Gegenwart tauchte.

»Alles in Ordnung!«, schrie Phil.

Zuerst hatte er die Blendgranate durch den einen Lüftungsschacht nach unten fallen lassen, dann war er in den anderen gesprungen. Zeery und Steve Dillaggio hatten seinen Sturz beinahe haargenau über dem Boden mit dem Seil abgefangen, das er um sich gewickelt hatte. So hatte er die Situation augenblicklich beherrschen können. Dann war Zeery ihm durch den anderen Lüftungsschacht gefolgt. Joe Brandenburg, einige andere Kollegen und Mr. High hatten den Weg genommen, den ich selbst zuvor gekommen war.

»Jerry?«

Ich drehte mich auf die Seite. Mein Kopf dröhnte, vor meinen Augen tanzten noch feurige Kreise. Die Personen um mich herum konnte ich zuerst nur als Schatten wahrnehmen. Dann kehrte das Sehvermögen zurück.

Ich konnte aufstehen. Meine Knie waren noch etwas weich, aber es gelang mir, zu Ludmilla zu gehen, die vor der Betonwand kniete und mich aus weit aufgerissenen Augen anstarrte. Mich. Für Levschenko, um den sich Zeery und einige Kollegen kümmerten, hatte sie keinen Blick.

Ich ließ mich neben ihr im Staub nieder, schlang meinen Arm um sie und zog sie behutsam an mich. Sie bettete ihr Gesicht an meiner Schulter und weinte.

»Er wird einen Weg finden, Jerry«, murmelte sie.

»Wenn Sie einem G-man nicht glauben, Miss«, meldete sich Mr. High, »dann glauben Sie einem älteren Herrn, der nichts mehr hasst, als lügen zu müssen. Es gibt für einen Menschen wie Levschenko keinen anderen Weg mehr als den, der in eine Gefängniszelle führt.«

Sie hob den Kopf von meiner Schulter, drehte sich um und schaute Mr. High an. »In eine Gefängniszelle?«

»Das habe ich gesagt, und das wird auch geschehen. In eine Gefängniszelle. Von dort aus vielleicht in den Raum, in dem der elektrische Stuhl steht.«

»Und wenn das nicht geschieht?«

»Dann wird jemand den Schlüssel zu seiner Zelle wegwerfen«, sagte Phil.

Ludmilla bettete den Kopf wieder an meiner Schulter, und ich musste sie festhalten, weil ihr Körper von Weinkrämpfen geschüttelt wurde. Ich streichelte ihr dunkles, langes Haar.

Für uns war es vorbei. Für Ludmilla nicht. Die Bilder, die sie als Kind in jener kalten Winternacht gesehen hatte, würden sie in ihren Träumen weiterhin verfolgen.

So etwas endete nie.

ENDE

Das Horror-Weekend

SAMSTAG 20 UHR 10 ORTSZEIT
South Brooklyn Heights
Ecke Pierrepont Place

Tony Mollard hatte sich in seinem Leben schon mit Händen und Füßen gewehrt, mit Messern, Baseballschlägern, mit Pistolen und anderen Dingen, die jede Menge Krach machten. Abgesehen von ein paar Beulen, Schrammen, Stich- und Schusswunden hatte er seinen Hintern aber immer in Sicherheit bringen können.

In dieser Nacht jedoch, in der Wohnung von Archie Hamper, wo am Wochenende all die kleinen Schweinereien ausgekungelt wurden, die es während der nächsten Tage zu erledigen galt, hätte es wohl keinen Ausweg für Mollard gegeben und er hätte sein Leben im zarten Alter von sechsunddreißig Jahren, von denen er sechzehn Jahre im Knast zugebracht hatte, unweigerlich ausgehaucht, wenn er nicht die kaputten Nieren gehabt hätte, die ihn dazu zwangen, alle naselang pinkeln zu müssen.

Mollard hatte die Tür des stillen Örtchens, das sich am Ende des Flurs, nahe der Wohnungseingangstür, befand, gerade hinter sich zugezogen, als die Wohnungstür aufgerammt wurde und krachend gegen die Seitenwand des Ganges flog.

Die kleine Glasscheibe im oberen Drittel der Tür ging zu Bruch. Mollard hörte das Klirren von Glas, dann die schweren Schritte einiger Männer und schließlich das Kommando: »Los jetzt, Jungs!«

Mollard erkannte die Stimme. Er wusste genau, was dieser Satz bedeutete. Er war das ultimative Todesurteil für die Männer, die sich in Archie Hampers Wohnzimmer aufhielten und Mollards Freunde waren. Wenngleich »Freunde« etwas zu hoch gegriffen war für die Beziehung der Männer untereinander.

Geschäftspartner wäre zutreffender gewesen.

Der Schreck fuhr Tony Mollard so sehr in die Glieder, dass er sich zuerst einmal in die Hosen pinkelte, was er wegen seines Schockzustands jedoch kaum bemerkte. Er fühlte es lediglich warm an den Beinen hinabrinnen. Dann hörte Mollard auch schon die Schreie seiner Geschäftspartner und das Tackern der automatischen Waffen, das die Schreie weniger werden und schließlich verstummen ließ.

»Benzin!«, schrie jemand.

Der Spritgeruch, der sich rasend schnell ausbreitete, stieg Mollard unangenehm in die Nase.

»Alles liegen und stehen lassen!«

Die Schritte der Männer – Mollard schätzte, dass es vier waren – klangen wieder auf. Diesmal in die andere Richtung, was eindeutig darauf hinwies, dass sie im Begriff standen, die Wohnung wieder zu verlassen.

Mollard zitterte so sehr, dass er sich am Wasserrohr festhalten musste.

»Zwei Handgranaten, und dann weg! Das war ausgezeichnete Arbeit, Jungs!«

Mollard biss die Zähne zusammen, die plötzlich zu klappern begonnen hatten. Automatisch duckte er sich und warf einen sehnsüchtigen Blick zu dem kleinen Fenster hinauf, das auf einer Dachschräge mündete.

»Keinen vergessen?«

»Keinen!«

»Okay, raus dann!«

Zwei Sekunden verstrichen, vielleicht waren es auch drei – Mollard hatte alles Zeitgefühl verloren –, dann erfolgten die Explosionen der Granaten, und das vergossene Benzin entflammte.

Die Explosion riss ein paar Wände ein und ließ auch die Toilettentür nach innen fliegen. Der Raum war viel zu klein, als dass Mollard ihr hätte ausweichen können. Sie traf seinen Kopf, schleuderte ihn gegen die Wand und ließ ihn zu Boden gehen.

Er wusste nicht, wie lange er bewusstlos und paralysiert auf den schmierigen Fliesen vor der Schüssel gesessen hatte. Er kam eigentlich erst wieder zu sich, als sich das Feuer schon durch den Gang gefressen hatte und fauchend ins stille Örtchen einbrach. Eine Feuerwalze, die alles überrollte, was sich ihr in den Weg stellte.

Mollard reagierte instinktiv und richtig.

Er stellte sich auf die Brille. Mit der Faust schlug er die Scheibe des kleinen Fensters ein. Als er mit beiden Händen in den Rahmen griff und sich nach oben zog, qualmten ihm sprichwörtlich schon die Socken und eines seiner Hosenbeine hatte Feuer gefangen.

Mollard zog sich durch das kleine Fenster auf das Dach hinauf, holte sich dabei tiefe Schnittwunden und konnte sich auf der Dachschräge nicht halten. Die Ziegel waren glatt wie Schmierseife, nachdem der Regen der letzten Tage den trockenen Dreck in eine dunkle Paste verwandelt hatte.

Mollard spürte das Abgleiten.

Sein vorläufig letzter Gedanke war der, dass er schon tiefere Abstürze überlebt hatte als diese lächerlichen zwanzig Fuß, die sich zwischen dem Rand des Daches und der ungepflegten Hinterhofrasenfläche befanden.

Als er aufwachte, glaubte er im ersten Moment, im Himmel zu sein. Alles um ihn herum war hell und weiß. Dann erinnerte er sich daran, dass die meisten Krankenhauszimmer so aussahen, wenn man nicht als Privatzahler in einer Art von Hotelkammer mit allem nur erdenklichen Luxus untergebracht wurde.

Die Gestalten in weißen und grünen Kitteln, die wie Irrwische um ihn herumsprangen, identifizierte Mollard mit dem zweiten Augenaufschlag als Schwestern und Ärzte. Er sah die Maschinen, die den Tisch umstanden, im kalten Licht der OP-Lampen tückisch glitzern.

Auf einen Schlag kamen die Schmerzen, die ihn beinahe umbrachten. Er riss den Mund auf und stieß einen jämmerlichen Schrei aus.

Sofort standen zwei Gestalten in Weiß rechts und links neben ihm und redeten beruhigend auf ihn ein. Mollard verstand nicht ein Wort von dem, was sie sagten. Er spürte einen feinen Stich in der Armbeuge. Ein Mann im grünen Kittel, mit einer grünen Kopfhaube und einer weißen Gazemaske vor dem Mund, beugte sich tief zu ihm hinab.

»Ist gleich vorbei, Mister«, sagte er. »Noch einen kleinen Moment durchhalten, dann spüren wir gar nichts mehr.«

Idiot!, dachte Mollard. Du spürst doch ohnehin nichts. Was soll das Scheißgerede? Willst du mir nun helfen oder mich über den Jordan springen lassen? Arschloch! Das haben die mit den UZIs und den Handgranaten nicht mal geschafft. He, Mann, gib dir keine Mühe. Entweder habe ich Sterbeverbot oder das ewige Leben.

»Fühlen wir uns jetzt schon besser und leichter, Mister?«, fragte der Mann im grünen Kittel.

Und ob sich Mollard besser und leichter fühlte.

Er hatte das Gefühl, seine irdische, leidende Hülle verlassen zu haben und frei im Raum zu schweben. Hoch genug, dass er jedem auf den Kopf spucken konnte. Dann gab es einen fürchterlichen Knall in seinem Kopf. Er stürzte ab und landete in bodenloser Bewusstlosigkeit.

SAMSTAG 20 UHR 17 ORTSZEIT
Little Italy
Spring Street

Giuseppe Baresi wurde fünfzig Jahre alt, was ihm wie ein kleines Wunder oder als besonderes Geschenk Gottes erschien.

Als er zwanzig gewesen war, hatten sie ihm wegen irgendeiner tückischen Krankheit noch ein halbes Jahr gegeben. Eine Fehldiagnose, die der alte Doktor auf Sizilien nicht überlebt hatte. Er war an Baresis 21. Geburtstag gestorben. An einer Überdosis Blei aus der Lupara, die ein Bauernjunge aus der Gegend abgefeuert hatte, dem der Doktor auf die Welt geholfen und dem er mit einer Notoperation schon einmal das Leben gerettet hatte. Aber das war nichts im Vergleich zu Baresis Befehl: Leg den Quacksalber um, bevor er mit seinem Unwissen noch mehr Unheil über die Welt ausschüttet!

Zweimal war er den Agenten der Squadre Mobile entwischt, wobei die Polizeitruppe drei Opfer zu beklagen gehabt hatte.

Damals war Baresi dreißig Jahre alt gewesen.

Zwei beziehungsweise vier Jahre später hatte die Konkurrenz versucht, ihn mit unter dem Wagen angebrachten Sprengladungen zu erledigen. Dabei hatte es einen Freund erwischt, dem er den Wagen ausgeliehen hatte, und ein Cop war ums Leben gekommen, als man den Wagen, der im Halteverbot gestanden hatte, abschleppen wollte.

Jetzt, o Wunder, konnte Giuseppe Baresi auf ein halbes Jahrhundert zurückblicken. Nachdem er dieses gesegnete Alter erreicht hatte, hatte Baresi beschlossen, die Hundert anzugehen.

An diesem Samstagabend feierte er zusammen mit sieben seiner besten Freunde – er nannte sie so, obgleich er jedem von ihnen misstraute – in einem Hinterzimmer der Pizzeria Calzone, die ihm selbst gehörte und die als Geldwaschanlage schon einmal eine unrühmliche Rolle gespielt hatte.

Damals, vor zehn Jahren, hatte man ihn wie einen gewöhnlichen Verbrecher vor Gericht geschleppt, in erster Instanz zu zwanzig Jahren verurteilt und in zweiter Instanz wegen lapidarer Verfahrensfehler freigesprochen, weil der FBI auf unrechtmäßige Weise Beweise gesichert hatte. Die Unrechtmäßigkeit hatte darin bestanden, dass ein junger FBI-Agent die Schublade von Baresis Nachttisch geöffnet hatte, ohne einen Durchsuchungsbeschluss in der Tasche gehabt zu haben. Neben einer Waffe, mit der schon drei Menschen erschossen worden waren, hatte er auch wichtige Geschäftsunterlagen gefunden.

Zum Teufel, dachte Baresi an diesem Abend. Wer das alles überstanden hat, ist unsterblich.

Dass er in der Pizzeria Calzone mit seinen engsten Mitarbeitern und Geschäftsfreunden vorfeierte, bevor er in den Schoß der wartenden Familie zurückkehrte und dort das Fest richtig begann, war Tradition. Er tat es seit fünf Jahren mit steter Regelmäßigkeit.

Erst das Geschäft, dann die Familie.

Die Jungs hatten eine Überraschung für ihn vorbereitet. Sie nannten es noch Überraschung, obgleich es jedes Jahr das gleiche Spektakel und damit eigentlich keine Überraschung mehr war. Oder doch nur insofern eine Überraschung, was die Haarfarbe der nackten unmusikalischen Schönen anging, die einem riesigen Kuchen aus Pappe entstieg und dann »Happy Birthday, Don Baresi« miaute.

Baresi schaute schon gelangweilt zur Uhr, als es an diesem Abend doch eine Überraschung gab. Diesmal ging das Licht aus! Nur die wenigen Kerzen, die auf dem Tisch standen, und die Funken sprühenden Wunderkerzen auf der Riesenpapptorte, die jetzt in das Nebenzimmer geschoben wurde, verbreiteten ihr Licht.

Ein erhabener Anblick, der Don Baresi an seinem 50. Geburtstag doch beinahe die Tränen der Rührung in die Augen getrieben hätte.

»Mille grazie«, stammelte der Don. »Mille grazie. Wirklich sehr …«

Dann unterbrach er die Rede, weil ihm auffiel, dass in der Pizzeria ebenfalls das Licht gelöscht worden war, was vorher auch noch niemals der Fall gewesen war.

Bevor sich Don Giuseppe Baresi wirklich darüber wundern konnte, flog das Funken sprühende Oberteil der Papptorte weg.

Anstatt der formvollendeten nackten Brünetten, Schwarzhaarigen oder Blonden erschien ein Mann mit Schlapphut und einem eleganten Glitzerjackett, der eine altmodische Tommy-Gun in beiden Händen hielt.

Während die Waffe in seinen Händen tanzte und er Don Giovanni Baresi mit seinen Geschäftsfreunden in die Hölle mähte, sang der Schütze aus voller Kehle: »Happy Birthday, Don Baresi!«

Im Hof der Pizzeria fand man den Lieferwagen des Betriebes, der sich auf aus Kuchen steigende nackte Frauen spezialisiert hatte. Der Fahrer hing blutend über dem Steuer. Die junge Blondine, die dem Don diesmal das Geburtstagsständchen hatte überbringen sollen, war mit zwei Schüssen aus kurzer Distanz getötet worden.

Im amtlichen Bericht war später zu lesen, dass die beiden auf der Stelle tot gewesen seien.

Aber davon hatten sie natürlich auch nichts mehr, und es war wenig Trost für die trauernden Hinterbliebenen.

SAMSTAG 20 UHR 22 ORTSZEIT
Lower West Side
Sixtieth Street Terminal (Conrail)

Die Verhandlungen verliefen außerordentlich zähflüssig und feindselig, sodass Bruno Mancuso, der Consiliere von Antonino Buscetta, mit den Irakern nicht ins Reine kommen konnte.

Dabei waren deutliche Absprachen getroffen worden. Versteckt in einer Ladung aus Heringsfässern, die laut Ladepapieren aus Rotterdam kamen, lagerten in einem Wagon auf einem Abstellgleis des Sixtieth Street Terminal Conrail zwanzig Kilo reines Heroin. Mancuso hatte den großen Geldkoffer mitgebracht, und die Iraker brauchten ihm nur noch zu sagen, in welchem Fass sich die Ladung befand, die von den Junkies der Stadt sehnsüchtig erwartet wurde.

Es hatte einen Engpass in der Versorgung gegeben, und den Dealern hing von der hektischen Suche nach Stoff schon die Zunge aus dem Hals.

Die Stimmung in Chinatown, wohin das Zeug geschafft und verschnitten werden sollte, bevor es an die Verteiler ging und damit den Abnehmer auf der Straße erreichte, war explosiv wie eine Methangaswolke.

Die verdammten Iraker hatten früh genug Wind von dem Heroinnotstand bekommen und den Kilopreis von einer Minute auf die andere um beinahe ein Drittel erhöht.

Gegen alle Absprachen.

Aber was bedeuteten schon Absprachen, wenn die Not an die Tür klopfte und Antonino Buscetta den Stoff brauchte, um seinen Verpflichtungen nachzukommen?

Dass den Irakern der Tipp telefonisch durchgegeben worden war, von einem angeblichen guten Freund, davon hatten die Burschen mit den unaussprechlichen Namen natürlich kein Wort gesagt. Sie verlangten den Aufschlag, oder Buscetta konnte die Ladung in den Wind schreiben.

Das war der Grund, warum sich Buscetta mit drei anderen Männern auf den Weg zum Terminal machte. Er brauchte den Stoff, und er traute sich zu, den Preis noch drücken zu können.

Es ging nicht um Kleingeld.

Aber auch wenn es darum gegangen wäre, hätte sich Buscetta auf den Weg gemacht. Sein Aufstieg aus der Gosse ans Licht war dornenreich verlaufen. Wenn er sich an seine Jugend erinnerte, dann in erster Linie daran, dass es immer um Geld gegangen war, das gefehlt hatte, um die Versorgung der Familie sicherzustellen. Kleingeld im Vergleich zu dem, womit Buscetta heute seine Familie verwöhnte, die zum großen Teil immer noch in einem kleinen Dorf auf Sizilien wohnte.

Als er den Lagerschuppen betrat, in dem die Verhandlungen mit den Irakern stattfanden, schlugen die Wellen hoch, und die Iraker standen kurz davor, aus der Gegend zu verschwinden. Angeblich hatten sie Abnehmer genug, die einen besseren als den mit Buscetta ausgehandelten Preis bezahlten.

Buscetta erschien also gerade im richtigen Moment, schlichtete zuerst einmal den Streit und entschuldigte sich für seinen Consiliere, der die Iraker nicht gerade mit den allerfeinsten Namen bedacht hatte. Dann setzte er sich mit den Burschen allein an einen Tisch, während die anderen im strömenden Regen vor der Lagerhalle warteten und sauer waren.

Buscetta brauchte eine halbe Stunde. Dann hatte er die beinahe dreißig Prozent, die die Iraker mehr für ihren Stoff verlangten, auf zwölf Prozent heruntergeschraubt. Mit der Zusicherung, ihnen auch in guten Zeiten, wenn es genug auf dem Markt gab, einen guten Preis zu zahlen.

In Wirklichkeit jedoch dachte er nicht daran, noch einmal mit den Muselmännern aus dem Irak Geschäfte zu machen. Er hatte eigentlich auch nicht vor, sie zu bezahlen. Sicher, er würde ihnen das Geld jetzt und hier ausbezahlen und sich von den beiden dann im Wagon das richtige Fass anweisen lassen. Aber danach, zum Teufel, würde er sie zu Allah schicken, um wieder an das Geld zu kommen.

Über den Ärger, der aus einem solchen Vorgehen zwangsläufig resultierte, wollte Buscetta erst dann nachdenken, wenn der Ärger begann.

Er verließ zusammen mit den Irakern die Lagerhalle, duckte sich unter dem strömenden Regen, und auf dem Weg zu dem richtigen Wagon setzte er sich an die Spitze. Die Iraker und seine eigenen Leute, vier an der Zahl, folgten ihm wie einem Leithund.

Wie sollten sie auch wissen, dass Buscetta sie allesamt ins Verderben führen würde?

Nicht weil er es wollte – er hatte selbst keine Ahnung davon, dass sein Leben nur noch wenige Augenblicke währte –, sondern weil jemand anderer es wollte.

Um reinen Tisch zu machen und die Angst in New York erblühen zu lassen wie eine kostbare, wunderschöne Orchidee, war es nun mal notwendig, Buscetta abzuservieren.

Genau wie Baresi und Archie Hamper und seine Leute.

Der Vollstrecker saß in einer alles überragenden Krankabine, vielleicht hundert Yards vom Ort des Geschehens entfernt. Über ein starkes Nachtglas konnte er jede Bewegung der Delegation überwachen. Um die ganze Sippschaft aus der Welt zu blasen, brauchte er nur auf einen Knopf zu drücken.

Das tat er um genau 20 Uhr 22, als Buscetta, Mancuso, drei weitere Mafiosi und die beiden Iraker den Wagon mit der Ladung erreichten und einer von Buscettas Leuten gerade die Schiebetür öffnete.

Mit einem Riesenfeuerblitz und einem ohrenbetäubenden Knall flog der Wagon plötzlich in die Luft.

Vielleicht sahen die Männer noch den Feuerblitz, vielleicht hörten sie sogar noch den Knall, aber dass damit ihr Tod eingeläutet wurde, das begriff keiner mehr.

Laut Polizeibericht war es eine mühselige Arbeit gewesen, die getöteten Personen anhand dessen zu identifizieren, was von ihnen übrig geblieben war.

Zwei Personen, die Iraker, sollten niemals identifiziert werden, auch wenn später doch noch bekannt wurde, dass die Knaben angereist waren, um Amerika mit Heroin zu vergiften, nachdem es dem großen Krieger Saddam Hussein nicht gelungen war, die amerikanischen Teufel im Krieg zu besiegen.

»Mr. Mollard möchte nicht gestört werden«, sagte die Schwester, als Phil und ich uns nach der schrecklichen Nacht im Krankenhaus einfanden und uns nach Tony Mollard erkundigten.

Dass Mollard im Krankenhaus und nicht im Leichenschauhaus lag, hatten wir erst vor zwei Stunden erfahren, als uns der vollständige Polizeibericht aus Brooklyn vorgelegen hatte. Damit war Mollard der Einzige, der dem Teufelstanz entsprungen war, und für uns war er die wichtigste Person überhaupt.

Wir kannten uns ausgezeichnet. Mollard war mal Cop gewesen, hatte einige halbseidene Sachen gedreht und seinen Dienst quittieren müssen. Er war nach Brooklyn abgetaucht, wo kaum jemand von seiner Vergangenheit wusste, machte dort weitere halbseidene Sachen, aber er gehörte auch zu den besten FBI-Informanten.

»Was heißt das, er will nicht gestört werden?«, fragte Phil.

»Das, was ich gesagt habe«, gab die Schwester zurück. Sie war eine künstliche Blondine, die auf der ewig erfolglosen Jagd nach dem passenden Mann überfrustriert und sehr reizbar geworden war.

Reizbar, nicht reizvoll!

»Also besteht kein offizielles Besuchsverbot aus medizinischen Gründen?«, hakte ich vorsichtshalber noch einmal nach.

Sie schaute mich an, als würde ich chinesisch sprechen, oder sie hatte mir nicht zugetraut, dass ich einen solch langen Satz fehlerfrei aussprechen konnte. Leicht irritiert schüttelte sie den Kopf.

»Na also«, sagte Phil.

»Na also«, äffte sie meinen Freund nach. »Wenn ein Patient nicht gestört werden will, dann ...«

»Wir sind vom FBI!« Ich hatte wirklich keine Lust, mich mit der Lady zu streiten.

»Das kann jeder sagen.«

»Kann sich auch jeder einen weißen Kittel anziehen, im Krankenhaus herumlaufen und behaupten, dass er eine Schwester ist?«

Ihre kleinen grauen Augen blitzten mich verächtlich an. »Dass ich kein Pfleger bin, ist doch wohl zu sehen, oder?«

Ich verkniff mir die Antwort und betrat schon mal das Krankenzimmer von Mollard, während sich Phil noch anhören musste, dass G-men auch nicht mehr das waren, was sie zu Capones Zeiten mal gewesen waren, und es nicht auf besondere Intelligenz hinwies, wenn man mit einem FBI-Ausweis in der Tasche herumlief. Wenn man in Phils Alter sei, lamentierte sie, müsse man es zumindest schon so weit gebracht haben, dass man sich nicht mehr die Absätze schief zu laufen brauchte.

Ich ließ die Tür ein Stück hinter mir auf, um Phil die Möglichkeit zu verschaffen, etwas schneller als normal fliehen zu können.

Tony Mollard lag allein im Zimmer. Das Bett war makellos weiß bezogen, und er selbst war so bleich, dass er kaum darin zu erkennen war.

»He, Tony«, sagte ich, »du siehst gut aus.«

Er verzog kurz das Gesicht, dann nahm es wieder die maskenhafte Starre an.

»Ich dachte immer, ihr seid dazu da, um eure Spitzel zu beschützen und nicht, um sie umzubringen, Cotton«, fauchte er in meine Richtung. »Besuch vom FBI ist immer lebensgefährlich.«

Was Tony Mollard anging, so konnte ich sehr gut verstehen, dass er nicht seinen besten Tag hatte. Er hatte sich in die Hosen gepinkelt, seine Füße und Beine waren leicht angebrannt, er hatte sich an den Glasscherben des eingeschlagenen Fensters geschnitten und war dann auch noch beinahe zwanzig Fuß tief in einen verkrüppelten Holunderbusch abgestürzt. Man konnte wohl sagen, dass ihm der Holunderbusch das Leben gerettet hatte, weil er den Fall abgebremst hatte.

Phil huschte ins Zimmer und schloss die Tür hinter sich.

»Verdammt«, keuchte er. »Ist die Blonde da draußen deine Schwester, Tony?«

»Krankenschwester«, stellte Mollard richtig. »Die ist etwas von der Rolle. Aber sobald die einen Mann gefunden hat, wird sie zur Schmusekatze. Was ist mit dir, Decker? Du bist doch noch unbeweibt. Ich denke, ihr beide würdet gut zueinander passen. Ich kann vermitteln.«

»Prima«, sagte ich, bevor Phil etwas darauf antworten und aus der Haut fahren konnte. »Wie ich sehe und feststelle, Tony, geht es dir gut.«

»Mann, ich bin wie neugeboren.«

»Dann wirst du auch in der Lage sein, uns einige Fragen zu beantworten.«

»Neugeboren«, wiederholte Mollard. »Hast du schon mal davon gehört, dass Neugeborene Fragen beantworten können?«

Er benahm sich aufsässig wie ein Kind in der Pubertät.

»Sollen wir offen miteinander reden, Tony?«, fragte Phil.

»Ich bitte darum, G-man.« Mollard grinste schief.

»Für einen Ex-Cop und FBI-Spitzel, der mit verpissten Hosen gerade noch mal seinen Arsch gerettet hat, hast du eine verdammt große Klappe.«

»Ja, möglich.« Mollard nickte. »Ich habe nicht gewusst, dass es eure Dienstvorschriften zulassen, so abfällig mit und über einen Ehrenbürger zu reden, Decker.«

»Du kennst die Dienstvorschriften eben nicht.«

»Das mag sein«, sagte Mollard gleichmütig.

»Aber du weißt, wer Archie Hamper gestern einen Besuch abstattete und ein Schlachtfeld zurückließ«, setzte ich den von Phil eingeschlagenen Weg mit dem nächsten Schritt fort.

Mollards Augen blitzten. Es war ein Wetterleuchten ohne Donner. Und als der ausblieb, war mir klar, dass wir die erste Runde verloren hatten.

»Das mag sein«, wiederholte Tony Mollard.

»Okay.« Ich nickte. »Dann werden wir das so ins Protokoll aufnehmen und an die Presse weiterleiten. Es ist leicht möglich, dass du die Titelseite einiger Boulevardblätter holst, Tony. Mit Bild, Lebenslauf, mit allem, was dazugehört. Du wirst ein berühmter Mann. Mach was draus.«

Mit einem Ruck setzte er sich auf und stieß einen jaulenden Schmerzensschrei aus. Tony hatte für einen Moment vergessen, wie schwer seine Verletzungen waren und dass er nicht umsonst und auf Staatskosten in einem weichen Klinikbett lag.

Die Tür flog auf, und Schwester Frust steckte den Kopf mit den blondierten Haaren herein.

»Raus!«, brüllte Phil, der normalerweise alles andere als unhöflich war. Gerade Frauen gegenüber. »Raus!«

Sie verschwand genauso schnell, wie sie aufgetaucht war. Krachend zog sie die Tür hinter sich ins Schloss.

Tony Mollard stand der Schweiß auf der Stirn.

»Was du da gerade mit der Presse gesagt hast, das kann doch wohl nur ein Witz sein, Cotton«, stöhnte er, denn er konnte sich an zwei Fingern ausrechnen, dass die Jagd auf ihn begann, wenn so was wirklich veröffentlicht wurde.

Ich schüttelte den Kopf. »Das war kein Witz.«

»Es ist eure verdammte Aufgabe, die Männer zu schützen, die im Untergrund die Drecksarbeit für euch verrichten. Ohne anständige Spitzel und Informanten ist euer ganzer Verein doch nicht mal die Hälfte wert, Mann.«

»Wir werden dich natürlich schützen, so gut wie wir können, Tony«, versicherte Phil. »Aber natürlich ohne Garantie auf ein langes Leben. Gute Besserung, Tony.«

Phil drehte zur Tür ab.

Ich nickte Tony aufmunternd zu und legte ihm vorsichtig die Hand auf die Schulter. »Ja, werde schnell wieder gesund.«

Ich folgte Phil, der die Tür schon erreicht und sie geöffnet hatte.

»Ihr verdammten FBI-Schweinehunde!«, brüllte Mollard.

Ich drehte mich zu ihm um und grinste ihn an.

»Normalerweise ist eine solche Aussage strafbar, Tony«, sagte ich. »Aber wir drücken ein Auge zu, weil du ein schwer kranker Mann bist und keine lange Lebenserwartung mehr hast. Du hast unsere Nummer, und ein Telefon steht neben dem Bett. Wenn du es dir anders überlegst, sind wir zu jeder Zeit für dich erreichbar.«

»Eher wird die Hölle zufrieren, G-men!«

Draußen im Gang, von dem ich nicht wusste, ob seine Länge oder seine Tristheit mehr deprimierte, stieß Phil die angehaltene Luft aus.

»Tony meint es ernst«, sagte mein Freund.

»Was?«

»Er wird sich nicht bei uns melden.«

»Quatsch. Er ist kein Harakirimann.«

»Er sieht eine Chance, schnell und einfach an viel Geld heranzukommen, Jerry.«

Ich nickte nachdenklich. »Aus diesem Blickwinkel heraus habe ich das noch gar nicht gesehen, Phil«, gab ich zu.

»Solltest du aber.«

Phil hatte Recht.

Ich drehte mich um, betrat Mollards Krankenzimmer erneut, ging zum Nachtkasten, entstöpselte das Telefon, rollte die Schnur um den grauen Kasten und nahm ihn unter den Arm.

»He, was soll das, Cotton?«

»Wenn du Sehnsucht nach uns hast, sag es Schwester Frust. Die wird sich dann mit uns in Verbindung setzen.«

»Zu telefonieren, wann und wohin ich will, das gehört zu den mir verfassungsmäßig zustehenden Grundrechten dieses Landes.«

»Klar«, stimmte ich ihm zu. »Aber nicht auf anderer Leute Kosten, Tony. Noch ist es nämlich so, dass der FBI für die Kosten hier aufkommt, weil du uns hin und wieder mal einen Tipp zugeschanzt hast und auf der Liste der bedürftigen Personen stehst. Denk gut nach und mach keinen Fehler, Tony. Du weißt noch nicht mal, was gestern Nacht geschehen ist.«

»Ich hab's gehört. Ich war auf der Toilette und hatte das Ohr am Puls der Zeit, Mann. Komm mir also nicht mit solchem Scheiß, Mann.«

»Das war in South Brooklyn. Aber du weißt nichts von dem Geschehen in Little Italy und der Lower West Side. New York hat einen verdammten Horror-Abend hinter sich.«

Sein Teint hatte wieder die Farbe des Bettlakens angenommen. »Was soll das heißen?«

»Archie Hamper und die anderen kleinen Fische, also deine Freunde, waren nicht die einzigen Opfer. Abgesehen von den Toten aus South Brooklyn hatten wir zwölf weitere Leichen. Zwei Mafia-Familien sind so gut wie ausgelöscht worden. Du bist doch nicht von gestern und warst selbst mal Cop. Kein guter, aber immerhin. Lass dir die Zeitungen bringen, lies alles gründlich und denk dann ganz schnell und scharf nach. Für dich gibt's nichts zu gewinnen und nichts zu kassieren, Tony. Niemand zahlt dir für dein Wissen auch nur einen rostigen Dime. Für die Leute, die das alles auf dem Gewissen haben, bist du eine doppelte Null.«

»Verdammte Scheiße!«

Ich verließ das Zimmer mit dem Telefon unter dem Arm. Draußen im Gang fragte ich mich, ob ich nicht eine Chance leichtsinnig vertan hatte.

Tony Mollard wusste etwas, das war sonnenklar, und die Nachricht, dass es mehr Tote als seine Freunde in South Brooklyn gegeben hatte, schien ihm einen Schock versetzt zu haben. Vielleicht hätte er mir sein Geheimnis doch verraten, wenn ich ihm etwas mehr auf dem Nerv herumgebohrt hätte.

Die Cops, die wir vom NYPD angefordert hatten, trafen ein. Große, breitschultrige Männer mit vielen Dienstjahren auf dem Rücken. Ich schaute die beiden an und dachte, dass Tony Mollard es schon besonders geschickt anfangen musste, wenn er die beiden erfahrenen Cops aufs Kreuz legen wollte.

»Wie wichtig ist der Mann?«, fragte der Sergeant, dessen rotes Haar auf seine irische Abstammung hinwies. Brooklyn war inzwischen zwar zu einem Schmelztiegel aller Rassen geworden, aber noch immer hatten die Iren die Oberhand und bestimmten von wichtigen Positionen aus den Kurs in diesem Bezirk.

»Verdammt wichtig«, sagte Phil. »Ihr lasst keinen zu ihm rein, von dem ihr nicht genau wisst, dass er zum FBI oder zum für dieses Zimmer zuständigen Krankenhauspersonal gehört. Verschafft euch eine Liste von den Angestellten dieser Abteilung. Er darf kein Telefongespräch führen, außer mit dem FBI, und dann muss einer von euch unsere Nummer gewählt haben. Und ihr lasst ihn, falls er wider Erwarten dazu in der Lage sein sollte, sein Zimmer zu verlassen, keinen Sekundenbruchteil aus den Augen.«

»Sollen wir vielleicht auch mit ihm scheißen gehen?«, fragte der Sergeant. Es hörte sich nicht besonders nett, freundlich und wohlerzogen an, aber er war hier aufgewachsen und sprach die Sprache des Mannes von der Straße. Nur wenn man die nicht verlernt hatte, konnte man als Cop den Kopf über Wasser halten.

»Sicher.« Ich nickte. »Und falls etwas geschieht, dem ihr nicht absolut vertraut, schlagt Alarm.«

»Das klingt beinahe so, als läge der Präsident persönlich da drinnen.«

»Tony Mollard ist uns in diesem Moment viel wichtiger als der Präsident, Sarge«, sagte Phil. »Noch Fragen?«

Der Sarge und sein Partner waren genau die erfahrenen Hasen in Sachen Personenschutz, die wir angefordert hatten. Sie hatten keine Fragen mehr.

»Ihr verdammten Arschlöcher vom FBI!«, schrie Tony Mollard in seinem Zimmer. »Ihr legt mich nicht rein und nicht an die Kette, verdammt! Ihr Arschlöcher nicht!«

»Er ist ganz schön in Fahrt«, bemerkte der Officer, der diesen Job mit dem Sergeant zusammen tat.

»Er hat Angst«, sagte Phil. »Jeder äußert seine Angstgefühle auf eine andere Art und Weise. Für Tony sind wir vom FBI das Auslassventil.«

»Ich möchte nicht in euren Schuhen stehen, G-men«, sagte der Sarge.

»Ich verstehe nicht …«

»Wegen der Sachen, die heute Nacht geschehen sind. Hat es jemals ein ähnlich blutiges Wochenende gegeben?«

»Nicht in New York und nicht zu Friedenszeiten«, sagte ich.

»Ich habe dreißig Dienstjahre auf dem Buckel, G-men. Ich habe über das nachgedacht, was gestern Nacht geschehen ist. Das ergibt keinen Sinn. Die beiden Mafia-Familien, okay, da passt dieses und jenes zusammen. Aber die Toten aus Brooklyn …« Er schüttelte den Kopf, nahm die Schirmmütze ab, strich sich über die roten Haare und setzte die Mütze wieder auf. »Ich wollte wirklich nicht in euren Schuhen stehen.«

»Wir passen schon auf uns auf, Sarge«, sagte Phil.

»Möglich.« Er wiegte bedenklich den Kopf. »Aber ob das reicht?«

Serge Anatov hatte die linke Hand auf die spitze Brust des rothaarigen Freudenmädchens gelegt, von der er gar nicht mehr wusste, wie sie hieß und wo er sie aufgegabelt hatte. In irgendeiner billigen Bar am Times Square oder in der Nähe. In der rechten Hand hielt er den Telefonhörer.

»Moment, Sir«, sagte er und tätschelte den flachen Bauch der Rothaarigen, sodass man die klatschenden Geräusche mit Sicherheit auch am anderen Ende der Leitung hören konnte. »Geh mal ins Bad und mach dich frisch. Ich rufe dich, wenn du zurückkommen kannst. Okay?«

Mit trägen Bewegungen erhob sich die rothaarige Frau. Sie war Anfang dreißig, hatte sich bislang einigermaßen gehalten, aber die ersten Spuren des aufreibenden Lebens zwischen Drogen und dem Bett eines unbekannten Mannes waren ihr schon anzusehen. Noch ein oder zwei Jahre, dann würde sie ohne Kriegsbemalung kein erfreulicher Anblick mehr für den Mann sein, der neben ihr aufwachte.

Serge Anatov schaute ihr nach, als sie sich vor der Tür zum Badezimmer noch einmal streckte, sich zu ihm umdrehte und ihn anlächelte. Dann betrat sie das Bad und zog die Tür hinter sich ins Schloss. Zwei Sekunden später hatte sie die Dusche angestellt.

»Okay, Sir«, sagte Serge Anatov in den Hörer. Er strich sich über das struppige schwarze Haar, setzte sich auf und griff nach den filterlosen Zigaretten, die neben einer halb leeren Wodkaflasche auf dem Nachttisch lagen. Er inhalierte den Rauch des schwarzen Tabaks tief und stieß ihn mit einem pfeifenden Geräusch wieder aus.

»Ihr habt einen Fehler gemacht.«

Anatov zuckte zuerst zusammen, dann grinste er. »Das ist eine ziemlich alte Masche, um nachträglich den Preis zu drücken, Sir«, sagte er ruhig.

»Ich habe von einem Fehler gesprochen, nicht von Geld.«

Anatol rauchte noch einen tiefen Zug. Er kannte den Mann am anderen Ende der Leitung nicht. Er hatte vor einigen Wochen zum ersten Mal mit ihm gesprochen, telefonisch wie jetzt. Dann hatten sie sich im Central Park getroffen. Während er selbst auf dem Vordersitz einer Limousine Platz genommen hatte, hatte der Kerl auf dem Rücksitz gesessen. Zwischen ihnen hatte sich eine von diesen Glasscheiben befunden, durch die man nur von einer Seite aus hindurchschauen konnte. In diesem Fall natürlich von der Seite aus, auf der der Unbekannte gesessen hatte. Dort waren die Einzelheiten besprochen worden, nachdem der Kerl lange Zeit damit beschäftigt gewesen war, Anatovs Vergangenheit zu durchleuchten. Da hatte sich herausgestellt, dass der Bursche mehr über ihn wusste, als Anatol jemals seinem Beichtvater anvertraut hatte.

Serge Anatov wusste, dass der Auftraggeber kein Amerikaner war. Er hatte in gutem Englisch, aber mit zum Teil kläffenden und zischenden Vokalen gesprochen. Anatov hatte ihn damals nicht einordnen können und konnte es noch immer nicht. Er vermutete, dass dieser Mann nicht der Chef war, sondern dessen Sprachrohr. Was Anatov sicher wusste, war, dass die Burschen etwas vorbereiteten, was sich wie eine dunkle, sehr bedrohliche Wolke über New York zusammenbraute.

»Okay«, sagte Anatov, der vor zehn Jahren aus der UdSSR als politischer Flüchtling nach Amerika gekommen war, der mal dem KGB angehört und schnell eine Green Card bekommen hatte und dann zum Bürger der Vereinigten Staaten von Amerika gemacht worden war. Weil er den amerikanischen Geheimdiensten einige Dinge erzählen konnte, von denen die nicht mal eine Ahnung gehabt hatten. Sein damaliger Name war Wladimir Kusclow gewesen. Sie hatten ihm einen neuen Namen verpasst, Serge Anatov, den er sich selbst ausgesucht hatte, und ihm auf diesen Namen sämtliche lebenswichtige Papieren ausgestellt. In Washington. Von dort aus hatte er einen Kreuzzug durch die Staaten angetreten und war schließlich hier in New York hängen geblieben, wo er schnell eine eigene kleine Organisation aufgebaut hatte, die sich mit Erpressung und Mord beschäftigte. Weil er, seit er die neuen Papiere, die neue Identität in Washington bekommen hatte, zuerst ein normales Leben geführt hatte und später nirgends mehr unangenehm aufgefallen war, war er überzeugt davon, dass man ihn schon lange vergessen hatte.

Dass das der Fall war, wollte der Mann herausgefunden haben, der sich jetzt am anderen Ende der Leitung befand und ihm allen Ernstes vorwarf, dass er vergangene Nacht mit seinem Mordkommando einen verdammten Fehler begangen habe.

»Wo sind die Männer, die an der Aktion beteiligt waren?«

»Ich habe sie noch in der Nacht bezahlt. Zwei sind in New York geblieben, die anderen haben die Stadt auf verschiedenen Wegen verlassen.«

Der Mann am anderen Ende der Leitung hustete. Als er nach dem Hustenanfall wieder Luft holte, rasselten seine Bronchien so laut wie Panzerketten.

Du kneifst den Arsch bald zu, dachte Anatov und lauschte mit einem Ohr auf das, was im Bad geschah. Die Rothaarige, so klang es, stand unter der Dusche und trällerte ein Lied, das er nicht verstand. Das hieß, wenn er es nicht verstand, konnte sie auch nicht verstehen, was er am Telefon mit dem unbekannten Auftraggeber beredete.

»Kannst du dich auf die Männer verlassen?«

»Blind«, antwortete Anatov, denn das war wirklich der Fall. »Wenn das nicht so wäre, hätten sie die Nacht nicht überlebt, Sir.«

Es stank Anatov, den Unbekannten »Sir« zu nennen. Reine Angewohnheit aus der Zeit, als er durch die CIA befragt worden war. Von den Arschlöchern hatte jeder »Sir« genannt werden wollen.

»In Brooklyn hat es nur fünf Tote gegeben, Anatov. Das ist amtlich. Es hätten sechs sein müssen.«

»Die haben sich verzählt.« Anatov drückte die Zigarette in den überquellenden Ascher, schraubte den Verschluss von der Wodkaflasche, nahm einen Schluck und schüttelte sich wie ein Hund, der aus dem Wasser kam.

»Es waren fünf«, wiederholte der Anrufer. »Der sechste Mann liegt im Krankenhaus. Als es geschah, hielt er sich auf der Toilette auf. Er hat sich vor dem Feuer aus dem kleinen Fenster gerettet und ist vom Dach gefallen. Du kennst ihn.«

Klar, dachte Anatov, ich habe jeden Einzelnen in Brooklyn gekannt.

»Wer ist es?«

»Tony Mollard, ein ehemaliger Cop, der später Spitzel für den FBI geworden ist. Er hatte schon Besuch von den G-men.«

Anatov brauchte noch einen Schluck. Diesmal schüttelte er sich nicht. Er zündete sich auch eine frische Zigarette an. Allmählich stellte er nicht mehr in Frage, was der Mann ihm da durch den Hörer ins Ohr flüsterte. Schließlich erinnerte er sich haargenau an den Ablauf des Anschlags, weil er ihn selbst geleitet hatte. Auf der Toilette, das wusste er genau, hatte keiner seiner Männer und auch er selbst nicht nachgeschaut.

»Tony Mollard«, wiederholte er den Namen.
»Kann er dich erkannt haben?«
»Wie denn, wenn er auf der Toilette gewesen ist, Sir?«
»Vielleicht an der Stimme.«

Du hast Recht, dachte Serge Anatov. Ich habe die Befehle gegeben. Möglicherweise hat mich der Hurensohn an der Stimme erkannt. Obgleich, sehr wahrscheinlich ist das nicht.

»Absolut nicht, Sir«, sagte er in den Hörer. »Das alles ist lautlos vonstatten gegangen. Keiner hat auch nur ein Wort gesagt.«
»Gut.«

Ein Scheiß ist gut, dachte Anatov. Die kleine Ratte von FBI-Spitzel muss so schnell wie möglich von der Bildfläche verschwinden.

»Die anderen Unternehmen sind mit der Präzision ausgeführt worden, die du versprochen hast und die wir auch von einem Mann mit deinen Fähigkeiten erwartet haben, Anatov.«
»Danke, Sir.«
»Wir brauchen dich noch, Anatov.«
»Kein Problem, Sir.«
»Du musst einen neuen Sabotagetrupp zusammenstellen, Anatov.«
»Um die richtige Auswahl zu treffen, muss ich wissen, um was und gegen wen es geht, Sir.«
»Gegen die U.S. Army. Das heißt, gegen ein Depot der U.S. Army, Anatov.«
»Nur Sabotage oder Beschaffungssabotage, Sir?«

Der Mann am anderen Ende der Leitung lachte glucksend. »Wenn ich nicht wüsste, dass wir uns auf dich verlassen können, solange wir dich gut bezahlen, müsste ich dich umlegen lassen, Anatov. Du bist ein gefährlicher Mann und hast einen messerscharfen Verstand. Wir setzen uns wieder mit dir in Verbindung. Mach keinen Fehler und bleib unauffällig. Falls wichtige Geschäfte auf deinem Programm gestanden haben, vergiss sie. Wir ersetzen dir den verlorenen Gewinn.«

»Das ist sehr großzügig, Sir. Ich weiß ...«

Es klickte in der Leitung. Der Kerl hatte aufgelegt. Anatov schmetterte den Hörer auf die Gabel, griff zur Flasche und trank noch einen Schluck Wodka. Beinahe im selben Moment wurde im Bad die Dusche abgedreht. Aber die Rothaarige blieb noch und trällerte weiter. Sie würde warten und nicht eher wieder auf der Bildfläche erscheinen, bis er sie rief.

Mollard, dachte er. Wir haben uns so oft unterhalten, dass du mich garantiert an meiner Stimme erkannt hast. Schließlich habe ich dir ja aus der Nase gezogen, wann eure Treffen bei Archie Hamper stattfinden. Du hast einen verdammt großen Haufen Glück gehabt, Mollard. Damit ist es jetzt vorbei.

»He, willst du nicht wieder reinkommen?«

Die Rothaarige, deren Namen er vergessen hatte, öffnete die Tür. Sie hatte sich frisch angemalt und in ein weißes Badelaken gehüllt. Von den Hüften an abwärts. Ihre Brüste waren fest und liefen spitzer zu, als Anatov es jemals bei einer anderen Frau gesehen hatte. Die brauchte sie wirklich nicht zu verstecken. Genau genommen brauchte sie eigentlich überhaupt nichts zu verstecken.

Sie blieb in der offenen Tür stehen, als Anatov sich nach rechts aus dem Bett schwang und einen Blick in das Badezimmer des Hotels werfen konnte, das er während der Nacht und bis jetzt noch nicht einmal aufgesucht hatte.

Er sah das Telefon an der Wand, und er sah, dass der verdammte Hörer ziemlich schief auf die Gabel gelegt war. So, als hätte jemand das in aller Hast getan.

»Komm näher«, sagte Anatov. »Und lass das Handtuch fallen. Du siehst fantastisch aus.«

In ihren Augen flackerte es. Angst, stellte Anatov fest. Sie war ihm so vertraut, dass er sie einem Menschen nicht nur auf den ersten Blick ansah, sondern sie auch, jedenfalls behauptete er das, riechen konnte. Während der ganzen Nacht hatte sie nicht eine Minute Angst vor ihm gehabt. Im Gegenteil. Wenn es jetzt in ihren Augen flackerte, dann konnte das nur einen verdammten Grund haben: Von dem Apparat im Bad aus hatte sie das Gespräch zwischen ihm und seinem unbekannten Auftraggeber mitgehört.

Weibliche Neugier?

Sie ließ das Badetuch von ihren Hüften gleiten und trat näher.

»Okay, Baby«, sagte Anatov heiser. »Okay, dreh dich langsam im Kreis, damit ich dich von allen Seiten betrachten kann. Du siehst wirklich fantastisch aus.«

Während sie sich drehte, ging Anatov zu dem Sessel, über dem sein Jackett lag.

»Gut so?«, fragte die Rothaarige, als sie stehen blieb und ihn anschaute.

»Ja«, antwortete Anatov. »Aber warum, verdammt, musstest du das tun?«

Sie zuckte zusammen, als hätte ihr jemand einen Schlag versetzt. Ihre Augen weiteten sich, und die vollen Lippen zitterten. »Ich verstehe nicht …«

»Das Telefon«, sagte Anatov.

Erneut zuckte sie zusammen. »Ich habe einfach abgenommen«, sagte sie. »Ganz kurz nur. Ich habe nichts verstanden und werde auch nichts verraten.«

»Das wirst du bestimmt nicht tun.«

Sie schüttelte den Kopf. »Du kannst dich auf mich verlassen«, sagte sie.

Anatov lachte leise, während er aus dem Jackett die kleine 22er mit aufgeschraubtem Schalldämpfer holte.

»Tut mir Leid«, sagte er, als er schoss. Es hörte sich an, als täte es ihm wirklich Leid. »Aber manchmal kann ich mich nicht mal auf mich selbst verlassen, Baby.«

Er schoss dreimal, wie man es ihm vor vielen Jahren beim KGB beigebracht hatte. Der Schalldämpfer war so ausgezeichnet, dass man die Schüsse im Nebenzimmer nicht hören konnte. Und der etwas verschlissene Teppich, auf den die Rothaarige stürzte, dämpfte das Fallgeräusch.

Serge Anatov steckte die Waffe wieder ins Jackett und ging ins Bad, um sich für den Tag frisch zu machen.

Mr. John D. High schob die Zeitungen von einer Schreibtischseite auf die andere und griff nach dem grauen Ordner, zwischen dessen weichen Pappdeckeln alle bislang zusammengelaufenen Berichte verewigt waren. Weil alles einen Namen oder eine Nummer haben musste, hatte jemand – ich wusste nicht, wer es gewesen war – mit dickem Filzstift »Aktion Reinen Tisch machen« quer über den Ordner geschrieben.

»Was wollen die uns verkaufen, Jerry?«, fragte der Chef, während er in der Akte herumblätterte. »Die Computer sind heiß gelaufen, und selbst die CIA hat sich gemeldet. Aber es gibt keine rote Linie zwischen den schrecklichen Ereignissen der letzten Nacht.«

Joe Parker, der schwarze District Attorney, dessen Dienstzeit in zwei Monaten ablief und der sich reelle Chancen auf eine Wiederwahl ausrechnete, hob den Kopf, stellte die Kaffeetasse aus der Hand und schickte einen verzweifelt fragenden Blick zu Mr. High auf die Reise.

»Sir?«, fragte er etwas verwirrt. »Ich glaube, ich kann Ihnen nicht folgen. Was heißt das: ›Was wollen die uns verkaufen?‹ und ›Es gibt keine rote Linie zwischen den Ereignissen.‹ Ich meine, es ist doch ziemlich deutlich, dass sich da jemand aufgemacht hat, um einige Mafia-Familien auszuradieren, und dann in die Marktlücke springen will. Okay, die Ausdrucksweise ist unglücklich gewählt, aber anders kann ich es nicht umschreiben.«

Ich dachte an den rothaarigen Sarge, der zusammen mit einem anderen Officer Wache vor Tony Mollards Krankenzimmertür schob und der schon die gleichen berechtigten Zweifel angemeldet hatte, wie Mr. High es nun tat.

»Die Familien von Baresi und Buscetta standen sich nicht gegenseitig im Weg, weil jede von ihnen anderen Geschäften nachging, Sir«, wandte ich mich an DA Joe Parker.

»Ja und?«

Parker war ein Mann mit Durchsetzungskraft und einem scharfen Verstand. Ein DA, wie New York ihn brauchte. Jemand, der schnell und wenn es die Lage erforderte, auch total unbürokratisch handelte. Während seiner Dienstzeit hatten die Polizei und auch wir vom FBI gute Erfolge in der Bekämpfung des organisierten Verbrechens erzielt. Weil Parker so war, wie er war. Es hatte Rück- und Nackenschläge gegeben, aber die hatte er weggesteckt wie ein guter Ringfighter. Nun jedoch war er sichtlich verwirrt.

»Wenn jemand die Organisation von Baresi und Buscetta gleichzeitig zerschlägt, entstehen zwei Löcher, Sir«, versuchte ich Parker zu erklären. »Egal, wer hinter den Anschlägen steht, er kann nicht in beide Löcher gleichzeitig springen. Außerdem sind die Organisationen nicht zerschlagen, nur weil sie einige Männer und ihre Dons verloren haben. Die sind angeschlagen, sicher, aber sie wackeln nicht so sehr, dass man sie nur noch umzustoßen braucht. Das heißt, jemand müsste mit einer großen Organisation und verdammt vielen Männern von heute auf morgen in New York einsteigen.«

»Und das ist nicht möglich?«, wollte DA Parker wissen.

Ich zuckte mit den Schultern.

»So gut wie unmöglich«, sagte ich. »Total ausschließen kann und darf man in diesem Geschäft nichts. Angenommen, es wäre so, und jemand plante den größten Coup aller Zeiten, warum dann der Anschlag auf die Männer, die sich in Archie Hampers Wohnung in South Brooklyn getroffen haben?«

»Darauf kann ich Ihnen keine Antwort geben, Mr. Cotton.«

»Ich auch nicht«, sagte der Chef. »Und unsere Computer ebenfalls nicht. Es ist ganz einfach so, dass es zwischen den schrecklichen Verbrechen keinen roten Faden, keinen Zusammenhang gibt. Wir müssen davon ausgehen, dass alles generalstabsmäßig von einer einzigen Gruppe durchgeführt worden ist.«

»Von langer Hand vorbereitet?«

Ich schaute Parker an und nickte. »Das alles ist beinahe zeitgleich abgelaufen. Man musste also darauf warten, dass verschiedene Faktoren zusammenfielen. Zum Beispiel Baresis Geburtstag und eine Lieferung, die Buscetta am selben Tag erwartete. Und zur selben Zeit mussten sich auch die kleinen Fische in South Brooklyn treffen.«

DA Joe Parker nickte nachdenklich. »Okay«, sagte er. »Okay, ich will wissen, warum eine Organisation innerhalb weniger Minuten mehr als ein Dutzend Menschen ermordet, obgleich sie daraus offensichtlich keinen Vorteil ziehen kann.«

»Um Verwirrung zu stiften«, sagte ich.

»Mehr als ein Dutzend Menschen töten, um Verwirrung zu stiften?« Parker starrte mich ungläubig an. Ich konnte sehr gut begreifen, dass er an meiner Aussage zweifelte.

»Zum Beispiel«, sagte ich.

»Zum Beispiel was noch, Mr. Cotton?«

»Zum Beispiel, um die Mafia-Familien gegeneinander aufzubringen und einen Krieg zu entfesseln, der uns so in Atem hält, dass wir uns um sonst nichts mehr kümmern können. Kann ich den Bericht mal haben?«

Mr. High reichte mir den unschuldig aussehenden Ordner, und ich gab ihn an Parker weiter.

»Ein Wahnsinniger, der uns beweisen will, dass er machen kann, was er will, ohne dass wir eine Chance haben, ihn aufzuhalten?«, fragte Mr. High leise, um Parker bei der grausamen Lektüre des Akteninhalts nicht zu stören.

»Wir werden es herausfinden, Sir«, sagte ich.

Parker legte den Ordner beiseite und zündete sich eine Zigarette an.

»Ich will, dass Sie eine Sonderkommission ins Leben rufen«, wandte er sich an Mr. High. »Sie stellen die Männer ab, die Sie brauchen, und ich sorge dafür, dass Sie von allen Stellen die notwendige Unterstützung erhalten. Das Horror-Weekend in New York zieht Kreise im ganzen Land. Da wird keiner so dumm sein und versuchen, Ihnen einen Stein in den Weg zu legen. Keiner.«

Ich schenkte mir einen Kaffee ein.

»Sie und Phil waren von Anfang an an der Sache dran«, sagte der Chef. »Ich stelle Zèerookah, Brandenburg und Dillaggio ab. Wenn Sie mehr Leute brauchen, ist das kein Problem. Was haben wir bislang unternommen?«

»Wir haben Mollard, den Überlebenden aus South Brooklyn, befragt, der übrigens als Spitzel auf unserer Liste steht und früher selbst mal Cop gewesen ist. Phil kümmert sich um Mollards Umfeld. Steve Dillaggio und Jo Brandenburg beehren den Baresi- und den Buscetta-Clan. Zeerookah versucht herauszufinden, ob es zwischen den Baresis und den Buscettas nicht doch etwas gibt, was es für einen Dritten notwendig machte, beiden Familien auf einen Schlag Verluste zuzufügen.«

Mr. High nickte.

DA Parker tat das Gleiche. »Was ist mit diesem Überlebenden aus South Brooklyn, der als Spitzel für den FBI arbeitet und früher mal Cop gewesen ist? Können wir den nicht ebenfalls einschalten? Ich meine …« Parker winkte ab. »Sie tun, was Sie können. Lassen Sie mir vom Inhalt der Akte Kopien anfertigen und in mein Büro schicken. Wenn Sie etwas brauchen, bin ich Tag und Nacht erreichbar.«

Parker nickte Mr. High und mir zu und verließ mit gesenktem Kopf das Büro des Chefs. Nicht der FBI oder die City Police oder eine andere Abteilung war die Zielscheibe der öffentlichen Meinung, sondern das Büro des Staatsanwalts, und damit direkt DA Joe Parker. Das lastete schwer auf den Schultern jedes Mannes und drückte ihn nieder.

»Was ist mit Tony Mollard?«

»Wir trauen ihm nicht.«

»Hat er mit den Anschlägen etwas zu tun?«

»Ganz bestimmt nicht.« Ich schüttelte den Kopf. »Aber wir denken, dass er mehr weiß, als er uns gesagt hat, Sir. Wir denken, dass er vielleicht sogar weiß, wer hinter dem Anschlag in South Brooklyn steckt.«

»Das ist derselbe Mann, der auch alles andere organisiert hat?«

»Ja. Wahrscheinlich hatte er einen Auftrag.«

»Warum redet Mollard nicht? Hat er Angst?«

»Vielleicht auch ein bisschen Angst, Sir. Aber in erster Linie denkt er wohl, Kapital aus seinem Wissen schlagen zu können. Das sind, ehrlich gesagt, nur Vermutungen.«

»Vermutungen nutzen uns nichts. Wir brauchen Beweise, Jerry.«

Ich nickte.

»Wir brauchen einen Bericht über alles, was sich von vor einer Woche bis jetzt in der Stadt abgespielt hat und abspielen wird. Jede kriminelle Handlung, auch wenn sie noch so unbedeutend erscheint. Jeden falsch geparkten, jeden gestohlenen Wagen mit den Daten der Besitzer. Einfach alles. Unsere Logistikabteilung soll das zusammentragen und alles in einen Computer stopfen. Dann können sie zu puzzeln beginnen.«

Mr. High schaute mich an. »Das klingt nicht gerade so, als wären Sie überzeugt davon, dass dabei etwas herauskommt, Jerry.«

»Bin ich auch nicht«, gab ich zu. »Aber ich will mir später nicht selbst nachsagen müssen, nicht alles versucht zu haben.«

»Ich sorge dafür.«

»Danke, Sir. Ich fahre noch mal nach Brooklyn und statte Mollard einen Besuch ab.«

Die beiden Männer, die sich an diesem Nachmittag im New York Hilton trafen, waren so unterschiedlich im Aussehen, wie zwei Menschen es nur sein konnten.

Der eine war lang, hager, beinahe dürr und hatte eine graue, kranke Gesichtsfarbe. Er sah aus wie jemand, der jahrelang in einer dunklen Zelle zugebracht und plötzlich wieder in die Welt hinausgeschickt worden war. In Hollywood hätte er ungeschminkt in einem Horrorstreifen eine tragende Rolle spielen können. Seine Finger glichen Krallen, und manche hatten keine Nägel mehr. Nicht, dass er sie sich abgebissen hätte. Es gab einfach keine Nägel. Nur eine Schicht von gewelltem Horn, das sich bis zu den Kuppen hinaufschob. Zeige- und Mittelfinger der rechten Hand, in der er eine Zigarette hielt, waren nikotinbraun. Sein Kopfhaar war dünn, leicht gekraust und grau. Das Auffallendste an seiner Erscheinung waren seine Augen. Die waren schwarz wie die Nacht, standen zu eng beieinander und lagen tief in seinem Schädel.

Er nannte sich Ben Ali, was aber nicht sein richtiger Name war.

Der zweite Mann war riesig und brachte grob geschätzt beinahe drei Zentner auf die Waage. Er hatte einen großen, runden Kopf, der auf einem mächtigen Stummelhals saß. Sein pausbäckiges Gesicht mit den leicht basedowschen Augen wies einen Bartschatten auf. Er hatte schwarzes gelocktes Haar, das er ziemlich lang trug. Sein Hemd war durchgeschwitzt. Sein heller Seidenanzug wies ebenfalls schon dunkle Schweißflecken auf. Er trank Eistee, der ihm nach jedem Schluck wieder aus allen Poren gleichzeitig trat. Deshalb war seine Rechte mit dem großen weißen Taschentuch auch immer in Bewegung. Genau wie seine Augen immer auf der Suche waren nach einem unbekannten Feind, der ihn aus der Lobby des Hilton Hotels heraus jeden Moment anspringen konnte.

Er nannte sich Raschid Haddad und besaß auf diesen Namen auch einen Diplomatenpass, der ihm leichter Türen öffnete, die sonst für ihn verschlossen blieben. Er hatte keinen Feind in New York. Außerdem wusste niemand, dass er sich zurzeit in der Stadt aufhielt.

Das wusste man genauso wenig von Ben Ali, der auf diesen Namen gültige Papiere besaß, aber in Wirklichkeit Nabih Sharon hieß.

Für ihr Zusammentreffen in New York hätten sich die beiden so unterschiedlichen Männer keinen besseren Ort als die Lobby des Hilton Hotels aussuchen können. Hier wimmelte es von Menschen verschiedener Nationalitäten, und hier gab es genug Figuren, die noch auffälliger waren als die beiden.

»Ein Russe«, sagte Raschid Haddad und rieb sich mit dem Taschentuch das Gesicht trocken.

»Spricht was dagegen?«, fragte Ben Ali, der gerade eine Zigarette ausgedrückt und sich schon wieder die nächste angezündet hatte.

Haddad schüttelte den mächtigen Schädel. »Hauptsache, er ist gut und verschafft uns das, was wir brauchen.«

»Er ist gut«, versicherte Ben Ali. »Hast du die Zeitungen nicht gelesen?«

»Das war der Russe?«

Ben Ali nickte.

»Ist das nicht riskant und total sinnlos?«, fragte der fette Haddad. »Ich meine, was hat die Mafia …?«

»Nichts«, unterbrach ihn Ben Ali. »Unsere Organisationen haben beschlossen, dass ich den technischen Teil erledige, und man hat mir freie Hand gelassen. Du bist der Geldbriefträger und hast ansonsten mit nichts etwas zu tun. Wenigstens so lange nicht, bis die Sache hier in New York gelaufen ist. Das waren die Absprachen, oder?«

Haddad nickte schnell. Mit einer nickenden Kopfbewegung deutete er auf den Pilotenkoffer, den er mit dem Fuß unter dem Tisch hindurch in Ben Alis Richtung geschoben hatte. »Am Geld wird es nicht scheitern.«

»An meiner Arbeit in New York auch nicht.«

»Dann ist ja alles in Ordnung und ich kann nach Washington zurückfliegen.« Noch einmal wischte sich Haddad mit dem Taschentuch über das Gesicht.

»Es ist alles in Ordnung«, versicherte Ben Ali.

Das war der Moment, als an der Fahrstuhlseite der Lobby das Blitzgewitter der Fotografen losbrach, weil zwei Hollywoodstars die Lifte verließen und die riesige Lobby des Hotels betraten. Von ihren Bodyguards umringt und abgeschirmt, begannen die Stars den Weg durch die Lobby. Gefolgt von Journalisten und Fotografen, die sie verfolgten, bis sie in eine an der Auffahrt stehende Limousine stiegen und davonfuhren.

»Was hat das zu bedeuten?«, fragte Haddad.

»Das ist Amerika«, sagte Ben Ali. »Zwei Stars, die hier einen Film drehen, und Reporter und Fotografen stürzen sich darauf wie Geier auf das Aas.«

Ben Ali stand auf, nahm den großen Pilotenkoffer, den Haddad ihm unter dem Tisch hindurch zugeschoben hatte, und schien erstaunt über das Gewicht.

»Zwei Millionen Dollar in verschiedenen Scheinen sind nun mal nicht leichter«, sagte der fette Haddad. »Du hast sie angefordert, ich habe das Geld gebracht. Nun musst du es auch wegschleppen.«

Ben Ali grinste schief, was wegen seines eingefallenen Gesichts aussah, als zöge er eine Grimasse.

»Wenn es so weit ist, werdet ihr benachrichtigt.«

Haddad nickte und schaute der Gestalt von Ben Ali nach, die

aussah wie eine wandelnde Leiche. Man konnte beinahe meinen, die Kleidung bewege sich ohne Inhalt zum Ausgang des Hilton Hotels. Dann griff er zum Eistee, trank noch einen Schluck und warf einen Blick zur Uhr.

Er musste sich beeilen, um die Maschine nach Washington zu erreichen, wo er sich offiziell als Gast der amerikanischen Regierung aufhielt, um einige wichtige Sachen zu besprechen.

Phil lenkte den unauffälligen Dodge auf den Parkplatz des kleinen Supermarktes in Brooklyn. Er fand eine freie Lücke direkt neben dem Eingang. Es regnete. Nicht in Strömen, sondern das Wasser fiel wie aus Kübeln geschüttet aus dem grauen Himmel. Er zog fröstelnd die Schultern zusammen, als er daran dachte, den schützenden Wagen verlassen zu müssen.

»The Flying Carpet Market« nannte sich der Laden. Beinahe genauso orientalisch, wie der Name es vermuten ließ, sah er von außen aus, ebenso ging es auch in ihm zu, was Phil durch die regenbehangenen Scheiben erkennen konnte.

Er schaltete die Scheibenwischer ein, um sich noch bessere Sicht zu verschaffen und vielleicht vom Wagen aus schon Gloria Epson zu entdecken, die Tony Mollards Freundin war und in dem Laden arbeitete. Kasse oder Lager, das war nicht sicher. Aber das machte Phil nichts aus. Wenn die Informationen der Kollegen aus Brooklyn stimmten, dann arbeitete die Kleine hier. Dann war sie blond, zierlich gewachsen und etwas unscheinbar. Wenigstens im Kittel des Supermarktes. Darunter durfte sie so unscheinbar nicht sein, wenn sie Mollards Freundin war, der einen ausgesprochen guten Geschmack hatte, was die Frauen anging.

Im Laufe der Zeit, in der sie sich kannten und zusammenarbeiteten, hatte Phil zwei Freundinnen von Mollard kennen gelernt. Die waren von der Klasse gewesen, dass sie auf die Mittelseite eines Hochglanzmagazins gepasst hätten.

Phil schaute von einer Ecke des Ladens in die andere. Das Geschäft war gut besucht, und solange es draußen wie aus Kübeln goss, würde keiner den sicheren Unterschlupf verlassen.

Entdecken konnte Phil die zierliche Blondine nicht. Von den Kassen waren nur vier besetzt. Drei farbige Mädchen und ein rothaariger, pickeliger Junge taten dort die Arbeit.

Also Lager, dachte Phil, überwand das ungute Gefühl, in den Regen hinausgehen zu müssen, und wollte gerade aussteigen, als der verbeulte Lieferwagen in die Parktasche neben seinem Dodge gefahren wurde.

Phil wartete.

Ganz kurz drehte er den Blick nach rechts, weil es ihn überraschte, dass die beiden Latinos, ohne auch nur eine Sekunde zu zögern, den Lieferwagen verließen und zum Eingang des Supermarktes hetzten. Sie trugen Parkas. Einer der beiden, der untersetzte Typ, hatte seine Arme fest um den Oberkörper geschlungen. Offensichtlich trug er etwas unter dem Parka, was er auf keinen Fall verlieren wollte.

Nachdem die beiden Jungen den Eingang des Supermarktes passiert hatten, stieß Phil die Wagentür auf, sprang in den strömenden Regen hinaus und schleuderte die Wagentür wieder hinter sich ins Schloss. Er beeilte sich wirklich, aber er war bereits bis auf die Haut durchnässt, als er den schützenden Eingang erreichte und in den warmen Mief der Verkaufshalle eintrat.

Er blieb stehen, schüttelte sich die Nässe aus dem Gesicht und den Haaren und schaute sich um.

Von den beiden Latinos, die den Supermarkt vor ihm betreten hatten, war nichts mehr zu sehen.

Phil bewegte sich durch die eng stehenden Regale hindurch und blieb dann stehen, als die Lautsprecherdurchsage erfolgte: »Gloria zur Konservenabteilung!«

So selten war der Name Gloria nun auch wieder nicht. Dennoch spürte Phil seine Kopfhaut kribbeln, als er die Durchsage und den Namen hörte. Sein Blick ruckte unwillkürlich zu den Schildern, die den Weg zu den einzelnen Abteilungen des Supermarktes wiesen.

Die Konservenabteilung befand sich irgendwo am Ende der langen und breiten Halle, die im Grunde nur aus Regalen und schmalen Durchgängen bestand.

»Gloria, zur Konservenabteilung!«

Der Gang, den er genommen hatte, wurde von zwei Frauen mit ihren Einkaufswagen blockiert, die ihm amüsiert entgegensahen und nicht den Eindruck erweckten, als würden sie ihm Platz machen.

Phil versuchte es erst gar nicht. Er schlug den nächsten Gang nach rechts ein, lief einige Schritte zur Stirnseite und benutzte den nächsten Gang, der ihn wieder auf die Konservenabteilung zuführte.

Der Teufel hatte seine Hand im Spiel und wollte nicht, dass er schnell sein Ziel erreichte.

Der Gang bog mit einem scharfen Knick nach rechts. Dahinter verbaute ihm eine Wand aus unausgepackten Kisten und Paketen den Weg.

Er musste zurück.

Diesmal ging er kein Risiko ein, sondern benutzte den breiten Hauptgang, der beinahe schnurgerade zwischen den Regalen hindurch zur Stirnseite der Halle führte, wo sich laut Beschilderung irgendwo rechts die Konservenabteilung befinden musste.

»He, Mann, was soll der Scheiß?«, hörte er die aufgeregte Stimme eines Mannes, als er den Gang beinahe schon hinter sich gebracht hatte. »Hier gibt es verdammt nichts zu holen und…«

»Schnauze halten, mit dem Gesicht auf den Boden und Dreck fressen!«

Phil konnte zwar nichts sehen, aber er war sich seiner Sache verdammt sicher, dass dieser Befehl von einem der beiden Latinos gegeben wurde, die vor ihm den Flying Carpet Market betreten hatten.

Wahrscheinlich von dem kräftigeren, untersetzten Burschen, der krampfhaft einen verborgenen Gegenstand unter seinem Parka festgehalten hatte.

»Seid ihr denn übergeschnappt?«, fragte eine Frauenstimme.

»Bist du Gloria Epson?«

»Ja, verdammt. Ich weiß nicht…«

»Wenn du nicht willst, dass ein paar von den Arschlöchern hier drinnen den Abend nicht mehr erleben, dann tust du genau das, was ich dir sage. Verstanden?«

Klar hat sie verstanden, dachte Phil. So wie du schreist, kann man dich bis zur Hunters Point Station hören.

»Du sollst Dreck fressen und nicht in der Gegend herumglotzen!«, schrie der Latino, der den Angestellten zum »Abtauchen« aufgefordert hatte. »Verdammte Bande von …«

Nachdem der Schuss gefallen war, wusste Phil sicher, dass sich unter dem Parka des untersetzten Latinos die Riotgun befunden hatte, die abgefeuert worden war.

Zwei Frauen kreischten in den höchsten Tönen. Irgendwo fiel ein Regal um. Gläser zerschellten klirrend am Boden, Konservendosen rollten durch die Gegend.

»Ihr habt ihn erschossen!«

Das war Gloria Epson.

»Keine Panik!«, schrie der Mann mit dem Gewehr. »Und nicht drängeln. Ihr kommt alle dran, wenn ihr nicht augenblicklich lang ausgestreckt auf dem Boden liegt!«

Phil konnte sehen und hören, wie sich die Kunden zu Boden warfen und schützend die Hände über die Köpfe zogen. Nach dem Motto: Was ich nicht sehe, kann mir auch nicht gefährlich werden.

Phil ließ sich ebenfalls zu Boden fallen, zog den 38er aus dem Holster und steckte sich die Waffe in die Jackentasche. Er versuchte, unter den Regalen hindurchzuschauen. Das war an dieser Stelle nicht möglich. Also robbte er drei Yards weiter, über zwei Frauen hinweg, die nicht mal jetzt den Kopf hoben. Hier standen die Regale nicht so dicht, und sie waren nicht vollständig zugebaut.

Phil konnte Gloria Epson sehen.

In dem grauen Kittel wirkte sie auf den ersten Blick zierlich und unscheinbar. Das blonde Haar hing ihr bis auf die Schultern und rahmte ein sehr schönes, fein geschnittenes Gesicht ein. Sie hatte einen breiten Mund mit vollen Lippen, angeblich ein Zeichen von Sinnlichkeit, und ihre Augen waren zartblau wie ein Bergsee. Jetzt waren sie weit aufgerissen und voller Panik auf den untersetzten Latino mit der Riotgun gerichtet.

»Ihr habt Peter erschossen«, wiederholte sie leise, wobei sich ihre Lippen kaum bewegten.

Der nächste Schuss wurde abgefeuert, um den Kunden Angst einzujagen und sie am Boden zu halten.

»Zum Ausgang, Paco!«, rief der schlanke, schmalhüftige Latino. »Nimm den Arsch von Geschäftsführer mit, damit er dir die Kassen öffnet. Warum sollten wir nur das Mädchen abschleppen, wenn das Geld hier nur so rumliegt!«

Phil konnte den toten Mann auf dem Boden liegen sehen. Mitten in einer Blutlache, die auf den hellen Fliesen immer größer wurde. Er konnte auch den anderen Mann im Anzug sehen, der der Geschäftsführer war und sich der Gewalt nicht widersetzte. Auf den ersten Blick mochte das feige aussehen. Aber in Wirklichkeit war es doch so, dass er das einzig Richtige tat, um seine Kunden, seine Angestellten und sich selbst nicht in noch größere Gefahr zu bringen. Er drehte sich um und ging vor dem untersetzten Latino mit der Riotgun her.

»Wir warten einen Moment, bis Paco das Geld eingesackt hat, Chica«, sagte der andere Latino zu Gloria Epson. »Dann verschwinden wir von hier und werden zusammen jede Menge Spaß haben.«

Phil hielt den Atem an, als der schlanke Bursche der jungen blonden Frau den Lauf eines 45ers an den Kopf hielt. Eine Waffe, mit der Clint Eastwood als Dirty Harry durch die Gegend trabte und die er – auch wenn es nur im Film war – für Phils Geschmack etwas zu oft abfeuerte.

Phils Gedanken jagten sich. Bislang hatte sich keiner der Latinos um die Kunden gekümmert. Sie waren also auch auf ihn noch nicht aufmerksam geworden. Falls das geschah, wurde es kritisch. Denn soweit Phil es überblicken konnte, war er, von den Angestellten einmal abgesehen, der einzige männliche Kunde. Das musste den beiden Latinos regelrecht ins Auge springen. Und wenn die sich erst mal für ihn zu interessieren begannen, konnte er einpacken. Mit der Kanone in der Tasche und dem FBI-Ausweis hatte er dann nicht den Hauch einer Chance, diesen Supermarkt in Brooklyn aufrechten Ganges zu verlassen. Man würde ihn vielmehr in einen Bodybag gehüllt aus dem Laden tragen.

Er zog vorsichtig die Waffe aus dem Jackett, behielt sie in der rechten Hand und schob die Hand dann unter den Körper. Verdammt, wenn er auch nur die kleinste Chance hatte, dem Albtraum hier ein Ende zu bereiten, dann würde er es tun.

Er dachte noch daran, als draußen auf dem Parkplatz das Gejaule einer Polizeisirene erklang.

Jemand, den die Latinos nicht im Auge gehabt hatten, musste den Alarm ausgelöst haben.

»Verdammt, pass da hinten auf, damit die Bullen dir nicht den Arsch wegschießen, Juan!«, schrie Paco seinem Freund und Mittäter zu.

Im selben Augenblick feuerte Paco die Riotgun erneut ab.

Die riesige Scheibe klirrte und fiel in sich zusammen, sodass das Jaulen der Polizeisirene noch schauriger in den Supermarkt hereinklang.

»Ich an eurer Stelle würde nicht näher kommen!«, kreischte Paco und feuerte auf den Streifenwagen. »Wir sind zu zweit und haben jede Menge Geiseln und Munition!«

Kurz darauf war eine zweite Sirene zu hören. Dann eine dritte und eine vierte. Das hieß: Mindestens acht Cops befanden sich auf dem Parkplatz des Supermarktes. Wahrscheinlich – alles andere wäre nicht normal gewesen – hetzten weitere Beamte schon zur Rückseite, wo es die Lieferanteneingänge gab.

Für die Latinos kam der Einsatz völlig überraschend. Sie schienen nicht im Traum mit einem Zwischenfall gerechnet zu haben, während sie – wusste der Teufel in wessen Auftrag – Gloria Epson einsammelten und entführten.

»He, Juan!«, brüllte Paco, der bei den Kassen in Deckung gegangen war. »Das wimmelt hier von Bullen!«

»Bevor die reinkommen, sollen sie genug Leichenwagen anfordern!«, schrie Juan zurück.

Das klang verdammt tapfer und entschlossen, aber Phil, der den schmalen Latino im Blickfeld hatte, konnte die Panik und Aufregung sehen, die sich auf dessen Gesicht abzeichnete. Er drückte Gloria noch immer den Lauf des 45ers gegen den Kopf. Die kleine, zierliche Frau stand da, ohne auch nur eine Miene zu verziehen.

»Habt ihr das gehört, Bullen? Fordert genug Leichenwagen an, bevor ihr hier reinkommt!«, schrie Paco und feuerte den nächsten Schuss aus der Riotgun ab.

Der Kerl war verrückt. Falls er einen Cop mit der Ladung erwischte, würden sich die anderen durch nichts mehr aufhalten lassen.

Phil wollte schon aufstehen und sich zu erkennen geben, als eine Tür an der rechten hinteren Seite aufgerissen wurde.

Juan drehte die Waffe vom Kopf der jungen blonden Frau und schoss sofort.

Getroffen hatte er nicht, denn es erfolgte nicht die geringste Reaktion auf den Schuss, aber die Tür blieb offen. Phil spürte den kalten Luftzug und konnte das Prasseln des Regens hören.

»Die versuchen, von hinten reinzukommen, Paco!«

»Lass sie einfach nicht rein, Mann!«

»Versucht es nicht!«, schrie Juan, schlang seinen Arm um Gloria Epson und zog sie als lebenden Schutzschild vor sich. »Sobald ich den nächsten Fetzen blaue Uniform sehe, ist die Kleine gewesen. Mein Wort drauf!«

Phil schob sich weiter nach vorn. Die Aufmerksamkeit der Latinos war nun völlig auf die Polizei konzentriert. Er legte sich so flach auf den Boden, wie es eben ging, und er schaffte es, durch das unterste Fach eines Regals hindurchzukriechen und so in einen anderen Gang zu gelangen.

Jetzt trennte ihn nur noch ein Regal von Juan und Gloria.

Phil schaute sich um. Hinter ihm war alles ruhig. Wenigstens war unter den Kunden bislang keine Panik entstanden, die eine Katastrophe hätte heraufbeschwören können. Paco konnte ihn von den Kassen aus nicht sehen. Juan hatte alle Hände voll mit Gloria zu tun, und sein Blick war auf die Tür gerichtet, die die Cops von außen geöffnet hatten.

»Die Tür muss zu!«, kreischte Juan. »Die verdammte Tür muss zu!«

»Wer hindert dich daran, sie zu schließen, Arschloch?«, fragte eine beinahe freundliche Stimme durch die offene Tür hindurch. »Noch kannst du doch laufen, oder?«

»Ihr macht die Tür zu, oder ich knalle die Kleine ab!«

»Und dann?«, fragte der Cop, der sich unsichtbar hinter der Tür aufhielt. »Dann fährst du nur eine halbe Sekunde nach ihr in die Hölle, Freund. He, Mann hör zu: Du hast einen Fehler begangen, und ihr seid alle beide am Arsch des Propheten. Noch können wir reden und gemeinsam einen Ausweg …«

»Wenn ich 'nen Pfarrer für 'ne Predigt brauche, sage ich das schon, Motherfucker!«

»Bitte«, meldete sich Gloria Epson zu Wort. »Bitte, macht keinen Unsinn! Ich weiß nicht, was die von mir wollen. Lasst uns verschwinden.«

»Genau!«, hechelte Juan und witterte Morgenluft. »Wir verschwinden jetzt mit der Kleinen. Ihr bleibt schön hier und räumt den Laden auf.«

»Ich will dir keine Vorschriften machen, Junge«, meldete sich erneut der Cop, den Phil genauso wenig sehen konnte wie Juan. Er musste rechts neben der offenen Tür an die Mauer gedrückt stehen. »Aber ein paar Jahre Knast hast du schnell abgerissen. Tot hingegen bist du für eine verdammt lange Zeit.«

Ob es schlau war oder nicht, so mit dem Latino zu reden, darüber erlaubte sich Phil kein Urteil. Auf jeden Fall, das war sicher, jagte es dem Burschen Angst ein, stimmte es ihn vielleicht nachdenklich, und vor allen Dingen lenkte es die Aufmerksamkeit des Jungen auf die offene Tür, wo es nichts zu sehen gab.

Oben auf dem Dach, an einem der drei breiten Fenster, das sich direkt über Phil befand, gab es was zu sehen.

Zwei Cops hatten sich herangearbeitet, um die Lage von oben zu beobachten. Sie sahen Phil in dem Augenblick, als der auf sie aufmerksam wurde.

Phil griff in die Brusttasche und zog seinen FBI-Ausweis hervor. Die dort oben mussten zumindest die Marke sehen und erkennen. Um es ihnen noch leichter zu machen, zeigte Phil ihnen die Dienstwaffe, die er in der rechten Hand trug. Er sah die beiden nicken und wieder verschwinden.

Über Walkie-Talkie gaben sie an den Einsatzleiter durch, dass sich ein G-man in der Verkaufshalle befand, der von den Latinos bislang noch nicht entdeckt worden war.

Phil wartete. Die Cops würden nicht eingreifen und nichts unternehmen, nachdem sie nun wussten, dass sich ein bewaffneter G-man unter den Personen im Supermarkt aufhielt.

»He, Bullen!«, brüllte Paco von der Kasse her. »Wollt ihr jetzt verschwinden oder nicht?«

Absolute Stille.

Die letzte jaulende Sirene und die blinkenden Einsatzlichter auf den Patrolcars wurden ausgeschaltet.

»He, Bullen! Was hat das zu bedeuten?«

Paco, der mit seiner Geisel hinter einer der Kassen Deckung bezogen hatte, wurde nervös. Genau das bezweckte der Einsatzleiter. Er hoffte erst einmal darauf, dass die Latinos noch nervöser wurden, einen Fehler begingen und Phil eine Chance kriegte.

»Die spielen tot, Juan!«

Phil ließ den schmalen Latino, der Gloria Epson immer noch als lebenden Schutzschild vor sich hielt, nicht aus den Augen. Er sah den Kerl bleich werden und nervös den Kopf drehen.

»Die wollen uns fertig machen, Paco!« Seine Stimme klang schrill. »Vielleicht glauben die nicht daran, dass wir es ernst meinen. Ich lege das Baby einfach um!«

»Tu das«, sagte der Cop, der sich an der rechten Seitenwand hinter der geöffneten Hintertür aufhielt und damit für Juan, aber auch für Phil unsichtbar war. »Wenn du scharf auf deine eigene Höllenfahrt bist, leg die Kleine um. Ich eröffne das Feuer, wenn du dich rührst. Vielleicht hat das Baby dann noch eine Chance, aber du sicher nicht. Na los, mach schon, du Held!«

Juan zitterte.

»Und ich will dir noch was sagen: Sobald hier hinten ein Schuss fällt, stürmen meine Kollegen von vorn in den Laden. Dann ist auch dein Freund am Arsch!«

»Das ist alles ein Scheißbluff!«, schrie Paco.

»Auf das Arschloch würde ich nicht hören«, sagte der unsichtbare Cop.

Phil richtete sich auf. Vorsichtig tastete er sich weiter nach vorn.

»Ich mache Ernst!«, brüllte Juan. »Verdammt, ich mache Ernst!«

Vielleicht meinte er es so, vielleicht nicht. Die Chancen standen

50 zu 50 und würden nicht besser werden. Im Gegenteil. Wenn man den Burschen jetzt Zeit ließ, baute man damit ihre verloren gegangene Selbstsicherheit wieder auf.

Phil nahm den 38er Special in beide Hände.

»Nun mach endlich, Juan!«, schrie der unsichtbare Cop durch die offene Hintertür, dem von seinen Kollegen auf dem Dach durchgegeben wurde, wie Phils Position und was seine Möglichkeiten waren. »Mach schon! Lass uns nicht so lange auf die Show warten.«

Eine Sekunde später wurden die Sirenen der Polizeifahrzeuge wieder eingeschaltet, und das blaurote Warnlicht auf den Dächern begann erneut zu zucken.

Die Dosen vor Phil standen in Zweierreihen. Sie waren in diesem Moment noch das einzige Hindernis zwischen ihm, dem Mädchen und dem Latino.

Als Juan den Blick in Richtung Eingang drehte, weil ihn der plötzlich einsetzende Lärm ablenkte – das war auch der Sinn der Übung –, stieß Phil mit der Waffe durch die Dosen hindurch, die auf der anderen Seite aus dem Regal geschleudert wurden.

Juan hatte mit allem gerechnet, nur nicht damit, dass sich jemand in seiner Nähe befand, der den Tanz um Leben und Tod einläutete.

Verdutzt und erschrocken sprang der Latino zurück. Er ließ Gloria Epson los. Der 45er zielte für eine Sekunde lang nicht mehr auf den Kopf der zierlichen Blondine.

Phil feuerte.

Er traf die Schulter des schlanken Latinos, der herumgerissen wurde, die Waffe verlor und ihr nachhechtete.

Phil drehte sich um das Regal herum, erreichte Gloria Epson mit einem Satz, packte sie und riss sie mit sich zu Boden.

Dann brach die Hölle los.

Das Glas der drei Fenster, die sich im Dach des Supermarktes befanden, zersplitterte. Blendgranaten krepierten mit einem Knall, der allein schon ausreichte, um die meisten in einen Schockzustand zu versetzen.

Phil rollte sich über die zierliche Blondine und deckte sie mit seinem Körper ab, während die Cops den Supermarkt von vorn und durch die offene Hintertür gleichzeitig stürmten.

Von vorn war das Vorstürmen kein besonders großes Risiko, denn einer hatte eine der Blendgranaten so geschickt geworfen, dass sie in unmittelbarer Nähe von Paco losgegangen war. Der war also auf jeden Fall ausgeschaltet und konnte die tödliche Riotgun nicht mehr einsetzen.

Aber das konnte Phil nicht sehen.

Unter ihm bäumte sich Gloria auf und versuchte freizukommen. Mit aller Kraft hielt Phil sie am Boden.

»Okay!«, schrie er sie an. »Okay, Gloria! Alles in Ordnung!«

Sie glaubte ihm nicht mehr als Phil einer Wahrsagerin von der Kirmes auf Coney Island.

Zwei oder drei Sekunden verstrichen, kaum mehr, obgleich Phil die Zeit wie eine Ewigkeit erschien, dann hatten die Cops Juan endgültig ausgeschaltet.

»Fertig, G-man!«

Phil richtete sich auf. Bunte und helle Kreise tanzten vor seinen Augen. Er stand noch ziemlich wackelig auf den Füßen. Ein großer, schwerer Cop mit roten Haaren stützte ihn. Es war der, der seitlich der offenen Tür in Deckung gestanden und Juan mit seinem Gerede nervös gemacht hatte.

»Hier vorn ist alles in Ordnung«, kam die erlösende Meldung vom Eingang. »Alles unter Kontrolle. Wir haben ihn!«

Jetzt erst verlor die kleine, zierliche Blondine die Nerven. Gloria begann hemmungslos zu weinen. Ihre Schultern zuckten, und ihr Körper verkrampfte sich. Phil kniete sich neben sie auf den Boden, zog sie hoch und legte seine Arme um sie.

»Okay«, sagte er leise in Glorias Ohr. »Okay, schrei, wenn es dir hilft. Aber du hast nichts mehr zu befürchten. Okay?«

Sie schaute ihn an, dann Juan, den einer der Cops an den Beinen packte und hinter ein Regal schleifte, wo man ihn nicht mehr sehen konnte.

»Das war perfekt, G-man«, sagte der große rothaarige Cop. »Besser hätten selbst wir Iren das nicht hingekriegt.«

Das aus dem Mund eines Iren, die für sich in Anspruch nahmen, die absolute Krone der Schöpfung zu sein, kam beinahe schon einem Ritterschlag gleich.

»Ihr wart auch nicht schlecht, Mann.«

»Jim O'Brian«, sagte der Cop.

»Phil Decker«, nannte Phil seinen Namen.

»Wir sind im Training«, sagte O'Brian. »Es ist in diesem Jahr schon unser dritter Einsatz in diesem Supermarkt.« Er schaute auf Gloria, die sich immer noch ängstlich an Phil klammerte. »Du hast dich sehr gut gehalten, Baby. Verdammt gut. Jeder andere hätte die Nerven verloren.«

»Ich habe gedacht, dass ich sterben muss«, sagte die zierliche Blondine, die Tony Mollards Freundin war. »Die hatten es doch auf mich abgesehen, oder? Die haben mich doch extra aus dem Lager in den Verkaufsraum kommen lassen, oder?«

O'Brian warf Phil einen fragenden Blick zu.

»Das finden wir später raus«, sagte Phil, der Gloria nicht beunruhigen wollte.

Er ließ sie los, als ein Arzt aus dem Rettungswagen mit langen Schritten nahte und die junge Frau übernahm.

Phil stand auf.

»Die hatten es auf Gloria Epson abgesehen«, sagte er, nachdem man die Blondine auf eine Trage gelegt und nach draußen gebracht hatte. »Dass ich ausgerechnet in der Nähe war, war ein Glücksfall.«

O'Brian grinste.

»Ohne Glücksfälle wären wir doch alle schon längst am Arsch. G-man«, sagte er. »Mal sehen, dass wir die beiden Helden schnell wieder auf die Beine kriegen, damit sie uns eine lange Geschichte erzählen können. Und, bei Gott, die werden reden! Die haben einen Mann auf dem Gewissen.«

Phil sah O'Brian an.

»Was ist mit den Kunden des Supermarktes, Captain?«, fragte einer der Cops, der aus dem vorderen Teil des Verkaufsraums nach hinten kam.

»Wenn sie laufen können, wenn sie sich in Ordnung fühlen, können sie gehen, wohin sie wollen. Keine Personalien aufnehmen, nichts. Die sollen ihre Ruhe haben. Für das, was hier geschehen ist, brauchen wir keine zivilen Zeugen. Die melden sich später doch, wenn ihnen ein Anwalt erst mal gesagt hat, dass sie Schadensersatzansprüche an den Betreiber des Supermarktes stellen können.«

»Okay, Captain.«

Die Vorgehensweise von O'Brian sprengte alle Dienstregeln. Phil schaute ihn zweifelnd an.

»Verdammt«, knurrte O'Brian, »wenn Sie das miterlebt hätten, wenn Sie gerade Ihren Arsch noch mal in Sicherheit hätten bringen können, dann wären Sie doch auch nicht glücklich darüber, noch von ein paar Uniformierten befragt zu werden, oder?«

»Bestimmt nicht. Aber man wird Ihnen Schwierigkeiten bereiten.«

»Wer?«, fragte O'Brian, der sich die Uniform auszog. Darunter trug er ein T-Shirt und Jeans. Er versetzte dem blauen Tuch einen Tritt und beförderte es zwischen die Konserven. »Wer, verdammt, sollte mir Schwierigkeiten machen, Decker? Der DA oder sein Gehilfe, oder jemand vom Departement, der sich einen Orden verdienen will? Das ist mein Bezirk, das da draußen und hier drinnen sind meine Leute. Die haben ihren Job getan und mit Ihrer Hilfe, das will ich unterstreichen, das Schlimmste verhindert. Wenn die mir einen Tritt in den Arsch geben, Decker, dann legt die ganze Abteilung ihr Abzeichen auf den Tisch, und dann ruht der Betrieb. Bevor die andere Leute gefunden haben, die in diesem Scheißbezirk ihr Brot verdienen wollen, haben sich hier Schlangen und Ratten gepaart und die Macht übernommen. Machen Sie sich wegen mir keine Sorgen.«

Phil sah den großen, kräftigen Mann an und legte ihm die Hand auf die Schulter. »Sie sind ein Ass, Captain. Das wird auch in meinem Bericht stehen.«

»Bullshit!«, brauste O'Brian auf. »Als Team sind wir ein Ass. Allein wäre ich ein Straßenköter, der zwar kläfft, aber nicht zubeißt. Schreiben Sie das in Ihren Bericht, G-man. Würden Sie mir eine Frage beantworten?«

»Beinahe jede.«

»Warum hatte man es auf die Kleine abgesehen? Hat das etwas mit der Sache bei Archie Hamper zu tun?«

Phil nickte.

»Und Sie haben wirklich keine Ahnung, wer dahinter steckt?«

»Bis jetzt nicht«, antwortete Phil. »Vielleicht können die Latinos uns weiterhelfen.«

»Darauf würde ich nicht mal einen Dollar wetten, G-man.«

»Welche Abteilung?«, fragte Serge Anatov im Tonfall eines Sergeants der Marines, der seinen neuen Schäfchen gerade mitteilte, dass sie von nun an als Mensch zu existieren aufgehört hätten.

Anatov trug eine blonde Perücke, eine randlose Brille mit normalem Fensterglas und einen Schnauzbart, der vom Regen etwas schief hing.

Das jedoch fiel der Angestellten des Krankenhauses gar nicht auf, die dafür zuständig war, Besuchern, die sich nicht auskannten, den richtigen Weg zu weisen.

»Ich verstehe nicht …«

»FBI«, sagte Anatov. »Auf welcher Abteilung liegt unser spezieller Patient?«

»Dritter Stock, Sir.«

»Zimmer?«

»Ich weiß nicht, Sir. In dem Zimmer, vor dem die Cops Wache stehen, nehme ich an.«

Mit weit aufgerissenen Augen schaute Eleonore Sander, die junge Angestellte, den Blonden an. Sie fand, dass der Mann mit den FBI-Agenten, die sie aus TV-Serien und Filmen kannte, absolut nichts gemein hatte. Weder im Aussehen noch in der barschen, unfreundlichen Art, mit der er auftrat.

Anatov lächelte sie an.

»Okay«, sagte er. »Ich hoffe doch, dass die Sicherheitsvorkehrungen gut sind.«

»Das sind sie bestimmt, Sir. Für jeden, der nicht dort arbeitet, ist Abteilung B verbotenes Terrain, Sir.«

Anatov nickte zufrieden.

Dieser Besuch war im Grunde nur ein Versuch gewesen, den er zu jeder Zeit wieder abbrechen konnte. Wenn er nicht so schnell und problemlos herausbekommen hätte, wo man in diesem Gebäude Tony Mollard untergebracht hatte, hätte er es später noch einmal auf einem anderen Weg versucht. Deshalb auch die Maskerade. Wenn er wieder hier auftauchte, wollte er nicht, dass man sich an sein Gesicht erinnerte.

Er hatte den Einsatz in Brooklyn selbst geleitet, hatte den Fehler begangen, Mollard zu vergessen, und wollte diesen Fehler nun auch selbst wieder ausbügeln. Erstens war es gut für sein Ego, zum anderen würde auf diese Art und Weise niemand erfahren, dass es um seine Unfehlbarkeit gar nicht so gut bestellt war, wie er immer behauptete.

»Wer hat Dienst?«

»Sie meinen, welcher Arzt?«

»Das meine ich, Miss.«

Seine Stimme klang jetzt freundlicher. Barsches Auftreten war nicht mehr erforderlich. Es war eine alte, nicht nur KGB-Weisheit: Wenn jemand erst mal zu reden begonnen hatte, konnte man von ihm leicht alles erfahren, was für ein Unternehmen wichtig war. Was die junge Blondine hier anging, so war ihr garantiert eingehämmert worden, Fragen, die sich auf den Patienten Tony Mollard bezogen, nicht zu beantworten, sondern stattdessen sofort Alarm zu schlagen.

»Dr. Meyers, Sir.«

»Ist er oben?«

»In seinem Büro wahrscheinlich. Soll ich Sie anmelden?«

»Keine Umstände, Miss. Ich werde ihn schon finden. Abteilung B, dritter Stock, nicht wahr?«

»Dr. Meyers Zimmer befindet sich zwischen Abteilung A und B. Sein Name steht an der Tür. Ich kann …«

»Sie haben mir wirklich schon genug geholfen, Miss …«

»Eleonore Sander«, sagte die junge blonde Angestellte, was Anatov natürlich längst wusste. Schließlich stand ihr Name auf einem kleinen Plastikschild, das auf dem Tresen aufgestellt war.

»Okay, Miss Sander. Sie vergessen nicht, sofort nach oben durchzugeben, wenn sich jemand anderer als ein FBI-Agent nach dem Patienten erkundigt.«

»Bestimmt nicht, Sir. Welchen Namen kann ich eintragen?«

Anatov stutzte eine Sekunde, aber auch das fiel Eleonore Sander nicht auf. Ihre Menschenkenntnis war nicht sehr groß.

»Special Agent Ron Wonder«, sagte Anatov.

»Okay, Sir.«

Anatov nickte ihr zu und begab sich auf den Weg zu den Fahrstühlen fürs Publikum.

»Sir!«

Anatov drehte sich noch einmal um.

»Mit dem Personallift, dort hinten rechts, kommen Sie beinahe genau an Dr. Meyers' Büro heran, Sir.«

Anatov nickte und folgte dem Fingerzeig der jungen Blondine. Er benutzte den Personallift und fragte sich, warum der ausschließlich für das Personal bestimmt war, wenn jeder, der es wollte, ihn ohne einen besonderen Schlüssel benutzen konnte.

Aber was, zum Teufel, sollte ihn das eigentlich interessieren?

Er hatte Glück gehabt, das war viel wichtiger. Mollard hatte, falls er überhaupt etwas zu sagen hatte, was ja noch gar nicht sicher war, mit Sicherheit noch nicht geredet. Anatov kannte den Ex-Cop und Spitzel viel zu gut. Wenn Mollard etwas wusste, behielt er es erst mal für sich und versuchte, bare Münze daraus zu schlagen. Mit anderen Worten: Mollard würde ihn, Anatov, zuerst einmal erpressen und später, wenn er kassiert hatte, doch an die Bullen verraten.

Für welche Seite sie auch immer arbeiteten, einem Verräter konnte man nicht trauen.

Deshalb hatte Anatov auch dafür gesorgt, dass Gloria Epson geschnappt wurde. Wenn man Mollard nicht anders zum Schweigen bringen konnte, dann vielleicht mit seiner Freundin als Geisel. Einer seiner Männer, die nach den Anschlägen New York nicht verlassen hatten, hatte für diesen Job über Umwege zwei Latinos angeheuert, würde die Aktion aus sicherer Distanz beobachten, Mollards Freundin später übernehmen und die Latinos in Blei auszahlen.

Anatov war zufrieden. Er glaubte nicht wirklich daran, dass man Mollard brauchte. Aber es lag in seiner Natur, sich doppelt abzusichern. Für den Fall der Fälle, denn wirklich sicher konnte ein Mann sich erst dann sein, wenn ein Fall abgeschlossen worden war.

Anatov verließ den Lift auf der dritten Etage und stand in der Treppenhausschleuse eines langen Ganges, die sich zwischen Abteilung A und B befand. Den Eingang zu den Abteilungen bildeten Holztüren, die mit einem breiten und hohen Fenster ausgestattet waren. Schwingtüren, die von jeder Seite aus mittels Knopfdruck geöffnet werden konnten und sich selbstständig wieder schlossen.

Durch die Scheibe hindurch konnte Anatov in den Gang von Abteilung B schauen, der nach ungefähr zwanzig Yards einen scharfen Rechtsknick beschrieb.

Von den Cops war nichts zu sehen. Also befand sich das Zimmer, in dem Tony Mollard lag, hinter dem Knick.

Das Zimmer von Dr. Meyers befand sich in der Tat nur wenige Schritte vom Lift entfernt. Anatov ging darauf zu, zögerte und klopfte. Als keine Reaktion erfolgte, öffnete er vorsichtig die Tür. Der Raum war verlassen. Anatov betrat ihn, schloss die Tür hinter sich und schaute sich aufmerksam um.

Zwei grüne Kittel hingen an einem Kleiderhaken. Es gab verschiedene Kopfhauben und Mundschutze, und natürlich auch ein Stethoskop, das zum Outfit jedes Arztes gehörte.

Anatov grinste zufrieden. Er zog sich einen der Kittel an, setzte sich eine Haube auf, legte den Mundschutz an und zog ihn bis zum Hals hinunter. Damit im Gesicht herumzulaufen wäre dann doch zu auffällig gewesen. Er betrachtete sich selbst im Spiegel über dem Waschbecken. Wenn er sich in dieser Maskerade selbst begegnet wäre, hätte er sich nicht wiedererkannt. Er überprüfte seine Waffen noch einmal, wie er es gewohnt war. Eine handliche Schnellfeuerpistole und einen 22er mit Schalldämpfer. Er verstaute die Waffen unter dem Kittel und wollte das Arztzimmer gerade verlassen, als kurz geklopft und die Tür sofort geöffnet wurde.

Eine Schwester kam herein.

»Dr. Meyers«, sagte sie. Von Anatov sah sie nur den Rücken, weil der sich zum Fenster gedreht hatte. »Es geht um den Patienten von ...«

Weiter kam sie nicht. Anatov wirbelte herum und schnappte sie, bevor sie das Zimmer wieder verlassen und Alarm schlagen konnte.

»Mister.«

Ich blieb stehen und drehte mich zu der jungen Blondine um, die hinter einer Art Desk saß und den Auftrag hatte, den Besuchern zu helfen, die sich in diesen Gebäuden nicht auskannten.

»Sie sind doch auch vom FBI, Mister?«

Normalerweise hätte ich nur genickt. Aber das »auch« machte mich stutzig. Ich konnte mich nicht an sie erinnern, aber sie sich offensichtlich an mich. Also musste sie auch hier gewesen sein, als Phil und ich Mollard den letzten Besuch abgestattet hatten.

»Das ist richtig, Miss Sander.« Ihr Name stand auf dem Plastikschild, das auf dem Tresen aufgestellt war. »Wieso?«

»Oh, nichts.« Sie schüttelte den Kopf. »Es ist nur, weil ein Kollege von Ihnen schon oben ist.«

»Wo, oben?«

»Na, im dritten Stock, Abteilung B. Sie wissen schon.«

Also bei Mollard.

»Und?«, fragte ich.

Eleonore Sander zuckte mit den Schultern. »Sie habe ich schon mit einem Ihrer Kollegen gesehen. Den anderen kannte ich nicht. Er musste auch erst fragen...«

»Wo der Patient Mollard liegt?«

»Ja.«

»Wie heißt er? Ich meine meinen Kollege, der oben ist.«

Verdammt, es war immerhin möglich, dass einer von uns hier war, um Mollard noch einmal zu befragen.

Eleonore Sander schaute auf ihre Notizen und nannte mir den Namen. Mit dem nächsten Satz beschrieb sie mir den Mann, obgleich ich sie nicht danach gefragt hatte.

Ich kannte weder den Namen Ron Wonder noch jemanden, der dem Kerl glich, und Miss Sander ahnte bereits, dass sie einen möglicherweise fatalen Fehler begangen hatte.

»Wann ist der gekommen und nach oben gefahren?«

»Vor knapp fünf Minuten, Mister.«

»Und Sie haben ihn zu Dr. Meyers geschickt?«

»Ja.« Ihre Augen weiteten sich. »Ich arbeite erst seit vier Wochen hier«, sagte sie. »Was soll ich jetzt tun?«

»Nichts«, antwortete ich. »Ruhig bleiben. Und machen Sie sich keine Sorgen.«

Ich wünschte sie eigentlich zum Teufel, aber auf der anderen Seite hatte ich Mitleid mit ihr. Vier Wochen Dienst. Wenn bekannt wurde, was sie getan hatte, war sie ihren Job los.

Ich kannte den kurzen Weg mit dem Personalaufzug, den der angebliche G-man Ron Wonder ebenfalls benutzt hatte.

Die Tür zu Dr. Meyers' Büro war nur angelehnt. Der Doc trat gerade aus dem anderen Block, als ich die Tür vorsichtig aufschob.

»Mr. Cotton?«

Ich wirbelte zu ihm herum, hielt den 38er Special in der Hand und zielte automatisch auf den Doc.

»He …«, brachte er nur heraus und wurde weiß wie die Wand in seinem Rücken.

»Okay, okay.«

Das Herz schlug mir bis zum Hals herauf. Der falsche G-man – für mich gab es nicht mehr den geringsten Zweifel daran, dass es ein solcher war – hatte knapp fünf Minuten Vorsprung. Jedenfalls hatte Eleonore Sander das behauptet. Der Kerl hatte sich präparieren müssen. Mit einem Kittel aus Dr. Meyers' Büro wahrscheinlich. Aber damit allein konnte er nicht in Mollards Krankenzimmer gelangen. Die Cops kannten jeden von der Station und hatten strikte Anweisung, keinen Unbekannten zu Mollard durchzulassen. Also musste der Bursche eine Person mitgenommen haben, die den Cops bekannt war.

Dr. Meyers schied aus, also blieb eine Schwester.

Das schoss mir durch den Kopf, als ich in den Gang der Abteilung B lief und vor dem Knick, den der Gang nach zirka zwanzig Yards beschrieb, kurz stoppte.

»… hat uns vorher auch keiner gesagt, dass plötzlich ein Spezialist zu Mollard muss, den ich auf dieser Abteilung noch nie gesehen habe«, hörte ich einen der Cops sagen.

»Das wird schon in Ordnung sein«, sagte der andere. »Immerhin wurde er von der richtigen Schwester begleitet.«

Ich drehte mich um den Knick herum. Nach dem, was ich gehört hatte, war die Luft im Gang rein, soweit es den falschen G-man und die Schwester betraf.

Ich kam die entscheidenden Sekunden zu spät.

Vom Knick aus waren es noch einmal zehn Schritte bis zu Mollards Zimmer, vor dem die Cops wachten, die mich kannten.

Erschrocken und gleichzeitig erstaunt wirbelten sie zu mir herum. Ich gab ihnen blitzschnell das Zeichen, sich ruhig zu verhalten. Zum Glück verstanden sie es und wichen zurück, als ich mich der Tür näherte, hinter der sich Mollard, der falsche G-man und eine Krankenschwester aufhielten.

»Auf jeden Fall lasst ihr den Burschen nicht wieder raus«, wisperte ich den beiden Iren zu. »Einer geht zu Dr. Meyers und gibt Alarm. Die sollen sich auf einen Notfall vorbereiten. Okay?«

Ich wartete die Antwort nicht ab, drückte die Klinke und wollte die Tür mit einem Ruck aufstoßen.

Es ging nicht.

Verdammt, natürlich nicht!

Ich hatte es nicht mit einem Anfänger, sondern mit einem ausgekochten und gewissenlosen Profi zu tun. So einfach ließ der sich nicht überraschen. Er hatte etwas von innen vor die Tür geschoben.

Den Nachtkasten, wie sich später herausstellte.

Automatisch duckte ich mich.

Drinnen schrie eine Frau. Im selben Sekundenbruchteil zerhackte die Garbe aus einer Schnellfeuerpistole das Türblatt.

Die Projektile durchschlugen das Holz glatt und ließen den Putz der gegenüberliegenden Wand aufstauben.

Der Cop, der zurückgeblieben war, während sich der andere auf dem Weg zu Dr. Meyers befand, lag flach auf dem Boden und hielt seine Waffe, genau wie ich, in beiden Händen.

»An eurer Stelle würde ich nicht versuchen, hier reinzukommen!«

Meine Gedanken überschlugen sich.

Wenn der Bursche erschienen war, um Tony Mollard zum Schweigen zu bringen, und darauf deutete alles hin, war es wahrscheinlich schon geschehen. Da lohnte sich das Risiko nicht mehr. Aber es gab noch die Schwester, und die befand sich in akuter Lebensgefahr, ob ich nun in das Zimmer stürmte oder nicht. Es war kaum damit zu rechnen, dass er die Schwester als lebenden Zeugen zurückließ.

Das passte ganz und gar nicht zu der Vorgehensweise der Leute, die das Horror-Weekend in New York veranstaltet hatten. Menschenleben standen bei denen nicht hoch im Kurs.

Also zögerte ich höchstens zwei Sekunden. Als danach nicht mehr geschossen wurde, rammte ich die Tür mit der Schulter. So schleuderte ich den Nachttisch beiseite, den der Kerl vor die Tür geschoben hatte.

Ich warf mich nach vorn, drehte mich nach rechts und stand mit einem Satz wieder auf den Beinen.

Mein Blick fiel auf das Bett mit Mollard und dann auf die Schwester, die auf der Fensterbank des Zimmers saß.

Wie einen Schatten sah ich den Burschen noch verschwinden.

Er sprang aus dem Fenster auf das Dach eines Nebengebäudes, das nur zehn Fuß tiefer lag.

»Wenn du am Fenster erscheinst, ist die Kleine tot!«

Das klang deutlich von unten herauf.

Ich hechtete nach vorn, am Bett von Mollard vorbei und auf das Fenster zu. So tief, dass sich mein Schatten nicht hinter den Scheiben abzeichnete, der Kerl dort unten auf dem Dach also nicht wissen konnte, dass ich seinen Befehl ignorierte.

Ignorieren musste, denn die Schwester stand fast auf der Schwelle ins Jenseits. Vom unter uns liegenden Dach aus war sie mit ihrem weißen Kittel eine ausgezeichnete Zielscheibe, und der Kerl verstand es, mit der Waffe umzugehen. Sobald er sich auf das tiefer liegende Dach verabschiedete, würde er auf die Schwester schießen.

Ich erreichte sie nicht mit dem ersten Sprung. Ich musste mich über den Boden unter das Fenster rollen. Die Waffe hatte ich losgelassen. Die konnte mir bei dieser Aktion nicht helfen.

Meine Hände zuckten in dem Moment nach vorn, als die Schwester zu schreien begann und voller Panik die Beine anziehen wollte. Woher sollte sie auch wissen, dass ich nicht ihr Feind war?

Ich erwischte ihr rechtes Fußgelenk.

Obgleich sie sich am Fensterrahmen festklammerte, riss ich sie mit einem Ruck ins Zimmer zurück. Sie stürzte mir entgegen. Ich fing sie auf und hielt sie am Boden, als sie wieder aufspringen wollte.

Im nächsten Sekundenbruchteil feuerte der Unbekannte die nächste Garbe aus der Waffe ab.

Die Kugeln durchschlugen die Fensterscheibe und zertrümmerten den Fensterrahmen genau in der Höhe, in der sich die Schwester befunden hatte, die ich mit aller Kraft am Boden hielt und die jetzt einen Schreikrampf hatte.

Ich ließ sie los, sprang auf und hetzte zum Fenster.

Ich sah den Schatten des Mannes am Dachrand.

Er hatte sich in meine Richtung gedreht. Ein großer, blonder Mann, dessen Haare genauso falsch waren wie sein Schnauzbart, der sich gelöst hatte und dessen eine Spitze jetzt beinahe bis auf sein Kinn hinabhing.

Er gönnte mir nur einen kurzen Blick, dann begann die Waffe wieder Blei und Verderben zu spucken.

Ich hatte damit gerechnet.

Auf den ersten Blick schon war mir klar gewesen, dass ich keine Chance hatte, den Burschen einzuholen oder gar einzufangen. Erstens lag meine Waffe noch im Zimmer und zum anderen würde ich mich ohne die geringste Deckung auf dem Flachdach des Hauses befinden, wenn ich sprang. Dann brauchte er nicht mal ein guter Schütze zu sein, um mich zu erledigen.

Die Schwester schrie noch immer, als die beiden Cops und Dr. Meyers ins Krankenzimmer stürmten.

»Sir …«

»Kümmert euch um die Schwester«, unterbrach ich den Cop, stand auf, sammelte meine Dienstwaffe wieder ein und ging zum Bett, in dem Mollard lag.

Dr. Meyers hatte sich über ihn gebeugt. Anderes Personal stürmte mit diversen Geräten herein. Wie eine Mauer umstanden sie das Bett. Mit der Schulter bahnte ich mir einen Weg in die erste Reihe.

Das Bettzeug war nicht mehr schneeweiß, sondern wies dunkle Blutflecken auf. In Brusthöhe und etwas tiefer.

Mollard hatte Mund und Augen weit aufgerissen.

Er war nicht tot, was eindeutig darauf hinwies, dass der Unbekannte nicht mit einer vollautomatischen Waffe auf ihn gefeuert hatte, sondern mit einer kleinkalibrigen Waffe, die wahrscheinlich mit einem Schalldämpfer ausgestattet war.

»Tony!«, brüllte ich ihn an.

Zwei Männer in weißen Kitteln versuchten mich abzudrängen. Sie taten ihre Pflicht. Aber, verdammt, nach dem, was geschehen war, musste auch ich meine Pflicht tun. Noch lebte Mollard. Vielleicht war er dazu in der Lage, mir den entscheidenden Tipp auf den Kerl zu geben. Egal auf welchen. Auf den, der versucht hatte, ihn hier und jetzt zu killen, oder auf den, der seine Freunde getötet hatte.

»Tony!«

Sein Kopf ruckte zu mir herum. In seinen Augen blitzte es auf.

»Verdammt, sie haben Gloria geschnappt!«

Sie hatten Gloria nicht, weil Phil ihnen einen Riegel vorgeschoben hatte. Ich musste ihn anlügen. Vorher hatte er Phil und mir gegenüber geschwiegen wie ein altes Pharaonengrab. Vielleicht brachte ihn der Name Gloria auf andere Gedanken.

»Verschwinden Sie von hier!«

Jemand zerrte an meinem Jackett. Ich stieß mit dem Ellbogen nach hinten und traf. Eine Person wurde zurückgeschleudert und ging jaulend zu Boden.

»Verdammt, Tony!«

»Russe – Jerry. Russe …«

Ich verstand zwar, was er sagte, aber nicht, was es zu bedeuten hatte.

»Russe …!«

Er bäumte sich in den Kissen auf. Zwei der Ärzte, oder was immer sie auch sein mochten, drückten ihn zurück.

Mollard schloss die Augen.

»Das ist sinnlos, Cotton!«, brüllte Dr. Meyers. »Er ist bewusstlos!«

Ich traute ihm. Er hatte keinen Grund, mich anzulügen. Ich zog mich vom Bett zurück. Erst jetzt fiel mir auf, dass die Schwester zu schreien aufgehört hatte. Verängstigt hockte sie unter dem zertrümmerten Fenster und schaute mich aus weit aufgerissenen Augen an.

Ich ging neben ihr in die Knie, legte meinen Arm um ihre Schulter und zog sie vorsichtig an mich.

»Glück gehabt«, sagte ich.

Ihre Schultern zuckten. Ich strich ihr über das halblange, dunkle Haar und hielt sie fester.

»Jetzt kann nichts mehr passieren, Miss. Nichts mehr.«

»Er hat ihn kaltblütig erschossen, und er wollte mich …«

»Es ist gut«, sagte ich.

Vorsichtig befreite sie sich aus meinem Griff und schaute dem Bett hinterher, auf dem Mollard im Eiltempo in den OP gerollt wurde. Es gab nur noch die beiden Cops, die Schwester und mich. Die Tür stand weit offen, und im Gang da draußen herrschte eine Ruhe, als wäre die ganze Abteilung plötzlich ausgestorben.

»Sie haben mir das Leben gerettet«, brach die brünette Schwester das Schweigen.

»Unsinn.« Ich schüttelte den Kopf, als die Schwester aus ihrer Kitteltasche eine Zigarettenschachtel holte und mir eine anbot. Mit ihren zitternden Händen schaffte sie es nicht, eine Zigarette aus der Schachtel zu holen. Ich nahm sie ihr ab und zündete ihr eine an, was natürlich absolut gegen die Hausordnung verstieß.

»Das hier ist ein Krankenhaus und …«

Mein Kopf ruckte zur offenen Tür. Dort stand wie ein Racheengel Schwester Frust, mit der Phil und ich schon mal zu tun gehabt hatten. Ihre Augen blitzten, die Lippen bildeten einen einzigen Strich, und es fehlte eigentlich nur noch, dass ihr Feuer aus den Nasenlöchern schlug. Dann wäre der Drache perfekt gewesen.

»Ich werde Sie …«

»Wenn sie in drei Sekunden nicht verschwunden ist, fesseln Sie sie, Officer, und führen eine Leibesvisitation durch«, wandte ich mich an einen der beiden irischen Cops, die sicherlich auch schon schlechte Erfahrungen mit ihr gemacht hatten.

»Gerne, Sir.«

Laut kreischend verschwand Schwester Frust, genauso schnell, wie sie aufgetaucht war.

»Es ist meine Schuld«, sagte die Schwester, die rauchend neben mir im leeren Zimmer saß.

»Unsinn«, widersprach ich. »Es gehört nicht zu Ihren Pflichten, sich wegen eines Patienten von einem Gangster erschießen zu lassen.«

Sie rauchte einen tiefen Zug und schaute zu Boden. »Er hat mich in Dr. Meyers' Zimmer überrascht und …«

»Es ist in Ordnung«, unterbrach ich sie. »Sie haben sich fabelhaft verhalten. Wirklich.«

»Was man von uns wohl nicht sagen kann, oder?«

Ich schaute den Officer mit den roten Haaren an und schüttelte den Kopf.

»Es nutzt keinem was, Schuld auf sich zu nehmen«, sagte ich leise. »Geschehen ist geschehen. Er hat sich als Spezialist ausgegeben, und ihr hattet keine Zeit, das zu überprüfen.«

»Was ist mit Mollard?«

Ich zuckte mit den Schultern. »Wenn er auch diesen Anschlag überlebt, werde ich abergläubisch«, sagte ich. »Aber ich hoffe es für ihn.«

Ich stand auf und schaute aus dem Fenster hinter dem Kerl her, den Mollard Russe genannt hatte.

Nannte man ihn so, weil seine Nationalität russisch war? Oder war es ein Spitzname?

Ich fragte die beiden Officer, ob sie damit etwas anfangen konnten. Sie kannten keinen Russen, wenigstens nicht auf Anhieb.

Brooklyn war auch nicht die Gegend, in der die Russen, was das organisierte Verbrechen anging, eine Rolle spielten. Die hatten sich auf Coney Island breit gemacht.

Dr. Meyers kam zurück, blieb in der Tür stehen und schüttelte den Kopf. Die Bewegung war so endgültig, dass sich Worte erübrigten.

Ich brauchte nicht abergläubisch zu werden. Tony Mollard hatte das ewige Leben nicht für sich gepachtet gehabt. Er war tot. Drei Schüsse in die Brust und zwei in den Bauch überlebte niemand.

»Setzen Sie sich mit der Gerichtsmedizin auseinander, Doktor«, sagte ich. »Ich will, dass die Obduktion dort durchgeführt wird.«

»Wir haben hier alle Möglichkeiten, und unser Pathologe …«

»In der Gerichtsmedizin, Dr. Meyers«, wiederholte ich. »Die packen so was aus einem anderen Blickwinkel an. Das ist nicht gegen Ihren Pathologen gerichtet. Okay?«

»Sie sind der Boss«, sagte Dr. Meyers leicht angesäuert.

»Ich bin nicht der Boss, Doc. Ich bin ein G-man und wünschte mir, Busfahrer oder sonst was geworden zu sein. Nachdem das hier auch noch geschehen ist, wird eine bestimmte Art von Presse alles tun, um uns noch mehr in den Dreck zu treten.«

»Entschuldigung«, sagte Dr. Meyers.

Ich legte ihm die Hand auf die Schulter und schaute ihn an. »Wir haben alle unsere Sorgen«, sagte ich und verließ das Zimmer.

Ganz kurz tauchte Schwester Frust am Ende des Ganges auf. Als sie mich entdeckte, drehte sie sich um und ergriff in panischer Angst die Flucht.

»Was ist mit Tony?«

Gloria Epson stellte die Frage, als wüsste sie die Antwort schon lange und wolle sich diese nur noch einmal bestätigen lassen.

Phil kannte die Antwort. Er hatte gerade Nachricht von dem erhalten, was sich im Krankenhaus ereignet hatte. Aber Phil wusste nicht, wie er es der zierlichen jungen Frau sagen sollte, die vor ein paar Stunden gerade selbst mit viel Glück dem Teufel ein Schnippchen geschlagen hatte.

Ihr Apartment, in dem sie sich befanden, war klein, aber sauber und gemütlich eingerichtet. Es gab viele Bilder, die Gloria Epson zusammen mit Tony Mollard zeigten. Auf Partys, am Strand von Coney Island, im Central Park, in Florida und Kalifornien. Auf jeden Fall war das Wasser blau, und es gab Palmen und Sonne.

Phil zündete sich eine Zigarette an.

»Es tut mir Leid«, sagte er.

»Tony ist tot!«

»Ja.«

Phil wollte auf sie zuspringen und sie festhalten, denn es sah aus, als würden die Beine ihr den Dienst versagen. Aber Gloria hielt sich am Rand des Sideboards fest, das gleichzeitig als Bar diente und auf dem viele Flaschen standen. Sie griff nach einer Flasche Tequila und schenkte sich ein Glas randvoll ein.

»Für Sie auch einen?«

Phil schüttelte den Kopf. Er fühlte sich elend. Wenn es möglich gewesen wäre, hätte er sich unsichtbar gemacht.

»Tonys Lieblingsgetränk war Tequila. Haben Sie das gewusst?«

Phil schüttelte den Kopf.

Gloria Epson stürzte den Inhalt des Glases auf einen Zug hinunter. Sie verzog keine Miene und schüttelte sich auch nicht. Dann schenkte sie sich das Glas wieder voll, ging zu einem Sessel und ließ sich hineinsinken.

»Tonys Lieblingsgetränk«, wiederholte sie. »Wir kannten uns gerade mal ein Jahr. Das scheint nicht lange. Vielleicht ist es das auch nicht, wenn man dem ein ganzes Menschenleben gegenüberstellt. Aber es tut so verdammt weh, zu wissen, dass Tony niemals wieder durch die Tür kommt. Wer soll jetzt all den Tequila trinken?«

Phil konnte ihr die Frage nicht beantworten.

»Ich schaffe das nicht allein, Phil.« Sie stellte das Glas aus der Hand und zündete sich eine Zigarette an. »Ist das nicht verrückt? Er entgeht dem Anschlag bei Archie Hamper, dem alle seine Bekannten zum Opfer fallen, man bringt ihn ins Krankenhaus und beschützt ihn. Um an Tony heranzukommen und ihn zum Schweigen zu zwingen, versucht man mich zu entführen. Das misslingt. Es sieht aus, als hätten Tony und ich alles Glück dieser Welt. Und dann passiert es im Krankenhaus, wo er unter Polizeischutz steht. Oh, mein Gott!«

Gloria schloss die Augen und rauchte einen tiefen Zug. Phil schaute sie an. Nur ein Jahr, hatte sie gesagt. Aber was, verdammt, spielte Zeit schon für eine Rolle, wenn man den Menschen verlor, den man liebte?

»Tony arbeitete doch hin und wieder für den FBI. Konnten Sie nicht besser auf ihn aufpassen, Phil?«

Phil konnte die Frage weder mit ja noch mit nein beantworten. Er konnte ihr auch nicht sagen, dass alles ganz anders gelaufen wäre, wenn Tony ihm und Jerry gegenüber nicht den großen Schweiger gespielt hätte. Denn inzwischen stand fest, dass er sehr wohl etwas gewusst hatte. Phil konnte es ihr nicht sagen. In dieser Situation hätte es nach einer billigen Ausrede geklungen und wäre von Gloria auch nicht akzeptiert worden.

Mit dem Handrücken wischte sie sich die Tränen aus den Augen.

»Entschuldigung«, sagte sie. »Die Frage war nicht fair nach allem, was Sie für mich getan haben, Phil. Tony war so optimistisch und überzeugt davon, dass es ihm und mir bald sehr gut gehen würde. Nur noch ein paar Wochen, sagte er, dann könnte ich den Job im Supermarkt aufgeben.«

Sie griff nach dem Glas, das sie auf einen kleinen Tisch abgestellt hatte, trank einen Schluck und stellte es danach wieder zurück.

Phil brannten eine ganze Menge Fragen auf der Zunge, aber er stellte sie nicht. Wenn es etwas zu sagen gab, musste es von Gloria Epson selbst kommen.

»Er hatte jemanden kennen gelernt, Phil. Ich weiß nicht, um was es ging, aber Tony meinte, wir brauchten uns bald keine Geldsorgen mehr zu machen.«

Gloria schüttelte den Kopf. Eine Träne tropfte genau auf die Zigarettenspitze und ließ die Glut verlöschen.

»Bis ans Ende seiner Tage, das wäre richtig gewesen. Aber das hat er nicht gesagt. Es ging um eine große Sache, Phil.«

»Yeah«, dehnte Phil. Er sagte nicht, dass es meistens die so genannten großen Sachen waren, die kleine Ganoven wie Tony Mollard umbrachten. Immer und immer wieder die ganz großen Sachen, von denen sie jede Nacht träumten.

»Etwas Politisches, Phil. Tony sagte, nur der Russe könne verrückt genug sein, so was zu erledigen.«

Erst jetzt merkte sie, dass die Glut der Zigarette von einer Träne gelöscht worden war. Sie ließ die kalte Zigarette zu Boden fallen und stellte den Fuß darauf.

»Fragen Sie mich«, verlangte sie dann entschlossen, stand auf, trat ans Fenster und drehte Phil den Rücken zu, als sie nach draußen schaute, wo es außer wolkenverhangenem Himmel und Regen nichts zu sehen gab. »Bitte, fragen Sie mich! Ich will alles tun, damit Sie den Kerl finden. Nicht weil ich den FBI liebe, sondern weil ich will, dass Tonys Mörder gefasst wird.«

»Das verstehe ich«, sagte Phil mit einer Stimme, die sich anhörte, als hätte er einen Frosch im Hals.

Gloria schüttelte stumm den Kopf, was nichts anderes hieß, als dass er sie gar nicht verstehen konnte, weil er nicht so betroffen war wie sie selbst.

»Haben Sie den Mann kennen gelernt, mit dem Tony Geschäfte machen wollte?«

Langsam drehte sie sich wieder um und schaute ihn aus großen Augen an.

»Sie haben mich falsch verstanden, Phil«, sagte sie leise. »Tony wollte das Geschäft oder Verbrechen nicht mit ihm zusammen machen. Er wollte ihn erpressen und den Coup dann durchkreuzen. Er wollte die Polizei …«

Das war genau das, was Jerry und er nach ihrer Unterhaltung mit Mollard auch angenommen hatten.

Tony war zwar ein kleiner Schweinehund geworden – es gab nicht viele Dinge, die ihm heilig gewesen waren –, aber im Grunde seines Herzens war er immer noch ein bisschen Cop geblieben. Mit Prinzipien oder zumindest Grenzen. An dem, was am Wochenende geschehen war, hätte er sich niemals beteiligt. Wenn er gewusst hätte, dass es geschehen würde, hätte er versucht, es zu verhindern.

»Hat Tony mal Namen genannt?«

»Nein.«

»Was dann?«

»Der Russe fällt auf die Nase, und dann sind wir reich, Baby. Ja, genau das hat er gesagt. Immer nur der Russe. Vielleicht kannte er den Namen des Mannes nicht mal. Wäre doch möglich, oder?«

Phil nickte. Es war durchaus möglich, dass er nur den Mann und seine Nationalität gekannt hatte, aber nicht dessen Namen. Aber wenn er ihn erst erpressen und ihm dann einen Strich durch die Rechnung hatte machen wollen, dann musste Tony gewusst haben, wo er den Burschen treffen oder wie er ihn erreichen konnte.

»Etwas Politisches also?«

»Ja. Jedenfalls hat Tony das gesagt. Warum hätte er mich anlügen sollen? Er liebte mich doch.«

»Er hat bestimmt nicht gelogen, Gloria.«

»Das glaube ich auch nicht.«

»Er war nicht perfekt, aber ein guter Mann. Wer ist schon perfekt?«

»Keiner von uns, Gloria«, sagte Phil. »Darum konnte das im Krankenhaus auch passieren. Hat er im Zusammenhang mit dem Russen mal einen Ort genannt? Vielleicht eine Straße oder einen Platz? Irgendwas, was uns dichter an den Kerl heranbringen kann, meine ich.«

Gloria Epson zündete sich eine frische Zigarette an.

»Orange, New Jersey«, sagte sie dann. »Ja, er hat über Orange in New Jersey gesprochen.«

»In welchem Zusammenhang? Hatte das etwas mit dem Russen zu tun?«

Sie schaute Phil etwas verstört an.

»Auch wenn es nicht sehr überzeugend klingt, Phil, ich kann mich nicht mehr daran erinnern. Vielleicht hatte es was mit dem Russen zu tun. Auf jeden Fall war Orange nicht der Ort, an den wir uns zurückziehen wollten, wenn Tony zu Geld gekommen war. Wir wollten nach Florida oder Kalifornien. Ich kann mich wirklich an nichts sonst erinnern, Phil. Vielleicht fällt mir später noch etwas ein. Ich melde mich bestimmt bei Ihnen. Jetzt will ich allein sein.«

Das konnte Phil sehr gut verstehen, aber er war sich nicht sicher, ob es eine wirklich gute Idee war, Gloria Epson hier allein in ihrem Apartment zurückzulassen.

Sie sah ihm an, was er dachte.

»Es hat absolut keinen Zweck, sich zu verstecken«, sagte sie. »Wenn sie einen kriegen wollen, kriegen sie einen auch. Ja, man kann mal Glück haben, aber Tony haben sie doch auch gekriegt, oder?«

»Yeah, Sie haben Recht, Gloria. Falls Ihnen noch etwas einfällt, rufen Sie mich an. Zu jeder Tages- und Nachtzeit.«

»Okay«, sagte die zierliche junge Frau erschöpft. »Nochmals vielen Dank für das, was Sie für mich getan haben.«

Phil winkte ab. »Es tut mir alles so entsetzlich Leid, Gloria.«

Sie schüttelte den Kopf. »Haben Sie Tony etwas gemocht, Phil?«

»Ja«, antwortete Phil, obgleich er sich nicht sicher war, ob es auch der Wahrheit entsprach. Zuletzt auf jeden Fall hatte er ihn verdammt nicht gemocht, sondern ihn zur Hölle gewünscht. Und dort war Tony letztlich ja auch gelandet. »Wenn ich noch etwas für Sie tun kann, Gloria, dann …«

»Nichts«, antwortete sie entschlossen. »Lassen Sie mich nur allein, Phil. Ich will allein weinen und um Tony trauern können.«

Phil verließ das kleine Apartment mit einem ungutem Gefühl. Aus dem Wagen heraus setzte er sich mit dem Captain in Verbindung, den er im Supermarkt kennen gelernt hatte.

»Okay, ich schicke ein paar Leute, die den Block im Auge behalten, G-man«, versprach der. »Aber warum sollte sich noch jemand für das Mädchen interessieren, wenn der Teufel Tony geholt hat?«

»Ich weiß es auch nicht, Captain. Gibt es eigentlich viele Russen in Ihrem Bezirk?«

»Jede Menge. Russen, Juden, Iren, Italiener. Von allen Völkern jede Menge, G-man. Meinen Sie einen bestimmten Russen?«

»Ich suche einen, der einen großen Coup vorbereitet. Könnte etwas mit Politik zu tun haben.«

Am anderen Ende der Leitung lachte der Captain auf.

»Mann, G-man«, sagte er, »wenn's was mit Politik zu tun hat, sind Sie bei mir an der falschen Adresse. Dann müssen Sie schon zur CIA gehen. Aber das sind wohl nicht eure besten Freunde, oder?«

»So kann man es auch sagen«, antwortete Phil. »Vielen Dank.«

»Immer zu Diensten, G-man.«

Zwei Tote in East Village waren der Anfang.

Sie gehörten zur Baresi-Familie. Man hatte ihnen mit der Lupara ins Gesicht geschossen und sie in einen Müllcontainer geworfen.

Die Meldung war noch so frisch, dass Zeerookah den Tatort noch nicht mal erreicht hatte, als es die nächste Hiobsbotschaft gab.

Zwei weitere Tote in Greenwich Village, bei den Docks. Sie gehörten der Buscetta-Familie an und waren ungefähr auf die gleiche Weise gestorben. Zuerst war mit der Lupara auf sie geschossen worden, und dann – als traute man der sizilianischen abgesägten Doppelläufigen nicht mehr, mit der schon immer Blutfehden ausgetragen worden waren – hatte man sie zusätzlich mit grundsoliden 38er-Kugeln gespickt.

Unnötig, wie die Obduktion später ergab. Das grob gehackte Blei aus den Läufen der Lupara hatte vollkommen ausgereicht, sie zur Hölle zu schicken.

»Das gibt Krieg«, sagte der alte Neville, in dessen Archiv ich mich aufhielt.

Ein Archiv im Computerzeitalter. Das hielten die meisten für genauso überflüssig wie einen Kropf. In etwa stimmte das ja auch. Aber es stimmt auch, was der alte Neville, der dienstälteste G-man im Bezirk New York, über den Computer dachte.

Seelenlose Wesen. Maschinen, die nur das verarbeiten und ausspucken konnten, was man vorher in sie eingegeben hatte. Reine Verarbeitungsmaschinen ohne Intelligenz. Das menschliche Gehirn leistete noch viel mehr. Kalte Informationen konnten manchmal weiterbringen und helfen, aber das komische Gefühl im

Bauch, der Blick auf einen Menschen, die Kommunikation, alles das, was die Maschinen nicht konnten, half ebenfalls. Und manchmal, auch da hatte Neville Recht, gar nicht so schlecht.

»Das gibt Krieg, Greenhorn«, wiederholte er, ließ den kalten, billigen Zigarrenstummel von einem Mundwinkel in den anderen wandern und steckte sich den stinkenden Torpedo schließlich an. »Das ist genau das, was sie wollen.«

Ich konnte ihn nicht mehr sehen, weil er sich hinter einer gewaltigen Rauchwolke versteckt hielt, die ich erst mit rudernden Armen beiseite wischen musste.

»Das denkst du doch auch, oder?«

»Das denke ich auch, Alter«, sagte ich. »Kein Wunder, dass bei dem Rauch hier unten langsam, aber sicher alles so gelb und braun wird, dass man beinahe nichts mehr lesen kann.«

Neville grinste und wies mit einer weit ausholenden Handbewegung auf die Regale, die voll gestapelt lagen mit Akten, Zeitungen, riesigen Folianten und ganzen Bildersammlungen. »Das habe ich alles im Kopf, Greenhorn. Und wenn man mich erst mal in die Wüste geschickt hat, interessiert sich doch keiner mehr für meine Sammlungen. Was soll's?«

Ich hatte gerade die Meldung von den Toten bei den Docks in Greenwich Village hereinbekommen, und der Schweiß stand mir auf der Stirn. Ich hätte gewünscht, dass ich mein Gehirn blockieren könnte wie den Informationsstrom eines Computers. Aber das war nicht möglich. Ich sah die Horrorvision eines Mafia-Krieges wie zu Capones Zeiten vor meinem geistigen Horizont. Ich dachte an die Feuerkraft einiger Tötungswerkzeuge und daran, dass es heute – so sah ich das jedenfalls – viel weniger Gewissen unter den organisierten Banden gab. Kein Wunder also, dass mir diese Vision den Schweiß auf das Gesicht trieb.

»Um was es geht, weißt du nicht?«

»Absolut keinen Schimmer«, gab ich zu. »Es gibt keinen roten Faden zwischen all den Verbrechen vom Wochenende.«

»Zwei Mafia-Familien, Jerry.«

»Ja, sicher. Und was ist mit den Toten, die es bei Archie Hamper in Brooklyn gegeben hat? Was mit Tony Mollard? Verdammt, von denen hatten einige nicht mal genug auf dem Kasten, um das Wort Mafia buchstabieren zu können.«

»Die Sache in South Brooklyn ist eine Sache, die in Manhattan eine andere.«

»Was sagst du?«, fragte ich und starrte den alten Neville aus weit aufgerissenen Augen an.

»Begreifst du das nicht?«

»Ich fürchte, nein.«

»Das mit Buscetta und Baresi diente dem Zweck, einen Krieg zwischen den Familien zu entfesseln. So wie es aussieht, kriegen wir den ja auch, wenn da nicht jemand im letzten Moment einen Riegel vorschiebt. Das in Brooklyn diente dazu, eine hinterlassene Spur zu verwischen. Willst du es noch deutlicher?«

Ich nickte, obgleich ich mir langsam zusammenreimen konnte, auf was Neville hinauswollte.

»Bei Buscetta und Baresi haben die Kerle nur einmal zugeschlagen. Wegen der Sache bei Archie Hamper haben sie nachgesetzt. Sie haben versucht, noch an Mollard heranzukommen. Zuerst wollte man seine Freundin entführen, das ist fehlgeschlagen, dann hat es jemand im Krankenhaus versucht und mehr Glück gehabt. Verstehst du? Mollard war eine Spur, die ausgelöscht werden musste.«

»Weil er wusste, wer hinter der Sache steckte oder zumindest etwas damit zu tun hatte, meinst du?«

»Ich meine, bei dem großen Aufwand und den Risiken, die irgendein Scheißkerl eingegangen ist, steckt mehr dahinter, Jerry. Ich meine, Mollard wusste, was die vorhaben.«

Ich nickte.

»Hat der Computer das nicht ausgespuckt?«

»Hat er nicht.«

»Dämliche Dinger. Ihr solltet sie auf den Müll werfen.«

Was der Alte sagte, hatte Hand und Fuß. Das Sterben in South Brooklyn hatte ursprünglich gar nicht auf dem Plan gestanden. Aber auf irgendeine Art und Weise hatte Mollard etwas herausbekommen. Nur weil man die Spur nicht auf Mollard lenken wollte, hatten alle Leute sterben müssen, die sich am Wochenende bei Archie Hamper getroffen hatten. Aber in erster Linie hatte es Tony Mollard erwischen sollen. Weil der sich auf wundersame Weise hatte retten können, hatte der Unbekannte noch einmal aktiv werden müssen. Zuerst mit dem Entführungsversuch im Supermarkt und dann mit dem Anschlag im Krankenhaus, der letztlich zu dem gewünschten Resultat geführt hatte.

»Krieg zwischen den Mafia-Familien, das gibt so viel Arbeit für die Cops und den FBI, dass ihr nicht mehr zum Luftholen, geschweige denn zum Denken kommt. Ein blutiges, aber wirksames Ablenkungsmanöver, Jerry.«

Ich nickte und sagte dem alten Neville nichts davon, dass wir so schlau schon lange waren. Es war eine alte Taktik, und natürlich war sie uns bekannt. Aber an das, was er über das Sterben in South Brooklyn gesagt hatte, und auch über Tony Mollard, darüber hatten wir uns den Kopf noch nicht so sehr zerbrochen.

»Es waren drei Kommandos, die beinahe zeitgleich zugeschlagen haben.«

»Geheimdienstarbeit«, sagte Neville. »An verschiedenen Stellen gleichzeitig zuschlagen und Verwirrung stiften. Dann die Kommandos aus der Stadt abfließen lassen, sodass nicht durch Zufall jemand vor die Lampe laufen kann, Greenhorn.«

»Aber nicht alle Kommandos«, sagte ich. »Der Kerl, der hinter allem steckt, sitzt irgendwo in New York. Er will nicht allein sein. Außerdem muss er etwas vorbereiten und braucht dazu die Hilfe anderer.«

»Dafür spricht einiges, Jerry.«

»Also der Russe, von dem Tony kurz vor seinem Tod noch gesprochen hat.«

»Wahrscheinlich. Er hat Mollard erledigt, er hat seine Spuren verwischt. Der wirft einen langen Schatten, auf den ihr zwar treten, den ihr aber nicht einfangen könnt.«

»Gloria Epson«, sagte ich. »Vielleicht hat Mollard mit ihr darüber geredet.«

»Glaubst du das? Ich meine, du hast ihn doch etwas gekannt.«

Ich schüttelte den Kopf. »Glaube ich nicht wirklich, aber wenn wir etwas Glück haben …«

Das Telefon unterbrach mich. Neville hob ab.

»Phil«, sagte der Alte und schaltete den Lautsprecher des Telefons ein. »Jerry kann jetzt mithören, Phil.«

»Ich wollte noch einmal mit Gloria reden«, sagte mein Freund am anderen Ende der Leitung. »Ich habe den Wagen umgedreht und bin zurückgefahren …«

»Was ist geschehen, Phil?«, fragte ich.

»Als ich ankam, stand die Straße voller Menschen. Ich musste mir erst von den Cops einen Weg bahnen lassen, bevor ich es sehen konnte. Sie stand auf dem Fenstersims, mit einer Tequila-Flasche in der Hand. Sie hat sie leer getrunken, die Flasche fallen lassen und ist ihr nachgesprungen.«

»Oh, mein Gott!«

»Ich hätte sie nicht allein lassen dürfen«, sagte Phil.

»Hör zu, Phil«, schaltete sich Neville ein. »Dinge, die geschehen müssen, geschehen auch. Selbst wenn du bei ihr geblieben wärst, hätte sie eine Chance gefunden, es zu tun. Das klingt nicht besonders pietätvoll, sicher nicht, aber es ist nun mal so. Du kannst ihr nicht mehr damit helfen, wenn du dich in ein Schneckenhaus von Schuldgefühlen zurückziehst.«

»Sicher nicht, Neville.«

Phils Stimme klang genau so niedergeschlagen, wie er sich fühlte.

»Sie hat über den Russen gesprochen«, meldete er sich dann wieder. »Er plant einen großen Coup. Mollard wusste davon und wollte ihn erpressen, bevor er – zum Teufel, Jerry! Der Schweinehund hat sie beide erwischt. Ich schnappe ihn, darauf kannst du dich verlassen.«

»Wir schnappen ihn, Phil.«

»Natürlich«, sagte er nach einer Atempause. »Wir schnappen ihn. Ich bleibe noch eine Weile hier draußen und schaue mich in Glorias Apartment um. Vielleicht gibt es einen Hinweis auf Orange.«

»Auf was?«

»Orange, New Jersey«, antwortete Phil. »Das war das Einzige, was ihr im Zusammenhang mit dem Russen einfiel. Den Namen der Stadt hat Tony mal erwähnt und gesagt, es ginge um was Politisches. Sie konnte sich an sonst nichts mehr erinnern. Vielleicht wäre ihr noch etwas eingefallen ...«

»Okay, Phil. Ich schicke Steve raus, um dir zu helfen.«

»Ich komme allein zurecht, Jerry.«

»Ich schicke dir Steve raus«, wiederholte ich. »Es ist gut, wenn man einen Freund zur Seite hat, gegen den man anquatschen kann. Ich weiß genau, wie du dich fühlst. Ich habe Mollard verloren – und du seine Freundin Gloria.«

»In Ordnung, Jerry.«

Phil brach das Gespräch ab.

Neville legte auf und kratzte sich am Kopf.

»Der Schweinehund hat sich alle Mühe gegeben«, sagte er mit einer Stimme, die wie das Brummen eines Bären klang, dem man den Honigtopf unter der Nase weggestohlen hatte. »Aber er hat nicht alle Spuren zudecken können.«

Ich schaute ihn staunend an.

»Du bist ein verdammt großer Optimist, Alter«, sagte ich. »Der Russe! Es handelt sich vielleicht um was Politisches! Und Orange in New Jersey! Das ist alles, was wir an Informationen haben. Kannst du das auf einen Nenner bringen?«

»Können die Computer das?«

»Mit Sicherheit nicht.«

»Dann kann ich es«, behauptete Neville. »Ich brauche etwas Zeit. Okay.«

»Zeit und Geld und alles, was du sonst noch brauchst, spielt in diesem Fall absolut keine Rolle, Alter. Du wirst es bekommen.«

»Nur Zeit, Greenhorn, ein Telefon und meine Ruhe.«

Die Nachricht kam von der Ballistik, und wir erfuhren nur deshalb davon, weil ich darauf bestanden hatte, dass jedes Verbrechen an unsere Logistikabteilung gemeldet werden musste. Die fütterten die Computer mit allen Vorfällen und klopften sie auf Zusammenhänge untereinander ab.

Diesmal betraf es die Ermordung einer Prostituierten vom Times

Square und den Mord an Tony Mollard. Beide Opfer waren mit derselben 22er erschossen worden.

Weil den Kollegen von der Ballistik das zu Anfang auch nicht ganz geheuer vorgekommen war, hatten sie einen unabhängigen Schussexperten hinzugezogen und sich von ihm bescheinigen lassen, was sie herausgefunden hatten.

»Die nächste Spur«, sagte Mr. High und nickte zufrieden. »Entweder fühlt sich der Kerl absolut sicher, oder er beginnt Fehler zu machen, Jerry.«

»Fehler«, sagte ich. »Vor allen Dingen den Fehler, dass er die Polizei und den FBI unterschätzt. Er hat dieselbe Waffe benutzt, weil er nicht damit gerechnet hat, dass der Mord an einer Prostituierten vom Times Square dem FBI überhaupt bekannt wird. Normalerweise ist das ja auch die Arbeit der zuständigen Mordkommission, und es findet kein Datenaustausch mit dem FBI statt.«

District Attorney Joe Parker sah das alles aus dem Blickwinkel des absoluten Fahndungserfolgs heraus. Es war für ihn also nicht besonders aufregend, weil es sich um eine Erkenntnis handelte, die uns in diesem Moment auch keinen Schritt weiterbrachte.

»Und jetzt?«, fragte der farbige DA.

»Unsere Leute sind zum Hotel, in dem der Mord stattgefunden hat, und in der Bar, in der das Mädchen gearbeitet hat. Wenn unser Unbekannter – der alte Neville nennt ihn einen Schatten – das Mädchen in der Bar kennen gelernt hat, wird sich vielleicht jemand an ihn erinnern und uns eine Beschreibung liefern können.«

Parker nickte nachdenklich. »Eine wohl sehr vage Beschreibung«, bemerkte er.

»Sicher«, stimmte ich ihm zu. »In solchen Bars ist es meistens recht dunkel, und jeder hat mit sich selbst zu tun. Aber im Hotel wird man den Burschen besser gesehen haben und sich ganz bestimmt an ihn erinnern. Damit wird, wenn wir beides zusammenfügen, aus der vagen Beschreibung doch noch ein Bild, mit dem wir etwas anfangen können.«

Parker winkte ab. »Gehen Sie davon aus, dass er Russe ist? Oder ist das nur sein Spitzname?«

»Wir gehen von beidem aus, Sir. Sobald wir mehr über ihn wissen und eine brauchbare Beschreibung haben, schalten wir die Immigration ein. Eine kleine Chance, sicherlich, aber wir werden sie nutzen. Außerdem werden wir Politik und Orange, New Jersey, mit dem Unbekannten koppeln. Möglicherweise hilft uns auch das weiter.«

»Wenn es einen Russen gibt, den etwas mit Orange, New Jersey, verbindet?«

»So ungefähr.«

»Wollen wir den Geheimdienst nicht einschalten?«, wandte sich Parker an Mr. High.

Der Chef lächelte schwach.

»Die vom Geheimdienst brauchen wir nicht einzuschalten«, sagte er. »Die sind längst an der Sache dran, wenn sie auch nur den kleinsten Verdacht haben, dass der Fall in ihr Ressort fallen könnte.«

»Sie meinen, der Geheimdienst weiß über jeden unserer Schritte Bescheid?«

»Nicht über jeden«, sagte der Chef und schüttelte den Kopf. »Aber nach den Negativschlagzeilen, die wir landesweit gemacht haben, legt der Sicherheitsdienst augenblicklich das Ohr an den Puls der Zeit.«

»Zu welchem Schluss werden die kommen?«

»Zuerst einmal zu dem, dass es einen Mafia-Krieg in New York gibt. Wenn sie tiefer graben und die richtigen Anweisungen erhalten, wenn sie über den Namen Russe stolpern und darüber, dass es sich vielleicht um ein politisches Verbrechen handelt, dann stehen die Jungs sofort auf der Matte und werden versuchen, uns den Fall abzunehmen.«

»Das werde ich verhindern«, versprach der District Attorney etwas, das er nicht halten konnte.

Er konnte so etwas nur von sich geben, weil er mit den Burschen von der CIA noch niemals direkt etwas zu tun gehabt hatte. Sonst nämlich hätte die Erfahrung ihn gelehrt, dass die CIA immer noch die zweite, wenn nicht sogar die erste Macht im Lande war. Es gab keine Tür im Weißen Haus, die dem Geheimdienst verschlossen blieb, und bislang hatte es keinen Politiker gegeben, der die Ratschläge des Geheimdienstes einfach in den Wind geschlagen hatte. Der Präsident und seine engsten Berater wurden vom Geheimdienst beraten. Manche mochten denken und annehmen, dass nach den Debakeln in der letzten Zeit die CIA angeschlagen und zu einem zahnlosen Tiger geworden war. Aber sie war beides nicht. Nicht angeschlagen und schon lange kein zahnloser Tiger.

»Okay, Sir«, sagte ich.

Parker schaute mich misstrauisch an.

»Komisch«, sagte er schleppend. »Irgendwie denke ich, dass Sie mir nicht alles gesagt haben, G-man.«

»Was wir wissen, steht zwischen den grauen Aktendeckeln mit der Aufschrift ›Horror-Weekend‹. Von jedem aktuellen Bericht ist eine Kopie auf Ihrem Schreibtisch gelandet, Sir.«

Parker nickte mir und Mr. High zu. »Ich habe das, verdammt, nicht negativ gemeint.«

»So habe ich das auch nicht aufgefasst«, beruhigte ich ihn. »Ich brauche einen Durchsuchungs- und einen Haftbefehl, Sir.«

»Auf welchen Namen und mit welcher Begründung?«

»Auf keinen Namen, ohne Begründung. Blanko.«

Parker zuckte zusammen. Er hatte versprochen, uns jede erdenkliche Hilfe zu geben, solange sie sich im Rahmen der Gesetze bewegte. Blanko-Haft- und Durchsuchungsbefehle lagen nicht einfach rum, sodass er sich nur zu bedienen brauchte.

»Zur rechtlichen Absicherung einer Aktion und als Druckmittel, Sir«, sagte ich.

»Das heißt, Sie werden weder das eine noch das andere Papier in Kraft setzen?«

»Nicht, wenn es sich vermeiden lässt, Sir«, versprach ich.

»Gegen wen geht es? Ich meine pauschal gesehen.«

»Gegen die Mafia, Sir«, antwortete ich. »Wir können uns hier keine Familienfehden leisten und schon gar nicht, dass wir jeden Tag ein paar Leichen dieser Fehden in unserer Stadt finden.«

Parker nickte. Das war ganz in seinem Sinne. Nichts gefährdete seine Wiederwahl, die er mit Macht anstrebte, mehr, als wenn die Zahl der Toten, die durch Verbrechen verursacht wurde, überproportional anstieg. Das war Munition für seine politischen Gegner. Es gab eine Menge Leute, die ihn lieber heute als morgen von seinem Platz vertrieben hätten. Am liebsten mit Schmach und Schande.

»Okay«, sagte er. »Können Sie das stoppen, G-man?«

»Wir werden es versuchen, Sir.«

»Sie kriegen, was Sie brauchen. Das habe ich versprochen, und ich gehöre zu denen, die sich an ihre Versprechungen halten. In zwei Stunden. Ist das in Ordnung, Mr. Cotton?«

Das war, was mich anging, absolut in Ordnung.

»Der Alte ist nicht nur ein Dickkopf, Jerry«, sagte der Chef, nachdem der Attorney das Büro verlassen hatte. Mr. High wusste natürlich genau, wem ich einen Besuch abstatten wollte. »Er behauptet von sich auch, ein Ehrenmann zu sein. Irgendwann hat er einmal versprochen, sich aus allen Familiengeschichten herauszuhalten. Als Ehrenmann ist er an dieses Wort gebunden.«

Mir war das bekannt.

»Dann muss er sein Versprechen für einen kurzen Moment vergessen, Sir.«

»Ich fürchte, das wird er nicht tun.«

»Das fürchte ich auch, Sir, aber ich hoffe, dass er vernünftig genug ist und es dennoch tun wird. So bitter das auch für den FBI ist: Wir brauchen seine Hilfe, oder die Katastrophe weitet sich aus.«

Serge Anatov war sich absolut sicher gewesen, seine Spuren verwischt zu haben, sodass niemand wissen konnte, wo er sich im Moment aufhielt. Er brauchte nach dem Stress der vergangenen Tage eine kurze Atempause, er musste über alles noch einmal gründlich nachdenken und dann seine Pläne machen.

Anatov hatte den Job aus zwei Gründen angenommen: Erstens wegen der riesigen, beinahe unvorstellbaren Summe, die er mit dem Job verdienen konnte, und zweitens, weil er davon überzeugt war, den Coup ausführen zu können.

Auf der einen Seite Terror veranstalten, die Kräfte des Gegners dort binden und dann an einer anderen Seite unerwartet zuschlagen, das war schon damals, noch zu KGB-Zeiten, seine Spezialität gewesen. Darauf gründete sich sein guter Ruf. Das hatte ihn zu einem gefragten Spezialisten werden lassen, für den es keine verschlossene Tür gegeben hatte. Weil das so gewesen war, hatte er auch an die Informationen herankommen können, auf die der amerikanische Geheimdienst später scharf gewesen war und die ihm letztlich sehr schnell den angestrebten Status und einen amerikanischen Pass eingebracht hatten.

Jetzt, als er auf dem breiten Bett des Motelzimmers lag und sich alles noch einmal durch den Kopf gehen ließ, war er zwar immer noch überzeugt davon, den eingegangenen Kontrakt erfüllen zu können, aber er war sich auch dessen bewusst, dass es nicht mehr so einfach gehen würde.

Der eine Fehler in South Brooklyn hätte ihm beinahe, bildlich gesprochen, das Genick gebrochen. Er hatte ihn korrigiert und war mit einem blauen Auge davongekommen, sicherlich, aber das täuschte nicht darüber hinweg, dass er deutliche Spuren hinterlassen hatte. Die G-men waren ihm für einen Moment verdammt dicht auf den Fersen gewesen.

Anatov beging nicht den Fehler, die Polizei und den FBI zu unterschätzen, aber er stufte diese Institutionen, die doch ziemlich träge und umständlich agierten, nicht so hoch ein, dass sie eine direkte Gefahr für seine Person oder das geplante Unternehmen darstellten.

Er zündete sich eine Zigarette an und trank einen Schluck Wodka aus der Flasche, als das Telefon auf dem Nachttisch neben dem Bett zu bimmeln begann.

Ganz kurz zuckte Anatov zusammen. Ein Zeichen erster Unsicherheit, das er verfluchte. Es konnte nur der Mann von der Rezeption sein. Er hatte ihm einen Schein zugesteckt und ihn darum gebeten, ihm für die Nacht ein Mädchen zu besorgen. Jetzt rief er wahrscheinlich an, um ihm mitzuteilen, dass das Mädchen eingetroffen war.

Also hob Anatov ab.

»Ja?«

Das abgehackte Lachen am anderen Ende der Leitung machte Anatov auf den ersten Ton deutlich, mit wem er es zu tun hatte.

»Erstaunt, Anatov?«, fragte der Anrufer.

»Ja«, antwortete Anatov ehrlich, denn er war es wirklich.

»Du bist einer von uns geworden, Anatov. Allah weist uns immer den Weg zu dir, damit wir über dich wachen und für dein Wohlergehen sorgen können.«

Anatov hätte jetzt sagen müssen, dass ihm Allah ziemlich schnuppe sei und er auch kein Moslem werden würde, nur weil er für eine Menge Geld für diese Leute arbeitete.

Er sagte es nicht.

»Okay, was gibt es?«

»Du wolltest ein Mädchen, Anatov, wir schicken dir eins.«

»Moment mal, ich …«

»Wir schicken dir ein Mädchen, Anatov. Sie heißt Aisha. Sie gehört zu uns. Sie wird alles tun, was du willst, und dir auch dann behilflich sein, wenn es für das Gelingen des Unternehmens erforderlich ist, eine Frau einzusetzen.«

»Ich arbeite grundsätzlich nicht mit Frauen zusammen, Sir.«

Der Mann am anderen Ende der Leitung begann wieder zu lachen. Ganz kurz nur, und die Geräusche hatten einen scharfen, zwingenden Unterton.

»Es geht hier nicht um deine Grundsätze, Anatov. Es geht einzig und allein um den Erfolg der Aktion. Außerdem ist Aisha eine Frau, die man nicht mit normalen Maßstäben messen kann, sondern eine Märtyrerin. Verstehst du?«

»Verdammt!«, keuchte Anatov wütend. »Wenn ich etwas ganz bestimmt nicht gebrauchen kann, dann religiöse Fanatiker.«

Es klopfte an der Tür. Laut genug, dass dieses Geräusch auch durch das Telefon hindurch gut zu hören war.

»Mach auf, Anatov. Das wird Aisha sein. Halte die Leitung offen, ich muss noch mit ihr reden.«

Anatov legte den Hörer neben den Apparat, stand aus dem Bett auf und öffnete.

Der volle Lichtschein aus dem Zimmer fiel auf die Frau, die draußen stand.

Sie war groß und schlank und hatte ein ausdrucksstarkes, sehr schönes Gesicht, mit runden dunklen Augen und einem volllippigen Mund. Ihre weißen Zähne blitzten, und da gab es einen Ausdruck in den Augen, der Anatov auf der einen Seite faszinierte, ihm aber auf der anderen Seite ganz und gar nicht gefiel. Ihre Augen blitzten zwar, aber sie waren kalt wie eine Winternacht in Sibirien.

Mit einer anmutigen Handbewegung strich sich Aisha die langen schwarzen Haare in den Nacken. Ihre Figur spannte sich. Unter dem dunklen Regenmantel, den sie trug, zeichneten sich aufregende Kurven ab.

»Willst du mich nicht reinlassen, Russe?«

So wie sie das Wort »Russe« aussprach, wurde sofort deutlich, dass sie möglicherweise alles für ihn tun würde, aber ihn nicht mochte.

Anatov ließ sie an sich vorbei und schloss die Tür hinter ihr. Er schaute ihr nach, als sie mit katzenhaft geschmeidigen Bewegungen zum Bett ging, sich setzte und zum Telefonhörer griff.

Das Gespräch fand auf Arabisch statt. Anatov hatte kein Wort verstanden, als die Schöne den Hörer auf die Gabel zurücklegte.

»Ali hat gesagt, dass wir beide uns verstehen werden, dass du der Boss bist, wie man hier in diesem Land sagt. Ich soll tun, was du verlangst. Wo ist das Bad?«

Anatov deutete in den schmalen Gang. »Erste Tür rechts«, sagte er mit belegter Stimme.

»Kann man etwas zu essen und zu trinken bekommen?«

»Das lässt sich arrangieren, Aisha.«

Sie lächelte ihn an. Anatov fühlte Fußsohlen und Kopfhaut zugleich kribbeln.

»Ich habe Hunger«, sagte die Schöne, die auf den ersten Blick gar nicht aussah wie eine Prinzessin aus dem Morgenland. »Die eine Flasche Wodka wird für uns beide auch nicht reichen, denke ich.«

»Okay.«

»Kein Schweinefleisch, Anatov. Das hat der Prophet verboten.«

»Und was ist mit dem Wodka?«

»Über Wodka hat er nichts gesagt, nur über Alkohol.«

Sie lachte, und die Tür des Badezimmers fiel hinter ihr ins Schloss.

Anatov zündete sich eine Zigarette an und gab die Bestellung durch. Es würde einige Zeit dauern. Das Essen und der Wodka würden mit einem Taxi aus einem nahen Restaurant geholt werden.

Anatov legte sich auf das Bett und starrte mit zusammengekniffenen Augen auf die geschlossene Badezimmertür. Die letzte Frau hatte er erschossen, als sie das Bad verlassen hatte. Das würde diesmal nicht geschehen. Aber als er daran dachte, fiel ihm etwas ein, über das er sich bislang keine Gedanken gemacht hatte.

Er hatte die Frau und Mollard mit derselben 22er erschossen! Wenn das jemand herausfand, was Anatov für nicht unmöglich hielt, dann würde es nicht mehr lange dauern, bis die Bullen wussten, wie er aussah.

Im Hotel würde man sich bestimmt an ihn erinnern.

»Du siehst aus, als hättest du Sorgen, Russe.«

Anatov hatte für einen Moment die Augen geschlossen und war so in Gedanken versunken gewesen, dass er Aisha nicht aus dem Bad hatte kommen hören.

Jetzt starrte er sie an.

Sie hatte sich ein Badelaken um den schlanken Körper gewickelt. So straff, dass sich unter dem Handtuch jede Körperkurve naturgetreu abzeichnete. Und davon hatte sie eine ganze Menge zu bieten.

»Gefalle ich dir nicht?«

Sie trat einen Schritt näher. Anatov starrte gebannt auf den Knoten des Handtuchs, der sich mehr und mehr löste.

»Doch«, sagte er mit rauer Stimme, als sie den nächsten Schritt getan hatte und das Handtuch von ihrem Körper abgerutscht war. Auf ihrer gebräunten Haut perlten Wassertropfen, und sie roch betörend, beinahe betäubend süß. Sie war geschminkt, und ein Lidstrich untermalte die Größe ihrer blitzenden Augen. Kalt wie Eis, aber doch erregend. »Wo ist dein Gepäck?«

»Kommt morgen früh«, sagte Aisha. »Ali meinte, heute Nacht

könnte ich darauf verzichten und das, was ich in der Handtasche habe, würde reichen. Ich kann mir auch nicht vorstellen, dass ich mich wieder anziehen muss.«

Sie erreichte das Bett und setzte sich auf die Kante. Zuerst griff sie nach der Wodkaflasche und trank daraus einen Schluck. Dann zündete sie sich eine von Anatovs Zigaretten an.

Während der ganzen Zeit hatte Anatov die Schöne nicht für einen Sekundenbruchteil aus den Augen gelassen.

Aisha war das nicht entgangen.

»Es macht nichts, ob du mir traust oder nicht, Russe«, sagte sie leise, als sie ihm das Gesicht wieder zudrehte und ihn anlächelte. »Du brauchst eine Frau, du hast eine Frau. Wir haben einen Auftrag zu erledigen, und wir werden ihn erledigen.«

»*Ich* habe einen Auftrag zu erledigen«, stellte Anatov richtig, obgleich er sich kaum auf etwas anderes als auf diese orientalische Schönheit konzentrieren konnte.

»Ich helfe dir dabei. Du setzt mich ein, wenn du mich brauchst.«

»Es war nicht abgesprochen ...«

»Ali hat so entschieden«, sagte Aisha schlicht.

»Wer, verdammt, ist Ali?«

»Unser beider Boss, Russe. Der Herrscher über Leben und Tod. Er hat es in der Hand, uns mit einem Federstrich auszulöschen.«

Einen Scheiß hat er, dachte Anatov.

Er griff nach den nackten Schultern der schönen Frau und zog sie neben sich auf das Bett. Sie folgte ihm willig. Als er sich über sie beugte und ihre Brüste küsste, stöhnte sie und wurde unter seinen Berührungen sehr lebendig.

Das war kein Spiel. Anatov hatte in seinem Leben schon genug Frauen besessen, um zwischen Spiel und wirklichem Gefühl unterscheiden zu können.

»Was hast du erwartet, Russe?«, fragte Aisha leise, als er ihren Bauch streichelte und seine Hand zu dem schwarzen Dreieck im Schnittpunkt der schlanken Schenkel hinabrutschte.

»Was meinst du?«

»Was hast du erwartet? Dass ich ein Eisschrank bin?« Sie lachte leise, griff nach seiner Hand und führte sie zwischen ihre Beine.

»Ich liebe das Leben und die Liebe, Russe. Schneller und intensiver als andere Frauen. Mein Schicksal ist vorbestimmt und kann in jedem Moment vorbei sein.«

Bullshit!, dachte Anatov. Mein Leben kann auch in jedem Moment vorbei sein, wenn meine Pumpe zu schlagen aufhört. Verdammter Bullshit!

Aisha bäumte sich auf und stieß spitze, erregte Laute aus. Ihre Hände verkrallten sich in seinen Nacken, und mit einer Kraft, die Anatov ihr nicht zugetraut hätte, zog sie sein Gesicht auf ihren prallen, etwas spitzen Busen herunter.

»Ich werde alles tun, was du von mir verlangst!«

»Solange dir Ali keinen anderen Befehl gibt«, sagte Anatov. Nur langsam kriegte er sich selbst wieder unter Kontrolle.

»Ali wird keine anderen Befehle geben«, sagte sie leise. »Ali verlässt sich auf dich und mich, Russe. Er bereitet den großen Schlag gegen die Teufel vor und ist auf das Gelingen unserer Mission angewiesen.«

»Aber er hat dich geschickt, damit du auf mich aufpasst, he?«

»Er hat mich geschickt, damit ich dir diene und dir helfe, wenn du meine Hilfe brauchst.«

»Das wird vielleicht geschehen.«

»Dann bin ich bereit.«

Anatov richtete sich auf und zündete sich eine Zigarette an. »Es kann sein, dass du dich mit einigen Leuten selbst in die Luft sprengen musst, Aisha.«

»Ich habe dir gesagt, ich bin bereit, Russe.«

Auch das war weder Lüge noch Spiel. Sie war bereit. Zu allem. Auch dazu, sich für die Sache zu opfern.

Jetzt hatte er einen dieser verrückten religiösen Fanatiker am Hals, mit denen er nie etwas zu tun haben wollte. Leute, die ihr Leben abgegeben hatten, die an nichts mehr hingen als an ihrer Überzeugung, das Richtige zu tun, waren unberechenbar und begingen Fehler, die jeder andere, der überleben wollte, und zu denen gehörte er, nicht beging.

Anatov nickte und stand aus dem Bett auf. »Ich gehe ins Bad«, sagte er rau.

»Ich werde auf dich warten, Russe.«
»Warum nennst du mich Russe?«
»Bist du vielleicht keiner?«
»Ich habe, verdammt, einen amerikanischen Pass!«
»Was bedeutet schon ein Pass, Russe? Man ist das, als was man geboren wird.«

Anatov winkte ab. Scheiß drauf, wenn es ihr gefiel, sollte sie ihn Russe nennen. Er ging ins Bad, stellte sich unter die Dusche und versuchte, seine Gedanken zu ordnen.

Ali brauchte ihn. Jetzt noch. Wenn die Sache gelaufen war, war er überflüssig wie Zahnschmerzen. Er hatte zwar eine Million Vorschuss erhalten, das Geld war unter einer Geheimnummer auf eine Schweizer Bank überwiesen worden, und es standen noch zwei Millionen aus. Vielleicht wollte sich Ali um die Zahlung drücken. Vielleicht hatten sie ihm deshalb eine Selbstmörderin geschickt, die ihn mit Liebe und Leidenschaft einlullte und sich, wenn alles vorbei war, mit ihm in die Luft sprengte.

Er stellte das Wasser so kalt, dass es ihm beinahe den Atem raubte. Dann schaltete er den Gedankenstrom von Misstrauen ab. In dieser Nacht drohte ihm mit Sicherheit keine Gefahr. Morgen konnte er wieder an seine eigene Sicherheit denken. Dann würde er sich mit einigen Leuten treffen, dann würden sie ihr Vorgehen besprechen, und dann würde er Sicherungen einbauen, sodass die schöne Orientalin gar keine Chance hatte, ihn nach getaner Arbeit auszuschalten. Er würde sie, verdammt, so in den Plan einbauen, dass sie sich wirklich selbst opfern musste und es sie gar nicht mehr gab, wenn alles gelaufen war.

Anatov stellte die Dusche ab, wickelte sich ein Handtuch um die Hüften und ging ins Schlafzimmer zurück.

Bis auf die kleine Lampe auf dem rechten Nachttisch hatte Aisha alle anderen Lichter gelöscht und damit eine Atmosphäre geschaffen, die ihn sofort wieder erregte.

Aisha saß im Bett, mit dem Rücken an der Wand. Sie rauchte, und die Flasche Wodka hielt sie zwischen den Schenkeln eingeklemmt, sodass sie nicht umfallen konnte.

Anatov blieb stehen und rieb sich die Augen. Es dauerte nur

einen kurzen Moment, bis sich sein Blick so scharf gestellt hatte, dass ihm nichts entging. Auch nicht der weiße Puderstaub, der sich noch auf der Platte des rechten Nachttisches direkt unter der Lampe befand.

Allahs Märtyrerin war süchtig. Wenn ihre Stunde gekommen war, wenn sie den Schwur, für die Sache in den Tod zu gehen, einlösen musste, würde sie sich mit dem verdammten Zeug so voll gepumpt haben, dass sie ihren eigenen Tod verpasste.

»Brauchst du das?«, fragte er mit kratzender Stimme und deutete auf die weißen Puderreste auf dem Nachttisch.

Aisha nickte.

»Alles«, sagte sie.

»Was alles?«

»Kokain, Alkohol und Liebe«, antwortete sie.

»Du kannst zwei Dinge tun, Mister. Du kannst deinen Arsch wieder auf die Straße schwingen oder dich auf dein letztes Gebet besinnen!«

Der Kerl war an die sechseinhalb Fuß hoch, nicht ganz so breit, hatte eine Glatze und trug einen Anzug, der in den Nähten krachte, als er sich bewegte und seine Muskeln sich damit anspannten. Er war einer von denen, die einem allein schon mit ihrer Erscheinung Respekt abverlangten.

Ich kannte ihn nicht, und er kannte mich nicht. Dass er auf diese grobe Art auf mein Erscheinen reagierte, deutete unmissverständlich darauf hin, dass die allgemeine Situation gespannt war.

Er war nicht das einzige Hindernis.

Hinter ihm tauchte ein zweiter Mann auf. Von der Statur her im Vergleich mit dem Glatzkopf eine halbe Portion. Fehlende Größe und Breite kompensierte er mit einer gewaltigen 45er Colt-Automatic.

»FBI«, sagte ich.

»Muss ich jetzt zittern?«, fragte der Glatzkopf grinsend, und die halbe Portion mit der 45er hinter ihm lachte meckernd.

»Noch nicht«, sagte Zeery, der hinter mir in den Gang des

Restaurants trat, in dessen ersten Stock der Mann residierte, dem unser Besuch galt.

Sein richtiger Name war Salvatore Mandala. Aber man nannte ihn respektvoll Il Vecchio (Der Alte), und er war das, was man in Mafiakreisen »capo di tutti capi« nannte.

Der Boss der Bosse.

Seine Akten und die Berichte über ihn füllten in Nevilles Archiv ein ganzes Regal. Auf Sizilien war er vierundzwanzig Mal angeklagt und stets freigesprochen worden. Politiker, Staatsanwälte, Industriemagnaten und auch die Richter hatten sich stets für ihn stark gemacht und ihm Leumundszeugnisse ausgestellt, mit denen er sich beim Heiligen Stuhl in Rom als sonst was hätte bewerben können.

Dabei hatte er schon im Alter von zarten fünfzehn Jahren die ersten drei Männer mit der Lupara erschossen. Reine Familiensache. Damals hatte keiner ein Wort darüber verloren. Das waren noch die guten alten Zeiten gewesen, auf die der alte Neville mich hin und wieder hinwies.

Aber das war Schnee von gestern. Das interessierte weder Zeery noch mich. Für die amerikanischen Behörden war er ein Mann mit schneeweißer Weste. Die Anklagen, die man im Laufe von Jahrzehnten in den USA gegen ihn erhoben hatte, hatten nicht den Weg bis ins Gericht überlebt.

Il Vecchio, der capo di tutti capi, war eine Legende. Ein Fossil aus einer Zeit, die es niemals wieder geben würde für die Mafia. Nicht auf Sizilien, nicht in den Staaten, nirgends, wo sich die ehrenwerte Gesellschaft breit gemacht hatte und noch immer breit machte.

»Seit wann werden Indianer beim FBI beschäftigt?«, fragte der Glatzkopf mit einer zu ihm passenden grollenden Stimme.

»Seit General Custer am Little Big Horn eins auf den Sack gekriegt hat«, antwortete Zeerookah ruhig, der indianischer Abstammung war und als der bestgekleidete G-man des Distrikts New York galt.

Der Glatzkopf verzog das Gesicht zu einem schiefen Grinsen.

»Wir haben einen amtlichen Durchsuchungsbefehl«, sagte ich.

»Den könnt ihr für hinterlistige Zwecke benutzen«, sagte die halbe Portion hinter dem Glatzkopf.

Ich nickte.

»Du siehst aus wie der geborene Laufjunge«, wandte ich mich an den mit der 45er. »Wir wollen so diskret sein, wie es eben geht. Du sagst Salvatore Mandala das, und anschließend sagst du mir, wie er sich entschieden hat. Das ist die eine Möglichkeit.«

»Und die andere?«, fragte der Glatzkopf.

»Die andere ist die, dass mein ganzer Stamm hier in Chinatown auftaucht und ein bisschen Leben in die Bude bringt«, sagte Zeery.

Der Glatzkopf legte die Stirn in tiefe Sorgenfalten. »Wir haben den Auftrag, keinen raufzulassen.« Das hörte sich beinahe schon wie ein Friedensangebot an.

»Und wir haben den Auftrag, nach oben zu gehen«, sagte ich. »Schick die halbe Portion los! Wir warten genau drei Minuten auf die Entscheidung von Salvatore Mandala. Ich bin sicher, er wird unsere Großzügigkeit sehr zu schätzen wissen.«

»Verschwinde nach oben!«, ordnete der Glatzkopf an, ohne sich zu der halben Portion umzudrehen. Das hieß, dass der Knabe in der Hackordnung ziemlich weit unten angesiedelt war. Aber das waren die meisten, die mit einer so gewaltigen Waffe wie einer 45er durch die Gegend streunten.

»Vergiss nicht, die Waffe verschwinden zu lassen, für die du sicher keinen Waffenschein hast!«, rief Zeery ihm nach.

Wir verließen den Eingang und stellten uns unter den roten Baldachin, der uns Schutz vor dem Regen bot. Das Restaurant war an diesem Abend geschlossen.

»Ich bin wirklich nicht blutrünstig«, knurrte mein indianischer Kollege. »Aber irgendwie geht es mir doch gegen den Strich, dass wir die Burschen mit Samthandschuhen anpacken.«

»Mir auch«, pflichtete ich ihm bei. »Ist im Moment der einzige Weg.«

»Wenn du das sagst.«

Die drei Minuten waren noch nicht verstrichen, als der Glatzkopf nach draußen kam.

»Okay«, sagte er. »Ich bringe euch rauf.«

Er tat, was er versprochen hatte, und öffnete uns sogar noch die Tür zu einem Büro, das so groß war, dass man erst nach dem Alten suchen musste.

Er saß in einem Lehnstuhl neben dem Fenster, von Muff und Mief einer längst vergangenen Epoche umgeben.

»FBI?«, fragte er. Aus seinen Mund hörte es sich an, als hätte er noch niemals etwas von diesem Verein gehört.

Ich nickte und wollte ihm meinen Ausweis zeigen, aber er winkte mit einer herrischen Handbewegung ab.

»Sie wissen, wer ich bin?«

Diesmal nickte Zeery. »Il Vecchio, der capo di tutti capi.«

Er bewegte den Kopf von einer Seite auf die andere. Ich sah seinen dünnen Hals und hoffte, der würde standhalten.

»Warum behandeln Sie mich dann nicht mit dem mir gebührenden Respekt, G-men?«

Zeery ist wirklich nicht blutrünstig, und ich bin normalerweise auch ein leidensfähiger und verträglicher Mensch. Aber mit dem Respekt, den der Alte sich erwünschte, ging er dann doch einen Schritt zu weit. Auf einen Schlag fiel mir alles wieder ein, was ich über ihn wusste.

Ich trat auf ihn zu, blieb einen Yard von ihm entfernt stehen und schaute in sein ausgemergeltes Geiergesicht. Es gab darin kaum noch Fleisch. Pergamentene Haut spannte sich über die Knochen, darunter war der Verlauf der Adern zu sehen. Seine dunklen Augen waren tief in den Schädel zurückgerutscht, und sein Mund war so schmal, dass man schon nicht mehr von Lippen, sondern Strichen sprechen musste.

»Ich habe Respekt vor dem Alter, Mister«, sagte ich. »Damit ist auch schon alles gesagt.«

Ganz kurz zuckte er zusammen.

»Was ist mit den Familien?«, fragte Zeery aus dem Hintergrund. »Zollen die Ihnen noch Respekt?«

Mit einem Satz stand er auf den Beinen, was ich ihm wirklich nicht zugetraut hatte. Die Augen blitzten. Sein Strichmund murmelte einige Worte auf Italienisch, die sicher wenig schmeichelhaft waren für Zeery.

»Sie haben einen Durchsuchungsbefehl? Was suchen Sie?«

»Die Antwort auf die Frage, ob Il Vecchio, der capo di tutti capi, noch Macht hat oder ihn seine eigenen Männer hinter vorgehaltener Hand bereits auslachen.«

Er setzte sich wieder.

»Es ist nicht so, dass wir grundsätzlich etwas dagegen haben, wenn sich die Familien untereinander bekämpfen«, sagte ich. »Aber diesmal besteht keine Veranlassung dazu, und wir wollen Ruhe in der Stadt.«

Seine linke Braue hob sich und fiel schnell wieder ab. Mit dem Ergebnis, dass sein Augenlid hing und er noch erbarmungswürdiger aussah.

»Ruhe in der Stadt, während jemand von außen versucht, meine Brüder und Schwestern zu töten?«

»Bullshit!«, sagte Zeery und stellte sich neben mich. »Jemand legt ein paar Leute von Buscetta und Baresi um und erreicht genau das, was er will: Dass sich die Familien gegenseitig den Krieg erklären und sich eliminieren.«

»Weil sie impulsiv und dumm sind«, fügte ich hinzu.

»Dumm?«, fragte der Alte.

Ich nickte.

»Was will Buscettas Familie mit Baresis Geschäften?«, fragte ich. »Jede einzelne Familie hat sich spezialisiert und die Pfründe sind lange aufgeteilt. Die dreißiger Jahre sind vorbei. Scheint so, als hätten die Baresis, die Buscettas, die Angelinos und all die anderen das vergessen. Was soll das für einen tieferen Sinn haben?«

»Was?«

»Was sich im Moment unter den Familien abspielt. Zwei Leichen hier, zwei Leichen da. Was soll das?«

»Wer dem einen Unrecht tut, muss damit rechnen, dass ihm der andere auch Unrecht tut.«

Er war wirklich ein Fossil aus einer längst vergangenen und beinahe schon vergessenen Zeit. Das war unsere Chance. Unsere einzige.

»Capo di tutti capi«, sagte Zeery. »Ist das noch von Wert? Hat noch jemand Respekt vor Il Vecchio?«

Der Alte legte den Kopf weit in den Nacken. Von seinen Augen war nur noch das Weiße zu sehen. Mit einem rasselnden Geräusch sog er die Luft in die Lungen und pumpte sich auf, um etwas von der alten Herrlichkeit wieder auferstehen zu lassen.

»Sicher ist, dass Buscetta die Opfer bei Baresi nicht auf dem Gewissen hat und Baresi die Leute von Buscetta nicht hat umbringen lassen«, setzte ich nach. »Sicher ist, dass jemand, der mit der Mafia und der Cosa Nostra nichts am Hut hat, den Krieg unter den Familien will. Er gebraucht euch, und ihr seid dämlich genug, euch gebrauchen zu lassen. Und da gibt es keinen, der aufsteht und die Leute davon abhält, sich gegenseitig umzubringen. Früher erledigte das der capo di tutti capi. Früher reichte ein einziges Wort. Die Waffen schwiegen aus Respekt vor einem solchen Boss der Bosse, Signore Mandala.«

»Was wollen Sie damit sagen, G-man?«

Ich zuckte mit den Schultern. »Entweder da draußen herrscht Ruhe, oder die Geschäfte der Familien laufen schlecht, weil sich jeder einzelne Cop in New York plötzlich damit beschäftigt.«

»Wer könnte so was anordnen?«

»Unser capo di tutti capi«, antwortete Zeerookah. »Vor dem hat man noch Respekt, und auf den hört man. So einfach ist das.«

»Yeah«, setzte ich nach. »So einfach ist das. Sie könnten ebenfalls Ruhe schaffen, oder?«

»Ja.« Das klang hart und kläffend wie ein Schuss.

Ich ging zum Schreibtisch, holte das Telefon und stellte es Mandala auf den Schoß. Die Schnur war gerade lang genug.

»Was soll das?«, fragte er leicht irritiert.

»Sie rufen die Bosse der Familien an, die Krieg spielen. Sie fordern sie auf, damit Schluss zu machen.«

»Um dem FBI zu helfen?«

»Um sich selbst zu helfen, Mr. Mandala. Um einigen Frauen und Kindern nicht den Mann, Ernährer und Vater zu nehmen.«

Er schaute Zeery an.

»Die Idioten da draußen legen sich für nichts um, Mister!«

»Respekt!«, kreischte der Alte, der aussah, als hätte er den Tod schon einige Male abwehren können. »Respekt, G-men!«

»Das ist ein Haftbefehl«, sagte ich und hielt ihm den Wisch unter die Nase. Als alter Mann tat er mir Leid, als Mafioso jedoch nicht die Spur. In meinen Augen war er in erster Linie Mafioso, dann erst ein alter Mann.

»Da steht kein Name drauf.«

»Noch nicht«, sagte ich. »Wichtig ist nur die Unterschrift des Richters. Das werden Sie doch nicht vergessen haben, oder? Wenn da Ihr Name steht, dann landen Sie in einer Zelle, Mister. Ihren Anwälten wird das Leben sauer gemacht, und es stehen uns mehrere Ärzte zur Verfügung, die Ihnen Hafttauglichkeit bescheinigen, obgleich das eine Lüge ist. Zwei Tage im Knast werden Sie umbringen.«

»Warum sind Sie G-man geworden?«, fragte mich der Alte.

»Weil ich schon als kleiner Junge davon geträumt habe, mal einen capo di tutti capi zu erledigen, Mister«, antwortete ich.

»Mit falschen Zeugnissen und Erpressung?«

»Mit allem, Mister.«

Er starrte mich an. Es gelang mir, so entschlossen auszusehen, dass er mir fast schon glaubte.

»Ich rufe meinen Anwalt an.«

»Sicher«, sagte Zeery. »Von der Federal Plaza aus. Nach Ihrer Verhaftung. Nicht von hier.«

Seine Lider flatterten wie ein Kolibri über der Blüte.

»Von hier aus rufen Sie jetzt nacheinander die Bosse der Familien an und sorgen dafür, dass der Irrsinn dort draußen aufhört.«

»Und dann?«

»Dann wird er aufhören, oder wir kommen wieder. Das Einzige, was uns dann noch davon abhalten kann, Sie zu verhaften und in ein Gefängnis zu schicken, wäre Ihr Tod, Mister. Und, verdammt, verlassen Sie sich darauf, mir ist noch niemals etwas so ernst gewesen.«

»Sie müssen in großen Schwierigkeiten stecken, wenn Sie einen alten Mann so unter Druck setzen, G-man.«

»Keinen alten Mann«, widersprach Zeery. »Einen Mafioso, einen capo di tutti capi.« Er legte Mandala einen Bogen Papier neben das

Telefon. »Das sind die Nummern der Leute, auf die es uns ankommt.«

»Sie haben sich viel Mühe gegeben, Gentlemen.«

»G-men«, sagte ich. »Gentlemen sind wir nach Dienstschluss. Was ist jetzt? Genießen Sie noch den Respekt, oder hält man Sie für senil, Mandala?«

Ich trat zurück. Zeery folgte mir bis ans Fenster, vor dem verstaubte blaue Vorhänge aus schwerem Brokatstoff hingen.

Hinter uns war es für einen Moment so still wie in einem Grab. Sekundenlang, vielleicht auch eine halbe Minute lang. Dann hörte ich den Alten die erste Nummer wählen, und mir war, als würde mir eine Zentnerlast von den Schultern genommen.

Ich wusste, dass die Kerle, die einen Privatkrieg führten, auf den Alten hörten. Er würde sie zur Vernunft bringen. Da draußen würde es wieder ruhig werden. Wir konnten uns mit Mann und Maus auf die stürzen, die uns und der Stadt ein Horror-Weekend beschert hatten.

Was er sagte, war nicht zu verstehen. Er sprach einen Dialekt von seiner Geburtsinsel.

Als er die vierte Nummer gewählt hatte, wandte ich mich vom Fenster ab und drehte mich wieder zu ihm um. Ich steckte den Haftbefehl deutlich sichtbar ein und ging zur Tür.

Der Glatzkopf stand draußen. Der mit der 45er war verschwunden.

»Wenn Sie jemals in Ihrem Leben etwas Vernünftiges getan haben, Signore«, sagte ich zu Mandala, »dann jetzt in diesem Moment.«

Ich wartete seine Antwort nicht ab, schob das Muskelgebirge des Glatzköpfigen mit der Schulter beiseite und ging.

Zeery folgte mir auf dem Fuß.

Draußen auf der Straße ließ Zeery die Luft ab. »Wenn mir gestern jemand gesagt hätte, dass ich jemals in meinem Leben einen alten Mann so behandeln würde, hätte ich ihn einen verdammten Lügner genannt, Jerry.«

»Mir geht es ebenso«, sagte ich. »Ich habe versucht, zu vergessen, dass er ein alter Mann ist.«

»Und?«

»Hin und wieder ist es mir gelungen«, antwortete ich.

»Orange in New Jersey ist nicht gerade ein Ort, um den nächsten Urlaub dort zu verbringen«, sagte der alte Neville. »Aber vom Stress in Manhattan kann man sich dort sicher erholen.«

Ich nickte. Ich kannte seine langen Einleitungen, aber ich wusste auch, wenn er so begann, dann hatte er etwas herausgefunden. Neville zog es in die Länge, um so richtig seine Überlegenheit dem Computer gegenüber zu genießen. Sein gutes Recht.

»Baptisten, Juden, Orthodoxe und Chinesen leben dort friedlich und gut.«

»Freut mich, das zu hören, Neville.«

»Und weißt du auch, warum es ihnen dort gut geht?«

»Florierende Industrie, wenig Arbeitslose?«

»Beinahe richtig geraten, Greenhorn. Es ist so, dass die Army die halbe Stadt ernährt. Offiziell gibt es in Orange ein Ausbildungs- und Versorgungscamp der Ledernacken und Pioniere. Beinahe dreitausend Mann sind dort stationiert. Dazu kommen noch jede Menge Bürohengste, die größtenteils aus der Zivilbevölkerung rekrutiert worden sind.«

Ich konnte nicht verhehlen, dass meine Aufmerksamkeit wuchs.

»Und weiter?«, fragte ich.

»Das ist nur die Oberfläche, Jerry. Die schöne Seite von Orange. Dann gibt es noch eine Dunkelzone, über die viele Bescheid wissen, ohne allerdings Beweise zu haben.«

»Was ist das?«

»In keiner anderen Stadt in den Vereinigten Staaten von Amerika sollen sich so viele Waffen und Feuersysteme auf einer Stelle befinden wie in Orange. Sprich aus, was dir einfällt, es gibt es garantiert in Orange. Jedenfalls behauptet man das.«

»Kernwaffen?«

»Keine Atombomben oder Fernabwehr- oder Angriffsraketen. Keine Atombomben an sich, aber jede Menge nukleares Zeug. Atomsprengköpfe, Granaten, die ganze Palette.«

»Auch chemisches Zeug?«

»Was du nur willst.«

»Behauptet man«, tastete ich behutsam weiter.

Neville nickte. »Keine Beweise. Keine Dokumente, die der Öffentlichkeit zugänglich sind.«

»Also ein wahres Paradies für Diktatoren von Bananenrepubliken, die zwar Geld genug haben, aber aus sicherheitstechnischen Überlegungen nicht auf legalem Weg an das Zeug herankommen?«

»Der Iran, Irak, Syrien, Libyen und andere Staaten würden dir das Gewicht von zehn Elefantenkühen in jeder beliebigen Währung ausbezahlen, wenn sie sich in Orange auch nur eine halbe Stunde frei bedienen dürften.«

»Warum nicht Elefantenbullen?«

»Ja«, sagte Neville und grinste. »Warum nicht Elefantenbullen? Verdammt, Greenhorn, frag deinen Computer. Was hältst du davon?«

»Wie steht's mit der Sicherheit?«, stellte ich meine nächste Frage, ohne auf seine einzugehen. Das war zwar unhöflich, aber bei dem alten Neville oftmals der einzige Weg, auf dem es voranging.

»Fort Knox ist angeblich leichter zu knacken.«

»Militärischer Abschirm- und Sicherheitsdienst.«

»Und die Jungs vom Marine Corps. Man behauptet, es sei leichter, ein Loch in eine Betonwand zu spucken, als dort ungesehen hineinzugelangen.«

»Okay, Alter. Warum erzählst du mir das alles?«

»Um dich nachdenklich zu machen, Greenhorn. Es soll um eine politische Sache gehen, oder?«

»Ja.«

»Und der Name Orange, New Jersey, ist gefallen, oder?«

»Das stimmt.«

»Okay. Also habe ich was über Orange herausgesucht und was über Politik. Wie und ob das zusammenpasst, musst du schon selbst herausfinden.«

»Was ist das, was mit Politik zu tun hat?«

»Na ja, eigentlich hat's mit Politik nicht direkt zu tun. Aber gegen Scheich Rahman und elf andere Angeklagte wird in zwei Tagen der Prozess eröffnet.«

Scheich Rahman, die graue Eminenz der islamistischen Fundamentalisten. Der blinde Mann, der sich seit vielen Jahren mit dem Segen oder dem Stillschweigen der Regierung in New York aufhielt und den man in Verbindung brachte mit dem Attentat auf das World Trade Center, bei dem es so viele Opfer gegeben hatte.

»Ich behaupte nicht, dass etwas dran ist, Jerry«, wurde Neville ernst. »Aber an deiner Stelle würde ich das nicht aus den Augen verlieren. Die Fundamentalisten haben der ganzen Welt mit Anschlägen und Untergang gedroht. In Algerien ist die Hölle los, in Ägypten kann man kaum noch friedlich über die Straße gehen. Frauen, die nicht verschleiert rumlaufen, Journalisten, die die Wahrheit schreiben, werden kaltblütig ermordet. Die GIA, der militante Zweig der FIS, schreckt vor nichts zurück. In Palästina ist die Hölle los. Menschen werden entführt und Anschläge werden verübt. So will man festsitzende Gesinnungsgenossen freipressen. Wieso sind wir in den Staaten eigentlich so großkotzig, zu glauben, das alles würde nur weit weg von unseren Grenzen geschehen?«

»Weißt du was über die Vorbereitungen des Prozesses gegen den Scheich?«, fragte ich.

»Nur das, was alle wissen. Perfekte Sicherheitsvorkehrungen. Angeblich soll alles wie geschmiert laufen. Die CIA liegt auf der Lauer. Man hat einige Leute im ganzen Land kassiert, von denen man annehmen kann, dass sie zumindest zu Protestdemonstrationen für den blinden Scheich aufrufen werden. Ich weiß im Grunde nichts davon, Jerry. Aber, verdammt, ich habe ein komisches Gefühl im Bauch. Das habe ich nicht oft, aber meistens, wenn ich es hatte, war etwas faul, und ich befand mich auf der richtigen Spur.«

Dieses von Neville beschriebene komische Gefühl im Bauch schleppte ich mit mir herum, nachdem ich das Kellerarchiv des Alten verlassen hatte.

Ich holte mir einen Plastikbecher von dem beinahe ungenießbaren Automatenkaffee, der – diesen Verdacht hatte ich schon lange – nur gebraut wurde, um die G-men durch Ekelgefühl wach zu halten.

Ich ging in mein Büro. Gerade hatte ich mich gesetzt, um in die nachdenkliche Phase meines G-men-Daseins überzugehen, da erschien Phil.

Mein Freund sah ausgesprochen schlecht aus. Wirklich schlecht, nicht nur so wie ein Mann, der zu wenig Schlaf bekommen hatte. Dicke, schwarze Ringe hingen unter seinen Augen, und sein Teint hatte die Farbe von Beton angenommen. Er setzte sich mit den Bewegungen eines alten Mannes, nahm einen Schluck Kaffee aus meinem Becher und stellte ihn schließlich in der Mitte des Schreibtisches ab.

»Hast du es gesehen?«, fragte er.

»Was?«

»Das Bild.«

Er holte die Zeichnung unter dem Stapel Papieren hervor, der auf seiner Seite des Schreibtisches lag, und schob es mir zu.

Das Bild zeigte das schmale Gesicht eines Mannes mit leicht hervortretenden Wangenknochen. Slawischer Ausdruck nannte man das wohl. Er hatte eine hohe Stirn und ein eckiges Kinn. Irgendwie sah er auf den ersten Blick aus wie ein alter Gladiator oder ein alter Kämpfer. Die Marines und die Legion setzten Männer mit solchen entschlossenen Gesichtern gern auf ihre Werbeplakate. Vielleicht hatte unser Zeichner bei der Beschreibung daran gedacht und etwas überzogen. Vielleicht, aber ich glaubte nicht wirklich daran. Zu viele Menschen hatten bei der Erstellung des Bildes mitgewirkt. Auffallend war sein schwarzes, etwas struppiges Haar. Drahthaar, das sich auch durch Wasser und Kamm nicht bändigen ließ. Seine Augenstellung war normal, aber auf diesem Bild drückten diese Augen etwas aus, was mir einen kalten Schauer über den Rücken jagte. Die schmalen Lippen taten ein Übriges.

»Der Russe!« Phil sagte es, als nenne er den Satan beim Namen. »Die Zeichnung ist so wertvoll wie eine Fotografie. Die Angestellten des Hotels haben ihn so beschrieben. Ich war mit dem Bild in der Bar am Times Square, von wo aus er die Frau abgeschleppt hatte. Sie haben ihn auf den ersten Blick erkannt.«

Es schien, als würde sich Licht am Ende des Tunnels abzeichnen. Ganz schwach nur, aber es war doch Licht.

»Im Hotelzimmer gab es jede Menge Fingerabdrücke, Jerry. Die sind noch nicht alle zugeordnet, aber die Kollegen arbeiten daran, obgleich sie sagen, dass es Wahnsinn sei.«

Ich nickte. Sie mochten vielleicht Recht haben, dass es Wahnsinn war und beinahe unmöglich, aus den Fingerprints in einem Hotelzimmer die des Täters herauszufinden, wenn man kein Vergleichsmaterial in der Hand hatte. Aber der wirkliche Wahnsinn war das vergangene Horror-Weekend in New York, waren die vielen Toten, die in einer einzigen Nacht gemeldet worden waren.

Wahnsinn war auch alles, was danach und nebenbei geschehen war. Der Tod der Prostituierten, der Mord an Mollard, der Entführungsversuch, der Gloria Epson betraf, und schließlich der Selbstmord von Gloria. Dazu konnte man auch die vier Toten der Mafia rechnen, die es auf Grund dieses Horror-Wochenendes noch gegeben hatte. Zum Teufel, auch wenn die Chancen, den Mann zu identifizieren noch so winzig waren, wir mussten alles versuchen.

»Wir haben die Prints aus Dr. Meyers' Zimmer, wo sich der Kerl umgezogen hat, Phil. Und wir haben die Prints aus Mollards Krankenzimmer.«

»Die sind gerade als Vergleichsmaterial rübergegangen«, sagte mein Freund müde und zog das Bild wieder an sich heran.

Noch niemals zuvor habe ich Phil feindseliger auf etwas schauen sehen. Wenn der Bursche jetzt durch die Tür hereingekommen wäre, hätte ich nicht viel auf sein Leben gegeben. All die Jahre im Einsatz hatten meinen Freund – und das galt für uns alle – zwar hart werden lassen, wir hatten gelernt, uns von bestimmten Dingen zu distanzieren, sonst hätten wir unsere Arbeit nicht gut machen können, aber das hieß noch lange nicht, dass es nicht Dinge und Geschehnisse gab, die uns betroffen stimmten.

Glorias Tod zum Beispiel. Ich war kein Seelenklempner, aber ich wusste genau, dass Phil noch sehr lange damit herumlaufen würde und ihm niemand ausreden konnte, dass alles anders gekommen wäre und Gloria vielleicht noch leben würde, wenn er sie nicht allein gelassen hätte. Wie sie es verlangt hatte, sicherlich. Aber damit konnte man solche Gedanken nicht betäuben.

Deshalb sah er so elend aus, dass die Welt eigentlich Mitleid mit ihm haben musste. Was er aber nicht wollte. Phil wollte den Kerl auf der Zeichnung, den Russen. Der war für uns erst einmal, auch wenn es vielleicht nicht ganz den Tatsachen entsprach, die verantwortliche Person.

Phil legte das Bild aus der Hand, zog sich noch einmal den Becher mit der schwarzen Brühe heran und trank ihn auf einen Zug aus.

Nebenbei berichtete ich ihm, was der alte Neville mir gerade aufs Auge gedrückt hatte.

»Der Alte ist verrückt«, sagte mein Freund rau. »Er sitzt zu lange einsam in seinem Archiv zwischen all den Folianten. Es wird Zeit, dass sie ihn endlich in den verdienten Ruhestand schicken. Er ist wirklich verrückt.«

Ich strich mir die Haare aus der Stirn und lehnte mich auf meinem Platz zurück. Meine Gedanken jagten sich. Alles, was Neville gesagt hatte, klang wirklich wie an den Haaren herbeigezogen. Bei jedem anderen Mann, der mir mit einer solchen Geschichte gekommen wäre, hätte ich abgewinkt. Was mich davon abhielt, alles in die Welt der Fabel zu verweisen, waren die Bauchschmerzen, von denen der Alte gesprochen hatte und die ich seitdem auch mit mir herumschleppte.

»Zeery hat mir gesagt, dass ihr Il Vecchio dazu gebracht habt, Frieden unter den Mafia-Familien zu stiften«, sagte Phil nachdenklich. Er tippte mit dem Zeigefinger auf das Bild des Russen. »Das wird diesem Burschen und seinen Auftraggebern ganz und gar nicht gefallen, Jerry. Das ganze Horror-Weekend wurde doch nur inszeniert, damit wir beschäftigt sind und uns nicht mit anderen Dingen abgeben können. Davon sind die doch ausgegangen, oder?«

Es war eigentlich keine Frage, denn Phil kannte meine Einstellung, die mit seiner identisch war. Ich nickte dennoch.

»Die«, sagte ich dann. »Was meinst du damit?«

»Ich meine, dieser Bursche ist nur ein ausführendes Organ, weil er für solche Aufgaben besonders ausgebildet ist. Er ist der Vollstrecker eines Planes, der ganz woanders gestrickt worden ist, Jerry.«

»In Übersee?«

»Wahrscheinlich«, brummte Phil.

»Das würde bedeuten, dass der Kerl auf dem Bild ein bekannter Fachmann ist, Phil. Und wenn er wirklich ein Russe ist …«

»… dann muss die Immigration oder der Geheimdienst mehr über ihn wissen«, vollendete mein Freund.

»Ja.« Ich nickte.

Phil kratzte sich am Kopf und drehte die Zeichnung um, sodass er nicht mehr in das Gesicht des Russen schauen musste. Dann stand er auf und lief einige Schritte durch das Büro. Am Fenster blieb er stehen und schaute in den strömenden Regen hinaus.

»Irgendwo dort draußen steckt der Bursche«, murmelte er gegen die regenbehangene Scheibe an. »Irgendwo dort draußen bist du und bereitest etwas vor, Russe. Verdammt, gib uns nur noch eine winzige Spur, mach nur noch einen kleinen Fehler, damit wir dich kassieren können.«

WASHINGTON DC

Bruce Springer, der Mann, der als oberster Sicherheitschef dafür verantwortlich war, dass die kleine Nahost-Konferenz hier in Washington reibungslos über die Bühne ging, schaute etwas ärgerlich auf, als er von seinem Stellvertreter Martin Landman gestört wurde. Nicht etwa bei irgendwelchen wichtigen Arbeiten, die Springer zu erledigen hatte, sondern beim Büroschlaf. Jedenfalls nannte Springer seine nachdenklichen Pausen so, wenn er sich in sein Büro zurückzog, um sich alles noch mal gründlich durch den Kopf gehen zu lassen.

»Was gibt's, Martin?«, fragte Springer, der ein kleiner Mann war, kaum größer als Napoleon, und dessen wahre Größe in seinem Organisationstalent lag. Wenn es Schwierigkeiten gab, löste Springer die. Wenn wichtige, wirklich wichtige und brisante Dinge anstanden, war Springer der berufene Mann für die Logistik. Er hätte mit seinen Begabungen die Karriereleiter erklimmen können, ohne sich dafür ein Bein ausreißen zu müssen, aber er behauptete, zufrieden zu sein.

»Ich habe den richtigen Job«, pflegte er zu sagen. »Auf jedem anderen Posten wäre ich eine glatte Fehlbesetzung.«

Martin Landman, sein Stellvertreter, der zwei Köpfe größer war als Springer und an die fünfzig Pfund mehr wog, hatte sich langsam, aber sicher damit abgefunden, dass er in dieser Abteilung so lange der zweite Mann blieb, bis Springer dahingerafft wurde. Man hatte ihm andere Jobs angeboten, aber er hatte sie ausgeschlagen. Der Grund war, dass er mit Springer so eng und gut befreundet war, dass er ohne den kleinen Napoleon eingegangen wäre wie eine Primel. Hinter vorgehaltener Hand nannte man sie siamesische Zwillinge, denn auch außerhalb des Dienstes waren sie und ihre Familien unzertrennlich.

Landman zog sich einen Stuhl heran und setzte sich an die andere Seite des Schreibtisches.

»Wir kriegen Schwierigkeiten, Bruce«, sagte er.

»Schwierigkeiten?«, wiederholte Bruce Springer. Er hasste das Wort wie der Teufel das Weihwasser. Schwierigkeiten bestanden für ihn nicht. Er umschrieb sie mit »kleinen Problemen«, aus denen man schnell wieder herauskam, wenn man nur richtig nachdachte.

Landman legte die aufgeschlagene New York Tribune auf den Schreibtisch und drehte die Seite so, dass Springer sich den Kopf nicht zu verrenken brauchte, um sich das Bild anzuschauen.

»Schön«, sagte er, nachdem er einen kurzen Blick auf das Bild geworfen hatte, das zwei Hollywoodstars im Foyer des Hilton New York zeigte, wo sie sich auf der Flucht vor der Reportermeute befanden. »Was haben wir mit Hollywood zu tun, Martin? Ich kann mir nicht vorstellen, dass einer der Leinwandhelden unserem Verein gefährlich werden könnte.«

»Schau dir das Bild noch einmal in aller Ruhe an, Bruce. Nimm die Lupe.« Landman schob sie ihm zu. »Dann, verdammt, sag mir, dass ich an Halluzinationen leide.«

Bruce Springer nahm die Lupe. Er beugte sich dicht über das

Bild, nahm den Kopf etwas zurück und machte erneut einen tiefen Diener über der New York Tribune. Dann richtete er sich auf, rollte mit seinem Stuhl zurück und leckte sich die trockenen Lippen. Er zündete sich eine Zigarette an, holte eine Flasche Whisky aus dem Schreibtisch und schenkte in zwei Gläser ein.

»Wann ist das aufgenommen worden?«

»Am Sonntag, in New York. Ich habe nachgehakt.«

»Ich würde meinen, das ist unmöglich«, brummte Bruce Springer dann, nachdem er und Martin Landman einen Schluck getrunken hatten. Damit verwendete er wieder ein Wort, das es für ihn ebenfalls nicht gab. Unmöglich, das hatte Springer schon vor vielen, vielen Jahren aus seinem Vokabular gestrichen.

»Ich auch«, unterstrich Landman. »Und wenn es den zweiten Burschen nicht geben würde, könnte man annehmen, es handelt sich um einen Doppelgänger, Bruce.«

Springer schüttelte den Kopf. »Raschid Haddad ist einmalig. Zwei ähnliche Figuren würde die Menschheit nicht verkraften, Martin. Wer ist der Knabe neben ihm, der aussieht, als hätte er Urlaub aus dem Totenreich bekommen?«

»Nabih Sharon«, antwortete Martin Landman. »Er nennt sich Ben Ali und hat auf diesen Namen einen Diplomatenpass. Er stammt aus einem kleinen Kaff bei den Golanhöhen und ist Syrer, aber er hat Damaskus seit vielen Jahren nicht mehr gesehen. Er galt als Freund Arafats, bevor der den weichen Kurs eingeschlagen hat. Seitdem ist er eine der wichtigsten Personen der HAMAS.«

»Mein Gott!«, stöhnte Springer. »Zu welcher Zeit ist das Bild aufgenommen worden?«

»Mittags.«

Bruce Springer nickte. Seine grauen Gehirnzellen setzten sich in Bewegung. Eigentlich verstärkt in Bewegung, denn sie standen niemals still. Seine Frau behauptete, dass er nur deswegen so unruhig schlafe, weil er da noch über Dinge nachdachte, die ihm nicht ganz geheuer vorkamen.

Raschid Haddad war einer der Teilnehmer an der Konferenz gewesen, für dessen Sicherheit er, Springer, verantwortlich gewesen war. Die Konferenz war beendet. Heute Morgen waren die

Teilnehmer wieder in die Verantwortlichkeit der einzelnen Botschaften überstellt worden, und für Springer war der Kuchen gegessen.

Raschid Haddad war Algerier, er stand offiziell im diplomatischen Dienst seines Landes, aber für die Geheimdienste war es schon lange kein Geheimnis mehr, dass er der FIS nahe stand und noch näher dem radikalen bewaffneten Zweig der FIS, der GIA. Letztere Gruppierung wurde verantwortlich gemacht für den bewaffneten Kampf gegen die Leute, die nicht dazu bereit waren, den totalen islamistischen Kurs zu steuern.

»Wann sind am Sonntag die Verhandlungen wieder aufgenommen worden?«

»Gegen fünf am Nachmittag.«

»Also Zeit genug für Haddad, einen Abstecher nach New York zu machen?«

»Richtig, doch er ist offiziell auf keiner normalen Maschine gebucht gewesen, und niemand kann sich an einen solchen Fluggast erinnern, der wegen seiner Körperfülle zwei Plätze in Anspruch nimmt.«

»Was ist mit den privaten Chartergesellschaften?«

»Daran arbeiten wir noch.«

»Lass es sein«, sagte Springer überzeugt. »Das ist vergeudete Zeit. Wer den Dicken auch immer geflogen hat, er wird kein Wort darüber verlieren, weil er seinen Kopf nicht verlieren will. Wen haben wir zu Haddads persönlichem Schutz und zu seiner Bewachung abgestellt gehabt?«

»Miller und Danielson. Zwei unserer besten Männer, Bruce.«

Natürlich die besten Männer. Wenn es um jemanden wie Haddad ging, setzte man nur erfahrene Männer ein.

»Danielson ist verschwunden, Bruce.«

Mit einem Satz sprang Springer auf und starrte seinen Freund und Stellvertreter mit großen Augen an.

Landman zuckte mit den Schultern. »Das habe ich gerade vor fünfzehn Minuten erfahren, nachdem ich wegen Haddad nachgehakt habe.«

Springer setzte sich wieder. »Was heißt das, verschwunden?«

»Er ist gestern von seinem Dienst nicht nach Hause gekommen. Er hat seine Frau angerufen und ihr mitgeteilt, dass sie nicht auf ihn zu warten brauche. Sie hat sich erst am nächsten Morgen an die Abteilung gewandt. Dort ist der Vorgang in den Mühlen der Bürokratie hängen geblieben.«

»Was ist mit Miller?«

»Der hat am Sonntag um drei Uhr von Danielson übernommen und seine Position im Foyer des Hotels bezogen. Gegen vier kam der dicke Haddad nach unten. Miller hat ihn zur Konferenz gefahren.«

Springer rieb sich den Schweiß von der Stirn. Er schwitzte nicht oft, aber das, was aus dem Treffen von Haddad und Ben Ali in New York resultieren konnte, das trieb ihm nun doch den Schweiß aus den Poren.

»Haddads persönliche Leibgarde schwört natürlich Stein und Bein, dass ihr Boss das Hotel weder in der Nacht noch bis vier Uhr am Nachmittag verlassen hat, oder?«

»Haddads persönliche Leibgarde ist zusammen mit dem Dicken wieder abgereist. Die können wir nicht befragen. Beim Hotelpersonal nachzuhaken hat wohl keinen Sinn. Es gibt jede Menge Wege, auf denen sich der Dicke unsichtbar verabschiedet haben und zurückgekehrt sein kann.«

Springer nickte.

»Verdammt«, sagte er. »Scheint so, als hätten wir wirklich ein Problem, Martin. Die beiden treffen sich nicht in New York, um zusammen Kaffee zu trinken. Die HAMAS und die GIA lassen ihre wichtigsten Männer in New York zusammenkommen ...«

»Wo es vorher ein blutiges Weekend gegeben hat. Mehr als ein Dutzend Tote unter den Mafia-Familien! In einem Haus in Brooklyn sind fünf weitere Männer gestorben, die mit der Mafia nichts zu tun haben.«

Springer zündete sich schon wieder eine frische Zigarette an. Normalerweise rauchte er nur wenig. Es gab sogar Tage, an denen rauchte er gar nicht.

»Terror«, sagte er. »Ganz offensichtlich Terroranschläge, die von etwas anderem ablenken sollen. Was denkst du?«

»Ich bin deiner Meinung.«

»Okay, wir sollten den New Yorker FBI einschalten und auch die CIA. Das wirft ein verdammt schlechtes Bild auf uns, aber wenn ich damit eine Katastrophe verhindern kann, lasse ich mir gerne den Stuhl vor die Tür stellen.« Er lachte leise. »Dann kriegst du endlich diesen Job, Martin.«

Martin Landman erwiderte das Grinsen. »Die hängen mich neben dich, Bruce«, sagte er. »Ein Stellvertreter ist immer die Kontrollinstanz des Chefs. Die hängen uns nebeneinander auf, und jemand anderer setzt sich mit seinem fetten Arsch in deinen Sessel. Aber dazu wird es wohl nicht kommen, wenn wir schnell genug sind.«

Das Telefon auf Springers Schreibtisch schellte in dem Moment, als er danach greifen wollte. Er hob ab und meldete sich. Es war ein kurzes Gespräch, und als er wieder auflegte, hatte er etwas von seiner Sonnenbankbräune eingebüßt.

»In zwei Tagen findet in New York der Prozess gegen Scheich Rahman und elf andere Angeklagte wegen des Attentats auf das World Trade Center statt«, sagte er mit heiserer, krächzender Stimme. »Setz dich mit dem Pentagon und der CIA in Verbindung, Martin. Ich übernehme den New Yorker FBI. Diesmal müssen wir schneller sein, als wir jemals gewesen sind.«

»Sorry, ich glaube, ich habe mich ...«

Aisha, die in einen weißen Bademantel gehüllt vor dem Fenster des Hotelzimmers stand, lächelte Lieutenant James Randall an.

»Man hat Ihnen den Schlüssel gegeben und Sie konnten damit die Tür öffnen, Lieutenant«, sagte sie. »Es kann also nicht das falsche Zimmer sein, oder?«

Randall kniff die Augen zusammen. Was die Orientalin sagte, war richtig. Sie hatten ihm den Schlüssel für diese Zimmer im Continental Hotel in Orange South gegeben. Ein etwas heruntergekommenes Hotel, das hauptsächlich von Handlungsreisenden besucht wurde, deren Geschäfte so schlecht liefen, dass sie sich keine bessere Bleibe leisten konnten. Und weil noch etwas vom

Glanz der guten Jahre geblieben war, stieg man hier ab, um doch noch einen gewissen Luxus für sein Geld zu bekommen. Zum anderen lag es ideal, wenn man auf Diskretion bedacht war. Abseits der großen Wege, dicht an Applewood herangedrückt. Umgeben vom Verfall der Gegend, wozu auch der Markt gerechnet werden musste, der täglich stattfand und auf dem man kaufen konnte, was das Herz begehrte. Vorausgesetzt man hatte genug Dollars. Aber das war überall so, nicht nur in South Orange.

»Wollen Sie nicht die Tür schließen, Mr. Randall?«

Randall strich sich über seinen blonden Bürstenhaarschnitt. Die Frau brachte ihn durcheinander. Er hatte mit einem Mann gerechnet, der ihm den Inhalt seiner Aktentasche mit einigen dicken Dollarbündeln abkaufen wollte.

Randall schloss die Tür und starrte Aisha an, die sich vom Fenster löste und einen kleinen Rundgang durch das große Zimmer machte. Bei jedem Schritt teilte sich der Morgenmantel, ließ ihre langen, schlanken Beine sehen und hin und wieder auch das schwarze Dreieck im Scheitelpunkt ihrer Schenkel.

Die Feststellung, dass die Frau nichts als nackte Haut unter dem Morgenmantel trug, trieb Randalls Pulsschlag in gefährliche Höhen.

Das Telefon klingelte. Randall wurde aus seinen Betrachtungen und seinen Fantasien gerissen. Wie ein ertappter Sünder zog er die Unterlippe zwischen die Zähne und nagte auf ihr herum.

»Das ist für Sie, Mr. Randall.«

Randall ging zum Bett, wo das Telefon auf einem Nachttisch stand. Er setzte sich auf die Matratze und hob ab.

»Ja?«, meldete er sich.

»Ist alles in Ordnung, Lieutenant?«

Randall erkannte die Stimme schon beim ersten Ton. Das war der Mann, der seine Schuldscheine aus illegalen Spielclubs kassiert hatte und auch ein paar Bilder besaß, die ihn, Randall, in den Armen einiger Mädchen zeigte, die eigentlich noch viel zu jung waren, um schon in fremden Betten liegen zu dürfen. Die Bilder zeigten Randall nicht nur in verfänglichen Situationen, sie dokumentierten auch geschickt, dass bei den Zusammenkünften mit den Mädchen Rauschgift im Spiel gewesen war.

»Alles in Ordnung, Mister«, sagte Randall mit rauer Stimme. Aus den Augenwinkeln heraus beobachtete er die Orientalin, die sich den Morgenmantel von den Schultern streifte, bevor sie das Badezimmer betrat. Ganz kurz konnte er einen Blick auf ihre nackte Rückenansicht werfen. Ein Anblick, der ihm das Adrenalin durch den Körper peitschte.

»Sie haben doch nichts dagegen, dass die Lady mich vertritt, oder?«

»Eigentlich nicht, wenn man ihr vertrauen kann und sie das hat, was ich haben will.«

»Aber Lieutenant«, höhnte der Mann am anderen Ende der Leitung. »Sie haben Aisha gesehen. Hat sie vielleicht nicht alles?«

»Scheint so«, sagte Randall knapp. Mit dem Handrücken wischte er sich über die feuchte Stirn.

»Wie meine Leute mir berichtet haben, die Sie auf Schritt und Tritt außerhalb des militärischen Bereichs beobachten, haben Sie die Aktentasche dabei. Sind die Unterlagen komplett?«

»Ja«, antwortete Randall.

In diesem Moment nannte er sich selbst einen Idioten. Er hatte eine Anzahlung erhalten, um vorrangige Schulden abdecken zu können, aber ansonsten nur Versprechen, die nicht mehr als heiße Luft sein konnten. Dennoch hatte er die benötigten Unterlagen komplett mitgebracht, für die er heute Nacht im Wachbüro seinen Arsch riskiert hatte.

Jeder schaut jedem auf die Finger!, lautete die Parole des Kommandanten.

Es schaute jeder jedem auf die Finger. Deshalb war es so schwierig gewesen, Dienstpläne und Sicherheitsvorkehrungen zu kopieren. Was, zum Teufel, wenn sie ihm das ganze Zeug einfach abnahmen und ihn umlegten?

Er hatte zwei freie Tage. Kein Hund würde ihn wirklich vermissen, kein Hahn nach ihm krähen. Seine Frau hatte die Scheidung eingereicht. Er kam kaum noch nach Hause, weil er vor einer Woche ein Apartment gemietet hatte, in dem sich schon ein großer Teil seines persönlichen Besitzes befand.

»Das ist gut, Mr. Randall«, sagte der Anrufer. »Ich habe von

Anfang an gewusst, dass Sie ein Mann sind, auf dessen Wort man sich verlassen kann. Ein Mann, dem man gerne aus seinen Schwierigkeiten heraushilft. Ein sympathischer Verräter, Mr. Randall. Verräter gibt es genug, ich bin auch einer, aber es gibt unter uns so wenig sympathische Menschen.«

»Weiter?«, fragte Randall mit spröder Stimme, denn Aisha kehrte aus dem Bad ins Zimmer zurück. Sie trug ein locker geschlungenes Handtuch um die Hüften herum, sonst nichts. Wenn man von dem Kokain absah, das sie geschickt zu weißen Linien auf der Marmorplatte des Nachttisches verteilte.

»Die Tasche steht unter dem Bett«, sagte der Anrufer.

Randall griff unter das Bett und zog die Aktentasche darunter hervor, um sie neben sich auf die Matratze zu stellen.

»Machen Sie die Tasche auf, Mr. Randall.«

Randall öffnete die Tasche, die prall gefüllt war mit Dollarbündeln.

Von hinten schlängelte sich Aisha heran. Mit einer Hand streichelte sie ihm über das kurze blonde Haar, mit der anderen Hand zog sie einen Hunderter aus der Tasche und kroch dann wieder zurück zum Nachttisch.

Randall schaute ihr hinterher, sah, dass sie den Schein zu einem Röhrchen rollte und dadurch die erste Kokainlinie schnupfte.

»Das sind dreihunderttausend Dollar, Mr. Randall. Sie brauchen wirklich nicht nachzuzählen. Den Rest bekommen Sie wie abgesprochen nach Beendigung der Mission. Schließlich sind Sie daran beteiligt und spielen die wichtigste Rolle überhaupt.«

»Yeah«, keuchte Randall. Er wusste nicht mehr so recht, was ihn mehr erregte. Der Anblick des Geldes oder der der schönen Orientalin, die zwei weitere Linien geschnupft hatte und nun lang ausgestreckt neben ihm auf dem Bett lag. Nackt.

»Sie können mit dem Geld hingehen, wohin Sie wollen, Randall, wir haben Sie doch unter Kontrolle. Aber lieber wäre es uns, wenn Sie diesen Tag und die Nacht mit Aisha zusammenblieben. Unterdessen besorgen wir an denen von Ihnen vorgeschlagenen Adressen das Material, das wir brauchen. Uniformen, Waffen und den Transporter. Ist das okay?«

Aisha rollte sich zu ihm herum, legte ihren Kopf auf seine Schenkel und schaute ihn aus den schwarzen Augen an, die glitzerten wie jungfräuliches Eis in der Sonne.

Dann hob sie die Hand und nahm ihm den Telefonhörer einfach ab.

»Ich bin sicher, dass sich der Lieutenant und ich verstehen werden, Russe«, sagte sie mit leicht taumelnder Stimme, die auf den Drogenkonsum zurückzuführen war. »Ganz sicher.«

Russe!

Randall zuckte unwillkürlich zusammen. Dass er einen Russen als Partner hatte, war ihm nicht bekannt gewesen. Im Grunde genommen hatte es ihn von dem Moment an, wo er sich für den Verrat entschieden hatte, auch nicht mehr interessiert, für wen er arbeitete.

Russe!

Aisha gab den Hörer wieder an ihn zurück.

»Ich bleibe hier«, sagte Randall. »Vielleicht sollte ich Ihnen sagen, dass ich neben den wichtigen Unterlagen auch eine Waffe mitgebracht habe.«

»Eine 45er«, sagte der Russe am anderen Ende der Leitung. »Das brauchen Sie mir nicht zu sagen, das weiß ich. Vielleicht brauchen Sie die Waffe bei unserem gemeinsamen Einsatz, Randall. Vielleicht müssen Sie auf Ihre eigenen Kameraden schießen. Aber das haben Sie ja von Anfang an gewusst, oder?«

»Sicher«, sagte Randall. »Wenn ich mich dazu entschließe, etwas zu tun, dann nehme ich auch alle Konsequenzen in Kauf.«

»Irgendwann in den nächsten Stunden wird jemand von uns vorbeischauen und die Tasche mit den Unterlagen abholen. Diskret, versteht sich. Sie brauchen sich nicht gestört zu fühlen.«

Aisha hatte damit begonnen, den Gürtel seiner Hose zu öffnen, und eine Hand hatte sie ihm bereits unter das Hemd geschoben. Ihre Finger wirkten wie elektrisierend auf Randalls Haut.

»Ist das alles, Mister?«

»Ja«, antwortete der Russe. »Wir danken Ihnen für Ihre Mitarbeit.«

»Ich werde gut bezahlt«, blaffte Randall. »Was soll der Scheiß,

Mann? Können wir nicht wie vernünftige Menschen reden? Ich liefere euch, was ihr braucht, um ins Waffenlager hereinzukommen. Ich begleite euch, damit man mein Gesicht sieht und nicht sofort Alarm schlägt, wenn jemand misstrauisch wird. Dafür bezahlt ihr mich und sorgt dafür, dass man mir nichts nachweisen kann. So einfach ist das.«

»Du hast Recht, Lieutenant«, sagte der Russe. »So einfach ist das. Mach dir keine Sorgen. Schweinehunde wie du und ich finden immer und überall eine große Masche im Netz, durch die sie schlüpfen können.«

Randall lachte leise, beugte sich zur Seite und küsste den Bauchnabel von Aisha, worauf die sofort mit einem lauten, zischenden Geräusch die Luft einzog.

»Das ist nicht gespielt, Randall«, sagte der Mann am anderen Ende des Hörers. »Die Lady ist wirklich heiß wie die Hölle. Verbrenn dich nicht an ihr. Falls es Schwierigkeiten gibt – man kann nie wissen –, weiß sie, wo ich zu erreichen bin. Wir sitzen von nun an in einem Boot. Verräter unter sich. Bis später.«

Die Verbindung wurde vom Russen unterbrochen.

Lieutenant James Randall legte auf, erhob sich vom Bett, blieb davor stehen und warf einen Blick auf die nackte Orientalin.

Heiß wie die Hölle, hatte der Russe gesagt.

Verdammt, das ganze Unternehmen war heiß wie die Hölle. Wenn die Leute, mit denen er zusammenarbeitete, für Geld und um einige Dinge aus seiner Vergangenheit zu löschen, das Zeug in die Hand bekamen, an das er sie heranführen sollte, dann konnten sie wirklich die Hölle entfesseln.

Er hatte es von Anfang an gewusst. Gleich nach dem ersten Kontakt, als man ihm die Schuldscheine aus den illegalen Casinos und die Bilder von den Partys mit den Minderjährigen gezeigt hatte. Da hatte man ihm auch klipp und klar gesagt, was man von ihm erwartete und was man aus dem Waffenlager herausholen wollte.

Randall hatte nicht länger als zwei Minuten gebraucht, um sich zu entscheiden. Er hatte sich für das Geld und den Verrat entschieden, weil ihm eigentlich gar nichts anderes übrig geblieben war. Und er hatte sich dazu entschieden, seinen neuen Partnern die gewünschten Waffen zu besorgen, weil er überzeugt davon gewesen war, dass die diese niemals einsetzen, sondern nur damit drohen würden.

Jetzt, da der Karren rollte und niemand ihn mehr aufhalten konnte, falls er es nicht vorzog, sich mit der 45er den Kopf abzuschießen, war er sich seiner Sache nicht mehr so sicher.

»Ich würde an deiner Stelle nicht darüber nachdenken«, sagte Aisha, die sich aufgesetzt und mit einer komisch wirkenden Bewegung ihre Hände vor den Busen gezogen hatte.

»Kennst du den Russen?«

»Nicht besser als du«, antwortete Aisha. »Er arbeitet nur für uns, genau wie du.«

»Wer ist *uns?*«

»Wir, das sind die Gläubigen, die den Teufel vernichten werden. Das haben wir geschworen.«

Scheiße!, dachte Randall. Ich Arschloch habe mich mit religiösen Fanatikern eingelassen. Verdammte Scheiße! Die werden mit den Waffen nicht nur drohen, die werden sie einsetzen!

Seine Gedanken jagten sich. Aber egal in welche Richtung er sie auch ausschickte, sie kehrten mit der Botschaft zurück, dass er aus der Sache nicht mehr herauskonnte. Auf jeden Fall nicht lebend.

Solange es Geld und Frauen wie Aisha gab, verspürte Lieutenant James Randall keine Lust, sich aus dieser Welt zu verabschieden, die manche als ein Jammertal bezeichneten.

»Nimm was von dem Zeug, das macht locker und verscheucht die bösen Geister.«

»Was hast du mit der Sache zu tun?«

»Ich diene nur«, sagte Aisha und ließ die Hände wieder von ihrem Busen gleiten. Die Kronen waren steif geworden. »Ich bin eine Märtyrerin, Randall. Man setzt mich da ein, wo man mich braucht, und ich opfere mich, wenn das verlangt wird. Nimm von dem Zeug und komm zu mir. Siehst du nicht, dass ich dich brauche?«

Ich kannte den Mann nicht, der mich angerufen, seinen Namen mit Alan Kellerman angegeben und mir als Treffpunkt dieses Café am North Washington Square, in der MacDougal Alley, genannt hatte. Er würde mich erkennen, und es ginge um einen gemeinsamen Freund.

»Um welchen?«

»Um den Russen!«

Daraufhin hatte ich keine weiteren Fragen gestellt, sondern mich sofort auf den Weg gemacht.

Es konnte eine Falle sein, aber irgendwie glaubte ich doch nicht daran, dass der Russe einen solch primitiven Fehler beging. Vielleicht rechnete er damit, dass wir inzwischen auf ihn gestoßen waren, aber er würde keine weitere Spur legen. Schon gar nicht eine so breite, die direkt auf ihn zuführte.

Es war nicht schwierig, einen Parkplatz zu finden. Ich hastete die wenigen Schritte durch den strömenden Regen und war nass wie eine in den Bach gefallene Katze, als ich das gut besetzte, verräucherte Café betrat.

Ich blieb an der Garderobe stehen und schaute mich um. Es war nicht schwer, Kellerman unter dem meist jugendlichen Publikum zu finden. Er saß ganz hinten, in der etwas dunkleren Abteilung. Er hatte einen Ecktisch gewählt, saß mit dem Rücken zur Wand und konnte den ganzen Laden leicht überblicken.

Ich ging zu ihm, bestellte unterwegs bei der Servierin einen doppelten Mokka, zog mir einen Stuhl heran und setzte mich.

»Cotton«, sagte ich.

»Kellerman«, nannte er noch einmal seinen Namen, schaute mich durchdringend an und nickte zufrieden. So, als würde ich dem Bild entsprechen, das er sich von mir gemacht hatte.

»Welche Dienstnummer?«, fragte ich den Mann, der so normal aussah, dass man ihn anblickte und ihn bereits vergessen hatte, wenn man einen Schritt weitergegangen war. Er hatte dunkles, kurz geschnittenes Haar. Das war auch das einzige Erkennungsmerkmal.

Erst als er grinste, entdeckte ich doch noch etwas an ihm, an dem ich ihn vielleicht wiedererkennen konnte. Es war ein Goldzahn. Rechts unten.

»Lassen wir den ganzen Scheiß«, sagte er, »und vergessen wir das Gerede, dass FBI und CIA nicht zusammenarbeiten können.« Er zog ein Bild aus seiner Jackettinnentasche und legte es vor mich auf den kleinen, runden Tisch. »Das ist er doch, oder?«

Ein kurzer Blick reichte. Es war der Russe. Was unseren Zeichner anging, der hatte mit seinem Porträt nach Zeugenaussagen brillante Arbeit geleistet.

Ich nickte.

»Wladimir Kusclow«, sagte mein CIA-Gegenüber. »Überläufer vom KGB, hat einen amerikanischen Pass auf den Namen Serge Anatov, ist unserer politischen Abteilung mal behilflich gewesen, ins Zeugenschutzprogramm aufgenommen worden und eines Tages einfach von der Bildfläche verschwunden. Ich habe mit den Leuten geredet. Sie haben nie wieder etwas von ihm gehört.«

»Hat er mit seinem Verschwinden irgendwelche Auflagen verletzt?«

Kellerman schüttelte den Kopf.

»Im Gegenteil«, antwortete er. »Jeder, der sich selbstständig macht, braucht von den im Programm arbeitenden Leuten nicht mehr beschützt oder beobachtet zu werden. Die sind echt froh darüber, wenn sich jemand freiwillig aus dem Programm verabschiedet.«

Die Serviererin brachte den Mokka. Ich schlürfte einen Schluck von dem köstlichen Getränk.

»Beim KGB war er mal so was wie ein General«, fuhr Kellerman fort. »Auf jeden Fall ganz oben angesiedelt. Spezialist für Terror- und Beschaffungsaufträge. Sein Verrat hat einigen Leuten den Kopf gekostet. Er ist ein gefährlicher Mann und bekannt dafür, dass er, wenn er einen Auftrag angenommen hat, ihn auch bis zum bitteren oder guten Ende durchführt.«

»Ich habe ihn kennen gelernt«, sagte ich. »Aus der Entfernung heraus, aber mir hat es gereicht.«

»Ich weiß. Haben Sie eine Ahnung, wo er sich aufhalten könnte?«

Ich deutete aus dem Fenster in den verregneten Nachmittag hinein.

»Irgendwo dort draußen«, sagte ich.

»Oder in Orange, New Jersey«, sagte Kellerman.

»Kommen wir doch auf den Punkt«, sagte ich. »Glauben Sie das Gleiche wie wir vom FBI?«

»Es wäre einfacher, wenn wir uns duzen würden«, sagte Kellerman. »Wir werden zusammenarbeiten. Ich kann mich, verdammt, nicht laufend darauf konzentrieren, höflich zu sein. Einverstanden?«

»Nichts dagegen, Alan.«

»Okay, wir glauben das, was ihr glaubt, Jerry. Besser gesagt, wir glauben es nicht nur, wir wissen es. Wir haben aus dem Pentagon so viele Hinweise erhalten, dass es gar nicht anders sein kann. Hier in New York haben sich am Sonntag zwei führende Leute von der HAMAS und der FIS getroffen. Die Freunde in Washington haben für einen Moment geschlafen, deshalb konnte das passieren. Jetzt, im Nachhinein, finden wir es natürlich gut, dass es passiert ist.«

»Aber das gebt ihr nicht zu, he?«

»Um keinen Preis der Welt. Es ist immer gut, ein paar Leute in Washington zu kennen, die mit einem schlechten Gewissen herumlaufen. Verstehst du?«

»Absolut.«

HAMAS und FIS. Das also war der politische Teil an der ganzen Sache, der uns bislang noch nicht deutlich geworden war. Mit seinem Hinweis auf den Prozess gegen Scheich Rahman und elf andere Männer und Frauen hatte der alte Neville goldrichtig gelegen.

Kellerman machte es auf eine trockene Art und Weise deutlich.

»Es geht nicht darum, den alten, blinden Scheich aus irgendwas herauszupauken, Jerry. Das ist Beiwerk. Es geht darum, die Gewalt, zu der man fähig ist, an diesem Prozess aufzuhängen und sie zu demonstrieren. Wenn den alten Terroristen das gelingt, dann ist das Horror-Weekend von New York ein harmloses Kindermärchen.«

Ich nickte ernst. Mir war klar, was er meinte. Die Horrorvision stand überdeutlich an jeder Mauer um mich herum geschrieben.

»Ein Kollege von mir, Phil Decker, ist in Orange. Er will mit den Kollegen dort herausfinden, ob man den Russen gesichtet hat.«

»Das ist gut«, urteilte Kellerman. »Dann brauchen wir uns darum schon nicht mehr zu kümmern.«

»Sondern um was?«

»Um das Camp und die Waffendepots auf dem Camp, Jerry.«

»Es gäbe eine einfache Möglichkeit.«

Kellerman lachte leise und freudlos. »Den Wachplan ändern, die Wachmannschaft austauschen und alles doppelt und dreifach sichern. Ich wäre dafür. Meine Chefs und die Leute aus dem Pentagon und anderen Regierungsstellen sind dagegen. So was würde an die Öffentlichkeit dringen. Das würde dem Bürger deutlich vor Augen führen, auf was für einem ungesicherten Pulverfass er sitzt, wenn Terroristen eine Chance haben, sich aus einem amerikanischen Depot das zu holen, was sie nötig haben.«

So wie Kellerman das brachte, konnte ich seine Chefs und die Leute aus verschiedenen Regierungsstellen sehr gut verstehen.

»Also bleibt alles, wie es ist, und für uns kommt es nur darauf an, das alles auffliegen zu lassen, bevor es geschieht.«

»Ich habe gewusst, dass wir uns verstehen«, sagte Kellerman und wirkte erleichtert.

»Pläne?«

»Wir treffen uns in drei Stunden mit dem zuständigen Kommandanten. Das Pentagon hat ihm den Maulkorb abgenommen. Es wird keine Frage geben, die er uns nicht beantwortet, kein Stück Papier, in das wir keine Einsicht erhalten. Wir haben nicht mehr viel Zeit. Es kommt auf unsere Nasen an und auf unseren gesunden Menschenverstand.«

»Bist du sicher, dass der Kommandant auch wirklich sein letztes Geheimnis preisgibt?«

»Absolut sicher. Sonst ist er nämlich Kommandant gewesen. Das weiß er. Er hat Haus, Kinder und zwei Hunde, abgesehen von seiner Frau. Er will nicht nur seinen Job behalten, er braucht auch seine Pension. Dazu kommt, dass er ein alter Haudegen ist, der die letzten Tage in Vietnam mitgemacht hat. Seine erste und einzige Niederlage gegen die Kommunisten. Das hat er bei allen Göttern und Propheten geschworen.«

»Hier geht es nicht um Kommunisten.«

»Das wissen wir, aber das weiß er nicht. Ihm ist nur bekannt, dass ein Russe die Aktion plant und durchführen wird. Er hat nicht danach gefragt, welche Gruppierung dahinter steckt. Das Wort Russe hat ihm gereicht. Er will ihn genauso haben, wie wir ihn haben wollen, Jerry.«

Ich nickte und fragte mich, ob Anatov inzwischen wusste, was für ein heiß begehrter Mann er war.

»Macht der Soldat Schwierigkeiten?«

Anatov schüttelte den Kopf. Das Aussehen des Mannes, der eher einer wandelnden Leiche glich als einem Menschen, erschreckte ihn. Einen Mann, der verantwortlich war für einen solch gewaltigen Coup, für einen solch gewaltigen Schlag nicht nur gegen die Amerikaner, hatte er sich doch anders vorgestellt.

Aber was sagte das Aussehen eines Mannes schon über ihn selbst und seine Qualitäten aus? Absolut nichts. Zu Anfang hatte Anatov mal was darauf gegeben, dann aber im Laufe der Zeit festgestellt, dass das absoluter Blödsinn war. Die kleinsten Männer, die aussahen wie vom Tod gezeichnet, konnten die größten Taten vollbringen, und andere, die aussahen wie Adonisse, brachten nichts.

Das Treffen fand in einem Hotel statt. Ben Ali hatte einen Hintereingang benutzt, sodass er niemandem aufgefallen war. Anatov schob ihm den Inhalt aus Lieutenant Randalls Aktentasche über den Tisch zu.

»Da steht alles drin, was wir wissen müssen«, sagte Anatov. Jetzt, nachdem er ihn persönlich kennen gelernt hatte, nannte er den Mann aus Palästina nicht mehr Sir.

Ben Ali interessierten die Pläne nicht. Er warf nur einen flüchtigen Blick darauf und schaute dann wieder den Russen an. »Wann kann es stattfinden?«

»Morgen Nacht.«

Ben Ali nickte.

»Randall wird uns begleiten«, sagte Anatov. »Er kennt den schnellsten Weg zu den einzelnen Bunkern. Um alle gewünschten Waffen zu bekommen, müssen wir drei Bunker anfahren, das

Wachpersonal ausschalten oder täuschen, sie öffnen und die Sachen finden und aufladen. Es wird kein Spaziergang.«

In Ben Alis Augen blitzte Interesse auf.

»Davon ist auch nie die Rede gewesen«, sagte er barsch. »Außerdem ist die Bezahlung entsprechend, oder?«

Am liebsten hätte Anatov das alles abgebrochen und dem mageren Mann in den Hintern getreten. Einen Moment lang fühlte er sich eigentlich viel zu schade, um für einen solchen Kerl die Drecksarbeit zu erledigen. Aber, zum Teufel, er hatte den Job angenommen, hatte schon Tod und Verderben in New York gesät, und zum anderen empfand er den Job als wirkliche Herausforderung an seinen Geist und sein Organisationstalent. Außer ihm konnte niemand, davon war Anatov noch immer überzeugt, einen solchen Coup mit aller Konsequenz sauber durchziehen. Dazu musste man die Ausbildung genossen und die Arbeit getan haben, die er früher, als der Kalte Krieg zwischen den einzelnen Geheimdiensten noch ein heißer gewesen war, ausgeführt hatte.

»Was ist mit Aisha?«

Anatov zuckte mit den Schultern. »Der Lieutenant ist mit ihr zusammen. Sie wird ihm zeigen, wie schön das Leben sein kann, und ihn bei der Stange halten.«

»Mit anderen Worten, sie brauchten die Frau doch.«

»Mit anderen Worten, sie nimmt mir die Arbeit ab, dem Lieutenant die Kanone an den Kopf zu setzen und ihn auf diese Art und Weise davon zu überzeugen, dass das Leben in seiner Allgemeinheit doch noch nicht so schrecklich ist, wie manche es beschreiben.«

Ben Ali lachte leise und glucksend. »Morgen Nacht also?«

»Ja.«

»Sie bringen den Transport nach Hillside. Dort werden ihn meine Männer übernehmen. Danach ziehen Sie sich sofort zurück und verlassen am besten das Land.«

Was ich zu tun und zu lassen habe, bestimme ich immer noch selbst!, dachte Anatov. Von einem wandelnden Geist wie dir lasse ich mir sowieso nichts vorschreiben!

»Hillside«, sagte er und nickte.

»Die genaue Stelle ist auf der Karte hier eingezeichnet.«

Anatov nahm die Karte entgegen, zusammen mit dem Bankbeleg einer zweiten Überweisung, die von Ben Ali auf sein Konto getätigt worden war. Die letzte Zahlung, das war so abgesprochen, würde er einsacken, sobald er die Ware an den von Ben Ali bestimmten Ort gebracht und vollzählig abgeliefert hatte.

»Erwarten Sie Schwierigkeiten?«

»Nicht zusammen mit dem Lieutenant«, meinte Anatov. »Und auf den haben wir uns lange genug eingeschossen. Er hat die dümmsten Fehler begangen und sitzt unrettbar in der Falle. Wir könnten sein Leben mit einem Fingerschnippen beenden.«

»Ich hoffe, dass Sie das auch tun werden.«

Anatov nickte. »Ganz sicher. Man arbeitet mit Verrätern zusammen, aber man lässt sie nicht als Zeugen zurück.«

Als er es ausgesprochen hatte, wurde ihm bewusst, dass Ben Ali über ihn genauso denken konnte. Schließlich hatte er nicht nur sein Geburtsland, die damalige UdSSR, verraten, sondern nun auch die Amerikaner, die ihm eine zweite, gar nicht so üble Heimat verschafft hatten.

Unwillkürlich fragte sich Anatov, ob Ben Ali jemals in diese Richtung, ihn loszuwerden, gedacht haben konnte.

Er verneinte die Frage für sich selbst. Warum sollte er? Das Geld wäre ein Punkt gewesen, aber davon waren zwei Drittel schon auf das Schweizer Konto einbezahlt worden. Verraten konnte er die Bande von religiösen Fanatikern nicht. Sobald die es knallen ließen, könnten sie gar nicht schnell genug zum Telefon greifen, um der Welt mitzuteilen, dass sie zugeschlagen hätten und der Krieg weitergehen würde.

Er mochte sie nicht, das stellte er jetzt wieder fest. Aber sie bezahlten, also waren sie Kunden.

Wenn ihm jemand dieselbe Summe oder noch mehr geboten hätte, hätte er Ben Ali und seine fanatischen Freunde kalt lächelnd in die Pfanne gehauen. Einmal hatte Anatov daran gedacht, sich mit der amerikanischen Regierung in Verbindung zu setzen und zu fragen, was die zu zahlen bereit war, wenn er die Sache hier nicht durchführte. Aber nach dem, was in New York geschehen war, nach den vielen Opfern, konnte die amerikanische Regierung nicht eines der Versprechen einhalten, die sie ihm mit Sicherheit machen würde.

»Meine Leute kaufen gerade das Zeug zusammen, das wir brauchen. Uniformen, Waffen und einen Armylaster. Die Adressen stammen von Randall. Das alles wird durch zwei andere Armeeangehörige verkauft, die dringend Geld brauchen. Man kann sich kaum vorstellen, dass eine Armee mit so vielen Löchern irgendwo auf der Welt noch gefürchtet wird.«

»Wer fürchtet sie denn?«, fragte Ben Ali hämisch. »Nicht mal Leute wie Castro gehen vor ihr in die Knie.«

Weil er ein seniler Knabe ist, dem der Kalk aus den Hosenbeinen rieselt!, dachte Anatov. Weil er heute immer noch alte Revolutionsideale verteidigt, die schon lange keinen Bestand mehr haben!

Anatov wollte sich auf keine politischen Diskussionen einlassen. Die waren unsinnig bei einem Mann mit Ben Alis geistiger Gesinnung und seinem Glaubensfanatismus.

»Wir fahren mit vier Männern und dem Lieutenant auf das Camp und bahnen uns einen Weg. Unsere Papiere und der Marschbefehl sind gut. Beides hält jeder kurzen, flüchtigen Überprüfung stand. Aber dazu wird es wahrscheinlich nicht mal kommen, weil man Lieutenant Randall kennt.«

Ben Ali nickte. »Aisha wird den Transport begleiten. Von Anfang an.«

»Das kommt überhaupt nicht in Frage!«, brauste Anatov auf.

»Aisha wird euch von Anfang bis zum Ende begleiten«, wiederholte Ben Ali. »Das habe ich beschlossen, und Sie tun genau das, was ich Ihnen sage, Russe!«

Zornesröte stieg Anatov ins Gesicht. Er wollte dem sterbenskrank aussehenden Mann aus Palästina schon an die Gurgel fahren, aber im letzten Moment beherrschte er sich. Zum Teufel, morgen war alles vorbei, und das Unternehmen war so gut durchgeplant, dass gar nichts mehr schief gehen konnte. Warum sollte er sich jetzt noch darüber aufregen, weil der Kerl anordnete, dass eine Märtyrerin sie begleitete? Sie würde nicht stören. Falls doch, würde er ihr eine Kugel in den Kopf schießen.

»Okay«, sagte Anatov also. »Aber ich passe nicht auf sie auf. Ich bin kein Kindermädchen.«

»So können Sie nur reden, weil Sie nicht wissen, wer Aisha ist und was sie schon für unseren Kampf getan hat, Russe. Wenn es sein muss, kann sie zehn Männer ersetzen. Noch Fragen?«

Anatov schüttelte den Kopf. Er war heilfroh, wenn ihn diese wandelnde Trauergestalt endlich wieder verließ. Danach wollte er ein langes Bad nehmen, um sicherzugehen, dass der Kerl ihn nicht mit einer schrecklichen Krankheit angesteckt hatte.

Wie konnte man überhaupt noch so herumlaufen?, fragte sich Anatov. Der Gnadentod, eine schnelle Kugel, würde für den Knaben doch die glatte Erlösung sein.

»Unterschätzen Sie uns nicht, und machen Sie nicht im letzten Moment noch einen Fehler, Russe.«

Zum Glück brauchte Anatov ihn nicht per Handschlag zu verabschieden, weil der ihm die Hand nicht gab.

Hinter Ben Ali ließ Anatov die Tür ins Schloss fallen, ging schnurstracks ins Bad und ließ Wasser in die Wanne laufen.

Die nächste Stunde verbrachte der Russe damit, in der Wanne zu sitzen und sich Schritt für Schritt alles noch einmal durch den Kopf gehen zu lassen. In New York hatte er Fehler begangen. Die durften ihm hier nicht unterlaufen. Nicht der kleinste.

In den nächsten zwei Stunden nahm er die Anrufe seiner vier Männer entgegen, die sich auf Beschaffungstour befunden hatten. Sie hatten alles erhalten. Randalls Adressen hatten sich als ausgesprochen gut und lieferfreudig herausgestellt.

Natürlich, auch der Lieutenant durfte keinen Fehler begehen und hatte sich gut vorbereitet. Schließlich wusste er nicht erst seit gestern, um was es ging und was dabei für ihn auf dem Spiel stand.

Anatov lachte leise, als er sich einen Wodka einschenkte.

Ob der verdammte Verräter ahnte, dass er im Grunde schon ein toter Mann war?

Im selben Atemzug dachte er an Aisha.

Zum Teufel, er beneidete den amerikanischen Offizier darum, mit dieser schönen Orientalin das Bett teilen zu dürfen. Und er fragte sich noch einmal, ob es einen besonderen Sinn ergab oder

Zweck verfolgte, dass Ben Ali ihm Aisha geschickt hatte und er sie unbedingt an dem Unternehmen teilhaben lassen wollte.

Während er sich die Fragen stellte und auf die Antworten wartete, hatte er beinahe die ganze Flasche Wodka ausgetrunken. Er bemerkte es, als er aufstand und sich kaum noch auf den Beinen halten konnte.

Anatov legte sich wieder ins Bett zurück und schlief augenblicklich ein.

Er schlief einem Tag und einer Nacht entgegen, die sein weiteres Schicksal bestimmen würden.

Kellerman und ich verbrachten die ganze Nacht in einer Baracke der Basis. In der Gesellschaft des Kommandanten Colonel Dan Garewood, der groß war und viereckig gebaut wie ein Kleiderschrank.

Garewood riss die letzten Dienstjahre in dieser Basis ab, und bis zu unserem Eintreffen hatte er sich noch sehr berechtigte Hoffnungen gemacht, den Dienst als Brigadier General beenden zu können. Eine Rangaufstufung, die sich natürlich positiv auf seine zu erwartende Pension auswirken würde.

»Eines ist sicher«, hatte Garewood von Anfang an versprochen. »Von einem verdammten Russen lasse ich mir meine Beförderung nicht versauen.«

Danach war es ein endlos langer Ritt durch Dienstvorschriften, Sicherheitsmaßregeln und Personalakten geworden. Und als wir das alles durchgeackert hatten, stand für Colonel Garewood fest: »Der Schweinehund braucht Hilfe von innen, Gentlemen.«

Zu dem gleichen Ergebnis waren Kellerman und ich auch gelangt. Für jemanden, der sich auf dieser Base nicht auskannte, die voller Tücken und Fallen war, war es unmöglich, hier einzudringen und sich auch noch Material unter den Nagel zu reißen.

Nachdem das feststand, verzichtete der Colonel auf den beliebten Spruch, dass er für alle seine Soldaten die Hand ins Feuer legen würde. In diesem Fall nämlich würde er sich die Pfoten gehörig verbrennen.

»Okay, wenn wir die Verantwortlichen noch einmal durchgehen, Sir«, sagte ich. »Wer käme für heute Nacht in Frage?«

Heute Nacht darum, weil es, als ich die Frage stellte, schon zwei Uhr war. Garewood holte die Personalakten der Offiziere und breitete sie auf einem riesigen Tisch aus. »Das sind die Namen der Verantwortlichen für die Nachtwache«, sagte er.

Sieben Offiziere.

»Dazu kommen an Mannschaftsgraden noch ungefähr dreißig Männer.«

»Scheiße«, sagte Kellerman. »So kommen wir keinen Schritt weiter.«

Er hatte Recht, das fanden auch der Colonel und ich. So kamen wir nicht weiter. Kellerman konnte noch einmal versuchen, seine Vorgesetzten davon zu überzeugen, dass man den ganzen Komplex doch mit neuen Mannschaften absichern musste.

»Das hat keinen Sinn«, sagte der CIA-Mann. »Ich kann mir Brandblasen an die Lippen quasseln, und sie werden doch nicht zustimmen. Das schafft Aufregung unter der Bevölkerung, und die Bevölkerung, das sind die Wähler, auf die sie angewiesen sind, wenn sie ihren Posten behalten wollen.«

»Wir lassen uns doch von einem Russen nicht kleinkriegen«, sagte der viereckig gebaute Colonel Garewood zu mir. Sein Blick drückte aus, dass er mich standrechtlich erschießen lassen würde, wenn ich kapitulierte oder ihm widersprach. »Was ist mit Ihren Kollegen? Haben die nichts herausgefunden? Verdammt, ein Russe kann sich in Amerika nicht einfach dünnmachen!«

Ich grinste schwach und zuckte mit den Schultern.

»Nichts«, sagte ich, denn Phil und die Kollegen aus New Jersey hatten bislang trotz aller Bemühungen nicht die geringste Spur von Anatov gefunden. »Und nur weil ein Mann Russe ist, heißt das noch lange nicht, dass er sich nicht genauso dünnmachen kann wie jeder andere, Colonel.«

Kellerman schenkte Kaffee aus der Thermoskanne ein. Wir tranken einen Schluck. Zwei Minuten lang herrschte betretenes Schweigen. Es war beinahe schon wie das Zugeben einer Niederlage, die man noch gar nicht wirklich erlitten hatte.

»Sie kommen von draußen«, rekapitulierte ich. »Ich gehe davon aus, weil ich nicht daran glauben kann, dass sich hier in der Base genau die faulen Eier aufhalten, die für ein solches Unternehmen nötig sind. Richtig?«

Der Colonel nickte heftig, Kellerman eher bedächtig.

»Das heißt, sie haben draußen einen, der sich hier drinnen auskennt. Richtig?«

»Verdammt!«, fluchte Colonel Dan Garewood. »Warum haben Sie das nicht eher auf den Tisch gebracht?«

»Warum sind wir nicht eher darauf gestoßen?«, fragte ich zurück.

Colonel Garewood ging zum Telefon.

»Captain Brunner«, knurrte er wie ein hungriger Wolf. »Sie haben genau eine Zigarettenlänge Zeit, um mir sämtliche Krankmeldungen meiner Offiziere durchzugeben. Weiter brauche ich eine Liste der Offiziere, die Urlaub machen, und eine Liste der Offiziere, die kurzfristig, aus welchem Grund auch immer, einen Antrag auf Urlaub eingereicht haben. Ich meine damit alle Offiziere, die sich außerhalb der Base aufhalten und mit Sicherheit bis zum Mittag nicht wieder ihren Dienst antreten.«

Er wartete die Antwort von Captain Brunner nicht ab, sondern schmetterte den Telefonhörer auf den Apparat zurück.

»Warum sind wir da nicht eher draufgestoßen?«, wiederholte er die Frage, die er sich selbst und Kellerman und mir schon mal gestellt hatte. »Der verdammte Russenfreund hält sich nicht in der Base auf, der steckt draußen.«

Ich nickte.

»Eine andere Möglichkeit gibt es nicht, Colonel«, sagte ich. »Er ist draußen und sorgt dafür, dass die Leute, die hier einsammeln wollen, ohne Schwierigkeiten auf das Gelände gelangen. Das heißt: Sie brauchen falsche Papiere, die richtige Kleidung, die richtigen Waffen und zumindest einen Transporter. Das muss der Kerl besorgen können. Zudem muss er skrupellos genug sein, das Leben seiner Kameraden zu riskieren. Oder verzweifelt genug.«

»Was soll ich mir unter ›verzweifelt genug‹ vorstellen, Mr. Cotton?«

»Er steckt in Schwierigkeiten und weiß keinen anderen Weg als Verrat, um sich da wieder herauszuwinden.«

Colonel Garewood lachte dumpf. »Die einzige Lösung für einen Ehrenmann wäre die, sich die Pistole in den Mund zu stecken und abzudrücken.«

»Möglich, aber er ist kein Ehrenmann«, sagte Kellerman, und sein Goldzahn blitzte, als er die Lippen auseinander zog.

»Dann kriegen wir ihn, Gentlemen.«

Garewood war wirklich überzeugt davon. Das war dem viereckigen Mann, der die letzten Tage von 'Nam mitgemacht hatte, deutlich anzusehen. Er war überzeugt davon, den Verräter zu entlarven, seine Beförderung zum Brigadier General zu erhalten und eine höhere Pension mit nach Hause schleppen zu können.

Es dauerte keine Zigarettenlänge, bis Captain Brunner mit einigen Namen und den dazugehörigen Personalakten in der hermetisch abgeschirmten Baracke eintraf. Im Gegensatz zu seinem Colonel wirkte er wie eine halbe Portion.

»Sir?«, fragte er, nachdem er den Papierkram auf dem Tisch abgelegt hatte.

»Sie kennen die Männer?«

»Jeden einzelnen, und manche so gut wie den Inhalt meiner Hosentasche, Sir.«

»Fischen Sie mir drei heraus, von denen Sie absolut überzeugt sind, dass sie eher einen Verrat begehen, als sich selbst zu erschießen oder sich erschießen zu lassen. Drei, Captain.«

»Sir, ich …«

»Drei«, wiederholte Colonel Garewood mit einer Stimme, die so sanft klang wie das Schnurren einer Hauskatze.

Ich sah den Captain zusammenzucken und wusste, dass Garewood am gefährlichsten und unberechenbarsten war, wenn er zu schnurren begann. Was ja auch ganz und gar nicht zu einem Colonel der Marines passte, der gebaut war wie ein Kleiderschrank und die letzten Rückzugsgefechte in Vietnam mitgemacht hatte.

»Meyers, Burnington und Randall, Sir. Das ist keine Beschuldigung gegen diese Männer, Sir. Das ist meine persönliche Meinung, Sir.«

»Ich halte sehr viel von Männern, die sich in der Army eine persönliche Meinung bewahrt haben, Captain.«

»Yes, Sir.«

Brunner fühlte sich nicht wohl in der Haut, er wäre am liebsten im Boden versunken. Zivilisten wie Kellerman und mich wünschte er ohnehin in die tiefste Hölle.

»Welcher von den Fischen stinkt am meisten?«, fragte Kellerman.

»Ich verstehe nicht, was der Zivilist meint, Sir«, wandte sich Brunner etwas verzweifelt an seinen Colonel.

»Der Zivilist fragt, welcher von diesen drei Fischen am meisten stinkt, Captain. Das ist eine Frage, die sogar ich in meinem Alter noch verstanden habe, Captain. Welcher?«

»Second Lieutenant James Randall, Sir.«

»Was ist mit dem Kerl los?«

»Er hat vor zwei Tagen Urlaub wegen unaufschiebbarer Familienangelegenheiten eingereicht, Sir. Ich habe dem Ersuchen stattgegeben und versucht, den Second Lieutenant zuhause zu erreichen. Ich brauchte ihn für eine Auskunft. Seine Frau sagte mir, er sei seit Wochen nicht mehr zuhause gewesen, und es gebe keine familiäre Angelegenheit, die der Second Lieutenant noch zu regeln habe. Das würden die Anwälte alles regeln.«

Ich setzte mich umgekehrt auf einen der Bretterstühle, legte die Arme auf die Lehne und das Kinn auf die Arme.

»Sehr gut, Captain.«

»Ich verstehe nicht, Sir.«

»Sehr gut, Captain«, wiederholte der Colonel und legte dem verdutzten Offizier die Hand auf die Schulter. »Zigarette, Kaffee?«

»Ich werde während meiner Abwesenheit durch einen Sergeant Major vertreten, Sir. Ich weiß nicht …«

»Oh«, sagte Colonel Garewood, »ich bin sicher, dass der Sergeant Major sein Bestes gibt und uns zu finden weiß, falls irgendwelche Schwierigkeiten auftreten, Captain.«

»Yes, Sir. Kaffee und Zigarette.«

Captain Brunner stieß die angehaltene Luft aus. Ich schenkte ihm einen Kaffee ein, und Kellerman gab ihm Zigarette und Feuer.

»Wie gut kennen Sie Randall, Captain?«, fragte ich.

»Wohl nicht gut genug, wenn ich auf seine Lüge hereingefallen bin.«

»Das will ich nicht wissen, Captain. Ist er ein guter, loyaler Offizier?«

»Yes, Sir.«

»Aber nicht so gut und loyal wie einige andere«, hakte Kellerman nach.

»Yes, Sir.«

»Okay«, wandte ich mich an den Colonel. »Nehmen wir ihn uns vor und zerpflücken wir sein Leben und seine Laufbahn Stück für Stück. So wie es aussieht, hat er eine Favoritenstellung.«

Es dauerte bis sieben, dann war Randall transparent wie ein Glaskasten und Favorit Nummer eins. Was natürlich im Grunde nicht viel zu bedeuten hatte, denn wir konnten uns genauso gut auf einem toten Gleis befinden.

Kellermans CIA-Kollegen, Phil und meine Kollegen vom FBI befanden sich um halb acht morgens auf der Spur von Second Lieutenant James Randall, als Kellerman und ich uns in ein Hotel zurückzogen, um ausgeruht zu sein für den Abend.

Um sechs Uhr abends wussten wir zwei Dinge mit Sicherheit: Second Lieutenant James Randall hielt sich zusammen mit einer Orientalin, deren Namen wir nicht kannten, im Continental Hotel in South Orange auf.

Phil und zwei andere Kollegen hatten sein neues Apartment überwacht, waren ihm dort begegnet und hatten seinen Weg bis zur Bank verfolgt, wo er sich ein Schließfach für eine dicke Aktentasche genommen hatte. Die CIA-Agenten übernahmen die weitere Verfolgung und stießen so auf das Continental Hotel und die Orientalin, während Phil Randalls Schließfach öffnen ließ und eine Aktentasche vorfand, in der beinahe exakt zweihunderttausend Dollar schlummerten.

»Er hat sich für einen verdammt miesen Preis verkauft, Jerry«, sagte Phil, als ich ihn in dem Hotel traf, in dem Kellerman und ich abgestiegen waren.

»Das war die Anzahlung«, vermutete Kellerman, der auf einem Sandwich herumkaute und mit frischem Kaffee nachspülte. »Den Rest soll er kassieren, sobald der Coup gelaufen ist. Er glaubt daran.«

Sah wirklich so aus, als würde Randall daran glauben, denn um sieben Uhr verließ er zusammen mit der Orientalin, die noch immer keinen Namen hatte – wenigstens für uns nicht – das Continental Hotel, nachdem er die Rechnung in bar beglichen hatte.

CIA- und FBI-Agenten setzten sich zusammen auf die Fährte des Pärchens. Später sollte diese Zusammenarbeit zwischen der CIA und dem FBI als beispiellos beschrieben werden.

Zu diesem Zeitpunkt waren Phil, Kellerman und ich schon in der Base und warteten auf weitere Berichte.

Colonel Garewood hatte vier Hubschrauberbesatzungen bereitgestellt. In jedem Helikopter befanden sich drei Marines, von Garewood handverlesen, und in einem dieser Helikopter sollten Kellerman, Phil und ich zusammen mit dem Colonel später Platz nehmen.

Weil dem Einsatz ein Name gegeben werden musste und keinem etwas Passendes einfiel, gab ich dem Einsatz den Namen, den in New York schon ein grauer Aktenordner trug.

Operation Horror-Weekend.

Um 22 Uhr, zwei Stunden vor dem Wachwechsel auf der Base, wurden wir von den Kollegen verständigt, dass Randall und die Orientalin zu einem riesigen Trümmergrundstück in der Nähe von Cameron Field gefahren waren und dort in einem alten Lincoln warteten.

Colonel Garewood ließ die Helikopter starten, wies jedem Mann seinen Platz zu und bestieg zusammen mit Kellerman, Phil und mir den Hubschrauber, dem er den Namen Hunter One gegeben hatte. Und weil es bis zu diesem Moment absolut keine militärische Operation war, übertrug er das Kommando an mich.

»Soll ich dich jetzt General nennen?«, fragte Phil, und Kellerman lachte hinter der vorgehaltenen Hand.

»General of the Army«, knurrte ich zurück.

Über Kopftelefon war ich mit den Leuten verbunden, die sich in der Nähe von Cameron Field aufhielten und Randall und die Orientalin nicht aus den Augen gelassen hatten.

»Randall hat den Wagen gerade zusammen mit der Frau verlassen, Jerry«, sagte ein Kollege. »Sie haben sich umgezogen und tragen jetzt Tarnuniformen. Die Lady verschwindet gerade noch einmal in einer der Ruinen. Zwei Meilen von hier entfernt, von Maplewood her, nähert sich ein US-Army-Transporter. Geschlossen. Die Kollegen können nichts erkennen.«

Für mich war das ungefähr so, als hätte mir jemand gesagt, dass ich in der Weihnachtslotterie gewonnen hätte.

»Los dann!«, sagte ich. Meine Stimme klang wie der letzte Krächzer eines Kolkraben, bevor der sich in den Tierhimmel verabschiedet.

»Für kleine Mädchen hättest du auch früher gehen können«, sagte Randall, als Aisha aus der Ruine zurückkehrte, in die sie sich für vielleicht zwei Minuten zurückgezogen hatte.

Randall war nervös. Das konnte er nicht überspielen. Immer wieder wischte er sich den Schweiß von der Stirn, obgleich der Abend eher kühl als schweißtreibend war.

»Ich habe gerade durchgekriegt, dass die anderen kommen.«

»Dann bin ich doch immer noch früh genug, oder?«, fragte Aisha.

Randall sah sie an. Irgendwie wirkte sie verändert. Im Aussehen, in ihrer Haltung, eigentlich in allem. Da war nichts mehr von der leidenschaftlich wilden Frau, so wie er sie im Continental Hotel erlebt hatte. Es war eher, als hätte sie sich einer innerlichen Metamorphose unterzogen, die nun ihre Außenseite erreichte.

»Hast du vielleicht von dem Zeug genommen?«, fragte Randall.

Aisha nickte.

»Wie vor jedem Einsatz«, sagte sie schlicht.

»Verdammt, ich …«

Sie trat auf ihn zu.

»Spiel dich nicht auf, Lieutenant«, sagte sie mit scharfer Stimme.

»In ein paar Minuten sind Anatov und die anderen Männer hier, und spätestens in einer Stunde hast du deinen großen Auftritt. Dann kannst du den Helden und Befehlshaber raushängen lassen. Okay?«

Randall schwieg verkniffen. Er zündete sich eine Zigarette an. Am liebsten wäre er jetzt noch aus allem ausgestiegen. Aber das war unmöglich. Genauso gut konnte er sich selbst eine Kugel in den Kopf schießen.

»Keine Sorge, Randall. Anatov hat es geplant, Ben Ali hat es überprüft und für gut befunden. Es kann gar nichts schief gehen.«

Randall kannte weder Anatov, bestenfalls als Anrufer, und ein Mann namens Ben Ali war ihm total fremd. Und doch vermittelten die Namen und Aishas Aussage, dass der eine alles geplant und der andere alles überprüft und für gut befunden hatte, ihm ein gewisses Maß an innerer Sicherheit und Ruhe.

Alle, die an diesem Unternehmen teilnahmen, wollten weiterleben. Keiner würde einen Fehler begehen – er selbst auch nicht.

Morgen begann ein neues Leben für ihn. Morgen konnte er zu denken und zu grübeln beginnen. Heute Nacht musste er seinen Kopf freihalten. Ihn kannte man, er würde in Erscheinung treten, wenn etwas aus dem Gleis lief.

Er hoffte, dass es nicht früher geschehen musste, bis sie den ersten Bunker erreicht hatten. Der Wagen musste erst mal ohne seine Hilfe auf die Base gelangen. Er kannte die Männer, die Außenwache hatten. Er wusste, dass sie ihren Job nicht besonders ernst nahmen, weil noch niemals ein Zwischenfall passiert war. Pioniere. Die Waffenbunker aber wurden von Marines bewacht. Jeweils vier Männer vor einem Bunker. Drei Bunker mussten sie besuchen. Das hieß, im schlechtesten Fall würden zwölf Marines einen schnellen und lautlosen Tod sterben.

Der Gedanke daran machte ihn schwindlig. Er versuchte ihn aus seinem Kopf zu verscheuchen.

Randall lehnte sich mit dem Rücken an die Karosserie des alten Lincoln und wartete mit weit geöffneten Augen. Erst als der Wagen sie erreicht hatte und die Lichter verloschen, kniff der Second Lieutenant die Augen zu schmalen Schlitzen zusammen.

Die Plane des Wagens wurde zurückgeschlagen. Drei Männer in Kampfuniform der Marines hielten sich auf der Ladefläche auf. Einer saß am Steuer. Der vierte Mann, der sich vom Beifahrersitz aus der Kabine schwang, war der Russe.

Serge Anatov.

»Wie lange wartet ihr schon?«, fragte Anatov, ohne dem eine Begrüßung vorauszuschicken.

»Eine knappe Stunde«, antwortete Randall.

Aisha nickte.

»Ist euch etwas aufgefallen?«

Randall schüttelte den Kopf. »Ich habe doch gesagt, dass dieses der richtige Treffpunkt ist. Keine Menschenseele verirrt sich hierher.«

»Ich meine nicht hier, Randall, ich meine den ganzen Tag über. Ist irgendwas anders gewesen als sonst? Hast du das Gefühl gehabt, dass dir jemand gefolgt ist?«

Randall schüttelte den Kopf, obgleich er dieses Gefühl schon von dem Moment an gehabt hatte, als er das Hotel verlassen hatte.

»Ich dachte, für dich ist die Sache klar, Russe«, sagte Aisha misstrauisch.

»Ist sie«, versicherte Serge Anatov knapp. »Wir steigen hinten auf den Wagen und sprechen alles noch einmal durch. Sobald wir die Base erreicht haben, ist für irgendwelche Fragen keine Zeit mehr. Okay?«

»Sicher.« Randall nickte und stieg als Erster zu den drei Männern auf die Ladefläche. Er begrüßte sie mit einem knappen Nicken und erhielt als Gruß ein knappes Nicken zurück.

»Ich wollte dich nicht dabei haben, Aisha«, sagte Serge Anatov. »Ben Ali hat so entschieden. Er behauptet, du bist so gut wie zehn Männer.«

»Er sagt die Wahrheit.«

Anatov grinste. »Es reicht mir, wenn du so gut bist wie ein Mann. Wenn nicht, wenn wir Schwierigkeiten wegen dir kriegen, bist du tot.«

Aisha nickte, und ein etwas weltfremdes Lächeln huschte über ihr Gesicht. Anatov wollte ihr auf den Wagen helfen. Sie wich ihm aus und schwang sich wie eine Katze auf die Ladefläche.

»Sobald sie dicht genug an diese Stelle herangekommen sind, packen wir sie uns«, schlug der Colonel vor und deutete auf eine bestimmte Stelle auf der Karte. »Dann sind sie aus dem Ruinengrundstück gerade heraus und auf eine schmale Straße gefahren.«

Colonel Garewood schaute mich an.

»Sie kennen sich aus«, sagte ich. »Wenn die Stelle gut ist, dann ist sie gut. Wir wollen den Russen, ihr euren Second Lieutenant.«

Garewood grinste. »Verstanden.«

Phil, Kellerman und ich rückten dichter an den Colonel mit der Karte heran.

»Der erste Helikopter kommt von vorn und zerschießt die Motorhaube«, sagte der Colonel. »Zwei weitere kommen von den Seiten und nehmen das Fahrwerk und die Reifen unter Feuer. Der vierte sichert von hinten. Wenn das geschehen ist, haben wir euch schon abgesetzt. Es ist eure Party, wenn ihr euch nur daran haltet und den Second Lieutenant James Randall für uns übrig lasst.«

Unsere Party!

Wie sich das anhörte, nach all dem Elend, dem Tod und Verderben, das dieser Coup im Vorfeld in New York hinterlassen hatte. Alles für ein missglücktes Ablenkungsmanöver.

»Wir schnappen ihn«, hatte Phil gesagt, nachdem Gloria aus dem Fenster ihres Apartments gesprungen war.

Wir schnappten ihn, wenn er sich im Wagen befand.

Gesichtet hatte ihn noch niemand. Aber er leitete die Operation, er konnte sich gar nicht in einem anderen Fahrzeug oder von seiner Truppe entfernt aufhalten. Er musste im Wagen sein. Genau wie Randall und die schöne Orientalin.

»Ihre Leute wissen, wie der Russe aussieht«, wandte ich mich an Colonel Garewood. »Es wird durch die eingeschalteten Scheinwerfer taghell sein, sodass niemand aus Versehen das Feuer auf ihn eröffnen kann. Wir brauchen ihn lebend. Egal, welches Risiko für meine Kollegen und mich damit auch verbunden ist.«

»Sie meinen, egal, ob er einen von euch erwischt?«

»Yeah«, dehnte Phil.

Kellerman nickte stumm.

»Er muss Ihnen eine Menge angetan haben«, sagte Garewood und gab über die Kopfhörer an seine Mannschaften weiter, was ich gesagt hatte.

Ich kannte unsere genaue Position nicht. Genauso wenig wie Phil und Kellerman sie kannten. Ich wusste nicht, wie lautlos und überraschend sich Garewood mit seiner fliegenden Truppe dem verdammten Lastwagen nähern konnte. Ich fragte es nicht, und niemand sonst stellte ihm diese Frage. Er war der Fachmann, und ich hatte volles Vertrauen in ihn.

»Okay, es geht los, Gentlemen!«

Von den anderen Helikoptern hatten wir lange keinen gesehen, aber sie waren da. Unserer stieg wie ein rasend schneller Fahrstuhl hinter den Ruinen einer Landschaft auf, die genauso trist war wie die Rückseite des Mondes.

Dann waren die anderen Hubschrauber zu sehen, die sich aus vier Richtungen gleichzeitig dem Lastwagen näherten, nachdem der gerade die Deckung des Trümmer- und Ruinengrundstücks verlassen hatte und sich ungeschützt auf einer wirklich schmalen Straße befand. Angestrahlt von allen Seiten wie eine Diva bei der Premiere.

Salven von Schüssen wurden abgefeuert, während wir zu Boden sackten. Kellerman, Phil und ich standen in den offenen Seitentüren.

»Raus!«, brüllte Colonel Dan Garewood.

Ich sprang blind. Das Scheinwerferlicht der anderen Helikopter blendete mich so sehr, dass ich den Boden unter mir gar nicht sah. Der Fall schien eine Ewigkeit zu dauern, dabei war er nicht tiefer als sechs Fuß. Während ich zwischen dem Geröll landete und mich auf die Seite drehte, zog unser Helikopter wieder steil nach oben. Die unter ihm hängenden Scheinwerfer wurden eingeschaltet und überfluteten den Lastwagen, der auf der schmalen Straße unter dem Beschuss umgekippt war, mit kaltem Licht, wie ich es noch niemals vorher gesehen hatte.

»Phil! Kellerman!«

»Hier!«, meldete sich Phil.

»Scheiße, ich hab mir irgendwas gebrochen!«, schrie Kellerman.

»Bleib liegen und zieh den Kopf ein!«

Ich sah Phil rechts von mir hinter einer eingestürzten Mauer Deckung beziehen, während ich mich flach auf den Boden legte und zum umgekippten Lastwagen starrte.

Zwei, vielleicht drei Sekunden verstrichen. Dann wurde die Plane zur Seite geschlagen, und ich sah den Russen.

Erkennen konnte ich ihn eigentlich nur an den struppigen schwarzen Haaren.

Er sprang, landete auf dem Boden, kippte um und rollte sich auf die Seite. Sein Kopf schnellte in die Höhe. Er lag voll im Scheinwerferlicht. Sein Gesicht war zu sehen, das sich unter der Tarnschminke zu einer angstvollen Fratze verzog. Er war ein Profi. Er erkannte auf den ersten Blick, dass er keine Chance mehr hatte. Er nicht und die anderen, die sich noch in dem Fahrzeug aufhielten, ebenfalls nicht.

Die Helikopter waren gelandet. Vor, hinter, rechts und links neben dem umgestürzten Lastwagen. Marines sprangen heraus, gingen in Deckung und sicherten die Beute.

»Anatov!«, schrie Phil.

Der Kopf des Russen ruckte herum. Seine weit aufgerissenen Augen suchten Phil und fanden ihn nicht, weil der hinter der eingefallenen Mauer in Deckung blieb.

»Die Hände hinter den Kopf, aufstehen und langsam in unsere Richtung kommen, Russe!«, schrie ich ihm entgegen.

Ich hielt die Luft an und wartete auf seine Reaktion.

Auf die Reaktion eines eiskalten Mörderprofis, der in New York beinahe zwanzig Menschen in den Tod geschickt hatte. Ich dachte, ein solcher Mann würde an der Aussichtslosigkeit seiner Lage verzweifeln, aufspringen und ins Feuer rennen, um es hinter sich zu bringen.

Ich glaubte es so lange, bis sich Anatov langsam erhob, bis er die Hände hinter dem Nacken kreuzte und sich zu seiner vollen Größe aufrichtete.

»Okay!«, schrie er. »Okay. Nicht schießen. Das wäre ein Fehler. Euer Geheimdienst wartet nur darauf, sich mit mir unterhalten zu können. Über die Leute von der FIS und der HAMAS.«

Erst in diesem Moment begriff ich, wie sein Verstand arbeitete und wie er sich trotz allem noch eine reelle Chance ausrechnete. Trotz des Horror-Wochenendes, das er New York beschert hatte. Ein Mann wie er bestand aus hundert Schubladen. In jeder befand sich etwas, mit dem er sich über Wasser halten oder wieder auf die Beine fallen konnte.

Er hatte seine Kollegen vom KGB verraten, hatte sich gegen die Vereinigten Staaten gewandt, die ihm dafür Sicherheit versprochen hatten, und jetzt wollte er seine Freunde, seine Bekannten oder ganz einfach nur seine Auftraggeber von der FIS, der GIA und der HAMAS ans Messer liefern. Im Tausch gegen einen verdammten Persilschein.

Ich lag da, hatte meinen 38er auf ihn gerichtet, und irgendwie war ich überzeugt davon, dass es dem Kerl erneut gelang, seinen Kopf aus der Schlinge zu ziehen.

Aber ich konnte nicht auf ihn schießen, und Phil konnte es auch nicht. Wir waren nicht seine Richter.

Wir waren G-men. Die Jäger, die ihn aufgescheucht und zur Strecke gebracht hatten. Der Rest lag nicht in unseren Händen.

»Verdammt, nicht schießen!«, schrie Anatov.

Er taumelte den ersten Schritt nach vorn, als das Scheinwerferlicht die Frau erfasste. Die schöne Orientalin. Sie blutete im Gesicht, konnte sich kaum noch auf den Beinen halten, aber sie stolperte hinter Serge Anatov her und holte ihn ein.

»Russe!«

Anatov wirbelte zu ihr herum und begann zu lachen.

»Russe!«

Sie sprang ihn an, was ich ihr, so wie sie aussah, gar nicht mehr zugetraut hatte. Anatov anscheinend auch nicht, denn dessen Ausweichbewegung erfolgte viel zu langsam. Die Frau hatte seine Beine gepackt und riss ihn mit sich zu Boden.

»Weg!«, schrie sie, als Phil und ich mich beinahe gleichzeitig erhoben. »Weg! Ich bin Aisha, die Märtyrerin! Ich habe den

Auftrag, Anatov zu vernichten, wenn er sich gegen uns wendet. Verschwindet!«

Anatov begann zu schreien. Er schrie einfach nur, richtete sich halb auf und starrte die Frau aus weit aufgerissenen Augen an.

»In Deckung, G-men!«, brüllte Kellerman von irgendwo. »In Deckung!«

Märtyrerin, dachte ich.

Auf einen Schlag fielen mir die islamistischen Kamikazeunternehmen ein, bei denen sich Männer in einen mit Dynamit voll bepackten Wagen gesetzt, ein Ziel angesteuert und sich dann selbst in die Luft gesprengt hatten.

»Nicht!«, schrie ich.

Ich wusste, was geschehen würde. Ich wollte die Augen schließen, damit mich das, was vor mir passierte, nicht als Albtraum verfolgen konnte.

Bevor ich die Augen schließen konnte, geschah der Wahnsinn: Die Frau ließ sich gegen Anatov fallen, der sich vor Angst, Panik und Todesfurcht nicht mehr bewegen konnte. Er war das Kaninchen. Die Frau die Schlange, vor der das Kaninchen nicht weglaufen konnte.

Dann gab es einen grellen Feuerblitz, einen dumpfen Explosionsknall, und danach herrschte eine beinahe unnatürliche Stille, sodass ich mir vorkam wie der letzte Mensch auf dieser Welt.

ENDE

Die Feuerwalze

»Hättest du ihn töten können, Sammy?«

Sammy Long schaute in die geschwärzten Gesichter der Männer, die ihn wie eine drohende, schweigende Mauer umstanden. Er spürte Angst. Sein Herz verkrampfte sich und er bekam kaum noch Luft.

Das ist das Ende!, brüllte eine Stimme in ihm. *Das Ende!*

»Hättest du ihn töten können, Sammy?«, wiederholte der große, hagere Mann die Frage. Er trug die Kampfuniform der Marines. Sie nannten ihn The Colonel. Die Rangabzeichen waren zwar korrekt. Sammy Long jedoch wusste, dass der Kerl, der auf den bürgerlichen Namen Brian Jenkins hörte, niemals der Elitetruppe der U.S. Army angehört hatte.

»Warum fragst du, wenn du es doch weißt?«

Ein harter Schlag mit einem Sturmgewehr traf Longs Rücken und schleuderte ihn zu Boden. Die Luft wurde ihm nun endgültig aus den Lungen gepresst. Rote Kreise tanzten vor seinen Augen.

Das Ende!, hämmerte die Stimme in ihm. *Du musst dich damit abfinden, Junge. Du hast von Anfang an gewusst, dass es darauf hinauslaufen kann!*

Long versuchte, auf die Beine zu kommen. »Wahnsinn!«, keuchte er. »Das ist doch Wahnsinn!«

»Warner ist ein Feind und muss zur Hölle geschickt werden, Sammy. Er behandelt unsere Kameraden schlecht, wenn sie in seinem Gefängnis landen. Mich hat er auch wie einen Hund behandelt.«

Sammy Long stöhnte und stemmte sich in die Senkrechte.

»Du konntest es nicht tun, nicht wahr, Sammy?«, fragte der Colonel.

Long schwieg verbissen und kämpfte mit dem Gleichgewicht. Er stand wacklig auf den Beinen. Seine Knie schienen aus Gummi zu sein.

Verdammt, der Colonel hatte Recht. Er hatte es nicht tun können und nicht tun dürfen.

»Warum hat Kamerad Sammy Long unseren Feind nicht aus dem Weg geräumt?«, wandte sich der Colonel an die Männer, die Long mitleidlos anschauten.

»Weil er ein verdammter Feigling ist und nicht an unsere Sache glaubt«, antwortete ein Mann namens Jericho. Er war klein und schmächtig. Mit Sturmgewehr und Uniform glaubte er, das Manko wettmachen zu können, das ihm mit auf den Lebensweg gegeben worden war.

Long sah in Jerichos spitzes, mit Tarnfarbe beschmiertes Gesicht. Jericho hatte schmale Lippen, eingefallene Wangen und blaue Augen. Egal, welchen Befehl der Colonel dieser Kreatur auch immer gab, Jericho würde ihn ausführen, ohne auch nur eine Sekunde zu zögern.

»Ein Feigling ist er nicht.« Der Colonel schüttelte den Kopf. »Richtig ist, dass er wirklich nicht an unsere Sache glaubt, und an die Verpflichtung, die wir gegenüber dem freiheitsliebenden amerikanischen Volk haben. Wie kann er auch daran glauben, wenn er selbst ein Knecht der Diktatoren aus Washington ist?«

Allgemeines Schweigen, weil der Colonel keinen der Männer direkt angesprochen hatte. Ungefragt tat niemand seine Meinung kund. Welche auch? Die meisten hatten gar keine eigene. Sie glaubten und vertrauten blindlings dem Unsinn, der ihnen in dieser privaten Miliztruppe eingetrichtert worden war.

Kreaturen!, dachte Sammy Long.

Jeder der Burschen war harmlos und feige, wenn er auf sich allein gestellt war. Zwar besessen von verschrobenen Ideen über Recht, Ordnung und Gesetz, aber als Individuum gar nicht dazu fähig und auch nicht willens, für die Ideen und Ideale zu kämpfen, denen er in der Masse huldigte. Hirnlose Kreaturen, die sich einer Ideologie verschrieben hatten, die sie nicht einmal verstanden. Die meisten von ihnen konnten das Wort Ideologie nicht mal buchstabieren. Aber mit der Waffe in der Hand und geführt von einem gewissenlosen Leitwolf wie dem Colonel, spielte der Intelligenzgrad für ihr Funktionieren eine absolut untergeordnete Rolle. Wichtig war nur, dass sie gehorchten.

»Sammy ist ein Cop«, fuhr der Colonel fort. »Ein kleiner, mieser Staatsknecht, der uns getäuscht hat und uns hereinlegen wollte.«

Im nächsten Moment kam sich Long vor wie in einem Hundezwinger. Um ihn herum wurde ein bedrohliches Knurren laut.

Ein Knurren, mit dem die angeblichen Freiheitskämpfer das Todesurteil unterschrieben, das der Colonel gerade ausgesprochen hatte.

»Und was machen wir mit einem Cop, der sich bei uns eingeschlichen hat?«, fragte der Colonel von eigenen Gnaden.

»Wir legen ihn um!«, schrie Jericho, der über ein bisschen mehr an grauer Gehirnmasse als die anderen verfügte und deshalb in dieser Gruppe auch einen besonderen Platz einnahm. Er war der Stellvertreter des Colonels.

»Was sagst du dazu, Sammy?«

Sammy Long schaute den langen, hageren Colonel mit dem eingefallenen Gesicht an. Es machte dem garantiert Spaß, Menschen zu quälen und leiden zu sehen.

»Ich sage dazu, dass du ein verdammtes Arschloch bist!«, keuchte Long.

Er war kein Held. Er wusste, dass er verloren war. Aber wenn es ihn erwischte, sollten sie später nicht sagen können, der verdammte Spezialagent Sammy Long von der BATF, dem es gelungen war, sich bei ihnen einzuschleichen, hätte um sein Leben gewinselt.

Der Colonel zuckte zusammen. Die Männer, die Long umstanden, wichen zurück, als ihr Anführer nach der Pistolentasche griff, in der er eine 45er Colt Automatic trug.

»Willst du nicht wissen, wie ich die Wahrheit über dich erfahren habe, Sammy?«

Long schüttelte den Kopf.

»Unsere Gruppen haben in jeder Regierungsstelle eigene Maulwürfe, Sammy. Beamte sind genauso korrupt wie das System in Washington. Man kann uns nicht mit faulen Tricks, sondern nur auf dem Schlachtfeld besiegen. Männer wie du riskieren ihren Arsch für eine verlorene Sache. Ihr habt uns in Waco den Krieg erklärt. Die BATF hat über achtzig unschuldige Leben auf dem Gewissen. In Oklahoma habt ihr die Antwort erhalten. Aber das war erst der Anfang.«

»Wahnsinn!«, keuchte Sammy Long.

Der Colonel lachte abgehackt. »Wenn du noch eine Botschaft an deine Dienststelle durchgeben könntest, Sammy, wie würde die lauten?«

»Dass wir es mit gefährlichen, paranoiden Pseudopatrioten zu tun haben, deren Ziel die Beseitigung der Demokratie ist.«

»Nicht die Beseitigung der Demokratie, sondern der Diktatur. Der Kampf wird mit einer großen Bombe enden, die das Hauptquartier des FBI dem Boden gleichmacht.«

Long hatte den Anführer nicht für einen Sekundenbruchteil aus den Augen gelassen.

»Du erzählst davon, was ihr machen werdet, Colonel. Ich höre kein Wort darüber, was du zu tun bereit bist. Du schickst die anderen vor, um Terror zu verbreiten und unschuldige Menschen zu töten. Aber du versteckst dich hinter ihnen. In den guten, alten Zeiten haben die Generäle in der ersten Reihe gekämpft und waren ein Vorbild von Opferbereitschaft.«

Der große, hagere Mann in der Uniform der Marines wich einen Schritt zurück. »Was willst du, Spitzel?«

»Eine Chance«, antwortete Sammy Long ruhig.

»Um hier lebend rauszukommen?«

Long schüttelte den Kopf. »Um einen Kerl wie dich zu erledigen, Colonel, und deinen Männern zu zeigen, dass du ein feiger Hund bist, der zwar knurrt, aber die anderen beißen lässt.«

Long spürte die Kälte, die sich in ihm ausbreitete. Es gab noch eine winzige Chance. Blitzschnell hatte er sie erkannt.

Wenn es ihm gelang, den schützenden Wald zu erreichen, der sich ungefähr dreißig Schritte hinter ihm befand, hatte er die jagende Meute zwar auf den Fersen, aber er kannte Waffenverstecke und konnte sich ausrüsten und verteidigen.

»Sprich es aus, Spitzel!«

»Zwei Smith & Wesson Special«, sagte Long ruhig. »Drei Patronen in jeder Trommel. Wir stellen uns mit den Rücken gegeneinander, gehen auf Kommando dreißig Schritte, drehen uns um und feuern so lange, bis es einen von uns nicht mehr gibt. Oder bist du zu feige, Colonel?«

»Jericho!«

Der schmächtige Kerl nahm Haltung an.

»Bereite die Waffen vor, Jericho! Sorg dafür, dass der Bulle seine eigene Dienstwaffe kriegt und nicht benachteiligt ist.«

»Und wenn es dich erwischt, Colonel?«

»Dann erledigst du den Bullen, Jericho. Aber es wird mich nicht erwischen!«

Long holte eine Zigarette aus der Tasche und zündete sie sich an.

»Ich tue es nicht, weil du mich herausgefordert hast, Spitzel«, sagte der Colonel rau. »Männer wie du haben nicht das Recht auf eine Chance. Ich tue es, weil ich es will und es mir Spaß macht.«

»Sicher«, gab Long im selben Tonfall zurück. Er ging in Gedanken durch, was er tun musste, wenn er lebend im Wald verschwunden war, und redete sich ein, dass er es schaffen konnte.

Auf der anderen Seite wusste er jedoch, dass er, wenn er es hinter sich gebracht und einen Bericht geschrieben hatte, kaum etwas damit bewegen konnte. Denn das Gesetz schützte auch die Mitglieder von militanten Organisationen. Sie waren und blieben unschuldig, bis das Gegenteil bewiesen war.

Er konnte lediglich sein Leben retten und das des Mannes, den er im Auftrag des Colonel hatte töten sollen: Joshua Warner, den Direktor des Staatsgefängnisses von Boulder, in dem der Colonel und andere Gesinnungsgenossen schon gesessen hatten und von Warner nicht besonders nett behandelt worden waren.

Warners Tod hatte mit dem erklärten Ziel der militanten Gruppen nichts zu tun. Das war eine Privatabrechnung. Der Colonel hatte Warner Rache geschworen. Nun war der Zeitpunkt gekommen, das Versprechen einzulösen.

Jericho brachte die Waffen.

»Spiel nicht falsch«, sagte Long. »Das vereinbart sich nicht mit eurer beschissenen Ehre.«

Jericho kochte vor Wut. »Lass mich es tun, Colonel.«

»Sind die Waffen in Ordnung und fertig?«

»Yes, Sir!«

»Deine eigene Kanone, Sammy«, sagte der Colonel und streckte Long in der Tat die Waffe entgegen, die man ihm eben noch abgenommen hatte. »Hoffentlich hast du in der Vergangenheit fleißig geübt.«

Long nahm die vertraute Dienstwaffe und dachte, dass es eigentlich keine Rolle spielte, was man ihm in die Hand drückte. Nach dreißig Schritten würde er den Waldrand beinahe erreicht haben und ins Unterholz tauchen, noch bevor er und der Colonel sich auf Kommando umdrehten und die Abzüge betätigten.

»Dreißig Schritte. Du zählst, Jericho. Die anderen passen auf. Wenn sich der Bulle vorher umdreht, macht ihr ein Sieb aus ihm!«

Sammy Long grinste. »Schade, dass du das nicht mehr erlebst.«

Sie stellten sich mit dem Rücken gegeneinander. In der Formation, in der man früher im alten Europa Aufstellung für ein Duell genommen hatte.

»Fang an, Jericho!«

Jericho begann zu zählen.

Long machte große Schritte. Sein Blick war während der ersten Schritte starr auf den Waldbeginn gerichtet. Dann schloss er für einen Moment die Augen und versuchte, den Gedanken an das Ende völlig aus seinem Gehirn zu wischen.

Aber er dachte, dass, wenn er es nicht schaffte, es neben ihm mit Joshua Warner zumindest ein weiteres Opfer gab, bevor Jenkins' Gruppe oder andere, die sich mit dieser zusammengetan hatten, ein größeres Objekt anvisierte.

Wenn Oklahoma erst der Anfang gewesen war, wie der Colonel behauptete, dann würde etwas Schreckliches passieren.

FBI und BATF – die Spezialeinheit der Bundesbehörde für Alkohol, Tabak und Schusswaffen – unterhielten Büros in jeder großen Stadt. Jedes Gebäude mit solchen Büros, auch wenn es bedeutend größer war als das neunstöckige Alfred P. Murrah Building in Oklahoma City, konnte das nächste Angriffsziel sein. Die Zahl der Opfer spielte für diese Paranoiker eine besondere Rolle.

Je mehr Tote, so argumentierten sie, desto deutlicher war die Botschaft an Washington.

Er musste es schaffen!

»He, Long!«, schrie der Colonel, als sie fünfundzwanzig Schritte hinter sich gebracht hatten. »Weißt du, warum Leute wie du den Kampf nie gewinnen können?«

»Nein!«, brüllte Long zurück, ohne sich, was der Colonel wahrscheinlich bezweckte, aus der Ruhe bringen zu lassen.

»Weil Männer wie meine Freunde und ich den Geist von Alamo verkörpern, Long. Wir sind die Streiter von Alamo.«

Noch vier Schritte.

Long kniff die Augen zusammen.

Das Unterholz war so dicht, dass er es mit seinen Blicken nicht durchdringen konnte. Er würde also auch für die Horde in seinem Rücken unsichtbar sein, sobald er dort hineintauchte. Er würde sich dicht gegen den Boden pressen und so eine reelle Chance haben, von den Kugeln nicht getroffen zu werden, die die aufgebrachte Horde ihm dann mit Sicherheit nachschickte.

»Der Geist von Alamo, Bulle!«

»Alamo ist das Synonym für Niederlage!«, schrie Long zurück, als Jericho den dreißigsten Schritt mit sich überschlagender Stimme hinausbrüllte und damit die Uhr der Wahrheit auf Null stellte. »Nur Verlierer auf unserer Seite!«

Nicht mal mehr zwei Yards trennten Long vom Unterholz. Anstatt sich umzudrehen und das Feuer auf den Colonel zu eröffnen, hechtete er nach vorn.

Erst als er im Unterholz landete, brüllte hinter ihm der erste Schuss auf. Das hieß, der Schlaghammer des 38er Special vom Colonel hatte zweimal eine leere Kammer getroffen. Er, Sammy Long, hätte also durchaus eine Chance gehabt, die Welt von diesem Wahnsinnigen zu befreien.

Hoch sirrte die Kugel über ihn hinweg und schlug mit einem dumpfen Geräusch in einen Baumstamm.

Longs Kleidung verfing sich im Dornengestrüpp. Mit einem wilden Ruck befreite er sich, als der Colonel den zweiten und dritten Schuss abfeuerte.

Auch diesmal hatte der Colonel schlecht gezielt. Die Kugeln konnten Long nicht gefährlich werden.

Longs Atem keuchte.

Drei Patronen befanden sich in der Trommel, wenn Jericho nicht falsch gespielt hatte. Der Colonel und seine Leute, das nahm Long an, würden sich jetzt in Bewegung setzen, um ihm zu folgen, oder einen wahren Kugelregen herüberschicken. Um ganz sicher zu sein, um einen ausreichenden Vorsprung herauszuholen und das erste Waffenversteck zu erreichen, musste er sich die Kerle vom Hals halten.

Er schlug einen Haken nach links, wo das Unterholz durchlässiger war, wirbelte herum, lehnte sich mit der Hüfte an einen Baumstamm und hob den 38er Special.

Der Colonel stand wie mit dem Boden verwachsen auf der Lichtung. Obgleich er seine Patronen verschossen hatte, hielt er die Waffe noch immer weit nach vorn gestreckt.

»Long, du feiger Hund!«

Long atmete tief durch, um die Ruhe zu finden, die einen gezielten Schuss auf diese Distanz gewährleistete. Er musste treffen. Nur wenn er den Colonel erledigte, würde die Verwirrung unter den anderen so groß sein, dass sie zuerst einmal gar nicht dazu in der Lage waren, ihm zu folgen.

»Long …!«

Der Smith & Wesson bäumte sich in der Hand auf, nachdem Long einmal vergeblich abgedrückt hatte. Der BATF-Agent spürte den Rückschlag und sah, dass der Colonel herumgerissen wurde und stürzte.

Gleich mit der ersten Kugel hatte er ihn erwischt. Scheinbar.

Denn es konnte auch ein fauler Trick sein. Vielleicht spielte der Hund nur den Getroffenen, um ihn davon abzuhalten, auch die zweite und dritte Kugel auf ihn abzufeuern.

»Alamo war ein Desaster!«, schrie Long, der ruhig zielte und dann die zweite und dritte Patrone abfeuerte.

Als der auf dem Boden liegende Colonel herumgerissen wurde und sich in Agonie noch einmal aufbäumte, wusste Long, dass er sein erstes Ziel erreicht hatte.

Das schürte die Hoffnung in ihm.

Er drehte sich um den Baum herum, rannte geduckt weiter und wunderte sich darüber, dass hinter ihm niemand das Feuer auf ihn eröffnete.

»Nicht schießen!«, hörte er Jericho brüllen, der das Kommando sofort übernommen hatte. »Nicht schießen!«

Einen Wimpernschlag später entdeckte Long, warum Jericho die Männer nicht auf ihn schießen ließ.

Hinter der nächsten Buschgruppe tauchten Gestalten auf, die sich so gut getarnt hatten, dass er erst auf sie aufmerksam wurde, als sie sich bewegten.

Long schrie.

Obgleich es sinnlos war und er das wusste, zog er wieder und wieder den Abzug.

Klickend schlug der Hammer auf die leeren Kammern und verschossenen Patronenhülsen.

»Lebend!«, kreischte der schmächtige Jericho aus der Ferne. »Schnappt den Hund lebend!«

Den ersten Gegner konnte Long mit einem Fußtritt abwehren. Der nächste Mann, der ihn von der Seite ansprang, bekam Longs Ellbogen ins Gesicht und stürzte schreiend zu Boden.

Dann jedoch hatten sie ihn.

Sie ließen einen ausgemergelten, pickeligen Jungen auf der Pier Wache spielen. Er lag hinter einem Palettenstapel in Deckung. Rechts von ihm türmten sich verbeulte Fässer, deren Inhalt wir nicht kannten. Hinter ihm ragten rostige Kräne wie mahnende Finger in den nachtdunklen Himmel. Dazwischen war der Schattenriss der flachen Lagerhalle zu sehen, in der sich die Männer getroffen hatten, die der pickelige Junge schützen sollte.

»Wenn die so was zum Wachmann machen, müssen sie sich verdammt sicher fühlen«, sagte Phil mit skeptischer Stimme.

Er kniete etwas über mir im Schutz aufgebrochener Container, die früher alle sieben Weltmeere gesehen hatten. Heute dienten sie einigen auf den Hund gekommenen Stadtstreichern als Wohnung, wenn sie nichts Besseres fanden.

Ich nickte und nahm das Nachtglas wieder an die Augen.

Hinter den Paletten zündete sich der Junge eine Zigarette an. Er versuchte nicht mal, die Flamme mit der Jacke abzudecken, um den Lichtfall auf sein Gesicht so gering wie möglich zu halten. Ich zog das Glas tiefer und stellte die Schärfe nach. Der dunkle Gegenstand, der rechts neben dem Jungen auf dem aufgerissenen Kopfsteinpflaster lag, entpuppte sich als M3-Sturmgewehr.

Damit hatte ich gerechnet. Etwas anderes aber jagte mir einen kalten Schauer über den Rücken.

Als sich der pickelige Bursche zur Seite bewegte, entdeckte ich den mit Handgranaten bespickten Gürtel, den er um die gefleckte Tarnuniform trug.

»Wo sind Ihre Leute, Fred?«, wandte ich mich an den Einsatzleiter der BATF-Agenten. Sie hatten einen Tipp von ihren Kollegen aus Colorado erhalten und waren so einem der Männer gefolgt, die sich jetzt in der Baracke aufhielten.

Fred Murray war ein großer, breitschultriger Mann. Auf den ersten Blick wirkte er etwas zu massig. Aber wenn er sich bewegte, war das Spiel der Muskeln unter der Kleidung zu sehen und gab Aufschluss darüber, dass es an diesem Modellkörper kein Gramm Fett zu viel gab. Er hatte eines jener kantigen, unebenen Gesichter, die Künstler aus den Stämmen von Hickoryeichen schnitzten. Durch das kurze blonde Haar schimmerte die gebräunte Kopfhaut.

Murray deutete zuerst nach rechts, dann nach links. Also wusste er nicht, wo genau sich seine beiden Kollegen aufhielten.

»Sobald sie die vorgesehene Position erreicht haben, melden sie sich, Jerry.«

Mit einer nickenden Kopfbewegung wies ich zum Holzstapel.

»Mit dem M3 kann der Knabe schon eine Menge Unheil anrichten«, sagte ich. »Mit den Handgranaten, die er am Gürtel trägt, wird er zu einem unkalkulierbaren Risiko für jeden, der ihn schnappen will.«

Fred Murray fluchte. Er presste das Glas gegen seine Augen und fummelte so lange an der Feinabstimmung der Okulare, bis er das entdeckte, was ich vor ihm gesehen hatte.

Phil stöhnte leise. »Das heißt, wir kommen gar nicht an ihn ran.«

»Wir kommen an jeden ran«, widersprach Murray. »Wir schnappen ihn, selbst wenn er in einem Fass voll Nitroglyzerin schwimmt.«

Murray meinte, was er voller Entschlossenheit sagte. Das machte ihn nicht nur für den Jungen und die Leute in der Baracke gefährlich, von denen wir noch nicht mal einen Schatten gesehen hatten. Das machte ihn auch gefährlich für uns.

Seine Entschlossenheit und sein Hass waren das Trauma der Tage von Waco. Damals in Texas hatte er eine Führungsposition beim BATF-Kommando gehabt und war mit verantwortlich gewesen für den mörderischen Sturm auf das Hauptquartier der BRANCH-Davidians des Sektierers David Koresh. Im Flammeninferno hatte es mehr als achtzig Tote gegeben. Darunter Kollegen von Murray. Weil von einigen vorgesetzten amtlichen Stellen damals versucht worden war, ihm einen Strick aus dem Desaster zu drehen, war er noch verbitterter und ein zu allem entschlossener Jäger geworden.

Nach dem schrecklichen Geschehen in Oklahoma hatte man sich wieder an Murray und seine Fähigkeiten erinnert. Er und vier Männer hatten den Auftrag erhalten, den Sumpf der Militia-Gruppen trockenzulegen. Nachdem ihm der Wind von Waco nicht mehr ins Gesicht, sondern in den Rücken blies, witterte Murray wieder Morgenluft.

»Wenn Sie's doch allein erledigen wollen, Murray«, fragte Phil, »warum haben Sie uns dann in diese Sache reingezogen?«

Der Einsatzleiter setzte sich auf. Mit einer müden Handbewegung strich er über sein Gesicht.

Ich schaute ihn an. So erschöpft, wie er aussah, schien er seit Tagen kein Bett mehr gesehen zu haben.

»Scheiße!«, fluchte er. Sein Zeigefinger stieß in die Richtung der lang gestreckten Baracke, die sich als Schatten in der Dunkelheit abzeichnete. »Ich will die Kerle, die sich dort aufhalten. Vielleicht kann ich es mit meinen beiden Kollegen allein nicht schaffen und brauche eure Hilfe. Die hat man mir zugesichert. Okay?«

Ich nickte. »Sie haben unsere Hilfe, Fred. Aber solange wir nicht genau wissen, was vor uns abläuft und mit welchen Mitteln sich die Kerle in der Baracke abgeschirmt haben, bleiben wir vorsichtig.«

Phil stimmte mir zu.

Murray kratzte sich am Kopf.

»Okay«, sagte er mit einem knurrenden Unterton und griff zum Walkie-Talkie, das den Kontakt mit seinen beiden Kollegen sicherte. »Paul! Peter!«

Die Männer meldeten sich sofort.

»Wie weit seid ihr?«

»Ich bin am Kran auf der rechten Seite von dem verdammten Burschen. Ich kann ihn im Moment nicht sehen. Ich muss weiter nach links. Wenn sich der Kerl im falschen Moment umschaut, habe ich zwanzig Yards freies Gelände ohne Deckung zu überbrücken.«

»Okay, Peter. Warte. Paul?«

»Ich nähere mich der verdammten Baracke, Murray. Nur noch hundert Yards über einen Schrotthaufen und stinkenden Wohlstandsmüll. Verflucht, ich habe noch nie eine verfaultere Stadt als New York gesehen. Ich frage mich, wie man hier leben kann.«

Murray lachte leise.

»Arbeite dich weiter vor, Paul«, ordnete er an. »Geh so dicht ran, dass du jeden erwischst, der zu entkommen versucht.«

»Worauf du dich verlassen kannst!«

»Du bleibst, wo du bist, Peter. Ich nehme mir den pickeligen Jungen vor und lenke ihn ab. Sobald ich dir ein Zeichen gebe, machst du dich auf den Weg.«

»Verstanden, Murray. Zum Teufel mit der Brut. Sie haben Sammy Long auf dem Gewissen. Ende.«

Murrays Schultern strafften sich. Sein Gesicht nahm einen abweisenden Ausdruck an. Er hatte seine Entscheidung getroffen. Es erübrigte sich, Phil und mir zu sagen, dass nichts und niemand ihn davon abhalten konnte, es auf seine Art und Weise durchzuziehen.

»Ihr braucht euch nicht einzumischen«, wandte er sich an Phil und mich. »Ich will nur, dass ihr die Burschen nicht entkommen lasst, wenn bei uns etwas schief läuft. Aber das glaube ich nicht. Wir sind für solche Einsätze ausgebildet. Okay?«

Er fragte es aus purer Höflichkeit.

»Klar«, antwortete Phil sarkastisch, was der Situation zwar nicht angepasst war, was ich aber sehr gut verstehen konnte. »Ich hoffe nur, du bist nicht verheiratet, Rambo.«

Murray zuckte zusammen.

»Wir sind Freiwillige«, antwortete er scharf. »Keine Frauen, nur wenige trauernde Hinterbliebene. Abgesehen von den Freunden aus der Einheit, die die Arbeit dort aufnehmen, wo man sie uns aus der Hand genommen hat.«

»Wer ist Sammy Long?«

Murray schaute mich an. Für eine Sekunde wurde sein Ausdruck von Trauer überschattet.

»Ein Freund«, antwortete er dann mit belegter Stimme. »Er war ein Freund. Wir hatten ihn im Boulder County bei den UNORGANIZED MILITIA OF THE U.S. eingeschleust. Vor einigen Tagen hat man ihn gefunden. Die Gerichtsmediziner brauchten zwei Tage, um die Überreste als Long zu identifizieren.«

Die Bitterkeit und der Hass dieses Mannes wurden mir immer begreiflicher. Aber ich dachte noch immer, dass er einen gravierenden Fehler beging: Er und seine Männer nahmen die Sache persönlich und hatten der Militia eine Art Privatkrieg erklärt.

»Ich habe die Leitung«, sagte er. »Ist das so?«

Phil und ich nickten.

Wir waren ihm von Mr. High von einer Minute auf die andere zugeteilt worden. Um was es ging, hatten wir erst vor einer halben Stunde erfahren, als wir Murray und seine Partner vor der Pier getroffen hatten. Wir sollten ihn unterstützen, wenn er unsere Hilfe brauchte, und dafür sorgen, dass er und seine Männer sich auf einer Pier zurechtfanden, die schon vor mehr als zehn Jahren stillgelegt und zum Schuttablade- und Tummelplatz heimatloser Krimineller geworden war. Die drei BATF-Agenten kamen aus Colorado. Sie kannten die Fallstricke nicht, die man auf einer verwaisten Pier spannen konnte.

Aber Fred Murray war »in charge«, daran gab es keinen Zweifel.

»Okay«, sagte er zufrieden. »Ich denke, uns bleibt nicht mehr viel Zeit, Freunde. Meine Männer und ich kreisen die Burschen ein. Wenn sie herauskommen, schnappen wir sie uns.«

»Die können den Schuppen auch zur Wasserseite verlassen,

Murray. Mit drei Männern kann man ihnen nicht jeden Fluchtweg abschneiden.«

Daran hatte er nicht gedacht.

»Dann sichert ihr die Wasserseite. Was ist mit der Flusspolizei?«

»Wir werden sie anfordern. Aber, verdammt, sie sind nicht innerhalb von zwei Minuten zur Stelle, Murray.«

»Sie sollen sich beeilen«, sagte er, als er sich aufrichtete und streckte. Im Mondlicht, das durch die aufgerissene Wolkendecke fiel, warf er einen mächtigen Schatten.

»An uns kommt keiner vorbei«, versicherte Phil.

»Das ist doch schon etwas«, gab Murray knurrend zurück. Es wurde immer mehr deutlich, dass er inzwischen zu der Einsicht gelangt war, dass er unsere Hilfe eigentlich gar nicht hätte anzufordern brauchen. »Nochmals, solange wir am Drücker sind, mischt ihr euch nicht ein. Ist das deutlich?«

»Absolut«, gab ich zurück.

Er warf Phil und mir noch einen langen Blick zu. Er drohte uns auf diese Weise, uns in Stücke zu reißen, wenn wir gegen seine Spielregeln verstießen. Dann tauchte er in die Dunkelheit nach rechts.

Ich sah ihn noch ganz kurz, als seine Silhouette vor dem helleren Horizont jenseits des Flusses auftauchte. Dann war er verschwunden.

Phil stieß die angehaltene Luft aus. »Ich erledige das mit der Flusspolizei, Jerry.«

»Okay.«

»Ich weiß nicht, wie ich reagieren würde, wenn man dich so zerstückelt fände«, murmelte Phil, als er sich zurückzog, um die Meldung aus unserem Wagen heraus durchzugeben.

Ich schob mich auf Phils Platz, der etwas höher lag, streckte mich auf dem Bauch aus, stützte die Ellbogen auf und nahm das Glas wieder an die Augen. Das komische Gefühl blieb. Man brauchte ja auch wirklich kein Prophet zu sein, um voraussagen zu können, wie leicht der Einsatz der Sondereinheit der BATF in die Hose gehen konnte.

Sie waren nicht vorbereitet, kannten sich nicht aus, wussten nicht genau, wer und wie viele Personen sich im Schuppen aufhielten. Als einzigen Sicherungsposten hatten sie den pickeligen Jungen in der Kampfuniform orten können, wussten in etwa, wie der ausgerüstet war, aber mussten damit rechnen, dass der Junge nicht der Einzige war, der die Besprechung der uns unbekannten Personen in dem Lagerschuppen absicherte.

Ich konzentrierte mich auf den Jungen, der seine Position inzwischen so weit nach rechts verlegt hatte, dass ich ihn deutlich sehen konnte.

Seine Reaktion würde mir verraten, wenn etwas in Bewegung geriet.

Zwei Minuten verstrichen. Phil hatte jetzt unser zurückgelassenes Fahrzeug erreicht und würde sich mit der Flusspolizei in Verbindung setzen. Wenn alles gut ging und sich kein Paragrafenreiter in der Einsatzzentrale befand, der die Meldung und Bitte um Assistenz erst umständlich abcheckte, würde nun der Einsatzbefehl an eines der Boote hinausgehen. Wenn wir Glück hatten, dauerte es nicht länger als zehn Minuten, bis eines der Boote so in Position gefahren war, dass die Mannschaft die Pier überwachen und, wenn nötig, auch eingreifen konnte.

Die Zeit tickte.

Je mehr Sekunden vergingen, umso brisanter und gefährlicher wurde es für Murray und seine Männer.

Ich verfluchte, nicht mit ihnen in Kontakt zu stehen. Dass mit Murray der Prototyp eines Einzelkämpfers in New York aufgetaucht war, der sich von niemandem in seine Sache reinreden ließ, machte die Sache wirklich nicht leichter. Die Zeiten für Individualisten im Polizeieinsatz waren lange vorbei. Nur im Teamwork konnte man große Aufgaben angehen und bewältigen. Organisation und Strategie waren gefragt. Nicht mehr der einzelne Mann, der sich zwischen die Feuer begab und in Wildwestmanier Brandherde löschte.

So betrachtet, konnte man Murray, obgleich er kaum älter als fünfundvierzig Jahre war, als ein Fossil bezeichnen.

Drüben sprang der pickelige Junge auf, drehte sich einmal im Kreis und warf sich flach zu Boden.

Die Gefahr für ihn musste von rechts kommen, denn er schob sich schlangengleich nach links um den Palettenstapel herum. Mit der linken Hand zog er den M3-Karabiner hinter sich her. Die rechte Hand zuckte zum Gürtel. Ich konnte es nicht sehen, aber ich war mir sicher, dass er mindestens eine der verteufelten Handgranaten abgeklinkt und entsichert hatte. Dann ließ er den Karabiner los, holte aus seiner Brusttasche ein kleines Walkie-Talkie und hob es an seine Lippen.

In dieser Sekunde tauchte Phil wieder neben mir auf.

»Der Junge hat Murray oder einen seiner Männer entdeckt«, sagte ich. »Jetzt warnt er die Kerle im Schuppen.«

Ich sagte noch mehr, aber meine Worte gingen im Lärm knatternder Rotoren eines Helikopters unter, der uns von hinten anflog, mit ohrenbetäubendem Krach dicht über uns hinwegzog und Kurs auf den freien Platz seitlich des Lagerschuppens nahm.

Automatisch verfolgte ich den Flug mit dem Nachtglas.

Auf dem schwarzen Rumpf gab es keine Identitätszeichen. Hinter dem getönten Plexiglas der Kuppel waren Schatten zu sehen. In der offenen Einstiegsluke tauchte jemand auf. Der Kerl musste sich festgeschnallt haben. Er schwang die Füße nach draußen, stemmte sie gegen die Kufe und hantierte freihändig mit einer Bazooka.

Der pickelige Junge sprang aus seiner Deckung. Mit einer weit ausholenden Handbewegung schleuderte er etwas in die Dunkelheit.

Mal nach links, mal nach rechts, mal hinter sich.

Das ging so verteufelt schnell, dass er diese Bewegungen, mit denen man Handgranaten wirft, lange und gründlich geübt haben musste, wenn er nicht ein ausgesprochenes Naturtalent war.

Bevor die erste Explosion erfolgte, hörte ich jemanden etwas schreien. Der böige Wind trieb die Wortfetzen zu Phil und mir herüber. Verstehen konnten wir nichts. Ich nahm an, dass es Murray war, der seine Männer warnte oder ihnen zuschrie, was sie tun sollten.

Der erste Explosionsblitz zerriss die Dunkelheit ungefähr an der Stelle neben einem Kran, den Peter als Standort durchgegeben hatte.

Im Sekundentakt detonierten die beiden nächsten Granaten.

Dazwischen war das Tackern einer halbautomatischen Waffe zu hören.

Ich rannte los und nahm denselben Weg wie Murray. Meine Handlungen wurden nicht vom Verstand, sondern von einem inneren Impuls gesteuert.

In dieser Sekunde glaubte ich noch, die Gefahr ausschalten zu können, die den Männern von der BATF von dem pickeligen Jungen drohte.

»Jerry!«

Ich war durch ein großes Loch im Maschinendrahtzaun gesprungen, erreichte die Pier und richtete den Blick geradeaus in den Feuerblitz der nächsten Handgranatenexplosion.

Der Junge war zu sehen.

Er hielt den M3-Karabiner im Hüftanschlag, beschrieb mit der Waffe einen Halbkreis und feuerte, was die Halbautomatik hergab.

Dass er auch mir mit diesem Feuerzauber gefährlich werden konnte, daran verschwendete ich keinen Gedanken. Das wurde mir erst bewusst, als etwas Heißes über meinen Schenkel schrammte, als am Stahlgerippe eines Kranes vor mir Funken sprühten und die Kugeln, die sie aus dem Eisen geschlagen hatten, als jaulende Querschläger davonstoben.

»Jerry, verdammt …!«

Unwillkürlich blieb ich stehen.

Für einen Moment wurde es so still, dass ich den eigenen Herzschlag und Phils keuchenden Atem hinter mir hörte.

In der nächsten Sekunde setzte das Tackern des M3-Karabiners erneut ein.

Der Junge hatte nachgeladen.

Murray und seine Männer konnten nicht weit von ihm entfernt sein. Warum stoppten sie ihn nicht?

Ein harter Schlag traf meine Beine und schleuderte mich gegen das aufgerissene Pflaster. Ich wirbelte herum und wollte aufspringen. Phil hielt mich fest.

Erst jetzt wurde mir klar, dass mich mein Freund zu Boden gerissen hatte.

»Murray!«

Die Kugeln aus dem M3 fegten über uns hinweg. Langsam, aber sicher hatte sich der Bursche eingeschossen und wusste, in welche Richtung er halten musste.

Ich hob den Kopf aus der Armbeuge.

Das Knattern der Rotorblätter schwoll zu einem wahren Inferno an, als sich der Helikopter vom Grund hob, wo er nur ganz kurz aufgesetzt hatte. Um die Männer aus dem Schuppen an Bord zu nehmen. Was sonst? Jetzt wurde er vom Piloten so sehr auf die Seite gelegt, dass mein Blick von hier unten wieder in die offene Luke fiel.

Hinter dem Mann mit der Bazooka waren die Schatten von weiteren Personen zu sehen. Jener Personen, die sich im Schuppen aufgehalten hatten und nun zu entkommen drohten.

»Murray!«

Alles in mir sträubte sich dagegen, zu glauben, dass es die Agenten von der BATF erwischt hatte.

Verdammt, das waren Profis. Murray hatte selbst gesagt, dass sie für solche Einsätze trainiert waren. Sie hatten, wenn schon nicht mit dem Helikopter, dann doch mit den Handgranaten des pickeligen Jungen rechnen und sich darauf einstellen müssen.

»Phil, wir …«

Der Mann, der aus dem Hubschrauber heraushing, feuerte die Bazooka ab.

Die Granate schlug in die Fässer rechts neben dem Palettenstapel, ließ sie auseinander spritzen und mit einem gewaltigen Feuerpilz explodieren.

Vor Phil und mir tat sich die Hölle auf. Das Inferno war so komplett und gewaltig, dass es von einem Hollywoodregisseur nicht besser hätte inszeniert werden können.

Um uns herum fauchte und zischte es. Eisen, Holz, Steine, selbst ganze Fässer jagten wie Schrapnelle durch die Luft und zogen pfeifend über uns hinweg.

Ich wusste nicht, wie lange das dauerte.

Eine Ewigkeit schien verstrichen, bis wieder Ruhe einkehrte und mir auffiel, dass auch der Helikopter verschwunden war.

Phil stand als Erster auf den Beinen. Unschlüssig schaute er in die Runde. Er suchte nach einem Weg durch den Flammensee, um zu Murray zu gelangen.

Vom Fluss her heulte die Sirene des Polizeibootes. Also brauchten wir nicht zum Wagen zurück, um die Hiobsbotschaften durchzugeben. Die Männer auf dem Boot würden alles Notwendige in die Wege leiten.

Wir schlugen einen Bogen nach rechts, vorbei an dem brennenden Benzin, das sich in den Fässern befunden hatte. Nach dem pickeligen Jungen zu suchen wäre reine Zeitverschwendung gewesen. Der hatte sich genau dort aufgehalten, wo das Geschoss aus der Bazooka eingeschlagen war.

Die Flammen blendeten mich und zeichneten ein bizarres Schattenspiel auf die Pier. Deshalb sah ich Fred Murray so spät. Er taumelte hinter der Ecke des Schuppens hervor, in dem sich die Männer getroffen hatten.

»Murray!«

Ich rannte auf ihn zu.

Murray blieb stehen. Seine Augen waren weit aufgerissen. Er starrte mich zwar direkt an, aber ich glaubte nicht, dass er mich auch sah. Sein Blick ging mitten durch mich hindurch. Tränen zogen helle Straßen in die vom Ruß geschwärzte Landschaft seines Gesichts. Er zitterte und brach zusammen, bevor ich ihn auffangen konnte.

»Verdammt, Murray …«

Ich ging neben ihm in die Knie und drehte ihn vorsichtig auf die Seite. So sah ich sein Gesicht aus der Nähe. Es war erschreckend, um wie viele Jahre ein Mann innerhalb von Minuten altern konnte. Keine Spur mehr von der strotzenden Kraft und Entschlossenheit, die er eben noch ausgestrahlt hatte.

»Murray …«

»Sie sind tot«, sagte er dumpf. »Paul und Peter sind tot. Ich habe in wenigen Tagen drei Männer verloren, Jerry. Wie, verdammt, soll ich damit weiterleben?«

Ich konnte ihm keine Antwort auf diese Frage geben.

Der Tag begann für Joshua Warner mit denselben stereotypen Handlungen wie an jedem Morgen: Elisa stand vor ihm auf. Sie kümmerte sich um Kevin und Elizabeth, die Kinder, damit sie nicht verschliefen. Dann rief sie ihn. Er ging unter die Dusche, ließ wie immer die Tür auf, damit er den frisch gebrühten Kaffee riechen und sich beeilen konnte, um genau dann in der Küche zu erscheinen, wenn Elisa den Kaffee eingeschenkt hatte. Er trank ihn meistens im Stehen, um sich dann eilig von Elisa und den Kindern zu verabschieden. Sie sagten ihm, dass sie ihn liebten, und er sagte ihnen, dass er sie liebte.

Ein festgefahrenes Ritual mit vorprogrammierten Unterbrechungen während der Urlaubszeit.

Joshua Warner hatte mehr und mehr das Gefühl, zur Maschine geworden zu sein und sein Leben mit der gleichen kühlen Sachlichkeit zu verwalten, mit der er auch den Ablauf im Bundesgefängnis von Boulder bestimmte, dessen Direktor er war. Und bleiben würde, bis er in zwanzig Jahren das Pensionsalter erreichte und automatisch aufs Abstellgleis rangiert wurde.

Warner gab sich, was seine Zukunft anging, keinen Illusionen hin. Er war an die Grenzen seines Lebens gestoßen. Es ging nicht mehr vor und nicht mehr zurück. Absoluter Stillstand, menschlich und auch beruflich.

Dass er darunter litt, bemerkte die Umwelt auf privater Ebene nicht. Im Gegensatz zu den Leuten im Gefängnis, denn dort brauchte er seine Frustration nicht in Ketten zu legen, sondern konnte sie voll ausleben. Die Mauern waren hoch und dick, und das System war absolut undurchlässig. Nichts von dem, was dort drinnen geschah, fand den Weg nach draußen.

Also war und blieb er der treusorgende Familienvater auf der einen und der harte, aber gerechte Direktor auf der anderen Seite.

Als Familienvater wurde er geliebt, als Gefängnisdirektor von einigen Kerlen, die glaubten, Amerika in die Kolonialzeit zurückbomben zu müssen, bis aufs Blut gehasst.

An diesem Morgen, nach einer unruhigen Nacht, dachte Warner an die Misere seines Daseins, während er stehend den Kaffee trank, feste Nahrung wie immer verschmähte – die nahm er in der Kantine des Staatsgefängnisses zu sich – und die Schlagzeilen der Zeitung überschlug, die wie immer aufgefaltet vor ihm auf dem Tisch lag.

Er hob den Blick vom Morgenblatt, schaute seine Frau und seine Kinder an und fragte sich, ob ihm eigentlich mehr als das morgendliche Familienritual fehlte, wenn die Kinder und Elisa eines Tages einfach aus seinem Leben verschwanden.

Das Schrillen des Telefons bewahrte ihn davor, sich diese Frage selbst beantworten zu müssen.

»Für dich«, sagte Elisa, die den Anruf entgegengenommen hatte. Sie streckte ihm den Hörer entgegen.

»Wer?«

Elisa zuckte mit den Schultern. »Weiß ich nicht. Jemand will dich sprechen. Aus dem Gefängnis wahrscheinlich.«

Weiß ich nicht.

Das war typisch für Elisa. Sie war zweiundvierzig Jahre alt, stammte aus einem kleinen Kaff in Montana, hatte eine puritanische Erziehung genossen und sich ihm auch als Verlobte so lange verweigert, bis die Kirche ihren Segen gegeben hatte. Von dem Moment an hatte sie sich daran gehalten, dass die Frau dem Manne untertan sei, ihn zu ehren, zu achten und ihm zu gehorchen habe. Sie hatte ihr Studium aufgegeben, hatte ihn zuerst nach New York begleitet, wo er einen Job in der Bundesverwaltung für Gefängniswesen bekleidet hatte, und dann zurück nach Boulder, wo er Direktor des Staatsgefängnisses geworden war.

Kevin und Elizabeth waren nacheinander geboren worden. Warner hatte zwei Kinder für ausreichend gehalten, und Elisa hatte sich nicht dagegen gesträubt. Sie kümmerte sich um das Haus, die Kinder und um sein Wohlergehen. Sie verrichtete diese Arbeit nicht nur gut, sondern mit Hingabe. Fünfzehn Jahre lang hatte sie sich nicht in sein berufliches Leben gemischt. Wahrscheinlich, so dachte Warner manchmal, wusste sie nicht mal, was er genau tat. Sie hatte nie Fragen gestellt, ihm wohl aber aufmerksam und Anteil nehmend zugehört, wenn er ihr etwas über seinen Job berichtete.

Warner stellte die Tasse aus der Hand, nahm den Hörer entgegen und meldete sich.

Der Anrufer gab sich nicht zu erkennen. Heftiger Atem wehte durch den Hörer in Warners Ohr.

»Wirklich komisch«, knurrte Warner gereizt.

»Ich glaube nicht, dass du diesen Tag als einen komischen in Erinnerung behalten wirst, Direktor.«

Warner lauschte dem Klang der Stimme nach. Er konnte sie keiner ihm bekannten Person zuordnen.

»Das Gleiche gilt für dich, wenn du mir deinen Namen nennst und mir sagst, wo wir uns ungestört unter vier Augen treffen können, Mr. Unbekannt.«

Anrufe wie diese, telefonische Drohungen, Briefe, in denen ihm sein baldiges Ende angekündigt wurden, gehörten für ihn zum Alltag. Man machte sich wenig Freunde unter den Insassen eines Gefängnisses, wenn man es wie er mit harter Hand regierte.

Warner wollte den Hörer gerade auflegen, als das abgehackte Lachen des Anrufers an sein Ohr klang.

»Du hast es gewusst«, sagte der Anrufer.

»Was?«

»Dass es eines Tages geschehen wird, Warner. Du bist ein Stachel im Fleisch des freiheitsliebenden Volkes. Man muss ihn rausziehen. Deine Zeit ist gekommen.«

Das Gerede ging diesmal nicht wie sonst einfach an ihm vorbei. Warner spürte, dass sich ernst zu nehmende dunkle Wolken über ihm ballten. Er zündete sich eine Zigarette an und wischte sich mit dem Handrücken über die Stirn, die von einem feinen Schweißfilm überzogen war.

»Sonst noch was?«, fragte er betont ruhig, obgleich er das in Wirklichkeit nicht war.

»Remember the Alamo!«

Es klickte. Der Anrufer hatte aufgelegt.

Warner behielt den Hörer noch einige Sekunden lang in der Hand. Dann legte er ihn behutsam auf den Apparat zurück. Elisa und die Kinder sollten nicht merken, wie sehr dieser Anruf ihn verunsichert hatte.

»Jemand aus dem Gefängnis«, sagte er, als Elisa ihn fragend anschaute. Natürlich hatte sie gemerkt, dass ihn der Anruf beunruhigte. Sie lebten schon viel zu lange zusammen, als dass er sie noch täuschen konnte. Aber es wäre ihr nie in den Sinn gekommen, ihn etwas zu fragen. Sie tat es mit Blicken. Wenn er nicht darauf reagierte, war für sie alles in Ordnung.

Remember the Alamo.

Warner trank seinen Kaffee. Er griff, was er sonst nie tat, nach einem Sandwich und begann zu essen.

»Ist etwas nicht in Ordnung?«, wollte Kevin wissen.

Warner sah seinen Sohn an. Der war siebzehn, groß, spindeldürr und hatte neben dem blonden Haar auch den weichen Gesichtsausdruck seiner Mutter. Aber Kevin hatte seinen Charakter. Er wollte Fragen beantwortet haben und verstand es, sich durchzusetzen.

Im Gegensatz zu Elizabeth, die mit sechzehn Jahren beinahe noch ein Kind war, auch wenn ihre Kurven üppig waren und sie auf den ersten Blick viel älter erscheinen ließen. Sie hatte dunkle Haare, die ihr bis auf die schmalen Schultern reichten. Ihr Gesicht hatte etwas grobe Konturen, und sie war, was den geduldigen Charakter anging, Elisas Kind.

»Alles in Ordnung, Kevin.«

»Komisch.«

»Was ist komisch?«

»Du isst«, sagte der blonde Junge und warf einen Blick auf die runde Küchenuhr. »Und du kommst zu spät zur Arbeit.«

Warner legte das angebissene Sandwich auf den Teller zurück, trank noch einen Schluck von dem Kaffee und nickte seiner Familie zu.

Das eingefahrene Ritual begann: Sie sagten ihm, dass sie ihn liebten, und er sagte ihnen, dass er sie liebte. Dann verließ er das Haus, holte den Buick aus der Garage, und Elisa stand wie an jedem Morgen in der offenen Tür, von wo aus sie ihm noch einmal zuwinkte.

Warner hob die Hand vom Steuer und winkte zurück, was er normalerweise nicht tat. Elisas Winken beantwortete er sonst nur mit einem knappen Kopfnicken. Er lenkte den Wagen rückwärts über die Einfahrt, kollidierte mit einem Mülleimer und schleuderte ihn mit dem Wagenheck auf den Gehsteig. Von dort aus rollte die Tonne gegen einen Hydranten, sprang auf, und der Inhalt ergoss sich in den Rinnstein.

Warner fluchte. Aber anstatt anzuhalten und den Schaden zu beheben, fuhr er weiter.

Remember the Alamo.

Das spukte in seinem Kopf herum. Er konnte diese Worte mit nichts in seinem Leben in Zusammenhang bringen.

Er war niemals in Alamo gewesen, also gab es auch nichts, an das er sich erinnern konnte. Alamo war für ihn amerikanische Geschichte. Ein Heldenepos, eine Ode an Mut und Männlichkeit und gleichzeitig auch an sinnloses Sterben.

Er fuhr viel zu schnell, und im Grunde verwunderte es ihn nicht, dass er nach etwa zehn Meilen von einem Streifenwagen gestoppt wurde.

»Ziemlich eilig, Mister«, sagte der Cop, der zu ihm an den Wagen trat.

»Ich bin spät dran.«

Der zweite Cop, der aus dem Wagen stieg, kannte ihn. Es war Edward Hopkins, ein steinalter Sergeant, der das letzte Dienstjahr auf einem Streifenwagen abriss.

»Hallo, Warner.«

Warner nickte Hopkins zu und hob entschuldigend die Schultern. »Normalerweise halte ich mich an das Gesetz«, sagte er.

»Was man vom Direktor des Staatsgefängnisses ja auch erwarten kann«, meinte der alte Hopkins. »Schönen Tag noch, Warner.«

Warner zog die Hand mit den Papieren, die er dem jungen Cop hatte geben wollen, wieder zurück. Er öffnete das Handschuhfach, um die Papiere zurückzulegen. Der junge Cop konnte deutlich die 45er Colt Automatic sehen, die im Handschuhfach lag.

»Wozu braucht man ein solch großes Kaliber, Sir?«

»Weiß nicht«, antwortete Warner. »Ehrlich gesagt, ich brauche die Waffe überhaupt nicht. Sie ist ein Geschenk zum fünfundzwanzigjährigen Dienstjubiläum. Manchmal fragen mich die Kollegen danach. Also ist es sinnvoll, das Ding zum Vorzeigen immer zur Hand zu haben.«

»Haben Sie die nötigen Papiere …?«

»Mann«, mischte sich Sergeant Hopkins ein. »Mr. Warner ist der Direktor des Staatsgefängnisses, Joe.«

»Das gibt ihm noch lange nicht das Recht, eine Waffe versteckt mit sich zu führen, sofern er die notwendigen Papiere nicht hat, Sarge. Oder?«

Die letzte Frage war an Warner gerichtet, dem man ansah, dass er allmählich die Geduld verlor. Er war schon zu spät für die morgendliche Besprechung.

»Dass ich die Papiere habe, ist Ihrer Behörde bekannt«, sagte Warner scharf. »Sonst noch was?«

»Ich werde nachfragen. Sie warten, Sir. Danach werde ich den Strafzettel für zu schnelles Fahren ausstellen und …«

»Tun Sie, was Sie nicht lassen können, Officer«, knurrte Warner. Er zündete sich eine Zigarette an und stieg aus.

»Er ist der Chef, und ich bin der Arsch«, sagte Edward Hopkins. »Ein alter Arsch, in den die Jungen nicht mehr kriechen, sondern treten, Warner. Tut mir Leid.«

Warner schaute ihn an. Hopkins und er hatten etwas gemein: die Bitterkeit, die sich in ihren Worten und Taten manifestierte. Sie waren beide an ihre Karrieregrenzen gestoßen, und es war für beide gleichermaßen schwer, sich damit abzufinden. Das junge Leben überholte sie rechts und links. In einem Tempo, das sie nicht mehr beibehalten konnten.

»Ist schon in Ordnung, Hopkins«, sagte Warner und bot dem alten Sergeant eine Zigarette an. »Er tut seine Pflicht.«

Hopkins ließ sich Feuer geben. Mit schmalen Augen schaute er zu seinem jungen Kollegen hinüber, der im Streifenwagen saß und Kontakt mit der Zentrale hatte.

Von dort würde er das bestätigt bekommen, was Warner ihm schon gesagt hatte.

Reine Zeitverschwendung also.

»Remember the Alamo«, sagte Warner. »Was würden Sie damit verknüpfen, Hopkins?«

Der alte Sarge blickte ihn zuerst erstaunt an, dann kratzte er sich am Kopf.

»Blut, Tod und Tränen«, antwortete er schließlich. »Eine Hymne an das Heldentum. Vielleicht auch Glorifizierung von Gewalt. Könnte gesungen werden von unseren militanten Freunden, die im Wald Krieg spielen.« Er zuckte mit den Schultern. »Was anderes fällt mir dazu nicht ein. Warum?«

»Ich habe einen Anruf bekommen. Ein Unbekannter sagte: Remember the Alamo! Es sollte wohl eine Drohung sein. Nun würde es mir sehr gefallen, wenn mir jemand sagen könnte, aus welcher Richtung ich die Gefahr zu erwarten habe.«

Hopkins rauchte einen tiefen Zug, legte den Kopf in den Nacken und blies den Rauch in die blaue Luft, wo er einen Moment lang wie eine Wolke stehen blieb, bevor er von einem leichten Wind auseinander gerissen wurde.

»Vielleicht aus dem Wald«, antwortete er dann. »Wären doch nicht die ersten Schwierigkeiten, die Sie mit den Burschen hätten, Warner.«

Der junge Cop kam aus dem Wagen. Er blieb daneben stehen und wischte sich den Schweiß von der Stirn. Sein Blick heftete sich auf Warner. Dann näherte er sich langsam.

»Riverside Drive, Sir, ist das Ihre Adresse?«

Warner nickte.

»Steigen Sie zu uns in den Wagen, Sir. Wir fahren Sie zurück.

Warner spürte seinen Magen durchsacken. »Was ist los?«

»Wir fahren Sie zurück.«

»Was, verdammt, ist dort los?«, fauchte Edward Hopkins. »Auf eine anständige Frage erwarten wir eine anständige Antwort, Joe.«

»Scheint ein Unglück gegeben zu haben«, sprach der junge Cop um den heißen Brei herum. »Verdammt, steigt ein, damit wir endlich losfahren können!«

Von der Stelle aus, wo sie ihn gestoppt hatten, bis zu seinem Haus am Riverside Drive waren es knapp zehn Meilen. Warner hatte durch den dichten Verkehr länger als eine halbe Stunde für die Strecke gebraucht. Joe, der Sirenen und Rotlicht einschaltete, schaffte die Strecke in der Hälfte der Zeit.

Dennoch schienen es Warner die längsten zehn Meilen, die er jemals in seinem Leben gefahren war.

Der fette schwarze Rauch, der die Luft unheilvoll schwängerte, war von weitem zu sehen. Anhand der Rauchwolke konnte man den Brandherd ziemlich gut bestimmen. Irgendetwas am Riverside Drive brannte.

Joshua Warner zog fröstelnd die Schultern zusammen. Trotz des Rauchverbots im Patrolcar zündete er sich eine Zigarette an.

Weder Joe noch Hopkins protestierten.

»Remember the Alamo«, sagte Warner leise.

Hopkins drehte sich zu ihm herum.

»Blut, Tränen und Tod«, wiederholte Warner die Worte des alten Sergeants. Er zuckte zusammen, als sie die Kreuzung Riverside Drive erreichten und er sehen konnte, was passiert war.

Hinter den Einsatzfahrzeugen der Feuerwehr und Patrolcars gab es den leeren, qualmenden Fleck, auf dem mal sein Haus gestanden hatte. Eine riesige Feuerwalze schien darüber hinweggerast zu sein. Bis auf einige qualmende Balken hatte sie einfach alles verschlungen.

Da gab es nichts mehr zu retten.

Die Feuerwehr hatte sich deshalb auch auf die Nebenhäuser konzentriert, von denen einige durch die gewaltige Explosion ebenfalls zerstört worden waren.

Warner stieß einen gequälten Schrei aus.

Joe steuerte den Wagen um andere Einsatzfahrzeuge herum und hielt dicht an der Absperrung, die von Cops bewacht wurde. Sie hielten Reporter und Kamerateams fern, die ihr Material für die allabendliche Horrorshow auf dem TV-Schirm sicherstellen wollten.

»Bleib sitzen, Josh!«, schrie Edward Hopkins. »Mein Gott, bleib sitzen! Du kannst nichts mehr tun!«

Joshua Warner blieb einige Sekunden lang wie betäubt sitzen. Er schloss die Augen und öffnete sie wieder. Seine Hoffnung, dass dieses alles gar nicht real war, sondern nur ein Traum, hatte sich nicht erfüllt.

Es war geschehen. Es gab die rauchenden Trümmer, die von seinem Haus übrig geblieben waren. Es gab die zerstörten, zum Teil zusammengestürzten Nebengebäude. Es gab die Menschen, die blutüberströmt und orientierungslos und beinahe wahnsinnig durch die Gegend liefen. Es gab die Cops, die Feuerwehr.

Warner schüttelte die Hand des alten Sergeants ab. Er stieß die Tür auf und stieg aus. Seine Knie waren weich. Er musste sich gegen den Streifenwagen lehnen.

Joe, der junge Cop, war sofort neben ihm und stützte ihn. Sergeant Hopkins kam von der anderen Seite.

»Josh …«

»Elisa!«, schrie Warner mit schriller Stimme. »Kevin – Elizabeth – mein Gott …«

Er stieß sich vom Wagen ab und taumelte nach vorn.

Joe folgte ihm. »Sir, bitte …«

»Sie haben meine Frau getötet – meine Kinder …«

Joshua Warner torkelte weiter, stieß zwei Männer, die ihn aufhalten wollten, mit der Schulter beiseite. Er stolperte über ausgerollte Schläuche, stürzte, rappelte sich auf und fand sich wenig später inmitten der Trümmer wieder, die mal sein Haus gewesen waren.

Wahnsinn flackerte in seinen weit aufgerissenen Augen, als er sich umschaute und nach seiner Familie suchte.

»Elisa – Kevin – Elizabeth …«

Er brach zusammen. Die schwelenden Trümmer versengten durch die Kleidung hindurch seine Haut. Er spürte den Schmerz nicht, während er mit bloßen Fingern im verkohlten Boden grub.

»Mein Gott …«

»Sir!«

Warner reagierte auf keinen Zuruf, aber er wehrte sich nicht, als zwei Sanitäter ihn vom Boden hoben und zu einem Ambulanzwagen trugen. Dort legten sie ihn auf eine Trage.

»Josh – Josh, sie können Martin nicht finden.«

Joshua Warner richtete sich auf und wehrte die Hände ab, die ihn wieder zurückdrücken wollten. Er drehte den Kopf und schaute in das blutverschmierte Gesicht seines Nachbarn Alex Winter.

»Sie können Martin nicht finden, Josh …«

Alex Winter wohnte mit seiner Frau Marianne und dem kleinen

Martin, der gerade zwei Jahre alt war, erst seit wenigen Monaten hier. Aus Denver kam er. Sein Kind hatte nicht im Moloch einer Großstadt mit Verbrechen konfrontiert werden sollen.

»Was soll ich Marianne sagen, Josh? Mein Gott!«

Hellrote Nebel wallten vor Warners Augen.

»Bleiben Sie liegen, Sir!«

Warner schwang dennoch die Beine von der Trage und quälte sich in die Höhe. Er wusste nicht, dass er weinte, bis er die Tränen heiß über sein Gesicht rollen spürte.

»Was soll ich Marianne sagen, Josh?«, fragte Alex Winter erneut.

Warner schaute den jungen, gebrochenen Mann an. Er war siebenundzwanzig Jahre alt. In wenigen Minuten schien er um eine volle Generation gealtert. Trotz des eigenen Elends empfand Warner grenzenloses Mitleid. Nicht nur mit Winter. Auch mit den anderen, die vom Schicksal heimgesucht worden waren und von denen er nicht mal wusste, was mit ihnen passiert war.

Er brauchte Winter keine Antwort zu geben. Zwei Sanitäter nahmen sich des verzweifelten Mannes an und legten ihn behutsam auf die Trage, von der Warner gerade aufgestanden war.

Jemand gab Alex Winter eine Spritze. Das Serum wirkte beinahe sofort. Winter schloss die Augen und sein verzerrter Gesichtsausdruck wurde friedlich und entspannt. Für einige Zeit würde er alles vergessen. Aber dann …

»The Alamo.«

Warner drehte sich um. Edward Hopkins hatte sich herangearbeitet und stand jetzt neben ihm. Entsetzen und Abscheu zeichneten das Gesicht des alten Sergeants, der bis zu diesem Moment geglaubt hatte, schon alles Elend der Welt gesehen zu haben.

»Remember the Alamo, Josh. Der Anruf.«

Warner rieb sich mit dem Handrücken über das feuchte Gesicht. Gegenüber trugen Sanitäter und Feuerwehrleute zwei Personen aus den Trümmern eines Hauses. Sie schrien und versuchten sich dagegen zu wehren, weggetragen zu werden. Aus irgendeinem Grund wollten sie nicht mal die Trümmer aufgeben. Vielleicht waren Familienangehörige noch darunter begraben. Warner konnte nicht mal erkennen, ob es sich um Männer oder Frauen handelte. Dann legte sich die Hand seines Freundes Captain David Clearwater von der Boulder County Police schwer auf seine Schulter. Warner starrte ihn an und schüttelte den Kopf.

»Wir brauchen dich, Josh!«

Joshua Warners Blick schien wesenlos durch den großen, bulligen Captain hindurchzugehen. Nichts deutete darauf hin, dass er ihn überhaupt wahrnahm.

»Wir brauchen dich«, wiederholte David Clearwater, der Warner nun den Arm um die Schultern legte und ihn an sich zog. Wie ein Kind, das beschützt werden musste.

»Elisa – Kevin – Elizabeth …«

»Ich weiß, Josh.« Captain Clearwaters Stimme klang dumpf wie aus einem Grab. »Ich weiß. Aber wir brauchen dich jetzt. Wir müssen alles wissen. Die Bundesbehörden sind verständigt. Verdammt, Josh! Wenn es etwas gibt, was uns helfen kann, die Burschen zu erwischen, dann müssen wir es jetzt wissen. Jetzt! Verstehst du? Die Kerle dürfen keinen Vorsprung herausschinden und sich verstecken können. Josh …«

»Wie viele Opfer?«, fragte Warner mit belegter Stimme.

»Viele. Wir wissen es noch nicht.«

»Wie ist es passiert?«

»Eine Autobombe, Josh. Wie in Oklahoma City. Sie dürfen keinen Vorsprung bekommen! Keine Chance, sich in Sicherheit zu bringen.«

»The Alamo«, murmelte Joshua Warner und rieb sich die brennenden Augen. »Brian Jenkins, der verdammte Colonel …«

Clearwater wirbelte zu seinen Männern herum.

»Jenkins!«, schrie er den Cops zu. »Ihr schnappt den Hurensohn von einem Colonel und alle, von denen ihr wisst, dass sie sich zusammen mit ihm in den Wäldern herumtreiben und den Krieg proben! Alle, verdammt!«

»Könnt ihr jeden Zweifel ausschließen, Lewis?«, fragte ich unseren Spurensicherungsspezialisten.

Lewis Washington zuckte mit den Schultern. »Kann natürlich

auch sein, dass ihm jemand ein paar Finger abgeschnitten und damit die Prints produziert hat, die wir in der Lagerhalle gefunden haben, Jerry.« Er stockte. »Wenn ich dir sage, die Spuren weisen eindeutig darauf hin, dass sich Antonio Colani in der Lagerhalle aufgehalten hat, dann kannst du dich darauf verlassen. Okay?«

»Okay, Lewis.« Ich legte unserem Spezialisten die Hand auf die Schulter.

»Dass es Colani ist, gefällt dir nicht, oder?«

»Antonio Colani gefällt mir nicht, Lewis«, gab ich zu. »Erst recht nicht, wenn sein Name im Zusammenhang mit rechten Spinnern fällt, die dem FBI den Krieg angesagt haben.«

Lewis Washington zuckte erneut mit den Schultern. Was sollte er auch anderes tun? Er hatte mit seinen Leuten ganze Arbeit geleistet, die Spuren ausgewertet und uns das Ergebnis auf den Tisch gelegt.

Ich holte mir einen Kaffee aus dem Automaten und ging in mein Büro zurück.

Phil und Zeerookah waren wegen des Helikopters unterwegs, der wie vom Erdboden verschluckt schien. Aber alle Flüge über der Stadt mussten angemeldet und genehmigt werden. Und alle mechanischen Vögel, die sich im Großraum New York jemals in die Lüfte geschwungen hatten, waren registriert. Wir glaubten nicht, dass die Kerle einen eigenen Helikopter mitgebracht hatten. Sie hatten einen gemietet oder entwendet. Mit etwas Glück fanden Phil und der Indianer etwas, an dem wir anknüpfen konnten.

Ich forderte sämtliche verfügbaren Unterlagen über Antonio Colani an.

Seinen Lebenslauf kannte ich noch aus dem Kopf.

Als Sprössling eines Sizilianers war Colani nach New York gekommen und hatte im Laufe der Jahre für verschiedene Familien gearbeitet. Ohne richtig Fuß fassen zu können oder anerkannt zu werden. Sie hatten ihn nicht gemocht. Wusste der Teufel, warum nicht, aber es war so. Wahrscheinlich wäre er niemals aus der Gosse herausgekommen, wenn er nicht eines Tages den Nerv aufgebracht hätte, sich an die Südamerikaner zu wenden. Er hatte den Kolumbianern einen reibungslosen Drogenzustrom und perfekte Geldwäsche zugesichert, wenn sie ihm im Gegenzug halfen, sich Respekt und einen eigenen Bezirk zu verschaffen.

Ein paar Leute aus Bogotá waren in New York aufgetaucht, mit genug Geld, um zu bestechen und Killer für die hartnäckigen Mitglieder einiger Familien zu engagieren, die sich mit Geld nicht kaufen ließen und zu Verrätern werden wollten. Die Südamerikaner hatten einige einflussreiche Männer der Mafia zur Hölle geschickt und durchschimmern lassen, dass sofort wieder Ruhe und Ordnung einkehre, wenn ein Mann wie Colani, dem sie vertrauten, seinen eigenen Machtbereich bekommen hatte.

Während dieser Zeit – beinahe ein Jahr hatte es gedauert – hatte die Mafia durchgehend Trauer getragen. Drei Bosse waren gestorben, zum Teil auf bizarre Art und Weise. Die anderen, die am Leben hingen, hatten sich der Gewalt gebeugt. Sie hatten Antonio Colani den verlangten Respekt gezollt und ihn in die Cosa Nostra eingeführt.

Von da an hatte es in der Stadt zu jeder Jahreszeit ausreichend Schnee gegeben.

Colani hatte den Südamerikanern gegeben, was er ihnen versprochen hatte, und erhalten, was er dafür verlangt hatte.

Mit dem Zusammenbruch des Medellinkartells wäre auch Colani den Bach hinuntergegangen, wenn er sich mittlerweile nicht ein zweites Standbein verschafft hätte. Er hatte sich vom Schnee verabschiedet, eine Reise rund um die Welt gemacht und war mit einem dicken Auftragsblock für Waffenlieferungen in die Staaten zurückgekehrt. Von altem Kriegsgerät über Patriot-Systemen bis hin zur Nukleartechnik hatte er alles besorgt und an eine exquisite Kundschaft ausgeliefert.

Sein letzter Coup war der Überfall auf ein Waffendepot gewesen. Er hatte nicht mal Gewalt anwenden müssen. Colani hatte die richtigen Leute von der Army in der Hand gehabt, sie hatten ihm die Türen des Depots weit geöffnet, und er hatte Lastwagen voll mit Kriegsgerät abgeschleppt.

Bis zu diesem Moment hatte ihm niemand etwas nachweisen können. Aber nachdem er sich beim Staat bedient hatte, war er zum Volksfeind geworden. Der FBI und die Geheimdienste hatten ihre Kräfte gebündelt. Wir in New York hatten Colani schließlich auf die Nase fallen lassen. Wir hatten einen Tipp bekommen und in seinen humanitären Hilfslieferungen an den Iran und den Irak, die aus Medizin und Lebensmitteln bestehen sollten, demontierte Feuerleitsysteme gefunden.

Colani hatte sich still und heimlich aus den USA abgesetzt, bevor wir ihn darüber hatten befragen können, an welche Länder er welche Waffen geliefert hatte, wer seine Mittelsmänner waren und welche Vertriebswege er benutzt hatte.

Kurz vor seinem Verschwinden waren in verschiedenen Städten von ihm angemietete Büroetagen in die Luft geflogen. Dabei hatte es Tote gegeben, und belastende Papiere waren vor dem Zugriff des FBI vernichtet worden.

Colani wurde mit internationalem Haftbefehl gesucht.

Das lag beinahe sieben Jahre zurück. Inzwischen hatte man ihn anscheinend vergessen. Andere Dinge hatten andere Prioritäten gesetzt, und im Allgemeinen ging man davon aus, dass er die Staaten meiden würde wie der Teufel das Weihwasser.

Aber jetzt, darauf deuteten seine Fingerabdrücke hin, hatte er sich in die USA zurückgemeldet und war eine todbringende Allianz mit rechtsradikalen Vigilantentruppen eingegangen.

Phil und Zeery meldeten sich von unterwegs.

Ihre Hoffnung, etwas über den Helikopter herauszufinden, schmolz dahin wie Butter in der Sonne.

Aus dem Krankenhaus empfing ich die gute Nachricht, dass Fred Murray über den Berg war. Auf Chefebene glühten die Telefondrähte zwischen allen möglichen Geheimdiensten und dem FBI.

Als Phil und Zeery entnervt zurückkehrten und die Kollegen Brandenburg und Dillagio in der Mafia-Szene und von unseren V-Männern nichts über Colani hatten herausfinden können, wurde ich nach oben gerufen.

Ich hatte damit gerechnet und versucht, mich darauf vorzubereiten.

Neben Mr. John D. High, meinem Chef, erwartete mich ein kleiner, unscheinbarer Mann, dem man, hätte er nicht so krankhaft bleich ausgesehen, gar keine Beachtung geschenkt hätte.

Lee H. Parkinson. Der zweite Mann der BATF. Also ein hohes Tier jener Gruppe, der auch Murray angehörte und die damals in Waco den Schlag gegen die Davidianer von Koresh geführt hatte.

Ich kriegte frischen Kaffee und erstattete Bericht. Über das, was vorgefallen war und was wir in dieser Sache bislang herausgefunden hatten. Ich wehrte ab, als Parkinson wissen wollte, ob Murray und seine Männer in meinen Augen einen Fehler begangen hätten.

»Die haben getan, was sie tun konnten, Sir.«

Parkinson nickte erleichtert.

»Fred Murray ist einer der Besten«, sagte er. »Er verlangt seinen Männern alles ab und gibt selbst auch alles.«

»Er und seine Männer hatten keine Chance, Sir.«

»Wer ist der Mann, dessen Prints Sie gefunden haben?«

Ich berichtete ihm über Colani, versuchte, kein Schreckgespenst an die Wand zu malen, aber die Sache auch nicht zu beschönigen.

Letzteres war auch kaum möglich.

Der Anruf für Parkinson kam, als ich fertig war. Ich beobachtete den kleinen, krank aussehenden Kerl, dem man nicht zutraute, zweiter Mann bei der BATF zu sein. Es hatte den Anschein, als würde er noch mehr schrumpfen, und seine Augen bekamen einen fischigen Ausdruck. Hin und wieder nickte er. Mr. High und mir war sofort klar, dass Parkinson eine neue Hiobsbotschaft übermittelt wurde. Nachdem er aufgelegt hatte, schleppte er sich mit den schweren Schritten eines alten, sorgenbeladenen Mannes an seinen Platz zurück und ließ sich in den Sessel fallen.

»Boulder County«, sagte er, während sein Blick sich zwischen Mr. High und mir verirrte. »Hat Murray Ihnen gesagt, dass wir dort unten in Colorado einen unserer Männer in eine Vigilantentruppe eingeschleust hatten?«

Ich nickte.

»Sammy Long. Er wurde enttarnt und umgebracht, bevor er etwas herausfinden konnte, mit dem wir das Treiben in den Wäldern unterbinden können. Ich habe gerade die Nachricht von einem Sprengstoffanschlag erhalten, den es im Boulder County gegeben hat. Offensichtlich war der Anschlag gegen den Direktor des Staatsgefängnisses von Boulder gerichtet. Ein Dutzend Häuser wurden zerstört. Sechs Tote. Darunter ein zweijähriges Kind.«

»Wer war der Mann, dessen Spur Murray und seine Leute nach New York verfolgt haben?«, fragte ich.

»Garry Loogan«, antwortete Parkinson sofort. »Der ist ein Vertrauensmann von Dan Turnpike. Und Turnpike ist der Godfather von Boulder, wenn Sie so wollen. Ihre Kollegen in Colorado kennen ihn. Von denen kam auch der erste Hinweis darauf, dass Turnpike offensichtlich Kontakte zu der Vigilantentruppe eines Mannes namens Brian Jenkins suchte. Daraufhin haben wir Long eingeschleust, der mehr darüber herausfinden und Beweise sammeln sollte. Kriminelle und Rechtsradikale, das ist eine unkalkulierbare, hochexplosive Mischung. Wir dürfen nicht zulassen, dass in unserem Land solche Verbindungen möglich sind.«

»Jetzt ist auch noch Antonio Colani ins Spiel gekommen«, sagte der Chef. »Auf jeden Fall deutet alles darauf hin, dass er sich zusammen mit Turnpikes Mann im Schuppen auf der Pier aufgehalten hat. Explosiver kann die Mischung nicht mehr werden. Nehmen Sie Kontakt mit den Kollegen aus Colorado auf, Jerry. Noch besser, Sie machen sich auf den Weg und klären die Sache vor Ort. Unterdessen wird Phil Colanis Spur in New York weiterverfolgen.«

Ich schaute Parkinson fragend an. Seine Abteilung war mit dem Fall beschäftigt. Vielleicht hatte er etwas dagegen, wenn ein G-man aus New York mitmischte.

Der kleine, bleiche Mann nickte zustimmend.

»Vielleicht ist das ein Weg«, sagte er. »Es kennt Sie doch niemand in Boulder County, oder?«

»Ich wüsste keinen, Sir.«

»Wir geben Ihnen alle Unterstützung, die Sie brauchen.«

»Die hatte Sammy Long auch, oder?«

»Ja.« Parkinson nickte. »Dennoch hat er es nicht geschafft. Vergessen Sie das nicht, Jerry. Gegen Leute wie Jenkins, der sich selbst zum Colonel ernannt hat, und seine Freunde gibt es keinen Schutz. Die Kerle haben Kapital, die besten Anwälte und die Lobby der Waffenfabrikanten hinter sich. Die Agitatoren, die die Freiheit des amerikanischen Volkes gefährdet sehen, wenn schärfere Waffengesetze verabschiedet werden, schreien nach dem Drama in Oklahoma City zwar etwas leiser. Aber Oklahoma gerät in Vergessenheit, wie alles. Denken Sie daran, Jerry!«

»Bestimmt, Sir.«

Ich stand auf. Parkinson gab mir seine kleine Hand, die sich weich anfühlte wie eine Katzenpfote.

»Sprechen Sie mit Murray, G-man«, sagte er. »Ich weiß nicht, ob Sie überhaupt etwas herausfinden, aber gehen Sie kein Risiko ein. Das Land braucht keine neuen Märtyrer.«

Ich verließ Mr. Highs Büro. Nachdenklich und erbittert über den amerikanischen Terror.

Obgleich es viele einsame Rufer in der Wüste gegeben hatte, hatte wohl niemand damit gerechnet, dass das Ungeheuerliche in diesem Land passieren konnte.

Ich, ehrlich gesagt, auch nicht. Jetzt steckte ich mittendrin. Und, verdammt, ich hatte kein gutes Gefühl bei der Sache.

Drei Männer von der BATF waren tot. In Boulder County war ein Sprengstoffattentat verübt worden. Unschuldige Bürger waren das Opfer des Wahnsinns geworden. Hier in New York benutzte man Bazookas und anderes schweres Kaliber, um Männer zu schützen, die sich auf einer verlassenen Pier getroffen hatten.

Antonio Colani war in der Lagerhalle gewesen. Er schien sich dort mit einem Mann namens Garry Loogan getroffen zu haben. Der gehörte zum Godfather von Boulder. Und der wiederum sollte Kontakt gesucht haben zu einer dort ansässigen Vigilantentruppe, die von einem gewissen Jenkins geleitet wurde.

Das sah verdammt übel aus.

Colani allein war schon eine ungeheure Gefahr. Wenn der sich jetzt mit Mafiosi und Vigilanten aus Boulder zusammentat, dann würde etwas Ungeheuerliches passieren.

Ich zündete mir eine Zigarette an und begann damit, meinen Schreibtisch aufzuräumen. In der nächsten Zeit brauchte sich Phil nicht mehr über mangelnden Platz zu beschweren, doch ich glaubte nicht daran, dass er sich hier nach Herzenslust breit machen konnte. Antonio Colani würde ihn auf Trab halten.

Das Geschehen auf der Pier trug eindeutig Colanis Handschrift. Er war ein vorsichtiger Mann, der sich gegen alle Eventualitäten doppelt und dreifach absicherte.

Es konnte so gewesen sein: Colani vertraute nicht auf die Sicherungsmaßnahmen seiner neuen Partner, die einen Jungen mit M3-Karabiner und Handgranaten für einen ausreichenden Schutz gehalten hatten. Irgendwo in der Nähe hatte Colani eigene Männer postiert. Die waren auf Murray aufmerksam geworden, ziemlich spät, aber doch noch rechtzeitig, und sie hatten in Kontakt gestanden mit dem Helikopter, von dem sich Colani ohnehin hatte abholen lassen wollen.

Antonio Colani glaubte, dass er sicher war. Der verdammte Hund konnte nicht mal ahnen, dass wir von seiner Rückkehr nach New York wussten.

»Das ist unsere Chance«, sagte Phil später, als ich die Sache noch einmal mit ihm durchsprach. »Er wird vielleicht Kontakt zu alten Bekannten aufnehmen. Was ist mit Garry Loogan, dem Vertrauten des Godfathers von Boulder?«

»Die Passagierlisten aller Flüge, die seit dem Zwischenfall nach Denver abgegangen sind, werden überprüft. Alle Flüge, die ab jetzt nach Denver gehen, werden überwacht. Okay, die Chance, dass er unter seinem richtigen Namen fliegt oder dass unsere Leute ihn anhand des herausgegebenen Konterfeis erkennen, ist nicht gerade überwältigend. Aber wir müssen es versuchen, oder?«

Phil nickte. Er wusste selbst, dass wir nach jedem Strohhalm greifen mussten und eigentlich nur dann eine Chance hatten, wenn die Gegenseite einen Fehler beging.

Das Telefon schellte. Ich hob ab und meldete mich.

Es waren die Kollegen aus New Jersey, die wir wegen des Helikopters eingeschaltet hatten. Sie glaubten, den richtigen Vogel auf einem kleinen, privaten Sportflugplatz gefunden zu haben. Ein Anwohner hatte sich beim FBI über nächtlichen Fluglärm beschwert und darauf hingewiesen, dass es in diesem Bezirk auch ein Nachtflugverbot für Helikopter gab.

In New Jersey waren nun zwei G-men unterwegs, um der Sache nachzugehen und sich den Helikopter aus der Nähe anzusehen.

»Wo?«, fragte ich.

»Aerodom Lancaster«, antwortete der Kollege am anderen Ende der Leitung.

»Wir kommen hin.«

»Wozu? Es ist ein kleiner, unschuldiger Helikopter. Traut ihr uns nicht zu, dass wir damit fertig werden?«

»Wir kommen hin«, wiederholte ich und ließ seine Frage unbeantwortet. »Eure Leute sollen das Objekt nur sichern. Ist das deutlich?«

»Es gefällt mir nicht, wenn Kollegen so miteinander reden, Cotton.«

»Mir auch nicht«, antwortete ich, während Phil über den zweiten Apparat versuchte, für uns eine Flugverbindung zum Aerodom Lancaster zu bekommen. »Aber wieso ruft jemand, der sich durch einen nächtlichen Helikopterflug in seiner Ruhe gestört fühlt, ausgerechnet beim FBI an, der fieberhaft auf der Suche nach einem verschwundenen Helikopter ist? Das stinkt. Sieht das nicht danach aus, als wäre jemand verdammt scharf darauf, dass wir das Ding auch finden?«

»Okay, ich werde mich darum kümmern und das durchgeben.«

Phil legte beinahe zeitgleich mit mir auf.

»Wir kriegen einen Lift vom PanAm Gebäude. Ausnahmsweise, versteht sich. Ich kann mich immer noch nicht an den neuen Namen gewöhnen. Metlife Building, dabei klingt das doch gar nicht so schlecht.«

»So viel Schwachsinn ist mir noch nicht untergekommen«, sagte Pepe Liberty und schüttelte seinen schmalen, etwas verformten Schädel. »Einen Helikopter killen und dafür auch noch Geld bekommen. Wer, zum Teufel, denkt sich so was aus?«

Juan Alcanta, der neben Liberty am verbeulten Dodge lehnte und mit dem Glas zu dem kleinen Privatflugplatz hinüberschaute, zuckte mit den Schultern.

»Spielt doch keine Rolle, wer sich so was ausdenkt«, sagte er knurrend. Pepe ging ihm mit seiner ewigen Nörgelei schon seit

Tagen auf die Nerven. »Ist doch nur wichtig, dass wir dafür auch eine ordentliche Abschussprämie kriegen, oder?«

Die Sicht auf den kleinen Flugplatz war ausgezeichnet. Er lag eine knappe Meile entfernt. Den schwarzen Helikopter konnte man auch mit bloßem Auge gut erkennen. Der stand da wie bestellt und nicht abgeholt.

Zweimal hatte der Platzwart, ein alter, hinkender Mann, sich dem Vogel genähert. Zweimal war er kopfschüttelnd wieder in seiner Baracke verschwunden. Schwankend, was eindeutig darauf hinwies, dass er schon vor Mittag und bevor sich hier überhaupt jemand sehen ließ, kräftig an der Flasche genuckelt hatte.

»Vielleicht geht es gar nicht allein darum, den Vogel zu killen«, sagte Pepe nachdenklich und kratzte sich am Kopf. Unschlüssig drehte er den schwarzen Kasten zwischen den Fingern. Das Ding sah aus wie eine Fernbedienung für ein TV-Gerät. Aber es war ein elektronischer Impulsgeber, den man für alle möglichen Dinge gebrauchen konnte.

Auch dafür, um aus sicherer Deckung und Entfernung heraus eine Sprengladung zu zünden.

»Pass auf, dass du nicht an den falschen Knopf gerätst, bevor unser Geldgeber sich gemeldet hat«, mahnte Juan, den man, genau wie Pepe, in die Kartei Berufskiller ablegen konnte.

Die beiden Puerto-Ricaner hatten nicht viel auf dem Kasten. Einige Male hatten sie einen Kontrakt nicht ausführen können. Das hatte ihnen den Ruf von Versagern eingebracht. Bei der im wahrsten Sinne des Wortes mörderischen Konkurrenz, die es in diesem Berufsstand gab, bedeutete das unweigerlich Arbeitslosigkeit. Die beiden waren also schon seit einiger Zeit ohne Job. Notgedrungen hielten sie sich mit artfremden Beschäftigungen wie Diebstahl und Hehlerei über Wasser.

Der Auftrag, den sie heute erhalten hatten, war für Juan Alcanta der Beginn einer neuen Glückssträhne. Jetzt hatte er Angst, dass Pepe das alles mit einer kleinen Unachtsamkeit wieder vergurkte.

»Ich pass schon auf«, knurrte der Kleine mit dem schiefen Kopf. »Ich bin doch kein Idiot.«

Was das anging, so hielt Juan es für besser, keinen Kommentar zu geben. Wenn Pepe nicht sein Schwager gewesen wäre, hätte er ihn wahrscheinlich schon lange umgelegt.

Das Funktelefon des Caddys, der schräg hinter dem verbeulten Dodge geparkt war, begann einen pfeifenden Ton von sich zu geben. Obgleich sie damit gerechnet hatten und sehnsüchtig auf diesen Anruf warteten, zuckten die beiden Killer zusammen wie ertappte Sünder.

Juan lief die drei Schritte zum Caddy, riss die Tür auf und ließ sich auf den Fahrersitz plumpsen. Mit einem entschlossenen Ruck hob er den Hörer ans Ohr.

»Alles in Ordnung?«, fragte der Mann, mit dem er schon einmal gesprochen hatte. Da hatten sie erste Anweisungen bekommen, und der Kerl hatte ihnen gesagt, wo sie diesen Caddy finden konnten. Auf einem Parkplatz an der East Side, drüben in Manhattan. Der Schlüssel war mit Klebestreifen unter die hintere Stoßstange geklebt gewesen. Auf dem Rücksitz hatte der schwarze Kasten gelegen, mit dem Pepe immer noch nervös herumspielte, und im Handschuhfach hatten sie die Anzahlung von zweitausend Dollar gefunden.

»Alles okay«, versicherte Juan. Er wurde das Gefühl nicht los, dass der Kerl nicht nur mit ihm sprach, sondern ihn auch beobachten konnte.

Was auch der Fall war.

»Ihr werdet den Job so erledigen, wie ich es sage. Macht eure Sache gut, und ihr bekommt weitere Aufträge. Wie spät ist es auf der Uhr im Caddy?«

Der Puerto-Ricaner las die Zeit ab und gab sie durch.

»Die stimmt natürlich nicht«, sagte er.

»Scheint mir auch so. Stell die richtige Zeit ein.«

Wozu soll das gut sein?, fragte sich Juan. Gleichzeitig dachte er, dass der verdammte Kerl, der ihnen einen Auftrag über viertausend Dollar zugeschustert hatte, von ihm auch einen Handstand auf der Kühlerhaube verlangen konnte. Den hätte er auch gemacht. Erst recht jetzt, nachdem ihnen weitere Aufträge in Aussicht gestellt worden waren.

Er stellte die Uhr auf die aktuelle Zeit und dachte nicht mal im

Traum daran, dass er damit eine Ladung aktiviert hatte, die sich unter der Motorhaube des Caddys befand.

»Okay, die richtige Zeit steht, Mister.«

Der Unbekannte am anderen Ende lachte leise.

Warum, wusste Juan nicht. Letztlich war ihm das auch egal. Hauptsache, die Kohle stimmte.

»Noch was?«

»Du legst jetzt auf, wartest, bis der nächste Anruf über diesen Apparat kommt, und gibst deinem Freund dann das Zeichen, auf den Knopf zu drücken. Genau dann muss es geschehen. Nicht eine Sekunde früher oder später. Hast du das verstanden?«

»Yes, Sir!« Er hatte es verstanden, aber nicht den tieferen Sinn begriffen. Spielte keine Rolle. Der Kunde war König. Auch in diesem Gewerbe.

»Es wird einen Knall und eine Menge Aufregung geben, Freund. Du sorgst dafür, dass auch dein Kumpel seinen Arsch sofort in den Caddy schwingt. Dann verschwindet ihr wie der Blitz. Ich melde mich später, wenn ihr euch wieder auf dem Weg nach Manhattan befindet. Okay?«

»Kein Problem.«

»Kein Problem«, wiederholte der Anrufer. »Wenigstens so lange nicht, wie ihr funktioniert, Juan. Ihr habt in letzter Zeit eine Menge Mist gebaut. Dies ist eure Chance, wieder ins Geschäft zu kommen. Egal, was da draußen inzwischen auch passiert. Ihr drückt auf den Knopf, sobald sich das Telefon wieder meldet. Versaut es nicht!«

»Verstanden!«

Die Verbindung brach ab.

»Verdammter Idiot!«, fluchte Juan Alcanta wütend gegen den Hörer. »Wenn mein Schwager Pepe 'ne Schraube locker hat, heißt das doch noch lange nicht, dass ich auch eine locker habe. Ich gehöre schließlich nicht zur Familie. Ich bin nur angeheiratet.«

»Was sagst du?«, fragte Pepe.

»Nichts. Alles in Ordnung.« Juan stieg aus und ließ die Tür offen, um später schnell wieder einsteigen zu können. »Ich erkläre dir jetzt, wie der Hase läuft, Schwager. Keine dummen Fragen. Tu genau das, was ich sage.«

»Scheiße! Ich bin ein Mann, der wissen will, warum er was tun muss.«

»Gib den verfluchten Kasten her!«, verlangte Juan.

Auf den Knopf drücken konnte er selbst auch. Und wenn er es selbst erledigte, löcherte der Schwachkopf ihn wenigstens nicht mit Fragen.

»Du steigst in den Caddy. Auf den Beifahrersitz. Sobald das Telefon geht, gibst du mir das Zeichen. Bis dahin will ich dich nicht sehen und nicht hören. Verstanden?«

Pepe schaute ihn ziemlich verwirrt an, reichte ihm aber schulterzuckend den Kasten und zündete sich eine Zigarette an.

»Sind das die Anweisungen von unserem Meister?«

»Ja.«

Pepe schüttelte den Kopf. »Was anderes kann man von einem Kerl auch nicht erwarten, der Hubschrauber durch Professionelle wie uns killen lässt«, knurrte er, als er zum Caddy ging, die Beifahrertür öffnete und im Wagen verschwand.

Juan nahm das Glas wieder an die Augen.

Deutlich konnte er wenig später den schwarzen Buick sehen, der sich der Baracke mit dem betrunkenen Platzwart näherte und vor der Tür angehalten wurde.

Zwei Männer stiegen aus.

Bullen!

Er hatte das im Gespür.

Bullen, die sich für den Hubschrauber interessierten?

Langsam begann er zu begreifen. Es ging verdammt nicht darum, den Hubschrauber mit einem Knall in seine Einzelteile zu zerlegen. Es ging um die beiden Bullen dort unten, von denen einer nun in der Baracke verschwand und bald darauf mit dem betrunkenen Platzwart wieder auftauchte.

»Richtung neun Uhr«, sagte der Pilot des Helikopters, mit dem Phil und ich vom guten alten PanAm-Gebäude in Manhattan nach New Jersey flogen.

Wir hatten den Hudson zwischen Holland- und Lincoln-Tunnel

gekreuzt und Kurs auf Hoboken genommen. Das Aerodom Lancaster lag auf einem freien Gelände, nördlich des Pulaski Skyway.

Der junge Pilot, der beim Marine-Corps fliegen gelernt hatte, ließ den Helikopter nach rechts abkippen. Über die Newark Bay hinweg war der International Airport zu sehen. Seitlich versetzt unter uns das Aerodom Lancaster. Ein sehr kleiner Flugplatz, zu dem es nur eine schmale Zufahrtsstraße gab.

»Sieht nicht aus, als würde von da unten überhaupt noch was in die Luft gehen«, sagte Phil. Er deutete mit einem Kopfnicken auf einige rostige Wellblechhangars. »Was steht da drin?«

»Zwei Piper, eine altersschwache Cessna und drei Helikopter. Das ganze Gerät gehört der Aerospace Ltd. Das ist eine windige Gesellschaft, die für Geld jeden Flug macht.«

Der Name sagte mir nichts. Ehrlich gesagt, mich interessierte in diesem Moment auch nicht, wem das Gelände und die altersschwachen Vögel gehörten. Viel mehr Interesse hatte ich an dem schwarzen Hubschrauber, der ungefähr hundert Yards von den Hangars entfernt auf dem freien Gelände stand.

Auf den ersten Blick fiel mir das Nichtvorhandensein von Kennungszeichen auf.

»Das ist er«, sagte ich überzeugt.

»Wie wollen Sie das von hier oben aus erkennen?«, fragte der Pilot.

»Schwarz wie die Nacht – und kein Kennungszeichen.«

»Verdammt, das ist mir noch gar nicht aufgefallen.«

»Die Kollegen, Jerry.«

Phil deutete zu der Baracke hinunter, vor der ein schwarzer Buick abgestellt war.

Die beiden G-men redeten mit einem älteren Mann, der zum schwarzen Helikopter wies und dann wieder in der Baracke verschwand. Die G-men stiegen in den Buick und fuhren los. Ungefähr zwanzig Yards vor dem Helikopter hielten sie an und stiegen aus dem Wagen.

»Runter«, sagte ich zu dem Piloten.

Er drückte unseren Vogel tiefer. In Schräglage fliegend, wurde der Lärm der Rotorblätter so laut, dass man sein eigenes Wort nicht mehr verstehen konnte. Deshalb tippte Phil mir auch auf die Schulter. Ich folgte seinem Fingerzeig in südliche Richtung.

Dort, am Ende der Freifläche, waren auf einer kleinen Anhöhe zwei Fahrzeuge zu sehen.

Ich zuckte unwillkürlich zusammen.

Die Fahrzeuge dort unten hatten für sich allein keinerlei Bedeutung. Aber mit dem schwarzen Helikopter dort unten in Zusammenhang gebracht, mit den beiden Kollegen, dem Geschehen der letzten Nacht und dem Namen Colani, erschienen sie mir plötzlich gefährlicher als Nitroglyzerin bei falscher Temperatur und unsachgemäßer Lagerung.

»Nach rechts!«, brüllte ich, als unser Helikopter so weit in die andere Richtung zog, dass ich die beiden Fahrzeuge aus dem Blickfeld verlor.

»Wir müssen auf den Platz hinunter, Sir.«

»Nach rechts!«

Der Pilot änderte die Flugrichtung.

»Zu den Fahrzeugen!«

Von einer Sekunde auf die andere brach mir der Schweiß aus allen Poren. Ein Blick in Phils Richtung verriet mir, dass mein Freund der Sache auch nicht mehr traute.

Der alte Dodge und der Caddy gerieten wieder in unser Blickfeld. In weniger als einer halben Minute konnten wir sie erreicht haben.

Ich sah den Mann am Dodge, der sich herumdrehte und das Glas zu uns hochschwingen ließ, durch das er bislang den kleinen Flughafen beobachtet hatte. Er reagierte nervös. Sein Blick ruckte zum weißen Caddy hinüber. Dann drehte er sich wieder in Richtung Flugfeld, nachdem ein kleiner, hagerer Mann aus dem Caddy gesprungen war und ihm etwas zugerufen hatte.

In der nächsten Sekunde passierte es.

Bevor uns der Explosionsknall erreichte, sah ich den Feuerball auf dem Feld unter uns zerplatzen. Rot glühend, sich rasend schnell ausbreitend.

Unser Helikopter wurde durchgeschüttelt, obgleich wir uns sicher eine halbe Meile vom Explosionsfeld entfernt befanden.

»O Gott!«

Der Kerl, der gerade aus dem Caddy gesprungen war, hechtete ins Fahrzeug zurück. Der zweite Kerl legte den Weg zum Caddy mit drei großen Schritten zurück, riss die Fahrertür auf und verschwand ebenfalls.

»Der Caddy!«, schrie Phil unseren Piloten an. »Wir müssen hinterher! Wir dürfen ihn nicht aus den Augen …«

Es war wie ein Albtraum, der kein Ende nehmen wollte.

Phil hatte noch nicht ausgesprochen, als der Caddy dort unten anfuhr, höchstens zehn Yards weit kam und sich dann ebenfalls in einen glühenden Feuerball verwandelte.

»O Gott!«, rief unser Pilot erneut nach dem Herrn und Schöpfer, an den sich die meisten erst dann wieder erinnerten, wenn sie mit ihrem Latein am Ende waren und die Welt nicht mehr verstanden.

»Runter zum Flughafen!«, schrie ich dem entsetzten jungen Mann ins Gesicht. »Schalten Sie auf Notfrequenz ein. Wir brauchen Hilfe.«

Der Pilot geriet nur für einen kurzen Moment aus der Fassung. Dann hatte er sich wieder gefangen. Er handelte so kalt und überlegt, wie man es ihm beim Marine-Corps beigebracht hatte.

Er setzte den Helikopter ungefähr fünfzig Yards von der Explosionsstelle entfernt auf und hatte inzwischen alle nötigen Hilferufe durch den Äther gejagt.

Es gab nur noch einen schwarzen Fleck auf dem spärlich mit Gras bewachsenen Boden. Überall lagen Trümmer herum. Dass sie mal ein Helikopter und ein Buick gewesen waren, konnten nur noch Spezialisten feststellen, wenn sie den Schrott wieder zusammenfügten.

Mit dem Helikopter – oder ganz kurz danach – war auch der schwarze Buick unserer Kollegen aus New Jersey explodiert.

Die beiden G-men hatten sich genau zwischen dem ersten und zweiten Explosionsherd aufgehalten.

Phil sprang als Erster nach draußen. Er rannte einige Schritte, blieb dann abrupt stehen und drehte sich wieder um. Mit großen Augen, in denen sich pures Entsetzen spiegelte, starrte er mich an.

»Das ist Krieg, Jerry«, tönten seine Worte durch das immer schwächer werdende flappende Rotorengeräusch.

»Verdammt, Captain!«, fluchte Al Semenza, der in diesen Tagen den District Attorney vertrat. Semenza war schon lange scharf auf den Job des alten DA. Und weil der sich aus gesundheitlichen Gründen nicht wieder zur Wahl stellen würde, hatte er alle Chancen, bei der nächsten Wahl das Rennen zu machen.

Vorausgesetzt, die Sache hier lief ihm nicht völlig aus der Hand.

Captain David Clearwater saß mit leicht gekrümmtem Rücken hinter seinem altertümlichen Schreibtisch. Aus engen Augen schaute er Semenza misstrauisch an. Clearwater misstraute jedem Mann, der aus Boulder kam und ihm sagen wollte, wie er hier seinen Job zu erledigen hatte.

»Brian Jenkins' Vereinigung, ob sie etwas mit dem Geschehen hier zu tun hat oder nicht, hat auf jeden Fall zwei Dinge erreicht: erstens überregionale Popularität, und zweitens ist es ihnen gelungen, uns als die Macht im Staat dastehen zu lassen, die die Freiheit mit allen Mitteln abschaffen will.«

Clearwater wusste natürlich, worauf Semenza hinauswollte. Seine Beamten hatten sieben Männer aus Jenkins' Gruppe kassiert. Natürlich hatte es Widerstand gegen die Festnahmen gegeben. Aber der war von den emotionsgeladenen Cops mit aller Härte gebrochen worden. Konform mit Clearwaters Anweisungen.

Keiner der Verhafteten war unverletzt geblieben. Zwei waren zur stationären Behandlung ins Krankenhaus eingeliefert worden, wo sie unter einem Dach mit den Opfern des Anschlags im Riverside Drive lagen. Die anderen waren im Präsidium ärztlich versorgt worden. Sie sahen nicht besonders gut aus.

»Man wird uns Überreaktion vorwerfen, Captain. Man wird sagen, Oklahoma habe uns so verrückt gemacht, dass wir nun wahllos gegen unschuldige Bürger vorgingen. Nur weil sie Waffen trügen, was nicht verboten sei, und im Peaceful Valley, innerhalb der Grenzen eines privaten Waldgrundstücks, damit herumballerten.«

Der Stellvertreter des DA aus Boulder City hatte gut reden. Er war nicht kurz nach dem Anschlag am Tatort gewesen. Er hatte die Opfer weder gesehen, noch kannte er sie persönlich.

Clearwater beherrschte seine Wut und zündete sich eine Zigarette an.

»Die Presse und die Anwälte der Festgenommenen werden Ihren Kopf fordern. Man wird Sie in die Pfanne hauen, Captain.«

»Die sollen sich an Oklahoma City erinnern«, knurrte Clearwater. »An all die Wut, an den einstimmigen Aufschrei, an die Hilflosigkeit der Bürger und die kernigen Worte aus Washington.«

Al Semenza streckte sich. Im Vergleich mit dem bulligen, hoch gewachsenen Captain blieb er eine halbe Portion. Er war schlank und litt unter fortschreitender Glatzenbildung.

»Ein Vergleich mit Oklahoma City wäre Wahnsinn, Captain. Hier hat keiner versucht, den Nerv der Nation zu treffen. Es handelt sich, zum Teufel, um einen Racheakt gegen den Direktor des Staatsgefängnisses!«

»Sechs Tote, Sir«, brummte Clearwater. »Darunter ein zweijähriges Kind. Darum geht es!«

Al Semenza winkte ab. Er trat ans Fenster und zündete sich eine Zigarette an. »Das ändert nichts daran, dass dieser Anschlag einem einzelnen Mann galt, Captain. Man wollte Warner treffen. Die Täter sind Kriminelle, die mit Warner noch ein Hühnchen zu rupfen hatten. Keine rechtsradikalen Kampfgruppen! Ich weiß nicht, wie wir das wieder geradebiegen sollen, was Sie angerichtet haben. Auf dem Hof und der Straße haben inzwischen alle örtlichen Fernsehstationen ihre Kameras in Stellung gebracht. Die großen Sender kaufen das Material. Heute Abend weiß die ganze Welt, was im Boulder County passiert ist und wie unverhältnismäßig die Obrigkeit darauf reagiert hat.«

Clearwater sprang auf. Er walzte auf den kleinen, schlanken Mann der Staatsanwaltschaft zu.

»Okay, Mr. Stellvertreter! Sie können meinen Job haben!«

Semenza, der für einen Moment befürchtet hatte, die Masse Mensch wolle sich auf ihn stürzen, bekam sich schnell wieder unter Kontrolle.

»Den haben wir schon, Mr. Clearwater. Sie werden vor die Kameras treten und zerknirscht zugeben, die falschen Entscheidungen getroffen zu haben. Ziehen Sie sich das Büßerhemd an. Verdammt, entschuldigen Sie sich und stellen Sie den Verhafteten eine Entschädigung in Aussicht. That's it, Captain!«

Clearwater zog den Kopf so tief zwischen die Schultern, dass er halslos wirkte. Zuerst wurde er bleich. Dann lief er rot an, und es sah aus, als würde er jeden Augenblick von einem Herzanfall heimgesucht werden.

»Vergessen Sie's, Mister!«

»Ist das alles, was Sie zu sagen haben, Captain?«

»Alles, was ich Ihnen zu sagen habe, ja. Den Rest werde ich den Reportern erzählen, die es hören wollen.«

»Zum Beispiel was, Captain?«

»Dass Jenkins' Vigilantentruppe, ob schuldig an dem Anschlag oder nicht, ein Krebsgeschwür ist. Dass ich alles in meiner Macht Stehende tun werde, um den kranken Stachel aus dem gesunden Fleisch der Gesellschaft zu entfernen.«

»Sie sind suspendiert!«

»Na, fein, Mister!« Clearwater lachte und zündete sich die nächste Zigarette an. Er brauchte etwas, mit dem er sich beschäftigen konnte, um dem stellvertretenden District Attorney nicht an die Kehle zu springen. »Wer schmeißt den Laden jetzt?«

Semenza zuckte zusammen. Ihm wurde klar, dass Clearwater mit diesem Schritt der Staatsanwaltschaft gerechnet hatte. Mit der Suspendierung war er einen Schritt zu weit gegangen. Er hatte vergessen, Clearwaters Stellung in dieser Gemeinde in Betracht zu ziehen.

Semenza war neu im Boulder County und der Bevölkerung kaum bekannt. Seine Macht im Justizapparat war unbestritten, aber sein Wort hatte bei der Bevölkerung kein Gewicht. Es gab eine gewaltige Mehrheit, aus allen politischen Lagern übrigens, die sich hinter den Captain scharte. Diese Leute hatten ihre Meinung schon kundgetan. Ihrer Meinung nach hätte Clearwater die bewaffneten Anhänger von Jenkins nicht verhaften, sondern eliminieren sollen.

Was natürlich genauso falsch war wie das harte Vorgehen von

Clearwaters Beamten bei den Verhaftungen. Damit wurde der Wille, Gewalt einzusetzen, bei beiden Seiten nur angestachelt. Was in einer Gegend wie dieser, in der praktisch alle Waffen besaßen, verheerende Ausmaße annehmen konnte. Dann konnte alles sehr schnell zur blutigen Eskalation führen.

Semenza war sich also bewusst, dass er zurückstecken musste, bis die Bundesbehörden oder die Staatsanwaltschaft einen besseren Mann als Clearwater gefunden hatten.

Auf gar keinen Fall durfte der Captain sein Amt aus Protest niederlegen.

»Was, verdammt, wollen Sie, Clearwater?«

»Die Hundesöhne befragen, die in unseren Zellen sitzen.«

»Korrekt ausgedrückt: Sie wollen die Verhafteten unter Druck setzen.«

»Unter Hochdruck«, versicherte Clearwater. »Ich kenne diese tauben Nüsse, die von der Gesellschaft ausgespuckt wurden und sich nun gegen die Gesellschaft stellen. Bewaffnet, den Kopf voller Drogen und Sprengstoff im Gepäck. Einer von den Burschen wird reden.«

»Sie sind hundert Jahre zu spät geboren«, stöhnte Al Semenza.

»Möglich«, räumte Clearwater ein. »Aber hundert Jahre zurück, das waren die schlechtesten Zeiten nicht. Verfügen Sie über meinen Posten, oder Sie lassen mich meine Arbeit tun, Mr. Semenza. Von mir aus stellen Sie sich vor die Kameras und sagen denen, was Sie wollen. Aber sprechen Sie nicht in meinem Namen. Auch nicht im Namen der Bürger des Countys, zu denen auch die gehört haben, die beim Anschlag ums Leben gekommen sind.«

Semenza machte einen klassischen Rückzug, nachdem Clearwater ihm untersagt hatte, ein Telefongespräch aus diesem Gebäude heraus zu führen.

Eine halbe Stunde später hatte Clearwater noch mehr Benzin ins Feuer gegossen: Er hatte den Platz vor dem Präsidium und die Straße vor dem Gebäude räumen lassen.

Einige Kameras waren dabei zu Bruch gegangen, und Reporter, die nicht an Clearwaters Entschlossenheit geglaubt hatten, kühlten nun ihre Beulen.

Dann begann Clearwater damit, die Verhafteten hinter geschlossenen Türen zu verhören.

»Ich will nur eins«, sagte er später in einem Statement für den lokalen Sender in Boulder. »Ich will die Bastarde herausfordern, die unsere Frauen und Kinder umbringen. Sie sollen aus ihren Verstecken kommen und es wagen, die Polizei im County und mich persönlich anzugreifen. Bei Gott, ich werde sie einzeln zum Teufel schicken!«

Damit hatte Clearwater der Militia den Krieg erklärt.

Als er später Joshua Warner in einem Hotel aufsuchte, konnte er diesem vom Schicksal schwer geprügelten Mann wenigstens gerade in die Augen schauen.

»Wer immer es auch getan hat, Josh, wer immer auch daran beteiligt war, sie werden es büßen.«

»Und wenn Jenkins und seine Gruppe wirklich nichts damit zu tun haben?«

»Glaubst du das, Josh?«

»Nein«, antwortete Warner. »Aber was wenn, Captain?«

»Dann sind die Burschen gewarnt, Josh. Dann wissen sie jetzt, dass wir ihnen keine Chance geben. Kein Pardon. Keine Gnade!«

Joshua Warner, der auf dem Bett saß und noch immer wie betäubt war, schaute den Captain zweifelnd an.

»Gegen solche Terroranschläge können wir uns nicht schützen, David.«

»Was denn, Josh? Was, verdammt, können wir dann tun?«

»Rache nehmen, Captain.«

Clearwater schüttelte unwillig den Kopf. »Daran darfst du nicht mal denken, Josh.«

Warner erhob sich vom Bett, trat ans Fenster und schaute nach draußen.

»Ich kann an nichts anderes mehr denken«, sagte er dumpf.

Es klang wie ein Schwur mit dem bitteren Beigeschmack von Blut und Tränen.

»Dass die Kerle verrückt sind, habe ich schon immer gewusst. Aber so was habe nicht mal ich erwartet. Verdammt, ich war von Anfang an dagegen, dass wir auch nur ein Wort mit denen reden, Colani.«

Dan Turnpike, der Godfather von Boulder, trank einen Schluck und schielte in Richtung Bad. Zwei Asiatinnen tollten ausgelassen in der Wanne. Irgendwie hörte sich das für Turnpike an, als hätten die beiden mit sich selbst mehr Spaß als mit ihm.

Am anderen Ende der Leitung, in New York, lachte Antonio Colani heiser.

»Die Kerle sind genau das, was wir brauchen, Dan. Sie stellen Boulder County auf den Kopf. Sie binden und beschäftigen die Bullen. Die haben jetzt gar keine Zeit mehr, sich um etwas anderes als den Anschlag zu kümmern.«

Turnpike zündete sich nervös eine Zigarette an. Konnte stimmen, was Colani sagte. Dennoch hatte er ein komisches Gefühl bei der Sache. Er dachte, dass es ein Fehler gewesen sei, mit einem Kumpel aus alten Zeiten, und das war Antonio Colani, einen Kontrakt zu schließen.

Aber er hatte es getan, und es war Turnpike klar, dass er nicht mehr ungeschoren aus dieser Sache herauskam. Auf jeden Fall nicht, wenn er einfach auszusteigen versuchte.

»Du hältst dich aus dem ganzen Wahnsinn heraus, Dan. Sollte dich jemand nach deiner Meinung fragen, was ich mir aber nicht vorstellen kann, dann hast du keine. Du konzentrierst dich voll und ganz auf unseren Coup und triffst die notwendigen Vorbereitungen. Alles Weitere erledige ich. Okay?«

Zum Teufel, Colani schien nicht zu wissen, was hier im County los war. Wie konnte er auch nur denken, dass sie den Coup in Ruhe vorbereiten und schließlich auch durchziehen konnten? Die Polizei, die Army und der FBI waren aufgescheucht. Konnte sein, dass sie sich momentan nur mit der Militia beschäftigten. Aber sobald einer der Kerle richtig nachdachte und die Scheuklappen ablegte, würde er unweigerlich herausfinden, dass der Terror der Militia nur von etwas anderem ablenken sollte.

»Okay«, sagte Turnpike dennoch. »Okay, wir werden alles

vorbereiten und das Militärdepot öffnen. Bedienen musst du dich selbst – und mit eigenen Männern. Beim Finale kannst du nicht auf mich zählen. Schließlich muss ich hier weiterarbeiten, während du ins Ausland verschwindest.«

»Keine Sorge, Dan.«

»Verdammt, ich mache mir aber Sorgen. Das ist doch der reine Wahnsinn!«

Erneut lachte Colani im fernen New York.

»Vielleicht wär's besser gewesen, du wärst in deinem Exil geblieben, Antonio.«

»Wie meinst du das?«

»Du bist reich, dort warst du sicher. Was, verdammt, willst du dir eigentlich beweisen?«

»Der letzte Coup ging nach hinten los. Er hat mir beinahe das Genick gebrochen. Ich muss ihn noch einmal machen, um mir selbst zu beweisen, dass ich damals nur Pech und die falschen Leute hatte.«

Die Asiatinnen kamen aus dem Bad, betraten das Zimmer und blieben unschlüssig stehen. Das Wasser perlte auf ihren zierlichen, nackten Körpern. Sie schauten Turnpike an, der fett und massig auf dem Bett lag und ein Gesicht machte, als wären ihm zum Frühstück Zitronen serviert worden.

»Sollen wir uns anziehen und gehen, Chef?«, fragte eines der Mädchen, die aussahen wie Zwillingsschwestern.

»Lass mich raten, Dan«, meldete sich Colani am anderen Ende der Leitung, bevor Turnpike den beiden fernöstlichen Schönheiten antworten konnte.

»Was willst du raten?«

»Wie die Frauen aussehen, die dir Gesellschaft leisten, Dan. Ich vermute, deine Vorliebe für Lotusblüten hat sich noch nicht geändert. Sie sind klein, zierlich wie junge Mädchen und sehr willig. Richtig?«

»Richtig.«

»Das ist nicht gut, Turnpike. Du musst Gewohnheiten ändern oder die Außenwelt glauben lassen, dass du sie geändert hast. Sonst packen sie dich eines Tages bei deinen Schwächen.«

Turnpike fluchte leise. »Sonst noch was?«

»Tu deinen Job.«

»Geh doch zum Teufel!«, fluchte Turnpike in den Hörer, als Antonio Colani schon lange wieder aufgelegt hatte.

Die Asiatinnen kicherten.

Bevor Turnpike aufbrausen konnte, glitten sie von beiden Seiten gleichzeitig auf das Bett, drängten ihre noch feuchten, jungen Körper an ihn und stimmten ihn damit sofort wieder friedlich. Sie wussten, wie sie ihn behandeln mussten. Er war wirklich leicht auszurechnen.

Zwei Stunden später hatte Turnpike einen anderen Gast. Den empfing er nicht im Schlafzimmer, sondern in seinem exklusiv eingerichteten Büro, das sich über dem Empire Club befand.

»Nachricht aus New York«, sagte er zu dem rundlichen Mexikaner. Damit seine eigene Fettleibigkeit nicht so sehr ins Auge sprang, umgab sich Turnpike gern mit gesetzten Typen. »Unser Partner hat sich gemeldet. Wir sollen alles vorbereiten.«

Manuel Cantaro, ein führender Mann in der Turnpike-Organisation, schaute seinen Boss verwundert an. »Jetzt, wo im County der Teufel los ist?«

»Unser Partner meint, die Zeit sei günstig, weil jeder mit etwas anderem beschäftigt ist.«

»Jeder ist besonders wachsam, Boss«, widersprach Manuel Cantaro. »Im County hat sich inzwischen alles versammelt, was mit Polizei und Geheimdienst zu tun hat. Die Kerle schrecken schon auf, wenn jemand nur falsch hustet.«

»Wir haben einen Kontrakt zu erfüllen«, sagte Turnpike scharf. »Vielleicht war es falsch, ihn zu schließen, aber ich bin ihn eingegangen. Wir machen das Tor auf. Basta!«

Cantaro zuckte zusammen. Er war, was man eigentlich gar nicht meinen sollte, ein empfindlicher Mann, der keine lauten Töne liebte, solange er sie nicht selbst von sich gab.

»Was will der Kerl eigentlich? Verdammt, was glaubt er in dem Depot zu finden? Atomscheiße, die er im Nahen Osten verscherbeln kann?«

Turnpike zuckte mit den Schultern. Zum ersten Mal überhaupt

dachte er, dass er wirklich keinen Schimmer hatte, was sich Colani aus dem verdammten Waffendepot holen wollte. Für normales Material lohnte sich ein solches Risiko nicht. Das konnte man sich auf dem freien Markt schnell und billig besorgen.

Vielleicht ging es wirklich, wie Cantaro es ausdrückte, um Atomscheiße.

Das fehlte gerade noch. Das würde nach Oklahoma City und dem Geschehen im County eine gewaltige Ohrfeige ins Gesicht der Bundesbehörden sein. Dann würden hier wirklich die Puppen tanzen.

Es würde nur eine Frage der Zeit sein, bis die Feds herausfanden, dass es Kontakt zwischen ihm und Jenkins' Militia gegeben hatte. Man würde annehmen, der rechte Terror und er steckten hinter dem Überfall auf das Depot. Wenn es erst mal so weit gekommen war, würde man ihn mitverantwortlich machen und versuchen, ihn aus der Welt zu fegen. Dann würden sich selbst die eigenen Freunde gegen ihn kehren.

Eine Schreckensvision, an die Turnpike am liebsten gar nicht denken wollte.

»Kommt unser Freund nach Boulder?«, riss Manuel Cantaro ihn aus seinen Gedanken.

»Denver«, antwortete er. »Wir treffen ihn in Denver.«

»Loogan hat sich noch nicht aus New York gemeldet, wo er sich mit deinem Freund und einem von Jenkins' Männern getroffen hat. Hat Colani nichts darüber verlauten lassen?«

Turnpike schüttelte den Kopf.

»Ich traue ihm nicht, Dan. Eine Klapperschlange im Bett wäre mir lieber als Colani im Genick. Er steht auf der Liste der zehn meistgesuchten Verbrecher. Er hätte nicht wieder aus der Versenkung auftauchen dürfen. Er hat doch Geld genug gescheffelt. Was will er überhaupt?«

»Ins Depot hinein und wieder raus. Wir haben uns verpflichtet, ihm den Freifahrtschein zu liefern. Also liefern wir ihn und kassieren dafür. Es ist ein Geschäft wie jedes andere auch.«

Es klang zwar überzeugend, aber er glaubte selbst nicht daran. Antonio Colani hatte noch niemals Geschäfte wie alle anderen getätigt. Hinzu kam, dass die meisten, die sich mit ihm eingelassen hatten, letztlich auf der Strecke geblieben waren.

Colani führte Krieg. Er ließ nur verbrannte Erde hinter sich zurück. Noch niemals hatte es einen Zeugen gegeben, der zum Schluss mit dem Finger auf ihn zeigen und den Bundesbehörden Beweise hätte liefern können.

Cantaro nickte. »Okay, wir machen ihm die Tür auf, Dan. Aber, verdammt, ich werde ihn im Auge behalten.«

»Da ist gut, Manuel. Inzwischen lassen wir alle anderen Geschäfte ruhen. Es darf nichts passieren, was die Feds auf uns aufmerksam macht.«

»Ich will wissen, was mit Loogan passiert ist. Vielleicht ist in New York etwas schief gelaufen.«

»Dann wüssten wir es.«

Cantaro schüttelte den Kopf.

»Okay. Ich kümmere mich darum, Manuel.«

Cantaro nickte grimmig. »Ich traue ihm nicht.«

»Das hast du schon einmal gesagt.«

»Das kann man nicht oft genug sagen, Dan.«

Ich traf mich mit John Krause, einem Kollegen aus Denver, im One Star Motel. Das lag an der Interstate 40, über die man Boulder City, Peaceful Valley und auch Nederland erreichen konnte. Die Straße führte auch am Staatsgefängnis vorbei.

Joshua Warner, das hatte ich vor meinem Abflug in New York erfahren, hatte sich vor der Öffentlichkeit, die einen Kommentar von ihm erwartete, in einem Hotel verkrochen.

Was für einen Kommentar sollte ein Mann abgeben, den das Leben so schwer wie ihn getroffen hatte?

Inzwischen wachten Captain Clearwater und seine Männer mit Argusaugen darüber, dass keiner an Warner herankam und den verzweifelten Mann unter Druck setzte.

Die Stimmung im County war hochexplosiv. Wegen des feigen Anschlages auf der einen und wegen Clearwaters Vorgehen bezüglich der Militia-Gruppe von Brian Jenkins auf der anderen

Seite. Und der Captain schien offensichtlich nicht dazu bereit, seinen harten Kurs zu ändern. Seine übergeordnete Dienststelle hatte vergeblich versucht, ihn unter Druck zu setzen. Er wollte es auf seine Art und Weise zum Abschluss bringen oder aussteigen. Das war deutlich. Es schien beinahe, als hinge er nicht besonders an seinem Job als Polizeichef.

»Klingt für einen Außenstehenden aus dem Osten ziemlich unbegreiflich, Jerry«, sagte John Krause. Er war der Verbindungsmann zwischen dem FBI Headquarters in Denver und mir. Er sollte mich betreuen und mit allem ausstatten, was ich vielleicht nötig hatte. »Aber hier im County haben sich die Zeiger der Uhr nicht so schnell bewegt wie woanders. Clearwater ist ein Fossil. Er trauert den Zeiten nach, als man so was mit einem Colt in der Hand austrug und nicht auf Hilfe wartete. Die Staatsanwaltschaft hat einen Vertreter gefunden. Der Captain wird in zwei Tagen offiziell aus seinem Amt als Polizeichef entlassen.«

»Wie wird die Bevölkerung darauf reagieren?«

»Gemischt.« Krause war groß und hager, hatte glatt zurückgekämmtes schwarzes Haar und beim Gehen die eckigen Bewegungen, die typisch für John Wayne gewesen waren. »Seine übertriebenen Aktionen haben uns nicht weitergebracht. Die Männer, die er mit harter Hand aus dem Verkehr gezogen hat, konnten nichts berichten, was wir nicht schon wussten. Morgen müssen sie auf freien Fuß gesetzt werden, sofern die Staatsanwaltschaft nicht doch noch Anklage erhebt.«

»Das wird sie nicht tun?«

John Krause schüttelte den Kopf. »Al Semenza, der stellvertretende District Attorney, ist der Meinung, dass man den Männern keine Straftat nachweisen kann. Ich denke, damit liegt er vollkommen richtig. Zum anderen will Semenza die nächsten Wahlen gewinnen und geht schon deshalb kein Risiko ein.«

Ich stellte mich in den Luftzug der Klimaanlage. Der Himmel über Colorado war wolkenlos und die Temperaturen waren mörderisch.

Solches Wetter konnte Menschen außer Kontrolle geraten lassen.

»Neue Erkenntnisse, was den Sprengsatz angeht, John?«

»Eine professionell gebaute Autobombe«, antwortete Krause, der wie viele andere in diesem County deutsche Vorfahren hatte. »Keine Übereinstimmung mit dem Sprengsatz in Oklahoma City.«

»Abgesehen davon, dass die Bombe in Heimarbeit gebastelt worden ist?«

Krause zuckte mit den Schultern. »Unsere Spezialisten gehen davon aus, dass sie von einem Profi gebaut und komplett geliefert wurde.«

Ich nickte. Aber ich glaubte nicht, dass die Militia-Gruppe von Brian Jenkins schon deshalb nichts mit dem Anschlag zu tun haben konnte, weil sie das Teufelsding von Bombe nicht selbst gebastelt hatte. Sicher schien nur, dass der Anschlag einer Privatperson gegolten hatte und nicht gegen die Regierung gerichtet gewesen war, so wie die Bombe von Oklahoma City. Ein Racheakt. Das passte zu Warners Stellung als Gefängnisdirektor. Viele Freunde machte man sich in seinem Job sicher nicht.

Aber ich stellte mir dennoch die Frage, ob der Anschlag nicht gerade jetzt stattgefunden hatte, um von etwas anderem abzulenken.

Schlauer konnte uns wahrscheinlich nur der Mann machen, den man für den Mord an dem BATF-Agenten Long für verantwortlich hielt.

Brian Jenkins.

»Wo ist Jenkins?«

»Verschwunden«, antwortete Krause.

»Abgetaucht?«

»Möglich, Jerry. Bislang haben wir von ihm keine Spur gefunden. Niemand scheint zu wissen, wo er sich aufhält. Falls doch, hält er den Mund.«

»Wann wurde er zuletzt gesehen?«

»Bevor man Longs Leiche gefunden hat. Wir gehen noch immer davon aus, dass er Sammy Long auf dem Gewissen hat.«

»Jenkins wird es nicht allein getan haben.«

»Sicherlich nicht«, stimmte mir Krause zu. »Wahrscheinlich zusammen mit ein paar Männern vom harten Kern der Truppe. Sie haben den Mord gemeinsam beschlossen und ausgeführt. Obgleich, letztlich kann ja nur einer der Mörder sein.«

»Wer sind die Männer vom harten Kern?«

»Die kennen wir nicht«, antwortete er etwas müde. »Aber selbst wenn, die Burschen würden sich eher die Zunge abbeißen, als mit uns zu reden.«

»Das klingt nach Resignation.«

»Was natürlich nicht zutrifft.«

»Sicher nicht.«

Ich konnte mir auch nicht vorstellen, dass die Kollegen aus Denver vor Männern wie Jenkins und seinen Anhängern kapitulierten. Es war vielmehr so, dass sich bislang allein die BATF um solche Gruppen gekümmert hatte. Dadurch war beim FBI ein Informationsrückstand entstanden.

»Was willst du tun?«

Ich deutete auf die prall gefüllte Aktentasche, die Krause mitgebracht hatte. »Ich arbeite das Material durch.«

»Über Brian Jenkins ist nicht viel dabei. Das meiste betrifft Turnpike. Deine Dienststelle hat es so angefordert und …«

»Das ist in Ordnung.«

»Ihr glaubt, dass Turnpike mit der Vigilantentruppe zusammenarbeitet?«

»Einiges weist darauf hin.«

Ich traute meinen Augen nicht, als ich zum Peaceful Valley hinausgefahren war und das große Aufgebot an Polizei vor der Einfahrt in eine Waldschneise versammelt fand.

In dem großen, wuchtigen Mann, der Jeans und ein T-Shirt trug, erkannte ich, obgleich ich ihn zuvor noch niemals gesehen hatte, Captain David Clearwater. Er hatte sich seine Dienstmarke an den breiten Gürtel gesteckt und trug einen Waffengurt mit tief hängendem Holster, wie ihn Revolvermänner im Wilden Westen getragen hatten. Wahrscheinlich wusste er längst, dass er morgen abgelöst werden sollte, und hatte sich aufgemacht, um allen zu zeigen, wer hier im Boulder County den Ton angab.

Ich parkte den unauffälligen Buick am Straßenrand auf einem Grünstreifen und stieg aus dem Wagen.

Von gegenüber, wo der schmale Weg in den Wald führte, wurde ich misstrauisch beobachtet. Zwei Cops steckten die Köpfe zusammen, dann ging einer von ihnen zu Clearwater und deutete mit dem Daumen über die Schulter in meine Richtung.

Clearwater drehte kurz den Kopf, ließ den Blick über mich hinwegstreichen, und damit hatte es sich. Dachte ich, bis einer der Cops seinen Waffengurt gerade rückte, die Schultern straff zurücknahm und über die Straße marschierte.

»Hier ist absolutes Halteverbot«, sagte der lang aufgeschossene, hagere Mann, als er noch zwei Yards von mir entfernt war. »Steigen Sie in den Wagen und verschwinden Sie, Mister!«

Es kostete ihn sichtlich Mühe, freundlich zu sein. Wenn man den Tonfall, den er wählte, überhaupt als freundlich einstufen konnte.

Ich schaute zu Clearwater, der an der Spitze seiner Männer im Wald verschwand, ohne sich noch einmal umzudrehen. Ein halbes Dutzend Cops blieben auf der Straße. Sie hatten dafür zu sorgen, dass sich kein Reporter Clearwater und seinen Männern anschloss.

»Ich habe gesagt, du sollst verschwinden, Mann!«, wurde der Cop deutlicher, der jetzt einen halben Yard vor mir stand und mich aus schmalen Augen belauerte wie ein wildes, gefährliches Tier. Die rechte Hand ruhte demonstrativ auf dem Griff seines Revolvers.

»Was passiert da?«, fragte ich.

Der Cop grinste mich an und kratzte sich am blonden Haaransatz. »Kommst du nicht von hier?«

»Nicht direkt«, antwortete ich.

»Von wo?«

»New York.« Ich wollte freundlich sein und so vielleicht erfahren, was Clearwater und seine Männer im Wald suchten.

Mein Gegenüber wollte nicht freundlich sein. Er spuckte aus.

»Scheiße!«, knurrte er. »Katastrophentouristen aus New York haben uns gerade noch gefehlt, Mann. Steig in deinen verdammten Wagen, solange du es noch kannst!«

»Schwierigkeiten, Jim?«, rief ein anderer Cop von der gegenüberliegenden Straßenseite. Er wartete die Antwort des lang aufgeschossenen Cops nicht ab, sondern kam ebenfalls rüber. Er war kleiner und etwas untersetzt, aber freundlicher sah er auch nicht aus.

»Ein New Yorker«, sagte Jim, der Lange. Aus seinem Mund hörte es sich an, als wären Leute aus New York das pure Gift für dieses schöne Boulder County.

Der Untersetzte grinste mich feindselig an. »Hier gibt es nichts zu sehen, Mister. Auf der Straße ist Halteverbot. Die Papiere!«

Ich zuckte mit den Schultern. Ich wollte mich nicht aufregen und hatte nicht vor, mich in Dinge zu mischen, die Clearwater managte. Schließlich wusste ich aus Krauses Erzählungen, dass man beim Captain doch keinen Stich bekommen konnte, wenn man nicht zufällig und lautstark dieselbe Melodie sang wie er.

»Beeilung, Mister«, verlangte der Lange ungeduldig. »Wir haben noch mehr zu tun, als New Yorkern einen Strafzettel zu schreiben.«

Ehrlich gesagt, die beiden begannen mir mit ihrer impertinenten Art auf den Geist zu gehen. Man konnte alles auf die Spitze treiben.

»Seit wann ist der Straßenrand eine Halteverbotszone?«, fragte ich.

Die beiden schauten sich kurz an.

»Seit ich es bestimmt habe«, antwortete der lange Kerl glucksend.

»Ich habe nach den Papieren gefragt, Mister«, fauchte der Untersetzte. »Du kannst dich jetzt beeilen, oder wir machen dir ein bisschen Feuer unterm Arsch!«

Letzteres gab den Ausschlag.

Ich hatte volles Verständnis dafür, dass hier im County die Nerven blank lagen und Überreaktionen an der Tagesordnung waren. Aber was die beiden Cops hier abzogen, das war nichts anderes als Schikane und Machtdemonstration. Genau damit schütteten sie Öl in das Feuer der Militia, die behauptete, in Washington würde alles getan, um aus diesem Land eine Diktatur zu machen.

»Und wie willst du mir Feuer unterm Arsch machen?«, fragte

ich den Untersetzten. »Allein, oder musst du die Kollegen aus dem Wald zurückrufen, Mann?«

Seine Nasenflügel blähten sich, und die Kinnlade klappte nach unten. Besonders intelligent sah er in seinem Erstaunen nicht aus.

»Mann …!«, keuchte er.

Dann flog er heran. Genau wie ich es erwartet hatte. Ohne Vorwarnung und entschlossen, mich mit dem wilden Schwinger, zu dem er ausgeholt hatte, einen Kopf kürzer zu machen.

Er schlug ins Leere, weil ich im allerletzten Moment ausgewichen war. Als er, einen erstaunten Schrei ausstoßend, an mir vorbeitaumelte, trat ich ihm die kurzen Beine unterm Hintern weg. Die Faust, die eigentlich meinen Kopf hatte treffen sollen, knallte gegen das Blech des Buick. Dann stürzte er, weil er sich nicht auf den Fall konzentrierte, mit dem Gesicht zuerst in das satte Grün des Seitenstreifens.

Was er brüllte, konnte ich nicht verstehen, weil er ins Gras gebissen und den Mund noch voll hatte.

Ich wich zur Seite aus und sah den Langen zusammenzucken. Das Geschehen hielt ihn in Atem. Ich konnte mich in aller Ruhe wieder sammeln und brauchte nicht zu befürchten, von ihm überrascht zu werden.

Er grinste nicht mehr. Sein Gesicht wirkte wie eine steinerne Maske. Die Lippen hatten sich zu einem schmalen Strich reduziert, und die Finger seiner rechten Hand schlossen sich wie im Krampf um den Griff seines Revolvers.

»Würde ich an deiner Stelle nicht tun!«, zischte ich ihn an, ohne den am Boden liegenden Cop aus den Augen zu verlieren.

Der Kerl drehte sich auf die Seite. Beim Sturz hatte er sich auf die Lippen gebissen. Blut rann über sein Kinn und auf das Uniformhemd.

»Körperverletzung«, brabbelte er, sodass man annehmen konnte, dass seine Zähne auch etwas abgekriegt hatten.

»Sachbeschädigung«, hielt ich ihm entgegen und deutete mit einem knappen Kopfnicken auf die Beule, die der Kerl mit der Faust in den makellosen Buick geschlagen hatte. »Sachbeschädigung an Regierungseigentum. Das ist ein FBI-Fahrzeug, Mister.«

Das Wort FBI hielt den lang aufgeschossenen Cop davon ab, seine Waffe zu ziehen. Vielleicht zog er auch nicht, weil er, als ich mich bewegte, den 38er Special im Schulterholster unter meinem Jackett sehen konnte. Aber er schnaufte verächtlich, und seine tief im Kopf liegenden Augen funkelten böse.

Der Untersetzte hatte mich nicht verstanden, oder es kümmerte ihn einen Dreck, einen FBI-Agenten anzugreifen.

Mit einer Geschicklichkeit und Geschwindigkeit, die ich ihm gar nicht zugetraut hätte, kam er in die Hocke hoch, stemmte die schweren Stiefel gegen den Boden und schnellte mir gegen die Beine.

Bei dem Anprall seines Gewichts hätte auch der beste Seiltänzer der Welt die Balance nicht halten können.

Er warf mich um, aber er hatte mich nicht richtig gepackt. Er musste nachgreifen. Das dauerte zwar nicht länger als eine Sekunde, aber für mich war es Zeit genug, die Beine anzuziehen und ihn erneut ins Leere greifen zu lassen.

Er stieß einen wütenden Schrei aus, rollte sich auf den Rücken und tat das Dümmste, was ein Mann in seiner Position tun konnte: Er griff zur Waffe und zerrte sie mit einem Ruck aus dem offenen Lederholster.

Ich bemerkte es erst, als ich das verräterische Knacken des Schlaghammers hörte, den er mit dem Daumen zurückzog. Dann schwang der Lauf der Waffe zu mir herum.

Ich hatte gar keine andere Möglichkeit, als ihn ernsthaft zu bekämpfen. Nicht eine Sekunde lang kam der Gedanke in mir auf, dass er mir mit der Kanone nur drohen wollte. Sein Gesicht war verzerrt, und in seinen Augen loderte ein gefährliches Feuer. Ich kannte diese Gesichter. Ich wusste, wie Menschen handelten, die eine solche Miene aufgesetzt hatten.

Ich stieß mit beiden Füßen nach vorn. Die Sohlen meiner Schuhe trafen sein Gesicht, drückten die Erhebungen platt und schleuderten ihn gegen die Karosserie des Buick.

Beinahe in derselben Sekunde brüllte der Schuss durch die an sich ruhige und friedliche Gegend.

Ich hatte mich nach dem Tritt in eine andere Position gedreht.

Zu meinem Glück. Dort, wo ich gerade noch gelegen hatte, pflügte die Kugel den Grünstreifen um und ließ den Dreck hoch aufspritzen.

Jeder Zweifel war ausgeschlossen: Hätte ich nicht so reagiert, wie ich es getan hatte, wäre ich jetzt ein toter Mann gewesen.

Wut stieg in mir auf, und dumpf dröhnte der Pulsschlag in meinen Ohren. Mit einem Satz war ich wieder auf den Beinen. Bis zum Wagen waren es zwei Schritte. Ich schaffte die Strecke mit einem Schritt. Noch einmal zielte mein Fuß nach der Schusshand des untersetzten Cops, der während des Manövers die Waffe nicht losgelassen hatte. Mit der Schuhspitze traf ich sein Handgelenk, und sein Eisen wirbelte in den Straßengraben.

Der lang aufgeschossene Cop stand wie versteinert da. Rachegedanken spiegelten sich in seinen kalten Fischaugen. Aber es gab zu seinem Glück noch einen letzten Rest von Verstand in seinem verdammten Coloradoschädel. Der hielt ihn davon ab, das Schicksal auf die Probe zu stellen.

Von der anderen Straßenseite kamen drei weitere County-Polizisten rübergerannt. Der Rest hielt die Stellung am schmalen Weg, der in direkter Linie in den Wald führte.

Ich zog mein Jackett aus, holte die FBI-Marke aus der Tasche und klemmte sie an die Brusttasche des Hemdes. Zum Teufel, ich hatte nicht vor, hier einen heißen Tanz mit den County-Polizisten auf die Matte zu legen. Im Übrigen hätte ich den auch nur verlieren können.

Die Cops, die über die Straße gelaufen waren, blieben stehen, als wären sie gegen ein unsichtbares Hindernis gelaufen. Der lange, hagere Jim wich einen Schritt zurück.

Abwehrend hob er die Hände.

»Ein Missverständnis, Sir!«, presste er durch die zusammengebissenen Zähne, sodass sich seine undeutliche Aussprache noch weiter verschlechterte.

Ich nickte. Mein Zorn hatte sich genauso schnell gelegt, wie er in mir aufgeflammt war. Es wäre auch unklug gewesen, den starken Mann nach außen zu kehren und den County-Polizisten mit Repressalien zu drohen. Die Stimmung war schon vergiftet genug.

Zum anderen war es eine alte Weisheit, dass sich FBI-Ermittlungen meistens auf die City-Police stützten und ohne die gar nicht erfolgreich durchzuführen waren.

Wenigstens in den meisten Fällen nicht.

»Ein Missverständnis«, sagte ich also. »So sehe ich das auch.« Ich deutete auf den Untersetzten, der mit dem Rücken am Buick gelehnt saß und sich die rechte Hand, gegen die ich ihn zuletzt getreten hatte, zwischen die Schenkel geklemmt hatte. »Seht zu, dass er hier wegkommt.«

»Verdammt! Macht schon!«, fauchte Jim, als seine Kollegen noch zögerten.

Zwei Uniformierte trugen den Unglücksraben auf die andere Straßenseite, nachdem sie sein blutverschmiertes Gesicht mit einem Tuch gesäubert hatten. Meine Füße hatten gehörigen Schaden in seiner Gesichtslandschaft angerichtet. Aber das hatte er sich selbst zuzuschreiben. Ich hatte nur meine Haut gerettet.

Ich stieg in den Buick, ließ die Tür auf und suchte Kontakt mit John Krause. Es dauerte einen Moment, bis ich ihn am anderen Ende der Leitung hatte. Mit knappen Worten setzte ich ihn ins Bild.

»Was sucht Clearwater hier?«, fragte ich.

»Woher, verdammt, soll ich das wissen, Jerry? Es ist sein County. Er tut, was er will, und braucht uns nicht um Erlaubnis zu fragen.«

»Versuch es herauszufinden, John. Ich bin eigentlich unterwegs, um Warner zu treffen. Aber jetzt ...«

»Wenn du schlau bist, Jerry, kümmerst du dich erst mal um nichts«, unterbrach mich Krause.

Zugegeben, er hatte mir voraus, dass er das County und Clearwater besser kannte als ich. Aber ich hatte es im Gefühl, dass hier etwas geschah, das wir am besten schnell unterbinden mussten, solange noch kein Unglück passiert war.

»Sag mir, wohin der Weg führt, den der Captain eingeschlagen hat.«

»In den Wald, der Privatbesitz ist, und in dem sich Jenkins und seine Männer für den Krieg vorbereiten, den ihre falschen Propheten vorausgesagt haben.«

Eine heiße Woge durchflutete mich. Eigenes Land bedeutete hier im County auch eigenes Recht. Es war wie in alten Zeiten: Jeder Mann hatte das Recht, einen unerwünschten Eindringling mit Waffengewalt von seinem Grund und Boden zu vertreiben. Vorausgesetzt, er hatte seinen Privatbesitz ausreichend gekennzeichnet und deutlich darauf hingewiesen, dass es verbotenes Terrain war.

»Das geht ins Auge, John.«

»Und ob das ins Auge geht, Jerry. Aber Himmel noch eins, wir können nichts tun. Wenn Clearwater schlecht drauf ist, lässt er dich von seinen Männern wegen Behinderung irgendwelcher Polizeiarbeit auf öffentlichem Grund und Boden festnehmen. Das ist eine altbewährte Methode, um Bundesbeamte fern zu halten. Und was noch schöner ist, er hat das verdammte Recht dazu.«

Dass mir die Haare nicht zu Berge standen, war geradezu ein Wunder.

»Was hast du vor?«

»Ich verschiebe mein Gespräch mit Warner und folge Clearwater.«

»Scheiße!«, fluchte der Kollege aus Denver. »So kann nur jemand von der Ostküste reagieren, der sich mit den Gepflogenheiten unseres gastfreundlichen Colorado nicht auskennt.«

Ich beendete das Gespräch und verließ den Wagen wieder. Ich winkte Jim, den lang aufgeschossenen Cop, heran.

»Sir?«, fragte er unsicher.

»Wenn ich da drüben in den Wald laufe, Jim, wie weit ist es bis zu einem Privatgrundstück?«

»Zweihundert Yards«, antwortete Jim sofort.

»Und dann weht der Wind von vorn?«

»Ich verstehe nicht, Sir.«

»Ich meine, dann kann der Eigentümer seinen Grund und Boden auch verteidigen, oder?«

»Das ist in Colorado noch immer ein verbrieftes Grundrecht, yeah.«

»Na prima!«

Er schaute mich verwundert an.

»Hast du eine Ahnung, wie tief deine Kollegen schon im Dreck stecken, Jim?«

Jetzt verstand er, worauf ich hinauswollte. Ein schiefes Grinsen zerrte seine Gesichtszüge auseinander.

»Kann ich mir nicht vorstellen«, sagte er. »Clearwater ist nicht so dumm, ins offene Bajonett zu laufen, Sir.«

Ins offene Bajonett!

Schon die Sprache war kriegerisch.

Meine Gedanken jagten sich. Wenn ich den Ausspruch von Jim richtig interpretierte und Clearwaters Schlauheit hinzuzählte, dann konnte es gar nicht anders sein, als dass sich neben den Cops, die ich zusammen mit dem Captain gesehen hatte, noch weitere auf dem Kriegspfad befanden.

Clearwater hatte bei den Leuten, die er aus dem Verkehr gezogen hatte, keinen Stich bekommen. Er suchte die offene Konfrontation, um andere ins Präsidium schleifen zu können und von denen etwas zu erfahren, was den DA zwang, Anklage zu erheben.

»Ich gehe ihm nach«, sagte ich sehr bestimmt, um erst gar keinen Zweifel daran aufkommen zu lassen, dass ich es auf jeden Fall tun würde. Ganz egal, wie hoch die Wellen des Protestes mir auch entgegenschlagen würden.

»Wir sollen dafür sorgen, dass sich niemand im Rücken des Captains aufhält, Sir.«

»Das ist gut«, sagte ich.

»Das gilt für jeden, Sir. Auch für Bundespolizisten.«

»Verstehe ich.« Ich nickte. »Ich werde mich bestimmt nicht in Clearwaters Rücken aufhalten, sondern neben ihm marschieren. Sie verstehen?«

Er verstand zwar, aber sein Misstrauen war deutlich.

»Ich weiß nicht, Sir …«

Ich legte ihm die Hand auf die Schulter. »Bin ich wegen des Vorfalls von eben vielleicht nachtragend gewesen, Jim?«

Es war nicht fair, diesen Trumpf zu spielen, aber auch in Colorado wusch eine Hand noch immer die andere. Was das anging, so tickten die Uhren im County im Gleichklang mit denen der Ostküste.

»Lasst den G-man durch!«, brüllte Jim seinen Kollegen zu. »Er hilft dem Captain!«

Ich nickte Jim zu. So Unrecht, wie er vielleicht glaubte, hatte er nicht. Ich wollte den Captain von einer Riesendummheit abhalten. Das war Hilfe pur.

Nachdem ich mein Jackett in den Buick geworfen hatte, nahm ich denselben Weg wie Clearwater.

Aber ich folgte ihm nicht direkt.

Nach fünfzig Yards, als man mich von der Straße her nicht mehr sehen konnte, schlug ich einen Haken nach rechts, lief hundert Yards und änderte dann die Richtung.

Ich hatte mich zehn Minuten mühsam durch dichtes Unterholz gekämpft, als ich den hohen Maschendrahtzaun erreichte, der nach vorn gebogen war und aus rasierklingenscharfem Nato-Stacheldraht bestand. Das Schild dahinter stand zwar etwas zwischen den Bäumen versteckt, war aber wegen seiner grellroten Buchstaben absolut nicht zu übersehen.

Privatbesitz! Betreten verboten! Vorsicht, Schusswaffengebrauch und Minen!

Als ich den Blick rechts und links am Zaun entlangstreifen ließ, konnte ich im Abstand von vielleicht fünfzig Yards weitere Warnschilder entdecken. Den Text konnte ich aus meiner Position heraus nicht lesen. Er war aber mit Sicherheit gleichlautend.

Was immer passieren würde, Clearwater konnte später nicht behaupten, nicht gewarnt worden zu sein.

Ich duckte mich vor dem Zaun und spähte durch die groben Drahtmaschen über den schmalen Lichtungsstreifen zu den Bäumen, die auf der anderen Seite ziemlich dicht standen.

Niemand war zu sehen.

Es war eine ungünstige Stelle, um den Zaun zu überwinden. Ich rannte weiter. Eine unbekannte Kraft trieb mich an.

Obgleich der Himmel wolkenfrei war, sah ich vor meinem geistigen Auge, dass sich dunkle, schwere Unwetterwolken über den Köpfen von Clearwater und seinen Cops zusammenbrauten.

Zur selben Zeit stand Fay McConnel wie an jedem Mittag mit dem Ford Stationcar vor dem Ausgang der Elementary School in Estes Park, einer kleinen Ortschaft, die sich an den Rand des Rocky Mountains National Park und den Roosevelt National Forrest schmiegte.

Die Ortschaft war ein Paradies von Ruhe und Frieden, in dem die Zeit stillzustehen schien. Kriminalität war hier so gut wie unbekannt. Falls sich doch mal jemand aus Loveland oder Longmont auf den Weg machte, um Estes Park heimzusuchen, wurde er meistens schon durch den Anblick der vielen Uniformträger von seinem Vorhaben abgehalten.

Die Einwohner von Estes Park bestanden zu mehr als fünfzig Prozent aus Angehörigen des Marine-Corps. Einer Kampf- und einer Versorgungseinheit, die zwischen Fort Collins und Laporte stationiert war.

Fay McConnel hatte es eilig. Gerade heute verspätete sich die Klasse, die Clarissa, ihre Tochter, besuchte. Fay musste noch dringende Einkäufe erledigen.

Überraschend hatte ihr Mann, First Lieutenant Dave McConnel, aus Albuquerque angerufen und ihr mitgeteilt, dass der Lehrgang einen Tag früher endete und er heute Abend, nach seiner Rückkehr, ein Fest für Freunde aus der Einheit geben wollte.

Fay McConnel stieg aus dem Wagen und zündete sich eine Zigarette an. Sie hielt das Gesicht in den Wind, der kaum Abkühlung brachte.

Ihre Gedanken waren nicht gerade freundlich.

Wegen der vielen Seitensprünge, gepaart mit übermäßigem Alkoholkonsum und Glücksspiel hatte ihre Ehe einen nicht mehr zu leimenden Sprung erlitten. Es war in letzter Zeit immer häufiger darüber gesprochen worden, dass sich Dave um seine Versetzung kümmerte und nach Möglichkeit von dem Lehrgang in New Mexico nicht wieder ins gemeinsame Haus in Estes Park einzog. Er hatte Freunde, wahrscheinlich auch Freundinnen genug, bei denen er Unterschlupf finden konnte.

Fay konnte sich vorstellen, was er ihr am Abend sagte, wenn sie ihn darauf ansprach. Er würde rausstreichen, dass er kurz vor seiner Beförderung stand und sich Familiensachen, die in seiner Personalakte vermerkt wurden, im Moment nicht leisten konnte. Er würde sie bitten, noch einige Zeit stillzuhalten und ihr versprechen, sich zu bessern.

Zum Teufel!

Dave konnte und würde so charmant sein, dass sie garantiert wieder auf seine Versprechungen reinfiel. Zum anderen wollte sie auch gar nicht, dass die Beziehung abbrach. Sie liebte ihn noch immer, und Clarissa hing sehr an ihrem Vater.

Fay ließ die Zigarette fallen, trat sie aus und blickte zum Eingang des Schulgebäudes, aus dem die ersten Kinder kreischend und tollend nach draußen stürmten.

Clarissa war natürlich wieder eine der Letzten, die das Schulgebäude verließen. Aber sie stürmte sofort heran, als sie ihre Mutter entdeckte.

Beinahe im selben Augenblick hielt ein Jeep der U.S. Army neben dem Ford Stationcar. Ein Major und ein Command Sergeant Major stiegen aus.

Fay wurde auf die beiden erst aufmerksam, nachdem sie Clarissa aufgefangen und an sich gedrückt hatte.

»Mrs. McConnel?«

Fay drehte sich zu den beiden Männern um, die frische Uniformen trugen und wie aus dem Ei gepellt aussahen. Sie konnte sich nicht daran erinnern, die beiden jemals gesehen zu haben. Aber das hatte bei dem gewaltigen Personaldurchlauf innerhalb der Einheiten nichts zu bedeuten.

Fay nickte. Sofort dachte sie an Dave. Eine heiße Woge durchspülte sie.

»Was ist mit Dave?«, fragte sie, noch bevor der Major oder der Sergeant das Wort an sie gerichtet hatten.

»Würde es Ihnen etwa ausmachen, mit uns zur Basis zu fahren oder unserem Wagen zu folgen, Mrs. McConnel?«, fragte der Major. Er war groß und hager und hatte ein scharf geschnittenes Gesicht mit vielen Ecken und Kanten.

»Was ist mit Dave?«, wiederholte sie ihre Frage. »Ich habe heute Morgen noch mit ihm gesprochen und …«

Fay umklammerte ihre Tochter so fest, dass sie ihr wehtat und sie zu weinen begann.

»Bitte, Mrs. McConnel«, sagte nun der Sergeant, der mehr als einen Kopf kleiner war als der Major und keinen trainierten Eindruck auf Fay machte. »Ich werde Ihren Wagen fahren, wenn Sie das wollen.«

Fay starrte ihn an. Sie ließ Clarissa zu Boden und strich sich mit einer unsicheren Handbewegung eine Strähne ihres roten Haares aus der Stirn.

»Wir sollten das wirklich nicht auf der Straße besprechen, Mrs. McConnel«, sagte der Major leise.

»Können Sie mir nicht sagen …?«

»Es ist wahrscheinlich nicht ganz so schlimm, wie es auf den ersten Blick ausgesehen hat. Ein Unfall – wir erwarten jeden Moment weitere Nachrichten aus Albuquerque. Bitte, Mrs. McConnel.«

»Was ist mit Daddy?«, wollte Clarissa wissen, die das blonde Haar ihres Vaters hatte und auch seinen eigenwilligen, sprunghaften Charakter.

»Nichts, Darling.« Fay schüttelte den Kopf. »Wir fahren mit Daddys Freunden zur Basis. Ist das gut?«

Das Kind ließ den Blick vom Major zum Sergeant schweifen. Anscheinend gefielen ihr die Männer, denn sie nickte sofort.

»Ich folge mit Ihrem Wagen«, sagte der Command Sergeant Major.

Fay ließ sich von dem Major wie ein kleines Mädchen zum Jeep führen.

Der Fahrer war klein, beinahe zierlich und trug die Rangabzeichen eines Private First Class. Er nickte Fay und Clarissa kurz zu, wartete, bis sie eingestiegen waren und auch der Major sich auf den Beifahrersitz geschwungen hatte.

Dann fuhr er los.

Fay versuchte, ruhig zu bleiben und nicht die Nerven zu verlieren. Sie kam aus einer Soldatenfamilie. Ihr Vater war bei den Marines gewesen, ihre beiden Brüder gehörten derselben Truppeneinheit an und waren in Kalifornien stationiert.

Sie schaute zurück. Wie abgesprochen folgte der Sergeant dem Jeep mit ihrem Stationcar.

Der Gedanke, dass etwas nicht stimmen konnte, kam Fay McConnel erst, als sie die kleine Stadt hinter sich gelassen hatten, sich auf freiem Gelände befanden und sie das schiefe Grinsen des Private First Class, der den Jeep fuhr, im Rückspiegel sehen konnte.

Der kleine Mann, der ganz und gar nicht aussah wie ein Elitesoldat, kam ihr bekannt vor. Sie war sich beinahe sicher, sein Bild vor nicht langer Zeit in der Lokalzeitung gesehen zu haben.

Fay zündete sich eine Zigarette an, rauchte einen tiefen Zug und hielt Clarissa fest an sich gepresst.

»Was ist mit Dave?«, fragte sie dann so laut, dass Clarissa zusammenzuckte. Sie musste laut sprechen, um sich durch den Motorenlärm hindurch verständlich zu machen.

»Na«, sagte der Major, der sich zu ihr umdrehte und grinste. »Wir hoffen doch, dass nichts mit ihm ist, Lady.«

Fay stieß einen Schrei aus.

Eine Sekunde lang spielte sie mit dem Gedanken, Clarissa zu packen und aus dem Jeep zu springen. Aber erstens fuhr der viel zu schnell, und zum anderen folgte ihnen der Sergeant noch immer in ihrem eigenen Wagen.

»Was hat das zu bedeuten?«

»Betrachten Sie sich als Kriegsgefangene der Militia«, sagte der Major. Um ihr den Ernst der Lage vor Augen zu führen, schob er den Lauf einer 45er Automatic zwischen den Vordersitzen hindurch und zielte damit auf ihren Leib. »Sie und Ihre Tochter haben nichts zu befürchten, solange Sie tun, was wir von Ihnen verlangen. Haben Sie das verstanden, Mrs. McConnel?«

Es dauerte zehn weitere Minuten, bis ich die richtige Stelle im Zaun gefunden hatte. Beim letzten Sturm war ein Baum quer über den Drahtverhau gefallen und hatte ihn an dieser Stelle zu Boden gedrückt. Den messerscharfen Nato-Draht konnte ich deshalb leicht überwinden, ohne mir dabei auch nur einen Kratzer zuzuziehen.

Das nächste Warnschild, das die Gefährlichkeit dieses Terrains unterstrich, befand sich nicht weit entfernt zwischen den Bäumen. Es trug denselben Text mit roten Lettern wie alle anderen.

Niemand konnte dem Eigentümer vorwerfen, jemanden nicht hinreichend auf die Gefahren hingewiesen zu haben, die ihn in diesem Gebiet erwarteten.

Auf der anderen Seite des Zaunes duckte ich mich und wartete einen Moment.

Niemand war zu sehen. Kein Geräusch wies darauf hin, dass sich jemand in der Nähe befand. Dennoch wurde ich das Gefühl nicht los, dass jeder meiner Schritte überwacht wurde.

Tief geduckt lief ich weiter. Die eng stehenden Bäume boten mir Deckung. Ich hatte nicht den blassesten Schimmer, in welche Richtung ich mich bewegen musste, um auf Clearwater und seine Männer zu stoßen. Ich wusste auch nicht, wie ich Clearwater dazu bewegen konnte, das Gelände umgehend zu räumen, bevor es zu einem ernsthaften Zwischenfall kam.

Ich behielt die Richtung bei, die mich tiefer in den Wald führte. Unter dem Laubdach der hohen Bäume war es kühler, aber die schwüle Hitze drückte mir doch den Schweiß aus allen Poren.

Meine Schritte wurden kürzer.

Immer öfter suchte ich Deckung hinter einem Baum und vergewisserte mich erst mit einem Rundblick, ob die Luft rein war, bevor ich den Weg fortsetzte.

Noch immer schien alles friedlich. Dennoch registrierte ich instinktiv, dass hier etwas nicht stimmte. Das eignet man sich an, wenn man diesen Job so lange macht wie ich. Da hat man bald eine besondere Antenne für die geringsten Anzeichen einer Gefahr.

Der Wald lichtete sich. Die Bäume standen jetzt nicht mehr so dicht beieinander.

Hinter einem dicken Baumstamm kauerte ich mich nieder, kniff die Augen zusammen und starrte nach vorn. Dort gab es außer einem Grüngürtel aus mannshohem Farn nichts zu sehen.

Das Geräusch und die Gefahr kamen von rechts, von wo ich sie eigentlich nicht erwartet hatte.

Ein metallisches Klicken schreckte mich auf und ließ mich

herumwirbeln. Es war das Geräusch einer automatischen Waffe, die entsichert und durchgeladen wurde.

Ich ließ mich fallen, verschränkte die Arme über dem Kopf und erwartete, dass die Kugeln heranpfiffen.

Nichts geschah.

Stattdessen waren leise Stimmen zu hören. Trockene Äste knackten unter schweren Stiefeln. Zweige wurden gebogen und schnellten mit zischenden Geräuschen wieder zurück.

Nach zwei Sekunden war ich mir sicher, dass ein Schutzengel auf meiner Schulter saß.

Wer auch immer nicht weit entfernt von mir durch den Wald schlich, er hatte mich nicht gesehen. Wahrscheinlich, weil die Burschen in dieser stillen Einsamkeit genau wussten, von wo sich der Feind näherte.

Und der Feind, das konnten nur Clearwater und seine Cops sein.

Die Geräusche entfernten sich.

Vorsichtig erhob ich mich wieder und schaute mich um. Es gab nichts mehr zu entdecken, was mich beunruhigen musste. Also richtete ich meine Konzentration wieder nach vorn, auf das beinahe undurchdringliche Farnfeld.

Eine bessere Deckung als dieses Dickicht konnte ich sicher nicht finden.

Wie eine Schlange kroch ich über den weichen Waldboden, der frischen Duft von Natur verströmte, von dem man in New York nur träumen konnte. Ich war gewarnt. Dementsprechend vorsichtig robbte ich auf das Farnfeld zu und ließ mich schließlich erleichtert aufatmend in das Grün sinken, das hier wie Unkraut wuchs.

Der grüne Gürtel war an die zehn Yards breit. Ich hatte ihn zur Hälfte durchkreuzt, als ich die Stimmen erneut hörte.

Ich hielt die Luft an.

»Die verdammten Arschlöcher kommen von drei Seiten gleichzeitig«, sagte jemand und meinte damit die Cops. »Du übernimmst die linke Flanke und lässt Clearwater dicht herankommen.«

»Wozu der Zirkus?«, fragte der Angesprochene. »Sobald der

verfluchte Captain auftaucht, kann ich ihn und ein paar seiner Leute binnen einer Sekunde auslöschen. Vielleicht tragen sie kugelsichere Westen. Aber die sind nicht für das Kaliber gestrickt, mit dem ich schieße.«

»Du legst niemanden um, Harry. Du treibst sie mit gezielten Schüssen zur Hütte. Dort legen sich die Idioten selber um.«

Harry lachte leise und abgehackt. Was er hörte, schien ihm mächtig zu gefallen.

Was musste man doch für einen verwirrten und vergifteten Charakter haben, um sich darüber zu freuen, dass bald einige Cops ahnungslos in den Tod liefen?

»Sobald es ernst wird, tauchst du in den Tunnel und schließt den Deckel hinter dir. Verstanden?«

»Ich bin doch nicht blöd«, antwortete Harry beleidigt.

»Okay, dann sehen wir dich später wieder.«

»Bei Jericho?«

»Der ist in Estes Park mit anderen Dingen beschäftigt. Ich, verschwinde jetzt.«

Es war kaum ein Geräusch zu hören, als Harrys Partner verschwand. Sie spielten in diesem Wald schon seit langem Krieg. Sie kannten die Tücken und wussten, wie und wo sie sich bewegen mussten, um keine Geräusche zu verursachen.

Clearwater war bekannt, dass die Burschen auf ihrem eigenen Gebiet nicht zu packen waren.

Warum versuchte er es dennoch?

Vielleicht wollte er vor seiner Ablösung als Polizeichef von Boulder noch einen Erfolg, um seinen Vorgesetzten zu beweisen, dass sie mit ihm den fähigsten Mann in die Wüste geschickt hatten.

Ich kroch weiter nach vorn.

Inzwischen hatte ich ebenfalls eine Technik entwickelt, die es mir möglich machte, mich geräuschlos zu bewegen und so wenig Farn wie möglich zu bewegen.

Harry, der sich eben noch rechts von mir aufgehalten hatte, schien die Position gewechselt zu haben und weiter zur Seite ausgewichen zu sein.

Ich konnte ihn weder sehen noch hören.

Als ich die letzten Farnsträucher erreicht hatte, blieb ich liegen und bog die Zweige beiseite.

Vor mir befand sich eine kreisrunde Lichtung, die in tiefem Schatten lag. Am Rand der Lichtung stand die Blockhütte, von der die beiden eben gesprochen hatten. Verwittert von Wind und Regen, Sonne und Kälte. Ein bemoostes Monument.

Ich verfluchte es, nicht mitbekommen zu haben, wohin sich Harry zurückgezogen hatte und wo sich der Tunnel befand, in den er sich im Notfall verkriechen sollte.

Tunnel!

Wozu, um alles in der Welt, musste der Waldschrat Harry in einen Tunnel tauchen und den Deckel hinter sich schließen?

Meine Gedanken jagten sich.

Ich hatte die Antwort auf die Frage noch nicht gefunden, als sich links am Lichtungsrand die ersten Schatten abzeichneten.

Clearwaters Cops.

Nachdem sie völlig regungslos eine Minute lang volle Deckung bezogen hatten, um die Gegend zu sondieren, richteten sie sich wieder vorsichtig auf. Unschlüssig blieben sie im Schutz der Bäume und des dichten Unterholzes stehen.

Sie warteten auf Clearwater, der wenig später groß, wuchtig und hoch aufgerichtet, als fürchte er weder Tod noch Teufel, die Lichtung betrat.

Entweder hatte der Mann Nerven aus Stahl und war unberechenbar wie das Wetter in diesem Teil des Landes oder verrückt.

Aus dem Gespräch zwischen Harry und seinem Partner war klar hervorgegangen, dass keiner das Feuer auf Clearwater und seine Männer eröffnen durfte, sondern die Cops selbst in den Tod marschieren sollten.

Ich fragte mich, ob die Lichtung vermint war. Den Gedanken gab ich sofort wieder auf. Das wäre viel zu gefährlich gewesen für die Möchtegernhelden des selbst ernannten Colonels.

Es war etwas anderes.

Eine Gefahr, die von der Hütte ausging!

Clearwater bewegte sich mit schnellen Schritten über die Lichtung. Dann blieb er stehen. Der Kopf drehte sich auf seinem stämmigen Hals. Seine Augen wurden schmal. Die Wangenknochen traten hart hervor, weil er die Zähne zusammenbiss.

Er schien das Risiko nicht zu unterschätzen.

Der Captain wollte keine letzte Heldentat vollbringen, und es würde ihm verteufelt etwas ausmachen, zur Hölle zu fahren. Er minimierte das eigene Risiko, indem er wachsam war wie ein Luchs, und das Risiko für seine Leute, indem er vor allen die ersten Schritte in unerkundetes, gefährliches Gebiet wagte.

Möglicherweise war er verrückt, ein Fossil aus längst vergangener Zeit. Aber ich bekam immer mehr Hochachtung und Bewunderung für diesen stämmigen und zu allem entschlossenen Mann.

Männer wie er hatten das Land geformt und es überhaupt erst bewohnbar gemacht. Für die Ängstlichen und Zauderer hatte es damals keinen Platz in der ersten Reihe der Pioniere gegeben. Die waren Draufgängern wie Clearwater erst gefolgt, wenn die Luft rein war, und sie hatten sich mit den Krümeln zufrieden geben müssen, die man ihnen übrig gelassen hatte.

»Ich weiß nicht, ob einer von euch Schweinehunden in der Nähe ist!«, schrie der Captain.

Natürlich erhielt er keine Antwort.

»Okay, ich will euch dennoch sagen, dass ihr eingekreist seid und nicht den Hauch einer Chance habt!«

Er nahm das Walkie-Talkie an die Lippen und redete einige Worte so leise, dass ich sie nicht verstehen konnte. Dann drehte er sich zu seinen Männern um.

»Ich gehe zuerst!«, rief er ihnen zu. »Zwei Männer folgen mir und halten Abstand. Die anderen geben uns Feuerschutz!«

Unwillkürlich presste ich mich dichter auf den weichen Waldboden, als Clearwaters Blick kurz in meine Richtung schweifte.

Diese Reaktion war unnötig. Er konnte mich inmitten des Farngewächses unmöglich entdecken.

Sollte ich ihn laufen lassen oder aus meiner sicheren Deckung auftauchen und ihn warnen?

Warnen vor was?

Vor Harry, der sich irgendwo in der Nähe versteckt hielt und den Auftrag hatte, ihn mit einigen Schüssen ins Verderben zu treiben?

Der Schweiß stand mir auf der Stirn. Mit dem Handrücken wischte ich ihn weg.

Clearwater hatte sich zehn Schritte weit auf die Lichtung mit der Hütte zubewegt, als er erneut stehen blieb.

Er musste etwas gesehen haben oder etwas spüren, was auf Gefahr hindeutete.

»Du kannst immer noch den Schwanz einziehen und verschwinden, Captain!«

Die Stimme erschallte aus einem in den Bäumen installierten Lautsprecher.

Clearwater zuckte zusammen.

Blechern gab der Lautsprecher das Lachen des Mannes wieder, der Clearwater und seine Cops aus sicherer Deckung heraus sehen konnte.

Wo steckte der verdammte Hund?

Ich konnte ihn nicht sehen.

»Sie haben eine Kamera auf der verdammten Hütte installiert!«, rief der Captain seinen Männern zu. »Die Arschlöcher trauen sich nicht in unsere Nähe!«

»Ihr habt genau zehn Sekunden, um zu verschwinden! Das ist die erste und letzte Warnung! Lasst euch niemals wieder auf unserem Gebiet sehen. Das ist auch für Bullen privat!«

Clearwater drehte sich im Kreis, riss die Hand mit dem 45er hoch, zielte und feuerte.

Aus dem Baum rechts neben der Hütte regnete es die Überreste eines Lautsprechers.

»Zehn Sekunden sind um!«, schrie er. »Was jetzt?«

Seine Worte hallten noch als Echo durch den Wald, als Harry das Feuer eröffnete.

Sein Standort befand sich ziemlich weit links, hinter den Cops.

Mit einigen Garben aus einer automatischen Waffe feuerte er eine Schneise zwischen Clearwater und seine Männer.

Die Cops stürmten in die Deckung der Bäume zurück und warfen sich zu Boden.

Mit zwei weiteren Feuerstößen schnitt Harry dem Captain den Weg nach hinten ab.

Clearwater blieb gar nichts anderes übrig, als auf die Hütte zuzustürmen, um dort Deckung zu suchen.

Er sollte selbst in den Tod laufen, hatte Harrys Partner gesagt.

Meine Nackenhaare stellten sich auf. Schweiß rann in meine Augen. Wie von der Feder gespannt schnellte ich in die Senkrechte.

»Nicht weiter, Clearwater!«, schrie ich. »FBI! Keinen Schritt weiter auf die Hütte zu!«

Er konnte meine Warnung gar nicht überhören. Ganz kurz stoppte er der Sturmlauf auf die Hütte, schraubte den Kopf tief zwischen die Schultern und rannte dann weiter.

»Stehen bleiben, Captain! Die Hütte ist eine Falle!«

Genauso gut konnte ich gegen eine alte Ruine anschreien. Er war misstrauisch wie eine betrogene Frau und ein Dickschädel, wie er im Buche stand. Auf die Idee, dass ihn jemand vor Schaden bewahren wollte, kam er gar nicht. Jeder, der keine Uniform trug, schien ein Feind zu sein.

Harry jagte eine Salve zu den am Boden liegenden Cops, denen er nicht wirklich gefährlich werden konnte. Dann riss er den Lauf der Waffe herum und feuerte hinter Clearwater her.

Er wollte ihn nicht treffen. Das war deutlich. Die Geschosse schlugen hinter dem Captain ein, rissen die Grasnarbe auf und trieben ihn weiter nach vorn.

Er sollte die Hütte erreichen oder ihr doch wenigstens nahe kommen. Was ihn dort erwartete, konnte ich mir inzwischen ungefähr ausrechnen.

Ich nahm den 38er mit beiden Händen. Zeit zum Überlegen blieb mir nicht. Ich musste mich im Bruchteil einer Sekunde entscheiden und tat es auch. Denn wenn ich nicht schnell und entschlossen genug reagierte, musste Clearwaters Posten auf jeden Fall neu besetzt werden.

Als sich die Waffe in meiner Hand aufbäumte, stieß Clearwater einen wütenden Schrei aus und brach zusammen.

Meine Kugel hatte sein rechtes Bein getroffen und schleuderte ihn zu Boden.

»FBI!«, brüllte ich erneut in Clearwaters Richtung und auch zu den in Deckung gegangenen Cops. »Bringt den verdammten Hund mit der automatischen Bleispritze endlich zum Schweigen und bleibt in Deckung!«

Clearwater drehte sich im hohen Gras. Verzweifelt versuchte er, auf die Beine zu kommen. Immer wenn er es halb geschafft hatte, brach er wieder zusammen. Aber er gab nicht auf.

»Liegen bleiben, Captain, oder du kriegst die nächste Kugel ins andere Bein!«

Ich versuchte, die Nervosität in meiner Stimme zu überdecken und es so klingen zu lassen, dass es auch den dickköpfigen Polizeichef des Boulder County überzeugte.

Es gelang mir nicht.

»Du verdammter Hund!«, brüllte Clearwater.

»Liegen bleiben, Captain!«

Die Cops hatten Harrys Standort ausgemacht und nahmen ihn unter Feuer. Noch zweimal konnte Harry mit seiner automatischen Waffe die Lichtung bestreichen. Dann verstummte das Feuer seinerseits. Nur noch das dumpfe Bellen der Polizeiwaffen war zu hören.

Zwischendurch ein schriller Aufschrei, der jäh wieder abbrach.

Es war deutlich, dass die Cops Harry erwischt hatten.

Er hatte wohl nicht mit einem solchen massiven Widerstand gerechnet und sich deshalb zu weit vom Einstieg in den Tunnel aufgehalten, um schnell genug in Deckung tauchen zu können.

»Nicht schießen!«

Die Cops hörten mich, aber das war noch lange keine Garantie dafür, dass sie mich für ihren Verbündeten hielten.

Ich riskierte es dennoch, sprang aus dem Farnfeld auf die Lichtung hinaus und hetzte in geduckter Haltung auf Clearwater zu.

Ich erreichte ihn, als er sich gerade aufrappeln und in eine Hockstellung gehen wollte, doch sogleich wieder umkippte.

Er hatte seinen 45er verloren, suchte mit scharrenden Fingern im Gras herum und hatte die Waffe gefunden, als ich mich neben ihn warf.

»Verdammter Idiot!«, schrie ich ihn an, als er den 45er hochschwingen ließ und auf mich zielte. »Was glaubst du, wo du jetzt wärst, wenn ich nicht auf dich geschossen hätte?«

»Wo?«, keuchte er. Die Zornesadern traten dick an seinem Hals hervor.

»In der Hölle, wo sie am heißesten ist!«, brüllte ich. Ich dachte, dass Brüllen meine einzige Chance war, ihn davon abzuhalten, den Finger zu krümmen und ein Loch in mich zu bohren.

»Geht in Deckung dort hinten!«, schrie ich den Cops zu, die noch immer unschlüssig waren und auf den Befehl ihres Captains warteten. Ich konnte von meiner Position aus nicht sehen, ob die Uniformierten meinem Befehl Folge leisteten.

»Und du Idiot von einem verspäteten Westernhelden behältst den Kopf im Dreck!«, war meine nächste Ansprache an den Captain.

Zum Teufel, ich fühlte mich alles andere als wohl in meiner Haut und hatte irgendwie Sehnsucht nach New York, wo ich Gangster und Bullen besser berechnen konnte.

Clearwater knirschte mit den Zähnen. Sein Zeigefinger zuckte, aber er drückte nicht ab.

Ich richtete mich auf und kniff die Augen zusammen. Was ich genau suchte, wusste ich selbst nicht. Aber es dauerte nur einige Sekunden, bis ich den flach über die Lichtung gespannten silbrig glänzenden Draht deutlich sehen konnte.

»Ich werde dich …!«

»Den Kopf in den Dreck! Das ist kein Pfadfinderspiel!«

Clearwater starrte mich mit Augen an, in denen sich der blanke Wahnsinn widerspiegelte.

Ich packte das hohe Gras, zog ein Büschel mit schwerer Erde daran aus dem Boden und schleuderte das alles nach vorn, gegen den silbrig glänzenden Draht.

Im selben Sekundenbruchteil warf ich mich über Clearwater, der sich im genau falschen Moment wieder aufrichten wollte.

Es gelang mir, ihn zu Boden zu drücken.

Die Explosion erfolgte sofort.

Vor uns stieg ein heller Blitz in den wolkenlosen Himmel.

Beißender schwarzer Rauch verdunkelte die Lichtung, und über uns jagte ein unvorstellbares Bleigewitter hinweg.

Der gespannte Draht war der Kontaktzünder gewesen. Zusammen mit der Hütte waren die auf der Lichtung versteckten Granaten explodiert, die von Jenkins' Männern mit gehacktem Blei, Glasscherben und Nägeln gefüllt worden waren.

Alles auf Privatbesitz. Alles legal. Der absolute Wahnsinn!

Clearwater hatte die Luft angehalten.

Als ich mich von ihm rollte, stieß er sie wie ein Walross wieder aus, drehte sich in meine Richtung und starrte mich aus weit aufgerissenen Augen an.

»Was ist dagegen schon eine Kugel im Unterschenkel, Captain?«, fragte ich und stand auf.

Die Cops blieben in Deckung hinter den Bäumen, bis ich ihnen ein Zeichen gab. Dann erst standen sie vorsichtig auf. Der Schock stand auf ihren Gesichtern geschrieben. Jeder von ihnen konnte sich an den Fingern einer Hand ausrechnen, was aus ihm geworden wäre, wenn er in diese höllische Todesfalle geraten wäre.

»Irgendwo läuft noch einer in der Botanik rum, Clearwater«, sagte ich zu dem Captain, der sich aufgesetzt hatte und sich mit zitternden Fingern eine Zigarette anzündete. »Lass ihn suchen. Vielleicht hast du Glück.«

Er gab das an die Männer weiter, die ihn begleiteten und wiederholte es über Walkie-Talkie für die anderen, die sich im Wald verteilt hatten.

»Warum kenne ich dich nicht, G-man?«, fragte er dann brummend.

»Weil ich aus New York komme.«

Er legte den Kopf schief und grinste mich an, obgleich ihm die Schusswunde höllische Schmerzen bereiten musste.

»Für einen aus New York …«

»Cotton. Jerry Cotton.«

»… kannst du dich erstaunlich gut im Wald bewegen, Jerry«, vollendete er und streckte mir die Hand entgegen. »Danke. Ich denke, ohne die Kugel im Bein wäre ich jetzt wirklich schon bei meinen Ahnen, oder?«

Ich widersprach ihm nicht. Wo er Recht hatte, hatte er Recht.

Er war ein todgeweihter Mann. Der Schmerz kam überfallartig, als sich Antonio Colani im Bad der Luxussuite im Ambassador Hotel, New York City, aufhielt.

Zuerst verkrampfte sich sein Körper. Dann wurde er von ungeheuren Spasmen geschüttelt. Mit peitschenden Bewegungen, die er nicht mehr unter Kontrolle bringen konnte, wurde Colani gegen das Waschbecken und die schwarz gekachelten Wände geschleudert.

Mit wild rudernden Armen, die nach einem Halt suchten, räumte er alle Toilettenartikel ab.

Als er schließlich in den schmalen Raum zwischen Frisiertisch und Wanne stürzte, wurde ihm schwarz vor Augen. Verzweifelt kämpfte er gegen die drohende Bewusstlosigkeit an. Wenn er die Sinne verlor, bedeutete das unweigerlich das Ende für ihn. Man hätte ihn ins Krankenhaus gebracht, dort wären seine Personalien festgestellt worden, und wenn die Bullen auf der fieberhaften Suche nach ihm die Computer der Krankenhäuser anzapften, fanden sie schnell heraus, wo er hilflos herumlag und man ihn einsammeln konnte.

Colani riss den Mund auf. Er hörte sich nicht selbst schreien, dafür aber einen anderen schrillen Schrei, der ihn letztlich aus der drohenden Bewusstlosigkeit riss.

Durch den dichten Nebelschleier, der vor seinen Augen waberte, sah er zuerst nur schemenhaft die Gestalt, die das Bad betreten hatte. Dann erkannte er deutlich Conchita Alvarez, die Kubanerin, die nackt in der offenen Tür stand, auf ihn niederschaute und ihre Angst hinauskreischte.

Kein Wunder, dass sie schrie. Colani wusste, wie er aussah, wenn er von diesen höllischen Schmerzen heimgesucht wurde, die in immer kürzeren Intervallen über ihn herfielen.

»Wasser …«, keuchte Colani. »Die Tabletten – auf dem Boden …«

Conchita Alvarez nahm die Hände wieder herunter, die sie sich in Panik und Entsetzen vor das Gesicht geschlagen hatte. Sie hatte diese Anfälle schon miterlebt, aber so schlimm wie jetzt war es niemals gewesen.

»Die Tabletten …«, röchelte Colani.

Die Schmerzen brachten ihn um. Rasselnd zog er so viel Luft wie eben möglich in die zusammengepressten Lungen und hatte doch nicht das Gefühl, dass er genug Sauerstoff zum Überleben in sich pumpen konnte.

Seine Kehle und Luftröhre waren wie abgeschnürt.

Er presste sich die Hände gegen Bauch und Brust. Der Schmerz war überall gleichzeitig. Die Krankheit fraß ihn mehr und mehr auf.

»Conchita …!«

Er glaubte schon, dass es nicht mehr passieren würde, aber plötzlich kam Bewegung in die schlanke Kubanerin, mit der er zusammenlebte, seit er nach New York zurückgekehrt war.

Sein diesmal wirklich jämmerlicher Anblick versetzte die junge Frau in Angst und Schrecken. Aber sie verlor nicht die Nerven, wie es eine andere vielleicht getan hätte.

Colani versuchte ihr mit einem Handzeichen zu verstehen zu geben, dass sie sich nicht vor ihm zu fürchten brauchte. Er versuchte auch ein Lächeln, aber das misslang auf der ganzen Linie. Sein Gesicht verzog sich bei dem Versuch nur noch mehr zu einer Angst einjagenden Fratze.

»Conchita …«

Sie kroch auf dem Boden herum und suchte unter den Sachen, die Colani eben mit rudernden Bewegungen vom Frisiertisch gefegt hatte, nach den Tabletten. Sie waren mit einem grellroten Etikett gekennzeichnet.

Conchita Alvarez fand das Röhrchen.

Von nun an handelte die schlanke Kubanerin überlegt und rationell.

»Wie viele?«

Colani streckte vier Finger in die Luft.

Conchita füllte ein Glas mit Wasser und ging vor Colani in die Knie.

Sein Körper begann wieder unkontrolliert zu zucken. Sie setzte sich auf seine Brust und hielt ihn am Boden. Er war nicht dazu in der Lage, die Tabletten selbst zu nehmen. Entschlossen bog sie seinen Kopf weit zurück und schob die Tabletten in den vor Schmerz weit aufgerissenen Mund.

»Schlucken, Antonio! Schlucken!«

Sie setzte das Glas mit Wasser an seine Lippen, hielt ihm die Nase zu und kippte den Inhalt des Glases in seinen Mund.

Colani blieb nichts anderes übrig, als zu schlucken.

Der Kampf gegen den Schmerz und die drohende Bewusstlosigkeit hatten ihn erschöpft. Er hatte die doppelte Dosis bekommen. Er konnte aufhören zu kämpfen und sich in die weiche Wolke von Bewusstlosigkeit sinken lassen. Er wusste, es würde nicht lange dauern, bis er wieder aufwachte.

Und was noch wichtiger war, er würde es überleben.

Conchita schaute in sein Gesicht, das sich wieder entkrampfte. Als sein Körper zu zucken aufhörte und er endlich in die alles erlösende Bewusstlosigkeit abdriftete, rollte sie sich von ihm herunter. Schwer atmend blieb sie neben ihm liegen und musste selbst erst wieder zu Kräften kommen, bevor sie ihm weiterhelfen konnte.

Irgendwie schaffte es Conchita Alvarez, Colani aus dem Bad zu schleifen und auf das breite Bett zu legen.

Erschöpft blieb sie neben ihm sitzen, schaute auf ihn hinab, in sein immer friedlicher werdendes Gesicht, und fragte sich, was mit diesem Mann los war.

Einige Male in den letzten Wochen hatte sie bemerkt, dass er Schmerzen hatte. Aber da hatte er es noch verstanden, die Schmerzen zu überspielen und das Ausmaß seiner Krankheit zu verheimlichen. Wahrscheinlich, weil er immer rechtzeitig seine Tabletten zur Hand gehabt hatte.

Conchita strich sich die langen schwarzen Haare in den Nacken und wischte sich den Schweiß aus dem Gesicht.

Seit drei Wochen, nachdem Colani sie in einer Bar in Greenwich Village kennen gelernt hatte, lebte sie mit ihm zusammen ein sehr luxuriöses Leben. Für jeden Tag zahlte Colani ihr zweitausend

Dollar. Er kaufte ihr teure Kleidung, unterhielt sie standesgemäß und behandelte sie wie eine Lady.

Conchita war zweiundzwanzig. Sie hielt sich illegal in den Vereinigten Staaten von Amerika auf und hatte deswegen bislang nicht sehr wählerisch sein können.

Mit Colani war ihr der erste Mann begegnet, der sie, obgleich er sie bezahlte, nicht wie eine Hure behandelte. Eher im Gegenteil. Immer öfter hatte sie das Gefühl, als wolle er viel mehr von ihr als nur ihren jungen, straffen Körper. Dann ging eine Zärtlichkeit von ihm aus, wie sie sie noch niemals erlebt hatte.

Jetzt, als sie auf den Bewusstlosen niederschaute, stieg ein Gefühl von wohliger Wärme und Mitleid in ihr auf. Sie wusste absolut sicher, dass sie auch bei ihm geblieben wäre, wenn er sie nicht bezahlt hätte.

»Cariño«, flüsterte sie, beugte sich über ihn und küsste sein schweißnasses Gesicht.

Dann ging sie ins Bad, holte ein nasses Handtuch und rieb ihn ab.

»Wer bist du, Cariño? Was hast du in meinem Leben zu suchen, und was machst du mit mir?«

Sie flüsterte die Worte. Doch es schien, als würde Colani sie verstehen. Seine Lider zuckten unkontrolliert. Er hatte beinahe wieder eine gesunde Gesichtsfarbe und lag fast völlig entspannt auf dem Rücken. Sein Atem ging schwer und seine Brust hob und senkte sich deutlich wahrnehmbar.

Conchita betrachtete ihn und dachte, dass er mal ein sehr starker Mann mit einem durchtrainierten Körper gewesen sein musste. Jetzt war er mager. Sein Leib war flach, die Rippen stießen spitz gegen die Haut. Sein Gesicht war schmal, die Wangen eingefallen, und die Knochen traten hart aus dem Gesicht hervor.

»Es geht dir nicht gut, Cariño«, murmelte sie, während sie seine dichten schwarzen Haare streichelte und immer wieder den Schweiß aus seinem Gesicht wischte.

Vor einigen Tagen, als er einen ähnlichen Anfall gehabt hatte, hatte sie einen Arzt holen wollen. Er hatte es ihr verboten.

Nun schielte sie zum Telefon. Das Hotel hatte einen Hausarzt. Binnen weniger Minuten konnte er hier sein.

Sie konnte Colani nicht einfach ohne Hilfe hier liegen lassen. Die Tabletten verbesserten seinen Zustand zwar jedes Mal für einige Zeit. Aber das war keine Lösung. Krankheiten mussten an der Wurzel gepackt werden. Sie zögerte einen Moment lang. Dann stand sie auf und ging zum Sideboard, auf dem das Telefon stand.

»Conchita.«

Die Hand, die sie schon zum Telefon ausgestreckt hatte, zuckte wieder zurück. Mit einem Ruck drehe sie sich zum Bett um.

Colani hatte die Augen geöffnet. Sein Atem war ruhiger geworden. Jetzt rieb er sich selbst mit dem Handrücken über die schweißnasse Stirn.

»Wie lange hat es gedauert, Conchita?«, fragte er mit beherrschter Stimme, und es war deutlich, dass ihm das Sprechen Mühe bereitete.

»Eine halbe Stunde«, antwortete die attraktive Frau. Sie setzte sich auf das Bett. »Du machst mir Angst, Cariño.«

Sie nannte ihn zum ersten Mal so.

Antonio Colani schaute sie an und lächelte schwach. Er streckte die Hand nach ihr aus und berührte sie an der nackten Hüfte.

Conchita verstand, was er wollte. Sie glitt neben ihn und drückte sich an seinen mageren feuchten Körper.

Colani schloss die Augen. Die Angst vor dem Tod war überstanden. Er spürte das pralle, junge Leben neben sich, und irgendwie glaubte er, dass etwas von Conchitas Lebenskraft in ihn überströmte, wenn sie so dicht bei ihm war.

Natürlich war das Unsinn.

Nichts und niemand konnte ihm das Leben zurückgeben, das sich langsam, aber stetig aus seinem Körper verabschiedete.

Der Arzt, von dem er sich vor ein paar Wochen in New York gründlich hatte untersuchen lassen, hatte ihm keine Hoffnungen machen können.

Natürlich hatte er es anfänglich versucht, weil Patienten, die dem sicheren Tod ausgeliefert waren, langsam und behutsam auf ihr Schicksal vorbereitet werden mussten. Colani jedoch hatte die Wahrheit hören wollen und das mit Nachdruck unterstrichen, weil er noch einige unaufschiebbare Dinge zu erledigen hatte.

Der Doc hatte lange mit sich gerungen und dann doch die Wahrheit gesagt.

Zwei Monate.

Die Aussage war vernichtend gewesen für Colani.

Zwei Monate waren viel zu kurz, um noch irgendetwas auf die Beine zu stellen und hier in den Staaten noch etwas anzufangen.

Die letzten Jahre, die er in Südamerika verbracht hatte, waren die Hölle gewesen. Er war in dieser verdammten Stadt am Hudson aufgewachsen. Hier lagen seine Wurzeln, auch wenn er in Sizilien geboren war. Seit seiner Flucht nach Südamerika war der Gedanke, hier zu leben, beinahe übermächtig geworden. Und wenn er schon nicht hier leben konnte, weil ihn eine unheilbare Krankheit erwischt hatte, dann wollte er, verdammt noch mal, wenigstens in New York sterben.

Colani lachte leise.

Conchita hob den Kopf von seiner Brust und schaute ihn fragend an.

»Es ist nichts«, murmelte er und streichelte den jungen Körper, auf den er hin und wieder neidisch war. So jung, so stark hatte er nach seiner Rückkehr auch sein wollen, um den Bullen zu zeigen, dass sie ihn nicht erledigen konnten. Dass er mitten unter ihnen leben und Verbrechen begehen konnte, ohne dass sie ihn schnappten. Er wollte ihnen beweisen, dass es niemandem gelang, ihn aus der Stadt zu vertreiben, die er liebte.

Der letzte Coup, als er ein Waffendepot der U.S. Army hatte berauben wollen und damit gescheitert war, das war sein Trauma. Zum ersten Mal hatte er gegen die Bullen, gegen den verdammten Staat, verloren. Sie hatten ihm seine Grenzen aufgezeigt, obgleich er immer davon überzeugt gewesen war, dass es für ihn keine Grenzen gab.

Nun, nach seiner Rückkehr, innerhalb der kurzen Zeit, die ihm noch blieb, wollte er den Behörden und sich selbst beweisen, dass er damals nur Pech gehabt hatte. Vielleicht hatte ihn jemand verraten, vielleicht hatte er einen Fehler begangen. Was immer es auch gewesen sein mochte, diesmal würde es ihm nicht wieder passieren.

»Ich werde euch schlagen«, murmelte er. »Ihr werdet mich nie vergessen. Niemals!«

»Ich verstehe dich nicht, Antonio.«

»Sag Cariño.«

»Cariño«, flüsterte Conchita.

Er ließ ihr langes Haar durch seine Finger gleiten und schaute sie durchdringend an.

»Hast du dich in mich verliebt?«

»Si.«

»In einen Mann verliebt, von dem du nichts weißt, Conchita? Ich könnte der Teufel sein.«

»Dann liebe ich eben den Teufel«, entgegnete sie schlicht und mit einer naiven Offenheit, die ihn verblüffte.

»Ich war reich und hatte Macht, Conchita. Jetzt bin ich nur noch reich und zu schwach, um mir die Macht zurückzuerobern.«

»Es ist mir egal, was du gewesen bist und wer du bist, Cariño. Ich liebe dich. Ich würde alles für dich tun.«

»Alles?«

Conchita nickte. In diesem Moment glaubte sie noch, dass es nichts gab, was sie nicht für ihn tun würde.

»Sag mir, was ich tun soll«, forderte sie ihn entschlossen auf.

»Später.«

Antonio Colani, einer der zehn meistgesuchten Verbrecher des Landes, lächelte sie an. Er konnte sich nicht vorstellen, wobei sie ihm helfen konnte. Alles war vorbereitet für den letzten Schlag gegen die verdammte Regierung und ihre Handlanger vom FBI, denen es damals gelungen war, ihn aus dem Land zu treiben.

»Später«, wiederholte er und fand es lächerlich, über eine Zeit zu reden, die es für ihn nicht mehr geben würde.

Zwei Monate, hatte der Arzt gesagt, und ihm Mittel verschrieben, mit denen er seine Schmerzen vertreiben konnte. Noch. Wenn die Schmerzen schlimmer wurden, wenn sie öfter die Intensität wie bei diesem Anfall hatten, würde er sich stärkere Mittel verschreiben lassen müssen.

Drogen, die seinen Geist umnebelten.

Davor fürchtete er sich.

Er musste über einen klaren Verstand verfügen.

So leicht ließen sich die G-men nicht in eine Falle locken. So leicht konnte man sie nicht erledigen. Aber wenn er sich aus dieser Welt verabschiedete, und das konnte nicht mehr lange dauern, würde er ein paar G-men mit in den Tod reißen. Und nebenbei so viele andere unschuldige Menschen, dass sein Name, Antonio Colani, für immer und ewig in die Annalen der Kriminalgeschichte einging.

Er hatte sich vorgenommen, sich mit einem Riesenknall unsterblich zu machen.

»Wann immer du es willst und was immer du willst, Cariño«, sagte Conchita Alvarez leise. »Ich werde es tun.«

Er schob sie beiseite und richtete sich auf. Behutsam schwang er die Beine aus dem Bett und stand auf. Er war schwach. Seine Knie zitterten und drohten einzuknicken. Mit aller Willenskraft gelang es ihm stehen zu bleiben.

»Vielleicht sollten wir doch den Arzt rufen.«

Colani drehte sich zu ihr um. Entschieden schüttelte er den Kopf. Sein Gesicht hatte abweisende Züge angenommen.

»Was auch immer passiert, Conchita«, sagte er rau, »du wirst nur dann einen Arzt rufen, wenn ich es dir ausdrücklich sage. Das musst du mir versprechen, oder du musst mich jetzt verlassen.«

Sie zuckte zusammen. Tränen stiegen in ihre großen, dunklen Augen. »Ich will dich nicht verlassen. Ich werde keinen Arzt rufen, solange du es mir nicht ausdrücklich sagst. Das verspreche ich dir. Ich liebe dich, Antonio.«

»Yeah«, dehnte Colani. »Ich weiß.«

Er drehte sich um und setzte die Füße vorsichtig, als er ins Bad ging. Er machte sich frisch, schaute sein Spiegelbild an und dachte, dass man ihm deutlich ansah, dass seine Zeit bald abgelaufen war.

Als er aus dem Bad kam, saß Conchita abwartend auf dem Bett. Er schaute sie an.

Er hatte in seinem Leben viele Frauen gehabt, ohne jemals ein tiefes Gefühl für sie entwickelt zu haben. Bei Conchita war das anders. Vielleicht Liebe. Er wusste es nicht. Vielleicht lag es daran, dass seine Tage gezählt waren, wenn man der verdammten medizinischen Wissenschaft trauen konnte. Zumindest würde es so sein, dass er sie vermisste, wenn sie nicht mehr an seiner Seite war.

»Wir verschwinden morgen nach Denver«, sagte er. »Kennst du Denver?«

Conchita schüttelte den Kopf.

»Denver wird dir gefallen.«

»Si.« Sie nickte. »Mit dir zusammen gefällt mir alles, Cariño.«

Keine Fragen, keine Kommentare. Das war es, was er an Conchita mochte. Sie war jung. Sie klammerte sich an das, was sie hatte, und sie dachte nicht im Traum daran, ihre Welt durch falsche Fragen zum Einsturz zu bringen. Sie liebte ihn, also gab es in ihren Augen ohnehin nichts, was er falsch machte. Warum sollte sie dann Fragen stellen?

»Ich werde dich zu einer reichen Frau machen, und du wirst mich niemals vergessen, Conchita.«

»Ich werde dich auch nicht vergessen, wenn ich eine arme Frau bin«, antwortete sie.

Colani nickte. Er deutete zum Telefon.

»Bestell etwas zu essen, und das Zimmermädchen soll Ordnung im Bad machen. Wo sind meine Tabletten?«

»Auf dem Nachttisch. Du wirst dir für die Reise neue besorgen müssen, sie reichen nicht.«

Er wartete, bis Conchita telefoniert hatte und ins Bad ging, um sich einen Morgenmantel anzuziehen. Dann wählte er die Nummer des New Yorker Arztes, der ihm sein Todesurteil mitgeteilt und ihm die Tabletten verschrieben hatte.

»Sie brauchen etwas anderes, Sir«, sagte der Doc, nachdem er dem Arzt von dem letzten schweren Anfall berichtet hatte. »Außerdem muss ich Sie sehen. Sofort!«

Misstrauen stieg in Colani auf. Etwas war nicht in Ordnung. Eben war er noch ruhig und zuversichtlich gewesen. Nun fühlte er sich wieder gehetzt.

»Was ist los?«

»Ich muss Sie sehen, Mr. Colani. Wir müssen weitere Tests durchführen. Es ist wichtig. Sehr wichtig.«

Panik klang in der Stimme des Arztes. Es schien, als hätte er einen Fehler begangen, den er nun sehr schnell und ohne großes Aufsehen wieder ausbügeln musste.

»Ich will wissen, was los ist, Doc.«

»Ich habe die Labortests anhand des vorhandenen Materials ein zweites Mal durchführen lassen, Mr. Colani. Man ist noch auf etwas anderes gestoßen.«

»Auf was?«

»Auf einen ziemlich unbekannten, aber lebensgefährlichen Killervirus. Der wird Sie, wenn Sie sich nicht behandeln lassen, noch schneller umbringen als die andere Krankheit. Außerdem besteht die Gefahr, dass Sie andere Personen anstecken und ebenfalls töten.«

Colani sackte in sich zusammen.

Als es klopfte, öffnete Conchita, die gerade aus dem Bad kam. Sie ließ nacheinander den Kellner und das Zimmermädchen eintreten.

»Ist das sicher?«, fragte Colani nach einer ganzen Weile wie betäubt in den Hörer.

»Absolut, Mr. Colani. Nach dem heutigen Stand der Wissenschaft ...«

Colani legte auf. Er griff nach den Zigaretten und zündete sich eine an.

Ein unbekannter Killervirus.

Zum Teufel, warum sollte ein Mann wie er, der bestenfalls noch etwas mehr als einen Monat zu leben hatte, wegen eines unbekannten Virus in Panik geraten? Er spürte die neuerliche Zeitbombe in seinem Körper nicht. Und was spielte es für eine Rolle, ob ihn der Virus oder der Krebs umbrachte?

Dennoch arbeitete sein Gehirn fieberhaft.

Aber er beschäftigte sich nicht mit der Krankheit, sondern mit seiner eigenen Sicherheit.

Er hatte vor seinem Tod noch etwas zu erledigen und durfte kein Risiko eingehen.

Die Niederlage, die er dem FBI an der Pier und auf dem kleinen Flugplatz in New Jersey beigebracht hatte, war der Anfang. Und wahrscheinlich wussten die G-men inzwischen, mit wem sie es zu tun hatten. Schließlich hatte er in der Baracke auf der Pier unvorsichtigerweise seine Prints zurückgelassen. Es war ein Fehler gewesen, nur den Idioten in die Luft blasen zu lassen, den der zwergenhafte Jericho aus dem Boulder County mit nach New York gebracht hatte. Er hätte auch die Baracke zerstören lassen müssen, um alle Spuren zu beseitigen.

Ein erster Fehler, der ihm an sich nicht das Genick brechen konnte. Doch zusammen mit der Hiobsbotschaft des Arztes konnte der erste Fehler auf der Pier für ihn fatal werden. Dem nämlich blieb gar nichts anderes übrig, als sich an die Gesundheitsbehörden zu wenden, wenn sein Patient nicht für die notwendige Untersuchung und die neuen Labortests auftauchte. Oder es war sogar so, dass er sich schon an die Behörden gewandt hatte, dass sie seinen Namen inzwischen kannten und auch seinen momentanen Aufenthaltsort. In diesem Fall würde auch der FBI unterrichtet werden.

Es war Schicksal und nicht sein Fehler. Aber wie auch immer: Etwas musste geschehen.

Er war so in Gedanken versunken, dass er zusammenzuckte, als sich Conchita ihm näherte und ihm die Hand auf die Schulter legte.

»Du musst etwas essen«, sagte sie.

Er schaute sie verstört an und schüttelte den Kopf.

»Später«, sagte er dumpf. »Du musst die Koffer packen. Nicht alles, nur die nötigsten Dinge. Wir müssen sofort von hier verschwinden.«

Wie er es erwartet hatte, stellte sie keine Fragen. Hätte sie es getan, hätte er ihr vielleicht die ganze Wahrheit erzählt.

»Ich will dich nicht sehen, Joshua Warner!«, rief die blonde Frau. Ihre Stimme klang entschlossen, genau wie es der Ausdruck ihres schmalen, etwas bleichen Gesichtes war, das für einen Moment an der kleinen Scheibe der Eingangstür zu sehen war.

Dann ließ sie mit einem Ruck die bunte Gardine vor die Scheibe fallen.

Warner stand in geduckter Haltung vor der Tür. Er spürte das Gewicht der 45er Automatic in seiner Tasche. Mit ausdruckslosem Blick starrte er auf die verschlossene Tür.

»Ist er da, Gloria?«, fragte er so leise, dass Gloria Jenkins, die Schwester des »Colonels«, ihn nicht mal dann hätte verstehen können, wenn sie hinter der geschlossenen Tür abwartend stehen geblieben wäre. »Ich muss es wissen, Gloria.« Seine Stimme wurde lauter. »Ich muss es wissen!«

Schweigen schlug ihm entgegen. Warner hörte nur das Echo seiner eigenen Worte. Er zitterte, wich zurück und lehnte sich mit der Schulter an den windschiefen Gartenzaun.

Vor zwei Stunden hatte er die Einsamkeit des Hotelzimmers aufgegeben. Er war in seinen Wagen gestiegen und ziellos durch die Gegend gefahren. Automatisch hatte ihn sein Weg auch durch den Riverside Drive geführt.

Dort hatte er seinen Nachbarn Alex Winter im Vorgarten seines zerstörten Hauses gesehen. Allein. Seine Frau Marianne hatte nach der Nachricht vom Tod ihres kleinen Sohnes Martin mit einem schweren Schock ins Krankenhaus eingeliefert werden müssen.

Dort lag sie noch immer und dämmerte, voll gepumpt mit Antidepressiva, einer unbestimmten Zukunft entgegen. Ohne Haus, ohne ihren Sohn und mit einem Mann, der binnen weniger Stunden um viele Jahre gealtert war und ihr keine Stütze in ihrem Leid sein konnte.

Ihr Leben war ein einziges Trümmerfeld.

Alex Winter hatte ihn nicht gesehen, und Warner hatte den Wagen nicht angehalten. Er hatte das Gaspedal durchgetreten und war, so schnell es ging, aus der Gegend verschwunden.

Unterwegs hatte er am Straßenrand angehalten und darauf gewartet, dass sich die aufkommende Dunkelheit zur Nacht verdichtete. Er hatte geraucht, etwas im Handschuhfach gesucht und dort die 45er Colt Automatic gefunden, an die er gar nicht mehr gedacht hatte. Er hatte die Waffe an sich genommen, sie auf ihre Funktionsfähigkeit überprüft und sich dann beinahe automatisch auf den Weg zum Stadtrand gemacht, wo Brian Jenkins' Schwester Gloria wohnte.

Es gab keinen schlüssigen Beweis, aber Warner war davon überzeugt, dass kein anderer als Jenkins, der Führer der örtlichen Militia-Gruppe und selbst ernannte Colonel, hinter dem fürchterlichen Anschlag steckte.

Zweimal hatte der Kerl bei ihm im Gefängnis eingesessen. Beim letzten Mal, als Jenkins drei Jahre abgerissen hatte, hatte Warner, das musste er zugeben, dem Kerl das Leben nicht gerade leicht gemacht. Daraufhin hatte Jenkins ihm gedroht. Nichts, über das er sich aufgeregt oder Sorgen gemacht hatte. Eigentlich alle Insassen drohten ihm nach der Entlassung mit fürchterlichen Repressalien. Warner hatte noch nie erlebt, dass sich jemand, der sich nach Verbüßung seiner Strafe, wenn er zum Abschiedsgespräch in sein Büro geführt wurde, überschwänglich für den angenehmen Aufenthalt hinter den hohen Mauern bedankt hatte.

Routineschwüre.

So hatte Warner auch die Drohung von Jenkins eingeschätzt. Allgemein und nicht so ernst gemeint wie in dem Moment, in dem sie ausgesprochen worden war.

Ein Jahr lag das zurück. Nichts war seitdem geschehen. Er hatte Jenkins hier und dort gesehen. Sie hatten sich nicht beachtet. Und als sich der Kerl zum Führer der Militia-Gruppe emporgeschwungen hatte, die es schon seit vielen Jahren hier im Boulder County gab, hatte das Warner nicht verwundert. Schon in der Strafanstalt hatte Jenkins danach gestrebt, eine besondere Führungsrolle einzunehmen. Was ihm allerdings nicht gelungen war.

Irgendwann nachts, als er nicht hatte schlafen können, hatte er an Jenkins gedacht, und ihm war klar geworden, dass der Kerl ihn in all der Zeit nicht vergessen hatte. Im Gegenteil. Jenkins, so nahm Warner an, hatte seinen Hass gehegt und gepflegt und nur gewartet, bis er sich selbst in einer Position befand, aus der heraus er sicher zuschlagen konnte.

Aus der Position des Führers der Militia-Gruppe.

Remember the Alamo.

Warners Gedanken jagten sich. Ihm wurde schwindlig, und er begann zu schwitzen.

Jenkins hatte zugeschlagen und war untergetaucht!

Das spukte ununterbrochen in Warners Kopf herum. Sosehr er sich auch anstrengte, es ging ihm nicht mehr aus dem Sinn.

Er zog die 45er Colt Automatic aus der Tasche, lud die Waffe durch und legte den Sicherungsbügel um. Er tat es mit Verbissenheit, und sein Gesicht verzerrte sich im Hass.

Wenn er sich selbst gesehen hätte, hätte sein Gesichtsausdruck ihn erschreckt. Er war im Grunde nie ein Mann der Gewalt gewesen. Nicht mal sein Job im Staatsgefängnis hatte ihm den letzten Rest von Menschlichkeit geraubt. Noch immer neigte er dazu, an das Gute im Menschen zu glauben.

Das hatte sich seit dem fürchterlichen Geschehen im Riverside Drive grundlegend geändert. Jetzt war er überzeugt davon, einen Mann wie Jenkins liquidieren zu müssen, ohne deswegen auch nur eine schlaflose Nacht zu haben.

»Der verdammte Hurensohn von einem Killer ist da drin und versteckt sich unter deinen Röcken, Gloria Jenkins!«, brüllte er.

Über ihm flog das Fenster auf.

»Ich trage Hosen, Warner. Niemand kann sich unter meinen Röcken verstecken. Du hast zehn Sekunden, um von hier zu verschwinden, oder ich schieße dir eine doppelte Ladung gehacktes Blei in den Bauch!«

Über ihm gab es ein knackendes Geräusch, als Gloria Jenkins die Hähne der Schrotflinte zurückzog.

Der Lauf zielte steil nach unten.

Als Warner zum Fenster hinaufschaute, blickte er direkt in die zwei mächtigen Flintenrohre.

»Du kannst dich darauf verlassen, dass ich abdrücke, Warner! Bei Gott, ich werde es tun!«

Sie würde es tun. Warner zweifelte nicht an ihren Worten.

Sie behauptete zwar, mit ihrem Bruder nichts zu tun zu haben und nicht verantwortlich für das zu sein, was Brian anstellte. Alles richtig, aber in gewisser Hinsicht war sie doch wie der selbst ernannte Colonel: Sie war wild, unbeherrscht und hatte mit derselben Flinte, mit der sie ihn nun bedrohte, schon ihren Mann und zwei nachfolgende Liebhaber aus dem Haus geschossen, nachdem die das Feld nicht freiwillig hatten räumen wollen.

Joshua Warner reagierte ohne Panik.

Er hatte alles verloren, was seinem Leben einen Sinn gegeben hatte. Es würde ihm, jedenfalls war er felsenfest davon überzeugt, nichts ausmachen, erschossen zu werden.

Aber nicht sofort. Zuerst hatte er noch etwas zu erledigen.

Wenn es Clearwater und dem FBI nicht gelang, die Verantwortlichen für den Anschlag hinter Gitter zu bringen, dann war er es seiner Frau, seinen toten Kindern und den anderen Opfern schuldig, das Gesetz in die eigenen Hände zu nehmen.

Er wollte es schwarz auf weiß, wer etwas mit dem Verbrechen zu tun und wer es geplant hatte. Klar und deutlich. Ohne den geringsten Zweifel. Dann würde er das Gesetz in die Hand nehmen und Richter und Henker in einer Person sein.

Er hatte Clearwater gegenüber erwähnt, dass er an nichts anderes als an Rache denken konnte. Das war die Wahrheit. Damals bei der Unterredung genauso wie heute hier, vor Glorias Tür. Wenn es eine Gerechtigkeit gab, musste sie sich erfüllen.

Aber wenn Gloria Jenkins auf ihn schoss und ihn tötete, wer, verdammt, kümmerte sich dann noch darum, dass die Täter zur Rechenschaft gezogen wurden?

Warners gesamte Muskulatur spannte sich an bis aufs Äußerste. Er visierte die Haustür an, zog den Kopf zwischen die Schultern und rannte los, ohne auch nur einen Sekundenbruchteil über die möglichen Folgen dieses Unternehmens nachzudenken.

Sieben Schritte trennten ihn von der Tür.

Nach dem vierten Schritt befand er sich im toten Winkel, weil Gloria Jenkins zu spät reagierte und wahrscheinlich gar nicht mit dieser selbstmörderischen Aktion gerechnet hatte.

Als sie nun den Finger krümmte und das Blei aus den Läufen jagte, konnte sie ihm damit nicht mehr gefährlich werden.

Warner hörte die Explosion der Schüsse, spürte den scharfen Luftzug der Geschosswolke, zog die rechte Schulter nach vorn und prallte aus vollem Lauf und mit seinem ganzen Gewicht gegen die Tür.

Sie wurde aus dem Rahmen gesprengt, schlug knallend gegen die Innenwand, und Warner katapultierte sich in die Vorhalle.

Er stürzte, landete auf der Seite, rutschte bis ans Ende der Treppe und richtete sich dort taumelnd und halbbenommen wieder auf.

»Gloria Jenkins!«, hallte seine Stimme durch das Haus, das die Schwester des selbst ernannten Colonel allein bewohnte. »Ich will deinen verdammten Bruder!«

Warner wollte gerade nach oben stürmen, als er den Schatten oben an der Treppe entdeckte.

Er verharrte mitten in der Bewegung und starrte zu Gloria Jenkins hinauf.

Sie stand dort wie ein wunderschöner Racheengel. Nur mit einem durchsichtigen Tüllgewebe von Nachthemd bekleidet. Den Kopf hatte sie trotzig in den Nacken gelegt. Die Schrotflinte hielt sie in beiden Händen. Der Lauf zielte die Treppe hinunter.

»Einmal hast du Glück gehabt, Joshua Warner.« Ihre Stimme klang wie das Knurren eines Hundes, den man noch nicht genug gereizt hatte, um ihn zum Zuschnappen bewegen zu können. »Versuche es nicht noch mal! Brian ist nicht hier!«

»Wo ist er?«

»Weiß ich nicht. Er hat Hausverbot. Genau wie mein Ex-Mann und die beiden Freier, die ich vor die Tür gesetzt habe.«

»Das hat nichts zu bedeuten.«

Gloria Jenkins bewegte sich einen halben Schritt nach vorn. »Das hat alles zu bedeuten, Warner. Brian weiß genau, dass er selbst mit seiner ganzen Militia-Scheiße im Rücken keine Chance hat, lebend hier rein- und wieder rauszukommen. Ich habe ihn seit Monaten nicht gesehen und gesprochen. Ist das deutlich?«

Das war mehr als deutlich.

»Das habe ich den Bullen auch gesagt«, fuhr Gloria Jenkins ruhig fort. »Die haben mir geglaubt. Erweise dir selbst einen Gefallen und verschwinde, Warner. Such meinen Bruder. Und von mir aus schick ihn zum Teufel. Aber such ihn nicht bei mir!«

Warner duckte sich. Die Rechte, in der er die 45er Automatic hielt, hing schlaff an seiner Seite.

»Du weißt, wo er ist«, verkündete und behauptete er mit Grabesstimme. »Verdammt, du weißt es und beschützt ihn!«

Erneut knackte es, als Gloria die Hähne der nachgeladenen Flinte wieder spannte. Dieses Mal richtete sie die Läufe an Warner vorbei.

»Du alter Bock, hattest du nicht mal den Mut, allein zu kommen?«, schrie sie. »Sag mir, wer der Kerl ist, bevor ich ihn zur Hölle schicke!«

Der Kerl war ich.

Ich hatte Warner anreisen sehen und mich zurückgehalten, bis Gloria aus dem Fenster heraus das Feuer auf den Gefängnisdirektor eröffnet hatte.

Danach war alles so schnell gegangen, dass ich spät, aber gerade rechtzeitig, wie es schien, im Haus auftauchte.

»Es ist genug«, sagte ich leise, um die Spannung aus der Luft zu nehmen.

»Ich will wissen, wer du Arschloch bist, Mann!«

Sie sah wunderschön aus, aber sie schien mit einem Düsenjäger durch die gute Kinderstube gerast zu sein. Ich konnte mich nicht mehr daran erinnern, wann mich eine Lady zuletzt Arschloch genannt hatte.

Na ja, vielleicht war sie ja nur schön und keine Lady.

»Jerry Cotton, FBI.«

»Sag das noch mal, du Penner!«

»Cotton, FBI«, wiederholte ich und bewahrte die Ruhe.

»Wenn du ein G-man bist, warum lässt du es dann zu, dass ein Wahnsinniger einer Frau mit einer 45er zu Leibe rücken will, Cotton?«

Der Umstand, dass sie mich nicht mehr beschimpfte, sondern mich beim Namen nannte, ließ mich hoffen.

»Ist ja noch nichts passiert. Ich …«

Ich hatte mich voll und ganz auf Gloria Jenkins konzentriert und Warner fast vergessen. Er rief sich in Erinnerung, als er zu mir herumwirbelte, die Hand mit der schweren Waffe hochriss und den ersten Schuss abfeuerte.

Dass er absichtlich vorbeizielte, war deutlich. Auf die geringe

Distanz konnte auch ein verdammt schlechter Schütze sein Ziel nicht verfehlen. Das jedoch machte ihn nicht weniger gefährlich. Nach dem, was ihm widerfahren war, konnten sich seine Wut und sein Hass schnell gegen mich richten.

Dann würde er nicht mehr vorbeischießen.

»Du störst«, sagte er mit einer Stimme, die an Monotonie nicht mehr zu überbieten war. »Du hattest drei Tage Zeit, hier zu erscheinen und Gloria zu fragen, wo sich ihr Bruder versteckt hält. Jetzt ist es meine Sache. Und ich kriege es heraus.«

Zorn, Hass und Schmerz beherrschten ihn. So konnte er die Lage nicht richtig einschätzen. Von mir ging keine Gefahr aus, dafür von Gloria Jenkins, die dort oben noch dichter an die erste Treppenstufe herantrat und die doppelläufige Schrotflinte in Anschlag hielt.

»Sie haben Jenkins gefunden«, sagte ich.

Warner lachte abgehackt.

»Sie haben den falschen Colonel gefunden«, wiederholte ich und versuchte, den Lauf der 45er zu ignorieren, den Warner jetzt auf meinen Bauch gerichtet hatte.

Mir war klar, dass Warner in dieser Verfassung gar nicht dazu in der Lage war, ein vernünftiges Wort mit mir zu wechseln. Warum sollte er mir auch glauben? Er kannte mich nicht. Er musste glauben, dass ich versuchte, ihn mit der Aussage, Jenkins sei gefunden worden, zu beruhigen und dazu zu bewegen, die Waffe einzustecken, mit der er seine Familie rächen und sich später vielleicht selbst in eine andere Welt schießen wollte.

Genauso schätzte ich ihn ein. Jemand, der den Sinn seines Lebens verloren hatte, sehnte sich nach Ruhe und Tod.

»Wann?«, fragte Gloria Jenkins.

»Vor zwei Stunden, vor Einbruch der Dunkelheit«, antwortete ich ruhig, ohne Warner auch nur für einen Sekundenbruchteil aus den Augen zu lassen.

»Wo?«

»Im Wald.«

Gloria Jenkins senkte die Flinte und lehnte sich mit der Hüfte an den Pfosten des Treppengeländers.

»Im Wald«, höhnte Warner. Er schüttelte den Kopf. »Du steckst mit ihr und ihrem Bruder unter einer Decke. Die Ratte hat sich hier versteckt, oder ihr habt ihn in Sicherheit gebracht, weil ihr Angst vor ihm habt. Jenkins und seine Militia können euch zerstören, und ihr habt keine Chance. Ihr habt Angst!«

Er begriff gar nicht mehr, was er sagte. In den letzten Tagen hatte er es mit viel Selbstbeherrschung überspielen können. Aber nun zeigte sich doch deutlich, wie tief der Schock seine Seele und seinen Geist vergiftet hatte. Er fühlte sich von der Welt allein gelassen und vertraute niemandem mehr. Wahrscheinlich nicht mal mehr Captain Clearwater, mit dem er seit vielen Jahren befreundet war.

»Jenkins wurde erschossen«, fuhr ich fort.

»Wer hat ihn gefunden?«

»Die Cops. Sie haben das Waldgrundstück durchkämmt.«

Warner lachte bitter. »Die Cops haben den Wald bislang gemieden wie die Pest. Warum sollten sie gerade jetzt ...?«

Als ich mich bewegte, weil ich nicht so lange auf einem Fleck stehen konnte, hob er die 45er Automatic wieder, die er eben etwas hatte sinken lassen.

»Ich war zusammen mit Captain Clearwater und den Cops im Wald«, berichtete ich. Es fiel mir schwer, meine Stimme ruhig und gelassen klingen zu lassen. »Clearwater hat was abbekommen. Er ist in Boulder im Krankenhaus. Er wird noch heute Abend zurückkommen, Warner. Dann kannst du ihn selbst fragen. Er ist dein Freund. Er verdient es nicht, dass du ihm misstraust.«

Seine Augen weiteten sich. Irgendwie hatte es den Anschein, als müsste er sich erst wieder daran erinnern, wer Clearwater war.

Dann schüttelte er entschieden den Kopf und kam einen Schritt auf mich zu, mit der Waffe im Anschlag.

Warner geriet mehr und mehr außer Kontrolle.

Er hatte nach dem Anschlag und dem Tod seiner Familie jedwede ärztliche Behandlung abgelehnt. Nicht mal Clearwater hatte ihn überreden können. Dabei wäre die Hilfe eines Psychiaters absolut notwendig gewesen, um ihn aus seinem dumpfen, unberechenbaren Zustand von Trauer und Hass herauszureißen.

Stattdessen hatte er alles in sich hineingefressen und das Geschehen immer wieder Revue passieren lassen.

Nun war er dort angelangt, wo er Realität und Wahnvorstellung nicht mehr unterscheiden konnte.

Ich stand regungslos vor der 45er Colt Automatic, während sich sein Zeigefinger um den Abzug schmiegte und seine Augen Signale von Hass und Verachtung verschossen.

Alles, was ich unternahm, würde unweigerlich auf meinen Tod hinauslaufen. Und ausgerechnet in Colorado zu sterben, das behagte mir auch nicht besonders.

Über Warners Schulter hinweg konnte ich Gloria beobachten.

Natürlich glaubte sie mir, und sicherlich hatte sie sich schon lange damit abgefunden, dass ihr Bruder eines Tages auf diese gewalttätige Weise sterben würde.

Meine Muskeln spannten sich.

Meine Situation war, gelinde ausgedrückt, hoffnungslos. Dennoch musste ich etwas gegen Warner unternehmen. Er war in seinem desolaten Zustand wie ein Blindgänger mit defektem Zünder, der schon beim kleinsten Huster krepieren konnte.

»Warum konzentrierst du deine Wut auf den G-man?«, fragte Gloria. »Brian war mein Bruder.«

Ich war nicht sicher, ob sie sich wirklich bewusst war, dass sie mit ihrem Leben spielte. Sicher war, dass sie versuchte, mir zu helfen und Warner abzulenken.

»Mein Bruder!«, schrie sie ihn an, als Warner nicht reagierte.

In der nächsten Sekunde drückte sie beide Läufe der Flinte ab. Das gehackte Blei riss ein riesiges Loch in die Decke und ließ den Kalk rieseln.

Während Warner zu ihr herumwirbelte, weil er sich bedroht fühlte und schon zu feuern begann, bevor er Gloria überhaupt im Visier hatte, sah ich, wie sich das weiße Tüllgewand blähte, als sie sich fallen ließ und die Treppenstufen hinunterrollte.

Ich sprang nach vorn, erwischte Warners Beine und riss ihn zu Boden.

Schreiend trat er nach mir und versuchte sich zu befreien und wieder auf die Füße zu kommen.

Ich ließ ihm keine Chance. Ich hielt ihn fest, zog ihn dichter an mich heran und schmetterte ihm die Stirn ins Gesicht.

Sein Schreien erstarb. Der Schmerz schien ihn aus seiner Wahnwelt in die Realität zurückgeholt zu haben.

Er drehte sich auf die Seite.

Ich ließ seine Beine los. Meine Finger schlossen sich um das Handgelenk der Schusshand. Ich brauchte keine besondere Gewalt anzuwenden. Warner ließ die Waffe freiwillig fallen.

Mit der Fußspitze kickte ich die 45er dennoch in Richtung Treppe, vor der Gloria Jenkins lag und sich in diesem Augenblick mühsam und stöhnend wieder aufrichtete.

Das Tüllnachthemd war zerrissen. Sie war praktisch nackt und wurde sich dessen erst bewusst, als ich sie verwundert anschaute. Sofort raffte sie den Stoff so zusammen, dass er ihre Blößen wieder notdürftig bedeckte.

»Danke«, sagte ich und half ihr auf die Beine, nachdem ich Warners 45er an mich genommen hatte.

»Scheiße!«, schleuderte sie mir entgegen und bewies damit eindeutig, dass sie wieder in Ordnung war. »Wenn mir vor einer Stunde jemand gesagt hätte, dass ich einem Bundesbullen helfen würde, hätte ich ihn ausgelacht und für verrückt erklärt.«

»So, wie Sie's getan haben, war's absolut verrückt«, sagte ich und legte ihr die Hand auf die Schulter.

»Übung«, entgegnete sie lakonisch. »Was glauben Sie, wie oft ich von meinem Ex-Mann die Treppe hinuntergestoßen worden bin, bevor ich ihn mit der Flinte aus dem Haus getrieben habe?«

Sie erwartete keine Antwort, drehte sich brüsk um und stieg die Treppe wieder hinauf.

Wenig später war sie aus meinem Blickfeld verschwunden.

Warner hatte sich an die Seitenwand der kleinen Empfangshalle gerobbt, saß dort zusammengekrümmt und zitterte wie Espenlaub.

Vor dem Haus stoppten zwei Patrolcars. Türen flogen auf. Uniformierte stürmten durch den verwilderten Vorgarten ins Haus.

Zwei von ihnen hatten die Waffen schon gezogen.

»Keine Aufregung!«, brüllte ich, bevor sie mich in die nächste gefährliche Situation bringen konnten. »FBI! Alles in Ordnung!«

Nach dem Geschehen im Wald, wo ich ihrem Captain mehr oder weniger das Leben gerettet hatte, hatte der Name FBI eine allgemeine Aufwertung erfahren.

Normalerweise hielten sie hier im County nichts von Bundespolizisten und sahen in ihnen mehr eine Bedrohung.

»Was ist mit ihm?«, fragte ein Cop, dessen graues Haar unter seiner Uniformmütze hervorschaute.

»Nichts.« Ich schüttelte den Kopf. »Er hat die Nerven verloren, was verständlich ist. Bringen Sie ihn zum Doc.«

»Auf keinen Fall!«, zischte Joshua Warner.

Ich setzte mich neben ihn auf den Boden und legte ihm behutsam die Hand auf die Schulter. Im ersten Moment befürchtete ich, er würde sie wütend abschütteln. Er tat es nicht. Er blickte mich aus großen Augen an. Tränen rollten seine Wangen hinunter.

»Wie soll ich weiterleben?«, fragte er. »Ich meine, wie kann ich in einer Welt weiterleben, in der sich die Mörder meiner Familie frei bewegen können, G-man?

Ich zündete zwei Zigaretten an und schob ihm eine davon zwischen die trockenen Lippen.

»Ich kann Ihnen darauf keine Antwort geben, Joshua. Ich weiß nur, dass Sie ärztliche Behandlung brauchen. Ohne Hilfe steht niemand das durch, was Sie mitgemacht haben. Und ich weiß sicher, dass wir die Burschen packen, die das alles zu verantworten haben.«

»Können Sie mir das schwören?«

Schweigen breitete sich aus im Treppenhaus von Gloria Jenkins' Haus.

»Nein«, antwortete ich fest. »Niemand kann so was mit ruhigem Gewissen schwören. Aber ich verspreche Ihnen, dass wir alles tun werden.«

Er nickte und rieb sich mit dem Handrücken die Tränen von den Wangen. Er nahm meine Hand, ließ sich von mir auf die Beine helfen und lehnte sich für vielleicht zwei Sekunden an mich. Irgendwie erschien es mir wie ein Vertrauensbeweis.

Dann löste er sich von mir und schloss sich den Cops an, die ihn zum Arzt bringen würden.

»Können wir noch etwas tun?«, fragte der Sergeant mit den langen grauen Haaren.

»Nichts.«

Oben am Treppenaufgang erschien Gloria Jenkins, die sich Jeans und Pullover angezogen hatte. Auch darin sah sie fantastisch aus.

»Es ist in deinem Haus passiert, Gloria«, sagte der grauhaarige Sergeant. »Du hast das verdammte Recht, Anzeige zu erstatten.«

Sie strich sich das lange Haar in den Nacken, senkte den Blick für eine Sekunde auf mich, schaute dann den Sergeant an und schüttelte den Kopf.

»Es ist nichts geschehen«, sagte sie leise. »Was die Tür angeht, die kann ich allein reparieren.«

»Dann verschwinden wir und fertigen ein Protokoll an.«

»Spart euch das Protokoll«, sagte ich. »Ihr habt doch gehört, dass nichts geschehen ist.«

»Wir sind hier nicht in New York, sondern im Boulder County in Colorado«, meldete sich ein anderer Polizist, der zwanzig Jahre jünger war als der grauhaarige Sergeant und wahrscheinlich Punkte sammeln wollte.

»Du hältst dein verdammtes Maul und verschwindest!«, zischte der Sarge. Er kam auf mich zu, blieb dicht vor mir stehen und schaute mir in die Augen. »Nicht, dass ich Bundespolizisten besonders liebe, Mister. Aber bei Ihnen ist das etwas anderes. Ich war dabei, als das im Wald passierte und Sie unserem Captain das Leben gerettet haben.«

Ich nahm die Hand, die er mir freundlich entgegenstreckte, und schaute dann noch der Armada nach, bis sie ganz abgezogen war.

Gloria Jenkins blieb auf dem oberen Treppenpodest stehen. Die Hüfte an das Geländer gelehnt, die Luft angehalten und den Brustkorb weit nach vorn geschoben. Sie trug nichts unter dem Pullover, und sie war eine verdammt attraktive Frau.

»Wie ist er gestorben, Jerry?«

Ich zuckte mit den Schultern. »Die Gerichtsmediziner in Boulder haben ihn sich vorgenommen. Ich habe noch keinen Bericht erhalten. Captain Clearwater wird Ihnen später mehr sagen können.«

»Denken Sie, dass seine Leute ihn erschossen haben?«

»Sie meinen, ob es zu einem Machtkampf innerhalb der Gruppe gekommen ist?«

»Ja.«

»Möglich«, erwiderte ich ausweichend. »Aber nicht sehr wahrscheinlich. Wenn ich Ihnen eine direkte Frage stelle, Gloria, würden Sie mir die ehrlich und direkt beantworten?«

»Sicher«, antwortete sie fest.

»Halten Sie es für möglich, dass es Ihr Bruder war, der die Katastrophe am Riverside Drive ausgelöst hat?«

»Ja.«

»Aus politischen Gründen? Vielleicht auf Weisung von anderen militanten Gruppen?«

»Nein.« Sie schüttelte den Kopf. »Rache.«

»Er hat lange damit gewartet, oder?«

»Ziemlich lange. Aber er ist immer ein Mensch gewesen, der keine schnellen und spontanen Entschlüsse fassen konnte. Hinzu kommt, dass er immer jemanden brauchte, der ihn anspornte und ermutigte. Können Sie damit etwas anfangen?«

»Ich weiß es nicht«, antwortete ich ehrlich. »Später, wenn alles vorbei ist, würde ich Sie gerne privat wiedersehen. Denken Sie darüber nach. Und wenn Ihnen noch etwas einfällt und Sie kein Vertrauen zu Clearwater haben, können Sie mich jederzeit über das FBI-Büro in Boulder erreichen. Okay?«

»Ich habe darüber nachgedacht. Ich will Sie ebenfalls später privat wiedersehen.«

»Gibt es etwas, was Sie über die Freunde Ihres Bruders wissen und was uns weiterhelfen könnte?«

»Ich habe mich lange nicht mehr um ihn gekümmert. Ich werde darüber nachdenken.«

Ich nickte. »Bevor ich es vergesse«, sagte ich grinsend. »Danke, dass Sie mir das Leben gerettet haben. Er hätte auf mich geschossen und mich erwischt.«

»Das bilden Sie sich nur ein. Kann ich jetzt bitte allein sein?«

Ich nickte ihr zu und verließ das Haus. Vielleicht war es nicht der beste Schachzug, den ein FBI-Agent machen konnte. Möglicherweise hätte ich doch noch etwas aus ihr herausbekommen, wenn ich hartnäckig geblieben wäre.

Aber irgendwie wollte ich ihr das nicht antun.

Es war genauso abgelaufen, wie Colani es sich ausgerechnet hatte. Der Doc hatte kalte Füße bekommen und sich, nachdem sich sein Patient weder gemeldet hatte noch aufgetaucht war, mit der Gesundheitsbehörde in Verbindung gesetzt.

Dort war der Name Colani, der überall auf der schwarzen Liste stand, sofort ins Auge gesprungen. Eine Angestellte der Behörde hatte daraufhin den FBI benachrichtigt.

Phil handelte mit der Professionalität und Schnelligkeit, die notwendig war, um einen gesuchten Kriminellen nach einem Tipp den Weg abzuschneiden, ihn einzukreisen und aus dem Verkehr zu ziehen.

Das Ambassador Hotel war von einem Vorauskommando der City Police hermetisch abgeriegelt worden.

Nicht, dass die Cops den Publikumsverkehr störten oder unterbanden. Das wäre bei der Größe des Hotels undenkbar gewesen. Sie hatten sich vielmehr mit Antonio Colanis Foto an allen Ein- und Ausgängen und in der Tiefgarage postiert und nahmen jeden kritisch unter die Lupe.

Auf diese Art und Weise wurde Colani nicht gewarnt und hatte keine Chance, wenn er sich zeigte.

»So viel Glück hat man in einem G-man-Leben nur einmal«, schnaufte Zeerookah, der Phil Decker fuhr. »Colani hatte natürlich nicht mit einem Zwischenfall rechnen können und dem Arzt seinen richtigen Namen und seinen augenblicklichen Aufenthaltsort wahrheitsgemäß mitgeteilt.«

Antonio Colani, Ambassador Hotel, New York City.

»Der Schweinehund fordert uns heraus«, knurrte Zeerookah. »Er hält sich seit geraumer Zeit in New York auf und hat es nicht mal für nötig gehalten, seinen Namen zu ändern. Was will er?«

»Weiß ich nicht«, antwortete Phil und nahm über Sprechfunk Kontakt mit dem Einsatzleiter der Cops am Hotel auf.

Bislang war Colani noch nicht gesichtet worden. Also war anzunehmen, dass er sich noch im Hotel aufhielt, wo er die Royal Suite zusammen mit einer Kubanerin gemietet hatte. Dass er sich noch im Hotel aufhielt, folgerten Phil und Zeery daraus, dass er vor nicht langer Zeit den Zimmerservice bestellt und sich da noch in der Suite aufgehalten hatte.

Mit der Kubanerin, die eine ausgesprochene Schönheit sein sollte und eigentlich viel zu jung für ihn war.

»Hast du nähere Angaben über seinen Gesundheitszustand?«, wollte Zeery wissen.

Phil schüttelte den Kopf und konzentrierte sich auf den Verkehr.

Die G-men brauchten für die Fahrt etwas mehr als eine halbe Stunde.

Wenn man die Zeit dazurechnete, bis die Meldung, die bei der Gesundheitsbehörde eingegangen war, an den FBI weitergeleitet worden war, dann waren jetzt insgesamt drei Stunden verstrichen.

Da konnte eine ganze Menge passiert sein. Auch wenn die Mitteilung der Hoteldirektion optimistisch lautete, dass sich Colani noch im Haus aufhielt, so verließen sich Phil und Zeery nicht darauf.

Zeery stellte den alten Lincoln vor dem Eingang ab und folgte Phil an einem protestierenden Portier vorbei zur Rezeption. Dort zeigte er seinen Ausweis, und wenig später leisteten ihnen drei Hotelpolizisten Gesellschaft.

»Wann haben Sie Colani zuletzt gesehen?«, erkundigte sich Phil vorsichtshalber noch einmal.

»Das Personal vom Zimmerservice hat ihn zuletzt vor ungefähr drei Stunden gesehen«, antwortete einer der Hotelpolizisten. »Das Zimmermädchen war ebenfalls oben. Im Bad herrschte ein großes Durcheinander. Sie behauptete, es habe ausgesehen, als hätten dort zwei Männer miteinander gekämpft. Aber das ist natürlich unmöglich.«

»Warum?«

»Weil Mr. Colani die Suite zusammen mit einer jungen Kubanerin bewohnt, Sir.«

Zeery hatte inzwischen erneut Kontakt mit dem Einsatzleiter der Cops aufgenommen.

Noch immer war Colani nicht gesichtet worden.

Es gab zwei Möglichkeiten: Entweder hielten sich Colani und die Kubanerin immer noch in der Suite auf, oder die beiden hatten das Hotel in aller Heimlichkeit verlassen.

Aber warum hätten sie das tun sollen?

Phil und Zeery fuhren in Begleitung der Hotelpolizisten nach oben.

Einer der Männer öffnete die Tür der Suite geräuschlos.

Phil stürmte als Erster in die Zimmerflucht und fand sie verlassen vor.

Auf dem Tisch lag ein Zettel mit der Antwort auf die Frage, warum Colani das Hotel fluchtartig verlassen hatte.

An die Bullen vom FBI!

Pech gehabt. Natürlich hat der verdammte Doc Alarm geschlagen, und natürlich hat der Name Colani bei euch die Alarmglocken läuten lassen. Ihr habt mich auf der Pier nicht erwischt, aber meine Fingerabdrücke gefunden. Also wusstet Ihr von meiner Rückkehr in die Stadt. Auf dem Flugplatz in New Jersey habe ich euch eine kleine Kostprobe von dem gegeben, was euch erwartet. Ich bin sicher, dass wir uns bald sehen. Zieht euch warm an, Bullen!

Phil las die Nachricht zweimal, dann gab er den Zettel fluchend an Zeery weiter.

»Was hat er vor?«, stellte Zeery erneut die Frage, die schon auf der Fahrt zum Ambassador Hotel gefallen war.

»Wahrscheinlich nicht das, was wir glauben, Indianer«, antwortete Phil. »Gib Entwarnung an die Cops.«

Während Zeery das Telefongespräch führte, unterhielt sich Phil mit den Hotelpolizisten.

»Was ist mit den rausgehenden Gesprächen?«, fragte er. »Werden die vom Computer registriert?«

»Das ist die Regel. Es sei denn, jemand will aus persönlichen Gründen keine spezifizierte Telefonrechnung. In diesem Fall wird die Telefonzentrale davon in Kenntnis gesetzt, und die Ausdrucke der Gespräche werden diskret vernichtet. Wir kümmern uns sofort darum.«

Phil ließ sich gedankenverloren in einen der gemütlichen Sessel sinken, während Zeery eine Runde durch die Zimmerflucht drehte.

»Die beiden haben es verdammt eilig gehabt«, knurrte der Indianer nach dem Rundgang. »Sie haben nur mitgenommen, was sie auf dem Leib trugen. Vielleicht noch einige persönliche Dinge. Aber das kann ich nicht überprüfen. Arbeit für die Kollegen von der Spurensicherung.«

Phil unterrichtete die Kollegen vom technischen Stab und ließ sich zu Mr. High durchstellen, um ihm die Hiobsbotschaft persönlich zu überbringen.

»Was plant der Mann?«, fragte auch der Chef.

»Wenn ich das wüsste, Sir, dann wäre mir wohler«, antwortete Phil.

»Er hat sich nicht versteckt, wenigstens nicht besonders gut«, überlegte der Chef laut am anderen Ende der Leitung. »Er hat sich nicht mal die Mühe gemacht, einen falschen Namen anzugeben. Er war beim Arzt und hat sich eine kubanische Freundin zugelegt. Er gibt zu, auf der Pier gewesen zu sein und für den Anschlag auf dem Flugplatz in New Jersey verantwortlich zu sein, bei dem zwei Kollegen ums Leben gekommen sind. Von den beiden Männern, die auf den Knopf gedrückt haben, mal ganz abgesehen. Verhält sich so ein Mann, der den ganz großen Coup plant, um sich dann wieder in die Sicherheit des Auslands zurückzuziehen, Phil?«

»Nein!« Phil schüttelte den Kopf. »Wenn Colani nicht erst vor ein paar Stunden von dem möglicherweise tödlichen Virus in seinem Blut erfahren hätte, hätten wir ihn geschnappt. Ich nehme an, dass er einen großen Abgesang vorbereitet.«

»Präzisieren Sie das.«

»Er weiß, dass seine Stunden gezählt sind, und er will einige von denen mitnehmen, die ihn vor Jahren aus dem Land getrieben haben.«

»Bundespolizisten?«

»Ja.«

»Aber als die Verbrechen auf der Pier und in New Jersey stattfanden, wusste er noch nicht von der absolut tödlichen Krankheit, die er in sich trägt«, warf Zeery ein, der das Gespräch über den eingeschalteten Lautsprecher mitverfolgen konnte.

»Richtig«, bestätigte der Chef. »Oder wir wissen nicht alles.«

»Versuchen Sie, die ärztliche Schweigepflicht aufheben zu lassen, Sir. Ich muss mit dem alten Neville reden. Er wollte, was Colanis Person angeht, etwas Ahnenforschung betreiben. Meistens findet Neville mehr heraus, als unsere Computer ausspucken.«

»Neville hat sich gemeldet. Ich habe seinen Bericht vorliegen.« Der Chef blätterte hörbar in den Papieren, die er bislang noch nicht gelesen hatte. »Moment.«

»Wir warten, Sir.«

Zeery holte zwei Cola aus dem Eisschrank, riss die Dosen auf und stellte eine für Phil neben das Telefon.

»Phil!«

»Sir?«

»Ich weiß nicht, ob Sie es schon wissen. Antonio Colani und Dan Turnpike, den man den Godfather von Boulder nennt, sind alte Bekannte. Sie kennen sich aus der Zeit, als Colani noch ein kleines Licht war.«

Phil schluckte trocken. »Alte Freundschaft rostet nicht.«

»Wie bitte?«

»Ich meine, so wie ich den alten Neville kenne, hat er dem Bericht zugefügt: Alte Freundschaft rostet nicht.«

»Das steht hier in der Tat.«

Phil grinste schwach. Zu mehr bestand keine Veranlassung.

»Jerry sollte davon erfahren, Sir.«

Einer der Hotelpolizisten kehrte zurück, legte den Computerausdruck der von diesem Zimmer aus geführten Gespräche neben Phil auf den Tisch und schaute den G-man hoffnungsvoll an.

»Das ist die Vorwahlnummer von Boulder, Colorado«, sagte der Hotelpolizist und tippte auf das Blatt Papier.

»Sir, wir kriegen gerade die Liste der von Colani geführten Gespräche. Drei Anrufe nach Boulder City, Colorado. Sobald die

Kollegen von der Spurensicherung auftauchen, kommen Zeery und ich zurück.«

»Vielleicht weiß ich bis dahin mehr«, sagte der Chef und beendete das Gespräch.

»Können Sie mit den Ausdrucken etwas anfangen?«, fragte der Hotelpolizist.

»Mehr als das«, versicherte Zeery. »Das ist wie eine Kugel, die ins Schwarze trifft.«

»Der Schweinehund hat seine Rechnung noch nicht bezahlt.«

»Setzen Sie ihn auf die schwarze Liste«, entgegnete Zeerookah, und in seinen braunen Augen blitzte es.

Clarissa weinte. Obgleich sich Fay McConnel alle Mühe gab, die Kleine zu beruhigen, gelang es ihr nicht. Es schien, als hätte das Kind die Gefahr erkannt, in der sie schwebten.

Nachdem sie von den falschen Soldaten in die Falle gelockt worden waren, hatte die Fahrt mehr als eine Stunde durch unwegsames Gebiet geführt. Dann hatten sie diese einsame Hütte mitten im Roosevelt National Forrest erreicht, und man hatte sie eingeschlossen.

Der falsche Major und der Mann, der die Uniform eines First Private getragen hatte, waren von zwei anderen Männern erwartet worden. Die beiden hielten sich nun irgendwo außerhalb des Sichtbereiches des Fensters auf, während der Major und der zwergenhafte, zierlich gewachsene First Private sich mit einem anderen Wagen auf den Rückweg gemacht hatten.

Als Fay ihre Tochter an sich drückte und beruhigend auf das blonde Mädchen einredete, fiel ihr plötzlich wieder ein, dass sie den First Private schon einmal in der Regionalzeitung gesehen hatte.

Der Reporter hatte über ein Bombenattentat im Boulder County berichtet, dem, unter anderen Personen, auch Kinder zum Opfer gefallen waren. Man brachte die Gruppe des selbst ernannten Colonel Jenkins mit dem Verbrechen in Zusammenhang. Jenkins war groß abgebildet worden. Und neben ihm der schmale, zwergenhafte Mann, der während der Entführung die Uniform eines First Private getragen hatte.

Er nannte sich Jericho, was natürlich nicht sein richtiger Name war.

Die Erkenntnis, in die Hände der Männer gefallen zu sein, die auch für den Anschlag verantwortlich sein sollten, trug wahrlich nicht dazu bei, Fay McConnel ruhiger zu stimmen.

»Wann kommt Daddy?«, quengelte Clarissa.

»Bald«, antwortete Fay ihrer Tochter.

Es war kurz nach zehn Uhr. Draußen war eine undurchdringliche Dunkelheit hereingebrochen. Auf dem Tisch flackerte eine Petroleumlampe, die die Trostlosigkeit der Hütte mit ihrem flackernden Licht nur noch unterstrich.

Neben diesem Raum gab es ein kleines Schlafzimmer mit zwei Feldbetten, und vom Gang aus hatte man Zugang zu einer provisorischen Toilette. Es waren Lebensmittel vorhanden. Unter anderem Milch, Cola und Schokolade, um das Kind ruhig zu halten, und auf dem Regal neben dem vergitterten Fenster lag eine Stange Camel. Die Marke, die Fay rauchte. Die Einrichtung und die Lebensmittel machten deutlich, dass die Hütte für einen längeren Aufenthalt ausgestattet war.

Fay hatte sich den Kopf über alle möglichen Ursachen dieser Entführung zerbrochen.

Das alles konnte nur mit ihrem Mann Dave zu tun haben, der, wenn es nicht schon geschehen war, in Kürze auf dem kleinen provisorischen Flughafen der Basis landen würde.

Aber was nur konnte Dave verbrochen haben? Zu was wollte man den First Lieutenant mit der Geiselnahme seiner Familie zwingen?

Fay fand keine Antwort auf ihre Fragen.

Sie wusste nur, dass Clarissas und ihr Schicksal nun in Daves Händen lag. Und sie hoffte inständig, dass man sich wenigstens einmal auf ihn verlassen konnte.

»Du musst schlafen«, sagte Fay zu ihrer Tochter, die schon zum zweiten Mal herzhaft gähnte.

»Daddy ...«

»Ich habe Daddy versprochen, dich zu wecken, sobald er kommt.«
»Ist das wirklich wahr?«

»Hat dich deine Mutter jemals angelogen?«, fragte Fay vorwurfsvoll zurück und musste trotz der verzweifelten Lage lachen, als die Kleine nickte. »Okay, dann ist es diesmal die Wahrheit. Ich werde dich ganz bestimmt wecken, sobald Daddy gekommen ist. Einverstanden?«

Sie trug Clarissa in das kleine Schlafzimmer, gab ihr noch Milch und einen Riegel Schokolade und zündete die dortige Petroleumlampe an, weil sie sich angeblich im Dunkeln fürchtete.

Fay ließ die Tür einen Spalt offen, sodass sie auf Clarissas Bett schauen konnte, und zog sich wieder in den Hauptraum der Hütte zurück.

Sie zündete sich eine Zigarette an und trat ans Fenster.

»Geht es dir gut? Gefällt dir dein neues Heim?«

Sie hatte den Mann aus der Dunkelheit gar nicht auftauchen sehen. Sie entdeckte ihn erst nach der Frage, als er sich in unmittelbarer Nähe des Fensters aufhielt.

Er war groß, breitschultrig und hatte ein grob geschnittenes, unschönes Gesicht.

»Das Hilton könnte nicht besser und komfortabler sein«, antwortete Fay McConnel sarkastisch. »Das ist genau das, was ich mir immer gewünscht habe: eine einsame Hütte im Wald und zwei Idioten vor der Tür, die die wilden Tiere abschrecken oder sich von ihnen fressen lassen.«

»Pass auf, du Marines-Schlampe!«

Fay wich einen schnellen Schritt zurück, weil sie befürchtete, der Mann könnte durch das vergitterte Fenster hindurch nach ihr schlagen. Die Eisenstäbe standen weit genug auseinander, um hindurchschlagen zu können. Zu verschließen war das Fenster von innen nicht. Dafür gab es von außen einen Holzladen, den man vor die vergitterte Fensteröffnung klappen konnte.

»Weißt du, was First Lieutenant Dave McConnel mit dir machen wird, du Hurensohn?«, zischte Fay.

Der Mann, der sein Gesicht dicht an das Gitter gedrückt hatte, schüttelte den Kopf. »Interessiert mich nicht, Rotfuchs. Aber wenn du es hören willst, werde ich dir erzählen, was wir mit dir machen, falls dein Lieutenant aus der Reihe tanzt. Nicht nur mit dir. Auch mit dem kleinen blonden Hosenscheißer.«

Fay setzte sich auf die Bank, drückte die gerade angerauchte Zigarette aus und zündete sich nervös eine frische an.

Sie zwang sich zur Ruhe.

Sie war von Natur aus keine Frau, die schnell die Nerven verlor. Sie war schließlich in einer Soldatenfamilie aufgewachsen. Ihre Brüder und ihr Vater waren nicht gerade sanft mit dem einzigen Mädchen in der Familie umgesprungen. Sie wusste sich also ihrer Haut zu wehren und konnte fluchen wie ein Marine.

Brotlose Kunst, die ihr in diesem Fall wenig helfen konnte.

»Bleibst du draußen, oder kommst du auf einen Drink rein?«, fragte Fay, nachdem sie sich von der Bank erhoben hatte und einen Yard vom Fenstergitter entfernt stand. »Die Nacht hier oben wird so lausig kalt, dass es dir die Eier abfriert. Es ist zwar kein großer Schaden für die Menschheit, wenn du keinen Nachwuchs mehr zeugen kannst, aber für dich ist es vielleicht …«

»Lass sie reden, James«, sagte der zweite Mann, der neben seinen breitschultrigen Partner getreten war und ihm beruhigend die Hand auf die Schulter legte. »Sie versucht nur, dich wütend zu machen.«

Fay lachte leise. Sie warf einen verächtlichen Blick auf das hagere Gesicht des zweiten Mannes, der neben dem breitschultrigen James aussah wie eine abgebrochene Bohnenstange.

»Dein Freund ist nur eifersüchtig, weil du mir besser gefällst. Er will dir den Spaß verderben, James«, stichelte sie.

»Ist das so, Joe?«

Der Hagere mit dem eingefallenen Gesicht schüttelte den Kopf. »Natürlich nicht, James. Sobald alles gelaufen ist, gehört sie dir. Das verspreche ich dir.«

James' Lippen zuckten. Seine runden Augen wanderten begehrlich über Fays aufregende Figur. Wenn sie es nicht besser gewusst hätte, hätte sie geglaubt, dass sie nackt in der Hütte stand.

»Komm weg von hier, James«, verlangte der hagere Joe. »Jericho wird sich bald über Funk melden.«

»Jericho wird ...«

Die Botschaft an die beiden Kerle wurde Fay nicht mehr los.

Joe klatschte die Läden vor die Gitter und legte von außen einen Riegel vor.

Fay hörte noch das dumpfe Lachen der beiden und kriegte eine Gänsehaut.

Die Kerle wollten etwas von Dave. Egal, ob Dave sich darauf einließ oder nicht, es war beschlossene Sache, sie und Clarissa umzubringen, um keine Zeugen zu hinterlassen.

Mit anderen Worten: Auch Dave würde es nicht überleben.

Auf leisen Sohlen ging Fay ins Schlafzimmer, nachdem sie die Lampe auf dem Tisch ausgeblasen hatte. Sie beugte sich über das Bett, auf dem Clarissa selig schlief, und Tränen rannen über ihr Gesicht.

Sie dachte an die Vigilantentruppen in diesem Land, an das fürchterliche Geschehen in Oklahoma City und den blutigen Anschlag, der nicht weit entfernt im Boulder County verübt worden war.

Wenn man diese Dinge in den Zeitungen las, dann schien das alles entsetzlich weit entfernt, und man hatte das Gefühl, dass es einen selbst gar nicht treffen konnte.

Aber nun musste sie feststellen, dass sie, Dave und Clarissa mit drinsteckten.

Während sie sich die Tränen aus dem Gesicht wischte, fielen ihr plötzlich die heroischen Worte ein, die Präsident Clinton nach dem Anschlag in Oklahoma City in die Welt hinausgeschickt hatte: »Ich werde nicht zulassen, dass Menschen in diesem Land von bösartigen Feiglingen bedroht werden!«

Okay, dachte Fay. Alles, was ich von dir verlange, Mr. President, ist, dass du dich an dein Versprechen hältst!

Dann ließ sie sich erschöpft auf das zweite Bett sinken und drückte ihr heißes, tränenüberströmtes Gesicht in das Kissen.

Das Telegramm war um 14 Uhr 32 in New York aufgegeben worden.

Clarissa und ich sind bei Conchita. Keine Nachrichten, keine Anrufe. Ich melde mich zu gegebener Zeit wieder. Fay.

Es hatte First Lieutenant Dave McConnel nicht sehr verwundert, dass Fay ihn nicht vom Flugplatz abgeholt hatte. Erstens hing der Haussegen seit langem schief. Zweitens hatte Fay möglicherweise auch erfahren, dass er sich beim Lehrgang in Albuquerque nicht so aufgeführt hatte, wie man es von einem braven Familienvater eigentlich erwarten konnte.

Er hatte in den vergangenen drei Wochen einige Affären mit anderen Frauen gehabt, hatte gespielt, verloren und so viel getrunken, dass seine Vorgesetzten es unmöglich hatten ignorieren können und er einen Eintrag in seine Dienstakte bekommen hatte.

Die nächste Beförderung konnte er in den Wind schreiben.

Es wäre also kein Wunder gewesen, wenn Fay die Sachen gepackt und mit Clarissa nach Dallas, Texas, geflogen wäre. Dallas war ihre Heimatstadt.

Aber New York?

Da stimmte etwas vorn und hinten nicht. Von einer Freundin namens Conchita hatte Dave McConnel ebenfalls noch nichts gehört.

Was, zum Teufel, hatte das alles zu bedeuten?

Der First Lieutenant grübelte noch darüber, als das Telefon anschlug. Fay, dachte er und riss den Hörer vom Apparat.

»Ja!«

»Ziemlich stürmisch, Lieutenant.«

Es war eine Frauenstimme, die er auf Anhieb nicht erkannte. Verdammt, vielleicht hatte er einem der Mädchen aus Albuquerque aus Versehen seine Telefonnummer gegeben!

McConnel legte blitzartig wieder auf.

Sehr intelligent ist das auch nicht gewesen, dachte er im nächsten Moment. So kannst du natürlich nicht herausfinden, ob dir in Albuquerque ein Fehler unterlaufen ist.

Er wollte sich gerade einen Drink einschenken, als das Telefon erneut klingelte.

»Dieses Mal würde ich an deiner Stelle nicht so schnell wieder auflegen, Lieutenant.«

Es war dieselbe Frauenstimme.

»Wer sind Sie?«

»Conchita.«

McConnel zuckte zusammen. »Aus New York?«

»Das kann man so sagen, Lieutenant.«

»Was, zum Teufel ...? Ist Fay bei Ihnen?«

»Nicht direkt, aber sie ist auch nicht weit entfernt.«

McConnel setzte sich. Die überlegene Ruhe der Stimme am anderen Ende der Leitung machte ihm schlagartig klar, dass es sich hier nicht um einen Scherz handelte.

»Hören Sie zu, Lieutenant. Wir treffen uns in einer Stunde im Three Coins Motel. In der Bar. Dort erfahren Sie mehr. Wenn Sie Ihre Frau und Ihr Kind lieben und gesund wiedersehen wollen, werden Sie kommen.«

Es klickte. Die Antwort blieb dem Lieutenant im Hals stecken.

Wütend schmetterte er den Hörer auf die Gabel, zündete sich eine frische Zigarette an und wollte sich gerade einen Drink nehmen, als ein Jeep vor der Tür hielt.

Militärpolizei.

McConnel dachte fieberhaft nach und suchte nach Erklärungen.

Die MP vor der Tür, das hatte noch viel weniger Gutes zu bedeuten als der Anruf der Frau, die sich Conchita nannte.

Es klopfte. Zweimal. Als er nicht reagierte, trat einer der Militärpolizisten mit seinen schweren Schuhen gegen die Tür.

»Moment, verdammt!«

McConnel ließ sich Zeit und ging in Gedanken das Sündenregister der letzten Monate durch.

Auf Anhieb fiel ihm nichts ein, weswegen die MP bei ihm auftauchte. Und dann auch noch zu solch unchristlicher Zeit.

Es waren zwei breitschultrige, hünenhafte Sergeants. Dass er selbst einen höheren Dienstrang hatte, spielte keine Rolle.

Die Buchstaben MP zählten. Wenn die Kerle Veranlassung dazu hatten, hieben sie mit ihren Knüppeln auch auf einen General ein.

»Nur ein paar Fragen, Sir«, sagte der blonde Master Sergeant, der um einen halben Kopf größer war als sein dunkelhäutiger

Kollege. Der Name Baker zierte seine Dienstkleidung. »Können wir reinkommen, oder sollen wir das auf der Basis klären?«

Auf der Basis klären. McConnel war nicht auf den Kopf gefallen. Diese Worte gebrauchten die Kerle, wenn es wirklich Schwierigkeiten gab.

»Um was geht es, Sarge?«

»Um den Wagen Ihrer Frau, Sir.«

»Kommen Sie rein.«

McConnel ging voran. Er setzte sich auf die Couch, während die Militärpolizisten rechts und links neben ihm stehen blieben.

»Was ist mit dem Wagen?«

»Er wurde an einer Stelle im Wald gefunden, wo er nichts zu suchen hat, Sir. Wo sind Ihre Frau und Ihr Kind?«

»In New York«, antwortete McConnel sofort.

»Seit wann?«

»Seit heute, nehme ich an.«

Er stand auf, holte das Telegramm und reichte es dem dunkelhäutigen Militärpolizisten, der den Namen Miller trug.

Miller warf einen kurzen Blick darauf und legte es wieder aus der Hand.

»Im Wagen haben wir die Schultasche Ihrer Tochter gefunden, Sir. Ihre Frau hat die Kleine gegen Mittag von der Schule abgeholt. Sie kann also gar nicht in New York sein.«

»Ich habe keine Erklärung dafür, Sarge. Ich bin erst vor zwei Stunden aus Albuquerque zurückgekehrt und ...«

»Das wissen wir, Sir.« Baker, der blonde Große, blähte seine Brust auf und trat dicht an McConnel heran. »Hören Sie gut zu, Sir.«

»Verdammt, ich ...«

Mit einem plötzlichen Ruck beugte sich Baker so weit nach vorn, dass er Körperkontakt mit McConnel hatte. Seine Augen versenkten sich in die von McConnel.

Der Lieutenant konnte sich nicht daran erinnern, wann ihn jemand zuletzt so entschlossen und so feindselig angeschaut hatte.

»Versuchen Sie nicht, hier eine Show abzuziehen, Mister«, keuchte McConnel. »Ich bin müde und nicht bester Laune. Und ...«

»Sie hören uns zu, verdammt!«, brüllte Baker. »Wir haben eine Nachricht vom FBI in Denver erhalten. Ein paar Halbidioten einer Militia-Gruppe aus dem Boulder County haben sich hier herumgetrieben und möglicherweise ausgekundschaftet, wie sie die Army packen können. Wir sind das Marine-Corps der U.S. Army, Lieutenant! Wir lassen uns von einigen wild gewordenen Waldläufern nicht ans Bein pinkeln. Okay?«

McConnel wollte einen Schritt zurückweichen.

Miller schnitt ihm den Weg nach hinten ab, versetzte ihm einen Stoß in den Rücken und trieb ihn wieder gegen Baker.

»Haben Sie das verstanden, Sir?«, brüllte Baker.

McConnel nickte.

Der Anruf, dachte er. In einer Stunde im Three Coins Motel. Es geht um Fay und Clarissa. Ich muss hin!

»Wir wollen wissen, was los ist, Lieutenant. Ihre Frau und Ihre Tochter sind verschwunden und ganz sicher nicht in New York. Zeugen haben Ihre Frau vor der Schule in einen Jeep der Army steigen sehen. Es gab drei Uniformierte. Einer von ihnen trug die Abzeichen eines Majors. Der Jeep stammt nicht aus unserer Einheit. Keiner aus unserer Einheit hat Ihre Frau und Ihre Tochter abgeholt.«

»Auf was wollen Sie hinaus?«

»Nach gründlicher Überlegung und Beratung sind wir zu dem Schluss gelangt, die falschen Uniformierten könnten Angehörige der Militia-Gruppe aus dem Boulder County sein. Wir hatten Kontakt zum FBI. Die G-men sind der Ansicht, angeblich begründet, dass die Gruppe hier bei uns etwas plant. Die Kerle haben sich Ihre Frau und Ihre Tochter geschnappt, um Sie unter Druck zu setzen, Sir. Sie sollten wissen, dass wir unter gar keinen Umständen zulassen, dass jemand das U.S. Marine Corps angreift!«

McConnel zuckte zusammen.

Baker trat einen Schritt zurück. Sein Zeigefinger schnellte vor und stieß gegen die Brust von Dave McConnel.

»Zwei G-men sind auf der Basis. Wir werden ausnahmsweise mit den Zivilisten zusammenarbeiten, um Ihre Frau und Ihre Tochter herauszuhauen, Sir. Um welchen Preis der Welt auch immer. Versuchen Sie also erst gar nicht, gegen uns zu arbeiten. Sie haben nicht die geringste Chance. Ist das klar, Sir?«

Mit einer ärgerlichen Handbewegung schlug McConnel den Zeigefinger von Baker beiseite.

»Weil Sie auch nur eine Sekunde lang geglaubt haben, ich würde gegen das Marine-Corps arbeiten, werde ich Ihnen persönlich die verdammte Fresse demolieren, Sarge!«, brüllte McConnel.

»Yes, Sir!« Baker strahlte ihn begeistert an, als könnte er sich nichts Amüsanteres vorstellen. »Aber erst, wenn wir mit dieser Sache im Reinen sind. Dann stehe ich Ihnen zur Verfügung.«

McConnel nickte und setzte sich. Er musste sich schnell entscheiden. Er liebte die MP genauso wenig wie die meisten anderen Soldaten. Aber dieses Mal gab es keine Alternative. Es ging um seine Frau und seine kleine Tochter.

»Ich habe gerade einen Anruf erhalten. In einer Stunde soll ich mich mit einer Frau namens Conchita, ich weiß nicht mal, wie sie aussieht und ob das ihr richtiger Name ist, im Three Coins Motel treffen. Es geht um Fay und Clarissa. Fragen Sie die G-men, wie ich mich verhalten soll. Ich muss auf jeden Fall dort erscheinen. Außerdem darf nicht der Verdacht aufkommen, dass die Army und der FBI unterrichtet sind. Verdammt, beeilen Sie sich, Sarge!«

Jetzt endlich schenkte sich McConnel den Drink ein, zündete sich eine Zigarette an und vergrub das Gesicht in den Händen, während Miller mit der Basis telefonierte.

Verzweifelt und ergebnislos versuchte er herauszufinden, um was es ging und welche Aufgabe man ausgerechnet ihm zugedacht hatte. Er wusste nur eines: Er würde die Hundesöhne persönlich töten, falls Clarissa und seiner Frau etwas zustieß.

»Der G-man heißt John Krause, Sir«, sagte Miller nach einem kurzen Gespräch und hielt McConnel den Hörer hin.

Draußen tobte ein Unwetter, wie es laut John Krause schon lange nicht mehr über Colorado niedergegangen war. Irgendwie war es symptomatisch für die ganze Situation.

Phil hatte mir die neusten Berichte aus New York durchgegeben.

Dort hatte man inzwischen herausgefunden, dass Antonio Colani, selbst wenn er nicht das angeblich tödliche Virus in sich trug, ein Todgeweihter war.

Zerfressen vom Krebs, hatte er bestenfalls noch einen Monat zu leben.

Das hieß, wenn man die Zeit des Endstadiums abzog, in der er nicht mehr dazu in der Lage war, etwas zu unternehmen, dann blieben Colani höchstens noch eine Woche bis zehn Tage.

Er war als kranker Mann nach New York zurückgekehrt, um seinen knallenden Abgang vorzubereiten.

Rache war sein letztes Lebensziel.

Er wollte sich an den G-men rächen und den Politikern in Washington aufzeigen, wie verwundbar dieses Land gegen den inneren Terror war.

Wie konnte man das besser zeigen, als die Eliteeinheit der U.S. Army, das Marine-Corps, auf ihrem eigenen Territorium anzugreifen und dabei eine Menge Menschen zur Hölle zu schicken?

Colani war von Hass erfüllt, und die Krankheit hatte sein krankes Gehirn noch mehr zerfressen. Er würde auf nichts und niemanden Rücksicht nehmen.

Wahrscheinlich nicht mal auf sich selbst.

»Er hat sich mit seinem Freund aus alten Tagen, Dan Turnpike, zusammengetan«, sagte John Krause, mit dem ich in der kleinen Bar unseres Motels zusammensaß. »Wahrscheinlich wollte sonst niemand mehr etwas mit ihm zu tun haben, Jerry. Er hat Turnpike von einem letzten großen Coup gegen die Army erzählt und ihm mit Sicherheit eine Menge Geld in Aussicht gestellt, wenn der die Vorarbeiten erledigte. Ob die Idee, mit der Militia-Gruppe von Jenkins zusammenzuarbeiten, nun von Turnpike oder von Colani stammt, spielt keine Rolle. Sie haben die Gruppe vor ihren Karren gespannt, um Verwirrung zu stiften.«

Nichts von dem, was Krause sagte, war angreifbar. Colani, der Todkranke, plante keinen Coup, der ihn noch reicher und berühmter machte. Er wollte die totale Katastrophe. Wollte aufzeigen, wie schwach die Polizei und die Regierung waren. Für ein solches Unternehmen konnte er nach dem fürchterlichen Geschehen in

Oklahoma City keine besseren Partner finden als die verbohrten Mitglieder einer rechtsradikalen Militia-Gruppe.

»Der Lieutenant hat sich mit der Frau im Three Coins getroffen«, fuhr Krause fort. »Eine Kubanerin. Conchita Alvarez. Die Frau, die zusammen mit Colani die Suite im Ambassador Hotel in New York geteilt hat. Sie ist im Motel geblieben. Von Colani keine Spur.«

Ich nickte. Natürlich hielt sich der große Meister im Hintergrund, wie alle großen Meister es taten. Sie schickten das Fußvolk für die niedrigen Arbeiten vor und traten erst dann ins Rampenlicht, wenn die Blicke der Weltöffentlichkeit auf sie gerichtet waren.

»Wir haben zwei Männer im selben Motel und hören ihr Telefon ab, Jerry. Sie hat keine Chance zu verschwinden, und Colani hat keine Chance, an sie heranzukommen. Wahrscheinlich hat sie noch gar nicht begriffen, wer Colani in Wirklichkeit ist. Menschenleben bedeuten ihm nichts. Sie kippt bestimmt um und kehrt sich gegen ihn, sobald sie die ganze Wahrheit erfährt. Sie hält sich illegal in den Staaten auf. Wenn sie trotz allem noch zögert und Skrupel hat, Colani zu verraten, bieten wir ihr die Green Card an.«

Erneut musste ich meinem Kollegen Krause aus Denver zustimmen. Er und seine Männer hatten die Sache im Griff.

Im Griff hatten sie auch ihren speziellen Freund, den »Godfather« Turnpike.

Dessen »Herrlichkeit« würde auf einen Schlag verpuffen, wenn es uns gelänge, Colani aus dem Verkehr zu ziehen und einige Mitglieder der verdammten Militia-Gruppe vor Gericht zu zerren.

Wegen Mordes an einem BATF-Agenten, wegen Mordes an unschuldigen US-Bürgern, wegen Verschwörung gegen die USA.

Zum Glück stellte sich First Lieutenant Dave McConnel sehr geschickt an. Falls Colani ihn beobachten ließ, würde ein Bewacher gar nicht auf die Idee kommen, dass der Lieutenant für das Leben seiner Frau und seiner Tochter die Seiten nicht gewechselt hatte.

»Im Moment können wir nichts anderes tun als warten«, sagte John Krause. »Es soll morgen passieren, Jerry. Dann wird sich wieder jemand mit dem Lieutenant in Verbindung setzen, und wir erfahren, was Colani plant.«

Krause warf einen Blick zur Uhr. Als er aufstehen und sich verabschieden wollte, betrat Gloria Jenkins die Bar des Motels.

Der Parkplatz lag etwas entfernt. Sie war durch den Regen gelaufen und sah aus wie eine nasse Katze. Genauso geschmeidig wie eine Katze bewegte sie sich auf unseren Tisch zu.

»Es wird mir von einigen Freunden im County nicht mit Dank vergolten werden, Jerry«, sagte sie, nachdem sie sich gesetzt und einen Tee mit Cognac bestellt hatte, »aber ich musste kommen. Mein Bruder ist tot. Es wird Zeit, dass einige Dinge ins rechte Licht gerückt werden.«

Krause und ich nickten.

»Brian hat nichts getaugt«, fuhr Gloria fort. »Vielleicht hat er irgendwann einen Knacks gekriegt, und etwas in seinem Kopf war nicht mehr in Ordnung. Anders kann ich mir seinen politischen Rechtsruck nicht erklären. Auf jeden Fall ist es so, dass er mit dem Anschlag im County nichts zu tun hat. Auch wenn ihn die Welt für einen Spinner und Schweinehund hält, ich will nicht, dass einige Verrückte ›Mörder‹ auf seinen Grabstein pinseln.«

Der Tee kam. Die Bedienung stellte einen doppelten Cognac daneben. Gloria Jenkins konnte ihn gebrauchen. Sie kippte ihn hinunter, um sofort noch einen zu bestellen. Dann nippte sie am heißen Tee und zündete sich eine Zigarette an. Ihre Hand zitterte.

»Ihr Bruder hat Warner gehasst«, sagte Krause.

Gloria schaute ihn an und nickte. »Ja«, entgegnete sie. »Er hat Warner gehasst, und nach dem letzten Aufenthalt im Staatsgefängnis hat er dem Kerl bittere Rache geschworen. Er wollte ihn umbringen. Bei Gott, Brian hätte es auch getan! Aber jemand hat ihn vorher erledigt.«

Krause wollte etwas erklären. Ich gab ihm unauffällig ein Zeichen, es nicht zu tun.

Gloria Jenkins hatte uns etwas zu sagen. Wahrscheinlich würde sie es nicht mehr tun, wenn Krause ihr sagte, dass die Untersuchung ausgewiesen hatte, dass Jenkins mit Sammy Longs Dienstwaffe erschossen worden war.

»Wir halten ihn nicht für verantwortlich für den Anschlag im Riverside Drive, Gloria«, sagte ich leise.

Sie konnte ihren Bruder vielleicht nicht ausstehen. Sie hatte ihn mit Waffengewalt aus dem Haus getrieben und gedroht, ihn zu erschießen, falls er jemals wieder einen Schritt über die Schwelle setzte – aber er blieb ihr Bruder.

»Doch wir sind davon überzeugt, dass er die Sache organisatorisch vorbereitet hat. Er unterhielt Verbindungen zur Unterwelt von Boulder. Von dort aus ist ihm der fertige Sprengsatz geliefert worden.«

»Möglich.« Gloria nickte. »Aber er hat ihn nicht gelegt. Selbst wenn er es getan hätte, hätte er nicht gewollt, dass es neben Warner noch andere Opfer gibt. Er war nicht wirklich gemein. Verdammt, ich meine, er hätte keine unschuldigen Menschen geopfert, nur um Warner zu erwischen. Er liebte Kinder. Zum Teufel, ja!«

Ich rutschte mit meinem Stuhl näher an Gloria Jenkins heran und legte ihr die Hand auf die Schulter.

»Ich erinnere mich daran, dass er mir mal gesagt hat, dass ein paar Männer seiner Gruppe ihn nicht mehr akzeptierten und planten, ihn auszuschalten. Weil er nach dem Feuerzeichen, das in Oklahoma gesetzt worden war, nicht sofort handelte und die Regierung an ihrer schwächsten Stelle angriff.« Ihr leerer Blick starrte auf die blassen Einheitsgardinen.

»Welche Männer?«, fragte Krause nach einer Weile des Schweigens.

»Ich weiß es nicht sicher.« Gloria Jenkins zuckte mit den Schultern. »Es gibt einen Hinweis dafür, dass Jericho hinter allem steckt.«

»Welchen?« Meine Stimme klang heiser.

»Remember the Alamo«, sagte Gloria. »Ich war im Krankenhaus und habe dort noch einmal mit Joshua Warner gesprochen. Er hat mir berichtet, dass der Anrufer am Morgen der Katastrophe diese Worte gebrauchte. Remember the Alamo. Es war schon immer Jerichos Losung. Die wollte er in Bekennerbriefen auch verbreiten, sobald die Gruppe die ersten Anschläge erfolgreich ausgeführt hatte.«

Die Kellnerin kam mit dem nächsten Cognac für Gloria Jenkins.

Ich war dankbar für die kurze Unterbrechung. Was Gloria gesagt hatte, mussten Krause und ich erst mal auf uns einwirken lassen.

Jericho, das passte ausgezeichnet. Angeblich war er, das hatte ich im Wald gehört, am Mittag in Estes Park gewesen, um etwas zu erledigen – die Entführung von Fay und Clarissa McConnel, das wussten wir ja inzwischen.

Jericho hatte die Führung der Militia-Gruppe übernommen. Unter seiner Leitung würde es nicht beim Kriegspielen im Wald bleiben. Jericho wollte Action gegen die Regierung, wollte dem BATF und dem FBI einen Denkzettel verpassen.

Einen besseren Partner hätten Antonio Colani und Dan Turnpike gar nicht finden können.

Irgendwie war ich plötzlich auch überzeugt davon, dass Jericho vor einigen Tagen zusammen mit Colani und einigen anderen in New York auf der Pier gewesen sein könnte.

Er war mit Turnpikes Vertrauensmann Loogan angereist, um den geplanten Coup mit Colani zu besprechen. Loogan war entbehrlich gewesen und ausgeschaltet worden. Aber auf Jericho schien Colani nicht verzichten zu können.

»Danke, dass Sie gekommen sind, um uns zu helfen, Gloria«, sagte ich, nachdem sie den zweiten Cognac getrunken und sich eine weitere Zigarette angezündet hatte. »Wir wollen ganz offen zu Ihnen sein, weil wir Ihnen vertrauen. Bevor wir Ihnen weitere Fragen über Jericho und seine engsten Freunde stellen, sollen Sie wissen, um was es geht.«

Gloria Jenkins schüttelte den Kopf. »Ich will es nicht wissen«, sagte sie scharf und griff nach ihrem Teeglas, um zu unterstreichen, dass das Thema für sie beendet war.

»Ich werde es Ihnen dennoch sagen, Gloria. Danach können Sie sich entscheiden, ob Sie mit uns über Jericho und seine engsten Freunde reden wollen.«

»Verdammt, ich ...«

»Jericho und seine Freunde haben die junge Frau und die Tochter eines Lieutenants des Marine-Corps gekidnappt«, durchbrach ich ihren Protest. »Die beiden werden irgendwo als Geiseln gehalten. Man wird sie kaltblütig umbringen, sobald man sie nicht mehr braucht.«

Gloria Jenkins stellte das Teeglas so hart auf den Unterteller zurück, dass es zersprang und der Rest des Tees sich über ihre Kleidung ergoss.

»Dieser verdammte Hurensohn von einem halben Zwerg!«, fluchte sie.

Die Bedienung wollte herankommen, um den Schaden zu beheben.

Ich winkte ab.

Von nun an durfte unsere Unterredung durch nichts mehr gestört werden. Gloria Jenkins sollte sich voll und ganz auf Jericho konzentrieren. Der Hass, den sie gegen diesen Mann hegte, musste sich langsam mehr und mehr in ihr aufbauen, bis sie Informationen über ihn nicht mehr als Verrat ansah und sie uns alles über ihn erzählte, was wichtig für uns war.

John Krause sah das genauso wie ich. Er setzte sich betont gerade hin. Ein Zeichen – jedenfalls für mich –, dass er unter Hochspannung stand.

»Jericho hat genug Unheil angerichtet«, murmelte er vor sich hin.

So schien es.

In Wirklichkeit jedoch weckte er damit Glorias Aufmerksamkeit, und es war ihr anzusehen, dass sie ihm sehr genau zuhörte.

»Zuerst Ihren Bruder, danach die unschuldigen Menschen bei dem gemeinen Anschlag im Riverside Drive, und jetzt auch noch eine junge Frau und ein kleines Mädchen …«

»Meinen Bruder?«, stieß Gloria ungläubig hervor. »Der Hundesohn hat meinen Bruder umgebracht?«

Sicher war es nicht fair, Jericho den Mord an Jenkins in die Schuhe zu schieben. Aber, zum Teufel, es ging einzig und allein darum, eine neue Katastrophe zu verhindern. In einem solchen Fall war jedes Mittel recht. Entschuldigen konnten wir uns später immer noch.

»Meinen Bruder?«, wiederholte Gloria die Frage nun mit noch mehr Nachdruck.

Krause schaute sie an. Sein Gesicht war wie aus Granit gemeißelt, als er nickte. Er war nicht nur ein guter G-man, sondern auch ein beinahe perfekter Schauspieler. Aber vielleicht musste man das sein, wenn man einen Job wie wir hatte.

»Sind Sie sicher?«

»Wer sollte es sonst gewesen sein?«, fragte Krause. »Ihr Bruder stand Jericho im Weg.«

Das klang so überzeugend, dass selbst ich es ihm abgenommen hätte, wenn ich nicht das ballistische Gutachten gekannt hätte, das bezeugte, dass Jenkins mit der Waffe des BATF-Agenten Sammy Long erschossen worden war, also mit höchster Wahrscheinlichkeit auch von Long, bevor die anderen Mitglieder der militanten Gruppe den Agenten erwischt hatten.

Gloria Jenkins strich sich die langen Haare in den Nacken. »Okay«, sagte sie entschlossen. »Ich kenne Jericho und einige der Männer, die sich um ihn geschart haben. Aber ich kann nicht sagen, was sie auf dem Kerbholz haben und ob sie an dem Anschlag im Riverside Drive beteiligt waren.«

Dass sie nicht versuchte, in ihrem Hass falsche Aussagen zu machen und anderen eine Schuld in die Schuhe zu schieben, die sie vielleicht gar nicht hatten, das sprach für sie.

Meine Bewunderung für diese schöne Frau, der im Leben nichts erspart geblieben war, wuchs immer mehr.

Jericho war im Schutz der Nacht in das kleine, halb verfallene Farmgebäude zurückgekommen, das er irgendwann einmal geerbt hatte und es seitdem bewohnte, ohne sich jemals die Mühe gemacht zu haben, es zu renovieren.

Das Gebäude wurde seit dem frühen Abend von FBI-Agenten überwacht. Und die Kollegen hatten sich so gut versteckt, verteilt und getarnt, dass man nur dann auf sie aufmerksam werden konnte, wenn man genau wusste, dass es sie in der Nähe gab.

Jericho wusste es nicht.

Er kam nicht allein. Jemand hatte Jericho in einem verbeulten Buick bis auf den Hof gefahren, hatte den Wagen gewendet und war bereits wieder verschwunden, als Jericho das Gebäude betreten hatte.

Der kleine Mann, der wirklich aussah wie ein abgebrochener Zwerg, hatte noch die Uniform eines First Private des Marine-Corps getragen.

Wenn es bislang auch nur den kleinsten Zweifel daran gegeben hatte, dass er wirklich etwas mit der Entführung von Fay und Clarissa McConnel zu tun hatte, dann war der in diesem Moment ausgeräumt.

»Er fühlt sich unbeobachtet, sicher und gibt sich keine Mühe, irgendwelche Spuren zu verwischen. Wahrscheinlich hält er sich für genial.«

»Das tun sie alle, John«, sagte ich zu Krause, der sich neben mir durch den dichten Regen bewegte. Mal mit geduckten Sprüngen, dann, wenn es keine ausreichende Deckung gab, durch den Matsch kriechend. »Sie halten sich für genial und fühlen sich dazu berufen, der Nation ihren Stempel aufzudrücken. Ihr Ziel ist schlicht und einfach die Beseitigung der Demokratie.«

Krause fluchte leise. Er tauchte neben mir in den Schlamm, als die Eingangstür des verfallenen Farmhauses geöffnet wurde und Jericho nach draußen trat.

Noch immer in der Uniform des Marine-Corps.

Wie ein Wiesel huschte er über den Hof und verschwand in einer riesigen Scheune, an der, bis vielleicht auf das Dach, nichts mehr dicht war.

Ich lag neben Krause. Meine Augen brannten von der dreckigen Brühe, in der wir beinahe untergetaucht waren. Ich hob das Gesicht in den prasselnden Regen, der die Augen wieder sauber wusch und mir freie Sicht verschaffte.

Zwei, vielleicht auch drei Minuten rührten wir uns nicht von der Stelle. Nichts geschah, was uns beunruhigen musste. Zum anderen rechneten wir auch nicht damit, dass Jericho auf uns aufmerksam geworden war.

Dann richtete ich mich auf, warf noch einen aufmerksam prüfenden Blick in die Runde und gab Krause das Zeichen, durchzustarten.

Jericho, der sich in der Remise aufhielt, würde uns nicht sehen können. Anzeichen dafür, dass sich neben ihm noch jemand in dem Farmhaus befand, gab es nicht.

Krause und ich schafften es, bis auf drei Yards an die löchrige Seitenfassade heranzukommen.

Sogar kopfgroße Löcher gab es in der Fassade, weil die Bretter der Seitenwand zum Teil verfault und zum Teil einfach herausgebrochen worden waren.

Unser Atem ging flach. Mit zusammengekniffenen Augen starrten wir durch die Löcher hindurch auf das flackernde Spiel von Licht und Schatten im Inneren des Schuppens.

Jericho hatte drei Petroleumlampen aufgestellt.

Eine stand auf der Kühlerhaube eines Transportfahrzeugs der U.S. Army, eine andere auf dem Dach des Führerhauses, sodass der Lichtschein auf die normalerweise mit einer Plane abgedeckte Ladefläche fiel. Dort hielt sich der kleine Mann auf und umrundete eine riesige Kiste, von der nur ein Teil über die Ladefläche ragte. Deutlich konnten Krause und ich sein meckerndes, zufriedenes Lachen hören. Eine Artikulation, die deutlich machte, dass er etwas vorbereitete und mit seiner Arbeit sehr zufrieden war.

Zehn nervenaufreibende Minuten verstrichen wie im Zeitlupentempo. Aber in unserem Job gehörte es zu den obersten Geboten, warten zu können und die Ruhe zu bewahren.

Krause hielt eine hochempfindliche Kamera mit Nachtaufheller in der Hand. Selbst bei absoluter Dunkelheit waren die Aufnahmen von Spezialisten noch bestens auszuwerten.

Das Klicken des Verschlusses war so leise, dass Jericho es nicht einmal gehört hätte, wenn er neben uns gestanden hätte.

Grelle Blitze zuckten über den dunklen Horizont. Der Himmel schien seine Schleusen noch weiter geöffnet zu haben. Das Modderwasser um uns herum spritzte hoch auf, sodass Krause hin und wieder die Linse der Kamera reinigen musste.

Jericho sprang vom Wagen, lief zur löchrigen Seitenwand des Schuppens und warf einen kritischen Blick zum Himmel hinauf, über den in immer schnellerer Reihenfolge bizarr gezackte Blitze zuckten.

Das Gesicht des Kleinen war besorgt.

Irgendwie schien es, als befürchtete er, dass ein Blitz das halb verfallene Gebäude traf und das zerstörte, was er in aufopferungswürdiger Arbeit gebastelt hatte.

Niemand brauchte Krause und mir zu sagen, dass es eine Bombe war.

Handmade. Wie die von Oklahoma City.

Die Bauanleitung konnte jeder Möchtegernterrorist inzwischen über Internet auf seinen Homecomputer zaubern. Auch das benötigte Material war leicht zu beschaffen. Jeder Hobbybastler würde im Baumarkt fündig werden.

Jericho löschte die Lampen.

Kurz danach tauchte der Kleine wieder am Eingang der Bretterbude auf. Sein Blick strich erneut kritisch zum von Blitzen erhellten Himmel, bevor er zum Spurt durch den Regen ansetzte und in dem heruntergekommenen Farmhaus verschwand.

»Der Kerl ist wirklich verrückt«, keuchte Krause. »Wenn die Bombe in Oklahoma fünfhundert Kilo hatte und in einem Lieferwagen transportiert wurde, dann befindet sich da auf dem Militärlaster mehr als die doppelte Menge.«

Ich nickte. »Kein Wunder, dass er misstrauisch zu den Blitzen schaut«, sagte ich. »Wenn das Zeug in die Luft fliegt, wächst im Umkreis von einer Meile in den nächsten Jahren kein Gras mehr.«

»Wir sollten ihn festnehmen, Jerry.«

Ich hatte es mir lange und gründlich durch den Kopf gehen lassen und war nicht seiner Meinung.

»Wir müssen die Bombe entschärfen«, sagte ich. »Wenn wir zu früh eingreifen, erfährt Colani es durch Turnpike und ändert seine Pläne. Colani hat noch ein paar Wochen zu leben, Krause. Du kannst dich darauf verlassen, dass ihm auch in der Kürze der Zeit eine andere, vielleicht noch größere Schweinerei einfallen wird.«

»Was hast du vor?«

Ich deutete zur Remise. »Ich behalte das Haus und Jericho im Auge«, antwortete ich. »Geh du in den Schuppen und mach von allem Detailaufnahmen. Wir brauchen ein Duplikat von Wagen und Ladung.«

Krause schaute mich erstaunt an, rieb sich das Regenwasser aus dem Gesicht und nickte.

»Wenn das schief geht, schicken sie uns ohne monatlichen Pensionsscheck in die Wüste, Jerry.«

Ich lächelte ihn schwach an. »Man muss das Leben positiv betrachten, wenn man daran nicht zu Grunde gehen will, mein Freund.«

»Vielleicht hast du Recht, alter Knabe.«

Wir trennten uns. Als ich mich noch einmal zu ihm umdrehte, war er schon im Schuppen verschwunden.

Das Finale war eingeläutet.

Ein alles entscheidendes Rennen, bei dem derjenige der Verlierer war, der wegen schwacher Nerven den ersten Fehler beging. Ähnlich wie bei einem Sprint, wenn ein Läufer seine Nerven nicht unter Kontrolle hat und die Startblöcke zweimal vor dem Startschuss verlässt.

Auf die Umwelt mochte ich gelassen und siegessicher wirken, aber das war ich in Wirklichkeit nicht.

Meine Gedanken drehten sich nicht allein um das Verbrechen, das Colani zusammen mit Turnpike und den Spinnern der militanten Gruppe plante, sondern auch um Fay McConnel und ihre kleine Tochter, die an einem uns unbekannten Ort als Geisenl festgehalten wurden und später, selbst dann, wenn Colanis Plan gelang, als lästige Zeugen getötet werden würden.

Die Hauptverantwortung lastete auf meinen Schultern.

Ich leitete das Unternehmen. Was immer auch schief gehen würde, man würde es mir ankreiden. Und, zum Teufel, ich wusste nicht, ob ich mit dem Gedanken würde weiterleben können, schuld am Tod einer jungen Frau und eines Kindes zu sein.

Zum Glück konnte ich mich beherrschen und hatte mich so unter Kontrolle, dass mir niemand meine Sorgen ansah und dadurch eventuell ebenso nervös wurde.

Alle Beteiligten und Mitverantwortlichen an diesem Unternehmen waren im Kartenraum auf der Basis des U.S. Marine

Corps zusammengekommen. Das war unser Koordinations- und Einsatzzentrum.

Ich hatte in der Nacht kaum Schlaf gefunden, denn ich war alles in Gedanken noch einmal durchgegangen und hatte alles in die Wege geleitet, was mir wichtig erschienen war. Ich hatte mit Phil in New York telefoniert, meinen Freund ebenfalls um seinen verdienten Schlaf gebracht und mich von ihm beraten und korrigieren lassen, wenn mir ein gedanklicher Fehler unterlaufen war.

Jerichos Behausung wurde lückenlos überwacht.

Hinter jedem der Männer, die zum harten Kern der militanten Truppe gehörten, stand ein Cop, so gut getarnt und unauffällig, dass keiner es bemerken konnte. Wie bereits im Fall von Jerichos Beschattung war es uns zugute gekommen, dass wir das Hauptquartier der Militia kannten. So brauchten wir nur den Leuten von dort aus zu folgen.

Mit einem kurzen Einsatzbefehl war es uns jetzt möglich, alle zu kassieren. Einer von ihnen, davon war ich überzeugt, war nicht der harte Kerl, für den er sich selbst ausgab, sondern würde reden, um seine eigene Haut zu retten und uns verraten, wo Fay und Clarissa McConnel gefangen gehalten wurden.

Conchita Alvarez, zu der uns Dave McConnel geführt hatte, hatte das Motel noch nicht verlassen. Um sie herum herrschte Funkstille. Sie tat nichts, was den Rahmen des Üblichen sprengte.

Nach einem erneuten Gespräch mit First Lieutenant McConnel, das im Grunde nichts Neues gebracht hatte, hatte sie weder einen Anruf bekommen noch einen getätigt.

Wusste der Teufel, was sie mit Colani abgesprochen oder er ihr vorgelogen hatte. Wahrscheinlich, dass alles in Ordnung war und keinem etwas geschehen konnte, solange sie nicht versuchte, Kontakt mit ihm aufzunehmen oder an seinen Worten zweifelte. Dass er ihr nicht mal die halbe Wahrheit erzählt hatte, konnte sich jeder an den Fingern einer Hand abzählen. Jemand, der auch nur etwas von Menschen verstand, schätzte sie als eine Frau ein, die sich auf kriminelle Sachen solchen Umfanges nicht einlassen würde. Vielleicht, das erschien mir am wahrscheinlichsten, war sie Gefangene ihrer eigenen Gefühle. Colani hatte sie umgarnt und ihr das Gefühl gegeben, dass sie keinen besseren Mann als ihn finden könnte.

Aber wenn es sich als nötig herausstellte, konnten wir sie binnen weniger Sekunden kaltstellen.

In Boulder konnte der »Godfather« keinen unbeobachteten Schritt mehr tun. Die meisten seiner Vertrauensleute, die dem FBI in Denver natürlich bekannt waren, wurden ebenfalls abgeschirmt. Über keine einzige Telefonleitung, die auf Turnpikes Namen oder seine Strohmänner angemeldet war, konnte ein Gespräch geführt werden, das wir nicht aufzeichneten.

Die Mitarbeiter, die John Krause und sein Stab für diesen Job ausgewählt hatten, waren auf Herz und Nieren geprüft und für absolut vertrauenswürdig und verschwiegen befunden worden.

Es war die größte und aufwändigste Aktion, die es im Boulder County, einschließlich Denver, jemals gegeben hatte. Jedenfalls konnte sich niemand daran erinnern, dass jemals ein größerer Aufwand betrieben worden war.

Und das alles wegen eines todkranken Verbrechers, der sich nicht heimlich, sondern mit einem Riesenknall aus der Welt verabschieden und sich damit unsterblich machen wollte.

Al Semenza, der stellvertretende District Attorney, hatte gegen keine unserer geplanten Aktionen Protest angemeldet, wie es üblich war. Semenza wollte erster District Attorney werden und war sich bewusst, dass dieser Einsatz eine überregionale Angelegenheit war, die bis nach Washington ausstrahlte. Dort hatte man sich, noch wegen der Kritik an dem Vorfall in Oklahoma City, für die harte, gerade noch vertretbare Gangart entschieden. Also konnte hier im County keiner auf den Gedanken kommen, uns Steine in den Weg zu rollen, falls er noch Karriere machen wollte.

Auf der Militärbasis stand ein Duplikat des Transporters bereit, den wir in Jerichos Remise entdeckt hatten. Bepackt mit einer baugleichen Kiste. Nur mit dem Unterschied, dass die Kiste keine Bombe enthielt.

Aber das konnte man von außen nicht sehen.

Wenn jemand die Kiste öffnete, konnte er ohne aufwändige, gründliche Prüfung den von uns platzierten Blindgänger nicht von dem eigentlich erwarteten hochexplosiven Gemisch unterscheiden. Der Inhalt bestand aus der gleichen schmierigen Paste und hatte einen identischen Zündmechanismus. Außerdem trug der Wagen die gleichen Kennungen.

Die Logistiker der Army waren nach langen Überlegungen schließlich zu einer Entscheidung gelangt. Eine Entscheidung, die leicht vorauszuberechnen war, aber dennoch Fehler haben konnte. Deshalb die endlos lange Konferenz der Spezialisten, die sich durch die Nacht bis zum Mittag des nächsten Tages hingezogen hatte.

»First Lieutenant McConnel wird den Wagen von Jericho übernehmen, eine Routenbeschreibung erhalten, und Colani erwartet ihn an einer bestimmten Stelle, um zuzusteigen«, rekapitulierte ich.

Keiner der Militärs und der Cops, die zusammen mit mir um einen runden Tisch saßen, erhoben Einspruch.

»Wir, das heißt, das Militär, schnappen Jericho und das Fahrzeug mit der gefährlichen Fracht, ziehen es aus dem Verkehr und übergeben McConnel das artgleiche, von uns präparierte Fahrzeug. Es bleibt uns gar nichts andres übrig, als davon auszugehen, dass Colani den Wechsel nicht überprüfen kann und glauben muss, dass McConnel ihn mit dem richtigen Wagen abholt. Gibt es bis hierher ein Haar in der Suppe?«

Krause, die anderen Kollegen und die Militärs fanden keins.

»Colani wird eine Offiziersuniform tragen und neben Lieutenant McConnel auf dem Beifahrersitz Platz genommen haben. Die Papiere sind in Ordnung. McConnel ist bekannt. Es wird ihnen also keine Schwierigkeiten bereiten, sämtliche Kontrollposten unbeanstandet zu passieren und zu jedem gewünschten Depotbunker zu fahren«, fuhr ich fort.

»Richtig«, bestätigte der Captain des militärischen Sicherheitsdienstes, der dieses Unternehmen vor der Armyführung zu verantworten hatte. Wahrscheinlich war er genauso nervös wie ich, aber auch er ließ sich das nicht anmerken. »Fehlt nur noch der alles entscheidende Anruf, auf den Lieutenant McConnel wartet, um zu erfahren, welche Maßnahmen wir ergreifen müssen.«

»Der kommt«, versicherte Krause mit heiserer Stimme.

Antonio Colani saß zusammengekrümmt wie ein Häufchen Elend auf dem Bett eines billigen Stundenhotels, das er sich erstens aus Sicherheitsgründen ausgesucht hatte und zweitens, weil er hier zu jeder Zeit Gesellschaft williger Damen bekommen konnte, wenn er sie nötig hatte.

Er hatte mehr als die doppelte Dosis der Medizin genommen, die ihm nach seiner Flucht aus New York noch geblieben war. Mit dem Rest, der sich noch in dem rot etikettierten Flakon befand, würde er bestenfalls noch zwei Tage durchhalten.

Zwei Tage!

Er rieb sich den Schweiß aus dem Gesicht, zog die mageren Beine an die Brust und umspannte sie mit den Armen. Es war die Haltung, in der er die verdammten Schmerzen am besten ertragen konnte. Außerdem, jedenfalls war es immer so gewesen, würde die Wirkung der Medizin in wenigen Minuten einsetzen. In der Regel wirkte sie so, dass er für mindestens zwölf Stunden schmerzfrei war.

Seine Hoffnung war die, dass es dieses Mal nicht anders war. Dann noch einmal die gleiche Dosis, und dann war er am Ende. Selbst Dan Turnpike würde nicht dazu in der Lage sein, ihm, aus welcher Quelle auch immer, schnell genug frische und vielleicht noch wirksamere Medizin zu beschaffen.

Er wartete, und allmählich wurden die Schmerzen erträglich. Endlich war er dazu in der Lage, seine Position zu ändern und sich auf das Bett zu legen. Nach wenigen Minuten konnte er sich auf die Seite drehen und zum Nachttisch greifen. Dort stand neben einer Schachtel Zigaretten eine Flasche Tequila. Mit zitternden Fingern öffnete er die Flasche, trank zwei Schlucke und zündete sich dann eine Zigarette an.

Die Lebensgeister kehrten in ihn zurück. Seine größte Angst, kurz vor dem geplanten Ende schlappzumachen, hatte sich zum Glück nicht erfüllt.

Er schloss die Augen, rauchte, bis er sich an der Glut die Finger verbrannte und die Zigarette einfach vor das Bett auf den Teppich warf, auf dem sich ein Brandfleck an den anderen reihte.

Dann stand er auf, musste sich einen Moment am Bett festhalten und war danach in der Lage, ins Bad zu wanken, die Dusche anzustellen und das kalte Wasser über seinen ausgemergelten Körper rauschen zu lassen.

Viel besser, das stellte er wenig später fest, fühlte er sich danach noch immer nicht.

Er ging in das schäbige Zimmer zurück, griff nach dem Telefon und bestellte den Manager nach oben.

Einige Minuten verstrichen, bevor es leise an der Tür klopfte. Er öffnete und ließ den langen, hageren Mann eintreten, der von seinem letzten Gefängnisaufenthalt noch einen ungesunden, bleichen Teint hatte.

»Sir?«, fragte er mit einer Stimme, die deutlich durchklingen ließ, dass er Colani ganz und gar nicht für einen Sir hielt.

Colani streckte ihm Geldscheine entgegen.

Verwundert schaute der lange, hagere Mann ihn an.

»Das sind fünftausend Dollar«, sagte Colani. »Reicht das?«

»Wofür? Um jemanden in eine bessere Welt zu schicken?«

»Für ausreichend sauberes Kokain und zwei Klassefrauen, die einen Mann das Elend der Welt vergessen lassen, keine Fragen stellen und selbst alles vergessen.«

Colani sah es in den eng stehenden, dunklen Augen des Managers begierig aufblitzen.

Er kannte diesen Blick, ging zum Bett, holte seine 45er Automatic unter dem Kopfkissen hervor und richtete den Lauf zwischen die eng stehenden Augen des Mannes.

»Wenn es nicht reicht und du mehr haben willst, stecken hier einige Unzen Beruhigungspillen im Magazin«, sagte er ruhig. »Kennst du Turnpike?«

»Yes, Sir.«

»Ich auch. Er ist mein Freund. Falls du auf dumme Gedanken

kommst, hast du nicht einmal die Chance auf ein christliches Begräbnis. Haben wir uns verstanden?«

»Absolut, Sir. Sie können sich auf mich verlassen.«

Colani grinste schwach. »Das weiß ich, Buddy. Du heißt doch Buddy, oder?«

»Carl.«

»Was dagegen, wenn ich dich Buddy nenne?«

»Bestimmt nicht.«

»Wie lange wird es dauern?«

»Zwei Stunden. Ist das okay?«

»Ausgezeichnet, Buddy.«

Der Manager des Stundenhotels zog sich aus dem Zimmer zurück. Colani schloss die Tür und legte sich wieder auf das Bett.

Er trank den nächsten Schluck aus der Flasche, zündete sich eine frische Zigarette an und unterdrückte das Gefühl von Angst, das er vor dem Tod hatte, obgleich er diese Angst bislang immer geleugnet hatte. Es würde schnell gehen und schmerzlos, aber es war endgültig und es gab keine Alternative.

Als er die Zigarette in den Mund nahm, spürte er, dass sie nass war von den Tränen, die ihm, ohne dass er es merkte, über das Gesicht rannen.

Obgleich es nicht seine Art war und er sich dagegen wehrte, stellte er sich doch die Frage, ob es ein Leben nach dem Tod gab. Und wenn, was ihn dann erwartete.

Die Gefühlsduselei, wie er solche Gedanken nannte, dauerte nur kurze Zeit. Dann wirkten die Tabletten und der Alkohol, den er getrunken hatte. Alles in seinem Kopf drehte sich wieder um das, was geschehen würde.

Er warf einen Blick zur Uhr. Es war Zeit, Kontakt mit Turnpike aufzunehmen, der im Industriegebiet in Boulder City an einer Telefonzelle auf diesen Anruf wartete. Vorausgesetzt, er fühlte sich sicher und niemand war ihm gefolgt.

Colani rechnete nicht damit, dass es den Bullen gelungen war, eine Verbindung zwischen ihm und Turnpike herzustellen. Sicher hatte es die gegeben, aber das lag schon so lange zurück, dass sie in Vergessenheit geraten sein würde.

Außerdem würden die Bullen nach dem Anschlag der Militia-Gruppe damit so sehr beschäftigt sein, dass sie zu dem Zeitpunkt jegliches Interesse am Godfather von Boulder verloren haben dürften.

Colani wählte. Zweimal klingelte es am anderen Ende der Leitung, dann meldete sich Turnpike. Im Hintergrund waren Geräusche von Bauarbeiten und Motorengeräusch von schweren Lastwagen zu hören.

»Es ist das letzte Mal, dass wir miteinander reden«, sagte Colani. »Dein Geld ist überwiesen. Sobald alles geklappt hat und ich es nicht sperren lasse, kannst du darüber verfügen.«

Turnpike knurrte etwas Unverständliches.

»Haben die Bullen Kontakt mit dir aufgenommen, oder hast du das Gefühl gehabt, dass sie dich beschatten?«

»Nein.«

»Alles ist vorbereitet?«

»Ja.«

»Die Idioten der Militia-Gruppe sind auf alles eingegangen und haben alles so vorbereitet, wie ich es dir gesagt habe?«

»Keine Schwierigkeiten.«

»Drück dich deutlicher aus, verdammt!«

»Sie haben die Frau und die Tochter des First Lieutenant. Wahrscheinlich hast du inzwischen selbst erfahren, dass er bereit ist, alles zu tun, um seine Familie wiederzusehen.«

Colani nickte. Er fühlte sich von Sekunde zu Sekunde besser und trank noch einen Schluck aus der Flasche. Von diesem Moment an war er absolut sicher, die Zeit bis zum großen Abschied ohne Schwierigkeiten überstehen zu können.

»Zu deiner eigenen Sicherheit wirst du dafür sorgen müssen, dass es nicht wieder zu einer Zusammenführung kommt.«

»Das ist mir klar, und das sind ja auch nicht deine Sorgen«, knurrte Turnpike.

Colani lachte. »Ich mache mir keine Sorgen um dein Wohlergehen, Freund«, sagte er. »Ich mache mir höchstens Sorgen darüber, dass im letzten Moment doch noch etwas schief gehen kann, weil du oder ich einen beschissenen Fehler begangen haben.

Ich habe lange und gründlich nachgedacht und bin auf keinen Fehler gestoßen. Was ist mit dir?«

»Bin ich ein Anfänger?«, fragte Turnpike beleidigt zurück.

»Ich glaube nicht.«

»Na also. Der Wagen ist bereitgestellt und mit der Ladung versehen, die du haben wolltest.«

»Genug?«

»Genug, um die Basis in eine Wüste zu verwandeln.«

»Ausgezeichnet. Was ist mit Jericho?«

»Er weiß, was er zu tun hat.«

»Aber hoffentlich nicht, dass er mit der letzten Aktion seines Lebens beschäftigt ist.«

»Solche Fragen beleidigen mich, Colani. Besser für dich, du beleidigst mich nicht.«

Colani verschluckte, was er eigentlich darauf erwidern wollte.

»Das war's dann«, sagte er stattdessen. »Du weißt, wann das Unternehmen starten soll, und ich erwarte, dass sich Jericho an den Zeitplan hält. Notfalls kauf ihm eine neue Uhr.«

Bevor Turnpike darauf etwas erwidern konnte, legte Colani den Hörer auf die Gabel zurück und ließ sich wieder auf das Bett sinken.

Er brauchte sich keine Sorgen mehr zu machen. Er wartete darauf, dass der Manager ihm brachte, was er geordert hatte.

Der Nachmittag verstrich.

An allen Fronten herrschte Stille.

Jericho saß in seinem alten Farmhaus. Die Männer, die ihn überwachten, taten es so gründlich, dass sie uns sogar hatten durchgeben können, dass er sich die Uniform eines First Private frisch aufgebügelt hatte.

»Ich hasse ihn«, sagte Krause inbrünstig. »Der Kerl kutschiert tausend Kilo Sprengstoff durch die Gegend und fühlt sich dabei in einer falschen Uniform wie ein König.«

»Nicht mehr lange«, brummte Captain Rodness, der Chef des militärischen Sicherheitsdienstes. »Sobald wir die paranoide Ratte geschnappt haben, lasse ich ihn die Uniform auffressen!«

Niemand lachte, weil alle in diesem Raum seine Gefühle teilten.

Das Telefon läutete. Ich nahm ab. Der Apparat war auf Lautsprecher geschaltet, sodass jeder der Anwesenden das Gespräch mitverfolgen konnte. Aus Sicherheitsgründen. Wenn einer einen Fehler beging oder im Begriff stand, einen zu begehen, konnte jemand anderer sofort in die Bresche springen.

Am anderen Ende befand sich einer der G-men, die Conchita überwachten.

»Wir haben ein Gespräch zwischen Conchita Alvarez und Colani mitgeschnitten, Sir. Ich spiele es ein.«

Es knackte in der Leitung.

Dann war die aufgeregte Stimme der Kubanerin zu hören.

»Du hast nicht gesagt, dass eine junge Frau und ein Kind sterben sollen, Antonio!«

Antonio Colani, der der Anrufer war, lachte leise. »Du wolltest alles tun, was ich dir sage, Conchita. Du wolltest keine Fragen stellen. Du wolltest mich selbst dann lieben, wenn sich herausstellt, dass ich der Teufel bin.«

Zuerst Schweigen. Dann war das Schluchzen der Frau zu hören.

»Ist das vielleicht nicht so, Conchita?«

»Ja«, antwortete sie gepresst. »Aber wenn man so was sagt, rechnet man nicht mit dem Schlimmsten, Antonio.«

»Ich bin der Teufel!«

»Das ist mir inzwischen klar geworden. Ich habe dich wirklich geliebt.«

»Verdammt, ich habe noch weniger als einen Monat zu leben und eine mir selbst gestellte Aufgabe zu erfüllen. Du hast von nichts gewusst und bist nicht schuldig geworden. Du hast einem Mann nur gesagt, dass seiner Frau und seiner Tochter nichts passiert, wenn er sich an die Spielregeln hält. Du weißt immer noch nichts. Die Polizei kann dir nichts anhängen.«

»Vielleicht. Aber ich werde niemals den Gedanken los, dass ich mitgeholfen habe, eine Frau und ein Kind umzubringen.«

»Dazu wird es wahrscheinlich gar nicht kommen.«

»Und wenn doch?«

»Vergiss es!«

»Das kann ich nicht.«

»Was, verdammt, willst du tun? Die Polizei anrufen?«

»Vielleicht.«

Colani fluchte. »Dann bringst du die Frau und das Kind wirklich um, Conchita. Dann sind die beiden überflüssig und eine akute Gefahr für mich und meinen Plan.«

»Du bist wirklich ein Teufel, Antonio!«

»Warum nennst du mich nicht mehr Cariño?«

»Fahr zur Hölle! Ich hoffe, dass ich niemals wieder etwas von dir höre und dich niemals wiedersehe!«

»Du wirst von mir hören, aber mich nicht wiedersehen. Adios, Conchita.«

Das Gespräch war beendet.

»Der Anruf kam aus Boulder«, sagte der Kollege am anderen Ende der Leitung. »Den Anschluss haben wir nicht ermitteln können. Colani ist in der Nähe. Sollen wir die Frau festnehmen?«

»Nein«, antwortete ich. »Ihr bleibt an ihr dran. Wenn sie das Hotel verlassen will, verhindert es irgendwie.«

»Okay, Jerry.«

Bevor ich mich an die Kollegen vom FBI und die Militärs wenden konnte, läutete das rote Telefon, dessen Anschluss mit dem von First Lieutenant Dave McConnel gekoppelt war.

Der Captain vom militärischen Sicherheitsdienst legte den Schalter um. Von einer Sekunde auf die andere wurde es in dem Kommandoraum so still, dass jeder seinen eigenen Herzschlag als Donnerschlag empfand.

»Hör gut zu, du Arschloch von einem Marine!«, brüllte Jericho durch die Leitung. »Ich sage es nur einmal. Wenn du nur den kleinsten Fehler machst, lassen wir dir deine Frau und den kleinen Hosenscheißer per Post päckchenweise zustellen. Verstanden?«

»Verstanden«, sagte McConnel mit einer beinahe schon beängstigenden Ruhe.

»He, Arschloch! Du fühlst dich wohl ziemlich sicher, wie?«

»Sobald es vorbei ist und meine Familie und ich es überleben, werde ich dich finden und dich auffressen, Mann!«

Das schien Jericho zu gefallen. Er lachte lauthals.

»Du wirst mich nicht finden, du wirst mich nicht fressen, Arschloch. Wir sind die Elite, die Helden und die Gewinner. Remember the Alamo!«

Ich zuckte unwillkürlich zusammen. Das waren dieselben Worte, die er Warner durch den Hörer entgegengeschleudert hatte.

Kurz danach hatte es geknallt.

»Okay.«

»Ich fahre jetzt mit einem beladenen Militärlaster los«, gab Jericho im Stakkato seine Anweisungen durch. »Wir treffen uns jenseits der Loveland Heights, an der Gabelung zum Carier Reservoir. Du fährst eine Meile über die alte Schotterstraße. Dann siehst du mich schon. In drei Stunden, kurz vor Anbruch der Dunkelheit. Alles verstanden, Arschloch?«

Einer der Militärs hatte den Treffpunkt auf der riesigen Geländekarte abgesteckt und rot eingekreist.

»Weiter?«

»Es befindet sich ein Empfänger im Wagen. Über den erhältst du weitere Anweisungen. Unterwegs wirst du einen Offizier aufgabeln und mit ihm zusammen zur Basis fahren. Verstanden?«

»Ja. Was ist mit Fay und Clarissa?«

»Der Kleinen geht es gut. Die hat noch nie so viel Schokolade und Cola bekommen wie jetzt. Deine Frau amüsiert sich mit zwei Freunden von mir und kann gar nicht genug kriegen. Du scheinst sie sehr vernachlässigt zu haben.«

»Ich werde dich ...«

McConnel sprach die Worte nicht zu Ende, weil Jericho das Gespräch unterbrochen hatte.

Eine Minute später erhielten wir die Nachricht, dass er von seinem Farmhaus aus angerufen hatte.

»Was ist mit dem verdammten Empfänger?«, fragte Krause aufgeregt. »Daran hat keiner von uns gedacht.«

Der Experte der Army zuckte lakonisch mit den Schultern. »Sobald wir den heißen Wagen aus dem Verkehr gezogen haben, haben wir den Empfänger. Es ist nicht schwierig, die Frequenz zu bestimmen, auf die er eingestellt ist. Wir stellen den Empfänger in unserem Wagen auf dieselbe Wellenlänge ein. Keine Schwierigkeit.«

Ich war aufgestanden und zu den Militärs an die riesige Karte getreten.

»Der verdammte Zwerg fährt einen weiten Weg durch unwegsames Gelände, bis er den angegebenen Treffpunkt erreicht. Diesen Weg kann man nur aus der Luft überwachen. Das würde sofort auffallen.«

Ich nickte. Es gab keinen Grund, an seinen Worten und seiner Fachkenntnis zu zweifeln.

»Wo werden wir Jericho abfangen und den gefährlichen Wagen gegen unser Duplikat tauschen?«

»Hier!« Der Chef des militärischen Sicherheitsdienstes tippte auf einen bestimmten, mir unbekannten Punkt auf der riesigen Karte. »Da ist er außer Sichtweite, und es ist beinahe dunkel. Unser Mann fährt den Wagen zum Treffpunkt, wo McConnel ihn übernehmen soll. Nicht mal ein Fachmann kann unseren Wagen von dem Jerichos unterscheiden. Über das eingebaute Sprechfunkgerät wird der Lieutenant erfahren, wo er Colani abholen soll. Danach werden sie sich auf direktem Wege, zur Basis begeben. Wir hätten den Wagen gerne verwanzt, aber das erschien uns zu riskant. Schließlich wissen wir nicht, über welches technische Spielzeug Colani verfügt.«

»Ausgezeichnet.« Ich nickte.

»Um es noch einmal deutlich zu machen, Mr. Cotton«, sagte Captain Rodness. »Es ist unser Job und unsere Verantwortung, soweit es den Wagen und die Fahrt zur Basis betrifft.«

Krause und ich hatten im Voraus gewusst, dass es darauf hinauslaufen würde. Wir hatten keinerlei Einwände. Sobald der Wagen auf die Base zurollte, konnte im Grunde gar nichts mehr schief gehen.

Erst wenn der Wagen mit McConnel und Colani an Bord die ersten Sperren durchfahren hatte, war der FBI wieder am Zug.

Dann würden gleichzeitig die Fallen zuschnappen: in Boulder, bei Turnpike und im Three Coins Motel bei Conchita Alvarez. Schließlich auch im County, wo wir auf einen Schlag alle Männer aus dem Verkehr ziehen würden, die zum harten Kern der jetzt von Jericho geführten Militia-Gruppe gehörten.

Ich wollte verdammt sein, wenn wir nicht binnen kürzester Zeit von Jericho oder einem der anderen Männer erfuhren, wo Fay und Clarissa McConnel gefangen gehalten wurden.

Bestenfalls eine Stunde später würde es in diesem Fall die Zusammenführung der Familie McConnel geben.

Ich zündete mir eine Zigarette an und nahm die Tasse Kaffee, die Krause für mich eingeschenkt hatte und mir entgegenstreckte.

»Haben wir etwas vergessen?«

»Nichts«, antwortete Krause.

»Ich habe es bislang nicht begriffen und stelle die Frage jetzt«, sagte der militärische Sicherheitschef. »Warum schnappt ihr Colani erst, wenn er sich auf unserem Gebiet befindet?«

»Weil wir die Presse und das Fernsehen brauchen. Genau wie ihr bei der amerikanischen Landung in Kuwait, Captain.«

»Und was wollen Sie damit erreichen?«

»Der Nation nach dem Desaster von Oklahoma City und Waco begreiflich machen, dass sie von paranoiden Spinnern, von bekannten und unbekannten Militia-Gruppen nichts zu befürchten hat, weil wir sie unter Kontrolle haben und zu jeder Zeit ausschalten können.«

»Glauben Sie wirklich, dass es hilft, die Bevölkerung zu beruhigen?«

»Ich hoffe es«, antwortete ich. »Jetzt kann sich jemand an die Presse und die Fernsehteams wenden, die sich hier aufhalten und auf ihre Sensation warten. Sie erhalten die Bilder, die sie haben wollen, und die Agenturen werden sie weltweit verbreiten.«

Es war, als hätte der Wettergott Erbarmen mit uns. Bis zu dem Moment, als McConnel den harmlosen Transporter übernommen und die Nachricht empfangen hatte, wo er Colani abzuholen habe, hatte es Bindfäden geregnet. Ein Unwetter hatte das andere abgelöst.

Dann herrschte auf einen Schlag Ruhe am Himmel. Keine Blitze mehr, kein Sturm, kein Regen. Über dem Boulder County zeigte sich eine Mondsichel, die, das behaupteten später die meisten

Einwohner, noch niemals so klar und hell am Firmament gestanden hatte. Das große Saubermachen – im wahrsten Sinne des Wortes – hatte stattgefunden. Minuten später erreichten uns, wie erwartet, die ersten Meldungen.

In Boulder hatten die G-men Turnpike und seine Führungsmannschaft verhaftet.

Conchita Alvarez hatte inzwischen selbst mit der Polizei reden wollen, war aber nicht weiter als bis in die kleine Telefonzentrale des Motels gelangt, wo ein G-man den »Anruf« entgegengenommen hatte. Bei ihr konnte man nicht von einer Verhaftung reden.

Die Kollegen hatten sie einfach in Ruhe und ohne Schwierigkeiten aus ihrem Zimmer geholt.

Zwei Männer aus dem harten Kern der nun von Jericho geführten Militia-Gruppe hatten Widerstand geleistet. Einer war tot, der andere schwer verletzt. Die Cops waren kein Risiko eingegangen. Angesichts dessen, was mit ihren Freunden passiert war, hatten die anderen Kerle augenblicklich an Selbstsicherheit verloren, hatten sich kassieren lassen, und zwei von ihnen hatten den Cops gleichzeitig den Aufenthaltsort von Fay und Clarissa McConnel verraten. Keiner der Burschen hatte sich wie ein Held benommen.

Einige Marines befanden sich bereits auf dem Weg, um Clarissa und Fay aus der Waldhütte zu befreien.

Jericho hatte das größte Theater gemacht. Begreiflich, denn er saß im Polizeipräsidium, wo Captain Clearwater ihm auf den Zahn fühlte. Wie er mit dem Zwerg umsprang, konnte ich mir vorstellen. Dennoch hatten wir die erste Runde Clearwater überlassen, weil sich das im County gut machte und die erhitzten Gemüter beruhigte, wenn einer von ihnen die ersten Untersuchungen führte.

Morgen würde Jericho offiziell nach Denver ans FBI überstellt werden.

Noch etwas war geschehen, mit dem wir nicht gerechnet hatten: Vor zwei Stunden, kurz bevor Colani zu McConnel in den explosiven Militärtransporter gestiegen war – jedenfalls glaubte Colani, dass er hinter sich auf der Ladefläche eine Riesenbombe durch die Gegend kutschierte –, hatte es einen Anruf beim FBI in Denver gegeben.

Ein Unbekannter – niemand anderer als Colani selbst – hatte den G-men einen Erfolg garantiert, wenn sie sich vor zehn Uhr auf dem Militärgebiet vor Bunker 10 einfinden würden.

Ein Indiz dafür, dass Colani noch immer nicht begriffen hatte, dass seine Zeit abgelaufen war.

Sein Abgesang, so war alles vorbereitet, sollte so trist werden, dass er, wenn die natürliche Krankheit ihren Tribut forderte, nicht in Ruhe und mit Stolz sterben konnte.

»Er ist da.«

Der Chef vom Sicherheitsdienst, der den Einsatz noch immer leitete – schließlich befanden wir uns auf militärischem Gebiet –, gab uns das Zeichen.

Krause verschwand im Bunker und schloss die riesige Flügeltür hinter sich. Hinter den stabilen Betonwänden waren Raketenköpfe jeder Größenordnung gelagert. Obgleich das offiziell nicht zugegeben wurde, war ich doch überzeugt davon, dass sich auch atomare Waffen hinter dem Stahlbeton befanden. Wenigstens befunden hatten. Denn am frühen Abend hatten sich ein Dutzend Soldaten darangemacht, Gegenstände aus Bunker 10 in andere Bunker umzulagern.

Aber was spielte das jetzt noch für eine Rolle?

Sieben G-men waren so postiert, dass Colani sie gar nicht übersehen konnte und glauben musste, dass sein Plan gelang. Nämlich, dass er, wenn er sich mit einem Riesenknall aus der Welt verabschiedete, neben gewaltigem Militärpotenzial auch einige Bundespolizisten, seine erklärten Feinde, mit sich auf die lange Reise nahm.

Es war wichtig, dass er sich sicher fühlte, solange McConnel bei ihm im Wagen saß und das Fahrzeug steuerte.

Wir wussten nicht, wie Colani sich gegenüber McConnel abgesichert hatte. Dass er es getan hatte, erschien mir sicher.

Also ging es in erster Linie darum, McConnel aus der Schusslinie zu holen und Colani verdammt einsam dastehen zu lassen.

»Noch zwei Minuten«, gab der Sicherheitschef durch.

An einer Gabelung der verästelten Wege, die kreuz und quer durch das Depot verliefen, tauchten die Lichter des Transporters auf.

Dann war das Motorgeräusch zu hören.

Die Scheinwerfer schwenkten in unsere Richtung und wurden aufgeblendet.

Krause, sieben weitere G-men und ich standen wie die Stars im gleißenden Scheinwerferlicht.

Als wir uns, was natürlich war, aus dem Lichtschein an den Rand des Weges entfernen wollten, feuerte Colani mit einer MPi in die Luft.

»Ihr bleibt, wo ihr steht, G-men!«, war seine kreischende Stimme durch den dumpfen Motorlärm hindurch zu hören. »Solange sich keiner von der Stelle rührt, werde ich auch keinen erschießen! Mein Wort darauf.«

Beinahe hätte ich gegrinst. Natürlich wollte er uns nicht erschießen, er hatte größere Pläne.

Drei Yards vor uns brachte McConnel den Wagen zum Stehen. Er löschte die Scheinwerfer. Die waren nicht mehr nötig. Colani konnte uns sehen, und wir sahen ihn.

Er stand auf der riesigen Kiste, die sich auf der Ladefläche befand.

In der rechten Hand hielt er die MPi, in der linken Hand die mit Plastik verdeckte Zündschnur, die an einer Ecke der Kiste, in der Colani die Bombe vermutete, verschwand.

In seinem Mundwinkel glühte hin und wieder eine Zigarette auf.

Ich beachtete ihn nicht. Mein Blick war auf McConnel gerichtet, der im Führerhaus blieb. Ich hob die Hand und strich mir über das Haar.

McConnel verstand das Zeichen, das ich ihm damit gab.

Sein Schatten verschwand hinter der Windschutzscheibe.

Die Fahrertür flog auf.

Colani stieß einen wütenden Schrei aus. Er senkte die MPi und feuerte dorthin, wo er McConnels Ausstieg erwartete.

Aber Dave verließ den Wagen nicht an der Fahrerseite. Er hatte seine Lektion bei den Marines gelernt.

Colani feuerte noch in die falsche Richtung, als die Beifahrertür aufgestoßen wurde und McConnels Schatten nach draußen schoss.

Bevor Colani die Schussrichtung ändern konnte, landete der Lieutenant im Staub und rollte sich so ab, dass er hinter einigen Büschen am Wegrand in Deckung gehen konnte.

»Macht nichts!«, brüllte Colani.

Er sah wirklich entsetzlich schlecht aus. Es war beinahe unmöglich, ihn anhand der alten Fahndungsbilder wiederzuerkennen. Kein Wunder also, dass er sich in New York sicher gefühlt hatte. Wer hätte ihn schon erkannt?

»Und jetzt?«, fragte ich.

»Wer bist du?« Colani kniff die Augen zusammen.

»Cotton«, antwortete ich. »Wir hatten früher schon mal das Vergnügen, Colani. Zuletzt wären wir uns beinahe auf der Pier in New York begegnet.«

»Cotton!« Er erinnerte sich an mich, das war deutlich. »Wo ist dein Partner Phil Decker?«

»Der ist verhindert«, antwortete ich ruhig und lenkte ihn damit von den zwei Marines ab, die sich von hinten an den Wagen herangepirscht hatten und ihn nun geräuschlos bestiegen.

Ich konnte sie sehen.

Colani nicht, weil er mich anstarrte und den Marines den Rücken zudrehte.

»Dann hat er Glück gehabt, Cotton. Und Pech zugleich. Weil von dir und den anderen nichts übrig bleibt, kann er dich auch nicht begraben und nicht an deinem Grab weinen.«

Er fand das so lustig, dass er in ein hohles, bellendes Lachen ausbrach.

»Von dir bleibt auch nicht mehr viel übrig, wenn du die MPi nicht fallen lässt, Zivilist!«, schrie einer der Marines hinter Colani.

Colani zögerte den Bruchteil einer Sekunde. Er wirkte nicht besonders überrascht. Er ließ die MPi fallen, zuckte mit den Schultern und setzte sich auf die Kiste, in der er die verheerende Bombe wähnte.

»Was kommt jetzt, Colani?«, fragte ich.

»Das Ende«, antwortete er gelassen. »Ich sitze auf tausend Kilo Sprengstoff und halte die Lunte in der Hand!«

Blitzschnell führte er die Zigarettenglut an die Lunte und legte sie neben sich auf die Kiste.

»Das ist das Ende, das ich wollte!«

»Yeah«, dehnte ich. »Aber man kriegt nicht alles, was man will, Colani.«

»Ich sagte, ich sitze auf tausend Kilogramm Sprengstoff, Mann! Die verdammte Lunte ist halb abgebrannt. Du kannst versuchen, um dein Leben zu rennen. Ihr alle könnt es versuchen, aber es wird euch nicht gelingen!«

Das wäre sicher der Fall gewesen, wenn er wirklich auf tausend Kilogramm Sprengstoff gesessen hätte.

Aber er saß auf einem Haufen Dreck, der erst dann explodierte, wenn man ein paar Handgranaten darin verbuddelte und sie fernzündete.

»Krause!«

Die riesige Flügeltür des Bunkers mit der Nummer 10 wurde aufgestoßen.

Dutzende von Scheinwerfern tauchten den Wagen in ein weißes, grelles Licht. Vorher installierte Standkameras begannen zu surren. Männer mit tragbaren Kameras hasteten nach draußen. Sie umrundeten den Wagen wie Indianer den Totempfahl.

»Colani!«, schrien sie. »He, Colani! Wo bleibt der große Schlag der verdammten Militia, vor der der Bürger Angst haben soll? Wo sind die tapferen Kämpfer, die Alamo auf ihre Fahnen geschrieben haben? Wo bleibt der Urknall, der die Nation erschüttert? He, Colani!«

Er drehte sich dort oben auf dem Wagen im Kreis. Seine Augen waren aufgerissen. Das schmale, eingefallene Gesicht hatte sich zu einer teuflischen Maske verzerrt. Er starrte in das Licht, in die Objektive der Kameras, hörte die Fragen auf sich niederprasseln und krümmte sich wie ein getretener Wurm.

»Komm, Colani«, sagte ich ruhig, nachdem ich die Meute mit einem knappen Handzeichen zum Schweigen gebracht hatte. Das war abgesprochen gewesen. »Komm, sag den Bürgern dieser

Nation, dass es hier nicht den richtigen Nährboden gibt für Hass, Gewalt und Paranoia.«

Colani jaulte. Er wollte sich zu der MPi bücken, die er eben fallen gelassen hatte.

Einer der Marines war sofort zur Stelle, schnappte die Waffe vor ihm und stieß Colani auf die Kiste zurück, sodass die Kameras ihn wieder deutlich einfangen konnten.

Ein Bild des Jammers. Der geborene Verlierer, der sich auf die Militia verlassen und eine Niederlage erlitten hatte, von der die Nation nun erfuhr.

»Wir haben sie alle, Colani«, sagte ich. »Die Mörder des BATF-Agenten, die Attentäter, die für den Tod vieler Bürger und eines kleinen Kindes verantwortlich sind, und die Männer, die Fay und Clarissa McConnel entführt haben. Wir haben den Leiter der Militia-Gruppe, der ein hässlicher, kleiner Zwerg ohne einen Funken Verstand ist. Du hast dich auf einen vor Waffen strotzenden Haufen Schrott verlassen. Das falsche Pferd, Colani.«

Er jaulte, dass er einem beinahe Leid tun konnte.

Aber ich glaubte nicht, dass auch nur einer in diesem Land, der die Bilder später über seinen Bildschirm flimmern sah, Mitleid mit diesem Mann empfand.

»Unsere Justizministerin hat ein Versprechen abgelegt, Colani. *Wir werden die Täter finden, wir werden sie verurteilen und wir werden die Todesstrafe für sie fordern!* Hinter diesem Versprechen steht der FBI, der Geheimdienst, jeder Cop auf der Straße, jeder Bürger, der noch nicht vergiftet ist. Verdammt, Colani, sag den Zuschauern, dass keine Vigilantentruppe, ganz gleich welchen Namen sie auch führt, in diesem Land jemals eine Chance hat. Los, Colani, sag es!«

Ich drehte mich um und ging langsam den Weg am Bunker entlang, der zur Kantinenbaracke führte.

Meine Arbeit, die Arbeit der Kollegen war getan. Was sollte ich noch dort, wo die Fragen der Presseleute auf Colani niederprasselten, wo das kalte Auge der Kamera auch den kleinsten Funken Angst in seinen Augen deutlich aufzeichnete?

Ich hörte Schritte hinter mir.

First Lieutenant Dave McConnel holte mich ein.

»Glauben Sie das, was Sie da gesagt haben, G-man?«, fragte er leise.

Ich blieb stehen und schaute ihn an.

»Ich glaube es nicht, ich weiß es, Lieutenant. Und Sie wissen es auch.«

»Woher, G-man?«

Ich deutete nach vorn, wo ein Jeep hielt, aus dem eine wunderschöne, rothaarige Frau stieg, die ein blondes Mädchen auf dem Arm trug.

ENDE

Sehr geehrte Leserin, sehr geehrter Leser,

falls Ihr Buchhändler die **Jerry-Cotton-Taschenbücher** nicht regelmäßig führt, bietet Ihnen die ROMANTRUHE in Kerpen-Türnich mit diesem Bestellschein die Möglichkeit, diese Taschenbuch-Reihe zu abonnieren.

Hiermit bestelle ich bis auf Widerruf bei ROMANTRUHE, Röntgenstr. 79, 50169 Kerpen-Türnich, Tel-Nr. 02237/92496, Fax-Nr. 02237/924970 oder Internet: www.Romantruhe.de die **Jerry-Cotton-Tachenbücher** zum Preis von 49,80 Euro für 12 Ausgaben.

Die Zusendung erfolgt jeweils zum Erscheinungstag. <u>Kündigung jederzeit möglich.</u> Auslandsabonnement (Europa/Übersee) plus Euro 0,51 Porto pro Ausgabe.

Zahlungsart: ☐ - jährlich ☐ - 1/2-jährlich ☐ - 1/4-jährlich
☐ - monatlich (nur bei Bankeinzug)
Bezahlung per Bankeinzug bei allen Zahlungsarten möglich.
Bitte Geburtsdatum angeben: ___ /___ /19___
Name und Ort der Bank: _____

Konto-Nr.: _____ Bankleitzahl: _____

Name: _____ Vorname: _____

Straße: _____ Nr.:_____

PLZ/Wohnort: _____

Unterschrift: _____ Datum: _____
(bei Minderjährigen des Erziehungsberechtigten)

Die Bestellung wird erst wirksam, wenn sie nicht innerhalb von <u>zwei Wochen</u> ab dem auf die Aushändigung dieser Belehrung folgenden Tag schriftlich (zweckmäßigerweise per Einschreiben bei: Romantruhe, Röntgenstr. 79, 50169 Kerpen-Türnich) widerrufen wird. Zur Wahrung der Frist genügt die rechtzeitige Absendung des Widerrufs. Dies bestätige ich mit meiner

2. Unterschrift:_____Datum:_____

Wenn Sie das Buch nicht zerschneiden möchten, können Sie die Bestellung natürlich auch gerne auf eine Postkarte schreiben.

Todesgruß an Jerry Cotton

Eine bekannte Medizinerin und Miteigentümerin einer New Yorker Privatklinik wird entführt. Lösegeldforderung: zwei Millionen Dollar! Die beiden FBI-Agenten Jerry Cotton und Phil Decker übernehmen. Gleichzeitig ermittelt ihr Kollege Steve Dillaggio in einem anderen Fall: Menschen verschwinden in New York spurlos, und immer handelt es sich um Leute, die in extreme Geldnöte geraten sind. Dann entdecken die G-men, dass beide Fälle miteinander zu tun haben, denn alle Spuren führen zur Jefferson-Privatklinik auf Staten Island. Sie kommen einem unglaublichen Verbrechen auf die Spur …

ISBN 3–404–31532–4

Todeshochzeit in L.A.

Mein Freund Phil und ich hatten es uns nicht nehmen lassen, nach Los Angeles zu fliegen, um an der Hochzeit unserer Freunde Joan Keeler und Norton Branner von den ›Spezialisten‹ teilzunehmen. Wir spürten beide schon bei den Vorbereitungen für die Hochzeit, dass irgendetwas mit ihnen nicht stimmte. Als MPis zu hämmern begannen und die Trauung in eine blutige Todeshochzeit verwandelten, gerieten wir in den Sog eines Verbrechens aus der Vergangenheit, und nicht nur Joan und Norton mussten um ihr Leben bangen, sondern auch Phil und ich ...

ISBN 3–404–31530–8